国家出版基金项目
NATIONAL PUBLICATION FOUNDATION

马克思主义文艺理论论著书系

郭运德　王　杰　李心峰 主编

中国马克思主义文论的创新

董学文　著

中国文联出版社
http://www.clapnet.cn

图书在版编目（ＣＩＰ）数据

中国马克思主义文论的创新 / 董学文著 . -- 北京 ：
中国文联出版社，2024.1
　ISBN 978-7-5190-5407-6

　Ⅰ．①中… Ⅱ．①董… Ⅲ．①马克思主义理论－文艺
理论－发展－中国－文集 Ⅳ．① I0-53

中国国家版本馆 CIP 数据核字（2023）第 250012 号

著　　者　董学文
责任编辑　冯　巍
责任校对　李　英
封面设计　马庆晓

出版发行　中国文联出版社有限公司
社　　址　北京市朝阳区农展馆南里 10 号　　　邮编　100125
电　　话　010-85923025（发行部）　　010-85923092（总编室）
经　　销　全国新华书店等
印　　刷　北京地大彩印有限公司

开　　本　710 毫米 ×1000 毫米　　1/16
印　　张　25.75
字　　数　405 千字
版　　次　2024 年 1 月第 1 版第 1 次印刷
定　　价　128.00 元

目　录

CONTENTS

CONTENTS

代 序

立足实际，推动马克思主义文艺理论创新发展

习近平同志在哲学社会科学工作座谈会上的讲话中指出：旗帜鲜明坚持以马克思主义为指导，是当代中国哲学社会科学区别于其他哲学社会科学的"根本标志"。这一重要论断，深刻揭示了包括文艺理论在内的中国当代哲学社会科学的本质属性和基本特征，为推动哲学社会科学和文艺理论创新发展指明了方向。

怎样才能坚持这个"根本标志"呢？按照习近平同志的说法，那就是"首先要解决真懂真信的问题"，"核心要解决好为什么人的问题"，"最终要落实到怎么用上来"。"首先""核心""最终"，这三个层次可以说从立场、态度、目标、学风和实践等方面给出了问题的答案。

文艺理论研究"坚持以马克思主义为指导"，不是为了别的，只是为了推动文艺理论的创新发展，使它能与时代结合起来，与国情结合起来，与文艺实际结合起来，站在时代的高度，运用科学的方法，构建出真正属于中国自己的马克思主义文艺理论。这是现实的需要、历史的呼唤，也是文艺理论工作者的职责。

毋庸讳言，相当一段时间里，文论界在对马克思主义学说"真懂真信"上是存在缺欠的。马克思主义文论被人为地边缘化、空泛化和标签化，它在研究中"失语"、在教材中"失踪"、在论坛上"失声"的现象相当普遍。尤其是盲目推崇、照抄照搬西方文论，甚或用以排斥、解构马克思主义文论的状况几成风气。在这种情况下，习近平强调要"解决真懂真信的问题"，并放在"首先"的一环，显然是有现实针对性的。

我认为，对马克思主义"真信"和"真懂"两者密不可分。"真信"来自"真懂"，"真懂"也离不开"真信。"倘若对马克思主义文论一知半

解、浅尝辄止、束之高阁，又大言不惭、胡编乱造、喜欢造假；倘若热衷于将马克思主义文论与各种非马克思主义文论"对接""组合"或"拼贴"；倘若以奚落、瓦解和贬损马克思主义文论为"能事"，那么这与"真懂真信"就完全不搭界了。毫无疑问，没有"真懂真信"，以马克思主义为指导的文论创新发展就是一句空话、套话。毫无疑问，"不破不立"。"反正"必须"拨乱"，没有"拨乱"难以"反正"，这两者之间是相辅相成的。现在文论界存在的不少弊端，大多是由于缺乏"真懂真信"的原因造成的。

文艺理论是做什么用的，是写给谁看的，有些人一直搞不清楚。我们研究文艺理论，推动其创新发展，不是为了自说自话、自娱自乐，不是为了追求所谓"纯粹学问"或智力游戏。习近平指出："世界上没有纯而又纯的哲学社会科学。""研究者生活在现实社会中，研究什么，主张什么，都会打下社会烙印。"因此，"为什么人的问题"同样是文艺理论研究"根本性、原则性问题"。由此观之，我们不难发现，眼下不少文艺理论在"为谁著书、为谁立说，是为少数人服务还是为绝大多数人服务"这个问题上，确实存在明显的毛病。故弄玄虚、令人看不懂者有之；不坚持"为人民做学问"理念、不坚持"以人民为中心的研究导向"者有之；把个人研究同国家和民族发展严重脱离者有之。为什么文艺理论界这些年比较沉闷，没有活气，文艺批评也威信低落，缺乏影响力和说服力，可以说脱离群众、脱离人民，搞"小圈子"活动，恐怕是其根本的原因。

文艺理论体现以马克思主义为指导这一"根本标志"，关键是最终要"落实到怎么用上来"。这是归宿，是落脚点。要体现这一"根本标志"，切不可只是说说、毫无行动，更不能阳奉阴违、自以为是。落实这一"根本标志"，就要把坚持和发展统一起来，结合新的实践做出新的理论创造，这是马克思主义文论永葆生机与活力的奥妙所在。

这里，我想提出构建"21世纪中国的马克思主义文艺学"的倡议和设想。习近平在党的第十八届中央政治局第二十次集体学习时发出"发展21世纪中国的马克思主义"的号召。随后，在党的第十八届中央政治局第二十八次集体学习时他又提出开拓"当代中国马克思主义政治经济学"新境界的要求。他一再强调，要根据时代变化和实践发展，不断深化认识，总结经验，实现理论创新和实践创新的良性互动，在这种统一和互动中发展21世纪中国的马克思主义。基于此，难道我们文艺理论界不应当跟上形势，相应地提出构建和发展"21世纪中国的马克思主义文艺学"的设想吗？难道不应该立足国情和实际，揭示文艺新特点，提炼与总结新规律，把实践经验成果上升为系统化的文艺理论学说，不断把当代中国马克思主义文论推向前进吗？我相信，这是应当提到日程上来的庄严的工作。这是一个愿景，亦是文论的方向。

从历史进程来看，随着时代的步伐，马克思主义文艺理论在中国确已进入新的发展阶段。在持续的传统与现代、东方与西方的张力结构中，当代中国马克思主义文论已经展现出独特的面貌。换句话说，在当代世界文艺理论的格局中，中国的马克思主义文论不仅获得了特有的身份，而且为人类文化和美学的未来提供了新的选择的可能性。面对这样一种形势，我国的文艺理论工作者有必要也有责任负起历史赋予我们的重担。

构建"21世纪中国的马克思主义文艺学"，好处在于，一方面它可以把马克思主义的指导功能落到实处，进一步明确我国文艺理论的发展战略，提升我国文艺理论的学科体系、学术体系、话语体系的总体水平，增强文论研究的创新动力和广阔空间，使马克思主义文论中国化、时代化、大众化得以呈现；另一方面，又可以进一步挖掘新材料、提出新观点，更好吸纳中华优秀传统文化和外国先进文化的精髓，坚持问题导向，弘扬批判精神，使马克思主义文艺理论真正成为解决重大实际问题的钥匙，有效抵制和遏止那种"以洋为尊""唯洋是从"、跟在别人后面亦步亦趋的境况与氛围。

实践证明，外国"药方"治不好中国文艺的疾病。只有结合实际，遵循以马克思主义为指导，增强中国元素、中国精神、中国经验和中国智慧，中国的文艺理论才会自信地走出一条符合自己的道路来。

第一部分

经典文论的探索之路

马克思主义文艺理论的"内核"是什么？

探讨马克思主义文艺理论的"内核"，实际上就是探讨马克思主义文艺理论的本质特征，探讨究竟什么才是马克思主义文艺理论的核心思想。只有解决了这个问题，我们才有判断一种学说到底是否属于马克思主义文艺理论范畴的基本准则。

众所周知，马克思主义创始人从来没有鼓吹过文艺学或美学教条。在他们的学说中，任何一种似乎可以支配一切文艺形态命运的概念都是不存在的。在他们的论述中，也绝没有空洞的艰涩深奥以及虚假的眼界开阔。可是，中外学界却大都承认马克思主义文艺理论实现了人类文艺思想史上的一次伟大变革，有学者甚至把它比喻成文艺科学的一次"壮丽的日出"。这是为什么呢？看来，如何把握人类文艺思想史上这个伟大的变革，如何弄清这一文艺学说的真实"内核"，已成无法回避又十分重要的研究课题。

一、马克思主义文艺理论"内核"的界说标准

研究马克思主义文艺理论的"内核"，用下定义的方式显然是不明智的。不过，为了简明易懂，我还是想用一句话来概括对马克思主义文艺理论"内核"的把握。这句话是什么呢？那就是：为无产阶级和劳动群众赢得历史上应有的文艺地位与美学权利。倘若换一种说法，似也可界说为：为最广大的人民群众提供文艺和审美上自由与解放的理论武器。正因为如此，马克思主义文艺理论才能跟以往一切的文艺理论在本质上划清界限，才能把亘古未有的文艺理论的根本性变革落到实处。如果从这个"内核"的角度出发，那么可以说一切排斥、反对、丑化、诬蔑和敌视无产阶级和劳动群众争得历史上应有的文艺地位和美学权力的文艺观，都不是马克思

主义或者说都是非马克思主义的；一切令马克思主义文艺理论变质变味，人为地将其同各种形式主义、抽象"人性论"、人本主义、审美乌托邦思想、唯心史观或所谓"向死而生"的存在主义理论结合起来的文艺观，也都丧失了划入马克思主义文艺学说范围的资格和权利。

这样说是不是太政治化或意识形态化，从而忽视了马克思主义文艺学说在美学和文艺学具体理论上的巨大贡献呢？是不是否认了"真理是一个过程"的思想，忘掉了它在历史维度中存在着丰富而合理的发展呢？我认为不是的。这是因为，所谓"内核"，无非是对事物最核心、最本质、最集中的东西的概括与归纳。马克思主义文艺理论的"内核"，说穿了即它是一切变革的根源和动力所在，是其全部文艺思想的轴心。

这个归纳和概括的成立性，主要是以下列的思想资源作为依据的：从哲学的基础来看，马克思主义文艺理论无疑是以唯物史观和辩证法为其根基和支撑的，它是新历史观在文艺问题上的展开；从政治经济学角度来说，马克思主义文艺理论是透视和解剖资本主义艺术生产法则、设计社会主义艺术生产图景的一套方案；从美学的视角讲，马克思主义经典作家的有关论述是打开人民美学、劳动美学、生活美学无限广阔空间的一把钥匙；从社会学领域来观察，马克思主义文艺理论实际是引领文艺走向未来社会形态的灯火和指针。而这一切，归根结底就是马克思主义创始人在揭示人类社会客观发展规律的同时也揭示了人类文艺运动的发展规律，特别是为无产阶级和劳动群众赢得文艺的翻身与应有地位给予了突出的关注。

这样的文艺学说，在人类文艺思想史上当然是头一次出现；这样的理论立场、观点和方法的提出，当然也是破天荒的事情。我认为这就是马克思主义文艺理论"内核"的本质，其体系中丰富的原创的文艺思想，几乎都是围绕着这个"内核"旋转的。

二、马克思主义文艺理论"内核"的考察依据

上面的这个界说比较抽象，为了具体化，我们可以从实际文献资料来判断马克思主义文艺理论的"内核"到底是什么。经典作家文本内容的呈现，最有清晰性，也最有说服力。从经典作家的大量文艺论述中，我们能

够梳理出一条十分鲜明的思想脉络。

在马克思向马克思主义者转变的时期，马克思就把文学艺术和新闻出版同样看作是属于"自由的系统"，因此，马克思一开始就为文艺的"自由"而战。他在1842年的一篇文章中说："行业自由、财产自由、信仰自由、新闻出版自由、审判自由，这一切都是同一个类即没有特定名称的一般自由的不同种。但是，由于相同而忘了差异，以至把一定的种用作衡量其他一切种的尺度、标准、领域，那岂不是完全错了？如果一种自由只有在其他各种自由背叛它们自己而自认是它的附庸时，它才允许它们存在，这是这种自由气量狭窄的表现。"①诚然，这里不是专门谈论文艺的问题，但不难发现，马克思是反对用先前的"一定的种"的"尺度"和"标准"来评价新产生的一些观念的，他力图打破以往的新文艺理论被旧的传统俘虏、去当"附庸"的可悲命运。这一哲学观念，为马克思主义文艺理论的出现提供了精神性的准备和文化性的前提。

很快，恩格斯在1844年的《大陆上的运动》一文中，就通过对乔治·桑、欧仁·苏、狄更斯等人的评论，称赞他们的作品主人公变成"穷人"和"被歧视的阶级"，欣赏其"构成小说主题"的是这些"下层等级"的人的"遭遇和命运、欢乐和痛苦"，认为这是"一类新的小说著作家"，他们"确实是时代的标志"②。恩格斯从小说主人公和新内容的出现来肯定文艺性质和风格的转变，为我们考察其后的马克思主义文艺思想的"内核"，留下了具有延续性的线索。

在《1844年经济学哲学手稿》中，"异化劳动"是马克思立论的基础。但我们发现，正是这种"异化"理论，给马克思提供了认识到被"变成了畸形"的工人才是通过劳动"创造了美"的主体，认识到只有克服"异化"，工人才能真正有权享受美的成果。马克思说："劳动的现实化竟如此表现为非现实化，以致工人非现实化到饿死的地步。对象化竟如此表现为对象的丧失，以致工人被剥夺了最必要的对象——不仅是生活的必要对象，而且是劳动的必要对象。甚至连劳动本身也成为工人只有通过最大的努力和极不规则的间歇才能加以占有的对象。"③工人成了自己的对象的奴

① 《马克思恩格斯全集》第1卷，人民出版社1995年版，第190页。
② 《马克思恩格斯全集》第3卷，人民出版社2002年版，第556页。
③ 《马克思恩格斯文集》第1卷，人民出版社2009年版，第157页。

马克思主义文艺理论的『内核』是什么？

隶。"他首先是作为工人，其次是作为肉体的主体，才能够生存。""动物的东西成为人的东西，而人的东西成为动物的东西。""劳动生产了美，但是使工人变成畸形。"① 因此，马克思才说："对私有财产的积极的扬弃，作为对人的生命的占有，是对一切异化的积极的扬弃，从而是人从宗教、家庭、国家等等向自己的合乎人性的存在即社会的存在的复归。"② 在文艺和美学领域，也是同样的问题。

我们以往的有些研究脱离了这个主题，变成了对纯人性的呼唤，这就与《1844年经济学哲学手稿》的内在精神实质——或思想内核——背道而驰了。《1844年经济学哲学手稿》美学精神的核心，我认为主要就是探讨工人阶级（后来称"无产阶级"）如何获得感性的、审美的自由与解放。譬如，马克思说："共产主义是对私有财产即人的自我异化的积极的扬弃，因而是通过人并且为了人而对人的本质的真正占有；因此，它是人向自身、也就是向社会的即合乎人性的人的复归，这种复归是完全的复归，是自觉实现并在以往发展的全部财富的范围内实现的复归。这种共产主义，作为完成了的自然主义，等于人道主义，而作为完成了的人道主义，等于自然主义，它是人和自然界之间、人和人之间的矛盾的真正解决，是存在和本质、对象化和自我确证、自由和必然、个体和类之间的斗争的真正解决。它是历史之谜的解答，而且知道自己就是这种解答。"③ 这跟抽象人性论和人本主义是有截然区别的。这里的"人"和"人的本质"，严格说来是指"积极扬弃"了"私有财产"即"自我异化"的工人阶级的。这才能堪称是"历史之谜的解答"。如果像有些论者那样，认为这是对抽象、普遍的人性的呼唤，那就同先前的人文主义者和空想主义者没有什么区别了。

马克思说得好："共产主义的博爱则径直是现实的和直接追求实效的"；"对私有财产的扬弃，是人的一切感觉和特性的彻底解放；但这种扬弃之所以是这种解放，正是因为这些感觉和特性无论在主体上还是在客体上都成为人的。"④ 这里应该是将"人"的属性解释清楚了。只要细读一下

---

① 《马克思恩格斯文集》第1卷，人民出版社2009年版，第158、158—159、160页。
② 《马克思恩格斯文集》第1卷，人民出版社2009年版，第186页。
③ 《马克思恩格斯文集》第1卷，人民出版社2009年版，第185—186页。
④ 《马克思恩格斯文集》第1卷，人民出版社2009年版，第187、190页。

《1844 年经济学哲学手稿》原文，我相信是可以得出它的内在实质是为无产阶级争得感性解放和审美权利这个初步结论的。

到了马克思和恩格斯首次合作写作《神圣家族》时，我们发现，他们根据战斗的唯物主义原理，对黑格尔的唯心论哲学，尤其是对以鲍威尔兄弟、施里加等人为代表的"青年黑格尔"派主观唯心主义哲学，以及他们轻视人民群众作用、鼓吹少数杰出人物是历史创造者的唯心史观，给予了彻底的批判。马克思在书中执笔写的对欧仁·苏长篇小说《巴黎的秘密》和施里加评论的分析，表明他们是反感通过"道德感化"来改造社会的方案的。小说《巴黎的秘密》中的鲁道夫，"先把玛丽花变为悔悟的罪女，再把她由悔悟的罪女变成修女，最后把她由修女变成死尸"。玛丽花的"基督教的慰藉正是她的现实生活和现实本质的消灭，即她的死"。① 我们从这里依然可以看到，经典作家对资本主义畅销书的伪善、庸俗、对穷人命运廉价怜悯的无情嘲讽和鞭挞。

马克思、恩格斯希望看到的是进步的文学艺术要冲破前进道路上的重重障碍，"站到社会主义方面来"，努力表现社会主义的观念和倾向。恩格斯对德国画家许布纳尔《西里西亚织工》画作的介绍，特别是对画面中工厂主和工人间阶级矛盾和尖锐冲突的描绘，强调的是"从宣传社会主义这个角度来看，这幅画所起的作用要比一百本小册子大得多"。恩格斯说得很明确："我们希望很快就在工人阶级中找到支柱；显然不论何时何地工人阶级都应当是社会主义政党所依靠的堡垒和力量，而且工人阶级已经被穷困、压迫、失业以及西里西亚和波希米亚工业区的起义所惊醒，他们不再那样昏睡不醒了。"② 他认为，表现工人阶级和社会主义运动，应该提上文艺的日程。因为在文艺上，作家和批评家同样只是要用不同的方式解释世界，而问题在于要用文艺改变世界。

在马克思、恩格斯看来，既然"统治阶级的思想在每一时代都是占统治地位的思想"，是"占统治地位的物质关系在观念上的表现"③，那么，在争取无产阶级占有社会统治地位的学说中，要求无产阶级的生活、观念、形象、情感和语言等也占据统治的地位，也就势所必至、理所当然了。这

① 《马克思恩格斯全集》第 2 卷，人民出版社 1957 年版，第 225、224 页。
② 《马克思恩格斯全集》第 2 卷，人民出版社 1957 年版，第 589 页。
③ 《马克思恩格斯文集》第 1 卷，人民出版社 2009 年版，第 550 页。

是马克思主义文艺变革的根本目的和目标。在其后《资本论》和《剩余价值理论》等著作中，马克思对"艺术生产"规律的揭示更证明了马克思主义文艺思想"内核"的稳定性。

三、在批评实践中对马克思主义文艺观"内核"的凝聚

我们发现，通过马克思主义经典作家对资产阶级文艺的批判，也能透露出他们文艺观"内核"的主要成分。

在批评奥地利小资产阶级诗人卡尔·倍克的《穷人之歌》时，恩格斯认为作者歌颂的是"各种各样的'小人物'，然而并不歌颂倔强的、叱咤风云的和革命的无产者"。"怯懦和愚蠢、妇人般的多情善感、可鄙的小资产阶级的庸俗气，这就是拨动诗人心弦的缪斯"。[①]在批评卡尔·格律恩《从人的观点论歌德》时，恩格斯尖锐地指出了他的"人"的概念的空洞性，把歌德说成是"人的诗人"是不正确的。恩格斯还深刻分析了歌德在精神和态度上的"两重性"，尤其"嫌他由于对当代一切伟大的历史浪潮所产生的庸人的恐惧心理而牺牲了自己有时从心底出现的较正确的美感"[②]。谁能比歌德更好地在历史浪潮中勇往直前并产生"正确的美感"，显然只有正在兴起的无产阶级和劳动群众。

在写作《共产党宣言》之前，马克思曾在论德意志文化的历史及驳斥卡尔·海因岑[③]的《道德化的批判和批判化的道德》一文中，集中而尖锐地批评过德国的"粗俗文学"。他认为当时面临的是同十六世纪相似的历史环境，重新在德国人面前出现这样的文学并不奇怪。马克思说："十六世纪的粗俗文学是：平淡无味，废话连篇，大言不惭，像伏拉松[④]一样夸夸其谈，攻击别人时狂妄粗暴，对别人的粗暴则歇斯底里地易动感情；费力地举起大刀，吓人地一挥，后来却用刀平着拍一下；不断宣扬仁义道德，又

① 《马克思恩格斯全集》第4卷，人民出版社1958年版，第224页。
② 《马克思恩格斯全集》第4卷，人民出版社1958年版，第257页。
③ 卡尔·海因岑（1809—1880），德国激进派政论家，小资产阶级民主主义者，马克思、恩格斯的反对者。——笔者注
④ 伏拉松，系古罗马剧作家忒伦底乌斯的喜剧《太监》中的人物，是一个好吹嘘的糊涂军人。——笔者注

不断将它们破坏；把激昂之情同庸俗之气滑稽地结合一起；自称只关心问题的本质，但又经常忽视问题的本质；以同样自高自大的态度把市侩式的书本上的一知半解同人民的智慧相对立，把所谓'人的理智'同科学相对立；轻率自满，大发无边无际的空论；给市侩的内容套上平民的外衣；反对文学的语言，给语言赋予纯粹肉体的性质（如果可以这样说的话）；喜欢在字里行间显示著者本人的形象：他摩拳擦掌，使人知道他的力气，他炫耀宽肩，向谁都摆出勇士的架子；宣扬健康的精神是寓于健康的肉体，其实已经受到十六世纪极无谓的争吵和肉体欲念的感染而不自知；为狭隘而僵化的概念所束缚，并在同样的程度上诉诸极微末的实践以对抗一切理论；既不满于反动，又反对进步；无力使敌手出丑，就滑稽地对他破口大骂；索罗蒙和马尔科夫，唐·吉诃德和桑科·判扎，幻想家和庸人，两者集于一身；卤莽式的愤怒，愤怒式的卤莽；庸夫俗子以自己的道德高尚而自鸣得意，这种深信无疑的意识像大气一样飘浮在这一切之上。"[1]这样的文学，显然是不尊重无产阶级和劳动群众的审美好恶的。人民群众如果对历史和文化的发展发生兴趣的话，是不难克服这类作品所引起的美学上的反感的。这里令人玩味的是，马克思一方面说这位猛烈攻击恩格斯的海因岑是"复活这种粗俗文学的功臣之一"，另一方面又说"他是象征着各国人民的春天即将来临的一只德国燕子"[2]。这无疑表明：冬天来了，春天还会远吗？"各国人民的春天"包括文艺上"春天"降临的日子，已经为期不远。

我们知道，《共产党宣言》中有这样彻底的思想："资产阶级抹去了一切向来受人尊崇和令人敬畏的职业的神圣光环。它把医生、律师、教士、诗人和学者变成了它出钱招雇的雇佣劳动者。"[3]同时，在马克思、恩格斯看来，"在旧社会内部已经形成了新社会的因素，旧思想的瓦解是同旧生活条件的瓦解步调一致的"。"毫不奇怪，各个世纪的社会意识，尽管形形色色、千差万别，总是在某些共同的形式中运动的，这些形式，这些意识形式，只有当阶级对立完全消失的时候才会完全消失。"[4]因之，此处

---

① 《马克思恩格斯选集》第1卷，人民出版社1972年版，第162—163页。
② 《马克思恩格斯全集》第4卷，人民出版社1958年版，第323页。
③ 《马克思恩格斯文集》第2卷，人民出版社2009年版，第34页。
④ 《马克思恩格斯文集》第2卷，人民出版社2009年版，第51、51—52页。

的估计和预见，我们完全可以理解为是在为通过消灭阶级而解放文艺加以呐喊，是在为无产阶级和劳动人民争得文艺权力和美学地位的努力加以论证。

马克思说过：19世纪的社会革命即无产阶级革命，"不能从过去，而只能从未来汲取自己的诗情"；"从前是词藻胜于内容，现在是内容胜于词藻"。① 即是说，未来的无产阶级的文学艺术，是根植历史前行的沃土之中的，它将发生从形象到主题、从形式到精神的深刻的革命。

我们再通过经典作家对文艺"倾向"的论述，更能看出他们文艺思想"内核"的灵魂。恩格斯不满1830年后德国文坛"在诗歌、小说、评论、戏剧中，在一切文学作品中"盛行的、"反政府情绪的羞羞答答的流露"的"所谓的'倾向'"。为了使这种思想混乱达到顶点，当时"这些政治反对派的因素便同大学里没有经过很好消化的对德国哲学的记忆以及法国社会主义，尤其是圣西门主义的被曲解了的只言片语掺混在一起；这一群散布这些杂乱思想的作家，傲慢不逊地自称为青年德意志或现代派。后来他们曾追悔自己青年时代的罪过，但并没有改进自己的文风"。这些人喜欢"用一些定能引起公众注意的政治暗喻来弥补自己作品中才华的不足"，这是"低等文人的习惯"。② 这段一百六十三年前的话，拿到今天，多么像是直接针对我们现今有些"跪着造反"的作家和批评家所说的啊！

在评论明娜·考茨基的小说《旧与新》的时候，恩格斯一方面肯定了作者对盐场工人、奥地利农民和维也纳"社交界"的透彻了解和出色的生动描写，许多人物是有个性的，都是"典型"，又是一定的"单个人"。但另一方面又不赞成作者把"新人"和"旧人"之间的斗争归结为两种抽象原则即无神论和宗教的斗争，而不是正确地理解和描写为阶级斗争，从而使作品对同情革命的小资产阶级女青年爱莎和其男友、无神论科学家阿尔诺德的描写都"被理想化"得"太完美无缺了"。产生这个缺欠的原因是什么呢？恩格斯认为，就是作者过分鲜明地"在这本书里公开表明您的立场，在全世界面前证明您的信念"。恩格斯诚恳地说："我决不反对倾向诗本身。……现代的那些写出优秀小说的俄国人和挪威人全是有倾向的作家。

---

① 《马克思恩格斯文集》第2卷，人民出版社2009年版，第473页。
② 《马克思恩格斯文集》第2卷，人民出版社2009年版，第361页。

可是我认为，倾向应当从场面和情节中自然而然地流露出来，而无须特别把它指点出来；同时我认为，作者不必把他所描写的社会冲突的历史的未来的解决办法硬塞给读者。"①

以往，我们比较多地是从文学创作的现实主义手法上来理解这些话的意思。现在，我们换一个角度，从无产阶级在文艺上的命运和地位的状况来看，那恰恰说明了明娜·考茨基还停留在社会民主主义的阶段，其作品主要还是"面向资产阶级圈子里的读者"，蕴含的思想"倾向"也没有达到唯物史观的水平。正因为如此，恩格斯才会说："如果一部具有社会主义倾向的小说，通过对现实关系的真实描写，来打破关于这些关系的流行的传统幻想，动摇资产阶级世界的乐观主义，不可避免地引起对于现存事物的永恒性的怀疑，那么，即使作者没有直接提出任何解决办法，甚至有时并没有明确表明自己的立场，我认为这部小说也完全完成了自己的使命。"②正是由于作者没有把握好"现实关系"，才会出现某种"概念化"因素的倾向。而这里所谓的"通过对现实关系的真实描写"，说穿了，就是不能无视工人、农民、劳动群众在历史进步和同资产阶级斗争中的作用。

这个思想，到恩格斯《致哈克奈斯》的信中，表述得就更清楚了。恩格斯认为《城市姑娘》小说"还不够现实主义"，不是手法问题，不是艺术性问题，也不是细节问题，而是对时代与工人阶级的认识缺乏真正现实主义精神的问题。恩格斯说："据我看来，现实主义的意思是，除细节的真实外，还要真实地再现典型环境中的典型人物。"③这里的"典型环境"和"典型人物"，当然可以做一般性的美学和文艺学的理解。但其内在指向，则是就无产阶级登上历史舞台后的时代环境和人物特征而言的。这里所谓的"还不够现实主义"，其实就是指表现这样的时代和任务还不够吻合实际。这是恩格斯思想的核心，否则他也不会接着说："您的人物，就他们本身而言，是够典型的；但是环绕着这些人物并促使他们行动的环境，也许就不是那么典型了。在《城市姑娘》里，工人阶级是以消极群众的形象出现的，他们无力自助，甚至没有试图作出自助的努力。想使他们摆脱其贫困而麻木的处境的一切企图都来自外面，来自上面。如果说这种描写在

① 《马克思恩格斯文集》第 10 卷，人民出版社 2009 年版，第 544—545 页。
② 《马克思恩格斯文集》第 10 卷，人民出版社 2009 年版，第 545 页。
③ 《马克思恩格斯文集》第 10 卷，人民出版社 2009 年版，第 570 页。

1800 年前后或 1810 年前后，即在圣西门和罗伯特·欧文时代是恰如其分的，那么，在 1887 年，在一个有幸参加了战斗无产阶级的大部分斗争差不多 50 年之久的人看来，就不可能是恰如其分的了。工人阶级对压迫他们的周围环境所进行的叛逆的反抗，他们为恢复自己做人的地位所作的令人震撼的努力，不管是半自觉的或是自觉的，都属于历史，因而也应当在现实主义领域内占有一席之地。"①

让真实的、战斗的、自觉的无产阶级成为艺术形象中的主人公，真正能让表现无产阶级的艺术"在现实主义领域内占有一席之地"，这是马克思主义文艺理论"内核"中分量最重的东西，是马克思主义文艺理论"内核"的真谛。恩格斯举巴尔扎克为例，说明他"所指的现实主义甚至可以不顾作者的见解而表露出来"，就是为了强调真正忠于生活、忠于时代的作家，是可以"违背自己的阶级同情和政治偏见的"。有鉴于此，恩格斯才会委婉而亲切地说："为了替您辩解，我必须承认，在文明世界里，任何地方的工人群众都不像伦敦东头的工人群众那样不积极地反抗，那样消极地屈服于命运，那样迟钝。而且我怎么能知道：您是否有非常充分的理由这一次先描写工人阶级生活的消极面，而在另一本书中再描写积极面呢？"②经典作家内心的期盼和憧憬的愿景，在这里就和盘托出了。

恩格斯在致保尔·恩斯特这位党内小资产阶级半无政府主义反对派——"青年派"的领袖和思想家——的信中，也表达了类似的意见。他承认德国的小市民阶层具有胆怯、狭隘、束手无策、毫无首创能力这样一些畸形发展的特殊性格。他认为这种性格十分顽强，在德国的工人阶级最后打破这种狭窄的框框之前，它作为一种普遍的德国典型也给德国的所有其他社会阶级或多或少地打上了它的烙印。但是，恩格斯引述《共产党宣言》中的话来描述当时的德国工人阶级，说"德国工人'没有祖国'，这一点正是最强烈地表现在他们已经完全摆脱了德国小市民阶层的狭隘性"。③这种对德国无产阶级的赞美，同样是在为无产阶级争得美学上的地位而呐喊。

在马克思、恩格斯分别给拉萨尔的两封信中，也能看到类似的精神。

---

① 《马克思恩格斯文集》第 10 卷，人民出版社 2009 年版，第 570 页。
② 《马克思恩格斯文集》第 10 卷，人民出版社 2009 年版，第 571 页。
③ 《马克思恩格斯文集》第 10 卷，人民出版社 2009 年版，第 584 页。

他们都对《济金根》剧本的艺术性方面给予了不少的首肯，但不满意剧中"贵族代表""占去全部注意力"，而"农民和城市革命分子的代表"却没能"构成十分重要的积极的背景"，"没有给予应有的注意"，所以，没有"把最现代的思想表现出来"，没有使贵族的国民运动"本身显出本来的面目"，其观点是也"非常抽象而又不够现实"的。① 他们对所分析的"悲剧性"冲突，也是从现实关系和阶级矛盾的角度进行了阐释。

四、从马克思主义文艺理论发展看其"内核"的延伸

马克思主义文艺理论的发展，经过了 170 多年的历史。而这其中，文艺"为什么人"和"如何为"的问题，始终是一条不断的红线。

历史是最好的老师，文献是充分的证据。从马克思到拉法格、梅林，从普列汉诺夫、列宁再到卢那察尔斯基、高尔基和斯大林，从鲁迅、瞿秋白到毛泽东和其后几代中央领导集体，从西方到东方的多位马克思主义文论家，我们不难发现马克思主义文艺思想精神"内核"延伸和强化的痕迹。

马克思主义创始人是极其重视批判地继承一切优秀文化遗产的。他们曾多次劝导一些青年作家"越快掌握资产阶级的散文技巧越好"②。但与此同时，他们也谆谆告诫参加无产阶级运动的作家"要无条件地掌握无产阶级世界观"③。这两者结合乃是马克思主义文艺观的本来面貌。因为在他们看来，有些作家缺乏创作的本领和叙述故事的才能，只会"枯燥无味地记录个别的不幸事件和社会现象"，"这是由于他们的整个世界观模糊不定的缘故"④。重视世界观，就是重视历史观，重视价值观，重视社会发展的辩证法，这恰是经典作家文艺思想"内核"反映出的一个突出特点。

如果从这个思路梳理，那么，列宁关于托尔斯泰的遗产里，"有着没

---

① 《马克思恩格斯文集》第 10 卷，人民出版社 2009 年版，第 171、176 页。
② 《马克思恩格斯全集》第 29 卷，人民出版社 1972 年版，第 578 页。
③ 《马克思恩格斯选集》第 3 卷，人民出版社 1972 年版，第 374 页。
④ 《马克思恩格斯全集》第 4 卷，人民出版社 1958 年版，第 237 页。

有成为过去而是属于未来的东西"①的思想，关于文学事业是"党的工作的一个组成部分"、"创作自由"与"党性原则"统一、文学要"为千千万万劳动人民，为这些国家的精华、国家的力量、国家的未来服务"②的思想，以及斯大林要求作家"把自己提高到能够担负起先进无产阶级的歌手的任务"③的思想，其"内核"不正是体现了为无产阶级和劳动群众赢得文艺地位和美学权力而奋斗吗？

至于毛泽东文艺思想和中国特色社会主义文艺理论，这种理论"内核"就显得更加明快、更加鲜明了。毛泽东认为："艺术至上主义是一种艺术上的唯心论，这种主张是不对的。"④他说："我们的问题基本是一个为群众的问题和一个如何为群众的问题。不解决这两个问题，或这两个问题解决得不适当，就会使得我们的文艺工作者和自己的环境、任务不协调，就使得我们的文艺工作者从外部从内部碰到一连串的问题。"⑤毛泽东的许多文艺论述、信件，如《在鲁迅艺术学院的讲话》（1938年4月28日）、《新民主主义论》（1940年1月）、《致杨绍萱、齐燕铭》（1944年1月9日）、《应该重视电影〈武训传〉的讨论》（1951年5月20日），特别是《在延安文艺座谈会上的讲话》，都是解决这两个问题的典范。

邓小平在第四次文代会的祝词中也说："我们的文艺属于人民。""人民是文艺工作者的母亲。一切进步文艺工作者的艺术生命，就在于他们同人民之间的血肉联系。""我们的文艺，应当在描写和培养社会主义新人方面付出更大的努力，取得更丰硕的成果。""我们的社会主义文艺，要通过有血有肉、生动感人的艺术形象，真实地反映丰富的社会生活，反映人们在各种社会关系中的本质，表现时代前进的要求和历史发展的趋势，并且努力用社会主义思想教育人民，给他们以积极进取、奋发图强的精神。"⑥这些思想，毋庸置疑是马克思主义文艺理论"内核"在新历史条件和时代语境下的光大发扬。

2014年10月15日，习近平总书记在北京主持召开文艺工作座谈会，

---

① 《列宁全集》第20卷，人民出版社1989年版，第25页。
② 《列宁全集》第12卷，人民出版社1987年版，第93—97页。
③ 《斯大林全集》第13卷，人民出版社1955年版，第25页。
④ 《毛泽东文集》第二卷，人民出版社1993年版，第121页。
⑤ 《毛泽东选集》第三卷，人民出版社1991年版，第853—854页。
⑥ 《邓小平文选》第二卷，人民出版社1994年版，第209—211页。

并发表重要讲话。他强调要"坚持以人民为中心的创作导向，努力创作更多无愧于时代的优秀作品"。他在讲话中明确指出："社会主义文艺，从本质上讲，就是人民的文艺。""文艺要反映好人民心声，就要坚持为人民服务、为社会主义服务这个根本方向。这是党对文艺战线提出的一项基本要求，也是决定我国文艺事业前途命运的关键。""要把满足人民精神文化需求作为文艺和文艺工作的出发点和落脚点，把人民作为文艺审美的鉴赏家和评判者，把为人民服务作为文艺工作者的天职。"他还特别强调："人民是文艺创作的源头活水，一旦离开人民，文艺就会变成无根的浮萍、无病的呻吟、无魂的躯壳。""能不能搞出优秀作品，最根本的决定于是否为人民抒写、为人民抒情、为人民抒怀。""文艺工作者要想有成就，就必须自觉与人民同呼吸、共命运、心连心，欢乐着人民的欢乐，忧患着人民的忧患，做人民的孺子牛。"[①]这些思想，结合新的时代条件和新的文艺状况，无疑把马克思主义文艺理论中国化提到了新的阶段，把一以贯之的马克思主义文艺理论的核心观念提高到新的境界。

一个多世纪的历史证明，为最广大的人民群众赢得文艺上的地位和美学上的权利，这是马克思主义文艺理论永恒的主题。马克思主义文艺理论的责任，就在于依据新的语境去不断地充实丰富它，发扬光大它。

---

① 习近平：《在文艺工作座谈会上的讲话》，《人民日报》，2015 年 10 月 15 日。

马克思文艺批评方法的本质特征

一、马克思文艺批评方法的本质特征尚未搞清

马克思文艺批评方法被界定为"社会历史"批评，这不是从经典作家的意见中概括出来的，而是从西方文论特别是"西方马克思主义"文论那里引进过来的。这种界定，表面上看有一定合理性，因为马克思本人的文艺批评观中，确有重视社会和历史因素的成分。但是，这并没有触及问题的实质，也未能揭示出马克思批评方法的本质特征，一定程度上可说是一种缺乏深度认知的误解。这种界定，把马克思的批评方法简单归结为"宏观批评"或"外部批评"，把马克思的批评理论等同于一般的"现实主义"，其潜台词乃是认为这是由于缺乏艺术和审美的维度造成的。显而易见，如果把马克思的文艺批评方法说成是"社会历史"批评，那么，它就与马克思之前的意大利维柯、法国启蒙学者以及丹纳和巴尔扎克等人的批评理论拉不开距离，划不清界限了。这种界定，容易为那种照搬经典作家的只言片语进行断章取义的庸俗阐释和教条化批评提供平台。

与此相关还有一种观点，那就是把马克思文艺批评方法的基本模式界定为"意识形态批评"，认为此种批评主要还是在经济基础和上层建筑的框架内确立的。同时认为由于"意识形态"概念在马克思的理论系统中十分复杂，因之，相应的在经济基础和上层建筑框架内确立的"意识形态批评"，也具有多种多样的理论形态。这种观点触碰到文艺批评与社会结构、生产力、生产关系之间的关系，有历史唯物主义的成分。但是，由于它认为马克思的文艺批评基本是在经济基础和上层建筑的框架内，并将之定义为"意识形态批评模式"，这仍没能抓住马克思文艺批评方法的要领，而且让人感到纯"意识形态批评"有忽视文艺自律性和审美特殊性之嫌。

理论界比较流行的说法，是把马克思文艺批评方法界定为"美学和

历史的"批评，把这作为马克思批评方法的本质特征。这种界定倒是从经典作家的文本中抽出来的，也接近于马克思文艺批评方法的一些特点。但是，是否可以将之概括为马克思文艺批评的方法论，我认为尚需研究。

我们先从引述"美学和历史的"的文本开始考察。恩格斯在《诗歌和散文中的德国社会主义》一文中评论歌德的时候，曾谈到自己"决不是从道德的、党派的观点来责备歌德，而只是从美学的历史的观点来责备他；我们并不是用道德的、政治的、或'人的'尺度来衡量他"①。这是恩格斯首次用"美学的历史的观点"这一提法。十二年后，恩格斯在评论斐·拉萨尔历史剧《济金根》的时候，又用了这个提法。他说："我是从美学观点和史学观点，以非常高的亦即最高的标准来衡量您的作品的，而且我必须这样做才能提出一些反对意见，这对您来说正是我推崇这篇作品的最好证明。"② 这两段话，都提到"美学的历史的观点"，但是从其提出的上下文含意和历史语境来看，它显然不是一个泛称，不是对其根本方法的界定，不论前者还是后者，都是在比较中强调一种"非常高的亦即最高"的衡量"标准"与"尺度"。也就是说，其重点是在谈论文艺批评的标准问题，并且是针对那些相对狭隘的"道德"的、"党派"的、"政治"的以及抽象"人性"的观点而言的。"美学观点和史学观点"，确切地讲是批评标准中的两种，当然是最切合文艺之本性的两种。

反过来讲，从经典作家文艺批评的基本精神和普遍本性看，其所强调的"美学的历史的"这两种观点，并不必然是要排斥"道德"的、"党派"的、"政治"的以及"人学"观点的，抑或说它们之间作为"标准"和"尺度"只是高低、宽窄、大小之分。不能否认，经典作家文艺批评活动本身，有时也会带有"道德""党派""政治"和"人学"观点的成分的。以"道德"标准为例，马克思实际上就批评了费尔巴哈学说是用预设的"应有"不加分析地、非辩证地批判一切"现有"，结果陷入道德至上主义，其理论也必然充满道德救赎的意味，具有浓厚的空想性和浪漫性。马克思超越了的纯粹道德批判的狭隘视阈，秉持的则是历史分析和道德批判相统一的立场。这一点，我们透过他对欧仁·苏小说《巴黎的秘密》的

---

① 《马克思恩格斯全集》第4卷，人民出版社1958年版，第257页。
② 《马克思恩格斯文集》第10卷，人民出版社2009年版，第177页。

评论，透过《关于费尔巴哈的提纲》和《道德化的批判和批判化的道德》等文章，是可以清晰地看到其批评精神的辩证性和现实张力。由于马克思将道德批判置于新历史观之上，完成了道德批判从抽象到科学的转换，所以，他的道德批评也变成唯物史观的一个视角。

从文艺批评思想史的实际情况来看，事情就更加清楚了。众所周知，最早提出"历史的美学的"观念的，并非马克思，而是黑格尔。黑格尔在《美学》中谈到文艺作品应如何处理历史或异域题材时说："我们在这里应该从历史和美学的观点对法国人提出一点批评，他们把希腊和罗马的英雄们以及中国人和秘鲁人都描绘成为法国的王子和公主"。[1] 这里，黑格尔把"历史"的观点放在了"美学"观点前面。可是，与马克思几乎同时代的别林斯基，就把"美学"批评放在了"历史"批评的前面。他在《〈关于批评的讲话〉》"第一篇论文"中说："确定一部作品的美学优点的程度，应该是批评的第一要务。当一部作品经受不住美学的评论时，它就已经不值得加以历史的批评了。""用不着把批评分门别类，最好是只承认一种批评，把表现在艺术中的那个现实所赖以形成的一切因素和一切方面都交给它去处理。不涉及美学的历史的批评，以及反之，不涉及历史的美学的批评，都将是片面的，因而也是错误的。"[2] 可见，无论是马克思之前还是马克思的同时代，都有美学家和思想家强调"美学的历史的"批评问题。尽管谁把"历史"放前、谁把"美学"放前有所差别，但他们都起用和张扬这两方面的标准，则是确定无疑的。这一情况至少说明，"美学的历史的"批评并非马克思、恩格斯所独有。同时也说明，这两个标准固然重要，可毕竟不是标准的全部，不能涵盖批评对象的所有内涵及批评观念的所有方面。如果批评标准中仅限于这两点，其他各种价值和功能都融入"美学"和"历史"的标准之中，那么，批评的格局和结构就会显得太过狭窄了。由此看来，即便承认经典作家的批评观受了黑格尔、别林斯基等人的影响，但把"美学的历史的"的标准界定为马克思主义批评方法，也是没有将其根本特征反映出来的。

---

① ［德］黑格尔：《美学》第 2 卷，商务印书馆 1979 年版，第 381 页。
② ［俄］别林斯基：《别林斯基选集》第三卷，上海译文出版社 1980 年版，第 595 页。

二、马克思文艺批评方法的本质特征是什么？

马克思文艺批评方法的本质特征，是一个需要根据经典作家思想体系和理论文本加以重新探讨的问题。我这里提出自己的一种看法，就教于学界同仁。

在 1868 年致路德维希·库格曼的信中，马克思说："我的阐述方法不是黑格尔的阐述方法，因为我是唯物主义者，而黑格尔是唯心主义者。黑格尔的辩证法是一切辩证法的基本形式，但是，只有在剥去它的神秘的形式之后才是这样，而这恰好就是我的方法的特点。"[①] 恩格斯在《反杜林论》"序言"中也说："马克思和我，可以说是唯一把自觉的辩证法从德国唯心主义哲学中拯救出来并运用于唯物主义的自然观和历史观的人。"[②] 这两句话，可不可以看作是理解马克思文艺批评方法的一把钥匙呢？我以为是可以的。马克思明确说了他的阐述"方法的特点"，就是唯物主义的辩证法。恩格斯话中的"唯一""自觉的辩证法""拯救""运用""历史观"等字眼，率直地表明了马克思和他是将唯物论与辩证法注入自然和历史的研究作为自觉的理论追求的。可以这样说，正是这一特点，使马克思和恩格斯同各种各样的唯心论和机械论划出了鸿沟。

倘若把这一思想运用到文艺批评方法上，那么，说从马克思才开始以普遍联系和对立统一的观点来观察文艺现象和文艺问题，既不赞成单纯的"内部研究"或"艺术自律"，也不赞成单纯的"外部研究"和"社会历史批评"，而是力图将这两者辩证有机地结合起来，反对各种"自足化"和"非兼容性"，应该是能够成立的。我国文论界也早有学者意识到这一点，认为"马克思主义文学批评既不是单一的美学批评，也不是纯粹的社会历史批评，而是美学观点与历史观点并用，内在分析与外在分析结合的文学批评。"[③] 这表明，在唯物史观的基础上把辩证法运用到文艺批评中去，这才是马克思文艺批评方法的核心与灵魂。从这个意义上讲，把马克思文艺批评的本质特征界定为一种辩证法批评，或曰辩证批判方法，这才是经典作家所独有的。

---

① 《马克思恩格斯文集》第 10 卷，人民出版社 2009 年版，第 280 页。
② 《马克思恩格斯文集》第 9 卷，人民出版社 2009 年版，第 13 页。
③ 唐正序：《文学批评的美学观点与历史观点》，《四川大学学报》1995 年第 2 期。

　　为了形象地说明问题，我们再来看马克思在《第六届莱茵省议会的辩论》中的一段话："在宇宙系统中，每一个单独的行星一面自转，同时又围绕太阳运转，同样，在自由的系统中，它的每个领域也是一面自转，同时又围绕自由这一太阳中心运转。"① 这个比喻性的说法，的确把辩证法用活了。文艺无疑属于"自由的系统"，它也应当符合这一"公转"和"自转"规律。即是说，文艺的"公转"、"自转"现象的一切方面，不是各自孤立运行的，而是彼此同时发生、互相依存、普遍联系、不能分割的。"公转"和"自转"的比方，其内里就是从发展运动中全面研究事物的唯物辩证法。这个规律的表述，已经同对精神现象的各种形而上学观点完全不同了。任何轻视"公转"和"自转"的内在联系，"单打一"，只强调一面而忘记或排斥另一面的做法，都难免犯机械唯物论、庸俗社会学或形式主义、唯美主义的错误。马克思说的"公转"和"自转"的方法论，运用到文艺上，那就是所谓文艺"外部研究"和"内部研究"、"审美批评"和"历史批评"的相互联系、辩证统一。

　　马克思在这段话里是把"自由"比作行星围绕的"太阳"，是运转的"中心"。而我们知道，马克思的"自由"概念是具有历史维度的。它不是抽象的，并非像现代西方社会所信奉的那种："自由的基本含义就是免受束缚、免受限制和免受他人的奴役，其他的含义都是这一含义的扩展或比喻"② 依照马克思的观点，经由社会改造的实践而消灭私有制，达至个人和社会共同合理的自由，这才是未来社会的诉求，才是自由观的根本取向。在这一新的历史坐标中，人的自由不再是仅仅立足于个人意志自由的存在，而是被置于人类社会整体存在的立场上来理解。③ 马克思在打上面这个比喻之前，还说到"如果一种自由只有在其他各种自由背叛它们自己而自认是它的附庸时，它才允许它们存在，这是这种自由气量狭窄的表现。"④ 马克思给批评的自由观输入了总体性思想，也给其"自转"和"公转"的比喻注入了价值论的成分。

　　巧合的是，中国学者也有人从"公转""自传"的角度谈论文艺批评

① 《马克思恩格斯全集》第 1 卷，人民出版社 1995 年版，第 191 页。
② Isaiah Berlin, *Four Essays of Liberty*, London: Oxford University Press, 1969, p.130.
③ 参见常晶：《马克思自由范畴的历史维度》，《东岳论丛》2012 年第 4 期。
④ 《马克思恩格斯全集》第 1 卷，人民出版社 1995 年版，第 190 页。

问题，与马克思的思想很相似。这位学者，就是著名的文艺理论家杨晦。[①]
他在《论文艺运动与社会运动》(1947)一文中写道："要是打个比喻来说，
文艺好比是地球，社会好比是太阳。我们现在都知道地球有随太阳的公
转，也有地球的自转。其实，就是文艺也有文艺的公转律和自转律的。文
艺发展受社会发展限定，文艺不能不受社会的支配，这中间是有一种文艺
跟社会间的公转律存在；同时，文艺本身也有文艺自己的一种发展法则，
这就是文艺自转律。"[②]杨晦的这个观点是否受到了马克思那段话的启迪，
现不得而知。因为马克思比他早讲了105年，况且至今还没找到他参照马
克思上述文献的任何证据。当时马克思的那段话还没有中译文，杨晦读到
《第六届莱茵省议会的辩论》德文原文的可能性也不大，尽管他是懂德文
的。唯一可行的解释是，由于对事物普遍联系、辩证运动的思想有一致的
认识，且都熟知文艺的规律，所以使他们在相隔百年间也能所见略同。两
者的区别，只是一个从哲学的角度阐发，一个从文艺的角度论述，彼此所
揭示的道理则是一致的、相通的。

　　由此可以发现，只有承认这种文艺"公转"和"自转"辩证统一的
理论，才算把握了马克思文艺批评方法的本质特征，才算摸到了马克思文
艺批评律动的真实脉搏，才算与现代含义下的西方文艺批评理论做出了区
隔。这是因为，承认了这种文艺"公转"律和"自转"律的统一，才有条
件杜绝二元对立式的批评思维方式，才会在解释文艺现象时避免于艺术/
政治、审美性/思想性、自律/他律、外部研究/内部研究等据说是处于
矛盾或对立关系中的两项中做出顾此失彼或非此即彼的形而上学的选择。
如果无视马克思文艺批评方法的这个既唯物又辩证的特点，把马克思主义
文艺批评方法泛化，或者把马克思主义文艺批评方法分成人类学模式、政
治学模式、意识形态模式和经济学模式，随意将它同别的观念和方法"对
接"，使之成为一个与现代西方文艺批评理念和方法几乎没有差别的、无
所不包、无所不能的概念，那么，其结果只能是模糊、淡化、扭曲、甚或
消解马克思主义文艺批评方法的特质，只能是自觉不自觉地向各种非辩证

----

　　① 杨晦（1899—1983），1917年考入北京大学，同班中有朱自清、邓中夏、陈公博、谭平
三等人。1919年参加"五四"爱国运动，系鲁迅支持与肯定的重要文学社团"沉钟社"的骨干成
员。1949年以后，担任北京大学中文系教授、系主任兼文艺理论教研室主任。
　　②《杨晦文学论集》，北京大学出版社1985年版，第248—249页。

法和非历史唯物论的批评观倾斜。这对了解马克思文艺批评的真相，发展和创新马克思主义文艺批评方法是很不利的。

懂得了马克思的辩证批评方法，对文艺批评的"美学和史学"观点，也就可以得到更好的梳理，就可以把"美学批评"和"史学批评"结合一体，而不能在批评实践中人为地分为两个步骤、两个阶段或两个标准。对此，我赞同这样的看法，即面对复杂的文学对象，"在进行可操作的文学批评时，一定要把美学批评具体贯彻到文学批评的过程始终，而史学批评的历史唯物主义思想则必须融汇进美学批评之中，才能发生它应有的作用。只有如此才能达到二者的真正结合，而不是二者的分离。马克思主义文学批评只有从审美经验的实在分析中才能科学地阐释作品的意识形态面貌。"①

坚持辩证批评的方法，这是文艺批评的最高境界。因为这种方法会在不同范式的张力和冲突中，能有效地汲取一切有益的东西，能展示出文艺批评的理想途径。不妨说，哈贝马斯的"交往行动理论"，若换个角度，亦可看作是对人在"公转"和"自转"关系中行动模式的一种探讨。他的"生活世界"概念是"交往行动理论"的一个补充，并认为"生活世界的象征性结构，是通过有效知识的连续化，集团联合的稳定化和具有责任能力的行动者的形成的途径再生产出来的……文化、社会和个人作为生活世界的结构因素与文化再生产、社会统一和社会化的这些过程相适应。"②这一认识，实际上是把文艺放到了普遍联系之中，不过同海德格尔的"生活世界"仅仅作为"此在"世界而失去其客观的唯物主义基础是不同的。詹姆逊也说过：文艺批评若能"把社会历史领域同审美－意识形态领域熔于一炉应该是更令人兴趣盎然的事情。"③这种"兴趣盎然的事情"，其实就是批评中"公转"律和"自转"律的统一。在詹姆逊看来，艺术文本的形式化体现了基础与上层建筑的关系，但不能把它看作是同源的一种反映。"基础和上层建筑的关系应视为在意识形态或象征领域内解决更基本矛盾

---

① 熊元义：《他山之石，可以攻玉——文艺理论家冯宪光访谈》，《文艺报》，2013 年 5 月 31 日。
② ［德］哈贝马斯：《交往行动理论》第 2 卷，洪佩郁、蔺青译，重庆出版社 1994 年版，第 189 页。
③ ［美］詹姆逊：《晚期资本主义的文化逻辑》，张旭东编、陈清侨等译，生活·读书·新知三联书店 1997 年版，第 13 页。

的一种综合行为，因为这些矛盾在政治或社会——经济层面上被连接起来。通过这种对象征的有力的重构，我们可以进入文本、作者和历史语境的整体网络。"① 无疑，这也是主张文艺批评方法应进入"熔于一炉"的整体性的一个辩证思考。

三、马克思文艺批评实践体现出的方法论特征

对辩证法情有独钟，是因为马克思认为辩证法可以使人的认识成为科学。用他自己的话说，是"因为辩证法在对现存事物的肯定的理解中同时包含对现存事物的否定的理解，即对现存事物的必然灭亡的理解；辩证法对每一种既成的形式都是从不断的运动中，因而也是从它的暂时性方面去理解；辩证法不崇拜任何东西，按其本质来说，它是批判的和革命的"。② 正是这个特质和要义，使马克思的文艺批评方法充满思想的威力和精神的魅力。

毋庸讳言，马克思的辩证法同德国古典哲学家的辩证法是不同的，甚或可以说是泾渭分明的。马克思曾坦言："我的辩证方法，从根本上来说，不仅和黑格尔的辩证方法不同，而且和它截然相反。"③ 这就是说，马克思对黑格尔的理论是辩证否定、批判扬弃的，绝不是像当时就有人指责的那样，认为"这里的一切都不过是他们的穿旧了的理论外衣的翻新"④。"马克思的观点极其彻底而严整，这是马克思的对手也承认的"。⑤ 马克思曾经指出："辩证法在黑格尔手中神秘化了"。"在他那里，辩证法是倒立着的。必须把它倒过来，以便发现神秘外壳中的合理内核。"⑥ 依照詹姆逊的说法，就连"'艺术的终结'这个概念的内在性在黑格尔那里是从一连串的概念

---

① 王逢振：《政治无意识和文化阐释·前言》，载于《政治无意识》，[美] 詹姆逊著，王逢振译，中国社会科学出版社 1999 年版，第 9 页。
② 《马克思恩格斯文集》第 5 卷，人民出版社 2009 年版，第 22 页。
③ 《马克思恩格斯文集》第 5 卷，人民出版社 2009 年版，第 22 页。
④ 《马克思恩格斯全集》第 3 卷，人民出版社 1960 年版，第 262 页。
⑤ 《列宁专题文集·论马克思主义》，人民出版社 2009 年版，第 7 页。
⑥ 《马克思恩格斯文集》第 5 卷，人民出版社 2009 年版，第 22 页。

系统或模糊的前提下演绎出来的东西。"① 可见，把颠倒的辩证法再"倒过来"，这才是问题的关键。不难想象，倘若我们仍像黑格尔那样，只从上层建筑内部寻找文艺变迁和衰落的症结，将文艺视为绝对理念的感性显现，割裂文艺"公转"和"自转"结合所构成的文艺与社会历史间的内在联系，在满含辩证法的分析中着意赋予文艺的历史以完全心灵和精神的意涵，将独立主体的思维过程看成现实事物的创造主，把现实事物当作只是思维过程的外部表现，那么，这就会在极接近唯物主义的地方，背转过身去又陷入唯心主义的泥淖。文艺批评理论，倘若将马克思的批评方法和观念任意地同西方或古代文艺批评学说加以"组合""嫁接""融会"，其所犯的毛病就是将某些"倒立着的"东西仍然让它"倒立着"。

马克思的文艺批评实践正是不仅看到了"公转"，而且看到了"自转"，不仅看到了主观的一极，而且看到了客观的一极，并把这二者辩证地联系起来、统筹起来，才形成了让真理占有自己而不是自己占有真理的鲜明批评特征。

在《神圣家族》中，马克思对黑格尔唯心主义哲学，尤其是以鲍威尔兄弟、施里加等人为代表的青年黑格尔主观唯心论哲学和唯心史观进行了尖锐的批评，认为"黑格尔的历史观以抽象的或绝对的精神为前提，这种精神是这样发展的：人类只是这种精神的无意识或有意识的承担者，即群众。可见，黑格尔是在经验的、公开的历史内部让思辨的、隐秘的历史发生的。人类的历史变成了抽象精神的历史，因而也就变成了同现实的人相脱离的人类彼岸精神的历史"。② "真理对鲍威尔先生来说也像对黑格尔一样，是一台自己证明自己的自动机器。"③ 在评论长篇小说《巴黎的秘密》的时候，马克思指出，正是作者欧仁·苏及其鼓吹者受到这种历史观的影响，才充当了"感伤的小市民的社会幻想家"的角色。马克思说欧仁·苏通过穆尔弗的口向我们揭露了非思辨的丽果莱特的秘密。她是一个"非常漂亮的浪漫女子"。在她身上，欧仁·苏描写了巴黎浪漫女子的亲切的、富于人情的性格。可是又由于对资产阶级恭顺，而生性又好夸大，他就一

---

① ［美］弗雷德里克·詹姆逊：《文化转向》，胡亚敏等译，中国社会科学出版社 2000 年版，第 74 页。

② 《马克思恩格斯文集》第 1 卷，人民出版社 2009 年版，第 291—292 页。

③ 《马克思恩格斯文集》第 1 卷，人民出版社 2009 年版，第 283 页。

定要在道德上把浪漫女子理想化。他一定要把她的生活状况和性格的尖锐的棱角磨掉，也就是消除她对结婚的形式的轻视、她和大学生或工人的纯朴的关系。正是在这种关系中，她和那些虚伪、冷酷、自私自利的资产者的太太，和整个资产阶级的圈子即整个官方社会形成了一个真正人性的对比。马克思评价小说主人公鲁道夫和玛丽花，也是从这一视角出发的。不难看出，马克思正是发现作者欧仁·苏在"公转"和"自转"处理上存在矛盾：书中人物的"理想化"，其实是"市民化"；磨掉生活状况和性格上的"棱角"，其实是庸俗化、资产阶级化。这样迎合性的伪善的"公转"努力，就把本应有的表现"真正人性"的"自转"破坏掉了，各种人物都成了所谓"批判哲学"式的"自己证明自己的自动机器"。这是马克思最不满意的地方。

马克思对拉萨尔历史剧《弗兰茨·冯·济金根》的评论，也是辩证批评的典范。在给作者的信中，马克思说："我应当称赞结构和情节，在这方面，它比任何现代德国剧本都高明。"但是，他对该剧本构想的悲剧性冲突本质的表达，却不能认同。他讲道："我只能完全赞成把这个冲突当做一部现代悲剧的中心点。但是我问自己：你所探讨的主题是否适合于表现这种冲突？"马克思认为剧中主要人物济金根和胡登的覆灭，"并不是由于他的狡诈。他的覆灭是因为他作为骑士和作为垂死阶级的代表起来反对现存制度，或者说得更确切些，反对现存制度的新形式"。而济金根"实际上只不过是一个唐·吉诃德，虽然是被历史认可了的唐·吉诃德。他在骑士纷争的幌子下发动叛乱，这只意味着，他是按骑士的方式发动叛乱的。如果他以另外的方式发动叛乱，他就必须在一开始发动的时候直接诉诸城市和农民，就是说，正好要诉诸那些本身的发展就等于否定骑士制度的阶级"。接着，马克思指出作者一方面使人物"变成当代思想的传播者"，另一方面"又在实际上代表着反动阶级的利益"。因此，他认为这些贵族代表"不应当像在你的剧本中那样占去全部注意力，农民和城市革命分子（特别是农民的代表）倒是应当构成十分重要的积极的背景。这样，你就能够在更高得多的程度上用最朴素的形式恰恰把最现代的思想表现出来，而现在除宗教自由以外，实际上，市民的统一就是你的主要思想。这样，你就得更加莎士比亚化，而我认为，你的最大缺点就是席勒式地把个人变成时代精神的单纯的传声筒"。① 通过这个分析，我们看到，在创作上，马克思是要求文艺家应当掌握历史辩证法和艺术辩证法相统一的原则的，是要求对历史事件和人物的多面性与矛盾性有清醒的认识的，是要求艺术的"自律"性同"他律"性即艺术逻辑和历史逻辑要能够相吻合的。正是这种辩证批评，超越了一般"美学和历史的批评"，为文艺创作"在更高得多的程度上"，"用最朴素的形式""把最现代的思想表现出来"指引了出路。

作品中的所谓"矛盾"、所谓"复杂"、所谓"多重性"，其实就是对立的统一。面对这样的文艺现象，只有辩证批评才能奏效。恩格斯对诗人歌德的评论，也是个典型的例证。当德国的政论家格律恩把歌德变成"费尔巴哈的弟子"，变成所谓"真正的社会主义"者的时候，恩格斯指出："歌德在自己的作品中，对当时的德国社会的态度是带有两重性的。有时他对它是敌视的；如在《伊菲姬尼亚》里和在意大利旅行的整个期间，他讨厌它，企图逃避它；他像葛兹、普罗米修斯和浮士德一样地反对它，向它投以靡菲斯特斐勒司的辛辣的嘲笑。有时又相反，如在《温和的讽刺诗》诗集里的大部分诗篇中和在许多散文作品中，他亲近它，'迁就'它，在《化装游行》里他称赞它，特别是在所有谈到法国革命的著作里，他甚至保护它，帮助它抵抗那向它冲来的历史浪潮。问题不仅仅在于，歌德承认德国生活中的某些方面而反对他所敌视的另一方面。这常常不过是他的各种情绪的表现而已；在他心中经常进行着天才诗人和法兰克福市议员的谨慎的儿子、可敬的魏玛的枢密顾问之间的斗争；前者讨厌周围环境的鄙俗气，而后者却不得不对这种鄙俗气妥协，迁就。因此，歌德有时非常伟大，有时极为渺小；有时是叛逆的、爱嘲笑的、鄙视世界的天才，有时则是谨小慎微、事事知足、胸襟狭隘的庸人。连歌德也无力战胜德国的鄙俗气；相反，倒是鄙俗气战胜了他；……歌德过于博学，天性过于活跃，过于富有血肉，因此不能像席勒那样逃向康德的理想来摆脱鄙俗气；他过于敏感，因此不能不看到这种逃跑归根到底不过是以夸张的庸俗气来代替平凡的鄙俗气。他的气质、他的精力、他的全部精神意向都把他推向实际生活，而他所接触的实际生活却是很可怜的。他的生活环境是他应该鄙视

---

① 《马克思恩格斯文集》第 10 卷，人民出版社 2009 年版，第 169—171 页。

的，但是他又始终被困在这个他所能活动的唯一的生活环境里。歌德总是面临着这种进退维谷的境地，而且愈到晚年，这个伟大的诗人愈是疲于斗争，愈是向平庸的魏玛大臣让步。我们并不像白尔尼和门采尔那样责备歌德不是自由主义者，我们是嫌他有时居然是个庸人；我们并不是责备他没有热心争取德国的自由，而是嫌他由于对当代一切伟大的历史浪潮所产生的庸人的恐惧心理而牺牲了自己有时从心底出现的较正确的美感。"[1] 如上所述，在这里，恩格斯运用了"美学和历史的观点"。但从整个方法论上看，他不同样是在揭示歌德于文艺"公转"律和"自转"律上存在的矛盾吗？不是把"历史浪潮""生活环境""天性""气质""情绪""精神意向""天才""平庸""斗争""鄙俗气""自由""心理""美感"等极其复杂的元素都组织到对立统一的辩证的批评中来了吗？

可见，恩格斯的"美学观点"和"史学观点"，是一个你中有我、我中有你的整体，是"审美"和"历史"相勾连的一种表达，是把"公转"和"自转"规律具体化的一个层面。正是由于在批评上落实了辩证法和唯物史观，所以才会使得他既给歌德以最高的赞誉，也给歌德以最尖锐的批判。在列宁对待列夫·托尔斯泰和赫尔岑的评论中，我们可以看到同马克思、恩格斯一模一样的批评方法论。这才是经典作家批评方法中的精华和要义，才是其他文艺批评方法所不能比拟的。辩证法是掌握系统思维和复杂思维、避免片面性和简单化思维的法宝。文艺的发生、发展、演化和存在方式，无疑属于复杂性问题。对于文艺，形而上学的批评方法在某些方面可能仍有一定的效果，但是，真正解决问题的关键还是要应用辩证法。这是经典作家批评方法给我们的最大启示。

四、马克思文艺批评方法论的价值与意义

可以这么说，马克思在文艺批评上的功绩，就在于他第一个把已经被遗忘的辩证方法提到了显著的地位，并把这种从神秘形式中解放出来的唯物辩证法作为了无产阶级文艺批评的武器。这种批评方法结束了文艺被演

---

[1] 《马克思恩格斯全集》第4卷，人民出版社1958年版，第256—257页。

绎为"创造性形象力"和"无功利的合目的性"的历史，结束了艺术和美学被成功接纳进论证资本制度合法性并为其服务的理性秩序的历史，也结束了"古典哲学对审美的忽视让其付出了政治上的代价"①的历史。马克思在文艺批评方法上既不是要"重构社会历史维度"的方法，也不是要单纯"重视审美之维"的方法，而是追求文艺"自律"和"他律"辩证统一的方法。

无疑，方法论是连通着思维方式和思想纽结的。马克思批评方法和理念的独创性，必然使他具有高度总体性的视野，并创造出一些属于自己特有的批评范畴和概念。"一门科学提出的每一种新见解都包含这门科学的术语的革命。"②恩格斯说的这句话，放在马克思那里尤其合适。马克思确实形成了不同于别人的批评话语体系，他的一些与先前批评理论近似的概念，也由于文艺批评方法的哲学根基发生了彻底变革而与以往概念有着不同的意涵。譬如，马克思的"审美"概念和"实践"概念，就与德国古典美学同样概念的内涵大不相同；马克思的"艺术生产"概念、"自由的精神生产"概念、"世界观"等概念及其理论阐释，都是马克思的原创。像马克思经济学上"剩余产品"和古典经济学上"制造业"这两个概念，用恩格斯的话说："不言而喻，把现代资本主义生产只看做是人类经济史上一个暂时阶段的理论所使用的术语，和把这种生产形式看做是永恒的、最终的阶段的那些作者所惯用的术语，必然是不同的。"③文艺批评上亦是如此。马克思在谈论文艺的"人性""典型""意识形态""社会意识"和"社会存在"等概念的时候，已经同先前的批评家使用的概念不可同日而语了。

马克思的辩证批评方法，在他的许多理论阐述中都有体现。他的许多理论界说，实际上构成了辩证批评方法的学理支撑。如在《〈政治经济学批判〉导言》中，马克思提出了著名的"物质生产的发展例如同艺术发展的不平衡关系"④的命题。在《资本论》中，马克思提出了"资本主义生产就同某些精神生产部门如艺术和诗歌相敌对"⑤的命题。这里"不平衡

①　［英］特里·伊格尔顿：《自由的特殊：审美的兴起》，马海良译，载于《当代马克思主义文艺批评》，［英］弗朗西斯·马尔赫斯编，刘象愚等译，北京大学出版社 2002 年版，第 63 页。

②　《马克思恩格斯文集》第 5 卷，人民出版社 2009 年版，第 32 页。

③　《马克思恩格斯文集》第 5 卷，人民出版社 2009 年版，第 33 页。

④　《马克思恩格斯文集》第 8 卷，人民出版社 2009 年版，第 34 页。

⑤　《马克思恩格斯全集》第 26 卷第 1 册，人民出版社 1972 年版，第 296 页。

关系"也好，"相敌对"状况也好，如果我们从文艺的"公转律"和"自转律"对立统一的视域去看，承认两者之间联系的复杂性，承认文艺"自转"有其相对独立性，并注意"给其他参与相互作用的因素以应有的重视"①，那么，对这些命题给出正确的解答方案是不困难的。马克思这里说的"不平衡"是一种"关系"，不是一种"规律"。正因为是"关系"，所以他才会接下来说："关于艺术，大家知道，它的一定的繁盛时期决不是同社会的一般发展成比例的，因而也决不是同仿佛是社会组织的骨骼的物质基础的一般发展成比例的。"②马克思讲的两种生产"相敌对"，是举例而言批评经济学家施托尔希不是历史地考察物质生产本身，不是把物质生产"当作一定的、历史地发展的和特殊的形式来考察"，因而他不能"理解统治阶级的意识形态组成部分"，不能"理解一定社会形态下自由的精神生产"特点，也"没有能够超出泛泛的毫无内容的空谈"③。如果我们认识到文艺有"公转"和"自转"的两个序列，虽说彼此不能分离，但在这个运转系统中，"公转"有时会妨害"自转"，"自转"有时会抵制"公转"，有时可能"公转"因素多一些，有时可能"自转"因素多一些，在这种对立统一中产生"不平衡"和"相敌对"现象，完全是符合辩证法的，是符合"随着经济基础的变更，全部庞大的上层建筑也或慢或快地发生变革"④的规律的。上层建筑变革的"或慢或快"，就是辩证运动造成的某种"不平衡"，就是特定生产方式与自由精神生产之间矛盾关系造成的"相敌对"，就是"政治、法、哲学、宗教、文学、艺术等等的发展是以经济发展为基础的。但是，它们又都互相作用并对经济基础发生作用"⑤的必然结果。

再如，马克思以"劳动"概念为例指出："哪怕是最抽象的范畴，虽然正是由于它们的抽象而适用于一切时代，但是就这个抽象的规定性本身来说，同样是历史条件的产物，而且只有对于这些条件并在这些条件之内才具有充分的适用性。"⑥联系到文艺批评上的"审美""人性""文学性"等概念，不是同样可以做如此理解吗？这就是辩证法，这就是批评的辩证法。

① 《马克思恩格斯文集》第10卷，人民出版社2009年版，第593页。
② 《马克思恩格斯文集》第8卷，人民出版社2009年版，第34页。
③ 《马克思恩格斯全集》第26卷第1册，人民出版社1972年版，第296页。
④ 《马克思恩格斯文集》第2卷，人民出版社2009年版，第592页。
⑤ 《马克思恩格斯文集》第10卷，人民出版社2009年版，第668页。
⑥ 《马克思恩格斯文集》第8卷，人民出版社2009年版，第29页。

恩格斯曾经指出：像某些学者那样看问题其实是一种误解，即"认为马克思进行阐述的地方，就是马克思要下的定义，并认为人们可以到马克思的著作中去找一些不变的、现成的、永远适用的定义"。① 这样看问题，就把马克思的学说当成了一般知识和教条，而不是当成进一步研究的出发点和供这种研究使用的方法了。前述的将"美学和历史的观点"说成是马克思批评方法的核心，就有这种类似的"误解"之嫌。恩格斯说过："不言而喻，在事物及其互相关系不是被看做固定的东西，而是被看做可变的东西的时候，它们在思想上的反映，概念，会同样发生变化和变形；它们不能被限定在僵硬的定义中，而是要在它们的历史的或逻辑的形成过程中来加以阐明。"② 这才坚持了"真理是个过程"的思想，坚持了运动和变化的原则，把辩证法输入到了给事物下定义的阐述之中。

马克思的文艺批评方法论，包括对文艺现象的真理性评价和价值性评价两个方面。其真理性评价，是对文艺与它所反映和表现的客观对象之间关系的评价，是对"公转"与"自转"间对立统一程度的评价，是对艺术真实和历史真实辩证联系的评价；其价值性评价，则是对文艺与一定价值主体之间关系的评价，也就是关于文艺现象对谁有用、有利、有益的评价。透过马克思对优秀法国、英国和俄国小说家的"偏爱"，对德国宗教改革期间出现的"粗俗文学"的辛辣讽刺，对 19 世纪下半叶德国瓦格纳"未来音乐"和英国"前拉斐尔派"绘画的不满，以及对文学作品表现无产阶级威风凛凛、直截了当、毫不含糊地反对私有制的呼吁，我们都可以看到他的批评方法中满含着的价值评价的成分。而且，从学理的意义上说，坚持文艺"公转"和"自转"的辩证法，可以突破现有批评框架和格局，这本身就是批评本体论、批评主体论和批评价值论的统一。

我认为，研究马克思文艺批评方法的本质特征，既可划清马克思主义文艺批评与非马克思主义文艺批评的界限，增强我们文艺批评的自觉和自信，亦可防止一些非马克思主义的批评方法模糊和干扰我们的视线。实践证明，如果搞不清马克思文艺批评方法的实质，把一些非马克思主义的、假马克思主义的批评思想掺杂到马克思主义的批评方法中来，那么是很容

---

① 《马克思恩格斯文集》第 7 卷，人民出版社 2009 年版，第 17 页。
② 《马克思恩格斯文集》第 7 卷，人民出版社 2009 年版，第 17 页。

易降低我们的批评水准，搞乱我们文艺批评的指导原则和理论基础的。有种观点，主张文艺批评要用作为世界观和历史观的人本主义或人道主义来"补充"马克思主义批评方法，甚至主张把马克思主义批评方法归结为人道主义批评，这就脱离了马克思主义文艺批评方法的科学轨道。为什么这么说？因为倘若不区分作为世界观、历史观和作为伦理原则、道德规范的人道主义和人本主义，这不仅违背了文艺"公转"和"自转"的普遍法则，而且也把马克思主义文艺批评方法倒退回费尔巴哈及其之前的历史唯心论窠臼。这种判断是可靠的："作为世界观和历史观，马克思主义和人道主义，历史唯物主义和历史唯心主义，根本不能互相混合、互相纳入、互相包含或互相归结。完全归结不能，部分归结也不能。"① 因为只有这样，才能保证马克思主义文艺批评方法的纯洁性。

近些年，常有批评家把"以人为本"曲解为不是"以人民为本"，而是"以个人为本"，曲解为人道主义历史观，主张"超越"和"批判"反映论批评模式，重塑人道主义的真理性意义。这就抹杀了文艺批评方法中历史唯物论和历史唯心论的区别。有的批评论者，否认辩证唯物主义原理，总是"试图论证马克思主义哲学不是辩证唯物主义，而是据说尘封在马克思书本中直到今天才被他们'解读'出来的实践本体论、实践一元论、实践存在论乃至实践的唯人主义、实践的唯心主义。这些观点在最根本的理论问题上混淆了马克思主义同非马克思主义的界限，在学术研究和思想宣传中造成了理论混乱"②。此外，有的批评家不是从马克思主义经典文本中汲取智慧和营养，而是习惯于用从西方搬来的理论讨论从西方找来的题目，根据西方学者的书本谈论自己国家遇到的问题，同本国的文艺实际不搭界，迷信于西方某些学说，使我们的文艺批评变成了西方理论话语的"殖民地"和"跑马场"。这就更增加了我们研讨马克思文艺批评方法根本特质的紧迫性和责任感。现实表明，弄清马克思文艺批评方法的本质特征，对推动和改进马克思主义的文艺批评是大有裨益的。

---

① 《胡乔木文集》第 2 卷，人民出版社 1993 年，第 596 页。
② 田心铭：《论马克思主义的理论自信和理论自觉》，《马克思主义研究》2012 年第 10 期。

论马克思的文艺"公转"与"自转"说

一、"公转"与"自转"相统一思想
体现了马克思文艺观的基本特征

    马克思的文艺观是在批判继承前人学说的基础上进行了革命变革的。这种变革，除了价值取向和范畴术语的更新外，最根本的特征就是将唯物的辩证法应用到文艺学说之中，从而使文艺学成为一门科学。如何理解马克思文艺学说的框架体系及其特征，多年来学界是存在分歧的。准确把握马克思文艺学说的原型与流变，依然是个现实的理论问题。无疑，马克思把全部西方文艺学和美学的传统都纳入了自己的批判视野。同样无疑的是，马克思又是最早最成功地超越和颠覆了先前各种形而上学的文艺观的。是什么使马克思的文艺观超越前人又大放异彩？怎样勾勒马克思文艺观的整体面貌才能既不外于也不低于马克思文艺观的原初形态呢？解决这个问题，显然是马克思主义文艺理论研究的重大课题。

    在《反杜林论》"序言"中，恩格斯曾经说过："马克思和我，可以说是唯一把自觉的辩证法从德国唯心主义哲学中拯救出来并运用于唯物主义的自然观和历史观的人。"[①] 此话可以看作理解马克思文艺观的一把钥匙。这句话中的"唯一""自觉的辩证法""拯救""运用""历史观"等字眼，清楚地表明马克思、恩格斯将辩证法和唯物论注入自然和历史研究是自己的理论追求。抑或可以说，正是这一点，马克思同各种唯心论和机械论划清了界限。如果把这一思想运用到文艺上，那么，说从马克思开始才以普遍联系和对立统一的观点观察文艺现象和文艺问题，既不赞成单纯的"内部研究"，也不赞成单纯的"外部研究"，而是力图将这两者辩证有机地结

---

    ① 《马克思恩格斯文集》第 9 卷，人民出版社 2009 年版，第 13 页。

合起来，应该是可以成立的。

我们知道，在《第六届莱茵省议会的辩论》中，马克思曾讲过这样一段话："在宇宙系统中，每一个单独的行星一面自转，同时又围绕太阳运转，同样，在自由的系统中，它的每个领域也是一面自转，同时又围绕自由这一太阳中心运转。"① 这是一个比喻性的说明。文学艺术无疑是属于"自由的系统"的，它也应当符合这一"公转"和"自转"的规律。也就是说，文艺的"公转"和"自转"，各自不是孤立运行的，而是同时发生、不能分离的。"公转"和"自转"说，它的内里便是唯物辩证法。这个规律的表述，已经同对精神现象的各种形而上学论完全不同了。

我们可以称"公转"和"自转"说是文艺学领域类似哥白尼"日心说"取代托勒密"地心说"式的一场革命。哥白尼曾经这样说道："处于行星中间的是太阳，在这极美丽的殿堂中，谁能把这个火炬放到更好的地位，使它的光明同时照到整个体系呢？……这样，我们就发现在这一秩序的安排下，宇宙里有一种奇妙的对称，轨道的大小与运动都有一定的谐和关系，这样的情形是用别的方法达不到的。"② 我们还不能说哥白尼的思想体现了唯物辩证法，但确已有了近代的科学因素和辩证思维。毛泽东也曾谈到过这个问题，他说："事物在运动中。地球绕太阳转，自转成日，公转成年。哥白尼的时代，在欧洲只有几个人相信哥白尼的学说，例如伽利略、开普勒，在中国一个人也没有。不过宋朝辛弃疾写的一首词里说，当月亮从我们这里落下去的时候，它照亮着别的地方。晋朝的张华在他的一首诗里也写到'太仪斡运，天回地游'。"③ 这里，毛泽东是通过文艺作品讲自然规律，其中的道理对文艺学和其他社会科学也是适用的。

这里值得一提的是，在 20 世纪 40 年代后期，就有中国学者从文艺的角度谈过同马克思的这种"公转""自转"思想相似的学术看法。这位学者就是著名文艺理论家杨晦先生。他在《论文艺运动与社会运动》一文中讲道："要是打个比喻来说，文艺好比是地球，社会好比是太阳。我们现在都知道地球有随太阳的公转，也有地球的自转。其实，就是文艺也有文艺

---

① 《马克思恩格斯全集》第 1 卷，人民出版社 1995 年版，第 191 页。
② ［英］W. C. 丹皮儿：《科学史及其与哲学和宗教的关系》，李珩译，商务印书馆 1975 年版，第 172 页。
③ 《毛泽东文集》第 8 卷，人民出版社 1999 年版，第 391—392 页。

的公转律和自转律的。文艺发展受社会发展限定，文艺不能不受社会的支配，这中间是有一种文艺跟社会间的公转律存在；同时，文艺本身也有文艺自己的一种发展法则，这就是文艺自转律。"[1] 杨晦先生的这个观点是否受到了马克思的启迪，现不得而知。因为马克思比他早讲了105年，至今也没有发现他引证马克思上述文献资料的任何证据。况且，当时马克思的那段话还没有中译文，他也没有可能读到《第六届莱茵省议会的辩论》的德文原文。唯一可以解释的是，那就是由于对事物相互联系、辩证运动思想的认识一致，使他们相隔百年亦所见略同。两者的区别，只是一个从哲学角度阐发，一个从文艺角度论述，彼此的道理则是完全相通的。

可以说，文艺的"公转"和"自转"相统一的思想，正是马克思文艺观的一个鲜明体现。为什么这么讲？我们不妨来分析一下马克思上面说的那段话。马克思所说的"自由的系统"，是个大系统，无疑是包括文学艺术在内的。既然包括在内，那么我们就得承认而且必须注意文艺运动中同时存在着的"自转"和"公转"的两个方面。人们的一般思维在考察具体文艺现象和文艺问题时，往往会比较重点或集中地谈论"自转"和"公转"的某一个方面。历史上的文艺学说——不论是西方还是东方——其实大体上也都是这么做的。比较而言，黑格尔是个例外，他的思维方式不同于所有其他思想家的地方，是他的思维方式有着巨大的历史感做基础。"形式尽管是那么抽象和唯心，他的思想发展却总是与世界历史的发展平行着，而后者按他的本意只是前者的验证。真正的关系因此颠倒了，头脚倒置了，可是实在的内容却到处渗透到哲学中……他是第一个想证明历史中有一种发展、有一种内在联系的人，尽管他的历史哲学中的许多东西现在在我们看来十分古怪，如果把他的前辈，甚至把那些在他以后敢于对历史作总的思考的人同他相比，他的基本观点的宏伟，就是在今天也还值得钦佩。在《现象学》、《美学》、《哲学史》中，到处贯穿着这种宏伟的历史观，到处是历史地、在同历史的一定的（虽然是抽象地歪曲了的）联系中来处理材料的。"[2] 这一"划时代的历史观"，成为马克思"新的唯物主义世界观的直接的理论前提，单单由于这种历史观，也就为逻辑方法提供了一

---

[1]《杨晦文学论集》，北京大学出版社1985年版，第248—249页。
[2]《马克思恩格斯文集》第2卷，人民出版社2009年版，第602页。

个出发点。如果这个被遗忘了的辩证法从'纯粹思维'的观点出发就已经得出这样的结果，而且，如果它轻而易举地就结束了过去的全部逻辑学和形而上学，那么，在它里面除了诡辩和烦琐言辞之外一定还有别的东西。但是，对这个方法的批判不是一件小事，全部官方哲学过去害怕而且现在还害怕干这件事。"①

那么，是谁干了"这件事"并完成了这个"批判"的任务？是谁把这种"头脚倒置"的辩证法又重新"颠倒"过来？显然是马克思。用恩格斯的话来说："马克思过去和现在都是唯一能够担当起这样一件工作的人，这就是从黑格尔逻辑学中把包含着黑格尔在这方面的真正发现的内核剥出来，使辩证方法摆脱它的唯心主义的外壳并把辩证方法在使它成为唯一正确的思想发展形式的简单形态上建立起来。"②马克思对于政治经济学的批判，是以这个方法做基础的；他对于文艺学和其他社会科学的批判，同样也是以这个方法做基础的。我们只有从这里入手，才能发现并认识马克思文艺观整体特征的学理依据。

这是一种辩证法，它要求的是在考察文艺问题的时候，应有"公转"和"自转"相联系、相统一的观念，应把文艺的"公转"和"自转"都放在稳实的唯物主义人文基础之上，不能顾此失彼。如果采取"单打一"的方式，只强调其中的一面而排斥另一面，或者只是从精神世界去寻找"公转"与"自转"的动力，那么就有可能不是犯庸俗社会学或形式主义的毛病，就是犯唯心论或唯情论的毛病。文艺学研究中这两个方面的缺点和弱点给我们带来的教训，实在是太深刻了。相当长的时间里，文艺理论上不是片面强调文艺与社会的关系、文艺与生活的关系，就是片面强调文艺"不要贴近现实"，要"从政治的裤腰带上解下来"，"回到文艺本身"；不是强调"文学就是历史"，就是强调它的"永恒"、它的"审美性"。其实，依据马克思的观点，这两种偏向都是离开了唯物辩证法的。

需要强调的是，马克思讲的是"一面自转"，"一面公转"，即"公转"中有"自转"，"自转"中有"公转"，并不是只有一种运动、一种旋转。马克思讲的那个被围绕的中心——"太阳"，对于文艺来说，就是"社会"，

---

① 《马克思恩格斯文集》第 2 卷，人民出版社 2009 年版，第 602 页。

② 《马克思恩格斯文集》第 2 卷，人民出版社 2009 年版，第 602—603 页。

就是人类"生活"，亦可说就是"历史"。文艺在语言、形式、韵律、题材等方面也有其自身的演化规律，也有相对的独立性。但这些规律和独立性，同"公转"、外因不是隔绝的，而是有着内在联系的。换种说法，就是文艺不能不绕着"太阳"转，否则它就"飞"跑了，飞到宇宙苍穹中去了；文艺也是不能仅仅自我旋转的，否则它就会被"太阳"吸收熔化，或变得没有昼夜变换和四季循环了。如果这个解释基本符合事实，那么文艺理论研究就不能单纯讲授或迷恋"公转律"，也不能单纯讲授或迷恋"自转律"，更不能把所谓的"外部研究"和"内部研究"①绝缘分割、对立起来。科学的态度应是在二者的辩证统一中揭示各种文艺变化发展问题的答案。

二、"公转"与"自转"相统一思想
在马克思恩格斯批评活动中的运用

文艺"公转""自转"相统一的思想，在马克思的文艺批评活动中得到了充分体现。以往我们在研究马克思文艺观的时候，从这个视角的考察不多。现在看来，调整一下角度，我们会有许多新的发现。

在评论拉萨尔的历史剧《弗兰茨·冯·济金根》时，马克思说："我应当称赞结构和情节，在这方面，它比任何现代德国剧本都高明。"但是，对该剧本构想的悲剧性冲突的本质的表达，马克思却是不认可的。他对拉萨尔讲道："我只能完全赞成把这个冲突当做一部现代悲剧的中心点。但是我问自己：你所探讨的主题是否适合于表现这种冲突？"马克思认为，剧中人物济金根还有胡登——济金根的主要顾问和朋友，济金根女儿玛丽亚的情人——的覆灭，"并不是由于他的狡诈。他的覆灭是因为他作为骑士和作为垂死阶级的代表起来反对现存制度，或者说得更确切些，反对现存制度的新形式"。而济金根"实际上只不过是一个唐·吉诃德，虽然是被历史认可了的唐·吉诃德。他在骑士纷争的幌子下发动叛乱，这只意味着，他是按骑士的方式发动叛乱的。如果他以另外的方式发动叛乱，他就必

---

① 参见［美］韦勒克、沃伦：《文学理论》，刘象愚等译，生活·读书·新知三联书店 1984年版。

须在一开始发动的时候直接诉诸城市和农民，就是说，正好要诉诸那些本身的发展就等于否定骑士制度的阶级"。马克思指出，作者一方面使人物"变成当代思想的传播者"，另一方面"又在实际上代表着反动阶级的利益"。因此，他认为这些贵族代表"不应当像在你的剧本中那样占去全部注意力，农民和城市革命分子（特别是农民的代表）倒是应当构成十分重要的积极的背景。这样，你就能够在更高得多的程度上用最朴素的形式恰恰把最现代的思想表现出来，而现在除宗教自由以外，实际上，市民的统一就是你的主要思想。这样，你就得更加莎士比亚化，而我认为，你的最大缺点就是席勒式地把个人变成时代精神的单纯的传声筒"。[①] 通过马克思的这个分析，我们不难概括出其文艺"公转"与"自转"相统一的批评法则。在创作上他要求作家、艺术家遵循文艺"公转"和"自转"相统一的原则，或者说，他希望作家和艺术家要遵循艺术逻辑和历史逻辑相统一的规律。

恩格斯也评价过拉萨尔的剧本《济金根》，其批评思路和视角跟马克思完全一致。一方面，恩格斯肯定作品在"自转"上的成绩，说"现在到处都缺乏美的文学，我难得读到这类作品"；读了你的《济金根》，"我的情绪激动不已"。"为了有一个不偏不倚、完全'批判的'态度"，恩格斯还把《济金根》"借给了几个相识的人（这里还有几个多少有些文学修养的德国人）"，自己则反复读上三四遍，并认为"当前德国的任何一个官方诗人都远远不能写出这样一个剧本"；"如果首先谈形式的话，那么，对情节的巧妙安排和剧本的从头到尾的戏剧性使我惊叹不已"，等等[②]。但另一方面，恩格斯也坦率地指出其不足，那就是"德国戏剧具有较大的思想深度和自觉的历史内容，同莎士比亚剧作的情节的生动性和丰富性的完美融合，大概只有在将来才能达到，而且也许根本不是由德国人来达到的。无论如何，我认为这种融合正是戏剧的未来"。恩格斯给拉萨尔出主意，建议他"应当改进的是，要更多地通过剧情本身的进程"使人物的动机和历史潮流"生动地、积极地，所谓自然而然地表现出来"，防止人物描写陷入"现在流行的恶劣的个性化"，因为"这种个性化不过是玩弄小聪明而已，并且是垂死的模仿文学的一个本质的标记"。此外，恩格斯还说，"我

---

① 《马克思恩格斯文集》第 10 卷，人民出版社 2009 年版，第 171 页。

② 《马克思恩格斯文集》第 10 卷，人民出版社 2009 年版，第 172—173 页。

觉得刻画一个人物不仅应表现他做什么，而且应表现他怎样做"，"古代人的性格描绘在今天已经不够用了"。①在戏剧的历史内容上，他则指出："在我看来，即使就您对戏剧的观点（您大概已经知道，您的观点在我看来是非常抽象而又不够现实的）而言，农民运动也是值得进一步研究的"。剧本"没有充分表现农民的鼓动在当时已经达到的高潮。我认为，我们不应该为了观念的东西而忘掉现实主义的东西，为了席勒而忘掉莎士比亚，根据我对戏剧的这种看法，介绍那时的五光十色的平民社会，会提供完全不同的材料使剧本生动起来，会给在前台表演的贵族的国民运动提供一幅十分宝贵的背景，只有在这种情况下，才会使这个运动本身显出本来的面目。""我觉得，由于您把农民运动放到次要地位，所以您在一个方面对贵族的国民运动作了不正确的描写，同时您也就忽视了在济金根命运中的真正悲剧的因素。"那么，真正的悲剧因素是什么呢？那就是夹在贵族和农民之间的骑士起义的矛盾性，使他们不可能不失败。恩格斯说，"在我看来，这就构成了历史的必然要求和这个要求实际上不可能实现之间的悲剧性冲突。您忽略了这一因素，把这个悲剧性的冲突缩小到相当有限的范围之内"②。这里引证的文字较长，但充分说明了恩格斯在分析作品时，同样是把文艺的"自转律"和"公转律"合情合理地联系起来、统一起来的。恩格斯的分析表明，文艺的"自转"处理不好，会出问题；文艺的"公转"处理不好，也会出问题。任何一部文艺作品，都需要辩证地处理这两者的关系。

众所周知，"美学观点和史学观点"是马克思主义经典作家"非常高的亦即最高的"③批评标准。在这个标准中，"美学观点"和"史学观点"是两个问题还是一个整体，学界一直莫衷一是。如果从"公转"和"自转"相统一的角度看，"美学观点和史学观点"就是你中有我、我中有你，就是审美和历史的统一，就是"自转"和"公转"的统一。如果简单地把它理解为内容和形式关系的观点，那就与传统文论没有什么区别了。"美学观点和史学观点"，是把"公转"和"自转"的观点具体化，是把辩证法和唯物史观切实落实到了文艺上。

---

① 《马克思恩格斯文集》第10卷，人民出版社2009年版，第174—175页。
② 《马克思恩格斯文集》第10卷，人民出版社2009年版，第176—177页。
③ 《马克思恩格斯文集》第10卷，人民出版社2009年版，第177页。

我们来看批评实例。恩格斯在评价诗人歌德时，曾说德国的政论家格律恩把歌德变成了费尔巴哈的弟子，变成了所谓"真正的社会主义"者。恩格斯指出："关于歌德本人我们当然无法在这里详谈。我们要注意的只有一点。歌德在自己的作品中，对当时的德国社会的态度是带有两重性的。有时他对它是敌视的；如在《伊菲姬尼亚》里和在意大利旅行的整个期间，他讨厌它，企图逃避它；他像葛兹、普罗米修斯和浮士德一样地反对它，向它投以靡菲斯特斐勒司的辛辣的嘲笑。有时又相反，如在《温和的讽刺诗》诗集里的大部分诗篇中和在许多散文作品中，他亲近它，'迁就'它，在《化装游行》里他称赞它，特别是在所有谈到法国革命的著作里，他甚至保护它，帮助它抵抗那向它冲来的历史浪潮。问题不仅仅在于，歌德承认德国生活中的某些方面而反对他所敌视的另一方面。这常常不过是他的各种情绪的表现而已；在他心中经常进行着天才诗人和法兰克福市议员的谨慎的儿子、可敬的魏玛的枢密顾问之间的斗争；前者讨厌周围环境的鄙俗气，而后者却不得不对这种鄙俗气妥协，迁就。因此，歌德有时非常伟大，有时极为渺小；有时是叛逆的、爱嘲笑的、鄙视世界的天才，有时则是谨小慎微、事事知足、胸襟狭隘的庸人。连歌德也无力战胜德国的鄙俗气；相反，倒是鄙俗气战胜了他……歌德过于博学，天性过于活跃，过于富有血肉，因此不能像席勒那样逃向康德的理想来摆脱鄙俗气；他过于敏锐，因此不能不看到这种逃跑归根到底不过是以夸张的庸俗气来代替平凡的鄙俗气。他的气质、他的精力、他的全部精神意向都把他推向实际生活，而他所接触的实际生活却是很可怜的。他的生活环境是他应该鄙视的，但是他又始终被困在这个他所能活动的唯一的生活环境里。歌德总是面临着这种进退维谷的境地，而且愈到晚年，这个伟大的诗人愈是疲于斗争，愈是向平庸的魏玛大臣让步。我们并不像白尔尼和门采尔那样责备歌德不是自由主义者，我们是嫌他有时居然是个庸人；我们并不是责备他没有热心争取德国的自由，而是嫌他由于对当代一切伟大的历史浪潮所产生的庸人的恐惧心理而牺牲了自己有时从心底出现的较正确的美感"[1]。恩格斯还说，他这样讲"决不是从道德、党派的观点来责备歌德，而只是从美学的历史的观点来责备他；我们并不是用道德的、政治的、或'人的'尺

---

[1]《马克思恩格斯全集》第 4 卷，人民出版社 1958 年版，第 256—257 页。

论马克思的文艺「公转」与「自转」说

度来衡量他"①，这不同样又是从文艺的"公转律"和"自转律"统一的角度，即从"美学的历史的观点"结合的角度来分析作家作品吗？可以说这才是马克思主义批评观中的要义和精华。只要"公转"和"自转"和谐统一了，作品就会成功；只要"公转"和"自转"游离或悖谬了，作品就会有缺陷甚至失败。在这个规律面前，天才诗人歌德也是不能例外的。

恩格斯这段话中嫌弃歌德"由于对当代一切伟大的历史浪潮所产生的庸人的恐惧心理而牺牲了自己有时从心底出现的较正确的美感"这一句，可说是把文艺的"公转"和"自转"相统一的规律用活了。这句话中包含多么了不起的艺术和美学辩证法！在"伟大的历史浪潮"面前，倘若认识不到"公转"的必然性，像某些"议员"一样产生"庸人的恐惧心理"，那就会"牺牲"自己真实的"美感"；而这种"美感"，本是可能而且应当"从心底"涌现出来的，是可能成为文艺"自转"的良好产物的。对这种现象，人们无须从"道德"的、"政治"的、"党派"的或抽象"人的"尺度，也能衡量和判断出作品的好坏优劣。而这个衡量的标尺不是别的，就是"美学的历史的"统一观点，就是"公转"和"自转"的运动规律。如果这一观点、这一规律真成了理论的"显微镜"和"望远镜"，那么，各个时期文艺创作上的成败得失、优劣粗细，文艺理论上的科学水准与合理成分，也就能看得一清二楚了。

目前，我们的有些文艺作品和评论，显得苍白无力，眼界狭窄，低俗无聊，缺乏文采，很多情况下就是由于不能正确处理"公转"和"自转"的关系，在巨大的"历史浪潮"面前产生"庸人的恐惧心理"造成的。有些作品和评论，看到的只是细枝末节，只是欲望和肉体，只是阴霾和龌龊，在惊心动魄的历史潮流和社会巨变面前，像一个小家子气的"俗人"一样，喋喋不休，心理恐慌，甘居末流，把一切都归咎于"人性"或"身体"的表演，看不到这背后的历史"公转"趋势和波涛汹涌的时代浪潮，迷信于回归"内心"，回归"自我"，回归所谓的"艺术本体"，不会在"自转"中"公转"，也不会在"公转"中"自转"，不把"美学的历史的"作为统一的标准，这怎能不让思想境界低下，让本应有的"正确的美感"也荡然无存呢？

---

① 《马克思恩格斯全集》第4卷，人民出版社1958年版，第257页。

三、经典作家有关"公转"和"自转" 相统一思想的其他理论表述

可以说，由于"公转"和"自转"统一论是唯物辩证法和唯物史观在文艺思想上的形象表达，据此，我们发现经典作家有关文艺的许多论述都对这一思想有所渗透，并使其见解达到了前人没有达到的理论高度。

马克思说："现代英国的一批杰出的小说家，他们在自己的卓越的、描写生动的书籍中向世界揭示的政治和社会真理，比一切职业政客、政论家和道德家加在一起所揭示的还要多。"① 为什么会这样？这就是文学作品某种程度上接近"美学"和"历史"统一的结果。恩格斯认为，巴尔扎克"比过去、现在和未来的一切左拉都要伟大得多"，原因就在于他大体实现了文学"公转"和"自转"的结合。巴尔扎克"在《人间喜剧》里给我们提供了一部法国'社会'（注意是打了引号的'社会'——笔者注），特别是巴黎上流社会的无比精彩的现实主义历史"。他描写了贵族社会"这个在他看来是模范社会的最后残余怎样在庸俗的、满身铜臭的暴发户的逼攻之下逐渐屈服，或者被这种暴发户所腐蚀；他描写了贵妇人……怎样让位给为了金钱或衣着而给自己的丈夫戴绿帽子的资产阶级妇女。围绕着这幅中心图画，他汇编了一部完整的法国社会的历史，我从这里，甚至在经济细节方面（诸如革命以后动产和不动产的重新分配）所学到的东西，也要比从当时所有职业的史学家、经济学家和统计学家那里学到的全部东西还要多。不错，巴尔扎克在政治上是一个正统派；他的伟大作品是对上流社会无可阻挡的衰落的一曲无尽的挽歌；他对注定要灭亡的那个阶级寄予了全部的同情。但是，尽管如此，当他让他所深切同情的那些贵族男女行动起来的时候，他的嘲笑空前尖刻，他的讽刺空前辛辣。而他经常毫不掩饰地赞赏的唯一的一批人，却正是他政治上的死对头，圣玛丽修道院的共和党英雄们，这些人在那时（1830—1836年）的确是人民群众的代表。这样，巴尔扎克就不得不违背自己的阶级同情和政治偏见；他看到了他心爱的贵族们灭亡的必然性，把他们描写成不配有更好命运的人……这一切我

---

① 《马克思恩格斯全集》第10卷，人民出版社1968年版，第686页。

认为是现实主义的最伟大的胜利之一，是老巴尔扎克最大的特点之一。"①

在恩格斯的眼里，正是由于巴尔扎克遵循了文艺"公转"和"自转"的统一律，并能把"自转"放到"公转"中去展示，没有犯"纯形式""纯审美"或"唯意志"论的通病，他才能自觉不自觉地"违背自己的阶级同情和政治偏见"，才能意识到历史发展的"必然性"，才能使自己的作品具有史诗般的价值。

相反，英国女作家哈克奈斯在中篇小说《城市姑娘》中，就没能创造出"典型环境中的典型人物"，或者说她在小说处理"公转"和"自转"的时候产生了分裂性矛盾。恩格斯说："如果我要提出什么批评的话，那就是，您的小说也许还不够现实主义。据我看来，现实主义的意思是，除细节的真实外，还要真实地再现典型环境中的典型人物。您的人物，就他们本身而言，是够典型的；但是环绕着这些人物并促使他们行动的环境，也许就不是那样典型了。在《城市姑娘》里，工人阶级是以消极群众的形象出现的，他们无力自助，甚至没有试图作出自助的努力。想使他们摆脱其贫困而麻木的处境的一切企图都来自外面，来自上面。如果说这种描写在 1800 年前后或 1810 年前后，即在圣西门和罗伯特·欧文时代是恰如其分的，那么，在 1887 年，在一个有幸参加了战斗无产阶级的大部分斗争差不多 50 年之久的人看来，就不可能是恰如其分的了。"恩格斯接着还说："我决不是责备您没有写出一部直截了当的社会主义的小说，一部像我们德国人所说的'倾向性小说'，来鼓吹作者的社会观点和政治观点。我决不是这个意思。作者的见解越隐蔽，对艺术作品来说就越好。我所指的现实主义甚至可以不顾作者的见解而表露出来。"②稍加思索就会发现，恩格斯这不还是在提倡"美学"和"历史"的统一，还是在坚持"自转"和"公转"要结合吗？"作者的见解越隐蔽，对艺术作品来说就越好"，不就是强调实现"公转"和"自转"要尽量做到天衣无缝吗？如果我们不从这个角度理解经典作家的文艺思想，那就很难得出正确的结论。由此推之，那种把经典作家的文艺思想笼统说成是"社会历史批评"的观点，显然是不够准确的。

---

① 《马克思恩格斯文集》第 10 卷，人民出版社 2009 年版，第 570—571 页。
② 《马克思恩格斯文集》第 10 卷，人民出版社 2009 年版，第 570 页。

马克思、恩格斯文艺观的最大特点，不是简单地重视社会和历史作用，这一点在他们之前早就有人做到了。他们的文艺思想，当然也不像有论者宣称的那样，仅仅重视艺术和审美。他们在文艺理论上创造性地推进之处，是在彻底唯物论的基础上坚持了辩证法的运用。其后的马克思主义文论家，大多也是在这点上显出其特色的。

列宁评论作家列夫·托尔斯泰，先后写了七篇文章，这在马克思主义文论史上是极为罕见的。可是，仔细分析列宁的思想，一言以蔽之可以说主要就是指出列夫·托尔斯泰作品的矛盾是在实现"公转"和"自转"关系中出现的，是在力求达到"美学"和"历史"的一致中造成的。列宁说："托尔斯泰的作品、观点、学说、学派中的矛盾的确是显著的。一方面，是一个天才的艺术家，不仅创作了无与伦比的俄国生活的图画，而且创作了世界文学中第一流的作品；另一方面，是一个发狂地信仰基督的地主。一方面，他对社会上的撒谎和虚伪提出了非常有力的、直率的、真诚的抗议；另一方面，是一个'托尔斯泰主义者'，即一个颓唐的、歇斯底里的可怜虫……一方面，无情地批判了资本主义的剥削，揭露了政府的暴虐以及法庭和国家管理机关的滑稽剧，暴露了财富的增加和文明的成就同工人群众的穷困、野蛮和痛苦的加剧之间极其深刻的矛盾；另一方面，疯狂地鼓吹'不'用暴力'抵抗邪恶'。一方面，是最清醒的现实主义，撕下了一切假面具；另一方面，鼓吹世界上最卑鄙龌龊的东西之一，即宗教，力求让有道德信念的神父代替有官职的神父，这就是说，培养一种最精巧的因而是特别恶劣的僧侣主义。"[1] 列宁指出，托尔斯泰处在这样的矛盾中，绝对不能理解工人运动和工人运动在争取社会主义的斗争中所起的作用，而且也绝对不能理解俄国的革命，这是不言而喻的。但是，托尔斯泰观点和学说中的矛盾不是偶然的，而是19世纪最后30多年里俄国实际生活所处的矛盾条件的表现。"作为一个发明救世新术的先知，托尔斯泰是可笑的，所以国内外的那些偏偏想把他学说中最弱的一面变成一种教义的'托尔斯泰主义者'是十分可怜的。作为俄国千百万农民在俄国资产阶级革命快要到来的时候的思想和情绪的表现者，托尔斯泰是伟大的。"[2]

---

① 《列宁选集》第 2 卷，人民出版社 1995 年版，第 242 页。
② 《列宁选集》第 2 卷，人民出版社 1995 年版，第 244 页。

托尔斯泰的作品反映了强烈的仇恨，反映了已经成熟的农民对美好生活的向往和摆脱过去的愿望，同时也反映了耽于幻想、缺乏政治素养、革命意志不坚定这些不成熟性。正是在这个意义上，列宁把托尔斯泰的作品看作反映农民在俄国革命中的历史活动所处的各种矛盾的条件的一面"镜子"；也正是在这个意义上，列宁说托尔斯泰在自己的作品里能以提出这么多的重大问题，能以达到这样巨大的艺术力量，"从而使他的作品在世界文学中占有第一流的地位。由于托尔斯泰的天才描述，一个受农奴主压迫的国家的革命准备时期，成了全人类艺术发展中向前迈进的一步。"①

这里，列宁又把文艺的"公转"和"自转"、"美学的"和"历史的"两个方面辩证地统一起来加以考察了。列宁所以称托尔斯泰"创作了世界文学中第一流的作品"，除了无与伦比的、高超绝妙的语言和艺术技巧技能外，显然是同他"作为俄国千百万农民在俄国资产阶级革命快要到来的时候的思想和情绪的表现者"是分不开的。在列宁这里，我们看到了马克思文艺观的赓续与真传。

四、"公转"与"自转"相统一思想
对文艺学研究的意义

"公转""自转"统一论，有很强的理论张力，有深厚的哲理依据。它同马克思的许多理论论述是内里相通、彼此呼应的。在《〈政治经济学批判〉导言》中，马克思曾提出著名的"物质生产的发展例如同艺术发展的不平衡关系"②命题。如何理解这种"不平衡"，如何解释为什么会产生这种"不平衡"，学界有多种界说和意见。但是，从"公转"和"自转"律的角度来阐发，至今还没有出现过。

笔者以为，承认文艺是在"公转"和"自转"这两个相互联系又相互制约的规律中辩证运动，至少可以成为解释产生这两种生产发展"不平衡关系"的一个原因。马克思这里说的是"不平衡"是一种"关系"，不

---

① 《列宁全集》第20卷，人民出版社1989年版，第19页。
② 《马克思恩格斯文集》第8卷，人民出版社2009年版，第34页。

是一种"规律"。把这种"不平衡"解释成"规律"，是不符合马克思的原意，也是不准确的。正因为有"公转"律和"自转"律，所以马克思才会说"关于艺术，大家知道，它的一定的繁盛时期决不是同社会的一般发展成比例的，因而也决不是同仿佛是社会组织的骨骼的物质基础的一般发展成比例的"①。正因为文艺有"公转"和"自转"两个序列，虽彼此不能分离，但有时"公转"因素会突出一些，有时"自转"因素会突出一些，所以认为绝对的"平衡"才不符合辩证法。

马克思对此有如下的说明，即"随着经济基础的变更，全部庞大的上层建筑也或慢或快地发生变革"②。为什么会有"或慢或快"的现象，即所谓"不平衡"现象，就是因为"政治、法、哲学、宗教、文学、艺术等等的发展是以经济发展为基础的。但是，它们又都互相作用并对经济基础发生作用。这并不是说，只有经济状况才是原因，才是积极的，其余一切都不过是消极的结果，而是说，这是在归根结底不断为自己开辟道路的经济必然性的基础上的相互作用"③。以文艺来说，它颇像"坐地日行八万里，巡天遥看一千河"④的地球，必须进行"公转"，可它在这种"公转"中又不停地"自转"，这才是文艺运动的全貌。正是这一点，使各式形而上学的文艺理论相形见绌。

对物质生产发展与艺术发展之间的"不平衡关系"，恩格斯还有个形象的描绘。他说："我们所研究的领域越是远离经济，越是接近于纯粹抽象的意识形态，我们就越是发现它在自己的发展中表现为偶然现象，它的曲线就越是曲折。如果您画出曲线的中轴线，您就会发现，所考察的时期越长，所考察的范围越广，这个轴线就越是接近经济发展的轴线，就越是同后者平行而进。"⑤如果这个描绘是客观真理，那么，任何无视和背离这个既"平行"又"曲折"法则的文论学说，都难说是科学的。同理，不把文艺的"公转"和"自转"解释成相互联系中的对立统一，也是缺乏辩证法的。

---

① 《马克思恩格斯文集》第 8 卷，人民出版社 2009 年版，第 34 页。
② 《马克思恩格斯文集》第 2 卷，人民出版社 2009 年版，第 592 页。
③ 《马克思恩格斯文集》第 10 卷，人民出版社 2009 年版，第 668 页。
④ 《毛泽东诗词集》，中央文献出版社 2003 年版，第 89 页。
⑤ 《马克思恩格斯文集》第 10 卷，人民出版社 2009 年版，第 669 页。

恩格斯对创作问题还有个判断，他说有些"诗人本想叙述故事，但是却失败得实在悲惨"，原因就是不能"把要叙述的事实同一般的环境联系起来，并从而使这些事实中所包含的一切特出的和意味深长的方面显露出来"。这些人"无论是散文家或者是诗人，都缺乏一种讲故事的人所必需的才能，这是由于他们的整个世界观模糊不定的缘故。"①严格说来，"整个世界观"的焦点就是本体观。作家艺术家的世界观"模糊不定"，那是他的本体观"模糊不定"。本体观"模糊不定"，对文艺来说就是看不清楚"公转"和"自转"的关系，不懂得辩证法。看不清"公转"和"自转"关系，作家和艺术家对世界、对文艺的认识就注定是低层次的。经典作家把"叙述"问题和"讲故事"的才能提升到世界观的高度，这为后来的理论发展开辟了一条新路。

我们可以得出结论，文艺"公转"和"自转"相统一的思想，将会对文艺理论的体系形态带来重要变化。它将打破现有的本质论、作品论、创作论、发展论、价值论等板块结构，把文艺的自身发展法则同受社会支配的发展法则有机地结合起来；它将改变现有文论的建构模式和方法，颠覆所谓"内部研究"和"外部研究"的分立局面，使唯物辩证法在阐释文艺问题上显出强大的威力；它将开辟一些新的探讨领域和论述范畴，解答一些难以解答的问题，克服片面性和绝对化，真正实现科学意义上的文论"综合创新"；它将给文艺批评增添新的武器和活力，使文艺批评摆脱常见的老生常谈和陈词滥调，具有科学的眼光和诱人的魅力。

---

① 《马克思恩格斯全集》第4卷，人民出版社1958年版，第237页。

彻底唯物主义美学的命运与明天

——纪念马克思诞辰 200 周年

一

马克思美学思想为彻底唯物主义美学所奠定的理论根基，至今还没有完全地开掘出来；马克思美学思想所可能而且应该形成的学说体系框架，至今还没有清晰地构建起来。马克思美学思想的产生倘若从 19 世纪 40 年代初算起，迄今已有一百七十多年的历史，但马克思美学的面貌一直还处在比较笼统和模糊的状态。这与马克思的其他思想领域——如经济思想、哲学思想、科学社会主义思想领域——的研究成果相比，显然是存在差距的。

这种差距的出现，有主、客观两方面的原因。我们在马克思早期著作和成熟期著作中，的确找不到有关美学理论的集中论述或系统阐发。可是，马克思"任何一部大部头著作中几乎无不包含着一系列极重要美学问题的提出与解决"① 的理论资源，我们也没能好好地加以利用和开掘，结果就造成了马克思美学思想研究呈现出比较零碎、肤浅、缺乏系统和见解分歧的局面。

这样讲当然不是否认马克思的美学思想——放大了即马克思主义美学思想——已经是全部世界美学思想发展的最高阶段，已经成为世界美学史上最有影响力的流派之一。英国学者休·劳埃德 - 琼斯就曾说过："不仅在历史、政治、经济和社会各门学科中，而且在美学和文学批评领域中，马克思主义都是每个有学识的读者必须与之打交道的一种学说。"② 马克思美

---

① ［俄］M. C. 卡冈：《马克思主义美学史》，汤侠生译，北京大学出版社 1987 年版，第 3—4 页。

② ［英］休·劳埃德 - 琼斯：《马克思读过的书》，载于《马克思和世界文学》，［英］柏拉威尔著，梅绍武等译，生活·读书·新知三联书店 1980 年版，第 580 页。

学思想的独特贡献和价值，是它提供了对人类审美历史的总体和全面的分析，提供了随时间推移人类美学活动会如何发展以及为什么会发展的理论依据。它是对包括无产阶级在内的人类审美历史进程和审美经验的科学概括，时至今日仍有着非凡的理论意义。

马克思的美学思想研究目前面临着双重任务：一是要阐明人类审美文化和艺术活动发展的客观规律；二是要探讨如何去指导这种发展，并以此来推动人的全面和谐发展格局的形成。从两千多年的人类美学史来看，先前的理论家不是夸大审美活动或艺术教育的作用，就是轻视或贬低审美活动和艺术教育的功能。这些美学理论有一个共同点，那就是对人们的劳动和革命实践改造活动都持怀疑或对立的态度，都"不懂得历史运动的唯物主义原理"①。与此相反，马克思则充分认识到人要获得真正解放，靠的不是审美教育，不是逃避生活、遁入艺术世界，而是靠对社会生活进行革命性改造。正是这一见解，使得实践问题而不是审美问题成了马克思美学兴趣的中心。

马克思美学学说是其世界观和历史观的有机组成部分，是马克思对改造世界的实践进行理论论证的一个必要方面。由于马克思发现了劳动实践的根本意义，因此其美学思想也就稳实地竖立在了唯物史观的基础上。由于马克思涉及的美学问题"是在考察人的起源、考察人们改造世界活动的发展、考察人的本质在阶级社会中的异化时产生的，是在研究物质与精神生产与消费的发展规律时产生的，是在思考人们在工人阶级革命斗争过程中获得解放的途径和建成共产主义社会的途径时产生的"②，并受到已成为整个思想基石的哲学理论本身特点的制约，所以其美学思想也就开辟了亘古未有的新视角、新论域和新语境。这可以说是马克思美学思想历史创新性和方法论优越性的突出表现，认识到这一点，才能不囿于传统的美学观念与范畴，看清马克思美学思想的理论个性和话语特征，才能把马克思美学思想的研究沿着正确的轨道推向前进。

---

① 《列宁全集》第 23 卷，人民出版社 1990 年版，第 1 页。
② ［苏］M. C. 卡冈：《马克思主义美学史》，汤侠生译，北京大学出版社 1987 年版，第 4 页。

二

马克思美学思想是以事实，而不是以可能性为根据的。马克思秉持的是彻底唯物主义世界观和方法论，这使得他的美学思想接近于解决其所面临的所有美学难题，并有了全面防止各种错误解释的可能。

众所周知，在马克思之前和之后，美学上的主客观唯心主义、实证主义和不可知论是泛滥的，对人从审美角度把握世界以及对人的艺术活动所作的解释也多是形而上的、片面的、人性论或折中主义的。只有马克思的美学思想，才看出这些错误解释所隐含的内在矛盾和历史动向，克服了诸多理论弊端，使美学真正走上科学之路。譬如，在批判资产阶级所谓"真正的社会主义"观念时，马克思就尖锐地指出："它所关心的既然已经不是现实的人而是'人'，所以它就丧失了一切革命热情，它就不是宣扬革命热情，而是宣扬普遍人类之爱了"[1]。而这种抽象的"人"和"普遍的爱"，"不代表无产者的利益，而代表人的本质的利益，即一般人的利益，这种人不属于任何阶级，根本不存在于现实界，而只存在于云雾弥漫的哲学幻想的太空。"[2] 这就一针见血地戳穿了各种虚伪的美学的神话。

马克思之所以能做到这一点，是因为当他揭示出人对现实的审美关系以及人的艺术活动的社会本性的时候，一切玄虚、迷惑的美学问题就拨云见日、豁然开朗了。马克思在批评卢格时说道："卢格在人道主义的庇护下得救了，德国的一切糊涂虫，从罗伊希林到海德，都是用这种词句来掩盖他们的狼狈相的。"[3] 可见，抽象的人性论和人道主义观念，在马克思的心目中是没有位置的。

学术界有种看法，认为"马克思唯物史观的发现，意味着马克思主义美学的崛起，人类美学思想从此进入一个崭新的历史发展阶段。我们不妨这样说：唯物史观把形而上学和唯心主义从美学这个'最后的避难所'里驱逐出去了，从根本上宣告了旧美学的终结和新美学的滥觞。唯物史观的科学原理和方法论使美学发生了大革命，为新的美学科学奠定了坚实的

---

① 《马克思恩格斯文集》第 1 卷，人民出版社 2009 年版，第 590 页。
② 《马克思恩格斯文集》第 2 卷，人民出版社 2009 年版，第 58 页。
③ 《马克思恩格斯全集》第 8 卷，人民出版社 1961 年版，第 312 页。

基础。"①由此观之，那种把唯物史观阐明的美学与艺术规律，看作是所谓"外部规律"的观点是值得斟酌的。这是因为这些规律决定着事物的性质、内容和发展方向，它非但不是什么"外部规律"，相反，正是审美与文艺的"最根本最深刻的内部规律"②。这些看法触及了问题的根本，是值得我们重视和思考的。

这就牵扯出另一个问题：判断是不是马克思主义美学的标志到底是什么？现实中，我们会看到各种各样对马克思主义美学思想的阐释。就此，有人就以为马克思主义美学思想没有一个共同的特征，换句话说，马克思或马克思主义美学思想，似乎是可以怎么解释都行的。这种情况的出现，严格说来乃是由于对马克思美学思想本质特征和理论精髓缺乏深入了解造成的。

马克思美学思想以及马克思主义美学思想，是有一个可以得到普遍认可的共同点的。这个共同点来源于一套能规定马克思学说的前提，凡是包含有这类前提的阐述和分析的美学思想，人们便可以正当地将其归类为马克思或马克思主义美学思想。美国学者海尔布隆纳曾归纳出马克思主义共同特征所需包含的四个构成因素：一是对待认识本身的辩证态度；二是唯物主义的历史观；三是依据社会分析而得出的关于资本主义的总看法；四是以某种形式规定的对社会主义的信奉。这"四个因素"所总结出的马克思主义共同特征，完全可以为马克思主义研究勾画出一种能发挥有益作用的框架结构，同时可以"使我们能够相当准确地把理应称为马克思主义的著作与那些不应称为马克思主义的著作区分开来，从而为我们的论述主题限定某种范围。此外，这种前提的框架还提供了另一种线索，使我们了解到马克思主义何以能恢复并保持经久不衰的生命力。因为它使我们看出马克思主义能够集人类理智之大成，这就是从一种基本的哲学观出发，继而运用这种观点去解释历史，然后又分析现在，找出现存社会制度中的历史力量，最后则继续按照分析的方针，沿着固定的行动轨迹，在走向未来的方向中臻于完成"③。如果我们把上述这个分析移植到对马克思美学特征的

① 陆梅林：《唯物史观与美学》，光明日报出版社、广西师范大学出版社1991年版，第1页。
② 陈涌：《文艺学方法论问题》，载于《陈涌文论选》，人民文学出版社2009年版，第402页。
③ ［美］R.L.海尔布隆纳：《马克思主义：赞成和反对》，易克信、杜章智译，中国社会科学院情报研究所1982年版，第7页。

说明上来，那么应该说也是能够成立的。

由此可见，并不是什么观点都可以成为马克思主义美学的。马克思主义美学有固有的属性，它不是由各式各样的成分拼凑起来可以任意拆解和分割的折中理论。在对待人类审美变迁时，它坚持的是唯物史观，对审美本身的认识充满了辩证法，在审视资本主义审美路径与方式时采取的是扬弃批判态度，始终坚持人的全面解放的美学理想。这是马克思美学思想真正的"DNA"，是把马克思主义美学和形形色色非马克思主义美学严格区别开来的关键之所在。

三

"马克思主义是马克思的观点和学说的体系。……马克思的观点极其彻底而严整，这是马克思的对手也承认的"。① 任何怀疑和放弃这种"彻底而严整"属性，想在马克思美学研究领域扬起尘土或制造雾霾的企图，都是在掩饰自己的偏见与无知。

在《马克思〈资本论〉第三卷序言》中，恩格斯说："一个人如果想研究科学问题，首先要学会按照作者写作的原样去阅读自己要加以利用的著作，并且首先不要读出原著中没有的东西"。② 列宁也有类似看法，他在《给同志们的信》中说："马克思主义是一门非常深刻、全面的学问。因此，在那些背弃马克思主义的人提出的'理由'中，常常看到引自马克思的只言片语，特别是引证得不对头的地方，这是不足为奇的。"③ 马克思主义美学史告诉我们，在马克思著作中"读出原著中没有的东西"或"把著作中原来没有的东西塞进去"的现象，可谓屡见不鲜。比如，把弗洛伊德主义或存在主义同马克思的学说混为一谈，将抽象的人道主义同科学的意识形态学说相提并论，在嘲弄辩证唯物主义认识论的同时将精神"实践"本体化，从马克思的话语中执意找出所谓海德格尔存在主义的"维度"，继而冠之以弗洛伊德主义马克思主义美学、人道主义马克思主义美学、形式主

① 《列宁专题文集·论马克思主义》，人民出版社 2009 年版，第 7 页。
② 《马克思恩格斯文集》第 7 卷，人民出版社 2009 年版，第 26 页。
③ 《列宁全集》第 26 卷，人民出版社 1959 年版，第 192 页。

义马克思主义美学、存在主义马克思主义美学、文化唯物主义马克思主义美学或实践本体论美学等等。这些都是对马克思美学观人为的曲解。

出现这种状况，有其必然性。这些研究，作为一般美学探讨也是可以存在的。但必须看到，这些研究多是用西方现代美学理念和知识来遮蔽马克思美学思想独有的问题域和见解，多是用颠覆唯物主义和反对所谓"二元对立"的认识论来模糊马克思美学思想同现代西方美学观念的差异。至于马克思美学研究的方法与一般美学研究方法之间的区别，更不在其视野之内。这突出暴露了这些研究与探讨缺乏寻找马克思美学思想和话语特性的理论自觉。

当然，出现这种状况也是有规律可循的。如果我们考察的跨度大一些，就不难发现，马克思主义越是处在低潮期，这种曲解、误读和排斥现象出现得就越是普遍和频繁；马克思主义美学中的唯物主义——更不要说历史唯物主义——成分越是减少，它被歪曲、篡改和丑化的几率就会越高。反对马克思美学思想中的唯物主义尤其是历史唯物主义，已是挪揄者和反对者集中注目的焦点，他们把这看作是将马克思美学演变成非马克思主义美学的一条捷径。当拒绝承认美学理论有唯物主义与唯心主义之分成为潮流的时候，唯心论美学的泛滥和盛行就是不可避免的。反对唯物主义因素注定是反对马克思美学思想的一个切近的入口。从这点上讲，"只有真正弄懂了马克思主义，……才能更好识别各种唯心主义观点"。①坚持彻底的唯物主义立场，对研究马克思美学思想是有着极端必要性的。

按照马克思的说法，历史唯物主义方法"是唯一的唯物主义的方法，因而也是唯一科学的方法"，而"那种排除历史过程的、抽象的自然科学的唯物主义的缺点，每当它的代表越出自己的专业范围时，就在他们的抽象的和意识形态的观念中显露出来。"②我们用这个论断来观察那些自命为"马克思主义美学"或"中国化马克思主义美学"的研究，就会清晰地发现有些貌似新颖的观点和方法，由于脱离唯物史观，排除了社会历史缘由，因而庸俗社会学、庸俗心理学、生命哲学以及主观唯心主义的马脚就

---

① 习近平：《在哲学社会科学工作座谈会上的讲话》，《人民日报》，2016年5月19日。
② 《马克思恩格斯文集》第5卷，人民出版社2009年版，第429页。

暴露出来。马克思说："当我们真正观察和思考的时候，我们永远也不能脱离唯物主义。"[1]这一忠告无论如何是不能忘记的。

四

马克思主义美学是在困境中艰难发展的。从世界范围来看，真正信奉和研究马克思和马克思主义美学的人并不多。在中国，这样的学者也屈指可数。马克思主义美学作为主流话语的制度性功能在许多方面被瓦解了，传统马克思主义遭到激烈拒斥与反驳带来了马克思主义美学急剧式微，代之而起的则是"西方马克思主义"美学、"晚期马克思主义"美学和"后马克思主义"美学。有些研究者热衷的是看谁最先把国外马克思主义美学研究的新人物、新流派、新名词引进到中国，这些所谓"新"东西被消费后，是不求在理论上有任何实质性的进展的。这种美学研究非但不同中国的现实结合，开展与中国马克思主义美学的对话，反而用妄自尊大的"以西解马"来凌驾于中国马克思主义美学研究和理论建设之上。这种延续了相当一段时间的学风，至今也没有得到根本改变。个别学术团体里面是成立了马克思主义美学研究方面"专业委员会"，可仔细分析，其成分庞杂，名不副实。有的刊物虽有"马克思主义美学研究"的名号，但内里关注的多不是马克思主义的东西，其研究范围和边界模糊，研究对象选择随意，研究方法非历史化，一些"文化人类学""审美人类学""红色乌托邦"和"乡愁乌托邦"的讨论，让人感到离真正马克思主义美学研究相去甚远。

再从研究马克思美学思想的文章观点来看，情况也较为复杂。其中确有遵循马克思主义原则的，也有实质上是反对马克思主义的，更多的则是"似乎承认马克思主义的某些原理而实际上用资产阶级观点代替马克思主义"[2]的论述。这后一种情况，严重危害了马克思主义美学的纯洁性。

造成马克思主义美学研究困境的缘由很多，在我国，以各种"西方马克思主义"美学取代、冒充、曲解或排斥马克思主义美学，不能不说

[1]《马克思恩格斯全集》第32卷，人民出版社1975年版，第213页。

[2]《列宁全集》第26卷，人民出版社1988年版，第88页。

彻底唯物主义美学的命运与明天

是一个重要的方面。"西马"美学分支众多、五花八门，但它有个基本指向，那就是试图根据各种西方哲学、美学观念和对不同历史与文化处境的理解，来重新"解释""发现""构建"马克思主义美学。不论是属于人本主义支脉的阿多尔诺、马尔库塞、萨特，还是属于科学主义支脉的列斐弗尔、德拉－沃尔佩、阿尔都塞；不论是布洛赫的"表现主义"、威廉斯的"文化唯物主义"、伯明翰学派的"通俗文化理论"，本雅明、马舍雷的"艺术生产"论、还是戈德曼的"发生学结构主义"、费舍尔的"认识论"、伊格尔顿的"意识形态文化政治批评"、杰姆逊的"后现代文化理论"，以及拉克劳、墨菲、齐泽克、阿兰·图雷纳等的"后马克思主义"，都从不同角度呈现了这类"西马"美学的性质和特点。

"西马"美学对先前某些有教条化倾向的美学和文艺理论所做的批评，对当代资本主义社会所进行的批判以及对当代文化、艺术、审美现象和问题所做的分析，是有不少合理乃至深刻之处的。它对丰富和发展马克思主义美学，也是有一定的批判借鉴意义的。然而，诚如佩里·安德森所说："由于缺乏一个革命的阶级运动的磁极，整个西方马克思主义传统的指针就不断摆向当代的资产阶级文化。马克思主义理论同无产阶级实践之间原有的关系，却微妙而持续地被马克思主义理论同资产阶级理论之间的一种新的关系所取代。"① 这样一个根本性的理论缺陷，必然造成"西马"美学存在诸多弊端。对此，我们是必须要加以正视的。有学者指出："当今的马克思主义正面临严重的挑战，围绕马克思主义有许多至关重要的问题需要回答，对'西方马克思主义'的研究必须瞄准这些重大问题。"② 也就是说，我们不能把对"西马"美学的研究同对中国马克思主义美学的研究割裂开来，不能回避价值判断、放弃批判精神，不能走纯文本研究、纯学术化的道路，不能将"西马"美学同当代中国马克思主义美学画上等号。对马克思主义美学做出任何不符合原义的解释，都是站不住脚的。

马克思主义美学遭遇困境的另一个原因，是它被有意地"去历史化"。近年有些论者热衷于进行"表述危机"和"范式转换"的讨论，鼓噪美学的"人类学"转向，宣称马克思也是个"审美人类学"家。这些命题其实

---

① ［英］佩里·安德森：《西方马克思主义探讨》，高铦等译，人民出版社1981年版，第72页。

② 陈学明：《时代的困境与不屈的探索》，黑龙江大学出版社2007年版，第2—3页。

是伪命题。这些命题所依靠的是以田野考察为主的经验思维而非系统思维，依据的理论基础是被曲解了的《1844年经济哲学手稿》和列维 - 斯特劳斯的《野性的思维》。这种意见认为美学的革命与重构已不再是耸人听闻的宏大叙事，现在的问题只在于如何落实一些细节。这种意见认为，在西方美学史上关于"美"的探讨和表达中，"美"渐次由作为凝神观照的对象向作为弥散于日常生活经验之中的某种存在转变，马克思主义美学也存在着"人类学"的潜隐性转向，因为人类学的介入为美学"感性存在"的显现与敞开提供了可能，人类学与美学的融合拓展了人们对于审美和艺术的理解和发掘，人类学打破了西方传统美学研究的范式，对建构多样性的当代美学具有重要意义。① 殊不知，无论是体质人类学、文化人类学，还是语言人类学、审美人类学，倘不把它们用来丰富和加深历史唯物主义，其理论必然会成了人类中心主义和唯心史观的庇护所。马克思晚年在1879—1882年间研究古代社会史时作了五个笔记，一般通称《人类学笔记》。在这些笔记中，马克思考察了较为古老的社会形态，研究了当时世界上广泛存在的农村公社的历史命运，进一步阐明了包括前资本主义社会形态在内的整个历史发展的规律性。这些笔记力图在唯物史观基础上对有关古代社会的研究成果做出概括和总结，并着力批判和纠正这一研究领域中的各种历史唯心主义观点和资产阶级偏见。② 这里，马克思哪有一点儿像某些论者说的那样发生了理论"转向"，变成一个所谓的"人类学"或"审美人类学"的学者了呢？

马克思美学思想的真理性和实践性是统一的，其科学性和批判性也是一致的。马克思美学思想不是无意义话语的编织和自我生产，也不是不要解决实际问题而只想通过形式创新来哗众取宠和吸引眼球。因此，研究马克思美学思想应是一项为探索美学真理而开展的艰苦工作，它不能脱离实际，不能变成"洋和尚念经"式的表演。如果那样的话，马克思美学研究的意义也就大打折扣了。马克思主义美学作为科学体系是唯一的，不存在两种根本不同的马克思主义美学。面对时下名目繁多的"马克思主义美学"，历史和实践将成为有效的过滤器，会把风靡一时但终究

---

① 向丽:《美学的人类学转向与当代美学的发展》,《马克思主义美学研究》2017年第1期。
② 关于马克思"人类学笔记"的介绍，参见《哲学大辞典》(下)，上海辞书出版社2001年版，第1175页。

经不起实践检验的所谓"马克思主义美学"不断地抛向被历史逐渐遗忘的角落。

五

马克思美学研究面临着两大任务：一个是加强对马克思已有的美学思想资料——特别是成熟期资料——的进一步收集、整理、开掘和研究；一个是加紧培养出一批像卢卡契、里夫希茨那样杰出的马克思主义美学研究专门家。

以一份美学摘录笔记的研究为例。众所周知，马克思曾为查·安·德纳和《纽约每日论坛报》写过多篇文章，间接地促使他集中地思考了一些美学问题。1857 年，德纳还曾约请马克思为他编纂中的一部百科全书写一篇解释美学的文章。尽管后来马克思没有接受这个建议，但他还是受到触动，阅读并摘录了不少美学著作，其中就有弗·费舍的《美学》和一部德文百科全书的美学部分。对此，卢卡契曾在他的一篇文章中研究和分析过马克思的这部分美学摘录笔记。①卢卡契认为，马克思的这部分美学摘录笔记有三个特点：一是对费舍的关于美学的四卷本著作涉及的各种美学问题颇感兴趣，对该著的结构和材料安排也有好感；二是马克思着重研究的是费舍美学体系中艺术与生活关系最密切的部分，是一些处于生活和艺术的边界线上的问题，如主观与客观的相互关系，"美的瞬间"，滑稽与丑陋等，这些问题引导马克思思考了事物的本质与其美学上意义的关系。马克思从费舍的著作里摘录了一些康德对这些问题的论述，因而进入对康德《判断力批判》的研究；三是马克思笔记摘录最多的是费舍美学中讨论神话的部分。费舍是黑格尔的追随者，他把神话看作是一个已经消失的、特殊的历史时期的表现，并把"现代的自由的世俗的幻想"同历史早期的"受宗教制约的幻想"进行了对比。当马克思在 1857 年撰写《〈政治经济

---

① ［匈］卢卡契：《卡尔·马克思与弗·泰·费舍》，载于《美学史论丛》，柏林，1954 年，第 217—285 页；转引自［英］希·萨·柏拉威尔：《马克思和世界文学》，梅绍武等译，生活·读书·新知三联书店 1980 年版，第 353 页。

学批判〉导言》时，其脑海里肯定还萦绕着这些概念。①

我国美学界对这部分美学摘录笔记了解和研究得很不够，对卢卡契概括的合理之处和不合理之处也缺少分析。苏联学者里夫希茨曾指出：费舍的著作不仅使马克思了解了康德的美学思想，而且也使他更深入地研究了席勒的美学思想。费舍著作中有一处引证席勒的地方，马克思不仅抄录了下来，并显然表示赞同，这段话是这样的："美既是客观事物，又是主观境界。它既是形式——当我们判断它的时候，又是生活——当我们感觉它的时候。它既是我们存在的状态，又是我们的创造。"这段引文使马克思回想到他早年接受的黑格尔美学，也激起他研究"崇高"，研究与"崇高"有辩证关系的"量"与"度"概念的兴趣。②里夫希茨指出，"有限"与"无限"在马克思的经济学中正像在他的美学思想中一样，是两个非常重要的概念。因此，马克思1857—1858年对美学的研究，不仅在他对拉萨尔的《弗兰茨·冯·济金根》的评论中结出果实，而且同《政治经济学批判》和《资本论》等经济学著作也有密切的关系。③

限于文献的缺乏，目前我们还无法确认是否正如里夫希茨所说的马克思对席勒上述这段话"表示赞同"。但是，这种说法的确是充满辩证法的。如果把它稳实地置放在彻底唯物主义的根基上，那这一见解的真理性是不容怀疑的。它对那种力图把审美主体看作是处身于现实关系中感性与理性、个体性与社会性统一的现实而具体的人，力图把美学本体论、认识论和实践论、目的论、价值论和生存论统一起来的理论诉求，也是不乏启迪意义的。

20世纪30年代，卢卡契和里夫希茨两人，一同在莫斯科研究马克思

①　［英］希·萨·柏拉威尔：《马克思和世界文学》，梅绍武等译，生活·读书·新知三联书店1980年，第353—354页。

②　此段文字原在［苏］米·里夫希茨：《卡尔·马克思的艺术哲学》，1938年美国出版的英译本第95—97页上。里夫希茨1933年出版的代表著作《艺术与哲学问题》（*Вопросыискусства и философии*）在世界上产生了广泛影响，1938年被拉尔夫·Ｂ·温（Ralph B. Winn）翻译成英文在美国出版，更名为《卡尔·马克思的艺术哲学》（*The Philosophy of Art of Karl Marx*）。1976年根据1973年的重印版再次修订出版时，英国的文论家伊格尔顿专门为此书写了序言。此处引文转引自［英］希·萨·柏拉威尔：《马克思和世界文学》，梅绍武等译，生活·读书·新知三联书店1980年版，第354页。

③　［英］希·萨·柏拉威尔：《马克思和世界文学》，梅绍武等译，生活·读书·新知三联书店1980年版，第354页。

彻底唯物主义美学的命运与明天

美学思想。"后来,当卢卡契把他离开苏联、在匈牙利写成的《美学》寄给里夫希茨时,他称这本书阐述了他们于 30 年代共同研究的理论观点。"①由此可见,马克思美学文献的爬梳和整理的功夫,是多么的重要。像里夫希茨和卢卡契这样的马克思美学研究家,是多么的可贵。特里·伊格尔顿1976 年专门为里夫希茨修订再版他的代表作《艺术与哲学问题》写"序"时,说此书并不是搜集马克思论艺术的片段,而是把马克思的"审美判断视为其普遍理论体系的元素",因而是根据马克思"总体思想的有机联系来梳理其著作中一些关键的美学主题的"②。这表明,通过文献整理,里夫希茨在阐释和构建马克思美学思想体系方面也是有贡献的。

六

文献的梳理是为了理论建设。研究马克思美学思想,不可能只在原著的文本上打转,它是需要宏阔的视野、推进的努力和创造的精神的。在马克思主义美学史上,马克思恩格斯及其战友与学生,列宁和他前后诸多杰出的文论家,以毛泽东为代表的中国共产党人,都是在与时代的密切结合中发展马克思主义美学的。不丢老祖宗,又要说新话,这是马克思主义美学思想发展进程中一项不变的法则。正是这一点,使它有别于其他学说,成为美学领域永远值得研究的科学形态。

马克思主义美学"说新话"的关键,是要把马克思主义基本原理同不断变化的审美现实结合起来,从而实现新的突破、新的转化和新的表达。这里,不妨套用列宁的一句话:"现在已经到了这样一个历史关头:理论在变为实践,理论由实践赋予活力,由实践来修正,由实践来检验。"③放弃马克思主义与时代和审美实际的结合,改为马克思主义美学同别的美学学说的"组合",或者用别的学说来加以"补充""修正"和"解释",这种

---

① 凌继尧:《马克思的美学观的最早研究者——记米·亚·里夫希茨》,《南京大学学报》1988 年第 1 期。

② Terry Eagelton, "Prefece", in Mikhail Lifshitz, *The Philosophy of Art of Karl Marx*, trans. Ralph B. Winn, NewYork: Pluto Press, 1976, p.7.

③ 《列宁全集》第 33 卷,人民出版社 1985 年版,第 208 页。

做法除了步入歧途，是难以说出"新话"的。那种企图从抽象的"现代审美经验"和"感觉结构"中找寻理论生长点的做法，也值得斟酌。因为何谓"现代审美经验"和"感觉结构"还须解释，从中能否找到美学复兴的"生长点"还须论证，美学成为所谓"大众文化"研究一部分的利弊得失，还须检验。找到一条"说新话"的路径，将鲜活复杂的大众审美经验予以系统化和理论化，这是马克思主义美学需要解决的一个问题。

实践告诉我们，这条研究路径的获得，还须从马克思强调的"美的规律"①的探讨出发，从贯彻马克思的美学方法论出发。仅从所谓"心灵""感觉"和"经验"出发——不论是现代的还是古代的，也不论是客观的还是主观的——都是无法推动马克思主义美学的复兴和发展的。道理很简单，因为"美"如果与时代、社会、人生、理想、信仰、意义、价值等脱离干系，不再关注思想、倾向、品味、格调、责任，与庸俗、低下、苍白之物同流合污，那真正的美学精神也就名存实亡了。

应该承认，马克思美学思想具有强烈介入现实的功能，具有规范当代美学秩序的作用，具有发挥符合审美规律的导向能力。诚如列宁所说："马克思的全部天才正是在于他回答了人类先进思想已经提出的种种问题。"②这里须注意的是，列宁说马克思回答了"已经提出"的种种问题，那么"后来"提出的种种问题谁来回答、如何回答呢？这就是马克思美学研究面临的课题，也是它在实践中面临的发展机遇。

以马克思的"资本主义生产就同某些精神生产部门如艺术和诗歌相敌对"③的命题来看，这一命题对资本主义时代艺术生产特征的表述无疑是正确的，因为它揭示了"资本"与"审美"之间的真实内在关系。但"资本"及"资本主义生产"与"审美"的关系是复杂的、变动的。马克思在谈到非物质生产领域中的资本主义表现时，曾提出过这样一个观点，即"在这里，资本主义生产只能非常有限地被运用，……在这里，资本主义生产方式也只是在很小的范围内进行，而且按照事物的性质只能在某些部门内发生。"④这就为考察资本主义条件下艺术对资本反抗的情况提供了学

---

① 《马克思恩格斯文集》第 1 卷，人民出版社 2009 年版，第 163 页。
② 《列宁专题文集·论马克思主义》，人民出版社 2009 年版，第 66 页。
③ 《马克思恩格斯全集》第 26 卷第 1 册，人民出版社 1972 年版，第 296 页。
④ 《马克思恩格斯文集》第 8 卷，人民出版社 2009 年版，第 417 页。

理的依据。

更为紧迫的是，如何认识在社会主义市场经济条件下，某些生产方式创造剩余价值的属性虽没有变化，可它同艺术等某些精神生产部门的"敌对"性却在发生改变的现象。从理论上来说，我们不赞成"审美资本主义"或"文化经济时代"的提法。但是，社会主义市场经济条件下怎样正确地看待"审美"与"资本"之间的关系，怎样思考审美活动从经济因素的对立面转化为经济发展的动力，怎样在大面积趋同性语境下坚守自身独立的文化质素和美学风格，或者说，即在特殊的市场经济条件下文艺家如何不沾染上铜臭气、不做市场的奴隶，如何保持和实现艺术产品经济价值与非商业表现形式的文化价值间的和谐平衡，这些都是需要回答的新问题。

我们不能同意如下的看法，即认为马克思主义美学在"文化经济时代"即"审美资本主义"时代要以"大众文化"为物质基础，以人民的"感觉共同体"为研究对象，告别精英主义美学通过研究文化与社会相互作用的复杂关系而成为改变社会的重要力量。"艺术、诗歌和审美活动与现代社会生产方式（实际是指资本主义生产方式——笔者注）在结构性关系上不再是相互敌对性的关系。随着休闲经济、体验经济和文化经济的兴起和发展，诗歌、艺术和审美从否定和批评资本主义生产方式的文化形式，成为当代资本的一种形式，成为当代消费型社会进步和发展的一种具有强大推动性的力量。"这种"基本结构和理论范式的转型，使当代马克思主义和马克思主义美学在理论与方法上也随之做出了重要的调整"[1]。这种看法，实际上是认为在"后工业社会"即当代资本主义社会马克思对"资本"与"审美"和"艺术"关系的分析已经失效了。这种看法，确如雅克·德里达的学生、法国时尚学院哲学教授奥利维耶·阿苏利在十年前出版的《审美资本主义：品味的工业化》一书中指出的，实际上是在为人类在审美资本主义条件下获得合理生活寻找方法和途径。

当然，这里又牵扯到"能不能一下就把私有制废除"的问题。依照恩格斯的说法，这是"不，不能"的，因为"正像不能一下子就把现有的生产力扩大到为实行财产公有所必要的程度一样"，"只能逐步改造现今社

---

① 王杰:《文化经济时代的马克思主义美学》,《中山大学学报》2018 年第 2 期。

会，只有创造了所必需的大量生产资料之后，才能废除私有制。"① 这些论述，应该说给"资本"和"审美"间的复杂关系做了历史而辩证的说明。

"我们的理论是发展着的理论，而不是必须背得烂熟并机械地加以重复的教条。"② 马克思主义美学思想是不会停滞不前的，它在发展的过程中不能不以新的经验和新的知识不断丰富自己，不能不为适应新的历史条件和现实任务而革新自己的内容和形式。这里的决定性一环就是要理论联系实际，把握"问题导向"，在解决问题中继承，在解决问题中发展，而绝不能舍本逐末，单单从别人的学说中获取创新的因子，或用所谓美学意识形态的某种独立的外观迷惑人。美学观念被孤立化、抽象化和普世化的教训，是应当记取的。

七

客观地说，马克思对美的存在和本质、美的产生和影响、美的发展和演变以及美的价值和功能等一系列问题，都有宏观辩证的解释与阐发，而且这些解释与阐发是站在无产阶级和劳动人民的立场上的。马克思美学思想是把以社会生产方式变革所推动的全部历史发展作为美的存在基础的，是将美的起源和发展视为社会总的历史过程的一部分看待的，不仅从宏观上全景式地观察和透视了美的社会本质、美在社会生活中的地位和作用、美的发展规律及发展方向，而且从普遍联系和历史运动中颇具意蕴地阐释和论述了许多微观的、审美自律性的问题。

在马克思美学思想之后的发展中，那些力图以科学世界观和方法论为指导，对历史和现实中的文艺与审美问题做出合理评述和探讨，为在美学领域播撒和发展唯物史观做作出贡献的人，是有功绩的。西方有学者说："后来的一代人不遗余力地试图拓展马克思和恩格斯的理论著述并使之系统化，他们是在'科学'的旗帜下作此努力的。"③ 马克思美学的领域正是

----

① 《马克思恩格斯文集》第 1 卷，人民出版社 2009 年版，第 685 页。

② 《马克思恩格斯文集》第 10 卷，人民出版社 2009 年版，第 562 页。

③ ［英］弗朗西斯·马尔赫恩：《当代马克思主义文学批评·引言》，刘象愚等译，北京大学出版社 2002 年版，第 7 页。

如此。这里所谓的"科学",就是唯物历史论和唯物辩证法。这里所谓的"系统化",就是树立起马克思主义美学体系框架的"四梁八柱",并进行宏大结构里面的"内部装修"。非如此,马克思主义美学的面貌是难以清晰呈现的。而在这种努力中,尤其不能忘记"马克思认为他的理论的全部价值在于这个理论'按其本质来说,它是批判的和革命的'。后一性质的确完全地和无条件地是马克思主义所固有的"[①]。所以,马克思的美学体系可以说是一个批判的体系。

我们在美学话语权上感到的不足,反映出的则是马克思主义美学研究存在的严重滞后。马克思的美学本是明快的学说,它在许多问题上是可以透辟解释,也是可以发挥威力的。但由于长期缺乏扎实的研究,或皮毛了解,或束之高阁,或以假充真,或弃如敝屣,结果令马克思美学的往日风光不再,影响力缩小,许多美学研究中也很难再见到马克思主义美学的身影。有学者提醒得很中肯:"一个半世纪以来反对马克思主义的思潮和学说从来没有停止过。在当代,我们应该特别注意那种把马克思主义与马克思对立起来的观点。"[②]为什么这么说?一则,这很容易使我们想起马克思说过的"我只知道我自己不是马克思主义者"[③]这句调侃的话,而喜欢"把马克思主义与马克思对立起来"的论者恰是援引这句话作为立论的根据。再则,这种观点打的是学术的幌子,实行的则是消解和阉割马克思主义美学灵魂的勾当。其三,这种观点否定了马克思主义美学和马克思美学思想之间不可分割的内在联系,把所谓"回到马克思原典"作为了否定马克思以后全部马克思主义美学的借口。其四,这种观点实际是在马克思美学思想和马克思主义美学科学体系之间断源截流,既否定了马克思美学思想的当代性,也否定了马克思主义美学存在的合理性与必要性。

至于那种把马克思著作中的只言片语,甚至是已经删除的或手稿中某个角落中找出的一句话,作为反对马克思主义美学原理依据的做法;那种故意把马克思的"手稿"置于正式出版的著作之上,把一稿置于二稿之上,把二稿置于三稿之上,把已被删除的文字置于正式文字之上,把其中某个论述径直作为衡量马克思主义美学正确与否标准的做法,也是不妥

① 《列宁选集》第1卷,人民出版社2012年,第82—83页。
② 陈先达:《雄踞人类思想高峰的马克思》,《光明日报》,2018年3月26日。
③ 《马克思恩格斯文集》第10卷,人民出版社2009年版,第590页。

当的。

　　马克思主义美学思想的光辉是不会被某些错误思潮和行径所遮挡的，马克思主义美学被边缘化、空泛化和标签化的状况也是不可能长久的。为了马克思主义美学的重生和振兴，我们要坚决捍卫它的纯洁性，并为构建21世纪中国马克思主义美学而斗争。

论列宁对马克思主义文艺理论的发展

一、研究马克思主义文艺理论不能"绕开"列宁

由于种种原因，多年来，列宁文艺思想遭到了解构性的扭曲。在某些人的眼中，列宁文艺思想偏离了马克思主义轨道，成了"文艺政治学"或"文艺党性学"的代名词。尤其是在那些为文化自由主义吹嘘和辩护的学者那里，列宁的文艺思想几乎成了令他们"恼怒"和"恐惧"的东西，20世纪无产阶级文艺实践偏颇与过失的原因，都加到了列宁的头上。这是不公正的，也是不符合事实的。我们有必要还原列宁文艺思想的本来面貌。这不仅是马克思主义文艺思想史学术研究的需要，同时也是对列宁文艺思想在当今世界又重新产生明显影响的呼应性需要。科学的马克思主义文艺理论研究，有责任把列宁的文艺思想融入当代问题意识的探讨之中。

列宁早就说过："马克思主义者从马克思的理论中，无疑地只是借用了宝贵的方法，没有这种方法，就不能阐明社会关系，所以他们在评判自己对社会关系的估计时，完全不是以抽象公式之类的胡说为标准，而是以这种估计是否正确和是否同现实相符合为标准的。"[1] 这同样是适用于文艺理论研究。那么，列宁文艺思想与马克思的文艺思想是什么关系呢？这里似可借用齐泽克的一句话，即"绕开列宁也就没有可以直接接近的'本真马克思'"[2]。齐泽克的重新回到列宁的思路，虽说是拉康和克尔凯郭尔式的，他"想找回的这个列宁是形成中的列宁"[3]，但这句表示敬意的话却道出了

---

① 《列宁全集》第 1 卷，人民出版社 1984 年版，第 163—164 页。

② ［斯洛文尼亚］齐泽克：《易碎的绝对——基督教遗产为何值得奋斗？》，蒋桂琴等译，江苏人民出版社 2004 年版，第 2 页。

③ 张永清、马元龙：《后马克思主义读本·理论批评》，人民出版社 2011 年版，第 128 页。

某种真理，那就是让我们看到了从马克思到列宁的理论传承的血统，看到了正视列宁思想成就并将之作为马克思主义重要理论遗产——包括文艺理论遗产——的无须怀疑的可能性。

为何说"绕开列宁"就难以直接接近"本真马克思"呢？我想，这恐怕是因为只有列宁才是站在马克思学说与现实世界当务之需中间真正起到沟通管道作用的巨人。他不仅是一位杰出的理论家，而且是一位天才的实践家和历史行动者，他的见解带有理论启迪和实践指导的双重价值。

马克思逝世十二年后的 1895 年，面对第二国际的机会主义思潮的泛起，拉法格曾告诫到访的 25 岁的列宁："不可能有俄国人懂得马克思，因为当时的西欧已经没有人真正了解马克思了"①。在马克思主义陷入低潮期走进马克思主义的列宁，是带着历史责任和使命担当，带着俄国革命的现实召唤，迅猛而出色地完成了一个马克思主义者锤炼过程的。列宁极其忠于马克思、恩格斯的学说，在同自己各种政治敌手的激烈论战中，无畏地捍卫了马克思主义的纯洁性。西方有学者不无挑剔地分析道："列宁最经常加给其他马克思主义者最尖刻的罪名——他一生都充满了这种争论——就是他们'篡改'了马克思的原意，因为只要对原文作字面上的正确解释，这种'篡改'即暴露无疑。"②反对对马克思主义经典的歪曲、篡改和修正，这是列宁毫不含糊、绝不妥协、无比集中的理论任务。这就为他创造性地发展马克思主义创造了条件。布哈林曾经这样说过："马克思所贡献的主要是资本主义发展和革命实践的代数学；列宁的贡献既有这种代数学，也有破坏性方面和建设性方面的新现象的代数学，还有它们的算术，即从更具体、更具有实践性的观点来解代数学的公式。"③这个比喻，揭示了列宁辩证法与马克思辩证法的师承关系，揭示了列宁理论的特色以及他如何在发展马克思主义方面的特征。

①　［美］威尔逊：《到芬兰车站：历史写作及行动研究》，刘森尧译，广西师范大学出版社2014 年版，第 391 页。

②　［美］萨拜因：《政治学说史》（下卷），邓正来译，上海人民出版社 2010 年版，第 492 页。

③　转引自张文喜：《政治上的左翼思潮调查中的列宁》，《学习与探索》2014 年第 10 期。

二、列宁发展马克思主义文艺理论的几个基本方面

高尔基评论列宁说："他说话总会给人一种印象，好像他急着要传达给你某种真理，好像他不是为自己的意志在讲话，他讲话是出于历史的意志。"① 这个说话风格表明，列宁的思想是极其联系实际的，他的理论是历史浪潮中涌出的声音。如果按照罗蒂的诠释来讲，那么，列宁不是作为文人的英雄，而是哲学和剑结盟式的英雄。② 读一读列宁的著作，考察一下俄苏历史，就会得出这种鲜明而强烈的印象。我们对于列宁的文艺思想，也应当如此来看待。

毫无疑问，列宁对马克思主义文艺理论的贡献是多方面的，列宁把马克思主义文艺思想发展到了新阶段。学界普遍认为："列宁的哲学思想总结了人类社会实践的最新发展，其中包括了自然科学的最新成就，把作为科学的马克思主义哲学大大向前推进了一步。"③ 这一论断，给我们认识列宁文艺和美学思想带来巨大启示。"二战"后，特别是 20 世纪 60 年代以来，世界形势发生重大变化。在这个背景下，引起一些人对列宁哲学思想和文艺思想科学性的怀疑，引起一些人向它挑战、驳难和攻击，有人执意要把列宁主义从马克思主义中驱除出去，这在国内外的一些理论阐述里是并不鲜见的。我们今天探讨和阐释列宁对马克思主义文艺理论的发展，实际带有迎接挑战和回答攻击的味道。认识和理解列宁文艺思想的价值，认识和理解列宁文艺思想的强大生命力，这对坚持和发展中国化的马克思主义文艺理论具有现实的意义。

概括地说，列宁对马克思主义文艺理论的发展，我认为主要有以下几个方面：其一，是把辩证法和唯物论彻底地运用到文艺理论上来，解决了文艺认识论、文艺反映论、文艺本体论等一系列带根本性的问题；其二，是创造性地提出了文学的"党性原则"思想，从而为无产阶级文艺在社会中的地位和作用、与其他上层建筑之间的关系，以及特殊历史环境下的功

---

① ［美］威尔逊：《到芬兰车站：历史写作及行动研究》，刘森尧译，广西师范大学出版社 2014 年版，第 391 页。

② ［美］罗蒂：《真理与进步》，杨玉成译，华夏出版社 2003 年版。

③ 黄楠森（等主编）：《马克思主义哲学史》第 4 卷"编者的话"，北京出版社 1994 年版，第 1 页。

能和要求，指明了方向；其三，是以评论列夫·托尔斯泰、赫尔岑等作家与作品为代表，极大地丰富和提升了马克思主义文艺批评的方法论，使马克思主义批评艺术达到了新的水准；其四，是高度重视民族文化问题，首次提出"两种民族文化"学说，为文艺的民族性和阶级分析提供了指南；其五，是对高尔基、阿尔曼德等一些作家的交往和关怀，充分体现了马克思主义对待文艺家的态度，体现了科学的文艺政策和艺术精神；其六，是初步探索和积累了领导社会主义文艺运动的经验，比如开展反对"无产阶级文化派"的斗争，论述文化遗产如何批判继承，揭示社会主义文艺运动可能的特点，谈论对新出现的现代派艺术的看法，等等。所有这些，都是推进性的论述，许多是发前人所未发，给马克思主义文艺理论宝库贡献了大量的新东西。

　　这里的六个方面未必概括得全面，但可以大致看出列宁文艺思想的轮廓。列宁是个哲学家，他的许多著作如《唯物主义和经验批判主义》《哲学笔记》等，在马克思主义哲学史上其位置是公认的。为什么强调这一点呢？因为列宁对唯物论、反映论、辩证法和对立统一规律的认识，直接关系着他对诸多文艺理论和文艺批评问题的阐释。特别是列宁对主客体关系及主体能动性的认识，对马赫主义和"经验一元论"的批判，几乎谈论的每一个问题都充满了辩证法的影子。譬如，列宁评论赫尔岑说："他在19世纪40年代农奴制的俄国，竟能达到当时最伟大的思想家的水平。他领会了黑格尔的辩证法。他懂得辩证法是'革命的代数学'。他超过黑格尔，跟着费尔巴哈走向了唯物主义。……赫尔岑已经走到辩证唯物主义跟前，可是在历史唯物主义前面停住了。"[1] 这样的分析，不是让人进一步体会到了辩证法的威力吗？列宁对哲学认识论—反映论的阐发，直接给文艺学奠定了理论基石。列宁对马克思主义哲学的贡献，直接成为构建马克思主义文艺学的渊薮。这从多年文艺理论教材的体系和观念就能够看得出来。从这个意义上说，列宁的哲学思想同他的文艺思想是相互联系、互为表里的。

───────────

① 《列宁选集》第 2 卷，人民出版社 1995 年版，第 284 页。

三、列宁的文学"党性原则"是一个创造性思想

列宁提出文学的"党性原则"思想，是理论上的一个创造。关于这个问题，这些年不仅一直存在争议，而且被曲解之处颇多。有论者根据"党性原则"这个提法，把列宁文艺思想说成是"政党文艺学"，这是不妥当也不能成立的。众所周知，列宁的《党的组织和党的出版物》（我认为，正确的译法还应是《党的组织和党的文学》，俄语中 литература，包含文献、著作、文学、出版物、书刊、读物等多种含义，文学是泛称。但是，在该文中，译成"文学"，更符合语境和本来文义，译成"出版物"，翻译界许多学者是不赞同的）这篇文章，是 1905 年——距离十月革命还有 12 年——在俄国"革命还没有完成"，思想极其混乱，党面临"工作的新条件"情况下写的。当时，俄国出现了第一次资产阶级民主革命高潮，罢工此起彼伏，党内路线斗争十分尖锐，沙皇政府被迫宣布允许人民言论、集会、结社、出版自由，答应扩大选举权等，历史上第一次可以自由地出版革命报纸。列宁于 1905 年 11 月 8 日从国外回到彼得堡，直接主持布尔什维克中央的工作。他认为要加强党对革命运动的领导，党的组织工作和宣传工作必须改进，以适应形势的要求。回国后，列宁马上在布尔什维克党的合法机关报《新生活报》上发表了系列文章，《党的组织和党的出版物》是其中的一篇，刊于 11 月 13 日，距他回国才五天。

正是针对这种前所未有的情况和形势，列宁在该文中提出文学的"党性原则"思想，阐明了包括文学创作在内的党的宣传工作在整个无产阶级革命事业中的地位与作用，系统地论述了文艺为千千万万劳动群众服务的思想，同时精辟地阐释了文艺创作活动的特点和规律。这篇文章，使马克思主义文艺思想与俄国革命运动结合起来，具有很强的时代性和开创性，因之成为马克思主义文艺理论发展史上的宝贵文献。

文艺的党性原则，在马克思主义创始人那里是有思想萌芽的。例如，马克思、恩格斯就不赞成"诗人要站在比党的壁垒更高的瞭望台上观察世界"[1]。反对"诗人的尖塔，高出党派的楼阁"这种所谓"纯艺术"思

---

[1]《卢卡契文学论文集》（1），中国社会科学出版社 1980 年版，第 250 页。

想。当诗人弗莱里格拉特持有这种观点时，马克思、恩格斯就批评他；当他抛弃这种观点时，马克思、恩格斯就把他引为创办《新莱茵报》的战友和同伴，并热情赞扬他那些自觉服从革命斗争需要而写的充满战斗激情的诗作。后来，弗莱里格拉特还是背离了党的正确立场，宣称"党也是一种樊笼"，自己"再不属于任何党派"，马克思这时以其素有的直率，写信给予了批评。马克思、恩格斯希望其他阶级中的人参加无产阶级运动，"首先就要要求他们不要把资产阶级、小资产阶级等等的偏见的任何残余带进来，而要无条件地掌握无产阶级世界观。"① 这些思想可谓文艺"党性原则"的胚胎。列宁继承了马克思主义创始人的思想，并把文艺党性原则的观念发展成一个相对完整系统的学说。这无疑是列宁根据变化了的形势对马克思主义文艺理论的一个重大发展。

当时俄国的马克思主义政党，在此之前是没有公开出版的机会的，是处在半地下状态的，常常需要在别人家的刊物上发表文章，或是同一些与马克思主义毫无共同之处的著作家联合。迫于沙俄的专制统治，写作也不得不采用"伊索寓言式的笔调"来谈论问题。而在新的形势下，这一切都没必要了。诚如列宁所说，党通过同代办秘密接头和会见时"窃窃私语"的办法进行思想领导的时代已经过去了。非法报刊已经变成合法的公开报刊，资产阶级和自由派又在大肆攻击人民革命带来了文化毁灭，鼓吹已处于颓势的资产阶级文艺对抗正在崛起和成长的无产阶级文艺。企图控制文艺运动的司徒卢威等人，大肆鼓吹"非党性"和"非党的革命性"等虚伪口号。一时间，人们把眼前的起码的目标理想化，把普通的民主主义当成了社会主义。再者，布尔什维克党所领导的刊物内部也出现分化，急需改造。有些人开始利用党的招牌鼓吹反党观点，有些人鼓吹无条件的"创作自由"，鼓吹"非党的革命性"，"无党性"成为时髦口号。以上这股思潮，对无产阶级文艺事业危害其大。这个时候，列宁要求党的宣传和文艺事业要有"党性原则"，就显得十分迫切而又必要了。在理解列宁的"文学党性原则"时，这个时代背景是不能忽视的。

列宁的文学"党性原则"，其实就是要求党在思想和组织上保持独立性和纯洁性，就是要坚持马克思主义，坚持唯物史观和唯物辩证法，反对

---

① 《马克思恩格斯选集》第 3 卷，人民出版社 1995 年版，第 685 页。

和防止意识形态上的机会主义、投降主义、唯心论和抽象人道主义，就是要把文艺事业纳入党的整个工作机器中来，不要为少数富人服务，而要为千千万万的劳动群众服务。坚持这种原则，有什么错误呢？这不正是列宁根据发展了的形势对马克思主义文艺理论做出的新的贡献吗？把文学的"党性原则"简单地定义为"政党文艺学"，认为是要用党的力量来"干预"创作和"统领"作家，这至少是一种望文生义的曲解。

列宁关于党性原则的思想，早在其理论活动的初期就有所表达。他在批判民粹派与"合法马克思主义"的时候，就指出"唯物主义本身包含有所谓党性，要求在对事变作任何评价时都必须直率而公开地站到一定社会集团的立场上"①，并指出无产阶级党性是真正科学性的必要条件，党性和科学性的统一是马克思主义所固有的品格。

争议最多的就是列宁的这句话："文学应当成为党的文学。"（新译文为"出版物应当成为党的出版物"）有人把它做了完全庸俗的理解，认为文学是艺术，怎么能成为"党的"呢？我们不禁要问：那么，把"文学"译成"出版物"就可以是"党的"了吗？"出版物"包括不包括"文学"出版物？包括不包括自然科学出版物？显然，从翻译的角度质疑文学的党性原则是没有道理的。请看"文学应当成为党的文学"这句话之后，紧接着说的是"与资产阶级的习气相反，与资产阶级的企业主的即商人的出版业相反，与资产阶级文学上的名位主义和个人主义、'老爷式的无政府主义'和唯利是图相反，社会主义无产阶级应当提出党的文学（新文译为'党的出版物'）的原则，发展这个原则，并且尽可能以完备和完整的形式实现这个原则。"②这种与资产阶级那一套"相反"的原则，理论上有什么理亏之处呢？提倡这样的"党的文学的原则"，不正是列宁既遵循马克思又超越马克思的地方吗？

"党的文学原则"是包括多方面内容的，列宁也是有着深入辩证的论述的。列宁明明白白地说：

> 这个党的文学的原则是什么呢？这不只是说，对于社会主义无产

① 《列宁全集》第1卷，人民出版社1984年版，第363页。
② 《列宁选集》第1卷，人民出版社1972年版，第647页。

阶级，文学事业不能是个人或集团的赚钱工具，而且根本不能是与无产阶级总的事业无关的个人事业。打倒无党性的文学家！（现在译为"无党性的写作者滚开！"）打倒超人的文学家！（现在译为"超人的写作者滚开！"）文学事业应当成为无产阶级总的事业的一部分，成为一部统一的、伟大的、由整个工人阶级的整个觉悟的先锋队所开动的社会民主主义机器的"齿轮和螺丝钉"。文学事业应当成为有组织的、有计划的、统一的社会民主党的工作的一个组成部分。①

这一论述，就是列宁文学党性原则思想的集中表达。对于马克思主义文艺理论来说，这不是一个重大的理论创新吗？全世界的马克思主义者和共产党人，不都是一直这样去做的吗？

列宁似乎早就预料到这一思想会遭到某些知识精英和艺术家的反对。例如，当时《新生活报》的名义编辑、诗人明斯基见到该报刊登了《党的组织和党的文学》一文，就写了《给列宁的公开信》，反对文学的党性原则，反对将文学事业作为社会民主党工作一部分的提法。所以，列宁有先见之明地在《党的组织和党的文学》一文中诚挚地写道：

德国俗语说："任何比喻都是有缺陷的。"我把文学比作螺丝钉，把生气勃勃的运动比作机器也是有缺陷的。也许，甚至有一些歇斯底里的知识分子对这种比方大叫大嚷，认为这样会把自由的思想斗争、批评的自由、文学创作的自由等等贬低了、僵化了、"官僚主义化了"。实质上，这种叫嚷只是资产阶级知识分子个人主义的表现。②

我们不要给责备列宁文艺思想的一些论者扣帽子。但是，平心静气地对照列宁的话，我们有些人在这个问题上的"大叫大嚷"、不依不饶、肆意曲解，是不是很像列宁当年的判断和分析呢？那些把思想斗争、批评、创作的自由绝对化的论者，那些反对把无产阶级文学事业纳入党的事业的一部分的论者，是不是犯的也是"知识分子个人主义"的毛病呢？

---

① 《列宁选集》第 1 卷，人民出版社 1972 年版，第 647 页。
② 《列宁选集》第 1 卷，人民出版社 1972 年版，第 647—648 页。

列宁在讲完上面那段话之后，紧接着就说：

> 无可争论，文学事业最不能作机械的平均、划一、少数服从多数。无可争论，在这个事业中，绝对必须保证有个人创造性和个人爱好的广阔天地，有思想和幻想、形式和内容的广阔天地。这一切都是无可争论的，可是这一切只证明，无产阶级的党的事业的文学部分，不能同无产阶级的党的事业的其他部分刻板地等同起来。这一切决没有推翻那个对资产阶级和资产阶级民主派是格格不入的和奇怪的原理，即文学事业必须无论如何一定成为同其他部分紧密联系着的社会民主党工作的一部分。①

接下来，列宁具体地说到了方方面面的要求，涉及报纸、作家、出版社、书店、图书馆等。按列宁的话说："有组织的社会主义无产阶级，应当注视这一切工作，监督这一切工作，把生气勃勃的无产阶级事业的生气勃勃的精神，带到这一切工作中去，无一例外，从而使'作家管写，读者管读'这个俄国古老的、半奥勃洛摩夫式的、半商业性的原则完全没有立足之地。"②

列宁在尖锐地驳斥了资产阶级知识分子和无政府个人主义者的"绝对自由""创作自由"言论的伪善之后，庄严地宣布，只有以无产阶级文学党性原则武装起来的作家，才是真正自由的作家，因为他们不再依赖钱袋、依赖收买、依赖豢养。只有遵循着党性原则创作的文学，才是真正自由的文学。

> 这将是自由的文学，因为把一批又一批新生力量吸引到文学队伍中来的，不是私利贪欲，也不是名誉地位，而是社会主义思想和对劳动人民的同情。这将是自由的文学，因为它不是为饱食终日的贵妇人服务，不是为百无聊赖、胖得发愁的"几万上等人"服务，而是为千千万万劳动人民，为这些国家的精华、国家的力量、国家的未来服

---

① 《列宁选集》第1卷，人民出版社1972年版，第648页。
② 《列宁全集》第12卷，人民出版社1987年版，第94页。

务。这将是自由的文学，它要用社会主义无产阶级的经验和生气勃勃的工作去丰富人类革命思想的最新成就，它要使过去的经验（从原始空想形式的社会主义发展成科学社会主义）和现在的经验（工人同志们当前的斗争）之间经常发生相互作用。①

这段著名的话，可以说开天辟地地为无产阶级和劳动群众、为工人阶级政党、为社会主义的文艺指明了前行的道路与方向。

2014 年 10 月 30 日，习近平总书记在福建古田召开的全军政治工作会议上指出：当前国内外形势发生深刻变化，面对新的考验，我军政治工作只能加强不能削弱，只能前进不能停滞，只能积极作为不能被动应对。"当前最紧要的是把 4 个带根本性东西立起来"，第一个是"要把理想信念在全军牢固立起来"，第二个就是"要把党性原则在全军牢固立起来"②。这种对"党性原则"重要性的强调，对我们理解文学的党性原则思想，同样具有引领的意义。

四、列宁是马克思主义辩证文艺批评的典范

我们对列宁自身树立的文艺批评榜样重视得不够。这是一笔亟须开掘的理论遗产。从托尔斯泰 1908 年八十寿辰到他 1910 年逝世，列宁先后为他写了七篇研究和评论文字。这一现象在马克思主义文论史和批评史上是罕见的。

这里需要说明的是，当时俄国资产阶级唯心主义哲学和不可知论复活、泛滥。"否定不依赖于我们的意识并为我们的意识所反映的客观实在的存在"③，成为"一种国际性思潮"。一些"跪着造反"的思想家，集中攻击辩证唯物主义。列宁为了揭露和清算这股反动哲学潮流，写了《唯物主义和经验批判主义》这部论战性的著作，粉碎了修正主义的进攻，捍卫了唯物辩证法和唯物史观，对马克思主义哲学特别是认识论的发展做出了突

① 《列宁选集》第 1 卷，人民出版社 1972 年版，第 650 页。
② 习近平：《在全军政治工作会议上的讲话》，《人民日报》，2014 年 11 月 2 日。
③ 《列宁选集》第 2 卷，人民出版社 1972 年版，第 262 页。

出贡献。《唯物主义和经验批判主义》虽然不是文艺学或美学著作，但其中关于主体与客体、艺术与现实关系、本体论、实践观以及彻底的唯物主义反映论思想，对科学的文艺学和美学的指导作用极其明显。文艺理论研究在学理和哲学根基上出问题，很多就是出在这些方面。如今阅读《唯物主义和经验批判主义》，时常感到列宁好像是针对我们当下思想界和文艺理论界的情况讲的。有些学者所犯的错误，其实就是当年列宁批评的马赫主义性质的错误。该著作的针对性、现实性、实践性极强。了解了这个大的理论环境，才会更清楚地认识列宁评价分析托尔斯泰一组文章的价值。

可以这样说，列宁评论列夫·托尔斯泰，为马克思主义文艺理论和批评的认识论原则打下了坚实的基础。列宁指出：

> 其实，马赫主义者是主观主义者和不可知论者，因为他们不充分相信我们感官的提示，不彻底贯彻感觉论。他们不承认作为我们感觉源泉的、不以人为转移的客观实在。他们没有把感觉看作是这个客观实在的正确摄影，因而直接和自然科学发生矛盾，为信仰主义大开方便之门。相反地，唯物主义者认为世界比它的显现更丰富、更生动、更多样化，因为科学每向前发展一步，就会发现它的新的方面。唯物主义者认为我们的感觉是唯一的和最终的客观实在的映像，所谓最终的，并不是说客观实在已经被彻底认识了，而是说除了它，没有而且也不能有别的客观实在。这种观点不仅坚决地堵塞了通向一切信仰主义的大门，而且也堵塞了通向教授的经院哲学的大门。[1]

面对当时的唯心主义泛滥的思潮，列宁指出：鉴于理论上的瓦解和混乱，特别是马克思主义运动中极端严重的内部危机，因此"坚决反对这种瓦解，为保卫马克思主义基础而进行坚决顽强的斗争，又成为当前的迫切任务了"。[2] 这一点，对我们当前的理论形势也有某种比照的意义。

列宁评价托尔斯泰的一组文章，是他的马克思主义哲学思想在文艺理论和文艺批评上的具体运用。说白了，他是在同资产阶级自由派比如立宪

---

① 《列宁选集》第 2 卷，人民出版社 1972 年版，第 127—128 页。
② 《列宁选集》第 2 卷，人民出版社 1972 年版，第 401 页。

民主党人、孟什维克取消派、庸俗的俄国知识界以及俄共内部的"左"的和右的意见唱对台戏，反对将托尔斯泰说成是"公众的良知"、"生活的导师"、知识分子的"良心"、"文明人类的呼声"等庸俗吹捧，反对将托尔斯泰说成是与无产阶级革命运动势不两立的贵族和大地主思想家，用辩证批判的、唯物反映的、阶级与社会情绪的、心理分析以及前瞻性观点，回答了几乎所有事关托尔斯泰的思想、学说、创作和价值的问题。列宁始终是把托尔斯泰"作为俄国千百万农民在俄国资产阶级革命快要到来的时候的思想和情绪的表现者"①来认识的，托尔斯泰的渺小与伟大、软弱与有力，伪善与真诚，肤浅与深刻，都是由于他作为这种"表现者"引发出来的。列宁说：

> 托尔斯泰富于独创性，因为他的全部观点，总的说来，恰恰表现了我国革命是农民资产阶级革命的特点。从这个角度来看，托尔斯泰观点中的矛盾，的确是一面反映农民在我国革命中的历史活动所处的矛盾条件的镜子。②

> 他作为艺术家，同时也作为思想家和说教者，在自己的作品里异常突出地体现了整个第一次俄国革命的历史特点，这场革命的力量和弱点。③

列宁还对托尔斯泰作品的艺术性和天才描写，给予了极高评价。

这里的关键，是列宁创造了一种文艺批评的方法。正如卢那察尔斯基所说的："列宁论托尔斯泰的文章应予特别认真的研究。它们对于像托尔斯泰创作和学说这样巨大的文学和社会现象，在一切主要方面都作了透彻的阐述，它们是把列宁主义方法运用于文艺学的光辉典范。"④这组文章，把马克思主义文艺批评的艺术推进到新高度，开辟了新生面，为马克思主义文艺理论建设提供了许多新资源。与此相关，列宁评论作家赫尔岑、车尔尼雪夫斯基、高尔基、阿尔曼德、鲍狄埃、别的内依，以及反动文人阿

① 《列宁选集》第 2 卷，人民出版社 1995 年版，第 243 页。
② 《列宁全集》第 17 卷，人民出版社 1988 年版，第 185 页。
③ 《列宁全集》第 20 卷，人民出版社 1989 年版，第 20 页。
④ ［苏］卢那察尔斯基：《论文学》，蒋路译，人民文学出版社 1978 年版，第 43 页。

维尔钦柯等的文章，都是文艺批评上留下了没有成为过去而是属于未来的东西。

五、列宁对文化和文艺创作问题的科学把握

为了重点谈一下列宁对社会主义时期文艺运动的认识，关于列宁的"两种民族文化"学说和对作家、艺术家的马克思主义态度，这里少讲一些。其实，列宁在《关于民族问题的批评意见》（1913）中提出的"每一个现代民族中，都有两个民族。每一种民族文化中，都有两种民族文化"[①]的观点，今天看来是特别具有现实意义的。这一著名的文化学说，是列宁对马克思主义文化观和文艺理论宝库的又一重大贡献。用列宁的话说，这种文化观"是马克思主义的绝对要求"。列宁不赞成统一的"民族文化"的口号，认为"民族文化"的口号是资产阶级的骗局。他认为"我们的口号是民主主义的和全世界工人运动的各民族共同的文化"。列宁指出："每个民族文化，都有一些民主主义的和社会主义的即使是不发达的文化成分，因为每个民族都有被剥削劳动群众，他们的生活条件必然会产生民主主义的和社会主义的意识形态。但是每个民族也都有资产阶级的文化（大多数还是黑帮的和教权派的），而且这不仅表现为一些'成分'，而表现为占统治地位的文化。因此，笼统说的'民族文化'就是地主、神父、资产阶级的文化。""崩得分子"避而不谈"两种民族文化"，不谈"这个对马克思主义者来说是最起码的基本的道理，而'大谈'其空话，这实际上就是反对揭露和阐明阶级鸿沟，把阶级鸿沟掩盖起来，使读者看不清楚。""谁拥护民族文化的口号，谁就只能与民族主义市侩为伍，而不能与马克思主义者为伍。"譬如，在俄罗斯，"一种是普利什凯维奇、古契柯夫和司徒卢威之流的大俄罗斯文化，但是还有一种是以车尔尼雪夫斯基和普列汉诺夫的名字为代表的大俄罗斯文化。乌克兰同德国、法国、英国和犹太人等等一样，也有这样两种文化。"[②] 这是马克思主义的文化观。以此观

---

① 《列宁全集》第 24 卷，人民出版社 1990 年版，第 134 页。
② 《列宁全集》第 24 卷，人民出版社 1990 年版，第 125—134 页。

之，在文化问题上不加鉴别和区分地大谈所谓统一的传统文化，大谈现代以来的资产阶级自由主义文化，排斥历史上的民主主义文化和劳动阶级文化，贬低我国"五四"以来进步的新文化，虚无中国共产党所开创和领导的新民主主义和社会主义文化，实在是令人费解、匪夷所思的。列宁的"两种民族文化"学说，给了我们一剂治病的良药，也给了我们锐利的战斗武器。

列宁是懂得文艺创作的规律的，这方面他也发表了许多见解。譬如，他谈过"应当幻想"①的问题，谈过"典型"问题，谈过"小说里全部的关键在于描写个别的情况，在于分析特定典型的性格和心理"②的问题，谈过创作的"问题正在于社会典型，而不在于个人的特性"③，谈过有些新小说作者不过是"尽量凑集各种各样'骇人听闻的事'，把'淫荡'、'梅毒'、揭人隐私以敲诈钱财（还把敲诈对象的姐妹当情妇）这种桃色秽行和对医生的控告拼凑在一起，如此而已"④，谈过作家的心理、情绪和感情特征问题，还谈过"题材多样化"⑤和文艺的批判继承问题，等等。此外，列宁以"严厉的老师和和善的、亲切的朋友的态度"⑥对待高尔基等作家的故事，也是非常感人的。

六、列宁领导社会主义文艺运动的宝贵经验

列宁具有在苏维埃社会主义时期领导文艺的经历。这是历史赋予列宁的一个超越前代马克思主义文论家的地方，也是他发展马克思主义文艺理论的重要契机。列宁使马克思主义文艺观第一次成为一个国度占统治地位的文艺思想，并第一次把它直接应用于无产阶级和社会主义国家的文化建设和文艺工作，这是史无前例的破天荒的事情。十月革命后六年多的指导社会主义文艺运动的实践，使列宁积累了初步的经验，他的有关文艺问题

① 《列宁选集》第 1 卷，人民出版社 1972 年版，第 378 页。
② 《列宁全集》第 47 卷，人民出版社 1990 年版，第 76 页。
③ 《列宁全集》第 37 卷，人民出版社 1986 年版，第 132 页。
④ 《列宁全集》第 46 卷，人民出版社 1990 年版，第 479 页。
⑤ 《列宁文稿》第 5 卷，人民出版社 1978 年版，第 391 页。
⑥ ［苏］叶果林：《高尔基与俄国文学》，赵侃译，新文艺出版社 1957 年版，第 64 页。

的指示、命令、决定、电报、批示，以及文章和信件，在新的历史条件下的确丰富和推进了马克思主义文艺学说。这笔遗产，是应当好好研究的。

归纳起来，似乎可以从如下几个方面加以总结：一个是为了巩固无产阶级政权，着力解决如何建设社会主义文化、如何防止文化上的右倾机会主义和"左"倾冒险与教条主义问题。在马克思主义经典作家当中，列宁谈论文化问题是最多的。列宁说：

> 红十月为极大规模的文化革命开辟了宽广的道路，这一革命是在业已开始的经济革命的基础上、与之不断相互作用而实现的。……它必须在几年、十几年内弥补上好几百年文化上的空白。除了苏维埃的机构和机关而外，科学家、艺术家和教师们的为数众多的团体和联合会也在为文化的进步行动起来了。[1]

但是，在解决这一新任务时，首先遇到了"无产阶级文化派"和"未来派"的阻碍。他们对人类文化和资本主义的文化采取全盘否定的态度，尤其是"无产阶级文化派"的主要理论家波格丹诺夫、普列特涅夫等人，提出建立纯粹的"无产阶级的特殊文化"和"无产阶级艺术"的主张，且相当一段时间内在文化和文艺界颇为流行。列宁对这种"左"的思想理论倾向进行了原则性的长期斗争。1920年9月，列宁在给《唯物主义和经验批判主义》一书第二版写序的时候，就明确讲道：波格丹诺夫在"无产阶级文化"的幌子下，偷贩着资产阶级的反动观点。1920年10月8日，在给无产阶级文化协会代表大会起草的一项决议草案中，列宁再次批评"无产阶级文化派"，指出如果抛弃资产阶级时代最宝贵的成就，不去吸收和改造两千多年来人类思想和文化发展中一切有价值的东西，而去"臆造自己的特殊的文化，把自己关在与世隔绝的组织中"，并要求脱离教育人民委员会实行"自治"，这"在理论上是错误的，在实践上是有害的"[2]。写于1920年10月9日政治局会议上的《关于无产阶级文化》的决议草稿要点，更是明确地指出："不是臆造新的无产阶级文化，而是根据马克思主义世界

---

① 《列宁论文学与艺术》，人民文学出版社1983年版，第443页。
② 《列宁选集》第4卷，人民出版社1995年版，第299—300页。

观和无产阶级在其专政时代的生活与斗争的条件的观点，发扬现有文化的优秀的典范、传统和成果。"①"无产阶级文化派"中的某些人，公开抵制和抗拒列宁的批评和党的决议，在《真理报》上开展了大论战，可见斗争是很激烈、复杂的。

我们不去讨论这场斗争的细节和过程，从列宁的一系列论述中，我们发现列宁的思想是实事求是、辩证而深刻的，解决了社会主义文化怎样来建设的大问题。列宁逝世前，还在关心这个问题，他在疾病的间歇口授的最后一篇文章《宁可少些，但要好些》，继续批评"无产阶级文化派""过分唠叨，过分轻率地奢谈什么'无产阶级文化'"。列宁认为："在开始的时候，我们能够有真正的资产阶级文化也就够了，在开始的时候，我们能够抛掉资产阶级制度以前的糟糕之极的文化，即官僚的、农奴制等等的文化也就好了"。列宁忠告人们：

> 在文化问题上，急躁冒进是最有害的。我们许多年轻的著作家和共产党员应该牢牢记住这一点。②

再一个理论上的贡献是，列宁在极端困难的国内国际环境下，对苏维埃文化和艺术建设方面给予了极大的关怀和悉心的指导，开创了无产阶级的文艺管理科学，并创造了 20 世纪 20 年代苏维埃俄国文化和文艺的活跃期。这期间，为了解决"缺少文化"问题，列宁多次提出：在进行政治和社会变革之后，要进行文化革命、文化变革。"只要实现了这个文化革命，我们的国家就能成为完全社会主义的国家了。"③因此，列宁对出版法、报纸和宣传工作、城市雕塑和纪念碑、街头标语牌、古代文物和艺术品、戏剧与舞台、电影事业、扫盲、自然物和公园等，都极为重视，签署命令、作决议、下指示、拨专款、审批方案，非常具体。以电影为例，列宁曾经对卢那察尔斯基说："您应该牢牢记住，对于我们来说，一切艺术部门中最最重要的便是电影。""应当让好的电影深入到城市的群众中去，尤其是农

---

① 《列宁全集》第 39 卷，人民出版社 1986 年版，第 334 页。
② 《列宁全集》第 43 卷，人民出版社 1987 年版，第 378 页。
③ 《列宁全集》第 43 卷，人民出版社 1987 年版，第 368 页。

村中去"①。列宁认为要尽力增加电影局经费，并指示"要摄制浸透着共产主义思想反映苏维埃现实的新片"，"不能容许放映反革命的和不道德的影片"，要"规划出一个摄制趣味影片和科学片的明确的比例数字"②。这些意见，现在看来也不过时。

列宁一方面提倡艺术上的独创精神，一方面又着手解决文化遗产的批判继承问题。列宁认为，文化在某些方面，在某些物质残余中是消灭不了的，困难只是在于恢复它。1919 年 4 月 17 日，列宁在《苏维埃政权的成就和困难》一文中说："仅靠摧毁资本主义，还不能填饱肚子。必须取得资本主义遗留下来的全部文化，并且用它来建设社会主义。必须取得全部科学、技术、知识和艺术。否则，我们就不可能建设共产主义社会的生活。"③ 我们要"用资本家拣来打我们的砖头建设共产主义！我们没有别的砖头！我们就是要用这些砖头，要迫使资产阶级专家在无产阶级的领导下来建设我们的大厦。困难就在这里，胜利的保证也在这里！"④

在批判继承文化遗产的问题上，列宁不仅提出主要任务是学习，同时还着重解决了"学习什么和怎样学习"的问题。这一思想在《青年团的任务》演说中，阐述得最为详尽。列宁得出的结论是："无产阶级文化应当是人类在资本主义社会、地主社会和官僚社会压迫下创造出来的全部知识合乎规律的发展。条条大道小路一向通往，而且还会通往无产阶级文化。"⑤ 这样，列宁就把社会主义条件下批判继承旧文化、发展新文化的思想方法论表述得十分清楚了。

列宁通过高尔基呼唤作家、艺术家深入生活，到下面去，到火热的现实斗争中去观察、体验，分辨旧事物的腐朽和新事物的萌芽，将生活作为文艺创作源泉的思想，也很精彩。

列宁对 20 世纪 20 年代初俄国文坛出现的活跃与混乱，出现的把握不定、模糊不清的探索和尝试，出现的渴求文艺新内容、新形式、新方法，出现的某种在艺术上仿效西方的"赶时髦"倾向，也极为关注。他认为这

① 《列宁论文学与艺术》（二），人民文学出版社 1960 年版，第 928 页。
② 《列宁论文学与艺术》（二），人民文学出版社 1960 年版，第 927—928 页。
③ 《列宁全集》第 36 卷，人民出版社 1985 年版，第 48 页。
④ 《列宁全集》第 36 卷，人民出版社 1985 年版，第 49 页。
⑤ 《列宁全集》第 39 卷，人民出版社 1986 年版，第 299 页。

种动荡和探索是一种觉醒，"也就是那种决心为苏俄创造一种新的艺术和文化的力量的活动，是好的，是很好的"①。但这不意味着作家、艺术家可以胡编乱造，没有准绳，不意味着尽可以抛出腐朽、堕落、有毒、肮脏的作品而无须过问。这种创作的自由和开放是有原则和方向的。面对文坛的混乱和躁动，列宁说：

> ……我们是共产党人。我们决不可以无所作为，听任混乱随意扩散开来。我们还必须有意识地努力去领导这一发展，去形成和决定它的结果。②

这才是马克思主义的作风和态度。在对待文艺的"新""旧"问题上，列宁给出了一个看似保守、实则颇具远见的极为重要的美学原则。他说：

> 即使美是"旧"的，我们也必须保留它，拿它作为一个榜样，作为一个起点。为什么只是因为它"旧"，就要抛弃真正的美，拒绝承认它，不把它当作进一步发展的出发点呢？为什么只因为那是"新"的，就要把新的东西当作供人信奉的神一样来崇拜呢？那是荒谬的，绝对是荒谬的。此外，在这方面还有很多伪善，当然，还有对盛行于西方的艺术时尚的不自觉的尊敬。③

这就为社会主义文艺的发展指明了方向。列宁一直主张，"应该把美作为根据，把美作为构成社会主义社会中的艺术的标准。"④列宁对当时出现的某些抽象现代派艺术，明显持保留的态度。克鲁普斯卡娅就说过：列宁对这种现代派的艺术似乎格格不入，不能理解。⑤卢那察尔斯基也说过类似的看法。但是，列宁从不把个人在审美上的好恶作为指导性思想，他在艺术问题上是非常审慎和民主的。列宁甚至谦虚地说过：我们也许确

---

① ［德］蔡特金：《回忆列宁》，侯焕闳译，《红旗》1985 年第 12 期。
② 《列宁论文学与艺术》，人民文学出版社 1983 年版，第 434 页。
③ 《列宁论文学与艺术》，人民文学出版社 1983 年版，第 434 页。
④ 《列宁论文学与艺术》（二），人民文学出版社 1960 年版，第 937 页。
⑤ 《列宁论文学与艺术》，人民文学出版社 1983 年版，第 397 页。

实都老了。"我们不再懂得新的艺术了，我们只是一瘸一拐地跟在它的后面。"①（其实，十月革命成功时，他才47岁，去世时才54岁）我们尽可以研究和讨论列宁对待现代派艺术的态度正确与否，但不可否认的是，列宁强调的是文艺上的"新"不能失掉文化的优秀血脉，尤其不能忘掉支持那些在革命运动影响下产生的新东西。列宁寄希望的是建设出一种新型的社会主义文艺。他饱含深情地说：

> 艺术属于人民。它必须深深地扎根于广大劳动群众中间。它必须为群众所了解和热爱。它必须从群众的感情、思想和愿望方面把他们团结起来并使他们得到提高。它必须唤醒群众中的艺术家并使之发展。……我们必须经常把工农放在眼前。我们必须学会为他们打算，为他们管理。即使在艺术和文化的范围内也是如此。②

这是社会主义文艺发展的纲领性意见，在马克思主义文艺理论史上，具有里程碑的意义。从这里，我们可以看到马克思主义文艺理论在后来发展——特别是在中国发展——的许多基本线索。列宁豪迈地指出："群众的一般文化水平的高涨可以奠定一个稳固而健全的基础，从这一基础上将成长出为发展艺术……所必需的强大的取之不竭的力量。"③他认为，工人和农民"是文化的土壤——假如面包有了保证——在那上面，将成长起一种按照内容而规定其形式的、真正新兴的、伟大的艺术，一种共产主义的艺术"④。这是列宁的艺术理想，也是马克思主义的艺术憧憬。

列宁告诫说："我们应该研究走向社会主义这一极端困难的新道路的特点"⑤，"研究俄国革命的特殊条件和革命发展的特殊道路"。⑥这些思想，无疑为各国马克思主义理论及其文艺思想的本土化发展开辟了广阔前景。

我们说列宁发展了马克思主义文艺理论，是有充分的根据的。

---

① 《列宁论文学与艺术》，人民文学出版社1983年版，第435页。
② 《列宁论文学与艺术》，人民文学出版社1983年版，第435页。
③ 《列宁论文学与艺术》，人民文学出版社1983年版，第444页。
④ 《列宁论文学与艺术》，人民文学出版社1983年版，第438页。
⑤ 《列宁全集》第34卷，人民出版社1985年版，第162页。
⑥ 《列宁全集》第35卷，人民出版社1985年版，第257页。

论马克思主义美育观的本质和特征

一、为什么要学习马克思主义美育观?

马克思主义美育观是马克思主义美学思想和教育思想的一个有机组成部分。马克思主义美育观与马克思主义美学观和教育观一样,都实现了巨大的变革。诚然,马克思主义创始人并没有给我们留下关于"美育"的定义或各种具体实施方法的系统论证和阐释,我们也无须把他们有关"美育"的深刻思想简单看成是对这一学科所产生的各种问题的现成答案。但是,毫无疑问,谁若由于索取不到现成的答案就怅然离去,那是会留有很大的遗憾的。可以这样说,在马克思、恩格斯等经典作家的学说中,的确包含着对于各种美学和美育问题的或显在或潜在的独特解答。

从发生学的意义上说,马克思主义美育观与历史上进步的美育观是密切联系着的,马克思、恩格斯的美育思想就是对欧洲启蒙运动和德国古典学说时代各种美育原则的进一步发展和彻底改造。从文本我们不难发现,"马克思和恩格斯自己也是从带有审美情调的问题提法开始的,这种提法对于他们在法国、德国以及其他国家的一些先驱者来说,是很有代表性的。只是在自己思想逐步发展的过程中,他们才把爱尔维修和狄德罗、文克尔曼和莱辛、歌德和席勒的人文主义理论转变成为历史的科学预见,同时也研究了实现这一预见所必备的经济条件和物质力量。"①也就是说,马克思、恩格斯接受过"很有代表性的"人文主义美育思想,但随着时代的进步和自己思想的逐步发展,他们把美学和美育思想推进到了唯物史观的阶段。换句话讲,从纯粹的"审美情调"出发提出问题,张扬空泛的"人文主义"理想,固然有某种合理性,但终究只是少数思想家的理想,而非

---

① [苏]里夫希茨:《马克思论艺术和社会理想》,人民文学出版社 1983 年版,第 363 页。

社会的事实。这种提问方式既没有揭示规律，也无法成为"科学预见"。而要把这种人文理论"转变"成"历史的科学预见"，那就需要研究"实现这一预见所必备的经济条件和物质力量"。这样一来，马克思、恩格斯的美育观与传统人本主义美育观的区别和联系，也就清清楚楚了。

为什么要从这种"区别和联系"讲起呢？一则，这是马克思、恩格斯美育思想演进的真实状况，是我们了解马克思主义美育观的重要"切口"；再则，目前我国的美育理论和美育研究，似乎还较普遍地停留在传统的人本主义水准。美育工作已有的成绩和研究状况，远远不能适应时代和实践的需求，本土的美育理论因缺乏应有的丰富性和创造性而令人厌倦，良莠不齐的西方美育理论又因缺乏应有的创造性转化和不接地气而味同嚼蜡，美育研究陷入某种概念贫乏、方法贫困、议题贫瘠的尴尬境地，亟须有所突破。例如，美育界普遍认为通过美育主要是培育人的"爱"与"敬"的情感，维护和提升人性中固有的同情心和敬畏感，以此来拯救被物欲所扭曲的人性，实现人格的完善与和谐，并普遍仍将美育当作一种"艺术教育"来实施，这就实际上把美感教育严重窄化了。因之，在这种情况下，我们学习和了解马克思主义美育观，研究它的本质和特征，在比较中发现它的价值，就显得十分必要了。

马克思主义美育观应该是我们美育行动的指南。面对这个指南，我们不能不加以反思：学校里实施美育的呼声已经喊出多年，将"美"字写进党的教育方针也曾令我们欢欣鼓舞，可仔细观察下来，近年美育的状况到底提高了多少呢？体现理想信念和核心价值观的美育精神是否存在日趋式微的现象呢？在智育挂帅的挤压下，学校的美感教育是不是有失去方向、未达理想彼岸之感呢？大、中、小学中某种怀旧情结的滋长，是不是包含着对昔日好的教育理念和好的美育精神的回忆和追念呢？总之，我们有必要用马克思主义的观点来总结近些年美育工作的经验和教训。

坦率地说，我是不赞成把美育仅仅看作是解决"人的情感"问题的，不赞成把美育作为一种特殊的信仰来教育的，同时也是不赞成把美育只作为一种艺术技巧技能训练的做法的。原因很简单，因为这种理念和方法，是达不到真正的美育目的的，也是同马克思主义美育观不相符合的。我看到不少研究和阐述美育理论的文章，可读后总有一种其中许多方面仍没脱离抽象"人格""人性"教育的旧美育观的窠臼，仍然带有"形式主义""技术主义"或"审美乌托邦"的色彩和印象。这中间当然有对"什么是美的事物"的理论上误解,但同时也与对马克思主义美育观知之甚少不无关系。这种状况,对社会主义美育事业是弊大于利的。倘若将"美育"仅仅限定在"艺术教育"上,倘若认为审美是塑造"人格"和调节"情感"的唯一通道,那么,这样做就有把美育的灵魂和实质不知不觉掏空的危险。

请不要误会,我不是一般地反对把美育作为培养人的一种出路,不是不承认审美能力对人的全面发展确实起着不可替代的作用。我只是想在这里强调,在美育中起决定作用的并不是对人的艺术技巧、技能和手段的训练,起决定作用的是社会生活实践和艺术实践中所涉及对象的内容本身。"人格""人性""情感"的培养,在技术层面的作用是很有限的。马克思有一段话很好地解释了这个问题。他说:"谁要是经常亲自听到周围居民因贫困压在头上而发出的粗鲁的呼声,他就容易失去美学家那种善于用最优美最谦恭的方式来表达思想的技巧。他也许还会认为自己在政治上有义务暂时用迫于贫困的人民的语言来公开地说几句话,因为故乡的生活条件是不允许他忘记这种语言的。"[1]这时的马克思才二十几岁,他讲的是 19 世纪中叶德国的情况。假如我们把这段话所蕴含的思想转化成美育的原则,那么是不是可以说:对人的美感状态的影响,事物的内容是第一位的。马克思的这段话,对我们理解马克思主义美育观,理解如何进行美感教育,应该具有很大的启示。

二、马克思主义美育观的本质是什么?

当下,各种社会和文化思潮如雨后的蘑菇般纷纷冒将出来。美育领域也绝非一片净土,驳杂和混乱的局面有目共睹。相当一段时间,我们几乎听不到马克思主义美育观的声音,传统的或现代西方的美育观却畅行无阻。所以,认识马克思主义美育观的本质,具有现实的意义。

马克思主义创始人的美育理想,同他们的社会理想是相一致的,那就

---

① 《马克思恩格斯全集》第 1 卷,人民出版社 1956 年版,第 210 页。

是把人的自由全面的发展看成人类解放的最终目标。而要实现这一目标，他们认为其必要条件就是对社会关系的改造、丰富和发展。因为"个人的全面性不是想象的或设想的全面性，而是他的现实联系和观念联系的全面性"①。这就意味着要克服不合理社会关系的限制，要使联合起来的个人能够实现对社会关系的全面占有和共同控制，同时扩大人们的普遍交往，这样才能使人的自由全面发展得到落实。这一社会理想目标和社会条件的产生，正是构成马克思主义美育观的力量根基之所在。

客观地说，在马克思、恩格斯之前，关于"人的全面发展"这个议题，在历史上曾有不少进步思想家关注过、谈论过，其中也有不少有益的见解和透辟的分析。但是，从整体上看，由于时代、阶级和理论的局限，他们大多看不到历史上人的片面发展的深刻根源，大多是从思辨的原则中引申出美育主张和设想，因而不可避免地滞留在空想的阶段。恩格斯这样夸奖过黑格尔，说"没有一个人比他更辛辣地嘲笑了席勒所传播的那种沉湎于不能实现的理想的庸人习气（见《现象学》）"②。这是因为黑格尔看出了席勒美育理论的致命弱点。黑格尔说："按照席勒的看法，美感教育的目的就是要把欲念、感觉、冲动和情绪修养成为本身就是理性的"③。席勒自己也讲：美育是"促进鉴赏力和美的教育"，其的目的在于"培养我们感性和精神力量的整体达到尽可能和谐"④。他的这些提法中不乏精彩和深刻。可是，至于如何去实现美感教育的"目的"，如何去进行此种"修养"，如何使感性的东西变成"理性的"的，如何使人的精神整体上达到"和谐"，他却拿不出任何像样的方案，就连《美育书简》给出的解决办法也似是而非、不堪卒读。我们知道，蔡元培在给《教育大辞书》撰写"美育"条目时，界定"美育者，应用美学之理论于教育，以陶养感情为目的者也"⑤。可见，不论是席勒的美育观还是我国近代一些学者的美育观，都存在与现实社会的实践脱节、沉湎于不能实现的纯粹理想之中的倾向。

鉴于此，我们有理由说马克思主义创始人在美育观上的最大功绩，不

① 《马克思恩格斯全集》第 30 卷，人民出版社 1995 年版，第 541 页。
② 《马克思恩格斯选集》第 4 卷，人民出版社 1995 年版，第 231—232 页。引文中的《现象学》，即黑格尔的《精神现象学》。
③ ［德］黑格尔：《美学》第 1 卷，朱光潜译，商务印书馆 1979 年版，第 78 页。
④ ［德］席勒：《美育书简》，徐恒醇译，中国文联出版公司 1984 年版，第 10 页。
⑤ 《蔡元培美学文选》，北京大学出版社 1983 年版，第 174 页。

在于他们是否描绘出了一幅令人神往、高度曼妙的美育图景，而在于他们超越前人地探索和研究了实现美育理想的最佳途径。他们的美育理想是什么呢？那就是摆脱先前社会所造成的人的发展的不平衡状态，通过实践培育出在肉体和精神两方面都得到完美发展的新人。这是一种历史的必然，因为"由整个社会共同经营生产和由此而引起的生产的新发展，也需要完全不同的人，并将创造出这种人来"①。在马克思主义看来，"每一个人都无可争辩地有权全面发展自己的才能"②。不过，是"私有制使我们变得如此愚蠢而片面，以致一个对象，只有当它为我们所拥有的时候，……在它被我们使用的时候，才是我们的"③。只有未来的无阶级的共产主义，才是"个人的独创的和自由的发展不再是一句空话的唯一的社会"④，因为"在那里，每个人的自由发展是一切人的自由发展的条件"⑤。这是对人类美育的物质基础、社会因素和变化趋势的描述与展望。

马克思在《资本论》中说过这样一段话："正如我们在罗伯特·欧文那里可以详细看到的那样，从工厂制度中萌发出了未来教育的萌芽，未来教育对所有已满一定年龄的儿童来说，就是生产劳动同智育和体育相结合，它不仅是提高社会生产的一种方法，而且是造就全面发展的人的唯一方法。"⑥这是在评价空想社会主义者欧文的时候说的。于此，马克思同样高度评价了欧文的先驱者贝勒斯的思想，指出"政治经济学史上一个真正非凡的人物约翰·贝勒斯，早在17世纪末就非常清楚地懂得，必须废除现行的教育和分工，因为这种教育和分工按照相反的方向在社会的两极上造成一端肥胖，一端枯瘦"。⑦这段话表面上没有直接谈美育，但我们不难发现，马克思认为未来社会的任务就在于消灭这种"一端肥胖，一端枯瘦"的两极分化的畸形状态，消灭"脑"与"手"的脱节，消除这一矛盾在各种不同形式的心理冲突中的反映。这样，实际上也就为未来的美育方向给予了实质性的规定。

---

① 《马克思恩格斯文集》第 1 卷，人民出版社 2009 年版，第 688 页。
② 《马克思恩格斯全集》第 2 卷，人民出版社 1957 年版，第 614 页。
③ 《马克思恩格斯文集》第 1 卷，人民出版社 2009 年版，第 189 页。
④ 《马克思恩格斯全集》第 3 卷，人民出版社 1960 年版，第 516 页。
⑤ 《马克思恩格斯文集》第 2 卷，人民出版社 2009 年版，第 53 页。
⑥ 《马克思恩格斯文集》第 5 卷，人民出版社 2009 年版，第 556—557 页。
⑦ 《马克思恩格斯文集》第 5 卷，人民出版社 2009 年版，第 562 页。

马克思还说过：在把自然科学发展到它的顶点的时候，同样要发现、创造和满足由社会本身产生的新的需要，以此来"培养社会的人的一切属性，并且把他作为具有尽可能丰富的属性和联系的人，因而具有尽可能广泛需要的人生产出来——把他作为尽可能完整的和全面的社会产品生产出来（因为要多方面享受，他就必须有享受的能力，因此他必须是具有高度文明的人），——这同样是以资本为基础的生产的一个条件"①。这里，马克思实际上把包括美感教育在内的一切教育方式提高到了人类发展和需求的历史必然性的高度。社会愈进步，现代化程度愈高，日常生活审美化趋势愈明显，要求人的属性就愈加完整和全面，美育也就愈发显示出它的突出地位和关键作用。因为"具有高度文明的人"，无论如何是离不开审美享受能力作为生存条件的。更何况，从人所独有的生产特性出发，马克思也极其鲜明地指出"人也按照美的规律来构造"②，这是人与动物的根本区别之一。

马克思、恩格斯不仅看到了美育与人的本性的关系，而且看到了美育同社会进步的关系。他们绝不像以往的美学家和思想家那样，只是喜欢抽象地、完全从心理学角度看待美感教育，而是明确地指出：个人的充分发展（当然包含美育的发展——引者注）又作为最大的生产力反作用于劳动生产力。③可以说，将审美能力的发展和审美水平的提升作为一种巨大的生产力——一种"反作用于劳动生产力"的生产力，这就从辩证法的视角空前增加了美育的价值和意义。由于马克思主义经典作家把美育的重要性提到了前所未有的高度，因此也就给美育事业注入了新鲜的历史唯物主义的生气和活力。马克思主义美育观是一种突破狭隘局限的大美育观，其本质就是主张通过审美地认识、把握和改造主观和客观世界来实现人的自由而全面的发展。

显然，这一美育观与席勒认为的"通过审美自由"这个"中间状态"即可实现人从不自由到自由转换④的观点，与蔡元培认为的"一提起信仰，

---

① 《马克思恩格斯全集》第 46 卷（上册），人民出版社 1979 年版，第 392 页。
② 《马克思恩格斯文集》第 1 卷，人民出版社 2009 年版，第 163 页。
③ 《马克思恩格斯全集》第 46 卷（下册），人民出版社 1979 年版，第 225 页。
④ 参见［德］席勒：《美育书简》，徐恒醇译，中国文联出版公司 1984 年版，第 116 页。

美育就有限制"，因而主张"以美育代宗教"①的观点，以及把美育等同于艺术技能、技巧教育的观点，是有原则性区别的。

三、重视历史和社会生活对人的美育作用

如果上述分析大体能够成立的话，那么这种美育观就必然形成某些自己独具的特点。我们发现，马克思主义经典作家从来不是就美育谈美育，从来不把美育事业孤立起来，而是把美育事业放到社会变革的大背景下去观察和把握，把美育事业与整个人类的社会改造事业紧密地联系在一起，因为他们认识到人的精神和美感的解放同人的社会和历史解放具有某种同步性，美育理论本身也带有反对各种旧社会观念和矛盾的使命。马克思说：如果仅仅把人从消融在"自我意识"中的词句和观念的统治下解放出来，那么"人"的"解放"并没有前进一步。"只有在现实的世界中并使用现实的手段才能实现真正的解放"。"'解放'是一种历史活动，不是思想活动，'解放'是由历史的关系，是由工业状况、商业状况、农业状况、交往状况促成的［……］其次，还要根据它们的不同发展阶段，清除实体、主体、自我意识和纯批判等无稽之谈，正如同清除宗教的和神学的无稽之谈一样"。②

既然美育也是一种"解放"——一种人的审美能力的解放，那么它也必须植根于人的"历史活动"之中。重视历史和社会生活对人的美感教育作用，这是马克思主义美育观的核心部分，也是其唯物史观在美育领域的直接反映。马克思、恩格斯在这方面的论述有很多。譬如，马克思说过："为了谋求自己的解放，并同时创造出现代社会在本身经济因素作用下不可遏止地向其趋归的那种更高形式，他们必须经过长期的斗争，必须经过一系列将把环境和人都加以改变的历史过程。工人阶级不是要实现什么理想，而只是要解放那些由旧的正在崩溃的资产阶级社会本身孕育着的新社会因素。工人阶级充分认识到自己的历史使命，满怀完成这种使命的英勇

---

① 参见《蔡元培美学文选》，北京大学出版社1983年版，第162页。
② 《马克思恩格斯文集》第1卷，人民出版社2009年版，第526—527页。删节处是手稿缺损。——原编者注

决心，所以他们能够笑对那些摇笔杆子的文明中之文明人的粗野谩骂，笑对好心肠的资产阶级空论家的训诫，这些资产阶级空论家总是滔滔不绝地宣讲他们那一套无知的陈词滥调和顽固的宗派主义谬论，口气俨如发布永无谬误的神谕一般。"①显然，马克思高度重视参与"环境和人"的改造的历史进程。恩格斯还曾深情地这样说过："大自然是宏伟壮观的，为了从历史的运动中脱身休息一下，我总是满心爱慕地奔向大自然。但是我觉得，历史比起大自然来甚至更加宏伟壮观。自然界用了亿万年的时间才产生了具有意识的生物，而现在这些具有意识的生物只用几千年的时间就能够有意识地组织共同的活动：不仅意识到自己作为个体的行动，而且也意识到自己作为群众的行动，共同活动，一起去争取实现预定的共同目标。现在我们已经差不多达到这样的程度了。观察这个过程，眼看我们星球的历史上还没有过的情况日益临近实现，对我说来，这是值得认真观察的景象，而且我过去的全部经历也使我不能把视线从这里移开。"②这是何等的看重历史进程和社会生活对人的美感教育作用啊！恩格斯知道，千百万人民群众创造的智慧和美的事物，要比那些伟大天才预见和创造的东西都高明得多，生活给予人的教育要比其他任何教育都强大得多。当然，恩格斯也明白，长期参与和观察历史的进程是会"使人疲劳的，尤其是当你觉得负有使命促进这一过程的时候。在这种情况下，去研究大自然就是大大的休息和松快"③。这里，他不是又把历史美育与自然美育内在而辩证地勾连起来了吗？

列宁说过："生活在教导人们。现实斗争最完满地解答了那些不久以前还在争论不休的问题。……群众自己的朝气蓬勃的、强大的运动，以摧枯拉朽之势，把在办公室里冥思苦想、杜撰出来的方案一扫而光，正在奔腾前进。这就是我们眼前发生的这场规模壮阔的运动的历史意义。"④他还对作家高尔基亲切地说过："要观察，就应当到下面去观察——那里可以观察到建设新生活的情况；应当到外地的工人居住区或到农村去观察——那里用不着在政治上掌握许多极复杂的材料，只要观察就行了。……在那里，

---

① 《马克思恩格斯文集》第 3 卷，人民出版社 2009 年版，第 159 页。
② 《马克思恩格斯全集》第 39 卷，人民出版社 1976 年版，第 63 页。
③ 《马克思恩格斯全集》第 39 卷，人民出版社 1976 年版，第 64 页。
④ 《列宁全集》第 22 卷，人民出版社 1990 年版，第 322—323 页。

只要简单观察一下，就能很容易区别旧事物的腐朽和新事物的萌芽。"[①]

我们在经典作家的言论中不难发现，他们是把人类创造历史的整个领域都跟审美教育联系起来了，认为美育的形式是应该扩大、应该多种多样的。音乐、绘画、语文教学、体格训练、文艺欣赏、娱乐活动、参观各种展览等自不必说，而相比较而言，投身到社会生活的斗争实践中去，亲身感受生气勃勃的群众运动的脉搏，领会人民群众蕴藏的历史首创精神，认真观察宏伟壮观且日新月异的情景，是会得到更多的美感享受，得到更多的精神滋养的。这里，不妨联系毛泽东的诗词《菩萨蛮·大柏地》，其中写道："当年鏖战急，弹洞前村壁。装点此关山，今朝更好看。"[②]毛泽东不是把波澜壮阔而又艰苦卓绝的反"围剿"斗争生活提升到了美育的高度了吗？只有非凡的革命战争生活，只有亲身投身到人民创造历史的过程中去，才会获得这样鲜活的美感。毛泽东的许多诗词，都可让人嗅到浓烈的革命浪漫主义和革命英雄主义气息，都能看到中国革命的辉煌历史和改天换地的群众运动的场面，人们将它称之为"史诗"。这与作者同革命生活的血肉联系是互为表里的，并且印证了席勒在论述壮烈牺牲等悲剧题材产生快感的原因时的一句话："这种体验极其崇高，它带给人的是一种精神的大喜悦"[③]。毛泽东的诗词创作可说是马克思主义美育观的一个极生动的体现。它表明，在社会实践的风雨中锤炼、摔打，同千百万人民群众创造历史的进程相结合，注意观察和体验"我们星球的历史上"正在发生和将要发生的事情，这是美感教育的最好课堂。

四、高度重视生产劳动在美感教育中的作用

根据马克思、恩格斯的思想，我们似乎可以提出"劳动美育"的观点。按照马克思的说法："艺术对象创造出懂得艺术和具有审美能力的大众，——任何其他产品也都是这样。因此，生产不仅为主体生产对象，而

---

① 《列宁全集》第49卷，人民出版社1988年版，第44—45页。
② 《毛泽东诗词集》，中央文献出版社2003年版，第38页。
③ ［德］席勒：《论悲剧题材产生快感的原因》，载于《古典文艺理论译丛》，人民文学出版社1963年版，第79页。

且也为对象生产主体。"① 劳动是改造人的最基本的方式。经典作家认为，在未来的社会，生产劳动已不是负担，而是给每一个人提供全面发展和表现自己全部的即体力和脑力的能力的主要机会。劳动创造了美的事物，创造了人类世界。因此，认识劳动的价值和意义，认识劳动与美感的辩证关系，养成热爱劳动和尊重劳动的个人习惯和社会风气，这是美育的一个极其重要的环节，也是需要拓展的审美领域。

劳动和劳动的美感教育，其实是渗透一切、贯穿一切的东西。热爱劳动，既是一种行为美和心灵美，也是一种实现美育的途径。人的美与不美，在对待劳动的态度上是可以鲜明地判别出来的。劳动的动作是美的；劳动的产品美的；劳动者自由劳动的心情是美的；劳动者之间的相互关系也是美的。诚如恩格斯所言，当社会发展到"生产劳动给每一个人提供全面发展和表现自己的全部能力即体能和智能的机会，这样，生产劳动就不再是奴役人的手段，而成了解放人的手段，因此，生产劳动就从一种负担变成一种快乐"②。劳动的美感意识，这时就会被充分地焕发出来。马克思也深刻指出："在再生产的行为本身中，不但客观条件改变着，……而且生产者也改变着，炼出新的品质，通过生产而发展和改造着自身，造成新的力量和新的观念，造成新的交往方式，新的需要和新的语言。"③ 他在《哥达纲领批判》中还说："在按照不同的年龄阶段严格调节劳动时间并采取其他保护儿童的预防措施的条件下，生产劳动和教育的早期结合是改造现代社会的最强有力的手段之一。"④ 可见，在马克思主义创始人眼里，生产劳动是造就新人素质和培育美感意识的伟大洪炉。

我赞同有学者的这样见解，即"通过人类生产活动经验所进行的严格的人类种属教育，是真正的审美教育"⑤。马克思在《1844 年经济学哲学手稿》中隐约表达的就是这种观点。马克思认为消灭了"异化劳动"之后，劳动者是可以把劳动当作"体力和智力的游戏来享受"⑥的。因之，任何忽视劳动的教育都是有害的，任何忘却劳动美感的教育对美育都是不利的。

---

① 《马克思恩格斯文集》第 8 卷，人民出版社 2009 年版，第 16 页。
② 《马克思恩格斯文集》第 9 卷，人民出版社 2009 年版，第 311 页。
③ 《马克思恩格斯全集》第 46 卷（上册），人民出版社 1979 年版，第 494 页。
④ 《马克思恩格斯文集》第 3 卷，人民出版社 2009 年版，第 448—449 页。
⑤ ［苏］里夫希茨：《马克思论艺术和社会理想》，人民文学出版社 1983 年版，第 370 页。
⑥ 《马克思恩格斯论艺术》，人民出版社 1960 年版，第 369 页。

列宁甚至这样说过："没有年轻一代的教育和生产劳动的结合，未来社会的理想是不能想象的：无论是脱离生产劳动的教学和教育，或者没有同时进行教学和教育的生产劳动，都不能达到现代技术水平和科学知识现状所要求的高度。"① 我们应当把劳动美育提到社会主义教育方针的战略层面来认识，改变现实教育中存在的严重轻视劳动和缺乏劳动美育的倾向。这既是美育责无旁贷的任务，也是推动美育沿着正确航向前进的保障。

五、美育对象要拓展到广大的人民群众

在美育问题上，马克思主义经典作家是重视艺术教育的，因为艺术教育偏重于对接受对象的心灵、情感、道德、想象力以及形式美的感染，承认审美的无私性是功利性的最高形式。马克思说过："想象，这一作用于人类发展如此之大的功能，开始于此时产生神话、传奇和传说等未记载的文学，而业已给予人类以强有力的影响。"② 他把艺术美的功能表述到完全符合历史实际的程度。恩格斯这样评价过民间故事书，他说："民间故事书的使命是使一个农民做完艰苦的日间劳动，在晚上拖着疲乏的身子回来的时候，得到快乐、振奋和慰藉，使他忘却自己的劳累，把他的贫瘠的田地变成馥郁的花园。民间故事书的使命是使一个手工业者的作坊和一个疲惫不堪的学徒的寒伧的楼顶小屋变成一个诗的世界和黄金的宫殿，而把他矫健的情人形容成美丽的公主。但是民间故事书还有这样的使命：同圣经一样培养他的道德感，使他认清自己的力量、自己的权利、自己的自由，激起他的勇气，唤起他对祖国的爱。"③ 他把优秀艺术的美育作用分解成多个方面。列宁在同卢那察尔斯基的一次谈话中说："艺术史是一个多么有趣味的部门。对于一个共产党人说来，这里有多少值得研究的地方。昨夜我通宵都不能入睡，一直翻看这些集子，看了一本又一本。"④ 他为自己没有时间来研究艺术而感到遗憾。在他被流放西伯利亚期间，一本托尔斯泰的小说

---

① 《列宁全集》第 2 卷，人民出版社 1984 年版，第 461 页。
② ［德］马克思：《摩尔根〈古代社会〉一书摘要》，人民出版社 1978 年版，第 55 页。
③ 《马克思恩格斯论艺术》第四册，人民文学出版社 1966 年版，第 401 页。
④ 《列宁论文学与艺术》，人民文学出版社 1983 年版，第 422 页。

《安娜·卡列尼娜》，竟然反复翻阅了几十遍。大量事实表明，马克思主义经典作家对艺术教育是重视的。

不过，这里需要强调的是，经典作家对艺术教育的重视，更多的是从面向广大人民群众出发的，他们希望无产阶级和劳动群众能得到应有的艺术机会和美学权利，并把全民的审美教育和文化教育提到社会进步的战略高度。这个特点也值得每个从事美育和文化教育工作者深思。如何使广大人民群众受到艺术的美感教育，如何使审美文化真正为广大人民群众服务，如何使艺术美育真正成为人民自己的事业，这是马克思主义美育观与其他阶级思想家美育观的重大分野。因此，我们应当把美育工作的重心移到广大的人民群众一边，移到广大的青少年群体一边，为他们敞开通向审美自由的大门，使这片最广袤、最肥沃的文化土壤开出最绚丽、最光彩的花朵。如果美感教育变成少数人的事情，变成只是个别人学弹琴、画图画、唱唱歌、跳跳舞，并把其中的技艺、技能放首位，那么，就与马克思主义的美育观南辕北辙了。

马克思主义认为，艺术属于人民，美育应当是群众的事业。因之，必须使审美教育深深地扎根于人民群众之中，必须使审美教育为群众所了解和爱好。列宁在十月革命前说：教育在人民中愈普及，宗教偏见愈被社会主义意识所排挤，无产阶级胜利的日子就愈近。① 在十月革命之后，列宁说得更明确："必须唤醒群众中的艺术家并使之发展"，"必须经常把工农放在眼前"，"必须学会为他们打算，为他们管理"。"我们面临着工人和农民对于教育和文化的庞大需要，由我们唤起和激起的需要。""难道当工农大众还缺少黑面包的时候，我们要把精致的甜饼干送给少数人吗？""我们的工人和农民确实应该享受比马戏更好的东西。他们有权利享受真正的、伟大的艺术。因此，首先就得实施最广泛的民众教育和民众训练的工作。他们是文化的土壤——假定面包有了保证——在那上面，将成长起一种按照内容而规定其形式的、真正新兴的、伟大的艺术，一种共产主义的艺术。我们的'知识分子'在这里面临着巨大的和最有价值的任务。""群众的一般文化水平的高涨可以奠定一个稳固而健全的基础，从这一基础上将

---

① 《列宁全集》第6卷，人民出版社1986年版，第247页。

成长出为发展艺术、科学和技术所必需的强大的取之不竭的力量。"① 这对马克思主义美育观来说，也是一个具有原则性的意见。

六、简短结语

马克思主义美育观是无产阶级美育观，人民美育观。这种美育既是美感的教育，也是综合性的教育，它在各个领域、各个学科都是可以发挥作用的。即使在当今全球信息化的时代，马克思主义美育理论依然活着，依然有着很强的真理性和生命力，其深邃见解依然激励着我们去不断探索。可以说，马克思主义经典作家对美育问题的阐发，比以往任何时候和任何美育家的看法都更贴近现实。我们应当以马克思主义美育观为指针，站在新的高度来研究美育理论，来规划和设计美育的实施方案。在美育问题上，我们不妨借用雅克·德里达的话："不能没有马克思，没有对马克思的记忆，没有马克思的遗产，也就没有将来：无论如何得有某个马克思，得有他的才华，至少得有他的某种精神。"② 从这个意义上讲，"重新发现"和"重新开掘"马克思主义经典作家的美育思想，用来指导我们的工作，这是推进美育事业的一项重要工程。

① 《列宁论文学与艺术》，人民文学出版社 1983 年版，第 435、438、444 页。
② ［法］雅克·德里达:《马克思的幽灵》，何一译，中国人民大学出版社 1999 年版，第 21 页。

学习马克思主义的文化理论

马克思主义的文化理论，是马克思主义学说体系中的重要组成部分。在历史发展长河中，马克思主义第一次把文化放到了稳实的历史唯物主义根基上，从而实现了人类文化观念的历史性嬗变。今天，在我们推进文化体制改革、迎接社会主义文化大发展大繁荣的形势下，学习马克思主义文化观，具有重要的现实意义和理论意义。

一、文化对社会生活以至整个社会发展有重大影响

人民群众创造历史是在具体的经济、政治和文化条件下进行的。这其中，文化活动与经济活动、政治活动之间相互作用、相互影响，共同构成了社会发展的基本内涵。但文化有其特殊性，它一方面是社会经济、政治条件的直接产物，另一方面又反作用于社会的经济和政治。

马克思主义认为："文化上的每一个进步，都是迈向自由的一步"[1]。在对待文化问题上，唯物史观和唯心史观的区别，就在于前者始终站在现实历史的基础上，它不是从观念出发解释各种文化现象，而是从物质实践出发来解释各种文化现象。也就是说，任何文化现象都是在一定的经济基础和社会制度上产生的；各种文化的形式和形态，只能通过实际地改变所由产生的经济基础和现实社会关系，它才能得到最终的改变。忽视文化的现实基础，把文化看成是与历史进程没有多少联系的附带因素，看成是处于世界之外或超乎世界之上的某种东西，这种观点是不符合历史唯物主义的。

---

[1] 《马克思恩格斯选集》第3卷，人民出版社1995年版，第456页。

把经济条件和社会制度看作是归根结底制约文化发展的因素，这是马克思主义文化观的核心。但是，这又不等于说文化的发展是被动的，文化的活动是完全静态的。马克思、恩格斯不赞成这种观点，是因为他们认为这种观点在否认历史中起作用的各种意识领域有独立历史发展的同时，也否认了它们对历史可能有的巨大影响。而造成这种观点的，则是"由于通常把原因和结果非辩证地看做僵硬对立的两极，完全忘记了相互作用"①。

文化是有着推动经济和社会进步的巨大能量的，特别是在现代化过程中，文化是社会发展的重中之重。恩格斯曾指出："政治、法、哲学、宗教、文学、艺术等等的发展是以经济发展为基础的。但是，它们又都互相作用并对经济基础发生作用。这并不是说，只有经济状况才是原因，才是积极的，其余一切都不过是消极的结果，而是说，这是在归根到底不断为自己开辟道路的经济必然性的基础上的相互作用。"②这就表明，社会各种意识形式之间、上层建筑与经济基础之间是互为对象、彼此推动的，文化在其中扮演着十分活跃而重要的角色。因为人们在自己创造自己历史的进程中，其意志、计划、观念、意向、心理等往往是相互交错的，偶然性也是必然性的必要补充和表现形式。这样一来，文化就有了宽阔的施展能量的空间。文化，可以通过实践转化为物质力量，可以辅助和促进物质的或精神的力量发挥，可以引领并支撑整个社会沿着合理的方向前行。

马克思主义创始人的这种辩证唯物论和历史唯物论文化观，为我们观察文化现象、认识文化本质、制定文化政策，都提供了指导思想和理论指针。

二、文化在塑造人和培育民族精神上有不可替代的功能

马克思主义经典作家向来把文化看作是一种深深熔铸在民族生命力、创造力和凝聚力中的力量；他们认为文化对于一个时代的人的塑造和民族精神的培育，发挥着不可替代的功能。由于文化具有人为性、群体性和历

---

① 《马克思恩格斯文集》第10卷，人民出版社2009年版，第659页。
② 《马克思恩格斯文集》第10卷，人民出版社2009年版，第668页。

史性，因此它在提高人的自由自觉程度和促使人的全面发展方面，有着特殊的作用。

恩格斯曾经深情地说：大自然是宏伟壮观的，但我觉得，历史比起大自然来甚至更加宏伟壮观。自然界用亿万年的时间才产生了具有意识的生物，而现在这些具有意识的生物只用几千年的时间就能够有意识地组织共同的活动：不仅意识到自己作为个体的行为，而且也意识到自己作为群众的行为，共同活动，一起去争取实现预定的共同目标。现在我们已经差不多达到这样的程度了。"观察这个过程，眼看我们星球的历史上还没有过的情况日益临近实现，对我说来，这是值得认真观察的景象，而且我过去的全部经历也使我不能把视线从这里移开。"① 这段话说得多么好啊！它把文化的魅力彻底地揭示了出来。显然，这里是就包括物质文化、行为文化和观念文化在内的大文化而言的。

人类的历史，其实就是走向文明的历史，拓展文化的历史。知晓了人类文化，也就把握了人类自身发展的缘由和奥秘。一般的文化，包含社会心理和社会意识形式两个层面，它们都是掌握世界的方式，对人和社会都有不容忽视的影响。马克思说，读一本好的小说，是一种"享受"；他认为在现代英国一批杰出小说家的作品中，向世人揭示的政治和社会真理，比起一切职业政客、政论家和道德家"加在一起所揭示的还要多"②；恩格斯说，在巴尔扎克作品的富有诗意的裁判中，有着"了不起的革命辩证法"③；列宁认为，正是因为托尔斯泰在自己的作品里提出那么多问题，能产生如此巨大的艺术力量，这才使他的作品"在世界文学中占有第一流的地位"④；普列汉诺夫甚至认为，要了解某一国家的科学思想史或艺术史，只知道它的经济是不够的，必须知道如何从经济进而研究社会心理；对于社会心理若没有精细的研究与了解，做出科学的历史唯物主义的解释，就根本不可能⑤。

这都说明，只有文化能形成审美的和史学的意蕴，只有文化能通过

---

① 《马克思恩格斯全集》第 39 卷，人民出版社 1974 年版，第 63 页。
② 《马克思恩格斯全集》第 10 卷，人民出版社 1962 年版，第 686 页。
③ 《马克思恩格斯全集》第 36 卷，人民出版社 1975 年版，第 77 页。
④ 《列宁全集》第 20 卷，人民出版社 1989 年版，第 19 页。
⑤ 参见《普列汉诺夫哲学著作选集》第 2 卷，生活·读书·新知三联书店 1974 年版，第 273 页。

广泛传播和社会认可造成一种特殊的人文环境。而在这个环境中，人又懂得按照任何一个物种的尺度来进行生产，懂得处处把固有的尺度运用于对象，于是，人也就能"按照美的规律来构造"①世界。在此，文化对人的素质和境界的提升，对民族精神的培育滋养，其功能也就看得清清楚楚了。文化是价值体系，也是行为规范体系，它给整个民族提供关于是非、善恶、美丑、真伪、好坏的判断标准，它通过社会教育可以内化整个民族的正义感、羞耻感、审美感、是非感和责任感，这就使民族精神得以延续和传承。

三、推进文化繁荣要遵循文化发展自身的规律

在马克思主义看来，文化不是人们随心所欲地创造的，而是在直接碰到的、既定的、从过去承继下来的条件下创造的。由于文化在一定的经济基础和社会政治制度上产生，同各种不同的利益和观念相联系，因之，文化也就有了历史性和时代性；就其文化性质来说，也就有了先进与落后的区分。先进文化是反映先进生产力发展要求、符合广大人民群众根本利益、体现社会进步方向的文化。反之，阻碍社会生产力发展、影响社会进步、不利于人的自由而全面发展的文化，则是落后的或腐朽的。文化的这种属于历史范畴的性质，要求我们对它须进行历史地考察，以避免泛泛的毫无内容的空谈。

马克思指出，就生产力而言有两种，一种是物质生产力，一种是精神生产力。所谓精神生产力，也就是今天所讲的"文化软实力"。马克思从宏观视野出发，提出了物质生产发展与艺术发展之间存在不平衡关系的理论。这一理论告诉我们，文化的发展是有其特殊规律性的。马克思在《资本论》第四卷中，还说过这样的话："资本主义生产就同某些精神生产部门如艺术和诗歌相敌对"②。这句名言，被学术界视为镶嵌在马克思主义文化理论钻戒上的一颗宝石。它深刻地道出了特定的生产关系、生产方式对自

---

① 《马克思恩格斯选集》第 1 卷，人民出版社 1995 年版，第 47 页。
② 《马克思恩格斯全集》第 26 卷第 1 册，人民出版社 1972 年版，第 296 页。

由的精神文化生产的制约作用与矛盾关系，道出了文化产品具有"商品"和"非商品"双重属性。这一理论，也提醒我们在社会主义市场经济条件下，文化生产不能陷入"一切向钱看"的怪圈，应时刻注意把文化产品的社会效益放在首位，注意实现文化产品经济效益和社会效益的统一，防止市场这只"看不见的手"过度干预文化产业的方方面面。文化只有体现出比物质和资本更强大的力量，它才能造就更大的文明和进步。一个国家，只有经济发展体现出文化的品格和品位，才能算是进入了更高的发展阶段。这是一个极其重要的马克思主义的文化原则。

列宁有领导社会主义文化运动的实际经验，他曾说：在一个以私有制为基础的社会里，艺术家为市场而生产商品，他需要买主。而我们的革命已从艺术家方面铲除了这种最无聊的事态的压力，已使得自己的国家成为艺术家的保护人和赞助人。每个艺术家也都能有权利按照自己的理想来自由创作。①这一思想，同马克思的上述思想是一脉相承的。为了更好地继承文化遗产，列宁还提出了著名的"两种民族文化"学说，即"每一个现代民族中，都有两个民族。每一个民族文化中，都有两种民族文化"②。这一学说，体现了具体问题具体分析的辩证法观点，也丰富了马克思主义文化理论的宝库；这一学说，告诫我们要批判地继承文化遗产，对文化遗产要采取取其精华、去其糟粕的态度，既不否定一切，也不兼收并蓄，而是要有所汲取，有所扬弃，有所借鉴，有所改造，有所剔除，有所创造，这样才能保证文化的健康发展；这一学说，同列宁主张要继承人类历史上一切优秀文化遗产才能建设社会主义的思想，是互为表里、完全一致的。

马克思主义创始人在论述文化时，很注意文化主体的世界观问题。马克思、恩格斯曾明确指出：在从事文化活动的时候，不要把剥削阶级偏见的任何残余带进来，而"要无条件地掌握无产阶级世界观"③；他们认为，有些作家和诗人之所以缺乏讲故事的才能，满足于按哲学结构组织文化产品，或者枯燥无味地记录个别的无聊事件和社会现象，就是"由于他们的整个世界观模糊不定的缘故"④；他们鼓励小说家应当向巴尔扎克学习，能

---

① 参见《列宁论文学与艺术》，人民文学出版社1983年版，第433—434页。
② 《列宁全集》第24卷，人民出版社1990年版，第134页。
③ 《马克思恩格斯选集》第3卷，人民出版社1995年版，第685页。
④ 《马克思恩格斯全集》第4卷，人民出版社1958年版，第237页。

够做到违背自己的阶级同情和政治偏见而写出现实主义伟大胜利的作品；恩格斯甚至现身说法，讲"我写作不是专门为了永世长存，相反，我所关心的是直接的当前现实"。① 这些论述，对我们增强文化自觉，提高文化自信，践行社会主义的核心价值体系，都有启发的意义。

我们要认真学习马克思主义文化理论，走"文化强国"之路，把中国特色社会主义文化推向前进。

---

① 《马克思恩格斯全集》第 28 卷，人民出版社 1973 年版，第 532 页。

论毛泽东文艺思想的当代价值

一

毛泽东文艺思想是中国化的马克思主义文艺理论，是马克思主义文艺观同中国革命文艺实际紧密结合的产物。作为一个科学的思想体系，毛泽东文艺思想的产生处在历史横坐标和纵坐标的交汇点上，也就是说，它一方面高度契合并适应了中国革命文艺实际的现实需要，另一方面也继承和推进了马克思主义文艺学说的发展。正因为如此，毛泽东文艺思想成为中国共产党人领导中国革命文艺实践宝贵经验和集体智慧的理论结晶。如果我们把"五四"以来的各种现代文艺观比作群峰耸峙，那么毛泽东文艺思想无疑是处于最高山峰的位置；如果我们把一百七十多年马克思主义文艺观的发展比作一条汹涌奔腾的长河，那么毛泽东文艺思想无疑是这条河流中水面最为宽阔、水量最为宏大、影响也最为深远的一段。

毛泽东文艺思想在我国革命文艺事业中所起的巨大的推动作用，这是已经被历史所证明了的。无论是革命时期、建设时期还是改革开放时期，毛泽东文艺思想都发挥着不可替代的功能，成为我国革命文艺事业前进的灯塔和指针。由于毛泽东文艺思想是真正活的中国化马克思主义文艺理论，与中国优秀文艺传统和革命文艺实践有着不可分割的血肉联系，也由于它在文艺与生活、文艺与政治、文艺与群众等一系列价值系统和理论方法论上有许多创造性的阐发，解决了诸多带有根本性、原则性的问题，因之，在社会主义文艺事业中，它已成为"我们做好一切工作的看家本领"①。

这种我们擅长而别人难以胜过的"看家本领"，表现在哪些方面呢？

---

① 习近平：《在中共中央党校建校八十周年大会上的讲话》，《人民日报》，2013 年 3 月 2 日。

一则，毛泽东文艺思想对我国当今社会主义文艺运动方向的确定和路径的选择，依然具有内在的向导和引领作用；再则，毛泽东文艺思想依然是我们追求马克思主义文艺理论中国化的光辉典范，是实现文艺理论"中国作风"和"中国气魄"的杰出榜样；三则，毛泽东文艺思想中那些发前人所未发的深刻见解和理论阐释，使唯物史观和辩证法在文艺观念中得到前所未有的贯彻和体现。实践表明，学好毛泽东文艺思想，对实现社会主义文艺的发展繁荣有着不可估量的作用。

二

毛泽东文艺思想的现实价值，通过将之放到马克思主义文艺理论发展的谱系中去考察，可以清晰地显示出来。毛泽东文艺思想是遵循马克思主义文艺基本原理进行活动的，它的理论创造也是在马克思主义文艺基本原理和中国革命文艺实践的结合过程当中完成的。譬如，在《新民主主义论》中，毛泽东将政治在经济基础之上对文化是一种被反映与反映的关系，作为一个规律提出来，这在其他马克思主义经典作家那里是没有如此明确表述过的，而这一点对理解文艺与政治的关系有着极为重要的意义。毛泽东的提法，显然纠正了以往有些论者对经济基础决定上层建筑理论的教条化的、庸俗经济决定论式的误解。

在马克思主义文艺理论发展史上，作为领袖人物，毛泽东对文艺问题关注的持久和深入，涉及面的广博与宏大，著述和言论的数量之丰富，其内容更具 20 世纪革命时代和社会主义时期文艺运动经验总结的特点，并善于将本民族优秀文化传统同唯物史观基本原理结合起来，本身又是杰出的诗人和散文家，有着坚实的文学创作实践经验，这在马克思主义文艺思想发展史上是极为罕见的。从争夺"文化领导权"以及构建社会主义文化和社会主义核心价值体系的角度来看，毛泽东对文艺问题的高度关注和缜密思考，更是别具深意，体现出伟人的深邃眼光和博大襟怀。以毛泽东为代表的中国共产党人，为马克思主义文艺观在中国的传播和发展，经历了从实践到理论、再从理论到实践的多次反复，付出了惊人的、超常的代价。而这个过程，无论是历时之长久，问题之复杂，斗争之激烈，还是为此所花费心血和精力之巨大，在整个马克思主义文艺运动史上都是罕见的。作为毛泽东思想体系组成部分而存在的毛泽东文艺思想，实现了美学和历史的高度统一，实现了艺术和革命的高度统一，绝不像有些论者所说的那样："忘记了文艺的本性是审美"，只有"政治实用功能"。毛泽东文艺思想筚路蓝缕地开创的中国马克思主义文艺理论的新境界，对后人的教益和启迪是永恒的。

由于时代的变迁，社会的发展，如今学界和思想界对毛泽东文艺思想的评价出现了意见"多元"的局面。有论者更多地注意其理论的薄弱环节、观念上的局限以及执行上的偏差失误。这是可以理解的。但是，这种反思性的研究务须秉持坚持真理、修正错误的原则，遵照辩证唯物论和历史唯物论的理念，而不能自觉不自觉地采取历史虚无主义的态度。中国特色社会主义文艺理论是在毛泽东文艺思想基础上的创新与拓展，二者在本质上具有一致性。当前我国文艺创作界和理论界出现的诸多问题，如理想匮乏、价值倾斜、脱离生活、境界低下、理论苍白等，从某种意义上讲，恰是疏离、遗忘、丢弃、偏废了马克思主义文艺观特别是毛泽东文艺思想造成的。从历史的经验来看，马克思主义文艺观、毛泽东文艺思想和新时期党的文艺方针政策，恰是解决上述负面问题的一剂"良药"。这一点，随着时间的推移，众多文艺家和文论家已经越来越清醒地意识到了。

三

毛泽东文艺思想的现实价值，从根本上说是由于它的理论功绩造成的。这些理论功绩包括多方面内容，但从现实针对性来讲，大体上可以概括为如下三方面：其一，是毛泽东文艺思想集中解决了作家艺术家与人民群众结合的道路问题；其二是它高度重视作家艺术家主体的世界观和思想感情变化对文艺创作的重要意义问题；其三是它另辟蹊径地揭示了作家艺术家审美情感实现的过程与途径的新方法问题。这个概括，可能是不全面的，但它至少说明与那种把毛泽东文艺思想看作是"文化政治学"或"文艺政治学"的观点，是迥然不同的。后者的失误，在于它轻视了毛泽东文艺思想中蕴含的特殊的美学意义。

众所周知，"文艺为群众的问题"在毛泽东之前的马克思主义经典作家那里已经基本解决了。毛泽东集中而系统解决的是"如何为群众的问题"，从而使这一问题的探讨达到了新的理论层次。这是毛泽东文艺思想的一个核心和关节点。正是围绕这个核心与关节点，毛泽东的许多论述具有了耳目一新的开拓性和原创性。这个核心和关节点，我们可以把它比喻成一个"扇轴"，毛泽东文艺思想的全貌则是围绕着这个"扇轴"而展开的"扇面"。从主张文艺与群众的结合发展到作家艺术家与群众的结合，集中力量解决作家艺术家与描写对象和服务对象之间的思想感情距离问题，这是毛泽东文艺思想的深邃和独到之处，也是从整体上理解和把握毛泽东文艺思想精髓的一把钥匙。许多繁难的文艺理论问题，我们都可以在这个论域内加以解析。不难想象，如果在"如何为群众的问题"上没有突破或出现偏差，那么，"文艺为群众的问题"也就无法得到体现和落实。

　　作家世界观和思想感情与文艺创作的关系，这是古今中外都有争议的一道美学难题。这一问题的破解包含着相当的复杂性，任何简单化和片面化的处理都是要不得的。在解决这个问题上，毛泽东文艺思想最具有战略的高度，而且同其他马克思主义文论家相比，其论述也最为全面、系统和一贯。毛泽东首次把马列主义学说作为革命文艺家"必须有的知识"①，并认为"亭子间的人弄出来的东西有时不大好吃，山顶上的人弄出来的东西有时不大好看"②。这种看似谈政治、谈文艺内容与形式的问题，可实际透露出的却是作家世界观、思想感情对文艺创作具有制约性和影响力的道理。毛泽东在延安"鲁艺"演讲时曾说："我们在艺术论上是马克思主义者，不是艺术至上主义者。我们主张艺术上的现实主义，但这并不是那种一味模仿自然的记流水账式的'写实'主义者，因为艺术不能只是自然的简单再现。至于艺术上的浪漫主义，并不是完全没有道理的。它有各种不同的情况，有积极的、革命的浪漫主义，也有消极的、复古的浪漫主义。有些人每每望文生义，鄙视浪漫主义，以为浪漫主义就是风花雪月哥哥妹妹的东西。殊不知积极浪漫主义的主要精神是不满现状，用一种革命的热情憧憬将来，这种思潮在历史上曾发生过进步作用。一种艺术作品如果只

---

① 《毛泽东选集》第3卷，人民出版社1991年第2版，第852页。
② 《毛泽东文艺论集》，中央文献出版社2002年第1版，第13页。

是单纯地记述现状，而没有对将来的理想的追求，就不能鼓舞人们前进。在现状中看出缺点，同时看出将来的光明和希望，这才是革命的精神，马克思主义者必须有这样的精神。"①新中国成立以后，毛泽东依然多次谈到这个话题，明确表示不赞成有人把具备马克思主义世界观同文艺创作之间看成"二律背反"的关系，认为"说学了马克思主义，小说不好写，大概是因为马克思主义跟他们的旧思想有抵触，所以写不出东西来"②。这些论述，不仅防止了因创作方法的多元性和多样化而忽视作家自身树立先进世界观的偏见，而且其理论也更加符合文艺创作的实际。

我特别不赞成把毛泽东文艺思想说成是"文艺政治学"，说它根本"不重视文艺的审美本性"。这种观点，不仅扭曲了毛泽东文艺思想关于"文艺与政治"关系的论述，曲解了批评中"政治标准第一，艺术标准第二"的论述，而且其意见本身也是不懂"审美本性"为何物、滥用"文艺政治学"概念的表现。关于"文艺与政治"的关系，批评标准是否分第一位、第二位的摆法，是近些年遭到诟病较多、争议也较大的地方。但客观地说，这些见解在学理上并没有错，不仅当时没有错，就是现在也是正确的。这些观点所讲出的，无非是文艺在功能和价值论上的一种亘古存在的事实，一种具有普遍通用性的艺术法则。古今中外的文学史和艺术史事实，已经反复证明了这一点。"政治和艺术这对矛盾，一般地说，政治是主要的矛盾方面，艺术是次要的矛盾方面，政治是占主导地位的，但艺术是基础；在艺术创作上，政治和艺术，无论哪一方面都不能离开另一方单独存在，只有从对立的统一中把握它的对立面，才是合理的。政治和艺术，有着相互作用，互相依存，互为条件的关系。"③

与此相连，那种将毛泽东文艺思想乃至整个马克思主义文论说成是"不讲审美性"的意见，更是不能成立的。这里问题的关键是对"审美性"的理解。"审美性"的内涵相当丰富，并不存在一种单一的、绝对的见解。认为马克思主义文艺观和毛泽东文艺思想不讲"审美"的说法，恰好歪曲了对"审美性"的认识，实际上是把"审美性"的内涵狭隘化、抽象化、形式主义化了。马克思主义文论、毛泽东文艺思想所讲的文艺审美性，除

---

① 《毛泽东文艺论集》，中央文献出版社 2002 年版，第 16 页。
② 《毛泽东新闻工作文选》，新华出版社 1983 年版，第 187 页。
③ 《陈涌文论选》，人民文学出版社 2009 年版，第 492 页。

了其艺术形式方面外，是有以时代、历史、阶级、政治、文化等社会因素和功利价值为其支撑的具有历史内涵的文艺审美性。诚如马克思所说："诗坛上专事模仿的庸才们除了形式上的光泽，就再没有保留下什么了。"[①]恩格斯评论歌德时，"嫌他由于对当代一切伟大的历史浪潮所产生的庸人的恐惧心理而牺牲了自己有时从心底出现的较正确的美感"[②]。毛泽东主张"革命的政治内容和尽可能完美的艺术形式的统一"[③]。这哪里有一星半点形式主义审美论的影子呢？马克思主义对"审美性"的理解，同那些仅看到结构、语言、韵律、技巧等因素的理解，显然是泾渭分明的。

毫无疑问，毛泽东文艺思想是对作家艺术家如何才能达到"审美性"即内容与形式、主观世界与客观世界、真实性与倾向性等内在统一的辩证论述，并从多个方面找到了作家艺术家实现新的审美感受的可靠途径。这一点，从毛泽东文艺思想对语言问题、主体情感体验问题、读者问题、典型化问题、源流问题、接受问题、形式问题、现实主义和浪漫主义问题、民族性和革新性关系问题以及对诗词创作的论述中，都可以看得出来。面对这些材料，再说毛泽东文艺思想"忽视了审美"，无疑是缺乏根据的。

四

不可否认，一个时期以来，学界、思想界存在一股冷落、贬损、歪曲和边缘化毛泽东文艺思想的思潮。这股思潮同学界、思想界那股弥散着的信奉西方文艺学说、言必称欧美，否定马克思主义文艺理论的思潮是相一致的。在近年出版的一些现当代文学史、文艺理论史和学术史及相关的研究文章中，对毛泽东文艺思想的看法可谓五花八门，不少见解令人匪夷所思、触目惊心。我们无须为文艺领域曾出现过的错误和过失进行辩护，也无须否认文艺工作曾经走过风雨泥泞或干涸荒芜的弯路。但这里我们想指出的是，这些并不能构成否定毛泽东文艺思想的理由。我们必须承认毛泽东文艺思想的真理性，必须通过有理有据的分析，实事求是地为中国化马

① 《马克思恩格斯文集》第10卷，人民出版社2009年版，第169页。
② 《马克思恩格斯全集》第4卷，人民出版社1958年版，第257页。
③ 《毛泽东选集》第3卷，人民出版社1991年版，第869—870页。

克思主义文艺学说祛诬解蔽，为科学的毛泽东文艺思想体系讨回公道。谁也不能否认，毛泽东文艺思想已经成为崛起的中华民族和奋斗的中国共产党人在文化和文艺上力量、血脉和生命的象征。事实表明，当如何正确理解和处理马克思主义文艺观、毛泽东文艺思想同我国革命文艺事业和文论建设的关系成为思想冲突和学理碰撞的焦点和漩涡的时候，我们有责任面向这个多元化的时代发出我们追求真理和科学的声音。

纵观人类文艺思想史，我们可以无愧地说，作为马克思主义文论宝库中重要财富的毛泽东文艺思想，无疑是属于人类最为先进的、最具有变革意识的文艺理论之列。毛泽东文艺思想与马克思主义文艺学说的一脉相承性，决定了它所追求的乃是无产阶级和劳动群众在政治上翻身解放的同时，获得精神、文化和审美上的翻身解放，进而创造出一种新型的服务于广大人民和社会主义的文化新形态。因之，它在许多方面同中西方传统文论有着指向不同、路径有别的鲜明差异。毛泽东文艺思想并没有割断传统，它在特定的历史时期给无产阶级文艺理论提供了非常多的新东西。如果我们想要用中国话语来讲述马克思主义文艺理论，实现马克思主义文艺理论的时代化、民族化和大众化，那么就没有比毛泽东文艺思想做得更出色、更能赢得群众的了。

习近平同志在十八届中共中央政治局第一次集体学习时的讲话中指出："马克思列宁主义、毛泽东思想一定不能丢，丢了就丧失根本。"[①]毛泽东文艺思想就是我们从事社会主义文艺事业的"根本"，丢弃了它，就会遭遇挫折和困难。现在有些研究者，冒充"先知先觉"，打着"总结经验教训"的旗号，可扮演的却是排斥马克思主义文艺观和毛泽东文艺思想的角色，是急着给当代西方文论或后现代文论"抬轿子""腾地方"的角色。他们所操持的武器，所依凭的观念，相当的陈腐，无非是西方常见的所谓带"普世性"价值一类的东西，无非是一些形形色色主观唯心论、唯我论或形式主义的老调，并没有提供什么新的与时代吻合的理论资源。相反，却是在用这些老标准来指责和消解毛泽东文艺思想在社会变革和文艺变革中的实际意义和具体功能。面对这种情况，确乎能够看出这些意见并没有

---

① 习近平：《紧紧围绕坚持和发展中国特色社会主义　学习宣传贯彻党的十八大精神——在十八届中共中央政治局第一次集体学习时的讲话》，人民出版社 2012 年版，第 5 页。

把有的人在解释和应用毛泽东文艺思想时产生的错误与缺点，同毛泽东文艺思想本来的科学面目区分开来。这些意见在否定工作中的缺点和错误的时候，连同在这些问题上毛泽东文艺思想的正确观念和合理方法也一起否定了。这再次证明，用新中国成立后文艺界出现的某些失误来否定毛泽东文艺思想，或者用新时期文艺的改革开放来否定毛泽东文艺思想，都是一种割裂历史连续性和忽视理论整体性的做法。

毛泽东文艺思想是一个科学的体系。因之，研究它要有历史的眼光，辩证的方法，理性的态度，并尽量形成较为一致的共识。这对当今整个文艺创作发展和文艺理论建设都是十分必要的。举例而言，有种意见认为毛泽东文艺思想讲的是"外部规律"，不是"内部规律"，因而要研究文艺问题需要"回到文艺自身"。这其实就是一种误解。因为唯物史观和唯物辩证法所阐明的文艺普遍原则，对文艺理论和创作来说，本身就是最深刻、最普遍、最真实的"内部规律"。离开了它，那是很容易陷入艺术唯心论或机械唯物论的泥淖的。任何承认文艺是社会生活在作家头脑中能动反映的产物见解的人，都是不会把"审美"因素和"历史"因素截然分开的。再如，有种意见认为毛泽东文艺思想提倡作家艺术家进行"思想改造"是"糟蹋"作者，"异化"艺术家。可文艺思想史的无数事实告诉我们，不管是主张"文以载道"还是"文本抒情"，要求作家艺术家熟悉自己的对象，注意思想感情的接近，这是一切进步文艺观的常理和常识。毛泽东文艺思想不过是要求革命的作家艺术家同无产阶级和劳动群众打成一片，去表现"新的人物、新的世界"。这是毛泽东文艺思想的精华。它解决的不仅是主观和客观不要分离的问题，而且是文艺家的感情立场转变和人格全面发展的问题，是塑造创作主体与服务对象的新型关系的问题。应该说，这个道理是颠扑不破、不可动摇的。为此，我们需要在许多方面做正本清源的理论工作。

五

毛泽东文艺思想的产生，是马克思主义文艺理论中国化进程的一次历史性飞跃。经过实践检验证明了的毛泽东文艺思想，今天依然是我们社会主义文艺事业的指针，必须一要坚持，二要发展，在波澜壮阔的中国特色社会主义文艺事业中发扬光大。这既是贯彻"二为"方向、"双百"方针的内在需要，也是毛泽东文艺思想自身诉求的必然逻辑。

从历史和现状看，我们对毛泽东文艺思想研究的深度和广度仍然是很不够的，对其理论意义和当代价值的阐释是很不充分的。眼下普遍存在着对毛泽东文艺思想批判性研究的多，发展继承性研究的少；个案和微观情况研究的多，纵向横向比较和宏观性研究的少；实证和资料性研究的多，理论以及意义研究的少。这种现象的出现，虽有一定客观的原因，但总是令人不能满意的。这种状况出现的根本缘由，就是对毛泽东文艺思想的历史贡献及现实价值缺乏深刻的认识，对毛泽东文艺思想的丰赡文献把握得相对零散单薄。如果说先前是继承研究得多，宏观研究得多，理论探讨得多，那么，倘若如今的研究能将反思性研究、个案性研究、实证性研究同先前模式中的合理因素有机结合起来，那就会取得新的理论诠释活力和积极的实践应用效果。

为了增强全民族文化创造的活力，加强社会主义核心价值体系建设，给文化强国战略和社会主义文艺大发展大繁荣提供动力，我们理应"抓好马克思列宁主义、毛泽东思想经典著作的学习教育"[①]，大力开展毛泽东文艺思想的学习宣传活动。这是我们树立高度文化自觉和文化自信的根本保证。我们依靠学习马克思主义文艺观、毛泽东文艺思想和中国特色社会主义文艺理论走到了今天，我们也必须要依靠这种学习走向未来。只有这样，才能逐步克服"形式主义""审美至上""娱乐至死""三俗化"或"去意识形态"倾向的干扰，使我们的文艺事业坚定不移地走在康庄的大道上。

为此，我们要在文艺理论研究、教学宣传和艺术实践中，深刻认识和领会毛泽东文艺思想的重要性，深刻认识和领会学习毛泽东文艺思想的迫切性，把学习毛泽东文艺思想作为必修课。这是关系我国文艺发展方向和道路选择的大问题，是关系文艺理论和文艺创作永葆生机与活力的大问题，也是关系文艺理论和文艺创作具有民族特色和时代精神的大问题。在这个问题上，我们要态度坚决、旗帜鲜明，既不妄自菲薄，也不轻视含

---

① 习近平：《做好新形势下干部教育培训工作》，《学习时报》，2010 年 10 月 25 日。

糊。这个问题上，如果我们采取回避或放弃的态度，任西方的文论洋教条泛滥，或像有的论者那样以西方时髦文艺学说来"修正""融会"和"篡改"马克思主义文艺理论、毛泽东文艺思想，制造一些假"马克思主义文论"、假"中国化"成果，那么，我们的文艺理论和文艺创作就有走到斜路上去的危险。

这就是研究毛泽东文艺思想当代价值的意义所在。

马克思主义文论研究取得的成绩不容忽视

新时期马克思主义文艺理论研究取得的成绩，我把它概括为三句话："形成了一门学科，实现了三个突破，守住了主导地位。"这是就全局而言，如果从具体领域来谈，恐怕会涉及得更多些。

毋庸回避，当下如何看待新时期马克思主义文艺理论研究取得的成绩，学界是存在明显分歧的。其中，肯定者有之，否定者有之；赞扬者有之，贬损者有之；夸大者有之，缩小者亦有之。评价的见解很不一致。出现这种情况的原因，我以为是多方面的，既有客观因素，也有主观因素。从马克思主义文艺理论研究几十年的进程来看，不可否认，它的运动曲线实际上是走了一个"马鞍型"；从其现实处境来看，也无须讳言，它正日渐萧条冷清，面临着被"边缘化"的命运。一段时间来，嘲讽和批评马克思主义文论研究的声音不断。客观地讲，有些批评还相当切中肯綮。我们的确没有必要去护短。

但是，成绩归成绩，缺点归缺点，看问题我们必须"两点论"。特别是在发现缺欠的时候，处于困境的时候，更不能忽视和忘记我们已经取得的成绩和进展。因为这些成绩和进展，是我们继续前行的助力和起点，是我们积累下的宝贵财富。实事求是地讲，只要做耐心的纵向与横向的比较，我们就不难发现，新时期马克思主义文艺理论研究的成绩是显著的、巨大的。我们不能因它一时受"冷落"、遭"边缘"，就忽略它的贡献。也不能因为它表面不"时髦"、不"前卫"，就抹杀它的实际价值。

这里，我想按前面那"三句话"的概括，谈谈我对新时期马克思主义文艺理论研究取得成绩的认识。

先说第一句："形成了一门学科"。切不可小看这个成绩，这种从无到有的变化，给马克思主义文艺理论的学习和研究带来了前所未有的便利条件。以前，马克思主义文艺理论在学界有零星的讨论，但将之作为大学里一门学科普遍讲授，严格说起是从新时期开始的。"文革"前根本没有这门课程，70年代初进入工农兵学员课堂。但正式列入教学序列，教材逐渐完备，则是80年代之后的事情。因为它成了一门学科，便催生了"全国马列文艺论著研究会"这样的学术团体诞生，催生了多个博士、硕士学位授予单位，同时带动了多学科的学术活动。把马克思主义文艺理论作为一门学科，这在当今世界上可以说是独一无二的。

再说第二句："实现了三个突破"。其一，是对自身许多重大的理论问题有突破性解决。譬如，关于马克思主义文艺理论体系及其体系面貌的建构和描述；文学本质界定的唯物史观和辩证思维的凸显；"艺术生产"概念及其理论的阐发和应用；马克思主义"人学"思想在文艺学中的梳理和张扬；文艺"意识形态"理论的开掘和深化，等等。这些成果有不少是超出了国外学者和前代学者的水平的，对当代文学原理研究、文艺思想史研究、西方文论和古代文论研究的影响也是不可小觑的。其二，是对指导文艺创作和理论实践有突破性推进。中国的马克思主义文艺理论研究并没有抱残守缺、故步自封，而是不断开拓、不断进取的。四十多年的风雨兼程，从拨乱反正、恢复传统到同各种西方现代文论和我国古代理论资源的碰撞会通，再到努力构建具有时代色彩的新的文艺理论形态，它大体经历了反思、吸收、转化、推进、创造等几个基本阶段。而在这些阶段中，马克思主义文艺理论成了建设中国特色社会主义文艺的中流砥柱，这不能不说是突破性的进展。其三，是学术性的研究编著、论著和论文，其数量和质量都有大幅度提升。不少研究成果就是放在全球范围内考察，也是不逊色的。对此，我们绝不能妄自菲薄，而应当充满自信。例如，我国学者编辑的《马克思恩格斯论文学与艺术》《列宁论文艺与美学》《马克思恩格斯列宁斯大林论文艺》等，就其系统性、丰富性、科学性而言，是比先前国外的同类著作大有进步的。曾有一段时间，马克思主义文论研究出现百舸争流、千帆竞发的喜人景象。在社会剧变和理论激荡面前，许多马克思主义文艺理论研究著作，不仅拓展了思维空间，活跃了学术气氛，而且起着理论创新助推器的作用。这个成绩已经写入了当代文艺理论的学术史。

关键是第三句："守住了主导地位"。而做到这一点，是极为难能可贵、极为不容易的。新时期文艺理论研究的局面已经"多元化"。如何在这种"多元"格局中成为"主元"，如何始终保持自己的理论先进性，这是马克思主义文论面临的最大挑战。不过，实践反复告诉我们，马克思主义文艺理论经受住了严峻考验，坚守住了文论建设的主导地位。这是广大马克思主义文艺理论工作者在党的正确文艺方针指引下取得的最重要成果。

"主导地位"就是理论话语权、理论领导权。这种"主导地位"不是自封的，而是在激烈竞争中、在历史筛选中产生的。诚然，有些论者对此不以为然，他们更迷恋和热衷西方当代文艺学说。但无数的理论研究和创作事实却发出警告：疏远或脱离马克思主义文艺观的指引，是不免会滑到歧途或斜路上去的。现实中理论和创作已经出现的许多负面现象，就是一个明证。马克思主义文艺理论之所以至今仍是我们做好文艺工作的"灵魂"和"看家本领"，就是因为它是科学，是真理，是行动的指南。正是由于它自身的这种科学性，加之研究者不懈的宣传、阐发、探讨、创新，排除虚无主义和相对主义的冲击，才一直成为一面迎风飘扬的旗帜，占据着难以摇撼的主导地位。

我们认为占"主导地位"的文艺观只能有一个，处于"从属地位"的文艺观则可以有多个，这是由社会主义文艺的本质属性决定的。我们说指导思想的"多元化"主张不可取，正是因为它模糊了这种本质属性。有些论者把什么观点都说成是马克思主义的，正是中了"泛化"马克思主义的流毒。还有论者，表面上承认马克思主义文艺理论的"主导地位"不可动摇，但同时又认为马克思主义文论"不应是单数，而应是复数"，其理由是"西方马克思主义出了多少流派、多少不同的阐释，谁能说它们不是或者反对马克思主义"？这种意见，好像承认主导思想，其实依然是"多元论"的一个变种。

马克思主义文艺理论存在的形态是多样的，但其哲学和思想基础则是一元的。作为专指名称和占有指导地位的"马克思主义文论"，不可能是"复数"，而只能是"单数"。也就是说，科学的马克思主义文艺观只有一个，但它在与不同国家实际的结合过程中会有不同的发展，不同的表现形式。如果说有多个马克思主义文艺学，那就值得商榷了。尤其值得注意的是，"西方马克思主义"学者多已重新定位了"马克思主义"概念，他们的认识同经典马克思主义是很不相同的。有学者把审美乌托邦、人本主义和实践唯心论看作"西马"文论的主要特征，不是没有道理的。试想，我们能说"西马"的所有流派和阐释都是马克思主义的吗？能不加区分、鉴别和辨析地去用某些"西马"文艺学说中唯意志论和形而上学的东西作为我们文艺指导思想的理论基础吗？倘若真的用阿多诺、马尔库塞、弗洛姆、哈贝马斯等人的学说来占据我们文论的"主导地位"，那将会是一种什么样的局面？经典马克思主义文论同诸多"西马"文论能不分轩轾、一视同仁、平起平坐吗？面对这种变相的"多元"论，我们又该如何把握马克思主义文论的"主导地位"？

显然，这种以为一切"西马"文论都是马克思主义的观点，都可雄踞"主导地位"的想法，是站不住脚的。它只会加速我国文艺理论研究向现代西方文论倾斜，只会使马克思主义文论进一步陷入认同危机。从这个意义上讲，我们守住了马克思主义文论的理论主导地位，正是在新时期取得的最大功绩。

马克思主义文论研究存在的问题在哪？

马克思主义文艺理论曾经发挥过巨大的作用，目前依然是极为重要的理论领域。不过，无可否认的是，马克思主义文艺理论近些年日渐边缘化，影响力在减弱，这也是客观存在的事实。造成这种状况的原因是多方面的，有历史的因素，有现实的因素，同时也有马克思主义文艺理论研究自身的问题。为了改进和推动马克思主义文艺理论的发展，这里主要对马克思主义文论研究自身存在的问题做些初步分析。

一、要重视辩证法在马克思主义文论中的核心作用

马克思主义文艺理论同先前文艺理论的质的不同，是发生了哲学根基的变革。它除了价值取向的更移和范畴术语的变迁外，最根本的是把辩证唯物论和历史唯物论的世界观应用到了文艺学说当中。在《反杜林论》"序言"中，恩格斯曾经说过："马克思和我，可以说是唯一把自觉的辩证法从德国唯心主义哲学中拯救出来并运用于唯物主义的自然观和历史观的人。"[①] 这句话可以看作是理解马克思、恩格斯文艺观的一把钥匙。这句话中的"唯一""自觉的辩证法""拯救""运用""历史观"等字眼，清晰地表明了经典作家是将辩证法和唯物论注入自然和历史研究作为自己的理论追求。换一种说法，就是他们希望使包括文艺学在内的社会科学成为真正的科学。既然文艺学是科学，那"就要求人们把它当作科学看待，就是说，要求人们去研究它"[②]。既然文艺学是科学，那就如同马克思的整个世界观一样，"不是教义，

---

① 《马克思恩格斯文集》第 9 卷，人民出版社 2009 年版，第 13 页。
② 《马克思恩格斯选集》第 2 卷，人民出版社 1995 年版，第 636 页。

而是方法。它提供的不是现成的教条，而是进一步研究的出发点和供这种研究使用的方法"①。只有这样，我们才能保持马克思主义文论的活力，才能有效地解决各种文艺理论问题，而避免掉进教条主义的窠臼。

可是，多年来我们相当一些马克思主义文论研究，不是从辩证法出发，不是从马克思主义的方法论出发，也不是从总体观出发，而是从传统的文学理论套路出发，从经典作家的零碎的只言片语出发，从个人主观营造的结构系统出发，像"编花篮"一样，把一些彼此不搭界、不联系甚或观点悖谬的言论组合到一起，以至人为地设置出十几个或几十个"这个论""那个论"，"这种性""那种性"；或者像"梳辫子"一样，把各种角度、各个层面的意见强行地组织到文学本质、文学审美、文学形式等问题的研究中去，追求体系化和面面俱到。毫无疑问，这种做法使马克思主义文学理论作为"进一步研究的出发点和供这种研究使用的方法"的功能削弱了；使马克思主义文艺观"在对现存事物的肯定的理解中同时包含对现存事物的否定的理解"，"对每一种既成的形式都是从不断的运动中，因而也是从它的暂时性方面去理解"的辩证法以及"按其本质来说，它是批判的和革命的"②属性也就被忽视了。这种研究，从根本上忘却了马克思主义文论同西方现代文论的区别，放弃了它特有的立场和问题域，使马克思主义文论变成了一种"八股"式的、"开中药铺"式的教条。这一做法，在当初刚接触马克思主义文论的时候情有可原、可以理解，但在人们已经普遍掌握大量文献资料并熟知马克思主义方法论的情况下，再这样对待马克思主义文艺理论的研究，就缺乏严谨意识和负责态度了。

由于忽视辩证法，不难发现，文艺理论上就产生了所谓的"外部研究"和"内部研究"的区分，产生了所谓"自律"和"他律"的区分，产生所谓"思想性"和"审美性"等的区别。这样一来，不管人们把马克思主义文艺理论摆在其中哪种研究里，都是有局限、不准确的。因为，在马克思主义经典作家那里，这些都是对立统一的存在。马克思在《第六届莱茵省议会的辩论》中就讲过："在宇宙系统中，每一个单独的行星一面自转，同时又围绕太阳运转，同样，在自由的系统中，它的每个领域也是一

---

① 《马克思恩格斯文集》第 10 卷，人民出版社 2009 年版，第 691 页。
② 《马克思恩格斯文集》第 5 卷，人民出版社 2009 年版，第 22 页。

面自转，同时又围绕自由这一太阳中心运转。"①文学艺术无疑属于"自由的系统"，既然是"自由的系统"，它就注定符合"公转"和"自转"（"他律"和"自律"）相互联系、辩证统一的原则。"单打一"地强调哪一个方面，都有片面性，都会犯机械论、庸俗社会学或形式主义、唯美主义的毛病。有学者指出：如果把马克思主义文艺理论变成一个无所不包的系统，忽略它探讨文学问题的学理基础，忽视它不同于一般文学理论的问题意识和研究对象，不是在马克思主义的问题域中展开理论研究，就可能淡化、模糊马克思主义文学理论的特质，导致理论研究的一些"盲点"，阻碍马克思主义文学理论的发展和创新，亦可能造成马克思主义文学理论研究的危机。②我以为这个见解是切中肯綮、很有道理的。

马克思主义文艺理论不是随便搭摆的"积木"，不是任意拼凑的"七巧板"，不是什么都可往里面装的"箩筐"。对待马克思主义文艺理论研究，不能搞繁琐哲学，也不能搞形式主义。按照个人意图排列马克思主义的词句，这不是马克思主义文艺学。为了学科的健康发展，必须恢复和张扬马克思主义文论的辩证法和唯物论精神，否则，如果依然在现有的某些体系模式和论述格局中"打转转"，那么，不但会失去群众，而且会引起越来越多的反感。因为这种似是而非的做法，真可能像英国学者贝尼特所说的，其结果倒变成"马克思主义批评构成了马克思主义理论中最缺乏马克思主义"③的局面。而这种情形，我们是不难在某些马克思主义文论研究中看到其影子的。

二、马克思主义文论同西方学说结合的得与失

马克思主义文论要在实践中推进和发展，要走中国化的道路，这是

---

① 《马克思恩格斯全集》第 1 卷，人民出版社 1995 年版，第 191 页。
② 参见孙文宪：《马克思主义文论与现代文学理论》，载于《马克思主义文学批评的中国形态国际学术研讨会论文集》，华中师范大学编，2013 年 4 月，第 127—129 页。
③ ［英］贝尼特：《马克思主义与通俗小说》，载于《当代马克思主义文学批评》，［英］马尔赫恩编，北京大学出版社 2002 年版，第 206 页。

没有问题的。但是，这种发展，这种"中国化"，必须是以坚持马克思主义及其文艺观的基本原则为前提。如果偏离了马克思主义的根基，把"发展"或"中国化"当成传布西方各式现代学说的途径和口实，动辄就将马克思主义文论同现代西方文论、"西马"文论组合、嫁接起来，那么马克思主义文论研究势必会走到斜路上去。

近些年有个奇怪的现象，那就是一些曾经搞马克思主义文论研究的人也言必称西方，把当代西方文论炒作成"主流文艺学"，并将马克思主义文论有意无意地与之"融会"，其结果就是西方文论变成了当下文论的主宰，马克思主义文论则被当作"陈旧""过时"的东西。这类研究还有个特点，即依旧挂着"马克思主义"的牌子，依然宣称是"以马克思主义为指导"。这种风气，对马克思主义文论研究的深入是极为不利的。

客观地说，在文论研究中发生对马克思主义文艺论著某些曲解或误读的现象是正常的，在"中国化"的探索过程中出现个别失误也是可以理解的。譬如，把经典作家的"意识形态"理论任意放大或缩小，把马克思主义文艺观简单等同于"现实主义"，把唯物史观和认识论当作主客二分的传统哲学，等等，这些都是经常发生的。但令人忧虑的一面在于，我们不能把马克思主义当成理论的"铠甲"，以为披上就可以自我保护、横冲直撞；也不能把马克思主义当成化妆的"脂粉"，以为涂抹上就可以掩饰是非、遮盖缺欠。既然声称自己的理论属于马克思主义文论或马克思主义文论中国化成果，那就应当名副其实、表里如一，绝不能鱼目混珠、以假乱真。记得恩格斯曾经这样说过："一个人如果想研究科学问题，首先要学会按照作者写作的原样去阅读自己要加以利用的著作，并且首先不要读出原著中没有的东西。"① 显然，无端地往马克思主义文艺学说中加添一些该理论体系中本来没有也不可能有的成分，是不妥当的。

可是，在我们的研究中，在业已形成的关于马克思主义文论的知识里面，来源自解释者和阐发者自己建构的内容，实在是太多了。这其中当然有符合或接近经典作家本意的诠释，但也有不少诠释掺杂了作者自己的演绎和理解，有些演绎和理解是明显脱离了马克思主义理论轨道的。不妨套

---

① 《马克思恩格斯文集》第7卷，人民出版社2009年版，第26页。

用美国哲学家罗蒂的话说：这些知识与其说是传递了马克思主义的文艺理论，还不如说其呈现的其实是一种关系，即解释者与马克思主义文艺理论在一定历史条件下的关系。① 就此而言，可以说无论诠释者主观意愿如何，这些理论在客观上对理解什么是真正马克思主义文艺理论可能会产生彰显和遮蔽并存的效果。

众所周知，马克思主义文艺理论对待西方各种文艺学说，应当是"批判地重新加以探讨"② 的关系，应当是加以改造后才能有所吸收的关系，而绝不是所谓"暗合""溶化""你中有我、我中有你"或"彼此启迪"的关系。如果不正视和承认这一点，那么马克思主义文艺理论就人为地与西方各种文艺学说"合并了同类项"，马克思主义文艺理论本有的解释世界又改变世界的属性也就被阉割，其理论上唯物史观与唯心史观之间的界限也就被抹杀了。我们看到，"审美论"马克思主义文论、"生存论"马克思主义文论和"实践本体论"马克思主义文论等，就是这方面的代表。

基于这种情况，正确的主张还是应重提马克思主义文论研究要注意"回到经典著作文本""回到马克思"的口号，并把马克思郑重倡导的"诚实研究"③ 作为共同的法则。只有这样，研究者才可能对马克思主义文论知识的认识进入科学的语境，才能为文论的"中国化"建设提供一个更接近科学的平台。不久前去世的我国著名马克思主义哲学家黄枬森这样说过："千方百计地读懂和理解所读的经典性著作，是做学问的基础性功夫"。"一定要弄懂原著的思想再对它作评价或引申，切忌望文生义，尤忌掐头去尾"，"决不按照自己的需要来理解所引证的经典作家的话"④。这是他的经验之谈、肺腑之言。黄枬森还谆谆告诫说："马克思主义中国化一方面是中国化、是创新，但是一方面必须是马克思主义。"⑤ 我们不能借口"创新"，借口"中国化"，就把科学的马克思主义文艺理论变成非马克思主义的东西。这个教训我们是不能不记取的。

---

① 参见［美］罗蒂等：《〈语境中的哲学〉导言》，载于《并非自明的知识与思想》（下册），贺照田主编，吉林人民出版社 2011 年版，第 217 页。
② 《列宁选集》第 4 卷，人民出版社 1995 年版，第 284 页。
③ 《马克思恩格斯文集》第 2 卷，人民出版社 2009 年版，第 594 页。
④ 《关于哲学的十个问题——黄枬森韦建桦对话录》，《马克思主义与现实》2012 年第 6 期。
⑤ 《关于哲学的十个问题——黄枬森韦建桦对话录》，《马克思主义与现实》2012 年第 6 期。

三、防止把马克思主义文论庸俗化的不良学风

马克思主义文艺理论是马克思主义关于文艺的观点与学说的体系，具有鲜明的严整性和彻底性，而不是由各色各样的成分拼凑起来可以分割的折中理论。马克思主义文艺理论所以能够掌握劳动阶级的千百万人的心灵，是因为它依靠了人类在先前制度下所获得的全部知识的坚固基础，并使自己的结论在实践中得到了证实。也就是说，它没有离开人类文明发展的大道。但是，从总体上看，马克思主义文艺学说还很年轻，它还在发展变革之中。在这种情况下，马克思主义文论研究者须得把自己的注意力集中于"不让这些初步真理庸俗化、过于简单化，不使思想僵化（'下半截是唯物主义，上半截是唯心主义'），不使黑格尔的辩证法这个唯心主义体系的宝贵成果被遗忘"①。这是起码的使命和责任。如果我们不能像经典作家那样能够成功地从各种唯心主义文艺观的"粪堆"中啄出唯物辩证法这颗珍珠，而是像有的论者那样把这颗珍珠通过"模糊""融合"或"遗弃"，将马克思主义文论重新埋入唯心主义文艺观的"粪堆"，那么，这样的"马克思主义文学理论"离人民群众把它当作冠冕堂皇的谬论、当作冒充时髦的垃圾无情抛弃掉的时候，也就为期不远了。

因之，对待马克思主义文艺理论有一个学风问题。当我们强调马克思主义文艺理论同中国革命文艺实际结合的时候，需要反思这种结合诉求对准确理解和合理运用马克思主义文艺学说到底产生了何种影响，需要注意在马克思主义的理论语境和知识系统中来领悟经典作家的思想内涵和学说特征，绝不能把它变成怎么阐述都行、怎么拿捏都通、怎么与非马克思主义融合都成的大杂烩。非如此，则不能充分发挥马克思主义文论的潜在功能和现实价值。

与学风有关，目前有种倾向，那就是否定马克思主义文艺理论的学术性，不承认它是一门科学，认为它解决的只是立场问题和政治的问题。譬如有学者认为，搞文艺理论研究，既要坚持马克思主义的原则，也要坚持学理的原则。这种"双原则"的提法，表面看很全面，但给人的感觉却像是马克思主义本身没有学理，其原则与学理原则也是两回事。这就把马克

---

① 《列宁选集》第 2 卷，人民出版社 1972 年版，第 248 页。

思主义文艺理论自身的学术性给否定了。再如，有学者以为，马克思主义研究的只是"人类世界"，"人类世界"之外是否存在物质世界是个没意义的"伪命题"，"实践"才是世界的本体。这种意见，显然把"实践"夸大成了世界的本体，而同辩证唯物主义的物质本体论发生对立。"还有论者进一步提出，实践就是人的存在，它包括人的一切活动，而且主要是道德行为和政治行为，这样实践本体论又变成了'人的存在本体论'或'实践存在论'，世界的本体被归结为人的存在，特别是人的精神性存在"。① 不难发现，这种否定物质本体论的要害在于否定唯物主义，否定现实世界的客观存在。以这种本体论作为文艺理论的哲学基础无疑是不妥当的。如果以这种"实践本体论"为指导来研究文艺学，那是很难获得科学的成果的。

以上就是存在的问题所在，我们不能再把这些问题带入马克思主义文论研究。我们要加强马克思主义文论研究，改进马克思主义文论研究的学风。怎么改进呢？最好的办法就是认真研读马克思主义经典著作，坚持理论和实际的结合。再不能"有三两染料就要开染坊"了，再不能鹦鹉学舌地跟在别人后面把马克思同弗洛伊德、海德格尔、哈贝马斯等轻率地"组合"了。在结束此文的时候，我们不妨再倾听一下德里达的意见："不去阅读而且反复阅读和讨论马克思——可以说也包括其他一些人——而且是超越学者式的'阅读'和'讨论'，将永远是一个错误，而且越来越成为一个错误，一个理论的、哲学的和政治的责任方面的错误"②。

---

① 田心铭：《辩证唯物主义和实践的唯心主义》，载于《21世纪哲学创新宣言》，王东、徐春主编，现代教育出版社2013年版，第117—118页。

② ［法］雅克·德里达：《马克思的幽灵——债务国家、哀悼活动和新国际》，何一译，中国人民大学出版社1999年，第21页。

寻找马克思主义文艺理论的"DNA"

马克思主义文艺理论作为一门学科并进入教材，在我国最早是 20 世纪 70 年代的事。马克思主义文艺思想的传播虽然早就开始了，但相当一段时间没有形成学科，也没有专门的教材。马克思主义文论教材，起初采取的是单篇讲解的形式，后来觉得这样不容易把握经典作家文艺思想的本质和全貌，不容易看清学科体系，就逐步过渡到对马克思主义文论进行较完整阐述的编写阶段。比如，1978 年北京大学中文系文艺理论教研室编写的内部教材《学习马克思恩格斯列宁斯大林文艺论著》，就是采用单篇讲解的形式；1982 年中国人民大学纪怀民等四位教师编著的正式出版的封面标明有"高等学校文科教材"的《马克思主义文艺论著选讲》，也是单篇讲解的形式；高等教育出版社 1991 年出版的北师大刘庆福、华东师大黄世瑜作为正、副主编的"高等师范学校教学用书"《马克思主义文艺论著选读》，也是采用单篇讲解的形式。当时，各地院校编写的马列文论教材，基本上都是采用这种模式。单篇讲解的好处是能比较直接地面对文本，读者感到比较具体、比较好把握。

马克思主义文论教材过渡到体系化编写阶段，大致是从 20 世纪 90 年代开始的。比如，傅腾霄等人编写的《马列文论引论》，1999 年由社会科学文献出版社出版，就是力图从历史发展的角度对马克思主义文艺观进行新的科学阐释。这也许不是这样做的最早一本，但它确有相当的代表性。与此同时，马克思主义文艺思想史或文艺理论发展史的编写也提上了日程，这是研究取得进展和深化的表现。当然，进入到这一阶段，一些编写者的研究理路与方法、系统与格局、风格与面貌是不尽相同的。

进入 90 年代以后，随着形势的变化，文艺理论版图的移动，马克思主义文艺理论同整个马克思主义学说命运一样，被明显的"边缘化"和"污名化"了。许多研究者纷纷转到其他学科领域，坚持开设马克思主义文论课的学校和教师已为数不多。文艺理论教学和科研阵地，除部分古典文论外，基本上被西方现当代文论所左右和统治。马克思主义文艺理论几乎被当成"保守""教条""僵化"的代名词。

我几乎经历了马克思主义文论作为一门学科和编写此类教材工作的全过程，深感其中的乐趣与困难，也深知它的价值和意义。我们既要遭遇一些人的轻蔑与冷眼，也要遭遇一些人的捣乱和败坏。面对整个经济学、法学、社会学、政治学等学科教学和研究疏离马克思主义的严峻局面，马克思主义文艺学面临的困境也就可想而知了。

但事实是最无情面的东西，它会把一切谣言和谎话打得粉碎。在正反两方面经验的冲洗和教训中，人们越来越认清了马克思主义文艺理论的不朽价值和学理意义。眼下文学理论和艺术理论界为何死气沉沉，缺乏原创与活力？为什么真正的批评和争鸣开展不起来？说穿了，就是多年离弃和忽视马克思主义文艺理论革命的辩证的批判精神的结果。文艺理论变成了不中用的"银样镴枪头"。所以，这里我特别想说的是，我们要增强马克思主义文艺理论的自觉和自信，努力把马克思主义文艺理论这门学科的威望和威信重新树立起来。

教材是科学精神与思想的摇篮，是现代学术传承的重要媒介与手段。教材是一门学科的较为固定的标识，一门学科的名片，是了解一门学科的钥匙，也是一门学科的基本库存。一门学科确立的学理合法性，往往是通过教材呈现出来的。因为它包含着学科对象、论域范围、理论根基、方法特征和价值诉求等多个方面的内容。我们要向社会尤其是青年学生宣传和普及马克思主义文艺理论，没有相应的教材来"传道""授业""解惑"，是很难奏效的。因之，我们要把编写马克思主义文艺理论教材放到应有的受重视的位置。

毋庸讳言，目前马克思主义文艺理论教材的编写还存在一些问题和缺欠。这些问题和缺欠表现在哪里呢？客观方面的问题暂且不谈，主观方面的问题和缺欠，我认为主要是这样几点：一是底气不足；二是资料不够；三是范式老套；四是随意嫁接。底气不足就缺乏自信，对本来正确的东西也不敢坚持，总觉得马克思主义文论不如西方文论"时尚""现代""有学术含量"。资料和文献若支撑不够，就成了"只有三两染料，也想开个染房"，因之显得色彩单调、薄弱干瘪。范式上习惯陷在"文学概论"或

"艺术理论"的窠臼里，把握不住经典作家特殊的提问方式和求解路数，往往无视其独有语境和视角立场。再有就是随便把一些和马克思主义不相干甚或严重抵牾的观点和意见编织、组合、掺杂到马克思主义文论体系中来，造成"四不像"，釜底抽薪地阉割了马克思主义文艺观精髓和灵魂。上述这些问题，其结果不仅造成不能够了解马克思主义经典作家文艺思想的原貌，而且消解了马克思主义文艺理论的威力和声誉。

正因如此，我在编著《马克思主义文论教程》①这部教材的时候，特别注意要尽量对马克思主义文论的重大基本问题作全息性的呈现，尽量为读者提供"回到马克思"等经典作家原典的"地图"，尽量到经典文本的"第一现场"中去提取理论信息。在这个问题上，我认为没有还原就没有发展，没有还原就难以开掘，没有开掘就难以创新。从现实状况和学理目标来看，准确详实地"回到马克思"，恐怕是最为迫切、最有针对性的举措。长期的阅读和研究经历使我发现，文艺理论上的许多争论与问题，大多是由于对马克思主义原典若明若暗、知之甚少，或扭曲误解、有意掩盖造成的。

此外，马克思主义文论教材不应是一个"水果盘"，也不应是随意编造的"大花篮"。马克思主义文论教材的任务，是寻找马克思主义文艺理论的"DNA"。找到了它的"基因图谱"，我们就能判断出其后哪些文论属于马克思主义范畴，哪些文论不属于马克思主义范畴，哪些已经"变异"或"他化"。所以，不管理论怎样翻新，但改变不改变"DNA"，则是区别其分歧的核心所在。现在有些研究者喜欢宣称自己是"牢固地站在马克思的立场上"，可又偏偏常在逃离、背弃和奚落马克思主义文艺观上做文章。这只能说明，有些人的文论"基因"与马克思主义文论的"DNA"已是不一样了的。如何不改变马克思主义文艺理论的"DNA"，这是马克思主义文论研究和教材编写面临的关键课题。

马克思主义文艺理论是发展的理论，它一定会随着时代改变形态，随着与不同民族艺术实践的结合改变模式。不过，有一点需要说明，那就是马克思、恩格斯是马克思主义文艺思想的创立者，他们的文论与整个马克思主义文论二者之间，是源和流的关系，即他们的文艺思想是马克思主义

---

① 董学文:《马克思主义文论教程》，北京大学出版社 2015 年出版。

文论的渊源，马克思主义文论则是包括源头在内的整个马克思主义文论流域。这其中，把握马克思主义创始人的文艺思想是根本性的工作。它既是认识马克思主义文艺学科科学精神的基础，也是当今发展与拓新马克思主义文艺理论的动力。随着研究的深入，我们把中国化马克思主义文艺理论成果纳入马克思主义文论的行列，不但是必要的，而且是可行的。马克思主义文艺理论在中国已经产生出新的面貌。

马克思主义如何进入文艺理论教材？

这里从问题的角度，谈一谈马克思主义如何进入文艺理论的教材。

表面上看，这不是问题，因为大多数作者都声称他的文艺理论研究是用马克思主义指导的，有时也会有个别的马克思主义词句。但是，仔细分析起来会发现，真正能将马克思主义立场、观点、方法融入文艺理论的研究和教材编写的并不多，就连"马克思主义理论研究和建设工程重点教材"的编写，也同样存在这样的问题。

这里有个关键的地方，就是承认不承认马克思主义理论本身就是文论建设的"学理原则"。有人主张，在编写马克思主义指导的文艺理论教材时，要坚持"两个原则"，一个是"马克思主义原则"，一个是"学理原则"。粗略地看，这种意见似乎没大错。可这种主张的重点是将这两个原则割裂开来，其本意是"马克思主义原则"是管政治、管方向的原则，而"学理原则"才是统辖学术、统辖学理的原则。也就是说，马克思主义本身不包含"学理"，不能成为"学理"内容，"学理原则"要靠其他学说、其他理论来填补。这实际上就把唯物辩证法和唯物史观的观点与方法从文艺理论的"学理"层面给抽掉了、抽空了。

为什么说连"马工程"的有些教材的编写，也同样存在这样的问题呢？大家看一看"马工程"的《文学理论》教材，它是把从马、恩等经典作家与我党历代领导人的文艺观点，都明摆浮搁地集中放在全书的前面，用了整整六十页的篇幅，基本不能有机地融入后面的"学理"论述中。这种"戴红帽子"的做法，事实上就提出一个问题：在文艺理论研究上，马克思主义文艺理论有没有自己的"学理原则"？这个问题的出现，有点像这些年的经济学说研究，现在时髦、流行的是西方的《经济学》或者《宏观经济学》《微观经济学》《计量经济学》等，马克思主义的《政治经济学》几乎没有人讲了。为什么会这样呢，就是因为有人认为《政治经济学》不是纯经济学，是给经济学理论注入了"政治"因素的学说。这样，搞西方一套的《经济学》，就变成了摆脱马克思主义经济学理论的最好方法。文艺理论界的情况，也大体与此相似。

有论者认为马克思主义理论只是"吃饭哲学"，列宁的文艺观是"党派文艺学"、毛泽东的文艺观是"政治文化学"。他们要的是"主体性"文艺观，是所谓"向内转""回到文学自身"的文艺学。

这其后，产生了不少"多元论"的文论教材，"反本质主义"的文论教材，"存在主义"文论教材，所谓"文化诗学"的文论教材，还有用"文艺批评取代文艺理论"的教材，等等。这些都是跟不把马克思主义文艺和美学思想本身看作就具有"学理原则"和"学理成分"的理念分不开的。

我不是不赞成吸收和借鉴古今中外的其他有价值的文艺学说，我只是为将马克思主义包括其文艺学说排除在"学理原则"之外的做法感到担心。因为如此一来，严格意义上的马克思主义文艺学就不存在了。

文艺理论研究何谓"马克思主义指导"？在我看来，就是能把唯物史观和唯物辩证法的思想和方法在文艺学研究的各个层面渗透进去、体现出来，使之成为原理性的东西。否则，所谓指导就是一句空话。记得文艺批评家陈涌曾指出："把马克思主义的基本原理所阐明的艺术规律，看作是所谓'外部规律'"，是不妥当的。其实这些从马克思主义观点看，都是决定文学艺术的性质、内容，以及它的发展方向的，这些不但不是什么'外部规律'，相反的，正好是文学艺术的最根本最深刻的内部规律。"[1] 这个意见是非常值得重视的。它不仅解决了所谓"内部规律"和"外部规律"的关系问题，而且一语道破了马克思主义没能很好融入文艺理论构建的症结和原因所在。

有没有一种任何时代、任何人都可以接受和通用的文艺理论教材呢？一般来讲是不存在的。我赞同这样的意见：人文社科研究不可能具备完全公认的研究范式、路径、成果衡量标准。任何研究者虽然标榜自己的客观中立，但实际上大多不可能像自然科学研究那样相对客观，中立超脱。文艺理论研究带有较多的历史文化烙印、精神价值取向、意识形态因素，其

---

[1] 陈涌：《文艺学方法论问题》，载于《陈涌文论选》，人民文学出版社 2009 年版，第 402 页。

问题预设及研究结论也不可能没有任何立场和方法论色彩，因之，追求所谓"中立"地研究或得出所谓"普世"的结论是困难的。

由此，也就产生了文艺理论研究如何具有"科学性"的问题。现在，不少文艺理论建构，应该说具有学科性，具有一定知识性和学理性，但是否具有"科学性"，就大打折扣了。有些教材，还专门标榜是"反科学性"的，因为他们只承认文艺理论是"一门学科"，不赞成说它是"一门科学"。这就造成了文艺理论与马克思主义之间关系的混乱与隔阂。

恩格斯说得好：研究者"有责任越来越透彻地理解种种理论问题，越来越多地摆脱那些属于旧世界观的传统言辞的影响，而时时刻刻地注意到：社会主义（这里可以理解成'马克思主义'——引者注）自从成为科学以来，就要求人们把它当作科学看待，就是说，要求人们去研究它。"[1] 列宁也说过：马克思主义使社会科学成为科学。"马克思主义是科学的理论。"[2] 他还说：只有马克思主义，才能"把严格的和高度的科学性（它是社会科学的最新成就）同革命性结合起来"，并"把二者内在地和不可分割地结合在这个理论本身中"[3]。这就表明，那种认为马克思主义只有革命性而没有科学性，或者说马克思主义只是"思想原则"而不是"学理原则"，将"马克思主义原则"和"学理原则"分割开来的意见，是不正确的。要想使文艺理论研究具有真正的科学性和学理性，是离不开马克思主义的指导的。

现在的问题是，能把马克思主义当成"学理"或转化为"学理"的人不多。有些人是在"贴膏药"，有些人是在"拌佐料"，有些人是在"挂幌子"，有些人是在"挖墙脚"，有些人是在"搞嫁接"，有些人是明确表示"不买账"的——总之，较少有人能将马克思主义文艺思想作为学理来运用和阐发。这是让人忧心的。这同时也说明，我们对马克思主义文艺理论的研究还很不深入，很不到位。

如果说改革开放之前的三十年是马克思主义逐步进入中国文艺理论并不断探寻中国特色的阶段，尽管这其中有偏差和失误，那么近几十年我国文艺理论则基本上是逐渐逃脱和疏离马克思主义及其文艺思想、逐渐以洋

---

[1] 《马克思恩格斯选集》第 2 卷，人民出版社 1995 年版，第 636 页。
[2] 《列宁文稿》第 2 卷，人民出版社 1978 年版，第 239 页。
[3] 《列宁全集》第 1 卷，人民出版社 1984 年版，第 291 页。

为尊的"西化"过程。这个过程到了近几年开始有所改变，但并没有从根本上扭转这个局面。

我们现在正处于重建和恢复马克思主义对文艺理论建设指导作用的阶段。虽然很艰难，但历史和现实都提示我们必须这样做。文艺理论教材可以百花齐放，但必须是"花"，跟在西方文论后面爬行和学舌的阶段应该过去了。

恢复和加强马克思主义文艺理论的教学与研究

目前高校里的经济学、法学、社会学等教学，已经几近没有马克思主义学说的成分了。西方现代资产阶级的经济学、法学、社会学理论和思想，已经占据了高校教学和研究的主导和主体的位置。高校的文艺理论教学和研究，基本也是西方文艺理论和美学思想占据压倒的优势。现在，重点高校文学、艺术、文化类院系，基本取消马克思主义文艺理论和马克思主义美学课了，讲授马克思主义文艺理论发展史或马克思主义美学史的学校则更少。有些学校，即使有个别教师选讲马克思主义文艺理论课，多半也是介绍一下所谓的"西方马克思主义"文论的各种学说，或者专门把马克思的早期著作《1844 年经济学哲学手稿》拿来，重点讲其中的"异化"理论和人本主义思想。真正系统、完整地讲授马克思主义文艺理论，几乎是不存在了。这样，就造成了大学生和研究生马克思主义文艺理论的知识和修养极其匮乏，甚至连一点最起码的常识也没有。相反，没经批判消化的一些西方观念和概念，脑子里却装了不少。目前，普通高校、专科学校——当然也包括社会上——的文艺理论话语权，可以说基本已经是被西方文艺理论、特别是西方现代和后现代主义文论控制了、拿去了。马克思主义文艺理论则被严重边缘化。这是值得注意的现象，也是需要加以改变和调整的。

这些年，文艺理论教学和研究中的严重"西化"倾向，除了在课程设置上能够反映出来，在其他方面也有突出的表现。例如，现在的高校文艺理论师资队伍，专门从事马克思主义文艺理论教学和研究的教师已经凤毛麟角。相当一些学校，可以说已经一个也没有了。这是由课程设置——取消马克思主义文艺理论课——带来的必然后果。一些曾经从事马克思主义文艺理论研究的教师，纷纷转行，队伍急速萧条、萎缩、减员，马克思主义文艺理论教师青黄不接的状况十分严重。这是需要尽快加以解决的一个大问题。

再如，文艺学博士生和硕士生学位论文的选题，也明显反映出"西化"的倾向。这些年来，研究生作马克思主义文艺学范畴的论文，比例相当的少。就是申明用马克思主义方法研究文艺问题的论文，也不是很多。我没有做精确的调研和统计，仅凭我多年的印象和感觉，从整个学科的范围来看，做马克思主义文艺学问题研究的博士、硕士论文，恐怕达不到文艺学论文的5%，绝大部分的论文都扑到西方文论上去了。即使是一些和马克思主义沾边的论文，也多半是研究"西方马克思主义"各个人物和流派的，真正面对经典马克思主义文艺学的论文，可谓少之又少。理论界弥散着一种不健康的空气，认为传统的马克思主义美学、文艺学已是"陈旧"的东西、"过时"的东西、"教条"的东西，要搞也是搞"西马"文论。这就把科学的马克思主义文艺理论人为地打入"非主流"的地位。这对我国文艺理论的发展是非常不利的。

又如，国家社科基金、教育部社科基金、各学校的社科基金，不能说没有马克思主义文艺理论的相关项目，可是，一则十分稀少；再则，真正按马克思主义立场、观点、方法研究的，也不多。坦率地说，有个别项目最终做成了属于在意识形态和观念上背离马克思主义原理和精神的产品。这是不能不反思的。现在，马克思主义文艺理论的文章，找个能发表的地方都很困难。相当一段时间里，马克思主义文艺理论研究的成果一直受歧视、排斥和冷落，愿意发表马克思主义文艺理论研究文章的刊物十分罕见，倡导和宣传马克思主义文艺理论的声音微乎其微，一些文艺主管部门和领导干部，也很少强调这件事。文艺理论的研究、宣传，实际上是西方现代和后现代文论占据了主流。这是很难培植我们自身的学术自信和理论自信的。

再有一点，我想说的是，目前我国的马克思主义文艺理论研究中，有一种"以假充真""以假乱真""以假掩真"的奇怪现象。他们打着研究马克思主义文艺学的旗号，可是，却在着力做着从马克思主义创始人那里去"开掘""发现"同西方"人道主义""审美救赎""实践本体论""海德格尔存在论"等一样的"内涵""维度"和"思想"，甚至将两者说成是完全一样的东西。这就把马克思、恩格斯一生所极力反对的东西，又变相地加以复活了。问题的关键是，这些从西方贩进来的意见，在国内被某些人认定为是"马克思主义"文艺观或美学观，并信誓旦旦地宣称"推进"和"创新"了马克思主义文艺学、美学，是实践着"马克思主义文艺学、美学的中国化"，因之在一些青年学生中就具有更明显的迷惑性和欺骗性。这可以说既是马克思主义美学和文艺学说宣传研究不到位的一种反应，也是马克思主义文艺学、美学被扭曲和边缘化的另一种表现形式。

毛泽东在《唯心历史观的破产》一文中曾谈道："自从中国人学会了马克思列宁主义以后，中国人在精神上就由被动转入主动。"[①]这句话所蕴含的哲理是需要我们加以深思的。我们的文艺理论研究，为何没有多少火花，没有多少温度，没有多少动力和创造？为何在精神上曾经"由被动转入主动"，如今演变成"由主动转为被动"？在我看来，我们是有必要也有责任从对待马克思主义文艺理论的态度上找找原因了。

---

① 《毛泽东选集》第4卷，人民出版社1991年版，第1516页。

第二部分

21世纪马克思主义文论研究

习近平文艺论述对马克思主义文论的贡献

一、中国马克思主义文艺理论发展处在机遇期

习近平关于文艺工作的重要论述是在新的历史条件下产生的，它标志着中国共产党人对我国社会主义文艺问题的认识达到了新的高度。由于习近平关于文艺工作的重要论述充分深刻地认识了新时代的特点，因之使它具有了鲜明的时代特征。马克思、恩格斯说："一切划时代的体系的真正的内容都是由于产生这些体系的那个时期的需要而形成起来的。所有这些体系都是以本国过去的整个发展为基础的"。①列宁说过："无可争辩，我们是生活在两个时代的交界点；因此，只有首先分析从一个时代转变到另一个时代的客观条件，才能理解我们面前发生的各种重大历史事件。"②马克思主义经典作家的这些看法，为我们分析习近平文艺论述产生的环境、背景及条件无疑提供了方法论准则。

中国特色社会主义进入了新时代。"这个新时代，是承前启后、继往开来、在新的历史条件下继续夺取中国特色社会主义伟大胜利的时代，是决胜全面建成小康社会、进而全面建设社会主义现代化强国的时代，是全国各族人民团结奋斗、不断创造美好生活、逐步实现全体人民共同富裕的时代，是全体中华儿女勠力同心、奋力实现中华民族伟大复兴中国梦的时代，是我国日益走近世界舞台中央、不断为人类作出更大贡献的时代。"③作为这个时代的领路人，习近平的这种时代观为他的文艺论述上打下了鲜明的印迹。习近平《在文艺工作座谈会上的讲话》开头处，就明确谈到，

---

① 《马克思恩格斯全集》第 3 卷，人民出版社 1960 年版，第 544 页。
② 《列宁全集》第 26 卷，人民出版社 1988 年版，第 142—143 页。
③ 习近平：《决胜全面建成小康社会 夺取新时代中国特色社会主义伟大胜利——在中国共产党第十九次全国代表大会上的报告》，人民出版社 2017 年版，第 10—11 页。

"为什么要高度重视文艺和文艺工作？这个问题，首先要放在我国和世界发展大势中来审视。"[1] 习近平在中国文联十大、中国作协九大开幕式上的讲话中，也重申了召开文艺工作座谈会、同文艺界同志深入交流，是为了进一步明确"新形势下繁荣发展社会主义文艺的方向和任务"[2]。这些表述让我们清楚地看到，习近平关于文艺工作的重要论述不仅是在"新形势"下产生的，而且其形成的特性跟"我国和世界发展的大势"是密不可分的。"新时代"的判断，为我们阐释习近平文艺论述在中国马克思主义文艺理论发展史上的位置，提供了历史方位和坐标系的支持。

从"大势"论引申开来，换个角度，也可以说中国的马克思主义文艺理论发展迎来了一个机遇期。这个机遇期，同整个历史的机遇期大体是同步的。从整个历史的机遇期来看，它是全方位的，不仅有国际形势的剧变、经济的发展、科技和产业革命的加速，而且也有文化的复兴和软实力的增强。从中国马克思主义文艺理论发展的机遇期看，它不仅有复苏、有更新和变革，而且也有新的发明与创造，甚或有可能逐步靠近世界文艺理论版图中心的位置。了解这个"大势"同习近平文艺论述形成之间的关系，是研究习近平文艺论述独特贡献和理论特点的题中应有之义。

这个机遇期，不是偶然出现的，而是历史积淀而成的。这个历史我们又可以把它规定在两个时段：一个是新中国成立以来的七十年，一个是马克思主义文艺观产生以来的一百七十多年。从马克思主义文艺观产生以来的一百七十多年看，通过考察可以发现，它基本经历了三次大的飞跃。第一次是马克思、恩格斯首创唯物史观文艺学说，揭示了人类文艺发展的客观规律和资本主义时期文艺的一般特征；第二次是列宁及其战友运用马克思主义文艺学说，结合俄苏的特点，提出并探讨了无产阶级革命文艺与社会主义文艺发展的规律和方向问题；第三次是毛泽东及其后的中国共产党人，理论联系实际，以马列主义为指导，创造性地解决了在中国新民主主义革命时期和社会主义革命、建设、改革时期的文艺路线、方针政策和观念问题。目前，正在蓬勃兴起和影响巨大的习近平关于文艺工作的重要论

---

[1] 习近平：《在文艺工作座谈会上的讲话》，《人民日报》，2015 年 10 月 15 日。

[2] 习近平：《在中国文联十大、中国作协九大开幕式上的讲话》，《人民日报》，2016 年 12 月 1 日。

述，亦可说是马克思主义文艺理论史上的又一次飞跃。这是因为习近平关于文艺的论述是在 20 世纪末、21 世纪初孕育的，是中国特色社会主义进入新时代催生出来的，它面临的历史课题、主要矛盾、奋斗目标、时代任务、文艺状况、经验概括等，都发生了巨大的变化。作为 21 世纪中国的马克思主义文艺学说，习近平关于文艺的论述对世界文艺格局的影响、对国际共产主义文艺运动的影响，都具有了新的张力和特点。

如果从新中国成立以来的七十年加以考察的话，那么大体也可以说是经历了三次比较大的马克思主义文论中国化的研究热潮期和理论探索期。第一次是在 20 世纪 50 年代中后叶，主要是在毛泽东文艺思想的基础上，探索适合中国国情的社会主义文艺发展方向和道路，形成了诸多理论成果，中国化马克思主义文艺学初具规模；第二次研究热潮出现在 20 世纪 80 年代初中叶，这次研究的热潮不仅带有拨乱反正、总结"文革"教训的性质，而且伴随着改革开放不断推进的形势，形成了中国特色社会主义文艺理论的雏形；第三次研究热潮的出现是在党的十八大之后，特别是在习近平发表文艺工作座谈会上讲话以后，根据国内外形势的变化，习近平高屋建瓴地分析了近七十年来我国文艺工作的成败得失，透辟地总结和提炼了我国文艺实践的基本规律与经验，充满自信地开拓了新时代中国特色社会主义文艺学说的新领域和新境界，从而把中国化马克思主义文艺理论的发展推向了前进。

可见，无论从马克思主义文艺理论发展史上看，还是从中国共产党的理论创新史上看，习近平关于文艺工作的重要论述都是应该大书特书一笔的。它鲜明地勾勒出 21 世纪中国马克思主义文艺理论的面貌，以全新的视野深化了对马克思主义文艺理论中国化的认识，从理论和实践的结合上创造性地回答了新时代坚持和发展什么样的中国特色社会主义文艺、怎样坚持和发展新时代中国特色社会主义文艺这一重大理论问题，使当代中国的马克思主义文艺理论迈向新高峰。

有西方学者是这样给予评论的："新时代的中国兴起了第三场革命。在毛泽东的民族独立革命和邓小平的经济革命之后，习近平开启了一场精神领域的革命。"从理论上讲，习近平新时代中国特色社会主义思想的提出和强调是因为"毛泽东带来了社会主义；邓小平为其加入了经济元素，创造了中国特色；而习近平将二者的成就完美融合。"①这种简约化的分析评论尽管有片面之嫌，但它无疑表明习近平抓住了摆在中国人面前的马克思主义理论发展的战略机遇期，因此才有可能开启一场"精神领域的革命"。

世界的历史和中国的历史都再次向中国的马克思主义文艺理论张开了怀抱，中国马克思主义文艺理论正在经历又一次的历史性飞跃。在这个时候，加快构建当代中国的马克思主义文艺学、推进21世纪马克思主义文艺理论学术体系、学科体系和话语体系的建设，就成了历史赋予我们的一项神圣的职责。

二、习近平关于文艺工作的重要论述是当代中国的马克思主义文艺理论

习近平熟悉中国化马克思主义文艺理论的进程与传统，知晓历次研究高潮中的学术焦点和理论分歧，尤其是对近几十年中国文艺的发展实践有着深切的体会和理性的洞察。在这个基础上，习近平带有强烈的问题意识，结合时代召唤和广大文艺工作者期盼，从马克思主义文艺观出发，做出中国马克思主义文艺理论基本内涵、问题指向、话语风格、系统构成的综合创新，表达出大量有时代感、有深度、有温度的意见，也就不难理解了。

这可以从习近平对当代中国马克思主义文艺理论面临问题的中肯分析中印证上述这个判断。譬如，习近平认为在对中国特色社会主义文艺学体系建构方面还面临一些尚未解决的难题，对中国特色社会主义文艺学的核心范畴、基本概念的理解上还需进一步探索；又如，习近平反复强调要增强文化自信和理论自信，不赞成"以洋为尊""以洋为美""唯洋是从"，不赞成总是"跟在别人后面亦步亦趋、东施效颦"②；再如，习近平不赞成理论和创作上"热衷于'去思想化'、'去价值化'、'去历史化'、'去中国化'、'去主流化'那一套"，认为这样"绝对是没有前途的"③。此外，习近

---

① 转引自《中国正开启复兴革命》，《参考消息》，2018年2月12日。
② 习近平：《在文艺工作座谈会上的讲话》，《人民日报》，2015年10月15日。
③ 习近平：《在文艺工作座谈会上的讲话》，《人民日报》，2015年10月15日。

平对中国马克思主义文论的应用情况也提出忠告，认为文艺批评要的就是批评，不能都是表扬甚至庸俗吹捧、阿谀奉承，文艺批评褒贬甄别功能弱化，缺乏战斗力、说服力，不利于文艺健康发展。这些意见都切中肯綮，抓住了当前我国文艺理论和批评建设的弊端与要害，一针见血、振聋发聩，充分说理、入木三分。

可以这样说，习近平关于文艺工作的重要论述是登高望远、居安思危、勇于变革、善于创新的中国化的马克思主义文艺理论。从深层的价值意义上讲，它意味着要反映久经磨难的中华民族精神崛起的伟大飞跃，意味着要让马克思主义的文艺学说在新时代的中国焕发出强大生命力，意味着要给中国乃至世界发展中国家提供解决文艺问题的中国智慧和中国方案。换句话讲，这种理论可以说是与中华民族伟大复兴紧密联系在一起的"文艺复兴"论，是当代中国化马克思主义文艺理论的新形态，是拓展了发展中国家走向文艺现代化途径的文艺"全球化"理论。总而言之，它是运用马克思主义文艺原理对新时代中国特色社会主义文艺问题的理论概括，是着眼于21世纪中国化马克思主义文艺学建设的最新成果。如果说马克思主义文艺理论是一种国际化的思想，它在中国经历的是引进和被不断中国化的过程，那么，由于习近平文艺论述的出现，当今中国化的马克思主义文艺理论则在新的层面实现一次"走出去"的国际化进程。

恩格斯曾说："我们的理论是发展着的理论，而不是必须背得烂熟并机械地加以重复的教条。"[1]马克思主义文艺理论是不会停滞不前的，它在自己的发展中是不能不以新的经验、新的知识丰富起来的，是不能不适应于新的历史条件和任务有所创新的。马克思主义文艺理论不承认绝对适应于一切时代和时期的不变的结论和公式，它是一切教条主义的敌人。实际上，与历史上的其他各种文艺理论学说比较，马克思主义文艺理论从一开始就是一个不断发展的系统，一直处在现实的变革运动之中。

毛泽东说："马克思主义一定要向前发展，要随着实践的发展而发展，不能停滞不前。停止了，老是那么一套，它就没有生命了。"[2]"马克思这些老祖宗的书，必须读，他们的基本原理必须遵守，这是第一。但是，任何

---

① 《马克思恩格斯文集》第10卷，人民出版社2009年版，第562页。
② 《毛泽东选集》第5卷，人民出版社1977年版，第417页。

国家的共产党，任何国家的思想界，都要创造新的理论，写出新的著作，产生自己的理论家，来为当前的政治服务，单靠老祖宗是不行的。"① 习近平关于文艺工作的重要论述正像毛泽东文艺思想一样，在坚持和发展马克思主义文艺理论、实现马克思主义文艺理论中国化方面，为我们做出了榜样。

这里的关键是实现马克思主义文艺理论的中国化，构建具有民族特色的当代中国马克思主义文论体系。这不仅是马克思主义文艺理论发展的内在要求，而且也是新时代提出的文论发展的必然逻辑。习近平文艺论述对中华优秀传统文化的强调，并将之定义为中华民族的精神之"根"，注意汲取中国文化和历史的智慧，这就为马克思主义文艺理论中国化提供了极为丰富的养料。试想，如果我们没有中国化的独立的文论体系，那就只会沿用和因袭从前的那种依赖性的模式。如果这种中国化的独立的文论体系没有马克思主义的指导，那也难以同其他的文论体系划出界线、划出区别。那种以为所有问题都可以照搬西方文艺理论模式来解决的想法是不现实的。因此，融合传统与现代、适应时代的需求、打通历史和现实的脉动，突破东方和西方的壁垒，有效地阐释文艺上的"中国经验"，坚定文化自信和理论自信，这就成了推动社会主义文艺繁荣兴盛的必由之路。

完全依仗西方文艺理论来阐释中国文艺创作和文艺现象的时代应该结束了，离开西方文论话语就不会讲话的状态应该改变了，那种削足适履、学术失语的文论研究情况不应该再发生了。不加分析地借用一些与我国国情相去甚远的国外文艺观念来评判和研究中国文艺、制定法规和政策，忽视我们自己的经验与优势，其失败的例子数不胜数。

文艺科学的历史摆在那儿，凡是把"洋经"视为"天则"的做法，没有一个是有好结果的。迂腐的学理主义，也是不可能透过僵硬的文艺教条看到突飞猛进的理论发展和活生生的文艺现实的。我们不能再仅仅沉溺于"拿来"和"追赶"的心态，而要同西方文艺理论建立平等、对话、互动的关系，或者自信一点地说，在辩证思考和实事求是的基础上，应当建立起扬弃和超越的关系。这是习近平文艺论述给我们的启迪，也是习近平文艺论述本身的精髓。关注文艺与现实的紧密联系，关注文艺理论的实践品格，关注理论建设的自主性，这是习近平文艺论述突出的马克思主义品格。

---

① 《毛泽东文集》第 8 卷，人民出版社 1999 年版，第 100 页。

三、在解决现实问题中发展中国的马克思主义文论

"一个时代所提出的问题，和任何在内容上是正当的因而也是合理的问题，有着共同的命运：主要的困难不是答案，而是问题。……问题就是公开的、无畏的、左右一切个人的时代声音。问题就是时代的口号，是它表现自己精神状态的最实际的呼声。"①"正确的理论必须结合具体情况并根据现存条件加以阐明和发挥。"②马克思主义经典作家的意见，让我们看到"问题意识"的重要性。科学就在问题的讨论之中。马克思主义文艺理论的发展，也是在问题的讨论之中进行的。习近平关于文艺的论述结合具体情况，直面问题，解决一系列最现实理论问题的特点，使它跨入了中国马克思主义文艺理论创新发展的行列。这里不妨借用阿尔都塞曾经用过的"总问题"的概念，来加以进一步的说明："如果用总问题的概念去思考某个特定思想整体……我们就能够说出联结思想各成分的典型的系统结构，并进一步发现该思想整体具有的特定内容，我们就能够通过这特定内容去领会该思想各'成分'的含义，并把该思想同当时历史环境留给思想家或向思想家提出的问题联系起来。"③

"问题意识"是理论主体的动力之源。习近平对问题意识的重视，表明他对马克思主义学风的纯熟。在习近平看来，每个时代总有属于它自己的问题，只要科学地认识、准确地把握、正确地加以解决，就能够把我们的社会和事业不断推向前进。坚持目标导向和问题导向的统一，注意聆听时代的声音，勇于坚持真理修正错误，无疑使得习近平关于文艺的论述有着比其他文论思想更为强大的指导实践的力量。

举例来说，在文艺与时代生活关系的问题上，习近平就不是平面论述，而是从其中隐含的矛盾出发的。他既讲了人民生活是文艺创作的源泉，要植根现实生活，紧跟时代潮流，深入群众，深入生活，又讲了为何文艺创作"都必须从最真实的生活出发"，"深刻提炼生活，生动表达

---

① 《马克思恩格斯全集》第 40 卷，人民出版社 1982 年版，第 289—290 页。
② 《马克思恩格斯全集》第 27 卷，人民出版社 1972 年版，第 433 页。
③ ［法］路易·阿尔都塞：《保卫马克思》，顾良译，商务印书馆 2006 年版，第 53—54 页。

生活，全景展现生活"①；既强调文艺对生活的依赖关系，又强调文艺创作"要走进生活深处，在人民中体悟生活本质、吃透生活底蕴。只有把生活咀嚼透了，完全消化了，才能变成深刻的情节和动人的形象，创作出来的作品才能激荡人心"②；既强调作家艺术家做生活和人民的学生，又强调作家艺术家也要成为时代风气的先觉者、先行者、先倡者，能以富有信仰美、崇高美的作品，发挥价值引导、精神熏陶和审美启迪的作用。这就从问题入手，把文艺与时代生活的关系这个问题讲透了。

在文艺与人民关系的问题上，习近平文艺论述也把这个马克思主义文艺理论的老课题讲出了新意。"社会主义文艺是人民的文艺，必须坚持以人民为中心的创作导向，在深入生活、扎根人民中进行无愧于时代的文艺创造"。③在新的时代，文艺必须把握社会主要矛盾的变化，在坚守为人民群众服务的价值本色前提下，紧紧围绕人民日益增长的对美好生活的向往，努力创作和提供更多更好的精神食粮。要把文艺为人民服务提高到坚持以马克思主义为指导问题的"核心"④的高度，提高到文艺家"天职"的高度和决定文艺事业前途命运关键一环的高度。这就把文艺的方向问题与文艺内在动力问题联系了起来，使马克思主义唯物史观与创作理论之间得到内在的统一和呼应。

在文艺与资本的关系问题上，习近平的文艺论述给了作家艺术家一把解决和处理市场经济条件下产生的与繁荣社会主义文艺相矛盾的问题的金钥匙，令马克思主义文论在最有发言权的地方重又焕发出新的光彩。马克思当年在批评诗人弗莱里格拉特的时候曾说："弗莱里格拉特比其他任何人都更懂得自己的私利，对他来说商业利益（这里自然也包括诗人的荣誉）高于一切。"⑤当弗莱里格拉特到一家动产信用公司当经理时，马克思又说："他的诗人的荣誉与汇率之间的冲突也使他苦恼。"⑥从社会机理和法

---

① 习近平：《在中国文联十大、中国作协九大开幕式上的讲话》，《人民日报》，2016年12月1日。

② 习近平：《在文艺工作座谈会上的讲话》，《人民日报》，2015年10月15日。

③ 习近平：《决胜全面建成小康社会 夺取新时代中国特色社会主义伟大胜利——在中国中国共产党第十九次全国代表大会上的报告》，人民出版社2017年版，第43页。

④ 习近平：《在哲学社会科学工作座谈会上的讲话》，《人民日报》，2016年5月19日。

⑤ 《马克思恩格斯全集》第30卷，人民出版社1975年版，第135页。

⑥ 《马克思恩格斯全集》第29卷，人民出版社1972年版，第125页。

则的宏观判断上，马克思是认为"资本主义生产就同某些精神生产部门如艺术和诗歌相敌对"①的。显然，习近平的论述承继了这一理念，并从新的现实出发，深入剖析了社会主义市场经济条件下文艺创作和管理方面存在的消极现象，有理有力地开出了克服此类弊端的合理药方。比如，要求文艺家"要珍视自己的社会形象，在市场经济大潮面前耐得住寂寞、稳得住心神，不为一时之利而动摇、不为一时之誉而急躁，不当市场的奴隶，敢于向炫富竞奢的浮夸说'不'，向低俗媚俗的炒作说'不'，向见利忘义的陋行说'不'"②；指出文艺创作中存在"抄袭模仿""千篇一律""机械化生产""快餐式消费"的问题，存在调侃崇高、扭曲经典、颠覆历史、丑化人民群众和英雄人物，是非不分、善恶不辨、以丑为美，过度渲染社会阴暗面或搜奇猎艳、一味媚俗、低级趣味、劣币驱逐良币的问题。这种针砭是相当精准的。"文艺不能在市场经济大潮中迷失方向，不能在为什么人的问题上发生偏差"；"文艺不能当市场的奴隶，不要沾满了铜臭气"；文艺不能"把作品当作追逐利益的'摇钱树'，当作感官刺激的'摇头丸'"③。这些意见给马克思主义的"艺术生产"理论谱写了富有时代感的新篇章。

在文艺创作与典型的关系问题上，习近平的论述使马克思主义文艺典型论实现了一次新的突破和升华。"典型人物所达到的高度，就是文艺作品的高度，也是时代的艺术高度。只有创作出典型人物，文艺作品才能有吸引力、感染力、生命力。""以高于生活的标准来提炼生活，是艺术创作的基本能力。"④习近平的这一见解，确是有诸多的推进和建树：一是在新的理论环境下恢复了马克思主义典型论的声誉；二是揭示了典型人物形象同艺术价值和艺术作用的关系，指出典型人物所达到的"高度"跟文艺作品的"高度"和时代艺术的"高度"成正比；三是确认了"提炼生活"要"以高于生活的标准"来处理，明确了典型化路径，并将之作为文艺创作

---

① 《马克思恩格斯全集》第 26 卷第 1 册，人民出版社 1972 年版，第 296 页。

② 习近平：《在中国文联十大、中国作协九大开幕式上的讲话》，《人民日报》，2016 年 12 月 1 日。

③ 习近平：《在文艺工作座谈会上的讲话》，《人民日报》，2015 年 10 月 15 日。

④ 习近平：《在中国文联十大、中国作协九大开幕式上的讲话》，《人民日报》，2016 年 12 月 1 日。

的"基本能力"。四是把"典型"问题放在"必须积极反映人民生活"①这个角度来谈论，以区别消极反映、平庸反映、直白反映或扭曲反映的典型化歧途。如果联系马克思主义文论史上多次出现的关于"典型"的讨论，并与习近平的"典型"理论加以比较，那么，认为习近平文艺论述中的典型论让马克思主义的典型理论"老树开出新花"，是合适的。

四、习近平关于文艺工作的重要论述为中国
马克思主义文论赢得声誉

习近平文艺论述强大的创造力、凝聚力、战斗力和引领力，是已被近些年我国的文艺实践所证明了的。习近平文艺论述的系统完整性、内涵丰富性、思想深邃性、逻辑严密性以及表述的生动性，是被文论界和理论界所承认了的；习近平文艺论述反映出来的高超的马克思主义理论素养和卓越的理论建树，也是被广大文艺工作者所亲身感受到了的。

为什么会这样呢？这归根结底源于习近平关于文艺工作的重要论述的马克思主义理论水平，源于习近平文艺论述所秉持的坚定的理论理想和信念。回顾百年中国文艺理论史，马克思主义文论在其进程中所发挥的巨大威力和作用是不能被虚无掉的。习近平文艺论述在新的历史条件下所放射出来的马克思主义文论真理的光芒，也是不能视而不见的。马克思主义文论作为中国文艺运动指针的经验，我们是不能有丝毫怀疑和动摇的。

毋庸讳言，历史进入 21 世纪之后，用什么理论来指导我国文艺的繁荣发展，用什么思想武装文艺家们的头脑，要不要扭转马克思主义文艺理论多年被边缘化的局面，要不要校正中国文艺巨轮前行的航向，这是一个不容回避也无法回避的问题。正是在这个当口，习近平关于文艺工作的重要论述站在中华民族从站起来、富起来到强起来的新起点上，高举马克思主义文艺思想的旗帜，高举中国特色社会主义文艺理论的旗帜，面对文艺界的激荡与浮躁，创造性地解决了许多文艺理论和实践上的问题，不但继

---

① 习近平:《在中国文联十大、中国作协九大开幕式上的讲话》,《人民日报》, 2016 年 12 月 1 日。

承了马克思主义文论传统，而且讲了许多只有今天才能讲出的新话，这是习近平文艺论述的一大功劳，也是习近平文艺论述的耀眼徽标。

习近平指出："坚持以马克思主义为指导，是当代中国哲学社会科学区别于其他哲学社会科学的根本标志，必须旗帜鲜明加以坚持。"① 习近平文艺论述恰是坚持马克思主义指导的典范，它以其明快、深邃而亲切的学理思想和语言色彩，为马克思主义文艺理论再次赢得了声誉。它在文艺观和方法论的层面所贯穿的笃定的信仰信念、鲜明的人民立场、强烈的使命担当、勇敢的创新作为、求真务实的作风以及充盈的中国作风和中国气派、开阔的世界眼光和博大襟怀，不仅把马克思主义文艺理论中国化带入了新境界，而且为广大文艺工作者正确认识客观世界、自觉改造主观世界提供了强大的思想武器。

事实反复地证明，马克思主义是科学的文艺观之魂。坚持唯物史观和唯物辩证法，是一切马克思主义文艺学说的拿手好戏和看家本领。马克思、恩格斯曾经这样说过："如果其他阶级出身的这种人参加无产阶级运动，那么首先就要求他们不要把资产阶级、小资产阶级等等的偏见的任何残余带进来，而要无条件地掌握无产阶级世界观。"② 毛泽东说过："马克思列宁主义是一切革命者都应该学习的科学，文艺工作者不能是例外。"③ 习近平在 2014 年文艺工作座谈会上的讲话中则郑重地指出："只有牢固树立马克思主义文艺观，真正做到了以人民为中心，文艺才能发挥最大正能量。"并强调继承创新中国古代文艺批评理论优秀遗产，批判借鉴现代西方文艺理论，打磨好批评这把"利器"，就"要以马克思主义文艺理论为指导"④。这些谆谆告诫，说明马克思主义是革命文艺创作和理论活动的主心骨。习近平关于文艺的论述对马克思主义文艺理论指导意义的高度重视，为我们学习马克思主义文艺学说增添了新的自觉，为我们推动 21 世纪马克思主义文艺学的建构增添了新的动力。

文艺理论的话语权是一项"世代工程"，需要付出长期的艰苦努力，并不是轻易可以获得的。在这个过程中，对中国文论家来说，话语体系的

---

① 习近平:《在哲学社会科学工作座谈会上的讲话》,《人民日报》, 2016 年 5 月 19 日。
② 《马克思恩格斯选集》第 3 卷, 人民出版社 2012 年版, 第 739 页。
③ 《毛泽东选集》第 3 卷, 人民出版社 1991 年版, 第 852 页。
④ 习近平:《在文艺工作座谈会上的讲话》,《人民日报》, 2015 年 10 月 15 日。

挑战还来自体制性的即社会主义市场经济环境所导致的文艺观念、审美好恶、价值取向传播和接受渠道与标准之间的巨大分野。而这种状况又不是几个相关的文件或文章所能彻底改变的，这有赖于那些真正坚持马克思主义文艺观、真正科学诠释中国经验的文艺理论持续地发挥作用，使当代中国的马克思主义文艺理论逐步成为一种共识，成为普遍接受的主流话语。这样，中国的社会主义文艺才能走上健康发展之路。从这个意义上讲，习近平关于文艺工作的重要论述所发挥的可以说正是这个功能。

习近平关于文艺工作的重要论述使中国成为 21 世纪马克思主义文艺学的理论策源地、实践创新地、发展引领地，成为中国马克思主义文艺理论复兴的中流砥柱。习近平关于文艺工作的重要论述雄辩地证明了马克思主义文艺学说的科学性，证明了走马克思主义文艺理论中国化道路的正确性，这是习近平关于文艺工作的重要论述的重大价值和历史意义之关键所在。习近平文艺论述把我们党九十多年从事文艺运动的经验、领导新中国近七十年的文艺奋斗的实践和中华民族几千年的文艺营养贯通起来，从而使自身具有无比深厚的学理背景和理论渊源。

习近平文艺论述已经成为中国化马克思主义文艺理论的新样本，实现了马克思主义文艺基本原理与中国具体文艺实际相结合的又一次大跨度飞跃。习近平文艺论述把中国特色社会主义文艺理论带入一个新时代，为发展 21 世纪马克思主义文艺学、发展当代中国马克思主义文艺理论做出了彪炳史册的贡献。

充分认识习近平文艺论述的重大意义

习近平同志在党的十九大报告中庄严宣告："经过长期努力，中国特色社会主义进入了新时代，这是我国发展新的历史方位。"①指引这个新时代的理论，就是习近平新时代中国特色社会主义思想。根据这个概括，我们有理由说，中国特色社会主义文艺也进入了新时代，其指导理论是新时代中国特色社会主义文艺理论，亦即习近平关于文艺工作的重要论述。习近平关于文艺工作的重要论述继承和发展了马列主义文艺观、毛泽东文艺思想和中国特色社会主义文艺学说，是马克思主义文艺理论中国化的最新成果；作为新时代中国特色社会主义思想体系的组成部分，它绘就了新时代文艺梦想的蓝图，擘画了新时代文艺事业的未来，成为繁荣和发展新时代社会主义文艺的行动纲领和思想指南。

一、标志着新时代中国特色社会主义文艺理论的形成

我们之所以把习近平关于文艺工作的重要论述概括和定义为习近平新时代中国特色社会主义文艺理论，是因为它像毛泽东文艺思想和中国特色社会主义文艺理论一样，已经表明中国化马克思主义文艺理论进入了一个新的阶段，表明它继承和弘扬马克思主义文艺观，对中国的马克思主义文艺理论有了原创性的推进。

可以说，习近平关于文艺工作的重要论述是中华民族走向全面复兴时代的马克思主义文艺理论，是构建和发展21世纪中国马克思主义的一个

---

① 习近平：《决胜全面建成小康社会 夺取新时代中国特色社会主义伟大胜利——在中国共产党第十九次全国代表大会上的报告》，人民出版社2017年版，第10页。

有机部分，是马克思主义普遍真理与当代中国革命文艺实际结合的最新产物。习近平文艺论述是观点系统、判断科学、学理深厚、视野开阔、切合国情，业已成为完备透彻、深入人心的文艺学说体系。

习近平关于文艺工作的重要论述的产生是有着时代条件的。它的许多命题只能在当今这个时候提出，在这之前是不可能的；它经历了文艺多方面的检验，积累了充分的经验，摸清了文艺活动的规律；它坚持用唯物论和辩证法观察和解决文艺问题，因之成为新时代中国化马克思主义文艺理论的宁馨儿。

毋庸讳言，中国的文艺实践已经发生翻天覆地的变化，许多观念和认知已大大有别于以前。在这个时候，马克思主义文艺理论是亟须加以总结和创新的。那么，什么是"总结和创新"呢？实际上，所谓"总结和创新"，就是从问题出发，从我们正在做的事情出发，把我们几十年的丰富的文艺实践经验科学化。习近平关于文艺工作的重要论述做的正是这个事情，这也是它能成为新时代中国特色社会主义文艺理论的原因所在。

我们还可换一个角度来谈。习近平文艺论述是在中国特色社会主义文艺改革的"倒逼"过程中形成的，是在反思和直面问题中铺展开自己的理论画卷的。只要我们稍加思索就不难发现，它的各个论点都是从现实需求和广大文艺工作者的关切与期盼中催生和提炼出来的；它的大量论述，都充满了探讨和破解文艺难题的"问题意识"。譬如，文艺与生活、文艺与时代、文艺与市场的关系、文艺与理想信念、文艺与历史经验、文艺与文化传统、文艺的内容和形式、文艺的风格和创新、文艺的价值观、作家的创作状态、文艺家的道德情操、作家的素养和感情、批评的标准与态度、文体与和网络传播方式、现实主义和浪漫主义的关系、党的领导与文艺工作的关系，等等。这些哪个不是在现实中饱含着亟须解答的矛盾与问题呢？"矛盾与问题"成了习近平文艺论述紧紧抓住的"牛鼻子"。有了这些入口，才有接下来的有的放矢的层层展开，才有既目光如炬又切中肯綮、既回望历史又紧贴现实、既高屋建瓴又娓娓道来的生动论述，不仅创造出许多新的理论话语，而且为当代中国马克思主义文艺学说勾勒出一个新的发展纲要，搭建出一个逻辑严密、特色鲜明的框架结构。这是习近平有关文艺的论述体系性地创新发展中国马克思主义文艺理论的关键。

马克思主义文艺理论是一条汹涌奔腾的长河，每个时期都有杰出的马克思主义文论家思想汇入其中。回顾历史，展望未来，不难发现，习近平有关文艺的论述所具有的理论穿透性和指导性、战略性和前瞻性、学理性和通俗性，在近百年中国化马克思主义文艺理论发展进程中的确是不多见的。它所产生的和正在产生的理论能量，极大地改变着中国社会主义文艺的格局和面貌；它所呈现和正在呈现的精神魅力，已把当代中国马克思主义文艺理论推向一个生机勃勃的新阶段。

二、构建了当代中国马克思主义文艺理论的新形态

习近平重要文艺论述的形成同自觉建构马克思主义文艺理论中国化新形态是分不开的。在这一系统中，几乎涉及了中国化马克思主义文艺理论研究和创作问题的所有要素与层面。尤其是它把这一切都放到中国和世界发展的大势中来审视，放到实现中华民族伟大复兴中国梦的语境中来阐发，从理论和实践的结合上系统回答系列问题，这就使有关社会主义文艺的地位和作用、职责和使命、目标和任务、原则和要求以及文艺创作该"做什么"与"如何做"的论述，有了新的意涵，大面积地实现了经验性"名称"向规定性"概念"的升华与转化。如果我们将习近平文艺论述中各个概念和观点的"网结"组织起来，透过具体论述，那么就能看到一个相对完整的中国马克思主义文艺理论当代形态的雏形和轮廓。

文艺理论是相比较而存在的。在比较中，我们会发现哪些文艺理论更加符合实际，更加"接地气"，更加具有新时代的特点。倘若我们把习近平《在文艺工作座谈会上的讲话》和《在中国文联十大、中国作协九大开幕式上的讲话》作为习近平文艺论述诞生的界碑，那么，毫无疑问它一经产生就迅速给我国文艺界带来风清气爽、拨正航向的可喜局面。那种所谓"纯粹""独立"的经院式文艺学说逐渐丧失生存的环境，那种不把"中国精神"当作社会主义文艺灵魂的观点开始失去人们的信任，那种执意与西方学说"融合""嫁接"的做法变得十分孤立和尴尬。而此时，实现了对历史逻辑深刻把握和对当前文艺问题敏锐洞察的习近平新时代中国特色社会主义文艺理论，则表现出无限的生机与活力。

习近平新时代中国特色社会主义文艺理论作为中国化马克思主义文艺

理论的新形态，它的主要特征至少有这样几点：一是把"坚持以人民为中心的创作导向"创造性地落实到文艺的各个层面，将文艺与人民的关系扩大到文艺工作和文艺创作的各个环节，从而使许多文艺课题有了新时代的新鲜感；二是实现了文艺理论从概念演绎到现实逻辑的研究范式的转型，实现了文艺理论从引进依赖到主体自信的认知模式的转变，从而将文艺理论研究从长期陷于西方学说的泥淖和迷信中摆脱出来；三是厘清了马克思主义指导下中国传统、中国智慧、中国贡献对文艺理论的价值，从理念到规则、从路径到方案、从顶层设计到实施办法，全方位地提供出新时代中国特色社会主义文艺理论的新范本。

马克思曾经说过："我不主张我们树起任何教条主义的旗帜"。[①] 由于习近平关于文艺的论述是在"中国问题"的场域中展现自主的思维能力，以切中文艺现实为根本目标，其每项回答都充满唯物辩证法精神，因之它同任何教条主义都是对立的。可以说，习近平文艺论述的存在不是教科书胜似教科书，不是学术专著超过学术专著，其根本原因就在于它的独特的现实性品格，不仅"抓住事物的根本"，而且具有"掌握群众"的能力。这是马克思主义学风的生动体现，是它成为当今中国社会主义文艺运动纲领和指针的有力保证。

时代是思想之母，实践是理论之源。新时代的文艺理论，应该反映时代的精神特质，反映文艺实践的发展要求，反映当代中国文艺运动的现实逻辑，面向中国问题，确立研究的主体性，立时代之潮头，发思想之先声，把文艺理论的命运同民族复兴的伟业紧密相连，构建出当代中国马克思主义文艺理论新形态。在这方面，习近平文艺论述的榜样力量是无比巨大的。

三、解决了"坚持和发展什么样中国特色社会主义文艺"的问题

坚持和发展什么样的中国特色社会主义文艺，怎样坚持和发展中国特色社会主义文艺，这是马克思主义文艺理论面临的重大课题。作为中国化

---

① 《马克思恩格斯文集》第 10 卷，人民出版社 2009 年版，第 7 页。

马克思主义文艺理论新形态的习近平关于文艺工作的重要论述，其内核集中到一点，就是要对这些问题给以创造性的回答与解决。习近平文艺论述总结了中外社会主义文艺运动的经验教训，特别是改革开放以来我国文艺工作的经验教训，精辟地规划和指明了现实中国社会主义文艺的路径，这在马克思主义文论史上具有突出的意义。

"社会主义文艺，从本质上讲，就是人民的文艺。"① 面对各种文艺思潮、文艺现象、文艺批评中存在的问题，习近平把阐明新形势下的繁荣和发展社会主义文艺的方向与任务作为重点。随后，他又通过提"几点希望"的方式，揭示出如何实现"人民的文艺"的办法和途径，即"坚定文化自信，用文艺振奋民族精神"；"坚持服务人民，用积极的文艺歌颂人民"；"勇于创新创造，用精湛的艺术推动文化创新发展"；"坚守艺术理想，用高尚的文艺引领社会风尚"。② 前者是"该不该"走"人民的文艺"之路的问题，后者是"怎么样"走"人民的文艺"之路的问题。习近平主张艺术理想要融入党和人民的事业，要胸中有大义、心里有人民、肩头有责任、笔下有乾坤，要推出更多反映时代呼声、展现人民奋斗、振奋民族精神、陶冶高尚情操的作品，为人民昭示更美好的未来，为民族描绘更辉煌的明天。习近平对社会主义文艺性质的判断，对实现发展"人民的文艺"举措的拟定，正是他给马克思主义文艺理论宝库增添的新东西。

从马克思主义创始人呼吁工人阶级的斗争生活"应当在现实主义领域内占有一席之地"③，到列宁希望文艺"为千千万万劳动人民"④ 服务；从毛泽东申论"为什么人的问题，是一个根本的问题，原则的问题"⑤，到中国特色社会主义文艺理论强调"我们的文艺属于人民"⑥，再到习近平提出"人民的文艺"思想，认为"真正做到了以人民为中心，文艺才能发挥最大正能量"⑦。我们清晰地看到，这样一条马克思主义文艺观的红线，越来

---

① 习近平：《在文艺工作座谈会上的讲话》，《人民日报》，2015 年 10 月 15 日。

② 习近平：《在中国文联十大、中国作协九大开幕式上的讲话》，《人民日报》，2016 年 12 月 1 日。

③ 《马克思恩格斯文集》第 10 卷，人民出版社 2009 年版，第 570 页。

④ 《列宁专题文集（论无产阶级政党）》，人民出版社 2009 年版，第 170 页。

⑤ 《毛泽东选集》第 2 卷，人民出版社 1991 年版，第 857 页。

⑥ 《邓小平文选》第 2 卷，人民出版社 1994 年版，第 209 页。

⑦ 习近平：《在文艺工作座谈会上的讲话》，《人民日报》，2015 年 10 月 15 日。

越焕发出耀眼的真理光芒。

马克思主义文艺观在当今的发展，说一千道一万，就是要高举起人民文艺的旗帜。这是社会主义文艺制胜的法宝，是社会主义文艺获得长久生命力的秘诀。只要我们坚持以人民为中心的创作导向，一切想着人民，一切为了人民，文艺事业、文艺工作、文艺批评就有了切实的抓手和规范，就有了成熟的思路和见解，就能破解各式各样的难题，就增强了攀登文艺"高峰"的勇气和信心。这是习近平文艺论述强调"文艺的一切创新，归根结底都直接或间接来源于人民"①的根本原因，也是中国社会主义文艺经历几十年风雨磨洗总结和提炼出来的最为宝贵的经验。

习近平曾经指出："实际上，怎么治理社会主义社会这样全新的社会，在以往的世界社会主义中没有解决得很好。"②这个判断，同样适合于对社会主义文艺的认识。"当代中国的伟大社会变革，不是简单延续我国历史文化的母版，不是简单套用马克思主义经典作家设想的模板，不是其他国家社会主义实践的再版，也不是国外现代化发展的翻版"③。作为中国伟大社会变革一部分的文艺变革，同样需要结合实际，在特定国情和特定历史条件下进行新的探索与创造。从这个视角观察，我们就更可以看清习近平文艺论述对推动新时代中国特色社会主义文艺繁荣发展已经和必将产生的深远影响。

在认真学习贯彻党的十九大精神和新时代中国特色社会主义思想的今天，广大文艺家和理论工作者有责任和义务把学习、研究、宣传习近平文艺论述的工作努力地开展起来。

---

① 习近平:《在文艺工作座谈会上的讲话》,《人民日报》,2015 年 10 月 15 日。
② 习近平:《切实把思想统一到党的十八届三中全会精神上来》,《求是》2014 年第 1 期。
③ 习近平:《在哲学社会科学工作座谈会上的讲话》,《人民日报》,2016 年 5 月 19 日。

中国马克思主义文艺理论的创新性发展

——习近平文艺论述的当代价值研究

一

马克思主义文艺理论在中国近百年的演进中，经历过波折，也经历过辉煌。无论是风雨如磐的岁月，还是高歌猛进的时光，它都以自己的真理之光照耀着中国革命文艺的航程。毋庸讳言，在相当一段时间里，马克思主义文艺理论遭遇被边缘化、空泛化和标签化的运命。如今，它又逐步恢复了生机活力，以前所未有的高瞻远瞩和磅礴之势，引领中国社会主义文艺"不忘初心"、昂扬自信地奔向前方。

是什么力量擦亮了马克思主义文艺理论这把钢枪？是什么思想使马克思主义文艺学说重现光芒？是什么见解拓宽了马克思主义文论流淌的河床？我认为，在当下中国，只有习近平关于文艺的论述、他的系列讲话所构成的文艺理论，或者说习近平文艺论述所代表的当代中国马克思主义文艺理论，才产生了如此巨大的功能。

这样讲的根据在哪里呢？其一，大概没有谁会怀疑习近平文艺论述在运用唯物史观和辩证法方面是出色的，对马克思主义经典作家文艺思想的继承也是真诚的；其二，大概没有谁否认习近平有关文艺的论述中包含着中国化马克思主义文艺理论——从毛泽东文艺思想到中国特色社会主义文艺理论——的大量成分，并且是"接着说"而非"照着说"的典范；其三，大概没有谁会看不到习近平文艺论述在面对新形势下提出了许多新论断，而这些"问题"和"论断"都带有全球眼光和21世纪语境的特点；其四，大概也没有谁会发现不了习近平自身有很高的文学修养，他不仅是个文学爱好者，而且是个创作实践者，对艺术规律的把握不仅来自学理，也来自经验，这就给他提出文艺的新见解铺设了根基。

我们似乎还可以再归纳出几条"根据"来，但只要有这几点，也就足够了。因为，这已经展露和说明了习近平有关文艺的论述能够赓续马克思主义文论并结合实际做出新理论创造的条件，展露和说明了他能用现实活化理论、又能用理论照亮现实的原因。

在170多年的马克思主义文论史上，文论家星汉灿烂；在近一个世纪的马克思主义文论中国化进程中，同样是人才辈出。回望历史，让人感到自豪；凝视今天，令人倍感骄傲。在马克思主义文论史上，习近平文艺论述所取得的成绩和贡献，是值得大书一笔的。

将习近平有关文艺的论述放到马克思主义文论发展史上来考察，是因为它同科学的马克思主义文艺观血脉相连，是因为它在新的历史条件下对马克思主义文艺理论进行了创造性阐发，是因为它带有极其鲜明的时代性和民族性特色。这种文脉传承、境界提升和思想演进，不但为马克思主义文艺学增添了新内容，而且把当代中国的马克思主义文论建设推向了新阶段。

众所周知，习近平的文艺讲话一出，就产生了"挽狂澜于既倒"、"风正一帆悬"、"乘风破浪会有时"的功效，让人有一种"拨开云雾见晴天"的感觉。这种理论效果是耐人寻味的。人们不免会发出这样疑问："为什么会产生这种效果？"答案应该是不困难的。习近平说过，历史和现实都证明马克思主义是科学的理论，迄今依然有着强大的生命力。"坚持以马克思主义为指导，是当代中国哲学社会科学区别于其他哲学社会科学的根本标志。"①文艺理论当然也不例外。只有我们还原习近平文艺论述的属性，揭示它与马克思主义这一"看家本领"的精神联系，就能发现其理论威力、影响力和牵引力的秘密所在。倘若我们再把它放到习近平同志系列论述的大系统中，那么就更能看清其文艺论述的价值和意义。

习近平指出："只有牢固树立马克思主义文艺观，真正做到了以人民为中心，文艺才能发挥出最大的正能量。"②这种对马克思主义文艺观的突出强调，无疑构成了其文艺论述的厚重底色。一段时间来，现当代西方文论

---

① 习近平：《在哲学社会科学工作座谈会上的讲话》，《人民日报》，2016年5月19日。

② 习近平：《在文艺工作座谈会上的讲话》，《人民日报》，2015年10月15日。

很有市场、称霸文坛，"以洋为尊""唯洋是从"的文论肆无忌惮、甚嚣尘上。在这个时候，习近平的中国化的马克思主义文艺理论，给干渴的文艺大地带来滋润的雨露，给雾霾的文艺天空吹来和暖的清风，它显示出无穷的威力也就可想而知了。

二

马克思主义文艺理论是发展着的理论，它"不是必须背得烂熟并机械地加以重复的教条"[1]。它一定会随着实践的发展而发展，绝不会停滞不前。按照马克思本人的说法："正确的理论必须结合具体情况并根据现存条件加以阐明和发挥。"[2] 习近平有关文艺的论述，可说正是马克思主义文论与中国当代文艺实际紧密结合并根据新世纪的条件加以阐明与发挥的产物。如果我们不是静止地看问题，始终注意文论发展的总的联系，注意后人比前人提供了哪些新东西，那么就能发现习近平有关文艺的论述对马克思主义文艺理论的贡献是多方面的，所提出的大量新观点、新判断，极大地丰富了马克思主义文论的宝库。

马克思主义文艺学说传入中国，已有近百年的历史。它与中国革命、建设、改革历史时期文艺实践的结合中，一直经历着中国化、时代化、大众化的过程。早期共产党人是马克思主义文论在中国传播的先驱，到20世纪30年代，瞿秋白、鲁迅等人以及多位左翼批评家，对马克思主义文论的译介和建设投入大量心血，开启了该学说与中国文艺实践的初步结合。在其后的过程中，真正使马克思主义文艺理论中国化，真正使这一理论提升到新高度、发展到新境界，使中国马克思主义文艺理论河流汹涌澎湃的是毛泽东。以《在延安文艺座谈会上的讲话》及多篇文艺论述为标志的毛泽东文艺思想，不仅成了马克思主义文论中国化的集大成者，而且实现了中国马克思主义文艺理论的一次历史性飞跃。改革开放以后，在中国特色社会主义理论的指引下，中国特色社会主义文艺理论指引着新时期的

---

[1] 《马克思恩格斯文集》第 10 卷，人民出版社 2009 年版，第 562 页。
[2] 《马克思恩格斯全集》第 27 卷，人民出版社 1972 年版，第 433 页。

社会主义文艺不断走向发展繁荣。但客观地讲，这一时期真正把中国特色社会主义文艺理论发展到成熟阶段、真正实现当代中国马克思主义文艺理论又一次历史性飞跃的，是习近平关于文艺工作的重要论述。这一点，已经从多个方面反映出来。

我们举习近平"以人民为中心的创作导向"观念为例，即可说明该思想对马克思主义文艺观的重大贡献。从历史上看，马克思和恩格斯只是寄希望于工人阶级的生活和斗争能在文艺的现实主义领域占有一席之地；列宁主张艺术属于人民，希望文艺不为饱食终日的贵妇人、为百无聊赖、胖得发愁的少数上层分子服务，而为千千万万劳动人民服务；毛泽东指出文艺为什么人是一个根本的问题、原则的问题，确立了文艺的工农兵方向；邓小平强调人民是文艺工作者的母亲，文艺应当为人民服务；江泽民要求文艺工作者在人民的历史创造中进行艺术的创造；胡锦涛提出只有坚持以人民为中心的创作导向，艺术之树才能常青。习近平的论述，显然是沿着这个思路来的，但却把它提到这是坚持以马克思主义为指导问题的"核心"[1]的高度，提到遵循社会主义文艺"本质"的高度，并将之作为决定我国文艺事业前途命运的关键来加以阐释。尤其是习近平提出以人民作为表现"主体"，把为人民服务作为文艺家的"天职"，以此来规约"创作导向"，这就把文艺方向问题与内在动力问题联系起来，将立场和感情转化为创作牵引力，使马克思主义的唯物史观与创作理论之间得到进一步深化和统一。

"坚持以人民为中心的创作导向"，可以说是习近平文艺论述的"轴心"与"内核"。习近平甚至把这一点同坚持"二为"方向、坚持"双百"方针、坚持"双创"[2]思想并列，且置于首位。[3]这既体现了坚持人民主体地位的内在要求，彰显了人民至上的价值取向，也揭橥了社会主义文艺应有的属性和特征。马克思主义文论史和革命文艺实践都表明，"人民"在艺术创作中处于何种境遇和地位，艺术以什么为"中心"来组织架构，亘古以来就是一个大问题。能否实施以人民为中心的创作导向，如今已经成为推动社会主义文艺繁荣和各项文艺事业发展的抓手，具有理论意义，也具有实践意义。仅仅把这个问题当作一般的政策性问题看待，显然是不妥当的。

---

① 习近平：《在哲学社会科学工作座谈会上的讲话》，《人民日报》，2016 年 5 月 19 日。
② "双创"即"创造性转化、创新性发展"。
③ 习近平：《在中国文联十大、作协九大开幕式上的讲话》，《光明日报》，2016 年 12 月 1 日。

三

马克思主义文艺理论从来是在反思和直面问题中展开自己的画卷的。问题导向和全局视野，立足实际和针对难题，提升经验和战略眼光，这些都是习近平关于文艺工作的重要论述带给我们的理论性营养。

毫无疑问，理论在一个国家实现的程度，取决于它满足这个国家需要的程度。习近平文艺论述的各个论点，都是从现实需求和广大文艺工作者的关切与期盼中催生出来的，是为反思和推动解决文艺领域面临突出矛盾和问题中提炼出来的。如文艺与生活、文艺与理想、文艺与时代、文艺与历史、文艺与传统、文艺与市场、内容与形式、创新与风格、道德与价值、作家素养与感情、现实主义、批评标准与态度，等等，这些论题都是有的放矢、层层展开的，从而构成了习近平文艺论述几乎覆盖文艺学所有方面的网状结构。因之，我们说习近平文艺论述开创了新的学科体系和话语体系，实现了经验性"名称"向规定性"概念"的升华，是能够成立的。

譬如，"坚定文化自信"在文艺理论构建中的作用，习近平就给予了超乎寻常的重视。他把文化自信同繁荣社会主义文艺相连接，把它看作是"事关国运兴衰、事关文化安全、事关民族精神独立性的大问题"①，认为中华文化②积淀有民族最深沉的精神追求，代表着民族独特的精神标识。这就大大丰富了马克思主义的文化理论和文化学说。

习近平反复强调要"勇于创新创造"，这在马克思主义文论史上也是不多见的。这里固然有揭示创新是文艺生命的道理，有揭示创新对提高作品质量的作用，但以此针对当前文艺界普遍存在的"同质化""模式化""功利化"顽疾，也是明显的。马克思主义文论向来反对平庸，提倡创新。马克思就曾引述莎士比亚的诗句说过："我宁可当只小猫咪咪叫，也不愿做个卖唱者弹老调！"③马克思极其鄙视"平淡无味，废话连篇""给市侩的内容套上平民的外衣""给语言赋予纯粹肉体的性质"等的"粗俗

---

① 习近平：《在中国文联十大、作协九大开幕式上的讲话》，《人民日报》，2016 年 12 月 1 日。
② 这里的"中华文化"包括优秀传统文化、党和人民斗争中孕育的革命文化和社会主义先进文化三个方面。
③ 《马克思恩格斯全集》第 33 卷，人民出版社 1973 年版，第 50 页。

文学"①；列宁讨厌小说把"各种各样'骇人听闻的事'，把'淫荡'、'梅毒'、揭人隐私以敲诈钱财（还把敲诈对象的姐妹当情妇）这种桃色秽行……拼凑在一起"②；毛泽东主张"还是以中国艺术为基础，吸收一些外国的东西进行自己的创造为好"，要努力"创造出中国自己的、有独特的民族风格的东西"，"为群众所欢迎的标新立异，越多越好，不要雷同。"③习近平充满热情地激励作家、艺术家要"大胆探索，锐意进取，在提高原创力上下功夫"，并希望"把创新精神贯穿文艺创作全过程"，要"独辟蹊径、不拘一格"，"抵制急功近利、粗制滥造"④。显然，这是力求指引文艺创作追求精神高度、文化内涵和艺术价值，引导创作向人类精神世界的最深处探寻，并把文艺创新问题提到了文化战略的高度。

再如"价值"问题，习近平的论述也是超越前人、有创造性的。习近平不仅认为"文运同国运相牵，文脉同国脉相连"，肯定文艺的重要性，而且把价值观问题摆到极显赫的位置："对文艺来讲，思想和价值观念是灵魂，一切表现形式都是表达一定思想和价值观念的载体。离开了一定思想和价值观念，再丰富多样的表现形式也是苍白无力的。文艺的性质决定了它必须以反映时代精神为神圣使命。"⑤正因为如此，他才呼吁把培育和弘扬社会主义核心价值观作为"根本任务"，鼓励用中国人独特的思想、情感、气度、神韵去创作属于这个时代、又具鲜明中国风格的作品。他通过简洁明了的语言，阐发了文艺的价值特征，阐发了内容与形式的关系，堵死了一切文艺通往形式主义、虚无主义的歧路。

再说"典型"问题。习近平指出："典型人物所达到的高度，就是文艺作品的高度，也是时代的艺术高度。只有创作出典型人物，文艺作品才能有吸引力、感染力、生命力。""以高于生活的标准来提炼生活，是艺术创作的基本能力。"⑥这个见解，对马克思主义的"典型"观也有大的推进。为什么这么说呢？因为从历史上看，古今中外的传世之作，的确都渗透着作者对社会的深刻认识，都塑造出不朽的典型形象，都高度概括了生

① 《马克思恩格斯全集》第 4 卷，人民出版社 1958 年版，第 322—323 页。
② 《列宁全集》第 46 卷，人民出版社 1990 年版，第 479 页。
③ 《毛泽东文艺论集》，中央文献出版社 2002 年版，第 147、154—155、151 页。
④ 习近平：《在中国文联十大、作协九大开幕式上的讲话》，《人民日报》，2016 年 12 月 1 日。
⑤ 习近平：《在中国文联十大、作协九大开幕式上的讲话》，《人民日报》，2016 年 12 月 1 日。
⑥ 习近平：《在中国文联十大、作协九大开幕式上的讲话》，《人民日报》，2016 年 12 月 1 日。

活的本质。"标准"高于"生活"，才能提炼和刻画出代表时代精神的人物形象，这成了一条艺术的铁律。这里，习近平的理论贡献在于，他阐明了"典型人物"的塑造是同伟大时代使命的密切联系。英雄是民族精神的坐标，典型是历史潮流的结晶。"以高于生活的标准来提炼生活"，乃是以博大胸襟拥抱世界、以深邃目光观察现实的必然选择。"典型人物"是作家艺术家灌注崇高理想信念的载体，而"高于生活"则是他们实现其理想信念的艺术之途。为攀登文艺高峰，习近平希望文艺要把提高作品的精神高度、文化内涵和艺术价值作为追求，不仅能反映生活，而且能创造生活。所有这些，都使我们清楚地意识到他强调"典型人物"塑造的深层思考。

恩格斯最早把"典型"定为现实主义的重要元素，主张现实主义作品"除细节的真实外，还要真实地再现典型环境中的典型人物"①。列宁也说过："小说里全部的关键在于描写个别的情况，在于分析特定典型的性格和心理"。②毛泽东更是明确指出：文艺作品中反映出来的生活"可以而且应该比普通的实际生活更高，更强烈，更有集中性，更典型，更理想，因此就更带普遍性"。作品应当把"日常的现象集中起来，把其中的矛盾和斗争典型化"。③习近平在"典型"论上的创造，我以为主要是这样几点：一是在新的历史条件下恢复了马克思主义"典型"理论的声誉；二是揭示了典型人物形象同艺术价值和艺术作用的关系，指出典型人物所达到的"高度"跟文艺作品的"高度"和时代艺术的"高度"是成正比的；三是确认了"提炼生活"要"以高于生活的标准"来处理，指明了典型化的路径，并将之作为文艺创作的"基本能力"。四是把"典型"问题放在"必须积极反映人民生活"这个角度来谈论。"积极反映"这一概念，显然是区别于消极反映、平庸反映、直白反映、机械反映或歪曲反映的。"典型"是价值取向表达的通道，"典型"问题是同文艺"倾向性"问题显然是联系在一起的。习近平的"典型"理论，使马克思主义文艺典型论"老树开出新花"。

① 《马克思恩格斯文集》第 10 卷，人民出版社 2009 年版，第 570 页。
② 《列宁全集》第 47 卷，人民出版社 1990 年版，第 76 页。
③ 《毛泽东选集》第 3 卷，人民出版社 1991 年版，第 861 页。

四

关于网络文学的意见，习近平的论述也颇具时代气息。他说："互联网技术和新媒体改变了文艺形态，催生了一大批新的文艺类型，也带来文艺观念和文艺实践的深刻变化。由于文字数码化、书籍图像化、阅读网络化等发展，文艺乃至社会文化面临着重大变革。要适应形势发展，抓好网络文艺创作生产，加强正面引导力度。近些年来，民营文化工作室、民营文化经纪机构、网络文艺社群等新的文艺组织大量涌现，网络作家、签约作家、自由撰稿人、独立制片人、独立演员歌手、自由美术工作者等新的文艺群体十分活跃。这些人中很有可能产生文艺名家，古今中外很多文艺名家都是从社会和人民中产生的。我们要扩大工作覆盖面，延伸联系手臂，用全新的眼光看待他们，用全新的政策和方法团结、吸引他们，引导他们成为繁荣社会主义文艺的有生力量。"[1] 这段话蕴含了那么多理论信息，读来令人多么感到亲切和温暖啊！网络文艺是新生事物，它对文艺的"形态""类型""观念"和"实践"确实多有改变，人们还在认识它的途中。习近平对网络文艺的深刻而周全的论述，为我们探讨新媒体文化状况和文艺理论创新提供了有益的思路和深刻的文化背景。

不错，西方当代文论尤其是"西马"文论，面对"后现代"语境和发达资本主义文化生产环境，已有不少涉及网络文化和网络文艺的论述。不过，像习近平这样以开阔的视野和发展的眼光，从文艺演化的角度谈论社会主义市场经济条件下新媒体和网络文艺问题，这在马克思主义文论史上还是头一次。当一场席卷人类社会的方方面面、号称"21世纪革命"的互联网境况和互联网思维冲击到文艺的时候，习近平敏锐地做出对其价值观、创造力、作用、使命、责任和缺陷等的定位与判断，提出只有今天才能提出的重大理论问题，实在是难能可贵的。特别是在有统计资料显示，近年来90%的网络文学作品属于模仿和复制[2]，存在价值观错位、创造力缺位、使命感移位、精品意识淡薄、品牌战略失效的情况下，习近平仍给

---

① 习近平：《在文艺工作座谈会上的讲话》，《人民日报》，2015年10月15日。
② 陈定家：《网络文学价值观与创造力漫议》，《文艺报》，2017年2月22日。

予网络文艺以如此热情的鼓励与期许，不禁让人领悟到马克思主义文艺观的体温和魅力，也让人自然回想起历史上马克思主义经典作家帮助、爱护、引领文艺界朋友不断进步的不少动人的故事。

从习近平的几次文艺讲话中，我们发现他对柳青、路遥、贾大山这一派作家是十分敬佩和推崇的。这不只是在称赞一种深入生活、贴近人民、呕心沥血的创作态度，而且也是对一种精神和方法——现实主义精神和方法的肯定。眼下有人对"现实主义"的理解是太过狭窄了。其实，欣赏文艺的现实主义是马克思主义的必然要求。马克思主义创始人自不必说，普列汉诺夫甚至认为一切积极的阶级都是现实主义的，列宁对艺术现实主义也是情有独钟的，毛泽东倡导革命现实主义和革命浪漫主义相结合同马克思主义现实主义美学精神也高度吻合。

把现实主义作为一种创作道路来肯定，这对我国今后的整个文艺创作和理论批评有着巨大的意义。因为联系习近平的系统论述可以发现，他张扬的不是"静止的现实主义"，不是"否定的现实主义"，不是"乌托邦现实主义"，也不是"自然主义的现实主义"，而是有着"对光明的歌颂、对理想的抒发、对道德的引导"的现实主义，是"用光明驱散黑暗，用美善战胜丑恶，让人民看到美好、看到希望、看到梦想就在前方"的动能的现实主义。这种现实主义，倘若用习近平的原话来讲，就是"应该用现实主义精神和浪漫主义情怀观照现实生活"[①]。这是把现实理解为一种发展、一种在对立物的不断斗争中进行的运动的现实主义，是将作家艺术家确定为能够参与并决定历史进程情况的积极力量的现实主义。这种现实主义启示我们："不了解发展过程的人永远看不到真实，因为真实并不像它的本身，它不是停在原地不动的，真实在飞跃，真实就是发展，真实就是冲突，真实就是斗争，真实就是明天，我们正是要这样看真实"[②]。卢那察尔斯基的这段话，触及了现实主义文艺的辩证法，也旁证习近平的现实主义文艺观恰恰是把这种辩证法用活了。

[①] 习近平：《在文艺工作座谈会上的讲话》，《人民日报》，2015 年 10 月 15 日。

[②] ［苏］卢那察尔斯基：《论文学》，蒋路译，人民文学出版社 1978 年版，第 55—56 页。

五

恩格斯说："一门科学提出的每一种新见解都包含这门科学的术语的革命。"① 在习近平文艺论述中，出现了许多新术语、新概念，使得中国化的马克思主义文艺理论呈现出一片新面貌。这是值得认真研究的。

习近平文艺论述中的许多提法很新颖。比如，"文艺是世界语言"；"文艺是铸造灵魂的工程"；"艺术可以放飞想象的翅膀，但一定要脚踩坚实的大地"；文艺家要有"道德判断力和道德荣誉感"；应成为"时代风气的先觉者、先行者、先倡者"；文艺作品要"有筋骨、有道德、有温度"，要"像蓝天上的阳光、春季里的清风一样，能够启迪思想、温润心灵、陶冶人生，能够扫除颓废萎靡之风"，"传递向上向善的价值观"；"读懂社会、读透社会，决定着艺术创作的视野广度、精神力度、思想深度"；"伟大的文艺来自伟大的灵魂"，"伟大的作品一定是对个体、民族、国家命运最深刻把握的作品"；"虽然创作不能没有艺术素养和技巧，但最终决定作品分量的是创作者的态度"。"文艺要塑造人心，创作者首先要塑造自己"；文艺要"引导人民树立和坚持正确的历史观、民族观、国家观、文化观，增强做中国人的骨气和底气"；应"运用历史的、人民的、艺术的、美学的观点评判和鉴赏作品"②，等等。只要我们把这些提法还原到文艺本质论、功能论、文本论、创作论或批评论等的范畴中去，就不难看出这些概括的理论价值和深度，不难看出所反映的学风与文风的端正、纯朴和活泼。

概念和术语是思想上的"网结"，是认识的"阶梯"和"支撑点"。概念和术语的更新，折射的是思想和理论的进展与深化。习近平文艺论述中大量新术语、新命题的出现，正是他敢于担当、杜绝跟在别人后面亦步亦趋、着力推进马克思主义文论中国化的一个标志。

习近平文艺新术语、新概念、新思路的最大特点，从总体上说，就是在为社会主义市场经济条件下中国的社会主义文艺运行规律寻求科学的解释、规划与说明。这是现实提出来的任务，是理论激荡碰撞的结果，它既有肯定性的"建构"，也有否定性的"解构"，还有否定之否定后的"重

---

① 《马克思恩格斯文集》第 5 卷，人民出版社 2009 年版，第 32 页。
② 引文均见习近平在文艺工作座谈会和在文联十大作协九大开幕式上的讲话，分别发表于 2015 年 10 月 15 日和 2016 年 12 月 1 日的《人民日报》。

构"，在中国马克思主义文论史上有着划时代的意义。马克思当年曾经说：
"资本主义生产就同某些精神生产部门如艺术和诗歌相敌对"①。列宁也曾
提出过无产阶级文学事业不能成为"个人或集团的赚钱工具"②；我们党在
新时期处理文艺问题时，也非常重视文艺的社会效益和经济效益的关系
问题。

习近平文艺论述的突破表现在，一则，切中肯綮地剖析了我国市场
经济条件下文艺创作和文艺管理方面存在的负面问题；再则，有理有据地
开出了克服此类弊端的有效药方。习近平强调文艺创作要走精品之路，要
笃定恒心、倾注心血、充实内在，取法于上，厚积薄发。为此，他还强调
要增强文艺的原创能力和职业操守，讲品位，重艺德，为历史存正气，为
世人弘美德，为自身留清名。这样，也就交给了作家、艺术家一把解决和
处理市场经济条件下产生的与繁荣社会主义文艺相矛盾问题的金钥匙。这
是在文艺理论上"补短板、破难题、治痛点"之举，是使文艺作品能"传
得开、留得下"的良策，也是使马克思主义在最有发言权的地方焕发出的
异彩。

习近平提出：要根据时代变化和实践发展，不断深化认识，不断总结
经验，不断实现理论创新和实践创新的良性互动，"在这种统一和互动中
发展 21 世纪中国的马克思主义"。③我们有理由说，习近平文艺关于文艺
工作的重要论述是一种通晓文艺思维的历史、现状和问题基础上的理论思
维，是达到了"许多规定的综合"的理性具体，为构建"21 世纪中国马克
思主义文艺学"树立的新的形象和路标。习近平指出：我国哲学社会科学
的一项重要任务就是"继续发展 21 世纪马克思主义、当代中国马克思主
义"④。研究习近平有关文艺的论述，无疑是这一伟大工程和任务中不可或
缺的一部分。

---

① 《马克思恩格斯全集》第 26 卷第 1 分册，人民出版社 1972 年版，第 296 页。
② 《列宁选集》第 1 卷，人民出版社 1995 年版，第 663 页。
③ 习近平：《在中共中央政治局第二十次集体学习时的讲话》，《人民日报》，2015 年 1 月 25 日。
④ 习近平：《在哲学社会科学工作座谈会上的讲话》，《人民日报》，2016 年 5 月 19 日。

建构 21 世纪中国的马克思主义文艺学

一、问题的提出

我提出"21世纪中国的马克思主义文艺学"这一概念，是受了习近平两篇重要讲话的启示。一篇是2014年10月15日在文艺工作座谈会上的讲话；一篇是2015年1月23日在中央政治局第二十次集体学习时的讲话。反复学习这两篇讲话，使我突出地意识到，建构"21世纪中国的马克思主义文艺学"，既是习近平高瞻远瞩的号召，也是他率先垂范的努力。换句话说，习近平的文艺讲话已经为发展"21世纪中国的马克思主义文艺学"指明了方向，奠定了基石。为了深入把握习近平关于文艺工作的重要论述，我们有必要从文论形态的角度进行研究。

在政治局第二十次集体学习时的讲话中，习近平明确提出了"发展21世纪中国的马克思主义"的任务。他说："要学习掌握认识和实践辩证关系的原理，坚持实践第一的观点，不断推进实践基础上的理论创新。我们推进各项工作，要靠实践出真知。理论必须同实践相统一。必须高度重视理论的作用，增强理论自信和战略定力，对经过反复实践和比较得出的正确理论，要坚定不移坚持。要根据时代变化和实践发展，不断深化认识，不断总结经验，不断实现理论创新和实践创新良性互动，在这种统一和互动中发展21世纪中国的马克思主义。"[①]

"发展21世纪中国的马克思主义"，这无疑是中华大地上民族精神大厦巍然耸立的一个总目标。而在"发展21世纪中国的马克思主义"过程中，发展"21世纪中国的马克思主义文艺学"，理当包括其中。因为马克思主义学说是一个整体、一个系统。"21世纪中国的马克思主义文艺学"，

---

① 习近平：《在中共中央政治局第二十次集体学习时的讲话》，《人民日报》，2015年1月25日。

则是"21世纪中国的马克思主义"的有机组成部分。习近平强调理论同实践统一，强调理论和实践的创新，强调增强战略定力和理论自信，强调要不断深化认识、总结经验，这些论述都可看作是对未来中国马克思主义文艺理论建设的哲学指引。

如果说"发展21世纪中国的马克思主义"的号召，振奋人心、振聋发聩，那么，现在关键要看习近平在文艺工作座谈会上的讲话同建设"21世纪中国的马克思主义文艺学"有何联系，两者到底是什么关系。我认为，习近平的文艺讲话有许多新颖阐发、新的命题，但其中最为核心、最有价值的地方，是根据时代的变迁和文艺实践的发展，在总结经验教训的基础上，在理论创新和实践创新的良性互动中，为发展"21世纪中国的马克思主义文艺学"做了尝试和贡献。甚或可以说，习近平的文艺讲话是发展"21世纪中国的马克思主义文艺学"的纲领，是指引"21世纪中国的马克思主义文艺学"建设的"总开关"。基于此，便构成了本文提出论题的依据和思路。

二、建构"21世纪中国的马克思主义文艺学"
的必要性和可能性

随着社会历史条件的变迁，随着互联网和大数据时代的到来，随着文艺实践发展和理论自信的增强，也随着文艺现实对理论指导需求的迫切，不能不看到，中国的马克思主义文艺理论已经走到由"中国化"向"中国的"转变的拐点。套用经济学上的一个说法，那就是马克思主义文艺理论到了须从"中国制造"向"中国创造"阶段的转变。瞻望前景，要推动中国文艺创作和理论的发展，不能没有战略性和全局性的考虑，不能不对现行的中国马克思主义文艺学说从提法、主张、范畴和界定上赋予新的内涵；驻足回首，也不能否认，马克思主义文艺理论曾发挥过巨大的引领和指导作用，亦曾遇到过不能有效介入新现实的尴尬与无奈。信奉西方经验，照搬、套用、演绎各种西方现代文艺理论的做法，除带来空前的"活跃"和"多元"外，也带来不容回避的混乱和偏斜。具有"自主知识产权"的中国现当代文论，不能说没有，但确乎不多且多已需要更新。"随人作计终后人，自成一家始逼真。"① 文艺理论上依靠"借船出海"，全凭引进外来文论的局限性和不可持续性已日益凸显。学界有学者说得好："'借船出海'其实出不了海，只能在自家河沟里捞鱼，只有自己造有完全自主产权的船，才能真正出海。"② 这个道理对文艺理论学科的建设同样是适用的。

文艺理论总是跟着别人的后面亦步亦趋，总是拿西方标准和价值观裁剪中国的文艺现实，是没有出路的。只有独立自主、自力更生、自主创造，才能克服"洋教条"，才能把握住自己的前途和命运。文论研究要有这种勇气和自信，对经过反复实践和比较得出的正确理论，要坚定不移坚持；对面临新情况新问题新挑战中的经验和挫折，要善于提升和总结；对为实现民族伟大复兴梦想服务的文学艺术，要勇于提出新的见解。在这种语境下，习近平提出"发展 21 世纪中国的马克思主义"，就有其特出的意义。与之相应地提出"发展 21 世纪中国的马克思主义文艺学"，也就成了在文艺理论上举什么旗帜、立何种精神、建怎样体系的根本一环。

发展"21 世纪中国的马克思主义文艺学"，其价值就在于，它告诉我们到了 21 世纪，中国的马克思主义文艺理论应当从逐步"中国化"的阶段，走向"中国的"阶段，实现一次理论形态的升级与转换。也就是说，不仅要实现马克思主义文艺理论与中国文艺实践的结合，实现文论的民族化，而且更要有我们自己的理论贡献、理论创造，有原创的、属于中国人自己的马克思主义的东西。"中国化"和"中国的"，虽一字之差，但它们的创造性含量是不同的。"中国化"和"中国的"两者固然有内在联系，但彼此确有理论生长形态上的差别。"中国的"，应是马克思主义与中国实际相结合的更高层次的质的飞跃。比如，毛泽东《在延安文艺座谈会上的讲话》，可说是"中国的马克思主义"文艺学说。当年在延安时，刘少奇就称毛泽东思想是"中国的马克思主义"③。一般说来，"真正的马克思列宁主义者必须根据现在的情况，认识、继承和发展马克思列宁主义。""不以

---

① ［宋］黄庭坚：《以右军书数种赠丘十四》，载于《宋五家诗钞》，朱自清编，上海古籍出版社 1981 年版，第 236 页。

② 宋方敏：《自己造船才能自主出海——有感于中国核电自主创新的重大成就》，《经济导刊》2015 年第 4 期。

③ 《刘少奇选集》（上卷），人民出版社 1981 年版，第 333 页。

新的思想、观点去继承、发展马克思主义，不是真正的马克思主义者。"①
所以，在马克思主义文艺理论上区分"中国化"和"中国的"，是有必
要的。

"21世纪中国的马克思主义文艺学"，这里有三个关键词：一是"21
世纪"，一是"中国的"，一是"马克思主义"。这三个词，全方位地规定
了中国未来马克思主义文艺理论的基本面貌。其中，"21世纪"属于时代
和环境属性，以往的马克思主义文艺理论是不具备这个时代条件的；"中国
的"属于民族和主体属性，它要求理论与民族优秀传统文化及原创意识有
血肉的联系；"马克思主义"是其本质属性，它要求发展了的理论必须与唯
物辩证法和唯物史观一脉相承。这三个关键词同文艺理论结合起来，就决
定了它注定是一个新的文艺理论形态。这种形态，同以往"马克思主义文
艺理论中国化"或"中国化马克思主义文艺理论"的各种形态，无疑是有
区别的。这种区别，主要是一种文艺理论形态转型的区别，是马克思主义
文艺理论发展不同阶段特征的区别。

应该说，中外文艺理论从来都是在直面现实问题中展开自己的画卷
的。问题导向和科学思维，全局视野和战略眼光，坚定信念和立足实际，
总结经验和针对难题，这些在习近平文艺工作座谈会上的讲话中都有充分
体现。实践告诉我们："理论在一个国家实现的程度，总是取决于理论满足
这个国家的需要的程度。"② 不难发现，习近平文艺讲话中的许多论点，都
是在具有许多新特征的时代条件下提出来的，都是呼应了广大文艺工作者
和文论工作者的热切期盼的，都是为了破解文艺战线面临的新矛盾和新问
题的。同时，这个讲话又是在全面深化改革的背景下对整个文艺事业进行
的合乎规律的筹划。因之，可以说它对发展我国文艺事业和发展马克思主
义文艺理论具有明确战略方向、划定重点领域、确认主攻目标、厘清前行
路经的"顶层设计"价值。

尤为可贵的是，习近平对文艺和文艺工作责任与使命的回答，完全是
放在中国和世界发展的大势中来审视的。讲话从提出"社会主义文艺，从
本质上讲，就是人民的文艺"，"中国精神是社会主义文艺的灵魂"到"优

---

① 邓小平：《结束过去，开辟未来》，载于《邓小平文选》第3卷，人民出版社1993年版，
第291—292页。

② 《马克思恩格斯文集》第1卷，人民出版社2009年版，第12页。

秀传统文化是中华民族的精神命脉"、"坚持以人民为中心的创作导向"①
等，这一系列新鲜命题不仅在党的历代领导人有关文艺问题讲话的基础上
做了新的概括，而且也展示了中国共产党人充足的理论底气和文化自信。
讲话感应时代之变化、立足时代之潮头、发出时代之先声，凸现了马克思
主义文艺观的威力，彰显了中国传统文化及其精神架构在当代文论中的支
撑和补养作用，矫正了处于市场经济大潮中中国文艺回归正确航道的方
向。因之，它不仅给马克思主义文艺理论增添了许多新的内容和成分，而
且成了 21 世纪中国马克思主义文论建设的指路明灯。

历史证明，没有哪一个国家的文艺理论是可以通过完全依赖外国学
说、跟在别人屁股后面邯郸学步、鹦鹉学舌，就能实现自身强大和振兴
的。文艺的历史同社会的历史一样，"是不能靠公式来创造的"②。"正确的
理论必须结合具体情况并根据现存条件加以阐明和发挥。"③中国化的马克
思主义文艺理论已经取得令人瞩目的成就，同时也面临着被忽视和被边缘
化的危险，面临着亟须推进和发展的局面。相当一段时间以来，由于西方
现代各种文艺学说的无孔不入、横冲直撞，脱离实际地成为只在狭隘专业
领域进行知识性操练的资源，与中国传统文论之间造成"中心—外围"的
不对称关系和优劣的等级结构，其结果就使它与中国文艺现实愈来愈隔
膜。这种情况下，我国文艺理论必须下决心改变现状，增强自己的优势，
坚持正确的航向，在 21 世纪的地平线上创造出中国的马克思主义文艺理
论的新形态，这是历史的期待和召唤。海外有学者近期发表这样的意见：
"在现阶段，中国的经济发展和改革开放到了一个重大转折的关头，不能
再继续'守业'下去了，必须带领 13 亿多中国人民在一个新的起点、新
的高度起跑。"④经济与社会发展状况如此，文艺及其理论领域也不能例外。

从理论上讲，马克思说："一切发展，不管其内容如何，都可以看做一
系列不同的发展阶段"⑤。恩格斯说过："随着自然科学领域中每一个划时代
的发现，唯物主义也必然要改变自己的形式"。⑥毛泽东也说过："马克思主

---

① 习近平：《在文艺工作座谈会上的讲话》，《人民日报》，2015 年 10 月 15 日。
② 《马克思恩格斯文集》第 1 卷，人民出版社 2009 年版，第 624 页。
③ 《马克思恩格斯全集》第 27 卷，人民出版社 1972 年版，第 433 页。
④ 钱丰：《中国须从新的高度起跑》，《参考消息》，2015 年 4 月 27 日。
⑤ 《马克思恩格斯选集》第 1 卷，人民出版社 1972 年版，第 169 页。
⑥ 《马克思恩格斯文集》第 4 卷，人民出版社 2009 年版，第 281 页。

义一定要向前发展，要随着实践的发展而发展，不能停滞不前。停止了，老是那么一套，它就没有生命了。"①"马克思这些老祖宗的书，必须读，他们的基本原理必须遵守，这是第一。但是，任何国家的共产党，任何国家的思想界，都要创造新的理论，写出新的著作，产生自己的理论家，来为当前的政治服务，单靠老祖宗是不行的。"②我们文艺理论界也应当有这种襟抱和魄力，有这种境界和勇气。每个有责任感的文论工作者，都应为发展"21世纪中国的马克思主义文艺学"贡献智慧和力量。

从现实上讲，依据也是存在的。进入21世纪以来，中国离实现民族复兴伟大梦想的距离从来没有这样接近过，中国人民正在进行的具有许多新历史特点的伟大斗争从来没有这样波澜壮阔过，依托社会主义现代化实践和历史转型的中国马克思主义文艺理论面临再次综合创新的使命也从来没有这样紧迫过。在这样崭新的语境和背景下，中国马克思主义文艺理论走出一度的低谷，站在历史潮头和理论前沿，创造出呼应时代召唤、表达精神诉求、凝聚审美理想和崇高信念的文论系统，并在马克思主义文论发展的各个链条上注入新的中国元素，提出深具中华民族主体性的原创命题、范畴和观念，对世界文论做出新贡献是完全可能的。

三、建构"21世纪中国的马克思主义文艺学"的蓝图与纲领

在建构"21世纪中国的马克思主义文艺学"过程中，习近平文艺工作座谈会讲话给我们的激励和启示是多方面的。

首先，这篇讲话情深而诚挚地将文艺问题放到了"实现'两个一百年'奋斗目标、实现中华民族伟大复兴的中国梦"的大背景下。正是根据这一点，讲话指出"文艺的作用不可替代，文艺工作者大有可为"。"广大文艺工作者要从这样的高度认识文艺的地位和作用，认识自己所担负的历史使命和责任"，并同一场席卷人类社会方方面面、号称"21世纪革命"

---

① 《毛泽东选集》第5卷，人民出版社1977年版，第417页。
② 《毛泽东文集》第8卷，人民出版社1999年版，第100页。

的互联网环境和互联网思维相联系。这就有别于以往的马克思主义文艺理论，提出了只有到当今才能提出的有关文艺地位、作用、使命、责任的定位和命题。"文变染乎世情，兴废系于时序。"① 这些看起来极为平常的论述，实际上带来的是马克思主义文艺理论在功能、指向和形态上不可避免的重大变化。因为相比较而言，这样的界说和规定，同革命战争时期、经济建设时期和改革开放初期的界说和规定都是不尽相同的，它折射和透露出了浓郁的时代色彩。

其次，讲话突出强调了中国精神、优秀传统文化、中国美学元素在文论和文艺创作中的命脉作用，许多论述发前人所未发。众所周知，文艺理论关注、借鉴和转化中国古代文论和文化的合理成分，并不是从现在才开始。但像习近平在文艺工作座谈会讲话中这般重视，提升到这样高度，这还是第一次。习近平讲话指出："文艺创作不仅要有当代生活的底蕴，而且要有文化传统的血脉。'求木之长者，必固其根本；欲流之远者，必浚其泉源。'中华优秀传统文化是中华民族的精神命脉，是涵养社会主义核心价值观的重要泉源，也是我们在世界文化激荡中站稳脚跟的坚实根基。增强文化自觉和文化自信，是坚定道路自信、理论自信、制度自信的题中应有之义。如果'以洋为尊'、'以洋为美'、'唯洋是从'，把作品在国外获奖作为最高追求，跟在别人后面亦步亦趋、东施效颦，热衷于'去思想化'、'去价值化'、'去历史化'、'去中国化'、'去主流化'那一套，绝对是没有前途的！"② 这里，"精神命脉""重要源泉""坚实基根"的三个判断，不仅把文艺创作和文论建设中国因素的价值摆在了十分关键的位置，而且使追求中国作风、中国气派的文论和创作从文化特性、文化交流、文化碰撞、文化发展的角度找到了抓手，落到了实处；对"以洋为尊""以洋为美""唯洋是从"的批判，是从强调增强对中国文化的自觉和自信视角出发的；对"去思想化""去价值化""去历史化""去中国化""去主流化"这"五去"现象的批判，也是为了排除妨害文化自觉和自信的障碍，保证我国文艺和文论是地地道道"中国的"而阐述的。毋庸讳言，我国文论的建设和文艺创作曾大面积存在喜欢跟随西方跑的教训与弊端，有些文

---

① ［南朝］刘勰：《文心雕龙·时序》，载于《文心雕龙辑注》卷九，［清］黄叔琳注、［清］纪昀评，中华书局 1957 版，第 15 页。

② 习近平：《在文艺工作座谈会上的讲话》，《人民日报》，2015 年 10 月 15 日。

论建构几乎把西方学说当成了自身理论的合理延伸，把西方文艺学说看作"普世价值"和最新成就，"把作品在国外获奖作为最高追求"，排斥、无视、贬损中国文艺理论和本土文艺作品，这势必破坏我们自己文化传统的血脉，势必会将文论建设和文艺创作引向斜路。习近平的文艺讲话捍卫了中国文化和文论的尊严，也成了建设马克思主义文艺理论新形态的必然选择。

复次，习近平的文艺讲话充满了辩证法和唯物史观，在精神和方法上都与马克思主义经典文论一脉相承。习近平指出："马克思列宁主义、毛泽东思想一定不能丢，丢了就丧失根本。"① 我们从事文艺理论特别是马克思主义文艺理论研究，"必须不断接受马克思主义哲学智慧的滋养，更加自觉地坚持和运用辩证唯物主义世界观和方法论，增强辩证思维、战略思维能力"②，提高解决问题的本领。对于那些经过实践证明了的科学观念，我们要理直气壮地维护和张扬。譬如，"文艺工作者要想有成就，就必须自觉与人民同呼吸、共命运、心连心"；"文艺创作方法有一百条、一千条，但最根本、最关键、最牢靠的办法是扎根人民、扎根生活"；"追求真善美是文艺的永恒价值"等，这些马克思主义文论的基本原理是必须坚持的。对待传统文化不能食古不化、作茧自缚，"一股脑儿都拿到今天来照套照用"，而应实现"创造性转化、创新性发展，使之与现实文化相融相通，共同服务以文化人的时代任务"③，这些指导原则也是不能动摇的。

通过研究发现，习近平在文艺工作座谈会上的讲话，实际上已经为建构"21世纪中国的马克思主义文艺学"描绘了初步的蓝图，不论思想内容还是形式结构，都为创新马克思主义文论体系做出了示范。

从理论体系来看，该讲话是由五部分构成的，每部分中又有三至五个不等的小节层次。这五部分是：一、实现中华民族伟大复兴需要中华文化繁荣兴盛；二、创作无愧于伟大时代的优秀作品；三、坚持以人民为中心的创作导向；四、中国精神是社会主义文艺的灵魂；五、加强和改进党对文艺工作的领导。其中，第一部分分别阐述了文化是民族生存和发展的重

---

① 习近平：《在十八届中共中央政治局第一次集体学习时的讲话》（2012年11月17日），人民出版社2012年版，第5页。

② 习近平：《在中共中央政治局第二十次集体学习时的讲话》，《人民日报》，2015年1月25日。

③ 习近平：《在纪念孔子诞辰2565周年国际学术研讨会上讲话》，《人民日报》，2014年9月25日。

要力量，文艺是时代前进的号角，伟大事业需要伟大的精神；第二部分，分别阐述了文艺繁荣发展最根本的是创作生产优秀作品，优秀作品的思想性和艺术性的关系，力戒浮躁，把创新精神贯穿文艺创作生产全过程，造就一支德艺双馨的文艺队伍等；第三部分，分别阐述了社会主义文艺的本质特征，人民与文艺的关系，文艺不能当市场的奴隶；第四部分，分别阐述了文艺要高扬社会主义核心价值观，唱响爱国主义主旋律，追求真善美，继承和弘扬中华美学精神等；第五部分，分别阐述了党的领导是文艺繁荣的保证，要依靠文艺工作者，尊重和遵循文艺规律，重视和加强文艺评论工作等。这些问题域，可以说涉及文艺的本体和本质、文艺的客体和对象、文艺的主体和创造、文艺的价值和功能、批评的标准和方法，都是从现实需求中提炼出来的，都非常"接地气"，有强烈现实感和实践性；这些问题集中在一起，按照内在的理论逻辑，做进一步阐释，就能清晰地看到未来中国马克思主义文艺学的雏形。这正是习近平讲话对建构"21世纪中国的马克思主义文艺学"的意义所在。

诚然，"我们讨论问题，应当从实际出发，不是从定义出发。如果我们按照教科书，找到什么是文学、什么是艺术的定义，然后按照它们来规定今天文艺运动的方针，来评判今天所发生的各种见解和争论，这种方法是不正确的。"[1]习近平的讲话，充分体现了这一点。正是由于坚持了从客观存在的事实出发，坚持问题导向，承认矛盾的普遍性和客观性，这就为认识文艺的新问题和化解新矛盾打开了突破口，使得讲话充满了许多新的表达和发现。

举例来说。讲话指出，优秀文艺作品反映着一个国家、一个民族的文化创造能力和水平；衡量一个时代的文艺成就最终要看作品；当下文艺领域存在着有数量缺质量、有"高原"缺"高峰"的现象，存在着抄袭模仿、千篇一律的问题，存在着机械化生产、快餐式消费的问题，存在着把"低俗"等同"通俗"、把"欲望"作为"希望"、把"单纯感官娱乐"当成"精神快乐"的风气，存在着文艺作品变成"无根的浮萍、无病的呻吟、无魂的躯壳"的忧虑，存在着文艺变成"市场的奴隶""沾满了铜臭气"的问题。这些，当然可以看作是揭示了文艺领域存在的矛盾和弊端，

---

[1] 《毛泽东选集》第3卷，人民出版社1991年版，第853页。

但换一个角度，从理论拓展出发，那么看作是对出现的问题的理论阐释，也是成立的。这些问题，恰是未来马克思主义文艺理论必须面对又亟须解决的理论课题。在某些作品中，的确存在一些不容忽视的倾向，有的调侃崇高、扭曲经典；有的颠覆历史、丑化英雄；有的是非不分、善恶不辨；有的以丑为美，渲染阴暗；有的搜奇猎艳、一味媚俗；有的炫富摆阔、追求奢华；有的不问世事、娱乐至死；有的拜金主义、自私自利。这些将会延续一段时间的问题，有必要纳入马克思主义文艺理论批判分析研究的范围，使之成为新条件下创新和发展马克思主义文艺理论的空间、机遇和生长点。这样，马克思主义文艺理论才能运动地而不是静止地、全面地而不是片面地、系统地而不是零散地、普遍联系地而不是单一孤立地观察文艺问题，掌握文艺规律。

习近平的文艺讲话中特别强调要"继承和弘扬中华美学精神"。我理解，这主要是赋予传统文化以新的时代内涵和新的表达形式，强调要对传统文化发挥能动的"返本开新"的激活功能，强调要通过转化和创新重塑符合 21 世纪中国马克思主义观的新理念。总之，是要推动优秀传统文化自觉参与现代社会的发展实践，使之上升为艺术生产中的一个能动因素，成为像真理一样的一个流动过程，而不是对过时的、丧失生命力又缺乏实践根基的旧文化形式简单地"续命"和"招魂"。这些思想，显然是对马克思主义批判学说的继承和发展，必将成为"21 世纪中国的马克思主义文艺学"的有机组成部分。

四、在创新中发展"21 世纪中国的马克思主义文艺学"

创新是马克思主义文艺学永葆生机的源泉。理论创新与紧密结合实际密不可分。历史的经验反复告诫我们："离开中国特点来谈马克思主义，只是抽象的空洞的马克思主义。因此，使马克思主义在中国具体化，使之在其每一表现中带着必须有的中国的特性，即是说，按照中国的特点去应用它，成为全党亟待了解并亟须解决的问题。"① 恰是在这一点上，习近平的文艺工作座谈会讲话给我们做出了宝贵的示范。

从辩证法的角度讲，创新是马克思主义文艺理论的本质体现。辩证的发展观既是马克思主义文艺学说的哲学根基，也是它的方法论。马克思主义文艺学是实践的理论、发展的理论、创新的理论，不断为真理开辟着道路，不断随着实践的变化而丰富和发展。这是马克思主义文艺学说保持其先进性和生命力的秘密所在。所谓创新，严格说就是解决新问题。"问题是时代的声音"，因之必须"坚持问题导向"②。马克思主义文艺学的创新威力和成效，要靠在解决文艺实际问题中来衡量和检验；马克思主义文艺学创新的实践需要，要通过解决文艺的具体问题来助力和推动。马克思主义文艺学的说服力和战斗力，源于它的科学性和实践性。马克思主义文艺学一旦被广大文艺工作者所掌握，就能产生强大的精神力量。实践证明，马克思主义文论发展不能走"西马"或"后马"之路，也不能走"教条化"或"学院化"之路。马克思主义文论要在致力于发现问题、分析问题、解决问题中，增强自身的针对性和应用力。这是习近平文艺讲话给我们的精神营养。

习近平在讲话中提出，要"坚持以人民为中心的创作导向"，这是问题倒逼出来的观点。它需要我们从理论上对这个"中心"给以界定，需要对此类文艺的题材和素材特征给以解释，需要对"导向"作用如何体现予以阐明。以往的文艺理论，习惯称"生活是文艺创作的源泉"，这当然是对的。但这次讲话却称"人民是文艺创作的源头活水"，这也是现实倒逼出的命题。有了这个裁判，就需要我们对这两种提法关联在哪、哪种提法更深入、更有现实感、更符合文学本性给以有根有据的理论阐发。习近平讲话中提出要高度重视文艺评论工作，主张打磨好批评这把"利器"，把好文艺评论的"方向盘"，"运用历史的、人民的、艺术的、美学的观点评判和鉴赏作品"。这就存在一个为什么这次讲话从恩格斯的"美学观点和史学观点"③、毛泽东的"政治和艺术的统一"④观点过渡到"历史的、人

---

① 《毛泽东选集》第 2 卷，人民出版社 1991 年版，第 534 页。
② 习近平：《在全国政协新年茶话会上的讲话》，《人民日报》，2015 年 1 月 1 日。
③ 《马克思恩格斯文集》第 10 卷，人民出版社 2009 年版，第 177 页。
④ 《毛泽东选集》第 3 卷，人民出版社 1991 年版，第 869 页。

民的、艺术的、美学的观点"的问题，存在一个如何把握好评论的"方向盘"、发挥好批评"利器"作用的问题。这本身就透露和蕴含着推动马克思主义批评理论发展的诸多信息。

恩格斯说过："一门科学提出的每一种新见解都包含这门科学的术语的革命。"①习近平讲话创造了许多新术语、新提法，这是耐人寻味的。如"文艺是铸造灵魂的工程"；"把社会主义核心价值观生动活泼、活灵活现地体现在文艺创作之中"；"艺术的最高境界就是让人心动，让人们的灵魂经受洗礼"；"道德判断力和道德荣誉感"；文艺家应"讲品位，重艺德，为历史存正气，为世人弘美德"，应成为"时代风气的先觉者、先行者、先倡者"；作品要"有筋骨、有道德、有温度"，"应该像蓝天上的阳光、春季里的清风一样，能够启迪思想、温润心灵、陶冶人生，能够扫除颓废萎靡之风"；"引导人民树立和坚持正确的历史观、民族观、国家观、文化观，增强做中国人的骨气和底气"，等等。迎面扑来一股语言鲜活生动，文风清新朴实，内涵深邃隽永的新风。

习近平的讲话认准了马克思主义文艺观的宗旨，认准了人民群众对文艺的期许，把实事求是的问题意识和唯物史观的历史意识高度统一起来，以现实根据为起点，以历史根据为逻辑，以人民主体价值根据为取向，从马克思主义文艺理论发展和中国文艺现实发展两个维度的交集中聚焦思考，从宏观的战略高度谋划布局，把中国的马克思主义文艺理论提升到新的阶段，为建构"21世纪中国的马克思主义文艺学"开辟了新的路径。这是需要我们认真加以总结和研究的。

① 《马克思恩格斯文集》第 5 卷，人民出版社 2009 年版，第 32 页。

发展中国的马克思主义文艺理论

习近平同志《在文艺工作座谈会上的讲话》①（以下简称《讲话》）是对毛泽东文艺思想的新发展，是中国特色社会主义文艺理论的新表述，是马克思主义文艺理论史上的里程碑。《讲话》深刻阐发了社会主义文艺和文艺工作的地位、作用和使命，创造性地回答了一系列有关文艺发展和繁荣的根本性、方向性问题，为新历史条件下做好文艺工作划定了遵循、标示了航向。

一、《讲话》把中国马克思主义文艺理论提升到新高度

马克思主义文艺理论发展历来有一个特点，那就是它总把自己的理论命题和问题阐释同历史条件、时代特征和现实需求紧密地联系起来。这是由这一学说的实践性品格所决定的。《讲话》也突出了这一点，它开宗明义地指出："为什么要高度重视文艺和文艺工作？这个问题，首先要放在我国和世界发展大势中来审视。"这就把对文艺问题的研究一下子拉抬到新的历史方位和时代潮流当中。那么，如何看待这个"发展大势"呢？依照《讲话》的说法，那就是"我们比历史上任何时期都更接近中华民族伟大复兴的目标，比历史上任何时期都更有信心、有能力实现这个目标"。如此一来，就让我们看清了在这重大历史关头，重视文艺工作，发挥文艺作用，让文艺"感国运之变化、立时代之潮头、发时代之先声，为亿万人民、为伟大祖国鼓与呼"，有其新的特出的需求和必要。文艺家们只有全

---

① 习近平:《在文艺工作座谈会上的讲话》,《人民日报》, 2015 年 10 月 15 日。此篇以下引文均出自此处，不再标注。

面准确地反映这一现实，生动具体地描述这一时代特色，才能站在"发展大势"的制高点上，洞悉时代脉搏，预见光明前景，"笼天地于形内，挫万物于笔端"。

《讲话》把文艺繁荣兴盛和民族复兴伟业高度统一起来，认为"文艺是时代前进的号角，最能代表一个时代的风貌，最能引领一个时代的风气。"一切影响社会、传之后世的文艺作品，"反映的都是时代要求和人民心声"。认为一个国家、一个民族，若没有先进文化的积极引领，没有人民精神世界的极大丰富，没有民族精神力量的不断增强，是不可能屹立于世界民族之林的。《讲话》把文艺放在如此崇高的地位，将文艺与时代作如此紧密的联系，这不仅是对文艺功用的科学判断，而且也是对历史唯物主义文艺观的有力推进。

伟大的事业需要伟大的精神。实现"两个一百年"奋斗目标，实现中华民族伟大复兴，"文艺的作用不可替代，文艺工作者大有可为。"广大文艺工作者只要认识到自己肩负的使命与责任，其创作主体性的能量就会如同火山迸发一样释放出来。"举精神之旗、立精神支柱、建精神家园"的作品，就会像雨后春笋般地冒出大地。努力成为时代风气的"先觉者、先行者、先倡者"，就会成为文艺家们自觉的选择。从实现宏伟战略目标的高度认识作家的担当和作用，这是《讲话》对繁荣文艺规律的新把握。

二、《讲话》给中国马克思主义文艺理论增添了许多新内容

《讲话》说了许多新话，提出了许多新命题、新判断，为马克思主义文艺理论宝库增添了许多新内容。其中有些内容，表面上看是常规的，如文艺与生活、文艺与人民的关系，但由于它紧密结合时代新状况，直面变化了的新形势，因之依然给人以强烈的新鲜感。以"文艺为人民"为例，这在马克思主义文论的长河中是并不鲜见的。但是，《讲话》把它定义为"社会主义文艺"的"本质"，确认它是决定"文艺事业前途命运的关键"。认为，只有"真正做到了以人民为中心，文艺才能发挥最大正能量"；"文艺的一切创新，归根到底都直接或间接来源于人民"；"人民的需要是文艺存在的根本价值所在"；"为人民服务"应是文艺工作者的"天职"。这

些言简意赅的论述，在马克思主义文论史上不仅头一次划清了不同社会制度之间文艺属性差别的界限，而且通过"人民需要文艺、文艺需要人民、文艺要热爱人民"的逻辑阐释，通过呼吁解决好"为了谁、依靠谁、我是谁"的问题，拆除"心"墙，做到"身入""心入""情入"，这样就把"文艺为人民"的问题提到了更高的层次，并且给人民美学观开辟了一片新的天地。

《讲话》论述了"什么是好的文艺作品"，论述了"衡量一个时代的文艺成就"的标志。提出了"文艺是世界语言，谈文艺，其实就是谈社会、谈人生"的观点，提出了"文艺巨制无不是厚积薄发的结晶，文艺魅力无不是内在充实的显现"的见解；《讲话》认为"急功近利，竭泽而渔，粗制滥造，不仅是对文艺的一种伤害，也是对社会精神生活的一种伤害"。认为"大凡伟大的作家艺术家，都有一个渐进、渐悟、渐成的过程"；《讲话》阐发了"文艺创作是观念和手段相结合、内容和形式相融合的深度创新，是各种艺术要素和技术要素的集成，是胸怀和创意的对接"的看法。阐发了要创造好作品，"艺术家自身的思想水平、业务水平、道德水平是根本"的意见；《讲话》以全新的眼光关注"互联网技术和新媒体改变了文艺形态，催生了一大批新的文艺类型，也带来文艺观念和文艺实践的深刻变化"，以全新的政策关注着"民营文化工作室、民营文化经纪机构、网络文艺社群等新的文艺组织大量涌现"；《讲话》主张"不能以自己的个人感受代替人民的感受"，要虚心向人民学习、向生活学习。主张"只有把生活咀嚼透了，完全消化了，才能变成深刻的情节和动人的形象，创作出来的作品才能激荡人心"；《讲话》用"现实主义精神和浪漫主义情怀"的表达，升华了"两结合"创作方法的提法；用"历史的、人民的、艺术的、美学的观点"，重新界定了评判和鉴赏文艺作品的标准。凡此种种，都可以说是对马克思主义文艺理论内涵的丰富，论域的拓展。

三、《讲话》回应了许多马克思主义文艺理论面临的新挑战

马克思主义文艺理论是在排除各种错误观念干扰、挣脱各种阻碍创作繁荣桎梏的斗争中前进的。文艺发展中遇到的各种新矛盾，出现的各种亟

须克服的负面现象，给马克思主义文艺理论带来了挑战，也带来了机遇。《讲话》在对各种文艺问题透彻而深刻的批判性分析中，为马克思主义文论学说增添了许多新东西。

文艺要"无愧于我们这个伟大民族、伟大时代"，这是《讲话》的一个重点，也是繁荣文艺的关键之所系。《讲话》批评文艺创作中突出存在的"浮躁"空气，便是从这个角度来讲的。它一针见血地指出："没有优秀作品，其他事情搞得再热闹、再花哨，那也只是表面文章，是不能真正深入人民精神世界的，是不能触及人的灵魂、引起人民思想共鸣的。"只有"静下心来、精益求精搞创作"，才能把好的精神食粮奉献给人民。

《讲话》触及文艺创作中的不少问题，指出"在有些作品中，有的调侃崇高、扭曲经典、颠覆历史，丑化人民群众和英雄人物；有的是非不分、善恶不辨、以丑为美，过渡渲染社会阴暗面；有的搜奇猎艳、一味媚俗、低级趣味，把作品当作追逐利益的'摇钱树'，当作感官刺激的'摇头丸'；有的胡编乱写、粗制滥造、牵强附会，制造了一些文化'垃圾'；有的追求奢华、过度包装、炫富摆阔，形式大于内容；还有的热衷于所谓'为艺术而艺术'，只写一己悲欢、杯水风波，脱离大众、脱离现实。"这些带有历史虚无主义、形式主义、自然主义或"后现代"色彩的现象，如同雾霾一样弥散在一些作品中。《讲话》把它们看作是"在市场经济大潮中迷失方向"的表现，是"在为什么人的问题上发生偏差"的反映，是"造成劣币驱逐良币现象"的原因。这就为文艺创作中有数量缺质量、有"高原"缺"高峰"，抄袭模仿、千篇一律，机械化生产、快餐式消费等问题，找到了真实的根源。

批评是马克思主义文艺理论的长项，马克思主义批评方法和批评艺术是文艺批评的典范。《讲话》十分重视批评问题，对批评中存在"褒贬甄别功能弱化，缺乏战斗力、说服力"的弊端剖析得切中肯綮。《讲话》把批评看作是"文艺创作的一面镜子、一剂良药，是引导创作、多出精品、提高审美、引领风尚的重要力量"，因此积极提倡要"在艺术质量和水平上敢于实事求是，对各种不良文艺作品、现象、思潮敢于表明态度，在大是大非问题上敢于表明立场"。《讲话》特别指出："文艺批评要的就是批评，不能都是表扬甚至庸俗吹捧、阿谀奉承，不能套用西方理论来剪裁中国人的审美，更不能用简单的商业标准取代艺术标准，把文艺作品完全等同于普通商品，信奉'红包厚度等于评论高度'。"《讲话》坦诚告诫说：
"一点批评精神都没有，都是表扬和自我表扬、吹捧和自我吹捧、造势和
自我造势相结合，那就不是文艺批评了！"强调"要以马克思主义文艺理
论为指导，继承创新中国古代文艺批评理论优秀遗产，批判借鉴现代西方
文艺理论，打磨好批评这把'利器'，把好文艺批评的方向盘"。在马克思
主义文艺批评史上，这些论述是振聋发聩、掷地有声、开了先河的。

四、《讲话》构建了中国马克思主义文艺理论的新形态

《讲话》发表以来，我国文艺理论生态开始好转，逐渐变得风清气正。
《讲话》的新颖之处在于，它用发展着的马克思主义总结了新时期文艺和
文艺工作的经验，推进并超越了常规的一些论述和判断，紧密结合实际，
把马克思主义文艺理论提升到了新高点。

《讲话》准确把握时代脉搏和时代氛围，对我国社会处在"思想大活
跃、观念大碰撞、文化大交融"转折期的文艺状况有清醒的认识。《讲话》
充满了对中国精神和中国元素的开掘，充满了对优秀传统审美文化的揭
示，发出了中国的声音，体现了中国的气派。《讲话》运用辩证思维，在
马克思主义文艺观的轨道上，与时俱进地提出并阐释了许多文艺理论面临
的新问题。这些因素综合起来，我们有理由说，它在马克思主义文艺理论
的形态建设上确有推进。

《讲话》的各个论点都是从广大文艺工作者关切、需求和期盼中催生
出来的，都是为推动解决文艺领域面临的突出问题而提炼出来的，充分
体现了理论的实践性和现实性。《讲话》回应现实、升华理论，既正本清
源又返本开新，非常契合文艺实际。例如，《讲话》主张"文艺不能当市
场的奴隶"，但又要求文艺"能在市场上受到欢迎"。这就在"资本逻辑批
判"与"资本逻辑建构"的张力关系中，批判性地反思了资本的逻辑，同
时承担了"超越资本逻辑"的历史重任。《讲话》打造了许多融通古今中
外的新概念、新范畴、新表述，注重理论话语体系的建设，这无疑为增强
中国马克思主义文论在国际上的话语权做出了贡献。

习近平同志曾经指出：马克思主义必定随着时代、实践和科学发展而

不断发展，不可能一成不变。他在今年政治局的一次集体学习时又提出："要根据时代变化和实践发展，不断深化认识，不断总结经验，不断实现理论创新和实践创新良性互动，在这种统一和互动中发展 21 世纪中国的马克思主义"[①]。这是多么振奋人心的理论号召！正是基于此，我们说《在文艺工作座谈会上的讲话》是"21 世纪中国的马克思主义"在文艺理论上的蓝本和雏形，它已成为未来中国马克思主义文艺理论发展的路标与指针。

---

① 习近平：《在中共中央政治局第二十次集体学习时的讲话》，《人民日报》，2015 年 1 月 25 日。

21 世纪中国的马克思主义文艺学论纲

一

为什么要提出构建和发展 "21 世纪中国的马克思主义文艺学"？这是由现实形势和理论进程所决定的。从历史的发展看，随着时代的步伐，马克思主义文艺理论在中国已经进入新的发展阶段。在持续的传统与现代、东方与西方张力结构中，中国的马克思主义文艺理论已经展现出独特的面貌。换句话说，在当代世界文艺理论运动的格局中，中国的马克思主义文艺理论不仅获得了自己的特有身份，而且为人类文艺理论的未来提供了新的选择的可能性。面对这样一种局面，理论界和批评界有必要也有责任进一步完善中国的马克思主义文艺理论，有必要也有责任把中国的马克思主义文艺理论从逻辑结构和形态体系上描述得更加清晰。

毋庸讳言，马克思主义文艺理论在中国经历了举世无双的辉煌，也遭遇了大起大落的波折。相当一段时间里，马克思主义文艺理论是被冷落和边缘化的，代之而起的则是现当代西方文论肆无忌惮地称霸文坛。某种意义上可以说，文艺理论至今仍陷在这个泥潭里，动弹不得。可是，实践下来，这种 "以洋为尊" "唯洋是从" 的理论诉求的弊端已充分暴露。那种跟在人家后面亦步亦趋的结果，非但没有带来中国文论的进步和文艺的繁荣，反而造成理论和创作不可遏止的混乱与低迷。教训再一次表明，"只有牢固树立马克思主义文艺观"[①]，文艺创作才能发挥出最大的正能量，文艺理论建设才能走上健康的发展轨道。

从另一个角度看，近些年来，中国文艺确乎出现了许多新现象、新实践和新问题，亟须马克思主义文艺理论从宏观和微观等不同层面给以透彻

---

① 习近平：《在文艺工作座谈会上的讲话》，《人民日报》，2015 年 10 月 15 日。

的解释。如果我们把文艺创作理解为是对历史和现实的一种叙事化组织与特殊把握的话，那么，处在历史、文化和社会巨变期的文学艺术，对文艺理论提出新的要求也是必然的。而在诸多种文艺理论中，马克思主义文艺理论无疑比其他文艺理论显然更具阐释力和科学性。事实上，这些年中国的马克思主义文艺理论在与实践的结合中，已经积累了丰富经验，有了自己的理论自觉和自信。党制定的一系列文艺方针、政策和提出的繁荣文艺的意见，可以鲜明地体现出这一点。在这个关键的时候，文艺理论和批评界应当迅速行动起来，积极探索创造，为一种新形态的马克思主义文艺理论添砖加瓦。这是历史和时代赋予的使命和责任。

习近平同志在中央政治局第二十次集体学习时提出："要根据时代变化和实践发展，不断深化认识，不断总结经验，不断实现理论创新和实践创新良性互动，在这种统一和互动中发展 21 世纪中国的马克思主义。"[1] 这是一个庄严的号召，一项重要的理论指示。随后，他又在就马克思主义政治经济学基本原理和方法论进行政治局第二十八次集体学习时谈道："要立足我国国情和我国发展实践，揭示新特点新规律，提炼和总结我国经济发展实践的规律性成果，把实践经验上升为系统化的经济学说，不断开拓当代中国马克思主义政治经济学新境界。"[2] 联系到这些情况，我们有理由认为，在理论创新和实践创新的良性互动中发展"21 世纪中国的马克思主义文艺学"，应该是包括在发展"21 世纪中国的马克思主义"之内的。既然要立足国情和实践，开拓"当代中国马克思主义政治经济学"新境界，那么，开拓"当代中国马克思主义文艺学"新境界的任务，也应提到日程上来。马克思主义文艺学和马克思主义政治经济学一样，都是马克思主义不可或缺的组成部分。为了更好地指导我国的社会主义文艺事业，给马克思主义文艺理论的创新发展贡献更多中国智慧，构建"21 世纪中国的马克思主义文艺学"，理应成为广大文艺工作者光荣而神圣的职责。

---

① 习近平:《在中共中央政治局第二十次集体学习时的讲话》,《人民日报》, 2015 年 1 月 25 日。

② 习近平:《在中共中央政治局第二十八次集体学习时的讲话》,《人民日报》, 2015 年 11 月 25 日。

二

究竟什么是"21世纪中国的马克思主义文艺学"呢？

显然，这需要从"三个关键词"的解释来加以说明。"21世纪""中国的""马克思主义"，是这一理论规定的三个必备角度和条件。这三个关键词，本身并没有特殊性，但是将它们有机地连在一起，并用来界定一种文艺学说，那就有了形态学意义上的价值。因为，离开时代特征来谈马克思主义文艺学是没有意义的，离开本土化特点来谈马克思主义文艺学是缺乏个性的，离开马克思主义基本原理来谈马克思主义文艺学更是不可取的。马克思主义文艺学不是由各色各样的成分拼凑起来可以分割的理论，它是严整的整体。它要走在时代前列，反映时代要求，要切合各国的国情和世情，在继承的基础上创新发展，这样才能保持生机，充满活力。

"21世纪"和"当代"这两个概念，在界定使用上是可以通用的，它们都指具体的时段。21世纪与以往世纪的确有许多不同之处，全球地缘政治版图大幅调整，地区冲突蔓延加剧，科技和信息产业突飞猛进，文化欲求空前高涨。21世纪以来，中国社会也呈现出许多新特点，它比历史上任何时期都更接近民族伟大复兴的目标，比历史上任何时期都更有信心和能力实现这个目标。中国在世界发展大格局中，形成了许多独具的卓尔不群的东西。中国的文艺形势和文化面貌，也发生了前所未有的巨变。这些时代特征带来的变化对文艺理论建构的影响是不能忽视的。

"中国的"概念，是就空间和地域而言的，当然也具有主体身份之成分。"中国的"表明这种理论不是"西方"，更不是"西化"的，而是从本土经验中概括出来的，是同本民族优秀文化传统和原创精神有着血肉联系的。它反对鹦鹉学舌、拾人牙慧、照抄照转，也反对闭门造车、复古因袭、根底稀薄。它要在充分调查研究的基础上进行创造，揭示出新的特点和范畴，提炼和总结出我国文艺发展实践的规律性成果。历史表明，文艺理论的正确道路从来都是深埋于国情土壤之中的，要把它找寻出来，就须得从深入了解和研究国情开始。任何一个学科的理论，只有经过本土化的淬炼才能真正起到作用，洋教条和土教条、实用主义和民粹主义那一套是行不通的。强调文艺理论是"中国的"，并不是不需要学习外国的。我们"应该学习外国的长处，来整理中国的，创造出中国自己的、有独特的民族风格的东西。这样道理才能讲通，也才不会丧失民族信心。"① 我们"只有坚持洋为中用、开拓创新，做到中西合璧、融会贯通，我国文艺才能更好发展繁荣起来。"②

"21 世纪中国的马克思主义文艺学"中的"马克思主义"概念，则是本质属性的规定，用以同其他学派和学说相区别。文艺理论研究要不要以马克思主义为指导，要不要冠以"马克思主义"的名号，这是个有争议的问题，也是个需要理直气壮进一步去正视的问题。客观地说，"马克思主义业已充分渗透到各个学科的内部，在各个领域存在着、活动着，早已不是一种专门化的知识或思想分工了"③。曾几何时，文论界弥散着"马克思主义过去的思想统治实际上是一种文体统治，我们致力于文体革命，就是要打破这种专制式的思想统治"④ 的论调，这同文艺理论研究的马克思主义诉求是背道而驰的。同时，马克思主义文艺理论就是马克思主义文艺理论，它在实质上正如马克思所剖析的德国经济学一样，不应是"浇上了一些折中主义……调味汁的无所不包的大杂烩"，而理应"本质上是建立在唯物主义历史观的基础上的"⑤。"辩证唯物主义和历史唯物主义的世界观和方法论，是马克思主义最根本的理论特征"⑥，对马克思主义文艺学说来讲，道理也是如此。它对中国文艺学建设起着引领性和主导性，绝对有资格和资质在其体系中发挥灵魂和基础的作用。构建马克思主义文艺学，如果忘掉这个"最根本的理论特征"，故意寻找别的学说的"世界观和方法论"来冒充马克思主义，甚至把海德格尔或弗洛伊德同马克思结合起来，这在学理上是难以站住脚的。我们应该扭转一种令人担忧的倾向，那就是割断马克思主义文艺学的历史，完全否定辩证唯物主义，肆意曲解历史唯物主义，把辩证唯物主义和历史唯物主义说成是旧哲学的复辟，反对在它的基础上创新、发展马克思主义文艺学，主张或建议用人本主义本体论、世界

① 《毛泽东文艺论集》，中央文献出版社 2002 年版，第 154—155 页。

② 习近平：《在文艺工作座谈会上的讲话》，《人民日报》，2015 年 10 月 15 日。

③ ［美］詹姆逊：《马克思主义与理论的历史性》，张旭东译，载于《詹姆逊文集第一卷：新马克思主义》，王逢振主编，中国人民大学出版社 2004 年版，第 141 页。

④ 童庆炳：《新时期审美文化特征论及其意义》，《文学评论》2006 年第 1 期。

⑤ 《马克思恩格斯文集》第 2 卷，人民出版社 2009 年版，第 596—597 页。

⑥ 习近平：《深入学习中国特色社会主义理论体系，努力掌握马克思主义立场观点方法》，《求是》2010 年第 7 期。

观来取代它的位置。① 这种倾向的后果将是严重的。同时，"马克思主义"的概念也表示，它跟"西方马克思主义"或所谓"新马克思主义""后马克思主义"是有原则区别的。

这样，以"21 世纪""中国的""马克思主义"这三个词结合在一起来修饰的文艺学，就注定是一个新的理论形态，并且全方位地规定了中国马克思主义文艺学的未来。

三

那么，"21 世纪中国的马克思主义文艺学"同先前的"中国化马克思主义文艺理论"有何不同呢？如果我们不是咬文嚼字，而是从本质上看问题，那就不难发现，"21 世纪中国的马克思主义文艺学"是"中国化马克思主义文艺理论"的一个发展，它们是一派相承、与时俱进的。应该看到，"中国化马克思主义文艺理论"建设是一个过程，它会不断改变自己的形态，随着实践的发展而发展，不可能停滞不前。发展"21 世纪中国的马克思主义文艺学"，其中就包括从内涵与形态上推进马克思主义文艺理论中国化的意思。所以，"21 世纪中国的马克思主义文艺学"同以往的"中国化马克思主义文艺理论"相比，主要是一种理论侧重点和形态转变上的区别，是发展不同阶段和特征的区别，把两者割裂开来、对立起来是不妥当的。

当然，用"中国的"和"中国化"来界定马克思主义文艺学，还是应当承认它们之间是有差异的。我认为，一般来讲，"中国化"是指马克思主义被中国所继承和化用，中间是有丰富和发展的，但与"中国的"相比，后者则更强调其原创和更新的因素。"中国化"注重原有理论同本土实践的结合，"中国的"强调的则是这种结合中的升华和生发，产生新的理论成果。马克思主义文艺理论在中国有了近百年的历史，它经历了一个"传播""融入""结合""提升""波折"和"再提升"的过程。先是使它在中国被了解、被具体化，接着按照中国的特点去应用，使之带上中国

---

① 参见黄楠森：《也谈哲学就是哲学史的含义和意义》，《北京大学学报》2011 年第 5 期。

特点，继而使自身的经验马克思主义化，并努力创造出一些新的属于自己的东西。我们提出发展"21世纪中国的马克思主义文艺学"，就是想指出，到了当今的时代，在理论创新和实践创新的良性互动中，马克思主义文艺理论应当逐步从"中国化"阶段迈向"中国的"阶段，从而实现一次文艺理论境界的大幅度升迁与飞跃。或者说，我们不仅要实现马克思主义文艺理论与中国革命文艺实践的结合，实现文论的民族化形式，而且还要有自己的理论贡献、理论创造，有更多属于中国人自己的马克思主义化的东西。质言之，就是用中国理论回答中国文艺问题，用中国话语解读中国文艺道路，让马克思主义文艺理论说汉语，让它更好地适应新时代、新实践对文艺提出的新要求。从这个意义上讲，"中国化"和"中国的"虽一字之差，但它们的创造性和含金量是不同的。"中国化"与"中国的"两者之间，固然有内在的血脉关联，但彼此确有理论生长状况与形貌内涵上的差别，后者应是在前者基础上的更高层级的理论升华。这种升华，过去就曾经有过。比如，毛泽东文艺思想，就可以说是"20世纪中国的马克思主义文艺学"；中国特色社会主义文艺理论，为马克思主义文艺学在中国发展到新阶段也做了有力的铺垫和推动；习近平《在文艺工作座谈会上的讲话》，则可以说为"21世纪中国的马克思主义文艺学"的诞生提供了雏形，做出了示范。由此可见，构建和发展"21世纪中国的马克思主义文艺学"是具备了条件和基础的。

四

现在问题的关键是，如何看待我国现有的马克思主义文艺理论的成分？哪些成分能成为建构"21世纪中国的马克思主义文艺学"的组成部分？哪些需要加以改革、补充和创造？如何把握和呈现新的时代精神、用何种叙事形式来讲述中国的经验？叙述的历史动力和价值取向是什么？如何推进马克思主义文艺领导权的建设？如何将马克思主义融入新的文艺理论意识形态话语体系？究竟该有怎样的文艺和文化理想？等等。这些问题，都为建构"21世纪中国的马克思主义文艺学"提供了宽阔的空间和契机，也为当代中国马克思主义文艺理论建设提供了核心主题。

对这些问题的回答，当然要实事求是，不能简单化，也不能任意为之。与此同时，对这些问题的回答也要充满理论自觉和自信，相信"我们也是站在'当代文化的顶点'上"①。几十年来中国马克思主义文艺理论的成绩，与世界舞台上的任何相关学说相比，都是不逊色的。目前世界上有哪个国家把马克思主义文艺学建设成一门成熟的学科？有哪个国家像中国这样如此系统地揭示了社会主义文艺运动的规律？又有哪个国家能把本民族的文化精神同马克思主义学说联系得如此紧密？没有。只有中国走在这些方面的前列。我们研读一下 2015 年中央政治局审议通过下发的《中共中央关于繁荣发展社会主义文艺的意见》（以下简称《意见》），就会看到，中国共产党人为当代中国马克思主义文艺学说的发展和创新贡献了许多智慧。《意见》在六个主标题下，把具体"意见"归纳为 25 条，这是我们党在长期领导文艺工作实践中积累的经验，来之不易，弥足珍贵。这些经验和思想结晶，是被实践证明了的正确的东西，是做好今后文艺工作的必要原则。

这里重点说一说以《在文艺工作座谈会上的讲话》（以下简称《讲话》）为中心的习近平关于文艺工作的重要论述。它对当今文艺理论和批评产生了极大影响，预示和展现了未来中国马克思主义文艺理论的发展路径和基本趋向，令我们从中窥见"21 世纪中国的马克思主义文艺学"的胚胎、萌芽和蓝图。

为什么这么说呢？因为《讲话》是在科学的马克思主义文艺观受到腐蚀和疏离的情况下讲的，它把当代文艺创作和理论领域遇到的各种问题都提出来了。"问题是时代的声音"，理论研究必须"坚持问题导向"②。在这点上《讲话》是很突出的。它充满着浓郁的时代氛围，提出的所有命题都不回避矛盾，极具理论现实感；它始终跳动着民族精神的脉搏，自主而自信地揭示了中国优秀传统文化在文论碰撞与建设中站住脚的根基作用；面对新的问题和现象，它活用唯物史观和辩证法，在马克思主义文艺理论的谱系中具有赓续和推进的双重效应。理论创新一般总是来自一些新的不能被现有理论解释的现象。《讲话》迎着困难上，认准了历史唯物论文艺观

---

① 《列宁论文学与艺术》，人民文学出版社 1983 年版，第 434 页。
② 习近平：《在全国政协新年茶话会上的讲话》，《人民日报》，2015 年 1 月 1 日。

的宗旨，认准了中国特色社会主义文艺的方向，认准了广大人民群众对文艺的真实期待，以现实依据为起点，以历史根由为逻辑，以人民主体价值为取向，从马克思主义文艺理论发展和中国文艺现实发展两个维度的交叉集中聚焦思考，从宏观的战略高度谋划布局，对一系列尖锐问题都给出了科学解答，切切实实把中国的马克思主义文艺理论大大地提升了一步。

《讲话》集中讨论并创造性地解决了许多文艺理论问题。它对我国处在"思想大活跃、观念大碰撞、文化大交融"时期的文艺状况有清醒的认知，通篇充满了对中国精神和中国元素的发掘，发出的是典型的中国声音，体现的是地道的中国气派。《讲话》说了许多新话，提出许多新命题、新判断。有些内容，表面上看是常规的，如文艺与生活、文艺与人民的关系，但由于它紧密结合时代新状况，直面变化了的新形势，因之依然给人以拨乱反正的强烈的新鲜感。例如，《讲话》定义"社会主义文艺，从本质上讲，就是人民的文艺"；认为只有"真正做到了以人民为中心，文艺才能发挥最大正能量"；"文艺的一切创新，归根结底都直接或间接来源于人民"，"人民的需要是文艺存在的根本价值所在"。认为"中国精神是社会主义文艺的灵魂"；"文艺创作方法有一百条、一千条，但最根本、最关键、最牢靠的办法是扎根人民、扎根生活。"[①] 这些言简意赅的论述，在马克思主义文艺理论史上不仅头一次划清了不同社会制度之间文艺属性差别的界限，而且通过"人民需要文艺、文艺需要人民、文艺要热爱人民"的逻辑阐释，通过呼吁解决好"为了谁、依靠谁、我是谁"的问题，拆除"心"墙，做到"身入""心入""情入"，这样就把"文艺为人民"这个老命题提到了更高的层次，给马克思主义文艺理论宝库增添了新的阐释，为人民美学观开辟了一片新的天地。特里·伊格尔顿在《马克思为什么是对的》一书中说："马克思认为，重要的不是对理想未来的美好憧憬，而是解决那些会阻碍这种理想实现的现实矛盾。而为人们指引解决问题的合理方向，正是马克思和所有马克思主义者的历史使命"[②]。综合上述因素，我们有理由说，《讲话》确实推动了"21世纪中国的马克思主义文艺学"建设。

---

① 习近平：《在文艺工作座谈会上的讲话》，《人民日报》，2015年10月15日。
② ［英］特里·伊格尔顿：《马克思为什么是对的》，李杨、任文科、郑义译，新星出版社2011年版，第73页。

五

"21世纪中国的马克思主义文艺学"不是一个现成的、固定的学说，它可能会有多种形态，需要集体的力量，需要不断地探索和创造。这是当今有担当精神的马克思主义文艺理论工作者义不容辞的责任。

构建和发展"21世纪中国的马克思主义文艺学"，要解决的理论问题很多，但最主要和最根本要解决的问题是什么呢？

从文艺理论发展的逻辑和文艺运动的实际来看，我认为最主要和最根本要解决的是如下两方面的问题：一是如何进一步阐释清楚在市场经济条件下怎样健康发展社会主义文艺的问题；二是如何进一步阐释清楚未来的文艺创作怎么无愧于时代、能与中华民族复兴伟业协调发展的问题。这两个问题是当代中国文艺理论面临的诸多矛盾问题的轴心。它们之间虽有内在关联，但彼此是不同的论域。这两个问题解决得好，将会成为"21世纪中国的马克思主义文艺学"理论体系骨架的"脊柱"。

《讲话》总体上可以说就是围绕着这两个问题展开的。它谈文艺如何不沾染铜臭气、不当市场奴隶，又能在市场上受欢迎，要处理好艺术生产和市场机制的关系，不要被市场牵着鼻子走；谈互联网环境和互联网思维境况下文艺如何去拓展与更新；谈文艺作品怎样挣脱"去思想化""去价值化""去历史化""去中国化""去主流化"的妨碍与桎梏；谈文艺如何引导人们树立正确历史观、民族观、国家观、文化观，增强做中国人的骨气和底气；谈文艺怎样反映好人民的心声并把人民作为主体来加以表现；谈文艺创作如何"举精神之旗、立精神支柱、建精神家园"；谈要把文艺问题"放在我国和世界发展大势中来审视"；谈"文艺在培育和弘扬社会主义核心价值观方面具有独特作用"；谈怎样汲取优秀传统文化营养，"古为今用、洋为中用、辩证取舍、推陈出新"；谈制约文艺创作"高峰"的因素是哪些，"高峰"作品的出现如何成为可能；谈"文艺批评要的就是批评，不能都是表扬甚至庸俗吹捧、阿谀奉承"；谈文艺产品传播方式和群众接受欣赏习惯发生了哪些变化，互联网技术和新媒体的出现带来文艺形态、类型、观念的哪些变化；谈如何加强对近些年出现的民营文化工作室、民营文化经纪机构、网络作家、签约作家、自由撰稿人、独立制片人、独立演员歌手、自由美术工作者等新文艺人才和群体的团结、吸引和正面引导力度，等等。这些，严格说来都是从上述那两个最主要、最根本的核心问题中衍生出来的。这些问题，一方面给"21世纪中国的马克思主义文艺学"发展开拓了空间，另一方面也反过来让我们看清了今后文艺理论建设在思想性诉求、价值观维护、历史意识张扬、中国风格建立以及保持主流态势和理论话语权等方面所面临的挑战和任务。这些挑战和任务，对当代文艺学建设来说都是具有紧迫性和现实感的课题。而在这两个最主要、最根本问题方面，我们文论界的研究一直是做得很不够的。

这种不够，也表现在两个方面：一是我们有意无意地回避这些问题，迷信西方文论，往往陷在所谓"文本""叙事""审美"或"文学性"上"兜圈子""打转转"；二是疏忽对经典马克思主义文论思想的深度开掘，随意将马克思主义经典作家的观点同各式各样西方学说"融合""拼组""嫁接"，把文艺理论搞成不伦不类、似是而非的"人学""美学"或"玄学"。结果，丢弃了理论参与和指导当代文艺现实"塑造"的功能。结果，"唯启蒙论"盛行，"唯个性论"铺张，"唯艺术论"泛滥。因此，我认为根据现实需求总结半个多世纪以来文艺正反两方面的经验教训，在反思和批判研究中构造一个合理的文论框架，积极回应一系列与之相悖的观点和意见，对其理论的体系架构、基本概念、关键范畴及所针对的现实问题做出明确的界定，形成大致的轮廓，并合理处理好同历史上其他马克思主义文论形态之间的关系。这样，在当前整个文艺理论大格局当中，当代中国的马克思主义文艺学才能树立起自身的权威性和公信力。

六

在发展"21世纪中国的马克思主义文艺学"过程中，发挥原创精神是极其重要的，因为我们面对的是从来没有遇到过的复杂问题，是在做前人从来没有做过的事情。但这不意味着从零开始。在文论建设上，我们反对历史虚无主义的做法，不赞成把以往马克思主义文论的成果一页一页地掀掉。同时，我们又承认马克思主义文艺理论是一个在批判和实践中不断为

①　参见刘润为：《文艺领域的历史虚无主义》，《文艺理论与批评》2016年第1期。

自己开辟前行道路的发展的学说。建构马克思主义文艺理论的当代形态，就需要对 20 世纪马克思主义文论遗产加以重点的继承、清理和光大。只有对 20 世纪进步的、革命的、社会主义的文论历史进行合理的确证，严肃辨析文论史上的一系列误导、误判甚或恶意曲解的思潮，正本清源，扫除障碍，返本开新，才能筑牢"21 世纪中国的马克思主义文艺学"的根基。也就是说，在宏观的大目标下，只有把构建"21 世纪中国的马克思主义文艺学"的一系列理论命题加以细化，骨头一块一块地啃，饭一口一口地吃，这样才能避免空疏、空洞、空泛和大而化之的毛病。

在对待中华传统文化问题上，亦应如此。传统不是一尊不动的石像，而是一道生命洋溢的洪流，只有创造性转化，创新性发展，使之与现实文化相融相通，它才能成为活的存在，其精髓才不会被遮蔽和消解。"21 世纪中国的马克思主义文艺学"，只有对当前文艺理论和批评上的一系列流行概念、范畴和潮流加以厘清，并找出其背后的历史和文化根脉，才有可能在此基础上建立起一种新的理论形态与范式。

以"人民性"为例。这当然是马克思主义文艺理论的 DNA，因为它的思想内核与根本使命，是要随着时代进步不断给广大人民群众争得更多更人的审美享受和艺术权利。人民群众应成为文艺的服务对象、力量之源和行为主体，这一点对马克思主义文艺学来说是不会改变的。但是，"人民"的结构和成分会日益多样，其范围会不断扩展，功能和作用也会与时变动。我们只有主张在人民的历史创造中进行艺术的创造，在人民的进步中造就艺术的进步，这才会将文艺的"人民性"问题提到新的时代高度，才会同非社会主义的文艺做出本质的区别。这同照顾人民需求的多样性和批判性是不矛盾的。非但不矛盾，反而正是这一点开辟了人民需求的新视野和新天地。当代马克思主义文艺理论正是考虑并兼顾到新时代"人民"内部结构的复杂性，才使得"人民"的内涵得以落实，"人民"内涵的演化得以体现。此外，我们也必须看到，文艺"为人民"的思想在近二三十年发生了不同程度的偏离。由于受到抽象"人性论"和"人本主义"历史观的影响，文艺创作不再关注大众的生活和感情，很少顺应广大人民的意愿，而是病态地同极端个人主义、消费主义和娱乐主义扭结在一起，文艺的"人民性"也因此变了味儿。这个时候，我们在构建"21 世纪中国的马克思主义文艺学"的过程中，厘清人民文艺的脉络，规范"人民性"的内涵和外延，重提"坚持以人民为中心的创作导向"，就具有了针对性极强的现实理论意义。

无疑，学科的本质是学术和学理，没有学术和学理的学科，终究是不完整、不完善的。建设和发展21世纪中国的马克思主义文艺学学术话语体系，应当成为马克思主义文艺学学科建设的重要任务和特有功能。

历史已经到了从根本上扭转多年来文艺理论建设总是跟在西方文论后面走，把别人的学说视为圭臬或将自家理论视为别人的学说延伸的被动局面的时候了；已经到了重新焕发马克思主义文艺理论生机与活力，改变长期以来被冷落、被扭曲、被污名状态的时候了；已经到了通过合理转化本民族和国外优秀文化遗产，来创造出一种新的文论话语方式，提升当代中国马克思主义文艺理论的尊严和阐释能力的时候了。那种认为"文艺理论学科到底应该怎么办？似乎没有新的出路，只能看是否能坚持一条路走到黑"①的焦虑，是大可不必的。

总之，我们要防止"告别理论"的倾向，重建我们的文艺理论理想，加强文艺理论的学术话语体系建设，推动马克思主义文艺理论总体质量和水平的跃升，用接地气的、充满创造力的、系统的21世纪中国的马克思主义文艺学新形态，去占据文艺理论多元坐标系的中心地带。这是中国文艺理论工作者责无旁贷的使命与责任。

---

① 引自蒲波:《文艺理论的"危机"：消失还是重生？》，《中国艺术报》，2015年5月15日。

努力建设中国特色社会主义文艺学

一、建设中国特色社会主义文艺学，
应是我们文艺理论工作的主题

高举中国特色社会主义伟大旗帜，坚定不移沿着中国特色社会主义道路前进，这是历史赋予我们民族的重任，也是中国共产党发出的时代最强音。面对这样一个令人振奋和自豪的复兴伟业，面对这样一种充满挑战的发展机遇，我们文艺理论界也须不甘落后，跟上步伐，有所作为。"党的十八大精神，说一千道一万，归结为一点，就是坚持和发展中国特色社会主义。"①那么，对于我们文艺理论工作来说，在这个历史和思路的大格局中，就是要把中国特色社会主义文艺学建设好。

近百年中国现代文艺理论演进的历史表明，我国前后经历了输入、引进、转化、沿用、膨胀、强势、波折、萧条、繁杂、混乱、弱化等各个阶段和各种状况。西方各种文艺学说大都介绍和演示过了，中国古典传统文论资源也得到了尽可能的开掘和阐发，马克思主义文艺理论曾经发挥过极大的作用。但是，客观地说，真正有中国特色的社会主义的文艺理论，虽然不少人在追求和探讨，可是距它的完全形成和成熟还相去甚远。文艺理论的"中国经验""中国表述"和"中国模式"，一直还在艰难的探索之中。几十年下来，我们已经意识到诸种西方现代和后现代文论学说与中国的文艺现象多有"水土不服"的缺欠，意识到我国古典文论宝贵遗产自身存在着"事过境迁"的局限，同时也意识到经典马克思主义文艺理论有根据历史语境和时代条件"与时俱进"的需求。总之，我们已经看到面对整

---

① 习近平：《在新进中央委员会的委员、候补委员学习贯彻党的十八大精神研讨班开班式上的讲话》，《人民日报》，2013 年 1 月 6 日。

个世界翻天覆地的巨变，面对中国迅速走向繁荣富强的前景，面对文艺创作呈现出令人眼花缭乱的新局面，我们有必要有责任也有信心在文艺理论领域把反映和指引中国特色社会主义文艺的理论学说建构起来，使之成为中国特色社会主义理论体系的有机组成部分，使之成为中国特色社会主义文艺的行动指南。

建设中国特色社会主义文艺学，不是沙滩建塔，我们已经初步具备了这一学科的理论基础和思想内涵，已经有了正反两方面的深刻而基本的经验，已经有了其他学科相关理论建设的参照和借鉴。因之，只要我们按照十八大的精神，"解放思想，改革开放，凝聚力量，攻坚克难"①，是完全可以把建设中国特色社会主义文艺学的任务完成好的。完成这一任务，不是为了"配套"而"配套"，好像中国特色社会主义理论体系非得门类齐全、面面俱到；也不是为了"名称"而"名称"，似乎不提"中国特色"和"社会主义"就名不正、言不顺。应该说，建设中国特色社会主义文艺学，这是历史的必然要求，是这个要求实际上能够实现的一种理论诉求。同时，也是为了克服照搬西说、食洋不化的洋教条和眼睛朝后、泥古僵化的土教条的需要，为了使马克思主义文艺学说的普遍真理同我国的国情和文情更好结合起来的需要。直白地讲，就是为了使中国文艺理论学说走出一条属于自己道路的需要。

在文艺理论上，道路问题也是事关兴衰成败和决定命运的。可以设想，倘若我们的文艺理论建设不能统一于中国特色社会主义的伟大实践，倘若我们文艺理论学说的内容与当下中国社会主义文艺运动本身是"两张皮"，倘若我们的文艺理论依旧停留在古人和外国人的情境和状态之下，不能结合中国人民创造历史的实际而有所发明有所创造，那么我们的文艺理论就势必会缺乏"软实力"，就难以使社会主义核心价值体系深入人心，就无法使它屹立于世界文艺理论之林。文化是民族的血脉，而理论则是血脉中的"红血球"和"血小板"。对于文艺活动来说，文艺理论就是它的精神家园。我们要想"增强文化整体实力和竞争力"②，就必须把文艺理论

① 胡锦涛：《坚定不移沿着中国特色社会主义道路前进，为全面建成小康社会而奋斗——在中国共产党第十八次全国代表大会上的报告》（2012年11月8日），人民出版社2012年版，第1、33、5、50页。

② 胡锦涛：《坚定不移沿着中国特色社会主义道路前进，为全面建成小康社会而奋斗——在中国共产党第十八次全国代表大会上的报告》（2012年11月8日），人民出版社2012年版，第33页。

建设好，就必须使之在观念性和结构性上都发生符合需要的变化。

二、建设中国特色社会主义文艺学说，
关键是结合实际处理好几种关系

中国特色社会主义文艺学，经过党的指引和广大文艺理论工作者多年的艰辛努力，应该说已经具备了雏形。中国特色社会主义文艺学说的基本特征是，它既保留了文艺学说的社会主义方向和性质，又摆脱了先前引进的苏式模式和自身的传统模式；既带有了鲜明的当代特征和理论现代性，又包含了浓厚的民族色彩和文化传承；既与西方现代文艺学说保持着借鉴和勾连关系，又形成了自己独立的学理个性和精神品质。换一种说法，那就是它力求走在时代的、民族的、科学的、大众的道路上。这一点，我们在党的文献中，在许多文艺论著、教材和理论文章里，都可以清晰地看得出来。这是我国文艺理论工作者对中国特色社会主义理论体系的一个独特贡献。

但是，我们也必须看到，与哲学社会科学其他兄弟学科取得的实际成绩相比，与我国文艺事业改革发展繁荣的实际需要相比，建设中国特色社会主义文艺学的状况是不尽如人意的，甚或可以说是相对落后的。这主要表现在：一是理论目标不够明确，缺乏建设中国特色社会主义文艺学的理论自觉和学理意识，往往依然陷在一般的常规的文艺学构建之中；二是对作为一门独立学科的中国特色社会主义文艺学，其必要内涵、理论范畴和体系框架，还缺少比较深入系统地探讨和研究；三是不能很好地将日渐成熟的中国特色社会主义理论体系的多方面成果，合理能动地运用和转化到文艺理论体系的构建上来，缺乏深度消化和融会贯通。总之，整个中国特色社会主义文艺学建设的特色不够明显和突出。

所以出现这种情况，我以为问题的关键是还没有处理好中国特色社会主义文艺学同马克思主义文艺理论、西方现当代各种文艺学说以及我国传统文论资源之间的关系，没能内在而非浮面地把当代中国文艺的经验科学地提升和概括出来。事物的本质是在关系中规定的，其特色是由自身生发出来的。中国特色社会主义文艺学处于不够鲜明有力、若明若暗的状态，

跟它在处理几种关系上有失误密不可分。别的不说，单说它与马克思主义文艺学说的关系，就明显存在需要改进和调整的地方。

诚然，中国特色社会主义文艺学应是实践基础上的理论创造，但它在本质上应是马克思主义文艺理论中国化的最新成果，应是马克思主义文艺理论的一种当代形态。这个基本的轨道是不能含糊和偏离的。为什么这么说呢？我们从党中央的声音中可以找到答案。习近平同志在十八届中央政治局第一次集体学习的讲话中说："中国特色社会主义理论体系，是马克思主义中国化最新成果，包括邓小平理论、'三个代表'重要思想、科学发展观，同马克思列宁主义、毛泽东思想是坚持、发展和继承、创新的关系。马克思列宁主义、毛泽东思想一定不能丢，丢了就丧失根本。"[1] 今年1月5日，在新进中央委员会的委员、候补委员学习贯彻党的十八大精神研讨班开班式上，习近平同志又强调指出："中国特色社会主义，是科学社会主义理论逻辑和中国社会发展历史逻辑的辩证统一，是根植于中国大地、反映中国人民意愿、适应中国和时代发展进步要求的科学社会主义"。"中国特色社会主义是社会主义而不是其他什么主义，科学社会主义基本原理不能丢，丢了就不是社会主义。"[2] 如果承认这些表述是精准的、正确的，那么我们建设中国特色社会主义文艺学怎能违背这个道理和逻辑？怎能丢弃马克思主义文艺理论、毛泽东文艺思想这个"根本"呢？

毋庸讳言，相当一段时间以来，我国文艺理论建设中存在轻视、疏离、贬斥、淡忘马克思主义文艺理论和毛泽东文艺思想的倾向，眼睛比较多地盯在现当代西方文论上，以为前者是"过时"的资源，后者才是应"效法"的对象；以为中国特色社会主义文艺学可以不用"坚持、继承、发展、创新"马克思主义文艺理论和毛泽东文艺思想就能建设起来；以为只要把马克思主义文艺学说同西方现代某种文艺观"组合""拼接"到一块，就可以称作"马克思主义文艺理论中国化"，这是十分错误的。

建设中国特色社会主义文艺学，同样"马克思列宁主义、毛泽东思想

---

　　① 习近平：《紧紧围绕坚持和发展中国特色社会主义学习宣传贯彻党的十八大精神——在十八届中共中央政治局第一次集体学习时的讲话》（2012年11月17日），人民出版社2012年版，第5页。

　　② 习近平：《在新进中央委员会的委员、候补委员学习贯彻党的十八大精神研讨班开班式上的讲话》，《人民日报》，2013年1月6日。

一定不能丢，丢了就丧失根本"。这可说是中国特色社会主义文艺理论建设的生命线。任何丢弃马克思主义、毛泽东思想的做法与想法，都是妨害中国特色社会主义文艺理论的建设和进步的。我们必须既着眼于实际文艺问题的理论思考，又着眼于马克思主义文艺理论的运用，绝不能把马克思主义的学说或弃如敝屣或束之高阁。法国理论家德里达不是一个马克思主义者，但他有句话说得还是相当中肯的。他说："不去阅读而且反复阅读和讨论马克思——可以说也包括其他一些人——而且是超越学者式的'阅读'和'讨论'，将永远是一个错误，而且越来越成为一个错误，一个理论的、哲学的和政治的责任方面的错误"①。遗憾的是，这样的错误在我们身边和周围正在不断地发生，马克思主义文论被人遮蔽、无视、曲解、误读的现象实在是太普遍了。譬如，有种意见将马克思主义文艺理论"祛历史化"和"符号化"，抽空了马克思主义文艺理论的唯物史观根基；有种意见将马克思主义文艺理论"存在论化"，固执地认为马克思主义文艺学缺少一个"生存论维度"，于是就将海德格尔文艺观同马克思主义文艺思想进行"嫁接"，建构所谓"存在论马克思主义文艺学"。这里的"'存在'在根本上说是人类存在和自然存在，因而社会领域就被剔除了"②，而社会领域恰是马克思主义包括其文艺学说最关注的环节。显然，这些做法都是有悖于建设中国特色社会主义文艺学的宗旨和目标的。

由此可见，处理好中国特色社会主义文艺学与马克思主义文艺观、毛泽东文艺思想的赓续和发展关系，使中国特色社会主义文艺学承担起马克思主义文艺学中国化的当代形态的职责，这是关键中的关键，核心中的核心。毫无疑义，如果承认中国特色社会主义文艺学是隶属于马克思主义文艺学的范畴，那么，诚如恩格斯所言，这种理论就与德国经济学一样不应是"浇上了一些折中主义……调味汁的无所不包的大杂烩"，而理应"本质上是建立在唯物主义历史观的基础上的"③。我们党一直告诫我们，学界也有普遍的共识，那就是"辩证唯物主义和历史唯物主义的世界观和方法

---

① ［法］雅克·德里达：《马克思的幽灵——债务国家、哀悼活动和新国际》，何一译，中国人民大学出版社 1999 年，第 21 页。

② ［美］詹明信：《晚期资本主义的文化逻辑》，张旭东主编、陈清侨等译，生活·读书·新知三联书店 1997 年，第 10 页。

③《马克思恩格斯文集》第 2 卷，人民出版社 2009 年版，第 596—597 页。

论，是马克思主义最根本的理论特征"①。建设中国特色社会主义文艺学，如果忘掉这个"最根本的理论特征"，故意寻找其他学说的"世界观和方法论"来冒充马克思主义，那在学理上是难以站得住脚的。我发现已经有哲学家就哲学领域指出一种令人担忧的倾向："那就是割断马克思主义哲学的历史，完全否定辩证唯物主义，肆意曲解历史唯物主义，把辩证唯物主义和历史唯物主义说成是旧哲学的复辟，是斯大林独创的，反对在它的基础上创新、发展马克思主义哲学，主张、建议用人本主义本体论、世界观来取代它的位置。"②文艺学领域存在的问题有相似性，同样是不能掉以轻心的。因为，离开了辩证唯物论和历史唯物论的世界观和方法论根基来建构文艺学，尽管会吸引一些人的眼球，但终究是不科学的，是不能起到积极的引领作用的。

三、克服文艺理论研究中的不良文风和学风，建设科学的中国特色社会主义文艺学说

中国特色社会主义文艺学建设，同样有一个文风和学风问题。其文风和学风，也同样是关乎其形象和成败的。文风、学风的背后是实践，它是观察文艺理论生态的窗口。众所周知，党中央贯彻党的十八大精神，就是以加强作风建设开局、起步的。中央政治局做出改进工作作风、密切联系群众的"八项规定"，其改进文风就是一个重要的内容。我们文艺理论工作者要响应这一号召，乘东风，把文艺理论研究的风气整顿好，把文艺理论研究和建设的文风和学风花大气力搞上去，把它变成我们贯彻十八大精神的具体行动。

实事求是地说，近些年文艺理论研究在文风、学风上存在的不足和弊端是相当严重的。有学者为此曾坦言："我越来越感到我国当今文艺理论研究受经验主义、实证主义、实用主义的影响太深，完全以评论（文艺批评）来排斥、取代理论，以致把文艺理论研究逼到了绝路。这不仅直接

---

① 习近平：《深入学习中国特色社会主义理论体系，努力掌握马克思主义立场观点方法》，《求是》2010 年第 7 期。

② 黄枬森：《也谈哲学就是哲学史的含义和意义》，《北京大学学报》2011 年第 5 期。

关系到文艺理论，而且也间接关系到我国社会主义文艺的命运和前途的问题，我为此深感忧虑。"①此种意见看似尖锐，实是切中肯綮的。

在建设中国特色社会主义文艺学的道路上，我们的文论研究存在的学风和文风问题，可以罗列出许多条。譬如，文艺基本理论探讨薄弱，原理性研究和应用性研究不平衡，过度依赖于舆论和市场的行情；依附性思维方式明显，批判意识短缺，仍然习惯于在西方文论的话语中找焦点、寻命题、讨生活，而自主意识和创新能力明显不强；一些文论研究缺少辩证法，无视科学性，结果使一些研究变成不可持续进行的新式教条；文论研究同其他学科的沟通不紧密、不畅通，往往抓住一点——如"审美"、如"人性"——就不及其余，盲目自我得意、自我扩张；把远离唯物史观立场、观点、方法当成某种追求的理论性格和时髦；文辞华丽，文意闪烁，谈问题不实在，出现一种东拉西扯、咬文嚼字的玄学腔；宣称信奉多元主义，可实质是用以掩饰自己缺乏理论，缺乏热情、缺乏信念的尴尬；文论界内部缺乏批评和自我批评，"小团体"主义和"山头"意识浓重，庸俗吹捧、乡愿作风盛行，等等。这些都是需要在今后加以克服和改造的。

不过，这里我想集中谈一下文艺理论研究上的形式主义问题。十八大报告郑重指出"必须清醒看到，我们工作中还存在许多不足，前进道路上还有不少困难和问题"，"形式主义、官僚主义问题突出"②就是其中的一条。新一届中央领导集体十分关注这个问题，把反对形式主义作为纠正党风、学风、文风的重要内容，作为抵制奢侈浪费、解决消极腐败现象的重要手段。我认为，这一精神和做法对于我们文艺理论界同样是适用的。

文艺理论上的形式主义，主要表现在如下几个方面：一、主观编造各种文艺观念或理论体系，不顾中国社会和文艺的实际情况到底如何；二、文章越写越长，著作越来越厚，宏论越来越多，可凌空蹈虚、云山雾罩、空话连篇，有价值的理论内涵寥寥无几；三、文艺理论研究多在"外围"游走、"后方"活动，或忙于"引进介绍"，或忙于"文化转向"，虽五花八门、眼花缭乱，却花拳绣腿，很少触及理论问题本身；四、许多文论问题揭示得浮皮蹭痒、大而无当、烦琐拉杂，好像已经得到解决，无须再去

① 王元骧：《关于文艺理论研究的两封通信》，《文艺报》，2012 年 6 月 4 日。

② 胡锦涛：《坚定不移沿着中国特色社会主义道路前进，为全面建成小康社会而奋斗——在中国共产党第十八次全国代表大会上的报告》（2012 年 11 月 8 日），人民出版社 2012 年版，第 5 页。

探讨，可实际上离问题的真正解决相差甚远；五、号称以马克思主义为指针，可只是挂个招牌而已，其具体论述和学术观点与马克思主义既不吻合也不搭界；六、热衷一些新名词、新术语和外来方法，对文艺理论自身却很少注入价值取向和人文关怀，把文艺理论研究变成纯知识性、技术性的活计；七、评价标准多以数量代替质量，考核的量化程序严重窒息了文艺理论工作者的创造热情；八、文论著作每年出版不少，统计出来的论文数量更多，但多为晋升、提职之用，常常成为学术泡沫和学术垃圾。

此类现象还有许多，我归纳出八条，有把它们说成是文艺理论上"新八股"的意思。这种形式主义的文风和学风，同中国特色社会主义文艺学的建设是格格不入的。在延安整风运动时毛泽东就说过："党八股也就是一种洋八股。"[①] "党八股是藏污纳垢的东西，是主观主义和宗派主义的一种表现形式。它是害人的，不利于革命的，我们必须肃清它。""一切主观主义、宗派主义、党八股的货色，我们都要抵制，使它们在市场上销售困难，不要让它们利用党内理论水平低，出卖自己那一套。为此目的，就要同志们提高嗅觉，就要同志们对于任何东西都用鼻子嗅一嗅，鉴别其好坏，然后才决定欢迎它，或者抵制它。"[②] 不如此，我们是无法把新鲜有力生动活泼的马克思主义文风发扬光大起来的。

文风、学风非小事，对文艺理论研究来说至关重要。文风、学风的好坏直接影响着文艺理论的质量、信誉和名声。要想使中国特色社会主义文艺学获得长久生命力，就要确保它有高的理论质量。而确保理论高质量，就须得有好的文风和学风作保障，就须得向马克思主义经典作家学习，写出的文章既深刻、辩证、尖锐、泼辣，又生动、鲜明、平易、幽默，既有火一般的思想激情，又有严谨的科学态度，每段文字让读者阅读时都会感到一股迎面扑来的令人折服又充满魅力的清新之风。如能这样，那我们的文艺理论和文艺评论，就不会再有人说"听不懂""看不进""不知所云""假长空""没活气""软骨症"之类的话了，中国特色社会主义文艺学就可以入脑入耳、深入人心了。

---

① 《毛泽东选集》第 3 卷，人民出版社 1991 年版，第 830 页
② 《毛泽东选集》第 3 卷，人民出版社 1991 年版，第 827 页

党的十八大报告明确提出"要抓好思想理论建设这个根本"①。我们文艺理论界光荣而神圣的任务，就是要努力把中国特色社会主义文艺学说建设好。这是历史交给我们的责无旁贷的使命，而且是我们应该有的一种理论自觉和理论自信。

---

① 胡锦涛:《坚定不移沿着中国特色社会主义道路前进，为全面建成小康社会而奋斗——在中国共产党第十八次全国代表大会上的报告》(2012 年 11 月 8 日)，人民出版社 2012 年版，第 50 页。

在攀登文艺高峰征程上高擎理想信念旗帜

一

习近平同志《在文联中国十大、中国作协九大开幕式上的讲话》①，是继《在文艺工作座谈会上的讲话》之后又一纲领性文献。它进一步发展了中国特色社会主义文艺理论，对 21 世纪中国马克思主义文艺学的构建做出了新贡献。

如果把习近平 2014 年在文艺工作座谈会上的讲话同这次文代会、作代会上的讲话加以比较的话，那么就会发现，前者比较集中阐发的是新形势下社会主义文艺发展繁荣的方向、道路和现状问题；后者比较集中阐发的则是新形势下社会主义文艺如何发展、如何繁荣的问题。或者说得再简单点，前者主要解决的是拨正船头、指明航向、扭转文艺界不良风气问题；后者主要解决的是做一个合格的社会主义作家、艺术家的标准、"文心"和艺魂问题。倘若我们再将习近平的这两篇讲话同毛泽东同志《在延安文艺座谈会上的讲话》进行比较的话，那么，就更可以清晰地看到它们之间既一脉相承又与时俱进的思想轨迹和脉络。毛泽东的文艺论述，概括地讲，解决的中心的是一个"为什么人"和一个"如何为"的问题；习近平的文艺论述，总括起来，解决的中心是文艺家"为什么创作"和"如何创造"的问题。这个变化是历史的需要，是时代的召唤。在实现"两个一百年"奋斗目标、实现中华民族伟大复兴中国梦和"为人类对更好社会制度的探索提供中国方案"的时候，我们的文艺"因时而兴，乘势而变，随时代而行，与时代同频共振"，这是极为光荣而紧迫的战略性任务。

---

① 习近平：《在中国文联十大、中国作协九大开幕式上的讲话》，《人民日报》，2016 年 12 月 1 日。此篇以下引文均出自此处，不再标注。

　　"文艺的作用不可替代，文艺工作者大有可为。"但文艺怎么才能擎起民族精神的火炬，吹响时代前进的号角，筑就新时代的文艺高峰呢？这成了习近平在这次文代会、作代会上重要讲话的主题。为了说明这个道理，习近平从多个方面进行了论述。在他这些高屋建瓴、意蕴深邃、亲切感人又言近旨远的阐释里，其中最为关键、最为根本的，则是期望在文艺阵地和文艺家头脑里高高飘扬起理想信念的旗帜。这是问题核心中的核心，要害中的要害，整个讲话都可以说是围绕这一轴心展开的。

　　习近平突出强调要"坚定文化自信"，这在本质上就是要注重张扬理想和信念问题。他曾在文艺工作座谈会讲话中指出：中华民族保持了坚定的民族自信和强大的修复能力，培育了共同的情感和价值、共同的理想和精神。"增强文化自觉和文化自信，是坚定道路自信、理论自信、制度自信的题中应有之意"①。其后，在哲学社会科学工作座谈会上的讲话中，他认为："我们说要坚定中国特色社会主义道路自信、理论自信、制度自信，说到底是要坚定文化自信。文化自信是更基本、更深沉、更持久的力量。历史和现实都表明，一个抛弃了或者背叛了自己历史文化的民族，不仅不可能发展起来，而且很可能上演一场历史悲剧。"②在此次文联、作协代表大会上的讲话中，他更是把"文化自信"问题提到掌握哲学社会科学话语权和巩固国家、民族地位和生存价值的高度，并且同文艺创作成败得失紧密联系起来。他说："坚定文化自信，是事关国运兴衰、事关文化安全、事关民族精神独立性的大问题。没有文化自信，不可能写出有骨气、有个性、有神采的作品。"

　　习近平首次在这里提出"坚定文化自信"是"事关"多方面的"大问题"，且对它与文艺创作的关系说得如此彻底。的确，经验和教训反复告诫我们，由于我们有独特的历史、独特的文化、独特的国情，这就决定我们必须走一条有别于他国的自己的文艺发展之路。如果我们的文艺总是陷在"以洋为尊""以洋为美""唯洋是从"的泥潭，还是"把作品在国外获奖作为最高追求"，依然"跟在别人后面亦步亦趋、东施效颦，热衷于'去思想化'、'去价值化'、'去历史化'、'去中国化'、'去主流化'"③那一

　　① 习近平：《在文艺工作座谈会上的讲话》，《人民日报》，2015 年 10 月 15 日。
　　② 习近平：《在哲学社会科学工作座谈会上的讲话》，《人民日报》，2016 年 5 月 19 日。
　　③ 习近平：《在文艺工作座谈会上的讲话》，《人民日报》，2015 年 10 月 15 日。

套，那么，这种文艺创作不仅"没有前途"，而且会直接影响国运的"兴衰"，威胁文化的"安全"，甚或民族精神是否具有"独立性"都将受到挑战。可见，确立自觉而坚定的文化自信，在习近平同志的治国理政学说和文艺论述中占据何等重要的位置！

习近平强调"坚定文化自信"，当然是有具体所指，并非是没有鉴别、不加区分的。他对"文化自信"中的"文化"概念，有着明确的界定，划出清晰的范围。他在庆祝建党95周年大会上的讲话中说过，在这次文代会、作代会讲话中又加以重申，我们可以自信的文化，就是下面三种：一是指"在5000多年文明发展中孕育的中华优秀传统文化"；二是指"在党和人民伟大斗争中孕育的革命文化"；三是指"社会主义先进文化"。这个界定表明，我们所坚守和自信的文化，是完全正能量的文化。随意把"文化自信"中的"文化"概念泛化，把各种糟粕文化也纳入其中，是不符合习近平的思想的，也是不妥当的。尤其是，习近平提出的党领导人民创建的"革命文化"和"社会主义先进文化"，是有具体内涵的，是社会主义核心价值观的源泉与渊薮。它以其鲜明的时代性、革命性和先进性，理应成为我们"文化自信"的主要成分。

"文化自信"的实质是什么？说穿了，就是理想和信念的自信、世界观和价值观的自信。理想、信仰、信念、世界观、价值观，是文化的精华，是关乎人的灵魂的本根。作家、艺术家乃"人类灵魂的工程师"，对于他们而言，这是最要紧的事情。习近平号召作家、艺术家"坚定文化自信"，归根结底就是坚定对理想和信念的自信。十八届六中全会公报说得好："共产主义远大理想和中国特色社会主义共同理想，是中国共产党人的精神支柱和政治灵魂，也是保持党的团结统一的思想基础。必须把坚定理想信念作为开展党内政治生活的首要任务。"①这种字字千金的要求，是对全党发出的，对于党员作家和文艺家，对于进步的作家和文艺家，我想也不能例外。习近平在不同场合多次谈到理想信念问题，明确指出：我们的信仰是马克思主义，我们的信念是社会主义和共产主义。这就从根本上揭示了"坚定文化自信"的内核与精髓。

---

① 《中共十八届六中全会公报》（2016年10月27日），《人民日报》，2016年10月28日。

二

在文联十大、作协九大开幕式的讲话中，习近平谈了很多文艺创作和批评问题。这些问题，从文艺理论角度看，可说是创作方面的意见；如果从思想建设的角度看，又可说是个精神塑造问题。一言以蔽之，在习近平看来，搞好文艺创作和批评，作家、艺术家和批评家要坚定理想信念，切实解决好世界观、人生观、价值观这个"总开关"，则是第一位的。这个"总开关"问题若解决得不好，那创作和批评出现这样那样的偏颇与弊端是不可避免的。习近平曾经语重心长地说过："理想信念动摇是最危险的动摇，理想信念滑坡是最危险的滑坡。"[①]信仰缺失是一个需要引起高度重视的问题。在这次文代会、作代会讲话中，他从文艺的角度把这个问题谈得更加透彻了。

习近平要求广大文艺工作者坚持以人民为中心的创作导向，坚持为人民服务、为社会主义服务，高擎民族精神火炬，吹响时代前进号角，把艺术理想融入党和人民事业之中，做到胸中有大义、心里有人民、肩头有责任、笔下有乾坤，推出更多反映时代呼声、展现人民奋斗、振奋民族精神、陶冶高尚情操的优秀作品，为人民昭示更美好前景，为民族描绘更光明未来。不难想象，这样的一种愿景，如果没有理想信念的有力支撑，那是不可能真正实现的。这样的一种状态的出现，只能是理想信念充盈之后的反映。

习近平在这次讲话中给文艺家们提了四点"希望"。这四点"希望"，可以说恰是对文艺家们扯起理想信念之帆的真诚呼唤。第一点他就希望广大文艺工作者"坚定文化自信，用文艺振奋民族精神"。这一点我们前面谈过。他要求文艺"发时代之先声、开社会之先风、启智慧之先河，成为时代变迁和社会变革的先导"。要"把握时代脉搏，承担时代使命，聆听时代声音，勇于回答时代课题"。要完成这个任务，没有笃定的理想信念呵护，没有将理想信念作为导引人们前行"灯火"，没有在文化自信中挺起理想信念脊梁的勇气，几乎是不可想象的。那种"离开火热的社会实

<hr>

　　① 习近平：《在全国组织工作会议上的讲话》（2013 年 6 月 28 日），载于《十八大以来重要文献选编》（上），中央文献出版社 2014 年版，第 340 页。

践，在恢宏的时代主旋律之外茕茕孑立、喃喃自语"的作品，习近平同志之所以不欣赏，说到底就是因为把理想信念放到了脑后，忘记了文艺同国家和民族休戚与共、紧紧维系才能发展的道理，结果造成目光狭隘、信仰匮乏、卑琐小气、一地鸡毛的局面。

习近平指出："对文艺来讲，思想和价值观念是灵魂，一切表现形式都是表达一定思想和价值观念的载体。离开了一定思想和价值观念，再丰富多样的表现形式也是苍白无力的。文艺的性质决定了它必须以反映时代精神为神圣使命。"他批评了"亵渎祖先、亵渎经典、亵渎英雄"的现象，告诫作家、艺术家"不能用无端的想象去描写历史，更不能使历史虚无化"。任何戏弄历史的作品，最终必将被历史所戏弄。

在"希望"的第四点中，习近平强调理想信念的作用更加振聋发聩。他要求作家、艺术家"坚守艺术理想，用高尚的文艺引领社会风尚"。他一方面指出：只有用博大的胸怀去拥抱时代、深邃的目光去观察现实、真诚的感情去体验生活、艺术的灵感去捕捉人间之美，才能够创作出伟大的作品。而要做到这一点，显然，只有马克思主义文艺观才能提供最强大的思想武器。另一方面，他又指出："伟大的文艺展现伟大的灵魂，伟大的文艺来自伟大的灵魂。"正视作家、艺术家的灵魂质量制约着文艺的生态和面貌。他说："虽然创作不能没有艺术素养和技巧，但最终决定作品分量的是创作者的态度。具体说来，就是创作者以什么样的态度去把握创作对象、提炼创作主题，同时又以什么样的态度把作品展现给社会、呈现给人民。"也就是说，跟"素养""技巧"相比，在决定作品分量的时候，"态度"和"立场"是更紧要的。作品不管有多少艺术性，一旦内容和倾向不好，人民照样是排斥的。文艺承担着以文化人、以文育人的职责，因此，习近平诚恳地指出："文艺要塑造人心，创作者首先要塑造自己。"文艺家须"德艺双馨"，自觉抵制不分是非、颠倒黑白的错误倾向，反对拜金主义、享乐主义、极端个人主义腐朽思想。要"敢于向炫富竞奢的浮夸说'不'，向低俗媚俗的炒作说'不'，向见利忘义的陋行说'不'"，要把崇高的价值、美好的情感融入作品，引导人们向高尚的道德聚拢，"不让廉价的笑声、无底线的娱乐、无节操的垃圾淹没我们的生活"。所有这一切都表明，唯有理想和信念，才是普照文艺创作每个环节和作者心灵深处温暖的阳光。

在第二、第三两点"希望"中，习近平希望文艺家"坚持服务人民，用积极的文艺歌颂人民"，要"勇于创新创造，用精湛的艺术推动文化创新发展"。我们不难发现，这里强调的依然是唯物史观问题、人民本位问题，依然是伟大实践才能给文化创新提供强大动力和广阔空间的问题。

习近平明确反对那种"以为人民不懂得文艺，以为大众是'下里巴人'，以为面向群众创作不上档次"的观点，认为只有永远同人民在一起，艺术之树才能常青。他明确主张文艺要塑造"典型人物"，要能"以高于生活的标准来提炼生活"，认为这"是艺术创作的基本能力"。毫无疑问，在习近平的心目中，典型人物是文艺家的社会理想和审美理想的载体，只有灌注理想和信念，"只有创作出典型人物，文艺作品才能有吸引力、感染力、生命力"。

为此，习近平指出："读懂社会、读透社会"，"决定着艺术创作的视野广度、精神力度、思想深度"。这就表明，掌握能"读懂""读透"社会的社会科学理论，是尤为必要的。有了这个理论，我们才能以强烈的现实主义精神与浪漫主义情怀去观照人民的生活、命运、情感，表达人民的心愿、心情、心声，才能创作出传之久远的精品力作。在他看来，我们要把提高作品的精神高度、文化内涵、艺术价值作为追求，"让目光再广大一些、再深远一些，向着人类最先进的方面注目，向着人类精神世界的最深处探寻"，摆脱个人身边"小悲欢"的缠绕和遮挡，努力创作出中华民族新史诗。而这，唯有坚守文化自信，走高扬理想信念之路，才能最终实现。

高扬理想信念，这是社会主义文艺的宝贵传统，是社会主义文艺"不忘初心"的软实力，是社会主义文艺立于不败之地的主心骨，是社会主义文艺安身立命的基因。任凭理想和信念动摇滑坡，就容易成为市场的奴隶，就难以抵制俗媚的诱惑，就会导致精神上缺"钙"，就会使历史虚无主义泛滥。如此一来，创作出无愧于伟大时代、伟大国家、伟大民族的优秀作品，就将成为一句空话。

我们要牢记习近平同志的鼓励，筑就新时代的文艺高峰。筑就文艺高峰，就须得筑就精神高峰。而攀登文艺高峰，就须得体现出理想高峰、信念高峰、道德高峰、信仰高峰、情感高峰和价值高峰。让我们展开理想和信念的翅膀，为繁荣社会主义文艺而奋斗。

道路已经开通，航向已经指明

习近平同志主持召开文艺工作座谈会并发表重要讲话，标志着我国文艺事业进入一个新阶段。这个阶段的基本特征，就是我国文艺工作在习总书记讲话精神鼓舞下，加速进入了为实现中华民族伟大复兴奋斗的主航道。在讲话发表一周年的当口，中共中央政治局审议通过的《中共中央关于繁荣发展社会主义文艺的意见》①（以下简称《意见》）正式下发，进一步细化、落实了习总书记的讲话精神和战略部署，为繁荣发展社会主义文艺再次指明了方向。

《意见》基本是按照习近平文艺工作座谈会讲话的思想脉络组织结构的。所不同的是，它在六个主标题下，把具体的"意见"归纳为 25 条，显得更为清晰、具体和明确。这 25 条"意见"，不仅对当前我国文艺创作和批评具有现实的指导意义，而且从"问题域"的内在逻辑看，可以说构成了对当代中国马克思主义文艺理论的简明表达。

一、审时度势，把繁荣和发展社会主义文艺作为主轴

《意见》从根本上说是围绕着如何繁荣和发展社会主义文艺这个大课题展开的。如何繁荣和怎么发展，是它的根本着眼点和落脚点。要想解决好这个根本问题，就须"充分认识文艺工作的重要作用"，就须"准确把握文艺工作面临的形势"，只有在这个基础，提出"文艺工作的指导思想和方针原则"才能结合实际、有的放矢。我们党历来高度重视文艺工作，

---

① 《中共中央关于繁荣发展社会主义文艺的意见》（2015 年 10 月 3 日），《人民日报》，2015 年 10 月 20 日。此篇以下引文均出此处，不再标注。

把它看作党和人民事业的重要组成部分。尤其是在推动伟大民族复兴的过程中，文艺承担着"举精神旗帜、立精神支柱、建精神家园"的使命，肩负着"弘扬中国精神、传播中国价值、凝聚中国力量"的职责。这种使命和职责，既是我国文艺遇到的千载难逢的历史机遇，也是推动其走向繁荣发展的动力之源。

当然，诚如《意见》指出的，我国文艺在百花竞放、蓬勃发展的同时，确也存在着许多亟须重视和解决的弊端。如"价值扭曲、浮躁粗俗、娱乐至上、唯市场化"；"有数量缺质量、有'高原'缺'高峰'，抄袭模仿、千篇一律、粗制滥造"；文艺评论"缺席""缺位"，"对优秀作品推介不够，对不良现象批评乏力"，等等。这些问题，增强了价值引领的需求，突显了打造精品力作的任务，强化了辨析善恶、美丑的能力，对推动改革创作、传播、消费体制机制，调整文艺业态、环境、格局的手段和安排提出了更高要求。正是基于这种判断，《意见》中的许多"意见"是对症下药、切中肯綮的；《意见》对文艺工作指导思想和方针原则的论述也是高屋建瓴、振聋发聩的。

《意见》指出："紧紧依靠广大文艺工作者，坚持以人民为中心，以社会主义核心价值观为引领，以中国精神为灵魂，以中国梦为时代主题，以中华优秀传统文化为根脉，以创新为动力，以创作生产优秀作品为中心环节，深入实践、深入生活、深入群众，推出更多无愧于民族、无愧于时代的文艺精品，不断满足人民精神文化需求，建设社会主义文化强国，为实现'两个一百年'奋斗目标、实现中华民族伟大复兴的中国梦提供强大的价值引导力、文化凝聚力、精神推动力。"这里用七个"以……为……"的句式，通过"中心""引领""灵魂""主题""根脉""动力""中心环节"的措辞，言简意赅、系统完整地把繁荣和发展社会主义文艺的路径揭示了出来。这无疑是对马克思主义文艺理论的一个贡献。

二、立足实践，提炼总结我国文艺发展的规律性成果

从国情出发，《意见》紧扣时代主题，把握时代精神，破解实践难题，通过许多有现实感和针对性的"问题域"设定，对人们关心的政策和理论

问题给出了科学的解答。

譬如，《意见》说："社会主义文艺本质上是人民的文艺，人民的需要是文艺存在的根本价值。解决好'为了谁、依靠谁、我是谁'的问题，牢固树立人民是历史创造者的观点，自觉以最广大人民为服务对象和表现主体，在人民生产生活中进行美的发现和美的创造。生动展现人民创造历史的伟大进程，用现实主义精神和浪漫主义情怀观照现实生活，歌颂光明、抒发理想，鞭挞丑恶、抵制低俗，给人民信心和力量。"这就把为什么要"为人民抒写、为人民抒情"以及如何"为人民抒写、为人民抒情"阐释清楚了。再如，为什么要"深入生活、扎根人民"，《意见》认为，因为"生活是文艺创作的源头活水，人民是文艺工作者的衣食父母"。只有"虚心向人民学习、向实践学习，不断进行生活积累和艺术的提炼"，才能激发创作活力，收到切实效果。同时《意见》还列举了多种深入生活的方式与保障机制，强调繁荣群众文艺和"建立经得起人民检验的评价标准"的重要性，这又极大地提升了我们对文艺与生活、文艺与人民关系的理性认识。

中国梦是时代主题。着力书写人们寻梦的理想和追梦的奋斗，汇聚起同心筑梦的强大精神力量，《意见》给出的指示是要"不断丰富拓展中国梦的表现内容，既讲好国家民族宏大故事，又讲好百姓身边的日常生活，用生动的艺术形象和叙事体现中国梦的丰富内涵，见人、见事、见精神。"如此一来，中国梦在文艺创作中就成了有血有肉的东西。特别是《意见》把社会主义核心价值观作为"中国精神的集中体现和时代表达"，把爱国主义看作是"中国精神最深层、最根本的内容"，看作是"文艺创作的永恒追求"，不管历史条件发生任何变化，都要尊敬、颂扬、记住和书写为中华民族做出历史贡献的英雄，这就旗帜鲜明地反对了历史虚无主义，有底气有风骨地拓宽了社会主义文艺创作的审美空间。

《意见》对中华优秀传统文化的重视是一个耀眼的亮点。而在这方面的论述中，又突出体现了唯物辩证法的光彩。繁荣发展文艺事业，做好批判继承工作，是使中国精神成为社会主义文艺灵魂的重要一环。中华优秀传统文化是中华民族的精神命脉，是我们屹立于世界文化之林的坚实根基。为此，《意见》强调，要"坚守中华文化立场，坚持古为今用、推陈出新，秉持客观科学礼敬的态度，努力实现创造性转化和创新性发展。弃其糟粕、取其精华，从传统文化中提炼符合当今时代需要的思想理念、道德规范、价值追求，赋予新意、创新形式，进行艺术转化和提升，创作更多具有中华文化底色、鲜明中国精神的文艺作品。"面对明确的思想，那种否定中华文明、无视优秀传统文化价值的做法是不对的；那种"以洋为尊""唯洋是从"或不知道对优秀传统文化要进行改造、提升、转化、创新使之符合时代需要的做法，也是不对的。

创作优秀作品，是繁荣发展社会主义文艺的中心。如何才能创作出优秀作品，则是问题的关键。《意见》在这方面提出的具体要求，可谓既符合艺术经验和规律，又发人深省、入木三分。例如，"坚持思想性、艺术性相统一"，这是常规的见解。但"坚持内容为王、创意制胜，提高文艺原创能力，在探索中突破超越，在融合中出新出彩，着力增强文艺作品的吸引力、感染力"，却颇为新颖独到。这种说明触到了创作的痛处，也抓住了主要矛盾。从多年的实践和教训来看，把原创精神提到如此高度，注重出新出彩，注重让人心动的感染力，这的确是克服创作普遍存在缺乏个性、过多过滥、低水平重复毛病的一剂良药。无论对于传统文艺还是新兴的文艺，它都有着"靶向"的功能和疗治的作用。

繁荣发展社会主义文艺，除了有好的方针政策，还须有好的创作主体。这同"政治路线确定之后，干部就是决定的因素"[1]的道理是一样的。没有高素质的文艺人才，哪儿来的高质量文艺作品？没有富于"学养、涵养、修养"的作者，哪儿来的"有筋骨、有道德、有温度、艺术震撼力强的大作力作"？繁荣发展社会主义文艺，归根结底要培养和造就大批社会主义的歌手和文艺家。所以，《意见》斩钉截铁地指出：文艺工作者"必须把思想道德建设放在首位"，必须"深化马克思主义文艺观学习教育"；必须"引导文艺工作者打牢世界观、人生观、价值观的根基"，"牢记文化担当和社会责任"，努力"成为党的文艺方针政策的拥护者、践行者，成为时代风气的先行者、先倡者"。这样，无论是坚持正确的创作导向还是弘扬崇高的美学精神，才会有切实的人才保障与队伍支撑。《意见》从实践中提炼和总结出的这些经验，的确是繁荣和发展社会主义文艺的规律性成果。

---

[1] 《毛泽东选集》第2卷，人民出版社1991年版，第526页。

三、开拓创新，推动当代中国马克思主义文艺理论的发展

应该说，《意见》不仅仅是"意见"，它虽以文件的形式出现，但透过这种特定的形式，将之放到马克思主义文艺理论发展史大视角考察，完全可以发现它是一种提纲挈领的顶层设计，为建构当代中国的马克思主义文艺理论做出了丰赡的贡献。之所以这么说，理由之一是因为它认真贯彻了习近平同志在文艺工作座谈会上讲话的精神，符合我国文艺发展的新形势、新任务、新诉求；理由之二是因为它所表达的"意见"，都是从实践中来的，都是对新时期文艺和文艺工作经验的总结，明显带有理论提升的色彩。如果把这些"意见"综合起来分析，几乎可以说看到了当代中国的马克思主义文艺理论的整体性新面貌。

毋庸讳言，当代中国马克思主义文艺理论面临的需要研究和探讨的问题很多。但这些问题除了价值观和历史观的层面外，我认为主要是这样两个方面：一是市场经济条件下如何进行社会主义的艺术生产问题；一是科学技术的发展与文艺的审美和创造的关系问题。这两方面已经和正在提出许多过去不曾提出的理论问题和实践问题。如文艺思想"多元化"问题，"大众文化"问题，文艺消费模式与格局变化问题，网络和新媒体冲击问题，作家和读者身份问题，社会效益与经济效益关系问题，新的文艺组织和文艺群体问题，等等。这些问题对传统的文艺观和文艺政策构成了挑战。《意见》不但不回避，而且根据马克思主义原理和正反两方面经验教训，做了透辟的、合理的、有说服力的解释，既显现其思想的新颖性、时代性和创造性，实际上也是对当代中国的马克思主义文艺理论的丰富与发展。

习近平同志在一次政治局集体学习时指出："必须高度重视理论的作用，增强理论自信和战略定力，对经过反复实践和比较得出的正确理论，要坚定不移坚持。要根据时代变化和实践发展，不断深化认识，不断总结经验，不断实现理论创新和实践创新良性互动，在这种统一和互动中发展 21 世纪中国的马克思主义。"① 前不久，习近平又在政治局集体学习时发出"开拓当代中国马克思主义政治经济学新境界"② 的号召。毫无疑问，马

① 习近平：《在中共中央政治局第二十次集体学习时的讲话》，《人民日报》，2015 年 1 月 25 日。
② 习近平：《在中共中央政治局第二十八次集体学习时的讲话》，《人民日报》，2015 年 11 月 25 日。

克思主义文艺学是马克思主义学说的一个重要组成部分。因之，我们可以肯定地说，发展"21世纪中国的马克思主义文艺学"，是一件合乎逻辑的、理所当然势所必至的事情，因为这是我国文艺科学发展的历史必由之路，是我国文艺科学未来的基本走向与基本目标。习近平的文艺讲话，已经给了我们诸多的启迪。《意见》的许多理论贡献，也值得我们认真开掘。

《意见》谋篇布局很有深意。它先从"做好文艺工作的重大意义和指导思想"谈起，接下来讲"坚持以人民为中心的创作导向"，然后讲如何"让中国精神成为社会主义文艺的灵魂"，接着谈怎样"创作无愧于时代的优秀作品"，再接下来讲"建设德艺双馨的文艺队伍"问题，最后讲"加强和改进党对文艺工作的领导"问题。这六个部分，某种意义上对应的正是文艺本体与价值功能论、创作论、发展论、作品论、作家论和管理论。而每部分中，又分有三至六个不等的分支问题。比如以"创作无愧于时代的优秀作品"这部分为例，其中就包括"13.把创作优秀作品作为中心环节""14.把创新精神贯穿创作生产全过程""15.高度重视和切实加强文艺理论和评论工作""16.大力发展网络文艺""17.加强文艺阵地建设""18.推动优秀文艺作品走出去"六个小节。其他各部分的布局也大体如此。这些"问题域"和具体"意见"，都是从现实需要中提炼出来的，非常实际也非常"接地气"，有着强烈现实感和实践性。从宏观理论体系看，就相当完整地铺展了文艺学的基本框架，而且讲了许多前人没有讲过的新思想、新道理和新观点。通过这个体系结构，我们不仅看到了中国经验、听到了中国声音、了解到中国智慧，认识了中国共产党人对文艺规律的尊重和把握，而且让我们看到了中国共产党人为建构当代中国的马克思主义文艺学描绘出的蓝图与雏形。《意见》和习近平同志的文艺讲话一样，都是号角，都是指针，它让我们深切感受到构建当代中国的马克思主义文艺学话语体系恰逢其时。

《意见》以体大思精的理论性和求真务实的操作性，对建立中国马克思主义文艺学研究自身的"学科范式""话语体系"以及增强学术的"主体性"，具有示范的意义。这种"范式""话语"和"主体性"，对抵制20世纪90年代以来一股源于西方现代、后现代文艺思潮的侵蚀，也具有免疫的能力。它体现了我们党的战略定力、文化自觉和理论自信。历史告诉我们，靠西方文艺学说是不可能"解救"中国的文艺学研究的；靠"拷贝"外国的文艺理论也是制造不出解决中国文艺问题的"良药"的。习近平在文艺工作座谈会讲话中语重心长地谈道：如果"以洋为尊""以洋为美""唯洋是从"，跟在别人后面亦步亦趋、东施效颦，那是绝对没有前途的。《意见》中也郑重指出，要"坚持以马克思主义为指导，继承中国传统文艺理论评论优秀遗产，批判借鉴外国文艺理论，研究梳理、弘扬创新中华美学精神，推动美德、美学、美文相结合，展现当代中国审美风范。"这才是繁荣发展中国文艺理论和批评的正道。《意见》还提示，要"深入研究中国特色社会主义文艺理论，编好用好马克思主义文艺理论教材，把马克思主义中国化最新成果贯穿到课堂教学和文艺评论各个环节"。这就鲜明地昭示出构建和发展当代中国马克思主义文艺理论的方法与任务，昭示出在理论碰撞和风云激荡中获得更大的马克思主义文艺理论话语权的宗旨与途径。

时代在巨变，使命在召唤。道路已开通，航向已指明。在习近平同志文艺工作座谈会讲话精神和《意见》精神的鼓舞下，我国的社会主义文艺事业一定会迎来新的春天，当代中国的马克思主义文艺理论一定会创造新的辉煌。

马克思主义文艺理论中国化的新表述

——学习习总书记文艺工作座谈会讲话的体会

习近平同志在文艺工作座谈会上的讲话[①]，高屋建瓴，思想深邃，大气磅礴，内涵丰富，在马克思主义文艺思想发展史上具有里程碑的意义。习总书记的讲话，可以说是对我国社会主义文艺发展的新总结，是对建设文化强国构想的新概括，是对全面深化改革时期文艺走向的新定位，也是对未来文艺工作的新部署。这一讲话，对文艺界统一思想、凝魂聚力、开创新局，必将产生无可估量的作用和影响。

从学理的意义上讲，习近平的讲话，在新的历史条件和新的时代语境下，继承和发展了马克思主义文艺观，丰富和深化了毛泽东文艺思想，把中国特色社会主义文艺理论有力地推进到一个新阶段。特别是在实现马克思主义文艺理论中国化方面，这个讲话是继毛泽东同志《在延安文艺座谈会上的讲话》之后，产生出来的最新的成果。它是我们党用中国化马克思主义文艺观指导文艺工作的又一纲领性文献。

这里，我从讲话给马克思主义文艺理论中国化带来了哪些新东西的角度，谈一点粗浅的体会。

习近平的这个讲话，通篇贯穿了辩证唯物主义的方法论和历史唯物主义的精神。这种方法和精神，又同当下的时代主题、历史方位和文艺形势高度结合起来，因而使所阐述的各种文艺观念具有极强的现实针对性和时代使命感。这篇讲话，科学地分析了文艺领域面临的新态势新情况新问题，系统地回答了什么是中国特色社会主义文艺和怎样繁荣发展中国特色社会主义文艺的一系列根本问题，进一步明确了文艺工作的方向目标、主

[①] 习近平：《在文艺工作座谈会上的讲话》，《人民日报》，2015 年 10 月 15 日。此篇以下引文出自此处的，不再标注。

要任务和基本遵循，同时，使我们清晰地看到了社会主义文艺未来发展的灿烂前景和宏伟蓝图。这篇讲话，让我们真切地感受到它与马克思主义经典作家文艺观之间息息相通的灵魂脉动，感受到马克思主义文论的精神正像阳光普照大地一样，给正在为实现中华民族伟大复兴的文艺界和文艺家们，带来无限的温暖和热能。讲话中许多透辟犀利、发人深省的阐述和表述，可谓是在新的时代环境与文化土壤中绽放出的马克思主义文艺理论中国化的绚丽花朵。

众所周知，把文艺事业看作整个党的机器上的"齿轮和螺丝钉"，看作党的事业的一部分，这是马克思主义文艺观的常识。当年列宁就指出：文艺不能成为"与无产阶级总的事业无关的个人事业"，而应当"成为由整个工人阶级的整个觉悟的先锋队所开动的一部巨大的社会民主主义机器的'齿轮和螺丝钉'"，成为"有组织、有计划、统一的党的工作的一个组成部分"①。毛泽东的《在延安文艺座谈会上的讲话》，开宗明义就讲要"研究文艺工作和一般革命工作的关系，求得革命文艺的正确发展，求得革命文艺对其他革命工作的更好的协助"，以便使"文艺很好地成为整个革命机器的一个组成部分"②。为此，他系统地谈了"立场问题，态度问题，工作对象问题，工作问题和学习问题"，谈了"为群众的问题"和"如何为群众的问题"。③习近平的讲话，无疑继承和发展这一思想。他表示："文艺事业是党和人民的重要事业，文艺战线是党和人民的重要战线"。这个"重要"二字，不仅赓续了上述思想，而且依据新的形势和任务把文艺工作的地位和作用提到了前所未有的高度。

我们知道，马克思主义文艺理论历来重视革命文艺"为千千万万的劳动人民，为这些国家的精华、国家的力量、国家的未来服务"，不主张"为饱食终日的贵夫人"、"为百无聊赖、胖得发愁的'一万个上层分子'服务"④。在延安文艺座谈会《讲话》中，毛泽东结合中国实际，把这发展成"我们的文学艺术都是为人民大众的，首先是为工农兵的"⑤。这是马克

---

① 《列宁全集》第 12 卷，人民出版社 1987 年版，第 93 页。
② 《毛泽东选集》第 3 卷，人民出版社 1991 年版，第 847—848 页。
③ 《毛泽东选集》第 3 卷，人民出版社 1991 年版，第 848、853 页。
④ 《列宁全集》第 12 卷，人民出版社 1987 年版，第 97 页。
⑤ 《毛泽东选集》第 3 卷，人民出版社 1991 年版，第 863 页。

思主义文艺观的一个原则。为了体现这个原则，经典作家一直希望"工人阶级对压迫他们的周围环境所进行的叛逆的反抗，他们为恢复自己做人的地位所作的令人震撼的努力"，"应当在现实主义领域内占有一席之地"①；希望作家、艺术家深入生活，转变立场，和人民群众在思想和感情上打成一片，真正做人民的歌者。

习近平的讲话，极其鲜明地坚持了这一思想，并把对人民的热爱提高到了对作家、艺术家要求的更新的层次。习近平强调："社会主义文艺，从本质上讲，就是人民的文艺。""要把满足人民精神文化需求作为文艺和文艺工作者的出发点和落脚点。""人民是文艺创作的源头活水，一旦离开人民，文艺就会变成无根的浮萍、无病的呻吟、无魂的躯壳。能不能搞出优秀作品，最根本的决定于是否能为人民抒写、为人民抒情、为人民抒怀。""要始终把人民的冷暖、人民的幸福放在心上，把人民的喜怒哀乐倾注在自己的笔端"。他还指出："文艺工作者要想有成就，就必须自觉与人民同呼吸、共命运、心连心，欢乐着人民的欢乐，忧患着人民的忧患，做人民的孺子牛。对人民，要爱得真挚、爱得彻底、爱得持久，就要深深懂得人民是历史创造者的道理，深入群众、深入生活。诚心诚意做人民的小学生。""文艺创作方法有一百条、一千条。但最根本、最关键、最牢靠的办法是扎根人民、扎根生活。""人民"一词出现的频率如此之高，实为罕见。讲话把作家"深入生活"具体化为"深入群众""扎根人民"，把社会生活是文艺取之不尽、用之不竭唯一源泉的思想，升华凝练到"人民是文艺创作的源头活水"。这样的阐释，就使文艺上的唯物史观得到更彻底的贯彻，为马克思主义文艺理论中国化注入新的活力。

关于文艺批评，学界都知道恩格斯曾经提出过著名的"美学的和史学的"的批评标准。毛泽东也论述过文艺批评的"政治标准"和"艺术标准"之间的关系。他认为，"文艺家几乎没有不以为自己的作品是美的，我们的批评，也应该容许各种各色艺术品的自由竞争"。但"任何阶级社会中的任何阶级，总是以政治标准放在第一位，以艺术标准放在第二位。""我们的要求则是政治和艺术的统一，内容和形式的统一，革命的政

---

① 《马克思恩格斯文集》第 10 卷，人民出版社 2009 年版，第 570 页。

治内容和尽可能完美的艺术形式的统一"①。不难发现，这些批评标准的设定范围都有当时背景的因素。

习近平在文艺工作座谈会的讲话中，也谈了"要高度重视和切实加强文艺评论工作"的问题。但是，他有两个创新点：一是提出了要"运用历史的、人民的、艺术的、美学的观点评判和鉴赏作品"。这就大大丰富了马克思主义经典作家有关文艺批评标准的意蕴和内涵。因为增添"人民的"和"艺术的"两条，既触及批评的立场性判断，又关涉批评的专业性强调，比只谈"美学的和史学的"观点，只谈"内容"和"形式"的观点，是明显地推进了一步。主张从"历史""人民""艺术""美学"四种维度和观点来评判和鉴赏作品，这是一种理论创造。二是提出"把人民作为文艺审美的鉴赏家和评判者"。这句话，同马克思说过的"人民历来就是作家'够资格'和'不够资格'的唯一判断者"②有些相似。但是仔细比较后发现，这里把"够不够资格"的角度，变成了"审美"鉴赏的角度，把"判断者"变成了"鉴赏家"和"评判者"，而且把人民"作为"或者说放在了鉴赏家和评判者主体的地位，这不仅有现实针对性，而且会引发一场文艺批评格局的变革。

习近平文艺工作座谈会上的讲话，对马克思主义文艺观中国化给予了许多新的阐释，特别是提出了"中华美学精神"概念，强化了中国优秀文艺传统和文化遗产在建设中国特色社会主义文艺中的作用。习近平指出："中华优秀传统文化是中华民族的精神命脉，是涵养社会主义核心价值观的重要源泉，也是我们在世界文化激荡中站稳脚跟的坚实基础。"因之，"要结合新的时代条件传承和弘扬中华优秀传统文化，传承和弘扬中华美学精神"，"努力创作生产更多传播当代中国价值观念、体现中华文化精神、反映中国人审美追求"的优秀作品。这就再一次描绘了马克思主义文艺观中国化的底色、根基与取向，指引我们的文艺理论建设要充满中国的文化元素和理论色彩，杜绝用西方标准来剪裁和衡量我国文艺和文艺作品的偏差，将"古为今用""洋为中用"的文艺方针确切地落到了实处。我们发现，讲话中还涉及了诸如"信仰之美""崇高之美""文质之美""自

① 《毛泽东选集》第 3 卷，人民出版社 1991 年版，第 869—870 页。
② 《马克思恩格斯全集》第 1 卷，人民出版社 1956 年版，第 90 页。

然之美""生活之美""心灵之美，乃至"美的发现""美的创造""美学精神"等许多美学范畴和词汇，这不仅使马克思主义文艺理论的中国化表述增加了美学光泽，而且对马克思主义美学的中国化也给出了不少新的课题。

记得马克思在探讨剩余价值理论时曾说过："资本主义生产就同某些精神生产部门如艺术和诗歌相敌对。"[①] 可以说，习近平巧妙地发挥了这一思想，并把它用来分析市场经济对文艺带来的负面效应。这就是"存在着有数量缺质量、有'高原'缺'高峰'的现象，存在着抄袭模仿、千篇一律的问题，存在着机械化生产、快餐式消费的问题"。他告诫说："低俗不是通俗，欲望不代表希望，单纯感官娱乐不等于精神快乐"。强调"文艺不能在市场经济大潮中迷失方向，不能在为什么人的问题上发生偏差"。这就为我们观察和剖析当下文艺活动的规律和状况提供了"显微镜"和"望远镜"。倘若我们联系马克思主义文艺思想发展史来考察这些见解，不难发现，这实际是继承和发展了马克思主义创始人的"艺术生产"理论，合理汲取了"西方马克思主义"学者的"文化工业"理论中的有益因素。这些分析性见解，是从活生生的中国当代文艺现实中概括出来的，是很"接地气"的。因此，我们有理由说这是中国化的"艺术生产"理论，是马克思主义辩证批判精神的体现，是中国共产党人探索物质生产与精神生产、市场运作与文艺创造、社会效益与经济效益之间复杂关系的新的表达。

习近平同志在文艺工作座谈会上的讲话，给我们的理论启示是多方面的。它必将在新的历史起点上，推进社会主义文艺的发展，使中国化马克思主义文艺理论展现出新的面貌。

---

① 《马克思恩格斯全集》第26卷第1分册，人民出版社1972年版，第296页。

发展中国当代文艺理论的指南

一

在学习和领会习近平同志《在文艺工作座谈会上的讲话》过程中，深深感到这一讲话为中国当代文艺理论的发展指明了方向，为建构 21 世纪中国的马克思主义文艺学提供了指南。这么说至少有两点根据：一是《讲话》的内容为文艺理论推进有许多新历史条件下的创新，二是在今年政治局第一次集体学习时习近平明确提出了"发展 21 世纪中国的马克思主义"号召。他说："必须高度重视理论的作用，增强理论自信和战略定力，对经过反复实践和比较得出的正确理论，要坚定不移坚持。要根据时代变化和实践发展，不断深化认识，不断总结经验，不断实现理论创新和实践创新良性互动，在这种统一和互动中发展 21 世纪中国的马克思主义。"① 发展"21 世纪中国的马克思主义"，当然包括发展"21 世纪中国的马克思主义文艺学"，这是局部和整体的关系。

发展"21 世纪中国的马克思主义文艺学"，这里有三个关键词：一是"21 世纪"，二是"中国的"，三是"马克思主义"。"21 世纪"指的是时代特性，"中国的"指的是民族特性，"马克思主义"则是其本质属性。这三个关键词与"文艺学"结合起来，就决定它必将形成一个新的文论形态。这种"21 世纪中国的马克思主义文艺学"，同以往的"马克思主义文艺理论中国化"或"中国化马克思主义文艺学"，有何区别与联系呢？我认为，从联系上讲，前者是后者的一个发展；从区别上讲，前者对后者是一种理论范式上的转型。

众所周知，马克思主义文艺理论在中国的发生发展，大体经历了这样

---

① 习近平：《在中共中央政治局第二十次集体学习时的讲话》，《人民日报》，2015 年 1 月 25 日。

三个阶段：一是引进、介绍、传播和扩散影响的阶段；二是同中国革命文艺实践逐步结合的阶段；三是持续丰富这种结合并不断增加自身特点的阶段。总体上讲，这些都可看作是实现"马克思主义文艺理论中国化"的过程。而在这个过程中，中国共产党人和文论家对马克思主义文艺理论的贡献是巨大的。

不过，随着历史条件的变迁和文艺实践的发展，随着理论自信的增强和现实需求的迫切，不能不看到，马克思主义文艺理论在 21 世纪已经走到了需要由"中国化"向"中国的"转变的拐点。套用经济学上的一个说法，那就是我国的马克思主义文艺理论需要从"中国制造"向进入"中国创造"阶段的转化。

瞻望文艺理论前景，要推动中国的马克思主义文艺学发展，不能不对未来中国的马克思主义文艺学从提法、主张和界定上都赋予新的内涵。面对此种语境，习近平提出"发展 21 世纪中国的马克思主义"，无疑有着特出的意义。文艺理论界理应跟上步伐，相应地提出发展"21 世纪中国的马克思主义文艺学"的任务。这是现实的需要，也是发展的必然。因为习近平的文艺讲话已经昭示我们：到了新世纪，中国的马克思主义文艺理论应该实现一次理论形态上的转型和升级。即我们不仅要实现马克思主义与中国革命文艺实践的结合，而且要有我们自己的理论创造，有真正属于我们"中国的"东西。这里"中国化"与"中国的"虽一字之差，但它在理论层次上、在创造性的含量上是不同的。"21 世纪中国的马克思主义文艺学"，应是马克思主义文艺理论在中国的一次新的飞跃。

二

"随着自然科学领域中每一个划时代的发现，唯物主义也必然要改变自己的形式"[1]。文艺理论也不例外。"马克思主义一定要向前发展，要随着实践的发展而发展，不能停滞不前。停止了，老是那么一套，它就没有生

---

[1] 《马克思恩格斯选集》第 4 卷，人民出版社 2012 年版，第 234 页。

命了。"①"马克思这些老祖宗的书，必须读，他们的基本原理必须遵守，这是第一。但是，任何国家的共产党，任何国家的思想界，都要创造新的理论，写出新的著作，产生自己的理论家，来为当前的政治服务，单靠老祖宗是不行的。"②进入 21 世纪，我们更应当有这种抱负、这种能力、这种豪迈的勇气和境界。

进入新世纪之后，时代确乎出现了许多新的变化。依托社会实践和历史转型的中国马克思主义文艺理论，面临着再次"综合创新"的使命。在这种时代条件和背景下，中国马克思主义文艺理论要善于总结经验教训，勇于走出阴霾低谷，站到历史潮头和理论前沿，创造出真正呼应时代、表达精神诉求、凝聚审美理想和崇高信念的文论系统，在理论发展的各个链条和环节上注入中国元素，提出更多带有民族主体性的命题、范畴和概念，这不仅是必要的，而且是可能的。

我们已经看清了这些年文论走过道路的曲折和泥泞，文论建设已经到了摆脱跟着西方文论跑、变成人家学说的模仿者和膜拜者的时候了，已经到了抛弃贬损和排斥马克思主义文艺理论与本民族文论学说、认定只有走"西化"之路才行得通的时候了。为了改变文论观念和价值意识大面积倾斜的状况，我们理应在学习前人和外国人长处的基础上，创造性地构建我们自己的、符合马克思主义精神的文艺理论。

通观人类文艺思想史，没有哪个国家的文艺理论是通过依赖外国学说、跟在别人后面亦步亦趋地实现自身强大和振兴的。站在 21 世纪的地平线上，中国文艺理论界只要秉持自信心，具备理论定力，坚持走自己的路，把握世界潮流，增创自身优势，在中外文论的碰撞和互动中，下决心改变西方文论的"称霸"和"统治"地位，我们就一定能走在世界文艺理论建设的前面。

马克思主义文艺理论从来都是在直面问题中展开自己的画卷的。问题导向和科学思维，全局视野和战略眼光，立足实际和坚定信念，提升经验和针对难题，这些都是习近平文艺讲话带给我们的精神营养。理论在一个国家实现的程度，总是取决于它满足这个国家的需要的程度。毫无疑问，

---

① 《毛泽东选集》第 5 卷，人民出版社 1977 年版，第 417 页。
② 《毛泽东文集》第 8 卷，人民出版社 1999 年版，第 100 页。

习近平文艺讲话的许多论点，都是从广大文艺工作者的关切、需要和期盼中催生出来的，都是为推动解决文艺领域面临的突出矛盾和问题提炼出来的。正是从对文艺核心问题的深掘和拓展中，倒逼出一个个关乎文艺创作规律的具体问题，层层递进地展开了理论探索。因之，习近平讲话对发展我国马克思主义文艺学具有明确战略方向、规划重点领域、确认主攻目标、制定前行路经的全局性意义。

三

通过文本分析，可以进一步证明习近平讲话对构建"21世纪中国的马克思主义文艺学"的理论价值。

"正确的理论必须结合具体情况并根据现存条件加以阐明和发挥"[①]。我们必须使中国马克思主义文艺理论在其每一表现中带有中国的特性。习近平的《讲话》充分体现了这个原则。它从"实现'两个一百年'奋斗目标、实现中华民族伟大复兴的中国梦"高度来强调文艺的"不可替代"作用，认为"文艺是时代前进的号角，最能代表一个时代的风貌，最能引领一个时代的风气"，这就给我国文艺理论建设铺展了新的背景和底色。讲话要求"广大文艺工作者要从这样的高度认识文艺的地位和作用，认识自己所担负的历史使命和责任"，同时又"必须把创作生产优秀作品作为文艺工作的中心环节，努力创作生产更多传播当代中国价值观念、体现中华文化精神、反映中国人审美追求，思想性、艺术性、观赏性有机统一的优秀作品。"这就在功能和价值观领域提出了步入新世纪才面临的课题。

"社会主义文艺，从本质上讲，就是人民的文艺。"习近平对"社会主义文艺"概念的重申，对其本质的界定，有着鲜明的针对性。这种界定，不仅坚持了马克思主义文艺观，而且对当代文艺的人民性做了新的揭示。从马克思主义文艺发展史角度考察，集中从"以人民为中心"的内核来探讨社会主义文艺的本质特征，探讨社会主义文艺的实现方式和路径，这还是第一次。这种理念，给建构中国新的马克思主义文艺学开拓了无限的空

---

① 《马克思恩格斯全集》第27卷，人民出版社1972年版，第433页。

间。譬如，要"坚持以人民为中心的创作导向"，理论上如何去界说这个"中心"，在题材和素材上有何约束和要求，其"导向"功能怎么体现，这些都有必要从学理上加以阐明；又如，以往的文艺理论习惯称"生活是文艺创作的唯一源泉"，但此次习近平讲"人民是文艺创作的源头活水"。这两者是什么关系，也需要给以理论上的有力阐发。

尤其值得重视的是，《讲话》鲜明地指出了"能不能搞出优秀作品，最根本的决定于是否能为人民抒写、为人民抒情、为人民抒怀。"这种观点，把作品优劣同对人民态度关联起来考察，张扬了唯物史观见解，可谓发前人所未发。讲话指出"文艺工作者要想有成就，就必须自觉与人民同呼吸、共命运、心连心，……对人民，要爱得真挚、爱得彻底、爱得持久"。"文艺创作方法有一百条、一千条。但最根本、最关键、最牢靠的办法是扎根人民、扎根生活。"这些表述，充满了感情和智慧，充满了辩证法，在理论上是个创造，在马克思主义文论发展长河中也是极为罕见的。

《讲话》对优秀传统文化的重视，对中华美学精神的弘扬，也极大地增添了文论的"中国的"元素和精神内涵。这不仅出色解决了文艺理论上批判与继承的关系，而且为未来的文论建设创造性地铺设了一块具有完全自主知识产权的基石。习近平指出："只有坚持洋为中用、开拓创新，做到中西合璧、融会贯通，我们文艺才能更好发展繁荣起来。"在这个意义上，"21 世纪中国的马克思主义文艺学"，很可能形成一种"马魂－中体－西用"的模式。

四

不难发现，习近平的文艺讲话中有许多新颖提法。如"文艺是铸造灵魂的工程"；"艺术可以放飞想象的翅膀，但一定要脚踩坚实的大地"；文艺家要有"道德判断力和道德荣誉感"，"讲品位，重艺德，为历史存正气，为世人弘美德"；文艺工作者应当"成为时代风气的先觉者、先行者、先倡者"；文艺作品要"有筋骨、有道德、有温度"，"像蓝天上的阳光、春季里的清风一样，能够启迪思想、温润心灵、陶冶人生，能够扫除颓废萎靡之风"；文艺要"引导人民树立和坚持正确的历史观、民族观、国家观、文化观，增强做中国人的骨气和底气"，等等。这股清新的文风，让我们感受到马克思主义文论的生命力。

随着时代的进步和文艺的发展，中国的马克思主义文艺学要创造出新格局和新面貌这是必然的。而要创造出新格局和新面貌，势必就要认识市场经济条件下文艺产生的机制性特点和结构性矛盾。习近平的讲话直面这些问题，分析了诸多负面现象，把马克思的"艺术生产"理论发挥得淋漓尽致，这极大地增强了马克思主义文艺学说的威力。

习近平高度重视评论工作，提出要"运用历史的、人民的、艺术的、美学的观点评判和鉴赏作品"，这对构建21世纪中国的马克思主义文艺批评提供了新的准绳和信息。"信仰之美""崇高之美""文质之美""自然的美""生活的美""心灵的美"，以及"美的发现""美的创造""审美追求""文质兼美"，等等，这些词汇和概念不仅使文艺理论增添了诱人的光彩，而且也预示着未来中国马克思主义文艺理论和美学之间适度融合的可能性。

习近平指出："马克思列宁主义、毛泽东思想一定不能丢，丢了就丧失根本。"[1]这在文艺理论建设上，同样是如此。建构和发展"21世纪中国的马克思主义文艺学"，一方面要对实践证明正确的理论坚定不移地坚持；另一方面要靠实践来衡量和检验。马克思主义文艺理论的创新需求，是要靠破解实际的文艺问题来促进和推动的。马克思主义文艺理论有很强的实践功能，一旦被群众和文艺工作者所掌握，就会变成强大的精神力量。因之，马克思主义文艺理论要发展和创新，就要敏锐地发现新问题、分析新问题、解决新问题，切实增强理论的现实感和针对性，努力解决纷繁复杂文艺实践中那些带根本性、长远性、关键性的问题。这是习近平同志文艺工作讲话给我们的又一启示。

---

① 习近平：《在十八届中共中央政治局第一次集体学习时的讲话》（2012年11月17日），人民出版社2012年版，第5页。

让文艺上的历史虚无主义没有藏身之地

我们目前谈论的历史虚无主义，是指通过各种方式重新解读历史，通过否定马克思主义的指导地位和中国走向社会主义的历史必然性，来否定中国共产党执政合理性的一种社会思潮。历史虚无主义往往通过否定历史主体，颠覆唯物史观，强调用所谓的个体性叙事及个案和细节的展示，来演绎整体历史。它从丑化、妖魔化中国共产党领导的革命、建设和改革的历史开始，发展到贬损和否定近现代中国一切进步的、革命的运动的程度。文艺上的历史虚无主义思潮，同政治学、历史学、法学、经济学等领域的历史虚无主义思潮是互为表里、彼此相通的。

一

文艺上的历史虚无主义，在编造和歪曲历史的时候，往往声称自己是在进行"艺术创造"，是在实现"审美范式"的转换。实际上，它是以"审美""娱乐"之名，行拆解历史（特别是党史）、否定马克思主义（特别是党的领导）之实。文艺上的历史虚无主义，同艺术上的现实主义精神和浪漫主义情怀是背道而驰的。它是一种伪现实主义、伪浪漫主义。因为它在否定革命的正义性和必要性，把推动历史前进的政党、领袖和群众加以丑化、边缘化和碎片化之后，心仪的却是阻碍历史前进的反动势力，对其代表人物极尽吹嘘、夸赞和颂扬之能事。也就是说，它对历史不是完全"虚无"，而是有所"虚无"，有所"不虚无"。这就从根本上扭曲和颠倒了历史真相，搞乱了读者或观众的历史认识。

文艺上的历史虚无主义，不是一个单纯的艺术问题，而是有着明确政治诉求的一种错误思潮。它善于从个人好恶出发评断历史，喜欢以个人想象来虚构历史情境。它往往在"创新""探索""翻案""戏说"的名义下，采取极端不尊重历史事实的态度；它往往片面引用史料，取其一点、不及其余，无中生有、胡编乱造，任意改变对历史中重大事件、人物和问题的科学结论；它往往貌似"客观""公正""中立"，实则将人物写成"好人不好""坏人不坏"的"中性人"，混淆人们对于是非的判断。与此同时，它极力主张要按照抽象"人性论"的原则来描写事件、刻画人物，主张一切都要过"人性"的筛子，否则就是"概念化""脸谱化"。如此一来，历史在历史虚无主义者的笔下就被严重扭曲变形了，主流意识形态也被玷污、解构了。

文艺上历史虚无主义危害的严重性在于，它所散播的种种观念，不仅混淆了历史领域的是非曲直，而且直接动摇了做人和立国之本。例如，文艺应高扬民族精神，还是鼓吹妥协投降？应从历史主流中汲取精神力量，还是在历史支流中寻找负面影响？这就涉及如何对待民族虚无主义和文化虚无主义的问题了。道理很简单，颠倒历史，必然会导致是非、美丑、善恶、荣辱标准的颠倒。而这种标准一旦颠倒，就势必在价值观和人生观上造成整体性的混乱。有学者指出，历史虚无主义思潮最显著的特点就是以西方"普世价值"为标准，以"重新评价"为名头，歪曲和否定党的历史和新中国的历史。它往往祭起"还原历史""重写历史"的旗号，以二元对立、非此即彼、好走极端的单向度思维方式加以逆向重塑，颠倒黑白。这种意见我认为是正确的。用这种意见来观察和说明文艺上历史虚无主义的危害，也是适当的。把历史观及以之为基础的民族观、国家观、文化观、价值观搞乱的结果，将会带来犯颠覆性错误的危险。

二

文艺上的历史虚无主义，是一种与历史唯物主义文艺观相对立的形而上学的否定性思想倾向。我国文艺上的历史虚无主义有其特点，它不同于俄国十月革命后的"无产阶级文化派"企图抛弃以往一切人类和民族文化遗产的虚无主义，也不同于列宁为了区别"机会主义的虚无主义"提出的那种对反动的社会秩序抱有合理否定态度的"革命的虚无主义"。目前我国文艺上的历史虚无主义，是以集中否定、消解中国共产党的历史，否定革命的、进步的、面向人民的优秀作家和作品为其特征的。习近平同志在文艺工作座谈会上的讲话中指出："在有些作品中，有的调侃崇高、扭曲经典、颠覆历史，丑化人民群众和英雄人物"。他还批评有些创作"热衷于'去思想化'、'去价值化'、'去历史化'、'去中国化'、'去主流化'那一套"①。我认为，这些主要就是针对文艺上的历史虚无主义思潮讲的。

文艺上的历史虚无主义思潮为什么能够盛行？原因固然很多，有客观环境方面的，有主观认识方面的。但在我看来，最根本的原因还是由于创作主体在理想信念方面出现了问题，以致其转变了立足点或创作立场。这一点，甚至在一些有名的或获大奖的作品中也有较为突出和明显的表现。譬如，把共产党的干部写得跟国民党反动派一样坏，把人民军队写得和反动军队一样凶残，把人民领袖写得同人民公敌一样毒辣阴险，把社会主义制度写得和旧社会的制度一样横暴黑暗……凡此种种，不管作者采用什么样的隐蔽手法，拿出何种堂皇的借口，都只能令人怀疑是其创作立场和世界观发生了偏转。否则，是不会指桑骂槐、指鹿为马，丧失基本的理性判断的。

2013 年 6 月 28 日，习近平同志在全国组织工作会议上的讲话中指出，"事实一再表明，理想信念动摇是最危险的动摇，理想信念滑坡是最危险的滑坡。"②如果创作主体不是对党、对社会主义和共产主义、对马克思主义发生理想信念上的动摇、滑坡，那怎么会去"虚无"本不该"虚无"的东西？怎么会去美化历史上的罪人、丑恶和黑暗，并为其翻案？怎么会去鼓吹"共产主义虚无缥缈论"？没了理想信念，或理想信念不坚定，精神上就必然"缺钙"，就必然会得"软骨病"，就有可能导致政治上的变质。对此，习近平同志提醒道："要坚定理想信念，切实解决好世界观、人生观、价值观这个'总开关'问题。'总开关'问题没有解决好，这样那样的出轨越界、跑冒滴漏就在所难免。"他在新进中央委员会的委员、候补委员学习贯彻党的十八大精神研讨班上的讲话中说："我们一些同志之所以理想渺茫、信仰动摇，根本的就是历史唯物主义观点不牢固。"③面对这

① 习近平:《在文艺工作座谈会上的讲话》,《人民日报》,2015 年 10 月 15 日。
② 《十八大以来重要文献选编》(上),中央文献出版社 2014 年版,第 340 页。
③ 《十八大以来重要文献选编》(上),中央文献出版社 2014 年版,第 116 页。

个以历史唯物主义观点为哲学基础和方法论的"总开关",难道作家、艺术家能够例外吗?显然是不能的。如何保证作家、艺术家的理想信念不缺失、不动摇、不蜕变、不滑坡,这确是一个需要引起高度重视的问题。

文艺家失去了理想信念,灵魂就会沦陷,创作的作品就会"热衷于'去思想化'、'去价值化'、'去历史化'、'去中国化'、'去主流化'"。这五个"去",实际上,就是对一些文艺作品通过臆想和独断对"五四"以来的进步历史、对共产党领导的革命史和社会主义的辉煌进程加以回避、稀释,加以扭曲、否定和妖魔化现象的凝练概括与表述。当下出现的对中国共产党领导的抗日战争的怀疑,对刘胡兰、黄继光、邱少云等革命英雄的质疑等等,其目的就是使历史变成一种没有理想、没有深度、没有本质、没有是非的东西,其核心是怀疑和否定党的领导、否定社会主义制度、否定共产主义理想。这样的历史虚无主义渗透于文艺作品,必然使其精神价值枯干委顿,失去引领人民前进的资格和作用。

三

那么,我们如何抵制和克服文艺创作上的历史虚无主义思潮呢?我觉得,这里既有解决思想问题和认识问题的层面,又有解决现实问题和实际问题的层面。综合来看,我们应以时不我待的紧迫感和繁荣发展社会主义文艺的使命感,加强理论学习,开展对不良作品、现象和思潮的批评,深化新时期文学史研究,传承和弘扬中华美学精神,让文艺上的历史虚无主义没有藏身之地。

其一,要在文艺界开展历史唯物主义文艺观的学习和宣传。这是保持理论清醒和正本清源的一项根本举措。在学习宣传历史唯物主义文艺观时,要重点辨析和批判抽象"人性论",因为这是文艺上滋生历史虚无主义的一个重要的观念上的根源,也是其比较容易欺骗人和迷惑人的地方。这些年来,我们对马克思主义文艺理论和文艺观的宣传和学习,做得很不够。文艺上上层建筑和经济基础的关系问题,文艺上的阶级分析和阶级观点问题,作家立足点、世界观与文艺创作之间的关系问题,艺术真实与历史真实的关系问题,等等,几乎没有人提了。相反,西方资产阶级文艺观，如"新历史主义""存在主义""新人本主义""怎么说都行"的"后现代"理论，却肆意流布、大行其道。这怎能不给以所谓客观主义姿态掩盖其资产阶级立场、以抽象"人性论"来取代和颠覆唯物史观的社会思潮提供泛滥条件呢？认真补上马克思主义文艺观这一课，势在必行。这是克服文艺上历史虚无主义思潮的根本举措。

其二，要把文艺批评和文艺争鸣切实地开展起来，敢于同文艺上的历史虚无主义现象作斗争。真理越辩越明。历史虚无主义的文艺作品，是经不起检验和批驳的。"事实是毫无情面的东西，它能将空言打得粉碎。"① 可惜，我们文艺界很少有真切的批评，很少有敢于向历史虚无主义开刀的文章。面对这类作品，多是恭维遮掩，明知不对，少说为佳，装聋作哑，假冒开明，甚至吹捧炒作、推波助澜。这怎能不给充斥历史虚无主义毒素的作品留下存活的空间？习近平同志是把文艺批评比作"镜子"、比作"良药"的。他郑重指出，"文艺批评要的就是批评"②。可我们的一些批评呢？恰恰是在庸俗吹捧、阿谀奉承，把批评这把"利器"变成了"脂粉"和"鸡汤"。没有批评，事实上就给历史虚无主义开了绿灯。而只空对空地从学理上分析文艺上历史虚无主义的危害，也很难有什么实际的效果。因之，文艺界要对有代表性的历史虚无主义文艺作品，展开旗帜鲜明、实事求是、充分说理、指名道姓、短兵相接的分析和批评。这样，才能遏制历史虚无主义蔓延的势头。这应是克服文艺上历史虚无主义思潮的核心工程。

其三，要积极开展新时期以来文艺思想史和文艺创作史的研究，在总结经验教训中找到解决问题的办法。应该说，这些年不是没人在做新时期以来的文艺思想史和创作史研究。但毋庸讳言，这些研究还缺乏反思的深度，缺习近平同志所说的那种"对各种不良文艺作品、现象、思潮敢于表明态度，在大是大非问题上敢于表明立场"的精神；往往流于表面梳理，急于评功摆好，不作善恶辨析。这就极大地削弱了文艺史研究的价值和功能，给包括历史虚无主义在内的各种错误思潮以栖身之地。从 20 世纪 80 年代中期开始，有不少错误的、有害的文艺理论和观念没有得到清

① 《鲁迅全集》第 5 卷，人民文学出版社 2005 年版，第 569 页。
② 习近平：《在文艺工作座谈会上的讲话》，《人民日报》，2015 年 10 月 15 日。

理，至今还在影响着一些人。"人物性格组合论""主体性论""告别革命论""审美至上论"，等等，仍被一些研究者摆在文艺思潮史的重要位置加以肯定。这就把一些人特别是年轻学生的思想搞乱了。所以，要高度重视文艺思想史和文艺创作史的研究，把它作为一个重要的思想阵地，努力发挥其破除历史虚无主义倾向的作用。这是克服文艺中历史虚无主义思潮的关键一招。

其四，要结合新的时代条件大力传承和弘扬中华美学精神，把文艺上的历史虚无主义清除出去。习近平同志在文艺工作座谈会上的讲话中提出了"传承和弘扬中华美学精神"这一新命题。这一命题，对破除文艺上的历史虚无主义具有重要意义。按照鲁迅的说法，中华优秀传统文化"写着中国的灵魂，指示着将来的命运"①。中华美学精神是中华民族精神的一种命脉，是涵养社会主义核心价值观的一个源泉，是我们在世界审美文化激荡中站稳脚跟的一块基石，是在文艺领域抵御历史虚无主义思潮的一道坚固堤坝。文艺创作不仅要有当代生活的底蕴，而且要有文化传统的血脉。"求木之长者，必固其根本；欲流之远者，必浚其泉源。"文艺工作者要增强文化自觉和文化自信，要增强中华审美文化、中华美学精神的自觉与自信。坚决拒绝"以洋为尊""以洋为美""唯洋是从"，摒弃虚无历史、虚无价值、虚无中国，在创造性转化和创新性发展中传承和弘扬中华美学精神。这是克服文艺上历史虚无主义思潮的基础性工作。

---

① 《鲁迅全集》第 3 卷，人民文学出版社 2005 年版，第 17 页。

软性历史虚无主义的表现与危害

露骨、显性、直接的历史虚无主义，由于其明目张胆、明火执仗地丑化领袖、否定革命、曲解历史、抨击进步，极易被人看穿识破，所以，一经遭到批驳便成"过街老鼠"，很快失去先前的影响力，鼓吹者也收敛了许多。但是，必须看到，作为一种思潮的历史虚无主义并没有绝迹，也没有消停，而是变换了策略，变换了手法。这其中，软性历史虚无主义就是它在眼下的一种主要表现形式。

软性历史虚无主义在学界、思想界、理论界和文艺界都有不同程度的存在，在有些领域还很活跃。软性历史虚无主义的突出特点，是它比以往历史虚无主义乔装打扮得更为隐蔽、更为巧妙、更为模糊，因而它对受众来说也更具欺骗性和迷惑性。从这个意义上讲，软性历史虚无主义亦可称为隐性历史虚无主义。

软性历史虚无主义的出现，是时代和社会的客观形势发生了巨大变化的产物，也是由复杂的意识形态领域斗争的规律所决定的。由于历史虚无主义不得人心，它要想存活就得伪装自己，寻找避难所，于是，软性历史虚无主义就成了防空洞，成了避风港。

可以这样说，不管是硬性历史虚无主义还是软性历史虚无主义，不管是显性历史虚无主义还是隐性历史虚无主义，其内在本质都是一样的，其理论基础也是大同小异的。它们的区别，只不过是一个唱"红脸"，一个唱"白脸"；一个投的是"明枪"，一个放的是"暗箭"。对于力求保持历史清醒的人来说，无论历史虚无主义怎么变幻，多么狡猾，用何障眼法，都需要戳穿它的"画皮"，揭露它的实质，批驳它的谬误，认清它的危害。

记得马克思在《资本论》中谈到必须把资本的一般的、必然的趋势同这种趋势的表现形式区别开来时，曾说过这样一段深刻的话："有一点一开始就很清楚：只有了解了资本的内在本性，才能对竞争进行科学的分析，正像只有认识了天体的实际的、但又直接感觉不到的运动的人，才能了解天体的表面上的运动一样。"①这段话，对于我们观察软性历史虚无主义的表演是很有启发意义的。的确，我们只有了解了那些实际存在、但又直接不易察觉的诸种历史虚无主义现象，了解了它的真实的活动状况，才能洞察其内在本性，并做出实事求是的科学判断。

毫无疑问，软性历史虚无主义在散布错误历史观和价值观方面，已经呈现出一些新的特点。这些特点，一是其议题设置得更加广泛、更加宽阔，涉及的领域已开始向社会生活的底层、向一些常被忽视的思想边缘地带渗透和延伸；二是手段更加隐晦、含混，喜欢以小见大、以偏概全，其蕴含的观念、价值立场和人生态度往往是软中带硬、绵里藏针；三是传播的途径和方式发生了变化，一些娱乐性和消遣性的平台以及受众较多的媒介体，更容易成为其藏身之所；四是软性历史虚无主义趋向学术化和学理化，打着冠冕堂皇的研究和探讨幌子，运用一些个别的不具普遍性的所谓"史料"或"事例"，进而达到扭曲正确认识、颠覆革命传统、否定马克思主义的目的。当然，与学术化特点相辅相成的，也不乏把学术话语转变成通俗生活的话语，转变成老百姓易于接受话语来表达的例子。

这些特点，通过观察史学界、理论界、学术界和文艺界历史虚无主义表现的具体状况，是不难得出上述结论的。从另一方面讲，这些特点也形成了我们将之称为"软性历史虚无主义"的根据。

为了说明问题，不妨举例而言。譬如，有些史学研究，不愿肯定应该肯定的正面人物，却偏偏绞尽脑汁为一些已有定评的反面人物去翻案、去正名、去颂扬；有些文章，故意掀起一股所谓的"民国热"，把旧民主主义时期说得头头是道，样样都好，全为典范，执意要制造出"今不如昔"的效果；有的论者，特别善于利用人们的怀旧、好奇和探究心理，把一些普通人的、个体的、偶然的遭遇故意描绘和影射成是时代的命运、历史的氛围、事件的全局；有的研究，美其名曰"历史真相大揭秘"，结果却是将一些本来名垂青史、可歌可敬的优秀而杰出的人物，糟蹋得丑恶低俗、面目不堪、甚或可憎。

再如，有些文艺作品，对大革命时期、抗战时期、解放战争时期以

---

① 《马克思恩格斯文集》第 5 卷，人民出版社 2009 年版，第 368 页。

及新中国成立后的阶级矛盾和阶级斗争，描写得昏天黑地、善恶不分，充斥着历史唯心论和抽象人性论的表演；有的小说、剧本，把正面人物和历史处理的无比肮脏、下作、龌龊，尽管带有某种"魔幻"或"变形"的色彩，却终脱不开扭曲历史、丑化革命、虚无价值的干系；有的作品，把信仰抽象化，把国民党的特工人员描写得比共产党的特工人员更有品格、更有信仰、更为坚毅、更有牺牲精神；有的作品，非要把"过去的故事反着讲"，采取混淆视听的手法，将翻天覆地的土改运动描绘成是对"善良""勤劳""开明""有功"地主的迫害史和杀戮史，把农民群众、共产党人和人民政权塑造成一群凶狠残暴、戕害无辜、作恶多端的恶棍与暴徒；有些影视作品，价值取向、审美好恶和反映视角严重倾斜，以嘲笑英雄、挪揄时代、贬损军队、解构历史为能事，除了晒颜值，表现脸蛋美、大腿美外，其他方面不能给人一点儿正义感和美感，人性的丑陋描绘到极致，让人对正能量的事物失去好感和信心。

又如，有的批评家，竟然认为我国之所以没有任何伟大的描写战争的作品，是因为作者总是区分"正义战争"和"非正义战争"，而没能把所有战争都看作是不人道、反人性的，都是在杀人的。如此一来，一切正义的战争连同表现它的作品就都被否定了。有的文论研究者，主张把我国20世纪50至60年代的文艺理论这一页"全掀过去"，缘由是都受到苏联文艺理论的影响，都是苏联文艺学的"翻版"，主张把中国现代文学理论直接续到20世纪初西方现代文论和王国维的理论脉系上去。殊不知，50至60年代的文艺理论，虽说有某种教条主义的因素，但其主流、主体还是可取的，还是马克思主义特别是中国化马克思主义的。这种割断新民主主义和社会主义衔接历史的主张，打着否定苏联文论的旗号，把马克思主义文艺理论引进、传播和同中国实际结合过程中做出积极贡献的历史一笔勾销，全部推倒，既不一分为二，也不对具体问题作具体分析，把包括马克思主义文艺理论在内的一切进步的革命的文论传统通通地一棒子打死、一股脑否定，其结果只能是"全盘西化"。

软性历史虚无主义的表现，还可以列出许多。从中我们可以发现，软性历史虚无主义软的是形式，硬的是内核；软的是手段，硬的是理念。正因如此，它在具隐蔽性和迷惑性的包装下，才容易产生雾霾般的弥散性效果。

显性历史虚无主义的危害性很大，这是学界和思想界所公认的。软性或隐性历史虚无主义，由于隐蔽得深，善于伪装，善于包裹，善于打着"普世"或"人性"的幌子，所以其危害性更不容忽视。有些软性历史虚无主义的言论和作品，由于出自名家，不仅受到舆论界追捧，而且还有获得国内外荣誉或奖项的护身符，这就更增加了它的欺骗性和诱惑性。

不难设想，假若一部软性历史虚无主义作品，在媒体和文坛上始终被推崇、被褒奖、被当作范本和荣耀，始终在读者——尤其是在青年人——当中留下神圣不可侵犯的印象，那么它产生的负面效果将会是多么严重！这种表面"合情"、貌似"合理"的历史虚无主义作品，这种还戴着光环的历史虚无主义作品，这种把消解的锋芒藏得很深的历史虚无主义作品，它们对人们树立正确的历史观、人生观和价值观所起的负面作用，是比一般的历史虚无主义还要严重和突出的。

习近平同志十分重视对历史虚无主义的批评，他对抵制历史虚无主义提出过许多有针对性的要求。习近平指出：对待历史须有史识、史才、史德，"不能用无端的想象去描写历史，更不能使历史虚无化"。在他看来，研究者虽然"不可能完全还原历史的真实，但有责任告诉人们真实的历史，告诉人们历史中最有价值的东西。戏弄历史的作品，不仅是对历史的不尊重，而且是对自己创作的不尊重，最终必将被历史戏弄。"① 只有树立正确历史观，尊重历史，按照历史规律和艺术规律呈现历史的面貌，才能经得起时间的检验，才能立之当世、传之后人。他曾对文艺创作中"去思想化""去价值化""去历史化""去中国化""去主流化"提出批评，认为这一套"绝对是没有前途的"②。这也是他对防止和警惕各种历史虚无主义的严肃告诫。

如果按照习近平的这些要求去观察和分析当前的某些文章和作品，那么不难发现，在历史观、人生观、价值观上有虚无主义偏颇和缺欠的文章和作品是并不鲜见的。

毋庸讳言，历史虚无主义不管是显性的还是隐性的，现已成为一种时髦，一种潜在的潮流。它的直接的哲学基础固然很复杂，但其核心是西方现代的所谓"新历史主义"。现在某些写"家族史""村落史""秘史""野

---

① 习近平：《在中国文联十大、中国作协九大开幕式上的讲话》，《人民日报》，2016 年 12 月 1 日。

② 习近平：《在文艺工作座谈会上的讲话》，《人民日报》，2015 年 10 月 15 日。

史""外史""异史""民间史""战争史"的作品，大多采取一种所谓个体化、碎片化、边缘化、底层化的书写方式。其中，比较普遍的倾向就是"重构历史""调侃历史""戏说历史"，甚或"曲解历史""颠覆历史""解构历史"，唯物史观成了被鄙弃的对象，唯心史观的喧嚣却成了"香饽饽"。

　　因之，我们要看清"新历史主义"的本质、看清"新历史主义"同软性历史虚无主义之间的联系。这对我们坚持马克思主义的社会观和历史观，坚持以人民为中心的理论和创作导向，是有帮助的。我们要汲取历史上虚无主义泛起的教训，认真地开展对形形色色历史虚无主义的批判。

结合新的时代条件弘扬中华美学精神

一、中华美学精神是一个新的美学命题

习近平同志在文艺工作座谈会上提出了"传承和弘扬中华美学精神"①，这是一个重要课题，也是实现中华传统文化创造性转化的一项重要任务。对中华美学精神的传承和弘扬，不仅可以打通了古今中外优秀美学精神之间的联系，而且对当下文艺创作和美学实践有着现实的引领意义。

中华美学精神不是一个既定的、静止的存在，而是一个动态的、不断发展的集合体。中华美学精神至少包含两个维度：一是它蕴含在中华哲学精神之中，与西方的美学和哲学精神有着不同的特质；二是它体现为一个运动着的历史过程，古代的美学精神当然包含其中，近现代的美学精神同样也在传承和弘扬之列。正因如此，对中华美学精神的传承和弘扬，既不能仅从古典美学自身出发，也不能从舶来的现代美学观念出发；既不能简单地将中华美学精神等同于一般的哲学精神，也不能简单地将中华美学精神划定在追求形式美的范围之内。中华美学精神应是一个精神性的大概念，除了技术方面的要求，理应有理想、信念、道德和价值等方面的规定，理应与特定历史时段的生产方式、社会性质和文化形态相连。

不可否认，目前人们对于"中华美学精神"的界说是多元的，大家都在从不同角度加以阐释和开掘。在这个时候，我认为学界有责任进一步探讨中华美学精神的内核究竟是什么。对这个问题的回答，恐怕见仁见智，但大体弄清楚其内核本质，还是有好处的。对"中华美学精神"内核的把握，当然可以从公元前人类轴心时期的老子、孔子和庄子梳理起，可以从先秦的诗经和楚辞的影响梳理起，亦可从我国多民族音乐、绘画、舞蹈、

---

① 习近平：《在文艺工作座谈会上的讲话》，《人民日报》，2015 年 10 月 15 日。

戏曲、书法等的精神中间加以总结。这方面，应该说我国古代文论界和古典美学研究领域已经做了不少的工作。譬如，把老子的"道法自然"思想、孔子的"礼乐"观及庄子的"大美不言"论说成是中华美学的根基，大有人在。这种从源头上归纳中华美学精神的做法，固然有一定道理，可是总有种"厚古薄今"之嫌。对中华美学精神的认识，我以为应该更加升华，更加凝练，更加具有时代气息。我认为，习近平同志不仅提出了"传承和弘扬中华美学精神"这一命题，而且他对中华美学精神的内核的阐释是有个性和时代感的。

那么，在习近平那里，中华美学精神的内核到底是什么呢？如果依照文艺工作座谈会讲话的文本理解，那么可以说中华美学精神的内核就是崇尚真善美的高度融合。这是一种审美价值观，也是一种独特的美学精神；如果按照文艺社会学和艺术哲学的角度去理解，那么中华美学精神的内核就是美学的"人民性"问题，或者说就是美学与人民群众的关系问题。这种中华美学精神的内核，根植于源远流长的中华民族"自强不息""厚德载物""以民为本"思想，是中华民族集体性的审美意识的精髓和灵魂；这种中华美学精神的内核，诚如习近平讲话中所解释的，同时含有信仰之美、崇高之美、道德之美、自然之美等多种精神成分。这种中华美学精神的内核，到了新文化运动以后，尤其是到了马克思主义文艺观和美学观在中国广为传播的时候，它便开始同新民主主义和社会主义的美学观和价值观融为一体。中华美学精神在社会现代化的进程中，是经历了改造、蜕变、拓展和创新了的。今天我们要传承和弘扬的中华美学精神，是和社会主义的价值观相吻合的美学精神。习近平特别强调"每个时代都有每个时代的精神"，道理就在这里。

中华美学精神既然是一种"精神"，那么就不能单纯地把它当作一般的手法、技巧、表征或风格来看待。中华美学精神的传承和弘扬，也应主要地集中在"精神"的层面上。当下，需要传承与弘扬的中华美学精神，主要包含哪些内容呢？如果用习近平的话来加以表达，我认为主要有这样一些精神："坚持以人民为中心"，"为人民抒写、为人民抒情、为人民抒怀"的创作导向精神；"把爱国主义作为文艺创作的主旋律"精神；"引导人民树立和坚持正确的历史观、民族观、国家观、文化观，增强做中国人的骨气和底气"的精神；推动整个民族具有"一代接着一代追求真善美的道德境界"，保持"永远健康向上、永远充满希望"的精神；就是要"能够启迪思想、温润心灵、陶冶人生"，"让人们的灵魂经受洗礼"，"扫除颓废萎靡之风"的精神；就是"坚持洋为中用、开拓创新，做到中西合璧、融会贯通"的精神。①我们把这些思想论述连贯、集结起来，可以说就是中华美学精神在当代的一个理论提升。而这样的表述，是要比通常所谓的"天人合一"②、"万物一体""物我两忘""宇宙生命感""意境含蓄""气韵生动""形神兼备""韵外之致""感性创造思维"等概括，更能触及当下中华美学精神的实质，更具有新时代感，也更具有实践性品格。

二、中华美学精神传承与弘扬的逻辑

中华美学精神的传承和弘扬是有内在逻辑的。这个内在逻辑，倘用习近平在纪念孔子诞辰 2565 周年国际学术研讨会上讲话的说法来表述，那就是运用传统不能食古不化、作茧自缚，不能"一股脑儿都拿到今天来照套照用"，而要实现"创造性转化、创新性发展，使之与现实文化相融相通，共同服务以文化人的时代任务"③。如果按照习近平在文艺工作座谈会上讲话的说法，那就是"要结合新的时代条件传承和弘扬中华优秀传统文化，传承和弘扬中华美学精神"④。这两处表述的两个关键措辞，一是要"创造性转化、创新性发展"，一是"要结合新的时代条件"。这就实际上是指明了传承和弘扬中华美学精神的基本方法和基本路径。

对于传承和弘扬中华美学精神，应该说是没有多少人有疑义的。谁都承认中华美学精神里面有许多珍贵的宝藏。但是，究竟采取什么样的方式和办法去传承和弘扬，实际上却是存在不同的见解和做法的。客观地说，

---

① 习近平：《在文艺工作座谈会上的讲话》，《人民日报》，2015 年 10 月 15 日。

② "天人合一"，当代许多学者将其解释为人与自然的和谐。但是，考察"天人合一"的原语境就会发现，最初它不是关于人与自然关系的表述，而是关于人类政治模式的一种表达。"天人合一"的基础是"天人相应"，而所谓的"天人相应"非指普通民众，而是针对特别的天命之人，这些人的所作所为都有某种天命的指引，并通过某种天象昭示出来。这种观念本身是上古流传下来的巫史政治的延续，与现代人所理解的自然和人的观念没有多少相同之处。

③ 习近平：《在纪念孔子诞辰 2565 周年国际学术研讨会上讲话》，《人民日报》，2014 年 9 月 25 日。

④ 习近平：《在文艺工作座谈会上的讲话》，《人民日报》，2015 年 10 月 15 日。

传承和弘扬中华美学精神，能否去"结合新的时代条件"，能否进行"创造性转化、创新性发展"，学界和理论界并非都很自觉、都认识一致的。按照通常的理解，传承和弘扬之间是一个先后的线性关系，弘扬之前先要传承，只有获得传承后，才能够去加以弘扬，传承在字面上体现为对传统中华美学精神的一种接受。这似乎没有大错。可是按照这种形而上学逻辑，中华美学精神的传统就成了一个带有固定性和独立性的静态存在了。

问题是，传统文化也好，中华美学精神也好，它们都是需要以创新来引导继承的，只有通过创新，它们才能使传统存活在当下。因之，即便是在"中华美学精神"中寻找某种"不朽"的因素，那这种所谓"不朽"，也不是一种凝固僵硬的东西，而是指它在当代乃至未来仍有一种精神活性。而且这种活性的存在，又可以优化当代的美学生态，使得当今的文艺和审美更加具有朝气与活力。所以说，"中华美学精神"是存在于时间之中的，只是这个时间不能被解释为一种静止的时间，而应当被解释为像真理一样是一个流动的过程。

换句话说，中华美学精神作为一种"精神"，虽然与传统相关，但却不能单纯从传统自身来认知和解释。这就像马克思在《〈政治经济学批判〉导言》中所指出的那样："从实在和具体开始，从现实的前提开始，……似乎是正确的。但是，更仔细地考察起来，这是错误的。"因为"具体之所以具体，因为它是许多规定的综合，因而是多样性的统一。"正确的方法应是"从抽象上升到具体的方法"，即"抽象的规定在思维行程中导致具体的再现"[①]的方法。从传统的实在自身出发所能够发现的包括"美学精神"在内的"精神"，只是"精神"的古董和"精神"的化石。它是"精神"失去精神活性后的残骸，却不是精神本身。只有那些既能存在于传统中又能超越传统，在现今时代仍然具有活力的东西，才属于精神性的存在。同理，"精神"的现在和未来又不可能脱离过去而存在，对于"精神"传统的批判与转化，并不意味着"精神"的当下就是完全合理的，它同样也存在着一个自我批判和自我改造的过程。

所以说，对于"中华美学精神"的传承和弘扬，既不是一个从古到今的线性推进过程，也不是一个从今返古的逆向反思过程，而是一个螺旋上

---

① 《马克思恩格斯文集》第 8 卷，人民出版社 2009 年版，第 24—25 页。

升的过程。它既要通过弘扬来深化传承，又要通过传承来强化弘扬，在这个双向循环往复中，扬弃式的弘扬处于主导地位。只有这样，才能真正构建起"中华美学精神"传承和弘扬的辩证关系。在传承和弘扬中华美学精神过程中，毫无疑问采取虚无主义、复古主义或功利主义态度是有害的。坚持辩证法和唯物史观立场，尊重传统而不盲从传统，注意在延续民族文化血脉中开拓前进，这样，中华美学精神才会绽放开出新的花朵。

三、马克思主义介入中华美学精神的意义

这里不能不涉及中华美学精神与马克思主义美学思想的关系问题。我们须承认中华美学精神的传承与弘扬"要结合新的时代条件"才能有效落实。而在这种需要结合的时代条件中，马克思主义的介入是一个必不可少的条件。这不仅因为马克思主义是指导我们思想的理论基础，对中华美学精神的传承与弘扬有着方向上的指引，而且更为重要的是自从现代以来，中华美学精神自身就包含着中国化马克思主义美学观的成分。

中华美学精神来自中国审美文化的实践，它在发展中既需要内生的动力，也需要外力的激发。而这中间，马克思主义美学思想是极其重要的力量之源。中国现代历史表明，马克思主义是适合中国现代国情的，是能够解决中国现代以来所面临的各种问题的，是能够拯救和焕发中华传统文化和美学精神的活力的。从"五四"新文化运动到各解放区的文化运动，从新民主主义的文化到社会主义的文化，都有力地证明了马克思主义所起到的无比重要的作用。马克思主义美学精神，已经成为现代中华美学精神的有机传统。这从鲁迅的作品看得出来，从《黄河大合唱》和《白毛女》看得出来，从歌舞史诗《东方红》也可看得出来。毛泽东在总结中国现代进程之后曾经这样说过："自从中国人学会了马克思列宁主义以后，中国人在精神上就由被动转入主动。从这时起，近代世界历史上那种看不起中国人，看不起中国文化的时代应当完结了。伟大的胜利的中国人民解放战争和人民大革命，已经复兴了并正在复兴着伟大的中国人民的文化。"[1] 这难

---

[1]《毛泽东选集》第 4 卷，人民出版社 1991 年版，第 1516 页。

道不是非常有说服力地揭示了马克思主义与中华优秀传统文化——包括中华美学精神——之间的密切关系吗？尽管人们对于马克思主义的认知不免还存在比较肤浅或部分误读的情况，尽管审美文化实践中也发生过不少失误，但是这并不妨碍社会对于马克思主义的真诚接受，并不妨碍马克思主义美学观成为中华美学精神的新主轴和新脊梁。无可否认，现代的中华美学精神，许多都是奠基于中国化马克思主义美学理论的基础之上的，马克思主义美学观已经成为中华美学精神不可分割的一部分。

除此之外，马克思主义融会和介入中华美学精神，还表现在对传统文化"去粗取精，去伪存真""推陈出新"的方法论上。列宁曾提出过著名的"两种民族文化"学说，这可说是批判继承传统文化的思想法宝。列宁不赞成笼统的"民族文化"的口号，认为"谁拥护民族文化的口号，谁就只能与民族主义市侩为伍，而不能与马克思主义者为伍。"①在列宁看来，"每一个现代民族中，都有两个民族。每一种民族文化中，都有两种民族文化。一种是普利什凯维奇、古契柯夫和司徒卢威之流的大俄罗斯文化，但是还有一种以车尔尼雪夫斯基和普列汉诺夫的名字为代表的大俄罗斯文化。乌克兰同德国、法国、英国和犹太人等等一样，也有这样两种文化。"②所以，在对待民族文化问题上，要具体问题具体分析，不能不加批判地笼统地回到传统文化本身，不能认为一切民族文化、一切传统文化都是好的，也不能要求一切都按照古人的方式行事。我们今天讲的中华美学精神，显然应该是那些对生生不息的民族审美文化有着重要滋养功能的部分。因此，"结合新的时代条件"传承和弘扬中华美学精神，理所当然地要把马克思主义的辩证批判精神包含其中。

马克思主义在现代思想理论框架中，无疑是少有的具备跨文化解释能力的体系。不难设想，如果把一种美学精神理解为绝对理念的感性显现，缺乏对现实基础的关怀，那么，对美学精神的认识就只能是知其然，不能知其所以然；如果像自由主义者那样只迷信所谓"纯粹现代性"思想，并将之视为一种不言自明的存在，那么，同样也会丧失对于传统社会及其文化与美学精神的阐释能力。我们之所以说中华美学精神能够成为民族精神

① 《列宁全集》第24卷，人民出版社1990年版，第127页。
② 《列宁全集》第24卷，人民出版社1990年版，第134页。

结合新的时代条件弘扬中华美学精神

的一种命脉，成为新时代价值观的一个源泉，成为我们在世界审美文化激荡中站稳脚跟的一块基石，就是因为我们能有科学世界观的烛照和解析，相信物质生活的生产方式对社会生活、政治生活和精神生活的制约。由此看来，马克思主义对于中华美学精神的建构是不可缺席的。

　　传承和弘扬中华美学精神，关系到中华民族如何在 21 世纪为人类文明做出自己具有东方智慧的贡献。中华美学精神"写着中国的灵魂，指示着将来的命运"①。传承和弘扬中华美学精神，是每个中国美学工作者不可推卸的责任。

---

　　① 《鲁迅全集》第 3 卷，人民文学出版社 2005 年版，第 17 页。

有 "高度" 才会有 "高峰"

"典型人物所达到的高度，就是文艺作品的高度，也是时代的艺术高度。只有创作出典型人物，文艺作品才能有吸引力、感染力、生命力。" "以高于生活的标准来提炼生活，是艺术创作的基本能力。"① 习近平同志在中国文联十大、作协九大开幕式上讲到的这个意见，可谓空谷足音！多少年来，文艺理论界和创作界被现代、后现代思潮所左右，人物碎片化、平庸化、断裂化、低俗化，已经很少有人再从 "典型人物" 和 "高于生活" 的角度，来谈论创作问题了。

习近平同志的这一典型理论，是对马克思主义文艺观的继承和发展，是对中国特色社会主义文艺理论的一大贡献。为什么这么说呢？因为我们发现，在他的心目中，"典型人物" 塑造是同伟大的时代使命紧密联系在一起的。英雄是民族精神的坐标，典型是历史潮流的结晶，只有 "以高于生活的标准来提炼生活"，才能以博大的胸襟去拥抱世界，才能用深邃的目光观察现实。"典型人物" 是作家艺术家灌注崇高理想信念的载体，而 "高于生活" 则是他们实现其理想信念的艺术法则。

为了攀登新时代文艺高峰，习近平希望文艺 "把握时代脉搏，承担时代使命，聆听时代声音，勇于回答时代课题"，"勇于创新创造，用精湛的艺术推动文化创新发展"；希望文艺 "要把提高作品的精神高度、文化内涵、艺术价值作为追求"，用茅盾先生的话来期待 "文艺作品不仅是一面镜子——反映生活，而须是一把斧头——创造生活。"② 所有这些，都使我们清楚地看到，习近平强调 "典型人物" 塑造，是有系统思考和充分理由的。

---

① 习近平：《在中国文联十大、作协九大开幕式上的讲话》，《人民日报》，2016 年 12 月 1 日。
② 习近平：《在中国文联十大、作协九大开幕式上的讲话》，《人民日报》，2016 年 12 月 1 日。

倘若从文艺理论发展史角度来考察，那么，习近平对马克思主义文艺理论"典型"论的丰富和推进，尤为令人印象深刻。

众所周知，恩格斯最早把"典型"化作为现实主义文艺的重要成分。他认为，现实主义的作品，"除细节的真实外，还要真实地再现典型环境中的典型人物"①。为此，他对哈克奈斯中篇小说《城市姑娘》中人物和人物活动的环境不够典型提出了忠告。这表明，真实性是典型性的基础和底色，典型性则是真实性的深化和升华。作品只有塑造出"典型环境中的典型人物"，才会揭示出生活的某些本质方面。脱离真实性来谈典型性，或脱离典型性来谈真实性，都是不可取的。因为前者易陷入非现实主义，后者易流于自然主义。毛泽东在著名的《在延安文艺座谈会上的讲话》中也指出："文艺作品中反映出来的生活却可以而且应该比普通的实际生活更高，更强烈，更有集中性，更典型，更理想，因此就更带普遍性"。他主张，只有把"日常的现象集中起来，把其中的矛盾和斗争典型化"，这样的作品才能使人民群众"惊醒起来，感奋起来"，推动他们"走向团结和斗争，实行改造自己的环境"②。由此观之，五个"更"不仅阐发了典型化的途径，而且揭示了典型形象与环境之间的辩证关系。

习近平在"典型"理论上的贡献，主要表现在什么方面？我认为至少可以概括出这样几点：一是拨乱反正、正本清源，恢复了"典型"理论的美学地位和名誉，否定了无视和消解"典型"理论的倾向；二是揭示了典型人物形象同艺术价值和艺术作用的关系，指出了典型人物所达到的"高度"，跟文艺作品的"高度"和时代的艺术"高度"是成正比的；三是确认了"提炼生活"要"以高于生活的标准"来处理，指明了文艺典型化的路径，并将之作为艺术创作的基本能力。

此外，习近平是把典型问题放在"坚持服务人民，用积极的文艺歌颂人民"这点"希望"时来谈的。他说："文艺要服务人民，就必须积极反映人民生活。"③这里又提出了"积极反映"这一概念。所谓"积极反映"，就不是消极反映，就不是平庸反映、直白反映、机械反映，更不是扭曲反映、丑化反映。"积极反映"，说穿了，就是要以"强烈的现实主义精神和

① 《马克思恩格斯文集》第 10 卷，人民出版社 2009 年版，第 570 页。
② 《毛泽东选集》第 3 卷，人民出版社 1991 年版，第 861 页。
③ 习近平：《在中国文联十大、作协九大开幕式上的讲话》，《人民日报》，2016 年 12 月 1 日。

浪漫主义情怀"去"讴歌奋斗人生，刻画最美人物"，就是要"不断进行美的发现和美的创造"①。这样，就为"典型"理论的出场做了很好的铺垫和准备。

从逻辑上讲，"文艺高峰"是否存在，或是否称得起"高峰"，取决于它的思想和艺术"高度"。既然典型人物所达到的"高度"，就是文艺作品的"高度"，也是时代艺术的"高度"，那么我们就有理由说，要想筑就文艺高峰，就是要塑造更多的"典型人物"，就是要以"典型人物"的高度来撑起文艺高峰的脊梁，因为"高峰"毕竟是由"高度"决定的。这是习近平同志论述的内在理路，也为千百年中外文艺史上的经验所证明。黑格尔就曾说过，每个典型、每个英雄都是许多性格特征的充满生气的总和。②别林斯基认为，"典型性"是作者的"纹章印记"。在一位具有真正才能的作者那里，每个人物都是典型，每个典型对于读者都是"似曾相识的不相识者"。③列宁也对作家谈道："在小说里全部的关键在于描写个别的情况，在于分析特定典型的性格和心理"④。

历史和经验表明，"典型人物"塑造，就是创新创造，就是用精湛的艺术推动文艺发展。"典型人物"塑造，是通往思想精深、艺术精心、制作精良的康庄大道。要想改变文艺创作有"高原"没"高峰"、有"数量"缺"质量"的状况，就须得在"典型人物"塑造上下功夫。毋庸讳言，正是由于缺少卓越的"典型人物"形象，所以让过多的"同质化写作""格式化写作"占据了市场；正是由于英雄人物被矮化、萎缩，结果让本该浓墨重彩、心怀崇敬描绘的典型形象在作品中消失得越来越快；正是由于人物形象苍白贫血、境界不高，结果让取媚迎合的低俗写作、缺乏创意的跟风创作、追求形式的空心创作不绝如缕、弥漫扩散。看来，"以高于生活的标准"来认识和表现生活，努力塑造有高度的"典型人物"，是克服上述弊端的一剂灵丹妙药。

习近平提出"典型人物"问题，有很强的现实针对性。每个有抱负

---

① 习近平：《在中国文联十大、作协九大开幕式上的讲话》，《人民日报》，2016 年 12 月 1 日。

② 参见［德］黑格尔：《美学》第一卷，朱光潜译，商务印书馆 1979 年版，第 302 页。

③ 参见［俄］别林斯基：《别林斯基选集》第一卷，满涛译，人民文学出版社 1958 年版，第 186 页。

④ 《列宁全集》第 47 卷，人民出版社 1990 年版，第 76 页。

的文艺家，都不能不考虑自己的作品到底要塑造什么样的人物，真正具有标杆意义的典型形象该如何创造。客观地讲，眼下，一些有价值的社会现象和问题，并没有被作家和艺术家们所透彻揭示和勇敢面对；一些深层次的重大思想和精神课题，并没有得到鞭辟入里的挖掘与反思；一些作品的表现力和穿透力，仍处在匍匐于现实而非高于现实的状态；一些庸常小事、杯水风波仍被精致而细腻地图景式呈现；一些作家和艺术家已撂下价值批判的担当和典型构建的责任，舒舒服服地迈入"自然主义"和"虚无主义"的泥淖。在这个时刻，我们聆听习近平同志关于文艺"典型"的论述，无疑是非常有必要的。

挣脱阻碍文艺健康发展的思想桎梏

文艺创作是高尚的事业，追求真善美是它的永恒价值。文艺的最高境界是让人动心，让人的灵魂经受洗礼，让人去发现自然、生活和心灵之美。做到这一点，需要文艺家和接受者自觉传递和吸纳向上向善的价值观。创作中那些有害的负面观念，恰是妨碍文艺创作发挥正能量的思想桎梏。习近平同志在文艺工作座谈会上的讲话对此有深入论述，值得我们认真学习。

一、搬掉妨害文艺创作的绊脚石

近年来，文艺创作取得了丰硕成果，文艺工作发挥了不可替代的重要作用。同时也要看到，文艺创作中存在着"以洋为尊""以洋为美""唯洋是从"的心态和"热衷于'去思想化'、'去价值化'、'去历史化'、'去中国化'、'去主流化'"①思潮。他们相互联系、彼此呼应，对文艺创作的危害不容忽视。

"去思想化"的要害是导致文艺庸俗化、空壳化，使文艺的认识、教育、审美功能发生大面积的转移和颠覆。"去思想化"阻止人们去思考，而失去思考能力对一个民族是致命的危害。它只迷信和服从于一种简单的"感官快乐"原则，追求一种"集体性无意识"状态，最终达到让文艺摆脱所谓的"意识形态控制"和"去政治化"效果。由于对伦理、道德、世界观漠不关心，社会主义意识形态被逐渐空壳化，这种创作也就失去了精神影响力和美学支点，作品因此失去了灵魂和光芒。可以想象，没有思想

---

① 习近平:《在文艺工作座谈会上的讲话》,《人民日报》, 2015 年 10 月 15 日。

高度的创作怎么可能攀上世界文艺的高峰。

"去价值化"是个虚伪的说法。它打着"去价值"的旗号，实际上在为另一种价值诉求鸣锣开道。所有的文艺创作都有价值承载，不赋予创作价值导向的作品是不存在的。"去价值"也好，"价值中立"也罢，本身就是一种价值，只不过倡导者不便明说。依照马克思的观点，价值这个普遍的概念是从人们对待满足他们需要的外界物的关系中产生的，它"表示物的对人有用或使人愉快等等的属性"①。试想，倘若文艺作品没有了价值成分，取消了价值尺度，丧失了任何"有用"性，那它还能打动人心、让人震撼、让人愉悦、让人得出美丑判断吗？去除价值因素的文艺创作，会"立刻显出不死不活相"②，只能变成为空虚、苍白、枯燥、无聊、逃避净化功能的语言和文字游戏，变丑为美，变猥琐为高尚。因此，"去价值化"的本质是去社会主义核心价值观，去中华优秀传统文化，为传播错误的、腐朽的价值观打开空间。

"去历史化"则是解构主义的产物，它势必走向抽象人性论和历史虚无主义的歧途。文艺及其表现对象如果除去了历史维度，放弃在历史真实前提下求得艺术真实，文艺创作注定陷入凌空蹈虚、"戏说""穿越"、"恶搞"经典、断裂破碎、干瘪乏味的新形式主义泥淖。无论是现实主义、浪漫主义还是其他流派的文艺创作，如果放弃对历史真实的追求，都会落入这个泥淖。恩格斯曾说："我们根本没有想到要怀疑或轻视'历史的启示'；历史就是我们的一切，我们比任何一个哲学学派，甚至比黑格尔，都更重视历史"③。文艺的"去历史化"，显然与这种见解背道而驰。"去历史化"，说穿了，不过是在臆想和独断的基础上对"五四"以来的进步历史、对共产党领导的革命历史和社会主义的辉煌进程加以回避、稀释，加以扭曲、否定和妖魔化的另类表述罢了。当下出现的对党领导抗战的怀疑，对刘胡兰、邱少云等革命英烈的质疑等等现象，其目的就是使历史变成一种没有深度、激情和审美的东西，其核心是怀疑和否定党的领导和社会主义制度。

"去中国化"有点自己提着头发上天的味道。身为中国作家，却要完

① 《马克思恩格斯全集》第26卷第3册，人民出版社1974年版，第326页。
② 《鲁迅全集》第6卷，人民文学出版社2005年版，第302页
③ 《马克思恩格斯全集》第1卷，人民出版社1956年版，第650页。

全消除本土特征，能办得到吗？文艺创作假如真的从作品形态、主题、题材、语言、个性、意境、理念等方面都跟在外国人屁股后面跑，阻绝自己的血脉，放弃应有的尊严，又怎能去引导人民树立和坚持正确的历史观、民族观、国家观、文化观，增强做中国人的骨气和底气？这同丧失了精神脊梁的"洋奴"有何区别？这种创作是不可能为实现中华民族伟大复兴的中国梦添砖加瓦的。

"去主流化"的本质是排斥和反对"唱响主旋律、提倡多样化"。文艺创作的主流，是审美地反映亿万人民在党领导下艰苦卓绝的斗争生活和波澜壮阔的建设功绩。文艺的主流意识形态，是人民群众在实践中形成的向上向善的道德原则、社会主义核心价值观和共产主义的理想信念。思想文化领域存在着"多元"碰撞的状态，因此强调"主旋律"和"多样化"的统一才有了根据。"去主流化"的后果，是以"多元"代替"主导"，使创作走向"支流化""末流化"，走向所谓的"内宇宙"和"卿卿我我"。一旦把人们对理想信念的追求当作不值一提的东西，那么腐朽落后的价值观念、消极颓废的思想意识和审美情趣、沉浸于"小我"的"窃窃私语"和"一地鸡毛"就必然成为"香饽饽"。这和创造无愧于伟大时代和伟大民族优秀作品的愿望是南辕北辙的。

二、铸造中国精神这个灵魂

文艺要铸造人的灵魂，这是文艺分内的事情。铸造什么样的灵魂，则是区别文艺高下优劣的分水岭。习近平同志要求弘扬中国精神、凝聚中国力量，鼓舞全国各族人民朝气蓬勃迈向未来。这就把对文艺的功能和价值的认识升华到了新的水平。无疑，那些始终以人民生活历史进程和整个民族奋斗复兴沧桑巨变作为表现对象、注重揭示民族深藏的义无反顾进取精神和旺盛创造力背后的价值的作品，那些把创新和开拓作为民族发展不竭动力予以讴歌的作品，总是令人感动、让人肃然起敬的。

毋庸讳言，相当一段时间内，文艺创作中存在着忽视民族优秀文化传统和信奉偏颇文艺观的现象。有些作品，几乎到了忘记"中国精神是社会主义文艺的灵魂"的地步。什么是中国精神？习近平对其内涵有高度凝练的概括，那就是以爱国主义为核心的民族精神和以改革创新为核心的时代精神。文艺的历史和实践已反复证明，这种中国精神对社会主义文艺创作有着无穷无尽的魅力和巨大的感召力。

文艺创作如何体现中国精神？习近平同志在文艺工作座谈会上的讲话中，从汲取中华优秀传统文化营养、增强文化自觉和自信的角度出发，已经给出了切中肯綮的答案：文艺创作不仅要有当代生活的底蕴，而且要有文化传统的血脉。"求木之长者，必固其根本；欲流之远者，必浚其泉源。"中华优秀传统文化是中华民族的精神命脉，是涵养社会主义核心价值观的重要源泉，也是我们在世界文化激荡中站稳脚跟的坚实根基。增强文化自觉和文化自信，是坚定道路自信、理论自信、制度自信的题中应有之义。如果"以洋为尊""以洋为美""唯洋是从"，把作品在国外获奖作为最高追求，跟在别人后面亦步亦趋、东施效颦，热衷于"去思想化""去价值化""去历史化""去中国化""去主流化"那一套，绝对是没有前途的！

这段话包含丰富的文艺思想。一则，它告诉了我们处理当代生活与文化传统之间的辩证关系；再则，它明确了文化自信与道路自信、理论自信和制度自信之间的内在关联；三则，它尖锐坦率地批评了崇洋媚外的、不健康的"西化"倾向和心态；四则，它对各种轻蔑中国精神、放弃真善美追求的文艺论调作了渗透骨髓的批评。可谓是黄钟大吕，振聋发聩。它的核心就是强调文艺创作要结合新的时代条件传承和弘扬中华优秀传统文化，传承和弘扬中华美学精神。任何"以洋为尊""以洋为美""唯洋是从"的做法，都是要不得的；任何看人家眼色行事，跟在别人后面亦步亦趋、东施效颦、邯郸学步，或不惜丑化历史、辱没民族以迎合洋人口味的扭曲态度，都是需要纠正和克服的。

那么，不赞成"以洋为尊""以洋为美""唯洋是从"，是不是就无须向国外学习了呢？当然不是。社会主义文艺要繁荣发展起来，必须认真学习借鉴世界各国人民创造的优秀文艺成果。只有坚持洋为中用、开拓创新，做到中西合璧、融会贯通，我们的文艺才能更好发展繁荣起来。因此，在文艺创作上要防止各种片面性，要坚持马克思主义的批判继承观点。向国外的先进东西学习，不等于在西方价值观和理论学说面前低三下四、挤眉弄眼、丧失创造的主体性。鲁迅当年就说过："虽是西洋文明罢，我们能吸收时，就是西洋文明也变成我们自己的了。好像吃牛肉一样，决不会吃了牛肉自己也即变成牛肉的"①。"采用外国的良规，加以发挥，使我们的作品更加丰满是一条路；择取中国的遗产，融合新机，使将来的作品别开生面也是一条路。"②把两者截然对立起来是不对的，正确的做法应是"外之既不后于世界之思潮，内之仍弗失固有之血脉"③。

三、文艺要在开拓创新中迈上新台阶

文艺创作中的这些负面观念，既有悖于"革命的政治内容和尽可能完美的艺术形式的统一"④原则，也有悖于革命文艺的优良传统，是风行一阵子的西方后现代主义思潮的衍生品。习近平同志对此语重心长地指出：跟在别人后面亦步亦趋，绝对是没有前途的！广大文艺工作者须得有认识上的这份清醒，须得有文化上的这种自觉。

如何提高创作上的自觉和自信，关键是要扎根生活，扎根人民，珍视传统，紧接"地气"，努力消除愈走愈窄的"路径依赖"和"因袭依赖"，充分调动起作家、艺术家的原创精神和开拓积极性。再不能一味地追随、迎合与模仿了，再不能把一些似是而非的观念奉若神明了。文艺创作中那股浓郁的人文情怀再不能被无理说教和世俗欲望的暴风吹散了；文艺追求真善美的精神内涵再不能被无端地稀释和抽空了；文艺创作中信仰迷茫、理想迷失、精神上"缺钙"的"软骨病"再不要重犯了。文艺创作中作家要有自己独立的体验、冷峻的思索、透辟的判断和深邃的主见，把人民的喜怒哀乐倾注在自己的笔端。这样，作家、艺术家才能"成为时代风气的先觉者、先行者、先倡者"。

为了提高创作上的自觉和自信，作家、艺术家要克服浮躁情绪，消除卑怯心理，拒绝名利诱惑，潜下心来创作。在这方面，作家路遥堪称楷模。众所周知，他花了多年的心血，累得两鬓斑白、皱纹纵横，最后憔悴

---

① 《鲁迅全集》第 8 卷，人民文学出版社 2005 年版，第 228 页。
② 《鲁迅全集》第 6 卷，人民文学出版社 2005 年版，第 50 页。
③ 《鲁迅全集》第 1 卷，人民文学出版社 2005 年版，第 57 页。
④ 《毛泽东选集》第 3 卷，人民出版社 1991 年版，第 869—870 页。

和衰弱得像个垂危的病人一样，才完成了长篇小说《平凡的世界》的创作。作家倘若没有这股子忘我拼命的干劲，没有与故乡人民和黄土地的血汗浸泡，没有如海绵吸水般地汲取学习，怎能创作出如此紧扣时代脉动、高扬百折不挠自强不息民族精神和生存勇气、凸显社会主义价值理念、既砥砺人心又感人至深的经典作品。

时代的大发展需要文艺的大繁荣。习近平同志在文艺工作座谈会上的讲话，充分体现了党中央对文艺工作的重视、对文艺工作者的关心和期望。广大文艺工作者要志存高远，跟上时代生活的脚步，以自己的艺术个性进行创新，努力使我国文艺创作跃入新境界。

文化自信：增强精神力量的源泉

我们以往一般讲"三个自信"，即"道路自信、理论自信、制度自信"。这次，习近平同志《在庆祝中国共产党成立 95 周年大会上的讲话》中，又加了一个"文化自信"，变成"四个自信"，即"全党要坚定道路自信、理论自信、制度自信、文化自信"。在提法上把"文化自信"加上去，我认为是颇有深意的。

深意在哪里？大体说来，至少有这样几点：

其一，习近平把"文化自信"放到"面向未来，面对挑战""不忘初心、继续前进"必须坚守的思想制高点来加以重视和强调，而且把"文化自信"放在了与"道路自信、理论自信、制度自信"同等重要的位置，充分看到"文化自信"对推动社会历史进步的巨大作用，这是一个新观点，是对马克思主义文化理论的一个新贡献。"文化自信"，本质上讲就是对理想、信念、学说、风习、传统有一种发自内心的尊崇、信任和珍视，对自身价值体系的威望和魅力有一种信心满满的坚守、认可和虔诚。把"文化自信"提高到如此的战略高度，这是我们党在文化上自觉的标志。

其二，习近平对"文化自信"中的"文化"概念内涵，实际上作了明确的区分和界定。也就是说，这里所讲的可以"自信"的文化，是有具体所指的。那么，这种可以"自信"的文化，到底指的是什么呢？按照习总书记的说法，就是指以下三种：一是指"在 5000 多年文明发展中孕育的中华优秀传统文化"；再是指"在党和人民伟大斗争中孕育的革命文化"；三是指"社会主义先进文化"。这个界定非常重要，它一方面表明，"文化"这个概念不是泛泛的、无所不包的；另一方面又表明，以上三种"文化"是有融会综合、递进发展的可能的。尤其是，这里提出了党成立以来创立的"革命文化"和"社会主义先进文化"的概念，这就突出了我们文化自信的时代性，明晰文化的性质和创造，从而纠正了视野狭窄、只重视古代传统文化的弊端。

其三，习近平对坚定"文化自信"理由的阐释，有理有据，让人感到了充分的说服力。我们为什么会对这种文化能够产生自信？那是因为这样的文化"积淀着中华民族最深厚的精神追求，代表着中华民族独特的精神标识"；因为这样的文化，能对我们的道路、理论、制度自信产生引领的能力和支撑的作用；因为这样的文化，能让我们"毫无畏惧面对一切困难和挑战"，"能坚定不移开辟新天地、创造新奇迹"；因为这样的文化，孕育、凝聚和培植着社会主义核心价值观的精髓。面对当今文化越来越成为综合国力竞争重要因素的新形势，坚定"文化自信"，是我们在中国特色伟大实践中立于不败之地的法宝。

其四，习近平对"文化自信"特点的把握，凸显了"文化自信"的极端重要性。他认为，如果同"道路自信、理论自信、制度自信"相比，那么"文化自信，是更基础、更广泛、更深厚的自信"。也就是说，文化这种东西，更有其历史的依托，更有其群众的基础，更为深入人的内心。我们可以反向思维，更能说明问题，即如果我们没有对区别于资本主义文化的社会主义文化的认同与坚守，如果没有对我们党在领导中国革命、建设、改革进程中所创立的崇高激越的革命文化和先进文化的认可和奉行，如果没有对几千年灿烂的中华民族优秀文化的热衷与挚爱，我们怎能走过"雄关漫道真如铁，而今迈步从头越"的辉煌历程？如果我们没有对这些宝贵的思想营养、精神底色和文化血脉的亲密与热爱，那么我们怎能对正在走的道路、正在形成的理论、正在建立的制度筑牢最深广的民意根基，怎能赢得最广泛和最真挚的民意拥抱？

如果说坚定"文化自信"还有一层深意的话，那么可以说，"道路""理论""制度"，也属于大文化的范畴，它们本身也包含着浓重的文化成分。毫无疑问，不同的道路、不同的理论、不同的制度，都与不同的文化蕴涵和文化律动紧紧相连、息息相关。我们选择新民主主义道路和社会主义道路，选择毛泽东思想和中国特色社会主义理论，选择人民民主专政的制度，这一切，都同我们具有优秀和先进文化的支撑密不可分。历史是一条河流，当历史渐渐远去的时候，它沉淀、延续和保留下来的，往往就是"文化"。社会的发展，最终要以文化的概念来衡量。我们的"道路""理论"和"制度"，都经受住了历史检验，在大风大浪的考验面前，都巍然屹立、与时俱进。我们能深切地感受到实现中华民族伟大复兴征程上的道路目标和道路前景，能深切地感受到在艰苦卓绝、异常复杂的斗争中指引我们坚定清醒、高瞻远瞩的理论定力和理论优势，能深切地感受到我们取长补短、综合创新、不断完善且独树一帜的制度特点和制度优长。这无疑给我们带来了自信。诚如习近平所说，当今世界，要说哪个政党、哪个国家、哪个民族能够自信的话，那中国共产党、中华人民共和国、中华民族是最有理由自信的。所有这些，当然都源自中国人民的伟大实践，因为"人民，只有人民，才是创造世界历史的动力。"与此同时，也无法否认，它在很大程度上也源自中国特有的先进文化的滋养。文化是命脉，文化是灵魂，文化是根基，文化是家园，文化是风气，文化是人心，文化是载舟与覆舟的力量之源。正因为我们有优秀的传统文化、有建党以来的革命文化、有六十多年形成的社会主义文化，所以我们才保证了在"道路""理论""制度"方面有的显著优势，保证了我们有排除万难、争取胜利的精气神，保证了我们始终站在人类文明与道德的高地上。

早在 2014 年《在文艺工作座谈会上的讲话》里，习近平就谈到"文化自信"同"道路自信、理论自信、制度自信"的关系。他说："增强文化自觉和文化自信，是坚定道路自信、理论自信、制度自信的题中应有之意。"[①] 在文化上，习近平同志不赞成"以洋为尊""以洋为美""唯洋是从"，不赞成东施效颦，"跟在别人后面亦步亦趋"。这些思想，无疑为把"文化自信"列入与"道路自信、理论自信、制度自信"同等重要的行列，做了理论上的铺垫。

记得列宁在十月革命之后，关于文化工作曾讲过一段发人深省的话。他承认年轻的苏维埃"碰到激动、尝试和混乱了"；认为共产党人"决不可以无所作为，听任混乱随意扩散开来。我们还必须有意识地努力去领导这一发展，去形成和决定它的结果。在这方面，我们还做得不够，非常不够。"接着，他说："我们是优秀的革命家，但我们不得不指出，我们也是站在'当代文化的顶点'上。"[②] 毛泽东在新中国成立前豪迈地指出：伟大的胜利了的人民革命，"已经复兴了并正在复兴着伟大的中国人民的文化。

① 习近平：《在文艺工作座谈会上的讲话》，《人民日报》，2015 年 10 月 15 日。
② 《列宁论文学与艺术》，人民文学出版社 1983 年版，第 434 页

文化自信：增强精神力量的源泉

这种中国人民的文化，就其精神方面来说，已经超过了整个资本主义的世界。"① 列宁和毛泽东的判断，既实事求是又理直气壮地把无产阶级文化、革命文化、社会主义文化推举到人类文化的最高峰。我们从列宁和毛泽东的榜样中，更加清楚地看到了习近平同志提出坚定"文化自信"的现实价值和深远意义。

---

① 《毛泽东选集》第 4 卷，人民出版社 1991 年版，第 1516 页。

第三部分

文艺理论与文化思潮

论文化自觉和文化自信

中华民族的伟大复兴，注定伴随着中华文化的繁荣昌盛。这是社会的期待，历史的必然。回顾百年中国现代文艺的奋斗历程，不难发现，以思想文化上的觉醒和自信来把握前进方向，凝聚奋斗力量，推动事业发展，这是一条清晰可见的主线。无论是革命战争年代还是建设改革时期，我国文艺事业高举先进文化的旗帜，紧密结合时代条件，阐明自己的纲领和目标，制定切实的政策和策略，为伟大祖国屹立于世界东方做出了可歌可泣的贡献。纵观现当代文艺史，可以说，在文化问题上的自觉与自信，这正是我们的优势和法宝，是我国文化运动极其显著的特征。

文化问题上的自觉和自信，这是一股无穷的力量。特别是在推动中华文化走向世界的今日，高度的文化自觉和自信，必将在其增强国家文化"软实力"过程中发挥巨大的作用。文化自觉，包含对文化在历史进步中地位和功能的深刻认识，包含对文化发展规律的正确把握，包含对发展文化历史责任的主动担当；文化自信，则是我们对理想、信念、学说、优秀传统有一种发自内心的尊敬、信任和珍视，对我们核心价值体系的威望和魅力有一种充满依赖感的信奉、坚守和虔诚。

文化自觉和文化自信，是一种精神力量。由于它以向往高尚和追求文明为目标，以文化主体自身的强壮和武装为特征，因此它自然会成为推动文化发展和繁荣的思想基础与先决条件。历史和现实一再表明，一个民族的觉醒，首先是文化上的觉醒；一支文艺队伍的力量，很大程度上取决于其文化自觉和自信的程度。能否具有高度的文化自觉和自信，关系着文艺的振兴和发达，关系着文艺的前途和命运。

我们有着文化自觉和文化自信的优良传统。远的不说，"五四"以来，中华儿女为树立民族文化生命力的信念就十分强旺。1934年10月，鲁迅先生就写过文章，驳斥"中国人失掉自信力了"的说法，认为当时虽有

"自欺力"的笼罩，但我们还是有"并不失掉自信力的中国人在"的。"我们从古以来，就有埋头苦干的人，有拼命硬干的人，有为民请命的人，有舍身求法的人，……虽是等于为帝王将相作家谱的所谓'正史'，也往往掩不住他们的光耀，这就是中国的脊梁。"①

新民主主义革命时期，毛泽东总结道：中国自有科学的共产主义以来，人们的眼界提高了，中国的革命也改变了面目。新中国成立前夕，他又自豪地说："自从中国人学会了马克思列宁主义以后，中国人在精神上就由被动转入主动。从那时起，近代世界历史上那种看不起中国人，看不起中国文化的时代应当完结了。"伟大的胜利了的人民革命，"已经复兴了并正在复兴着伟大的中国人民的文化。这种中国人民的文化，就其精神方面来说，已经超过了整个资本主义的世界。比方美国的国务卿艾奇逊之流，他们对于现代中国和现代世界的认识水平，就在中国人民解放军的一个普通战士的水平之下。"②这种文化自觉和文化自信的激励感召，使中国人民掀起了波澜壮阔的社会主义革命和建设的高潮。

改革开放以来，我们党高度重视社会主义先进文化的建设，清醒认识到不加强精神文明建设，物质文明的建设也要受影响、走弯路。邓小平同志郑重地指出："过去我们党无论怎样弱小，无论遇到什么困难，一直有强大的战斗力，因为我们有马克思主义和共产主义的信念。有了共同的理想，也就有了铁的纪律。无论过去、现在和将来，这都是我们的真正优势。"③面对当今文化越来越成为综合国力竞争重要因素的新形势，我们必须以高度的文化自觉和文化自信，着眼于提高民族素质和塑造高尚人格，以更大力度推进文化的改革发展，在民族复兴的伟大实践中进行文化的创造，让人民共享文化发展的成果。这些都说明了文化自觉和文化自信对推动文化发展的极端重要性。

文化是一个民族生生不息的血脉与灵魂。社会的发展，最终要以文化的概念来界定，文化的繁荣是社会发展的崇高标尺。从某种意义上说，文化处在社会发展战略的轴心位置，经济、政治、教育、科技发展战略都应系于文化这个轴心而展开。文化的最大特质是具有极强的渗透性和持久

① 《鲁迅全集》第6卷，人民文学出版社2005年版，第121—122页。
② 《毛泽东选集》第4卷，人民出版社1991年版，第1516页。
③ 《邓小平文选》第3卷，人民出版社1993年版，第144页

性，它像空气一样无处不在，触物无声，能以无形的意识或观念，影响有形的现实和存在，作用于社会的发展和实践。因之，提高文化的自觉和自信，为民族凝聚力和创造力提供动力与支撑，就显得尤为关键。

恩格斯曾经下过这样一个判断："最初的、从动物界分离出来的人，在一切本质方面是和动物本身一样不自由的；但是文化上的每一个进步，都是迈向自由的一步。"[①] 这一判断表明，文化从根本上是人的一种内在精神需求，是人类通向全面发展和自由解放的尺度，它跟人类的每一个进步都是联系在一起的。一个社会如果没有文化上的充实和丰盈，那就谈不上有真正美好的生活；改善民生，如果不改善文化的条件与环境，那这种改善必定是粗鄙的、浅层的和片面的；讲幸福指数，如果不把文化元素包含在内，那这种幸福指数也一定大打折扣；经济的发展，如果文化不表现出比物质和货币更强的力量，那这种发展也难以具有可持续性的后劲。当前中国正经历着空前广泛的经济和社会变革，矛盾和问题多发，思想困惑和精神焦虑加剧，人文关怀和心理疏导任务很重，在这个时候，"以文化人""以文育人"、丰富人们精神世界、保障人民群众基本文化权益的文化自觉和自信，就大有用武之地。

我们强调文化自觉和文化自信，不仅出于热情，而且也出于理性。我们为什么会有高度的文化自觉和文化自信呢？归根结底，就是因为我们有马克思主义作为指导，有科学的世界观与方法论，我们可以认识文化的属性和特点，把握文化发展的趋势和规律。唯物史观告诉我们，任何一种文化都是历史的延续，又有其阶段性的特征。这构成了我们制定文化发展战略的客观依据；任何时代的文化都是"多元"杂处、多样共生的，这要求我们制定文化政策时要有灵活性和差异性。在阶级社会，占主导地位的文化又总是统治阶级的文化。这给我们巩固和壮大现阶段的社会主义主流文化，弘扬主旋律、提倡多样化提供了依据。

同时，辩证法也指出：每个民族文化，都有积极的文化成分，也有消极的文化成分。超时空、超历史、超阶级的文化是不存在的；统一、抽象、普适的所谓"民族文化"，也是不存在的。列宁有段名言："每一种民族文化中，都有两种民族文化。一种是普利什凯维奇、古契柯夫和司徒卢

---

① 《马克思恩格斯文集》第9卷，人民出版社2009年版，第120页。

威之流的大俄罗斯文化，但是还有一种是以车尔尼雪夫斯基和普列汉诺夫的名字为代表的大俄罗斯文化。乌克兰同德国、法国、英国和犹太人等等一样，也有这样两种文化。"①列宁的"两种民族文化"学说，像一把锐利武器，为我们正确对待文化遗产，增强文化自觉和自信，提供了方法上和学理上的准则。譬如，面对源远流长、博大精深的中华文化，我们还是得要具体问题具体分析，取其精华，去其糟粕，绝不可无批判地吸收继承。就拿儒家文化来说，同样也需要仔细辨析，看哪些内容对人民有利，哪些内容对人民有害，而不能把自身的精神从主动变为被动，只知回首往古，盲目地在儒家学说中寻慰藉，讨生活。其实，"五四"以来的新文化，党领导的民族科学大众的文化和鲜活生动的社会主义文化，这才是我们文化的珍贵遗产，是我们文化前进的主航道。这些，也是提高文化自觉和文化自信的题中应有之义。

提高文化自觉和文化自信，我们不仅要体现在观念上，也要落实到行动中。我们要把社会主义核心价值体系的建设，融入国民教育、精神文明建设和艺术活动的全过程；要通过文艺创作使全体人民更自觉弘扬以爱国主义、改革创新为核心的民族精神和时代精神；作家、艺术家要立业先立德，为文先为人，坚守正确的价值追求，担负高尚的历史使命，使自己的作品闪烁出憧憬理想、净化心灵、烛照前行的辉光。

我们要着力建设"中华民族共有的精神家园"。我们民族文化身份的认同，是在传承、更新、整合和与重塑中完成的，尤其在现代社会，在"民族共有的精神家园"里，中国古代的优秀文化、"五四"以来的革命传统文化、中国化了的马克思主义文化，已经成了民族共有精神家园的主要成分。

我们提高文化自觉和文化自信，就需要把祖国和人民放在心中最高的位置，刻苦学习，提高认识生活、分析生活、透过现象抓住事物本质的能力，以充沛的激情、生动的笔触、多彩的画面，多出文艺精品，以反映国家的蓬勃发展，社会的迅猛进步，人民的创造精神，不断增强民族文化的生命力和影响力。

我们要提升艺术创作和理论研究的水准。作品要对现实负责，对历

---

① 《列宁全集》第24卷，人民出版社1990年版，第134页。

史负责，对读者负责，杜绝热衷于个人私密与好恶的展示，懂得"取消艺术为社会服务的权利，这是贬低艺术，而不是提高它，因为这意味着剥夺了它最活跃的力量，亦即思想，使之成为消闲享乐的东西，成为无所事事的懒人的玩物"①。理论研究则要创新，反对虚无主义，反对"洋教条"或"土教条"。这也是文化自觉和文化自信的一种表现。

---

① 《别林斯基论文学》，新文艺出版社1958年版，第39页。

文艺理论和批评需要改进文风

一

改进文风，对于文艺理论和批评来讲，虽是个老问题，但也是个大问题。随着形势的迅猛发展，我们愈加感到有切实加以重视和解决之必要。

加强文艺理论和批评的作风建设，重点就是要改进文风和学风。这不仅关乎文艺理论和批评的形象与面貌，而且也关乎文艺理论和批评的成败与得失。文风和学风，表面上看是观察文艺理论和批评生态的窗口，其背后却关涉文艺创作和理论批评活动的实践。我们党做出的改进工作作风、密切联系群众的"八项规定"，其中就包括改进文风的内容，足见它的极端重要性。

新时期以来，我们的文艺理论和文艺批评取得了很大的成绩，许多方面都有长足的、突破性的进展，这是有目共睹的。但是，毋庸讳言，文艺理论和批评在文风和学风上仍存在诸多妨害进步和效能发挥的弊端与不足，也是不容小觑的。文艺理论和批评，本来是文艺领域一个极为重要的组成部分，甚或可以说是灵魂和路标的部分，可如今，它们越来越脱离实际了，既与文艺工作的真实需要越来越隔膜，也与普通公众的关注视野越来越遥远。文艺理论和批评领域，已经出现一种十分奇特的现象：一方面是各种刊物上发表的理论和批评文章连续不断、不计其数；另一方面则是文艺理论和批评的影响力与实际效能日益式微，信任度和亲和力也逐渐萎缩。坦率地说，我们的有些文艺理论，已经变成学院内部晦涩难懂、曲高和寡、无人问津的"高头讲章"；有的文艺批评，已经被自己和出版商精心包装成学理空疏、故弄玄虚、只能忽悠人的"奇谈怪论"；有的文艺理论，受经验主义、实用主义裹挟，丧失理论自我，完全成了文艺批评的"代用品"；有的文艺批评，缺乏深入透彻的思想，放弃谨严的分析和切中肯綮的判断，常以无的放矢、东拉西扯、空发议论而敷衍成篇；有的文艺理论，专搞概念、术语游戏，食洋不化，食古不化，结果变成了云遮雾罩、越说越乱的"有字天书"。对此，不少学者已痛心疾首地指出：文艺理论和批评已经走到了危险的绝路，文风和学风不改进不行了。

文艺理论和批评上存在的不良文风和学风，其根子是形式主义、主观主义、投机取巧作风和慵懒习气在作祟。这种文风和学风，与我们多年提倡的实事求是、老老实实、脚踏实地的研究和批评精神是针锋相对的。我们应当行动起来，把反对文艺理论和批评上的不良文风和学风，作为抵制文艺理论和批评领域消极腐败、奢侈浪费现象的一个重要手段。如果我们这样做了，是会得到广大文艺工作者和人民群众的高度赞同的。

二

为了把问题说透，这里再集中谈一下文艺理论和批评上的形式主义问题。

文艺理论和批评上的形式主义表现，大体可以归纳为如下几个方面：第一，文章越写越长，著作越来越厚，废话连篇、凌空蹈虚，真正有价值、有思想的内容寥寥无几；第二，任意编造各种文艺观念或文艺理论体系，不顾及中国社会和文化的固有传统，也不顾及文艺创作的实际状况；第三，文艺理论研究不在基本问题上花功夫，而是多在理论"后方"活动、理论"外围"游走，或忙于"引进"，或忙于"转向"，令人眼花缭乱，却花拳绣腿，很少触及思想和艺术问题本身；第四，不少文艺理论和批评，问题揭示得浮皮蹭痒、大而无当、拉杂烦琐，好像已经破解，不用再去探讨，可实际上离真正解决相去甚远；第五，一些文艺理论和批评著作号称以马克思主义为指导，可"挂羊头卖狗肉"，其具体论述和学术理念与马克思主义既不吻合也不搭界；第六，一些专业研究生的学位论文，套路固定，先说"选题意义""研究现状"，再说"研究思路""主要观点"，很少注入科学的批判意识和浓烈的人文情怀，把学术研究生生变成描述性的工作；第七，文艺理论和批评的评价标准多以数量代替质量，多以媒体响动代替实质内涵，考核的量化程序让研究者的理论创造热情严重窒息；第八，文艺理论和批评著作每年出版甚多，统计出来的论文数量则更大，但多是为了提职、晋升或课题项目中期检查，事情过后，不少成果便成了学术"泡沫"或"垃圾"。

此类现象还有许多，上面故意归纳出八条，是有把它们说成是当下文艺理论和批评的"新八股"之意。不难看出，这种文风和学风的最大特点，就是摆花架子，就是主观空虚、形式主义盛行。如果我们承认这是一种新时代的"八股"，那么它注定"是藏污纳垢的东西，是主观主义和宗派主义的一种表现形式。它是害人的，不利于革命的，我们必须肃清它"[①]。按照毛泽东同志的意见，对"一切主观主义、宗派主义、党八股的货色，我们都要抵制，使它们在市场上销售困难，不要让它们利用党内理论水平低，出卖自己那一套。为此目的，就要同志们提高嗅觉，就要同志们对于任何东西都用鼻子嗅一嗅，鉴别其好坏，然后才决定欢迎它，或者抵制它"[②]。不如此，我们是没有办法把新鲜、活泼、生动、有力的马克思主义文风和严谨求实、锐意创新的马克思主义学风发扬光大起来的。

与形式主义和"八股"风相联系，还有一些文艺理论和批评研究中存在的带倾向性的问题，值得注意。譬如，文艺理论的原理性研究和应用性研究之间极不平衡，不少研究过度依赖于个人兴趣或市场行情；有些文艺理论和批评研究依附性思维明显，比较习惯于在西方文论和批评话语体系中找命题、寻焦点、讨生活，而独立自主的钻研能力和创新意识相当薄弱；一些文艺理论和批评研究无视唯物论，抛弃辩证法，拒绝"接地气"，结果是常常制造出一些不可持续发展的"硬条文"和"死框架"；有些文艺理论研究不注意学科内外的关联与沟通，抓住一点，不及其余，自以为得计，结果一叶障目、不见泰山；有些文艺理论和批评学著作，文辞华丽，文意闪烁，谈问题颇不实在，遇问题不愿表态，碰到难点绕着走，还美其名曰"另辟蹊径""价值中立"；有些文艺理论和批评信奉多元主义、乡愿习气，逃避公开而民主的批评与自我批评；有些文艺理论和批评，透露出的则是庸俗自私的"山头"意识、"团伙"和"帮派"作风……显然，这些对我们未来的文艺理论和批评建设都是不利的，是需要加以改造和去

---

① 《毛泽东选集》第3卷，人民出版社1991年版，第827页。
② 《毛泽东选集》第3卷，人民出版社1991年版，第827页。

除的。因为"如果不除去，那末，生动活泼的革命精神就不能启发，拿不正确态度对待马克思主义的恶习就不能肃清，真正的马克思主义就不能得到广泛的传播和发展"①。

三

为什么会出现这类形式主义、这类"新八股"的文风和学风问题呢？个中的原因固然很多，但我以为，最根本的还是由于不注重研究历史，不注重研究现状，不注重马克思主义的应用，致使主观主义泛滥造成的。因之，要改变这种局面，就必须把马克思主义的文风和学风很好地倡导和恢复起来。唯有这样，才能增强文艺理论和批评的信誉、名声和质量，才能使文艺理论和批评获得长久的生命力。

相当一段时间以来，文艺理论和批评中存在轻视、疏离、贬损和淡化马克思主义及其文论的弊端，以为文艺理论和批评可以不用坚持、继承、发展马克思主义文艺思想也能够建设得起来；以为只要把马克思主义经典作家的某些话语同西方某种现代文艺学说"嫁接""组合""拼凑"到一块，就可称作"中国化的马克思主义"文论或批评。这是完全错误的。习近平同志在政治局第一次集体学习时说："马克思列宁主义、毛泽东思想一定不能丢，丢了就丧失根本。"②1月5日在新进的中委、候补中委学习贯彻十八大精神研讨班开班式上，他又强调："中国特色社会主义是社会主义而不是其他什么主义，科学社会主义基本原理不能丢，丢了就不是社会主义。"③这些论述，对我们文艺理论和批评的文风、学风建设同样是具有指导意义的。我们要解决文艺理论和批评的文风学风问题，就必须自觉地着眼于文艺和时代的实际，就必须自觉地着眼于马克思主义的科学运用，就必须着眼于自身修养和境界的提升，否则，改进文风、学风就成了纸上谈

① 《毛泽东选集》第3卷，人民出版社1991年版，第833页。
② 习近平：《在十八届中共中央政治局第一次集体学习时的讲话》，《人民日报》，2012年11月18日。
③ 习近平：《在新进中共中央委员会委员、候补委员学习贯彻十八大精神研讨班开班式上的讲话》，《人民日报》，2013年1月6日。

兵。法国理论家德里达讲过这样一句话，他说："不去阅读而且反复阅读和讨论马克思——可以说也包括其他一些人——而且是超越学者式的'阅读'和'讨论'，将永远是一个错误，而且越来越成为一个错误，一个理论的、哲学的和政治的责任方面的错误。"[①]一位不是马克思主义的思想者讲出如此中肯的见解，这对我们无疑是有启发的。

为了建设社会主义文化强国，为了我国文艺事业的发展繁荣，文艺理论和批评必须改进文风。"新八股"的做法应当废止，空洞抽象玄奥的调头应当少唱，形式主义、教条主义应当休息，对坏的文风应当让它"老鼠过街，人人喊打"。这样，我国的文艺理论和批评建设才会充满希望。

---

① ［法］雅克·德里达：《马克思的幽灵》，何一译，中国人民大学出版社 1999 年版，第 21 页。

增强文艺批评的马克思主义精神

文艺批评近些年比较软弱无力，风气欠佳，常遭人诟病，原因很多。但我以为，缺少马克思主义的批判精神，是其中最为重要的一条。从数量上看，各种文艺批评的文章并不少，有点名气甚或毫无名气的作品，几乎都有相应的介绍或评价的文字面世，有些评论文章还一时炒得很热闹。可是，冷静分析起来就不难发现，这些文章的实际影响力很小，读者非但不感兴趣，反而时常印象不好。这是为什么呢？客观地讲，除了一些外在的制约因素外，恐怕主要还是质量问题。马克思主义文艺批评精神被疏离和忽视得太久了，文章既不能旗帜鲜明、切中要害地发表意见，也无视方法、态度和价值立场的选择，致使许多文艺批评根本不像是文艺批评，这怎么能不脱离群众呢。为了提升文艺批评的有效性，发挥文艺批评的积极引领作用，改变目前这种涣散状况，增强文艺批评中的马克思主义精神应是关键的一环。

一、发扬马克思主义文艺批评的辩证批判精神

马克思主义文艺批评的辩证批判精神，是马克思主义文艺批评的活的灵魂。有人习惯性地将马克思主义文艺批评简单等同于"社会历史批评"，等同于"意识形态批评"，或等同于"审美批评"，这是不确切的。

马克思主义文艺批评精神，概括起来可以说就是两点：其一，这种精神说到底是一种辩证批判的精神，是一种勇于和善于好处说好、坏处说坏的实事求是精神。其二，这种精神杜绝"价值虚无"，勇于和善于做出科学而合理的价值判断。这两点构成了马克思主义文艺批评精神的核心。

先说第一点。可以想见，文艺批评倘若没有了辩证批判精神，那么要

想体现出马克思主义文艺批评的威力和活力，那是困难的。辩证批判精神并不神秘，也不可怕，它实际上就是唯物辩证法的巧妙运用。在马克思主义经典作家看来，"辩证法在对现存事物的肯定的理解中同时包含对现存事物的否定的理解，即对现存事物的必然灭亡的理解；辩证法对每一种既成的形式都是从不断的运动中，因而也是从它的暂时性方面去理解；辩证法不崇拜任何东西，按其本质来说，它是批判的和革命的。"①如果这种辩证的思想特质能进入到文艺批评中，那么一切庸俗化的、绝对的或形而上学的东西就没有藏身之地了，文艺批评的魅力也就能够充分地呈现出来了。

学界有种意见把这种辩证批判精神理解为简单、粗暴的抨击和批判，这是一种曲解。辩证批判精神，就是马克思主义经典作家对待文艺家和作品的对立统一、一分为二的精神。比如，马克思评论拉萨尔的剧本《济金根》，既称赞其结构、情节方面的高明和令人感动，又指出其作品韵律安排得不够艺术，悲剧观上存在失误，并有把个人变成时代精神单纯传声筒的"席勒化"倾向。这种批评就把唯物史观和艺术辩证法用活了。恩格斯评价作家歌德，也体现了这种精神。他认为歌德在自己作品中"对当时的德国社会的态度是带有两重性的"，有时是敌视的，有时又是亲近、迁就的；认为歌德心中经常进行着天才诗人和法兰克福市议员谨慎儿子、可敬的魏玛枢密顾问之间的斗争。因之，歌德才有时非常伟大，有时极为渺小；有时是叛逆的、爱嘲笑的、鄙视世界的天才，有时则是谨小慎微、事事知足、胸襟狭隘的庸人。他的生活环境是他应该鄙视的，可他又始终被困在这个他所能活动的唯一环境里，所以他会"由于对当代一切伟大的历史浪潮所产生的庸人的恐惧心理而牺牲了自己有时从心底出现的较正确的美感"②。是恩格斯给了歌德最高的赞誉，也是恩格斯给了他最尖锐的批评。这种体现了辩证精神的文艺批评，有谁会觉得不深刻、不服气呢？

列宁对列夫·托尔斯泰的批评也令人钦佩。一方面，列宁称赞他是"天才的艺术家"，"创造了无与伦比的俄国生活的图画"，"创作了世界文学中第一流的作品"，另一方面又指出他是笃信基督的地主；一方面说他是直率、真诚的抗议者，另方面又指出他是颓唐的、歇斯底里的可怜虫；

① 《马克思恩格斯文集》第5卷，人民出版社2009年版，第22页。
② 《马克思恩格斯全集》第4卷，人民出版社1958年版，第256—257页。

一方面说他是最清醒的现实主义，另一方面又批评他疯狂地鼓吹世界上最卑鄙龌龊的宗教。①列宁不赞成把托尔斯泰称为"公众的良心""生活的导师"这类观点，认为那是"胡说"，是"空话"，是有些人"故意散布的谎言"。认为"这样的话，比普通的庸人论调还要坏。这是用虚幻的花朵来装饰'烂泥'，这只能用来骗人"②。列宁评价到，托尔斯泰是俄国革命的一面镜子。在他的遗产里，"有着没有成为过去而是属于未来的东西"③。这种高度辩证的批判精神，既触及了作品内容的实质，又升华了小说的美学高度。这种批评，同我们常见的那些赞歌式批评、广告式批评、隔山打牛式批评、红包批评、圈子批评、老好人批评以及"隔靴搔痒""钝刀子割肉""美化包装"式批评，不是泾渭分明、大相径庭吗？

我们不能说我们的一些作品包括那些获奖作品，比歌德、托尔斯泰的水平还要高吧，可我们怎么在文艺评论中就听不到经典作家那样对待作家作品的辩证批评的声音呢？一味地褒奖有加，一味地不涉及痛处，只会带来批评威信的滑落。这种缺乏马克思主义批评精神的风气，是需要加以反思的。

二、坚持马克思主义文艺批评的价值评判

这是马克思主义文艺批评精神内核的又一个方面。没有价值评判的文艺批评，可以说同马克思主义文艺批评是不搭界的。马克思主义批评是一种文艺"公转"和"自转"结合的批评，是"美学观点"和"历史观点"、"内在分析"和"外在分析"融会互补的批评。它要求对作家作品的优劣得失、价值倾向做出符合时代脉搏和历史要求的判断；它要求在批评中有政治的、群众的、审美的透视敏感与视角。这是历史唯物主义在文艺批评中的应有表现。

我们不赞成把文艺批评变成纯个人的活动，变成"自己证明自己的自动机器"，不赞成批评家执意突破价值底线，干扰价值导向，或者摆出一副"价值中立"的架势，因为这样做的结果只会落得个圆滑、庸俗、投

① 《列宁全集》第17卷，人民出版社1988年版，第182页。
② 《列宁全集》第20卷，人民出版社1989年版，第91页。
③ 《列宁全集》第20卷，人民出版社1989年版，第25页。

机、苍白的下场。文艺的价值评判，其实就是对文艺与一定价值主体之间关系的评价，对文艺现象对谁有用、对谁有利、对谁有益的评判。这种评价，事实上是谁也回避不掉的。马克思主义文艺批评向来认为在文化冲突和思想斗争中隐瞒自己的观点是可耻的，文艺批评不能走逃脱"价值判断"之路。

马克思主义经典作家明确赞赏那些表现叱咤风云的、革命无产者形象的作品。他们热切期望无产阶级能在现实主义中占有一席之地，真诚希望作家、艺术家能成为人民的歌手。他们不反对"倾向诗本身"，只是希望倾向要自然而然流露。他们坚持对作家、作品的阶级分析，抨击伪善的人道主义。他们认为有的作家"缺乏一种讲故事的人所必需的才能，这是由于他们的整个世界观模糊不定的缘故"①。恩格斯甚至这样说道："某个作家有一点点天才，有时写点微不足道的东西，但如果他毫无用处，他的整个倾向、他的文学面貌、他的全部创作都一文不值，那么这和文学又有什么相干呢？任何一个人在文学上的价值都不是取决于他自己，而只是取决于他在整体中的地位。"② 由此可见，文艺批评中的价值引领是马克思主义批评精神不可或缺的成分。

我们的文艺批评面临着纷繁芜杂的环境，面临着混乱、多元的潮流冲击。越是在这个时候，我们越是要坚持马克思主义文艺批评的价值取向和价值判断。文艺批评倘若不秉持正确的价值观，不去弘扬"真善美"、抨击"假恶丑"，那么，它在意识形态领域就会打败仗，就会让腐败的东西滋长，就会落入虚无主义的陷阱。无数事实表明，文艺要发展繁荣，必须重视价值引领，这是文艺发展的"火车头"。离开价值引领的文艺批评，势必"缺钙"，患"软骨症"。反之，倡导和营构一种积极向上的价值系统，这正是马克思主义文艺批评保持其生命活力的秘密所在。鲁迅说得好：文艺是绝不能俯就、媚俗的，否则"就很容易流为迎合大众，媚悦大众。迎合和媚悦，是不会于大众有益的"③。

为了文艺的发展繁荣，我们有责任把马克思主义文艺批评精神发扬光大起来。

---

① 《马克思恩格斯全集》第 4 卷，人民出版社 1958 年版，第 237 页。
② 《马克思恩格斯全集》第 2 卷，人民出版社 2005 年版，第 448 页。
③ 《鲁迅全集》第 7 卷，人民文学出版社 2005 年版，第 367 页。

文艺道德建设与文艺价值导向

一

建设社会主义文化强国，就是要着力推动社会主义先进文化深入人心，推动社会主义精神文明和物质文明全面发展，不断开创全民族文化创造活力持续迸发、社会文化生活更加丰富多彩、人民基本文化权益得到更好保障、人民思想道德素质和科学文化素质全面提高的新局面。建设社会主义文化强国，就要把社会主义核心价值体系融入国民教育，用它来引领社会思潮，在全社会形成统一指导思想、共同理想信念、强大精神力量和基本道德规范。党和国家高度重视社会信用体系建设，说明加强社会道德建设，加强信用体系建设，对促进社会主义文化大发展大繁荣，促进社会和谐发展，对建设社会主义文化强国，都具有积极而深远的意义。

文艺工作者应当为社会道德建设、提高民族道德素质，努力尽到自己应尽的责任。

文艺和道德，作为社会意识形式的两种形态，其相互作用是不言而喻的。由于真、善、美之间具有高度的内在一致性，所以，真正"美"的作品，在伦理道德方面也必定是趋向于"善"的。古今中外，凡是被人们公认为优秀的文艺作品，虽说不一定篇篇都以"道德"见长，但几乎无一例外都是不会逾越起码的"道德"底线的，否则它的生命力不可能长久。这是文艺的道德律。

社会道德是人类精神生活的重要组成部分，而文艺作品则是人类最为重要的精神产品。文艺作品通过在人民大众中的接受和传播，发挥着认识和审美作用，对人们的道德意识也起着不可忽视的教育功能。文艺是引领社会道德的星火，也是导航道德生活的灯塔。好的文艺作品能够塑造人、鼓舞人，陶冶人的道德情操，提升人的道德水准。反之，有意无意放弃道德承担或道德低下的作品，则对社会的道德生活起到破坏和瓦解的作用。因此，要创造生产更多无愧于历史、无愧于时代、无愧于人民的优秀作品，其中的道德因素是不可不注意的。事实一再表明，倘若任由庸俗、低级、下作的文艺作品大行其道，那么整个社会的道德风尚就会 随之受到影响，出现某种"道德滑坡"的现象也就不足为怪了。

有鉴于此，我认为，在学习和贯彻党的文艺方针的过程中，加强文艺队伍的道德建设，提倡文艺创作的道德意识，重建文艺批评的道德标准，就显得尤为紧迫和必要。一方面，我们应当进一步强化文艺创作者的思想道德水准，坚持马克思主义在文艺意识形态领域的指导地位，使文艺工作者敢于讲正气，勇于说真话，在文艺活动中抵制歪风邪气，提倡社会主义道德新风。另方面，应从机制上入手，培育和建立科学的文艺道德评价体系，加强广大人民群众对文艺活动的直接监督作用，加强公共媒体对文艺活动的舆论监督功能，促进文艺作品不断地贴近人民群众的艺术要求和精神诉求，提高全民道德素质。这可以说是为文艺发展提供良好文化条件和环境的重要内容。

二

对于文艺工作者自身来说，其关键是要更为积极主动地实行高度的文艺道德自律。

文艺工作者是人类灵魂工程师，不仅本身应该对自己有很高的职业道德标准，而且还要肩负起净化社会道德风俗、提升社会道德境界的责任。文化产品作为一种特殊的精神产品，不应该跟普通的物质产品相等同。因之，我们的文艺工作者在观念上不能一味地屈从拜金主义、享乐主义、消费主义，而要更多地弘扬时代主旋律，传播正确的世界观、人生观和道德观。在动机上，也不能唯票房、收视率、销售量马首是瞻，而必须坚持把社会效益放在首位，坚持社会效益和经济效益的统一。只有这样，我们的文艺创作才能长盛不衰，文化事业才会具有可持续发展的巨大潜能和不竭动力。

毫无疑问，一切社会道德问题的核心是价值观问题。所谓价值观，也就是用以进行价值判断的特定立场、特定观念，就是以何者为荣何者为辱、以何者为好何者为坏、以何者为是何者为非的观念和准则问题。

价值观问题，不仅关乎社会道德的核心，而且也关乎文化和文艺的灵魂。凝结在文艺之中、左右着文艺方向、决定着文艺性质的根本要素，就是文艺的核心价值观。它包括文艺的道德力量，是文艺"软实力"的重要体现。文艺"软实力"的来源，就在于它的价值内涵与思想成分。换言之，文艺领域的道德建设，从根本上讲，就是要用自觉的优秀的价值导向，作为自律的文艺道德建设的行动指南；就是要使广大文艺工作者自觉践行"兴国之魂"——社会主义核心价值体系，树立正确的荣辱观和是非观，就是要坚持社会主义先进文化的前进方向。具体一点讲，就是要在文艺创作和文艺传播活动中，大力弘扬爱国主义、集体主义、社会主义思想，全面促进社会公德、职业道德、家庭美德、个人品德的不断完善和提升，就是要使社会主义核心价值体系深入人心，成为凝聚社会心理、推进社会主义文艺事业向前迈进的动力之源。

纵观新中国成立以来，特别是改革开放以来的文艺史，可以说，正是由于我们党始终高举先进文化的旗帜，重视依法治国和以德治国相结合，我们的文艺生活才如此积极健康地大踏步向前发展。但是，若要从文艺道德建设的层面来看，我们也不能不承认其中确乎存在并仍然存在着某些问题。譬如，存在某些宣扬畸形道德观念的作品，存在片面渲染感官色彩的所谓"欲望"文艺、"身体写作"和"下半身写作"。又如，单纯追求标新立异而不顾艺术水准和道德水准的某些"戏说""穿越"等等。这些现象，对社会主义道德建设、提高道德素质极为不利，是应当引起我们应有的重视和反思的。

我们通过文艺推动社会道德建设，通过文艺促进社会文明水平，就须得在创作上举起以社会主义核心价值体系为基础的思想道德旗帜，就须得通过鼓舞人的作品给人们以信心和力量，就须得抵制腐朽、落后、有害的东西，就须得对于传统文化和古今外来文化予以批判地继承，就须得从符合人民根本利益出发坚持文化的价值导向，为人民提供更好更多的精神食粮。事实证明，没有自律的文艺道德建设，我们的文艺不可能获得长久的发展繁荣；没有自觉的文化价值导向，我们的文艺建设也难以实现真正的自觉和自信。加强文艺道德建设，是文艺繁荣发展的必由之路。

三

正因如此，我们应当正确把握文艺作品的道德导向，充分发挥它的引领职能，通过文艺创作，把人们的道德水准提升到应有的水平。那种认为谈论文艺对道德建设的作用是"无中生有""小题大做"的观点，那种认为文艺和道德建设两者"不搭界"、彼此独立、毫无联系的观点，是不正确的。邓小平同志曾经指出："文艺工作对人民特别是青年的思想倾向有很大影响，对社会的安定团结有很大影响。""不论是对于满足人民精神生活多方面的需要，对于培养社会主义新人，对于提高整个社会的思想、文化、道德水平，文艺工作都负有其他部门所不能代替的重要责任。"① 这表明文艺责无旁贷地肩负着社会道德建设的神圣使命。

毋庸讳言，在文艺创作观念和文艺产品属性上，是有先进和落后、积极和消极之分的。尤其是在当前改革开放和市场经济条件下，文艺产品的价值内涵日趋分化、多元与失衡，市场这只"看不见的手"，浸润着文艺活动的方方面面。因之，注意区分文艺产品的优劣好坏，注意防止不要把文艺产品当作追逐利润的"摇钱树"，当作感官刺激的"摇头丸"，当作发泄私愤或谋取私利的手段与工具，这对文艺的道德建设是十分重要的一环。人民群众对那些在道德境界和道德水准上低下、污秽和龌龊，故意迎合了某些人的不健康情趣，模糊善恶美丑界限的文艺作品，是有意见的，是很不满的。这种文艺作品对接受者特别是对青少年产生的负面影响，不可小看。

我们赞同文艺对道德建设负有功能，归结到一点，就是希望它通过自己的作品，激发人们的凝聚力、亲和力和创造力，提高接受者的品德和素养，努力培养社会主义新人；就是希望文艺作品能以基本道德为基础，对人民群众特别是青少年进行道德品格教育，使他们形成良好的道德修养和情操，自觉遵守道德规范，树立良好的诚信观。这样的作品，才会发挥它的不可替代的作用。

马克思、恩格斯在《神圣家族》中曾说过："既然正确理解的利益是整

---

① 《邓小平文选》第 2 卷，人民出版社 1994 年版，第 256、209 页。

个道德的基础，那就必须使个别人的私人利益符合于全人类的利益。"① 道德问题同利益问题是联系在一起的，文艺的道德建设也是和利益识别密切相关的。我们的社会主义文学艺术，它的道德建设当然要建立在正确理解利益的基础上，因为只有这样，它才会符合文艺自身和社会的发展要求，文艺的道德信条才会同时也符合美的规律。这就是我们在文艺价值和功能看法上的真、善、美统一论。

① 《马克思恩格斯全集》第 2 卷，人民出版社 1957 年版，第 167 页。

反思文艺理论"转型"研究中的误区

一

我同意这样的看法：近几十年来，我国文艺理论相当活跃，相当多元，亦相当混乱，它一直处在各种"转型"中，至今也没有停歇。但是，这种"转型"中存在两条不同的路径，一条是逐步向中国化马克思主义文艺理论的当代形态靠拢，一条是走上日益疏离马克思主义文论的"西化"式"转型"之路。这两条路径分野明显，分歧也很清楚。

不过，令人奇怪的是，前一种路径很少有人去梳理、去研究、去首肯。相反，后一种路径却被一些人当成了新时期文艺理论"转型"的主体，当成了文论发展的"主航道"。这是很值得深入反思的。

这后一条"转型"的路径究竟是什么呢？用眼下学界比较流行的说法，那就是从"形象思维论"开始，到"二重性格组合论"，到"文学主体性论"，到文艺"向内转"论，再到"审美意识形态论"，再到"日常生活审美化"和"文化诗学"论，再到"后实践美学"和"新实践美学"论。一些论著和论者认为，这就是新时期中国文艺理论的"主流"，中国近几十年文艺理论就是这么一步一步地走过来的。

我的认识与此不同。我认为，上述这个"转型"路径的描述，虽说大体符合某些理论现象的事实，但它是以偏概全的，它把另一条与之相区别的发展路径排除在外，也就是说，新时期中国化马克思主义文艺理论发展的过程被它忽略掉了。这条"转型"路径，非但不能说是"主流"，而只能说是一股"逆流"。从上述的"路线图"中可以看出，它反映的恰恰是我国文艺理论这些年逐渐逃离、疏远、抵制和排斥马克思主义文艺理论和文艺学科学性诉求的一个基本轨迹。

我的这个看法能否成立？概括得是否实事求是？这当然需要通过事实

来加以检验。好在，眼下有不少总结新时期文艺理论史和学术史的论著与文章在，人们可以去独立地去思考、探讨和判断；好在，文艺创作中大量的负面现象摆在那里，硬说这些与上述文艺"转型"理论毫无干系恐怕也说不过去。

为什么讲这条"转型"路线与我们党的文艺方针和马克思主义文艺观背道而驰呢？我的理由如下：

其一，这些文论观念对于现实的介入性以及跨学科的存在样态，往往使其自身在流布过程中自我放逐、定位不明，成为失去自主性的"他者"。这种理论没有自信，身份迷失，位置偏斜，带来的不仅是"话题"的不断涌现，而且还有原创性的稀薄和持续发展力的匮乏。

其二，这些理论尽管形态有别，但其基本内核与主要表现却有着相当的普遍性，即执意"去政治化"，大搞"人性化""非历史性"，迷信"审美化"，主张理论"批评化"，推崇研究"文化化"，集中于一点，就是将西方现当代文艺理论当作了效仿的样板。

其三，这些文论大多不赞成文艺的"二为"方向，拒绝把"中国精神"作为"社会主义文艺的灵魂"，鼓吹文艺要远离时代，远离民族和国家，把"自我""内心""个人""私密""丑恶"等当成永恒的主题、主轴或主宰。这同"社会主义文艺，本质上讲，就是人民的文艺"[①]的规定南辕北辙。

其四，这些文论喜欢说"新的现实需要新的理论"，把自己打扮成"创新"和"改革"的推手。这些理论，严重扭曲了与时代本性之间的真实关系。以"泛审美化"论为例，表面上它是要修补先前理论上的"泛政治化"弊端，但统摄的结果是为文艺的"去思想性""去精神性""去价值性"推波助澜。

其五，这些理论观念的影响不容小觑，它颠覆了唯物史观的基础，淡化了本应重视的意识形态因素，逼窄了欣赏和审美的视野，逆转了文艺在价值上的功能，倾斜了对作家作品的评价标准，把文艺"为了谁、依靠谁、我是谁"的根本问题全然抛到了一边。

其六，这些"转型"理论，常常不加区分地把所有"舶来"品和

[①] 习近平：《在文艺工作座谈会上的讲话》，《人民日报》，2015 年 10 月 15 日。

"新"提出的观点都当作"新理论",唯独认定马克思主义文艺理论是"过时""陈旧"、应当"超越"的。这些理论往往以当时产生的舆论影响程度作为衡量其价值高低的准绳,不考虑理论自身的科学含量和学术成分,陷入一种用经验掩盖理论优劣的"伪创新"泥潭。

当然,还可以再概括出几条理由,但以上的六条足以说明问题。这些问题倘若归纳为一点,我想用习近平同志在文艺工作座谈会上讲话的一段话来加以评价,就颇为中肯:它们就是"'以洋为尊'、'以洋为美'、'唯洋是从'","跟在别人后面亦步亦趋、东施效颦","热衷于'去思想化'、'去价值化'、'去历史化'、'去中国化'、'去主流化'那一套"[①]。这说得是何等的形象,何等的入木三分!

这里我们不难看出,上述这条"转型"路径,与我们党的文艺方针路线显然不是越来越接近,而是越来越疏远了;与马克思主义文艺理论的中国化显然不是越来越吻合,而是越来越隔膜了。在这些"转型"理论中,我们几乎听不到任何马克思主义文艺理论的声音。这跟习近平同志强调的"要以马克思主义文艺理论为指导",认为"只有牢固树立马克思主义文艺观,真正做到了以人民为中心,文艺才能发挥最大正能量"[②]的见解,无论如何是不搭界、不挂钩的。

二

上述这些"转型"理论,难道没有丝毫可资借鉴的东西吗?那倒也不是。客观地讲,其中有个别论述对开拓文论视野、丰富话语方式、革新观念方法,还是起了某种推动作用的。但问题是,从整体上看,这些理论的危害性确实很大。这条不间断的"转型"路径,带来的是文艺理论逐渐的"虚无化",带来的是"反本质主义"的盛行,带来的是对文学理论的"唱衰""告别"和"终结",带来的是马克思主义文艺理论生存的"合法性危机"。而对文艺创作而言,它导致的是"以人民为中心""导向"的丧失,

---

① 习近平:《在文艺工作座谈会上的讲话》,《人民日报》,2015 年 10 月 15 日。
② 习近平:《在文艺工作座谈会上的讲话》,《人民日报》,2015 年 10 月 15 日。

"为人民服务""天职"的丢弃，导致的是作家"以个人的感受代替人民的感受"，作品凌空蹈虚、缺乏人民性和人文性，变成"无根的浮萍、无病的呻吟、无魂的躯壳"①。谓予不信，请看近些年文艺理论和文艺创作的现状，就会十分清楚了。

以上这种描述和判断如果基本没错的话，那么我们就有必要对这种理论的"转型"加以严肃检讨和反思。我认为，从历史和事实出发，从实际存在的问题出发，从建设中国化马克思主义文艺理论的目标出发，深入总结新时期以来文论"转型"中的经验教训，应当成为一项亟须的、必不可少的任务。新时期已经过去了近四十年，清理和检讨这一阶段我国文艺理论研究和建设的得与失，努力在"多元"中确立主导，在"多样"中谋求共识，肯定是大有裨益的。

事实一再告诉我们，在总结新时期文艺理论学术史和思想史的时候，那种只看现象不看实质、众口一词、不辨是非、人云亦云的做法，是要不得的；那种固执"新潮"立场，唯"洋论"马首是瞻，只以为高明得计，听不得不同意见的态度，也是不妥当的。

为什么这么说呢？因为，对"转型"历史的认识涉及如何看待事物本质的问题。新时期我国文学理论的矛盾冲突，说穿了，主要是围绕着要不要坚持发展马克思主义文艺理论以及如何坚持发展马克思主义文艺理论而展开的。而这场冲突的焦点，始终集中在该不该实现马克思主义文学理论中国化和怎样实现马克思主义文学理论中国化的问题上。不管各式理论打出的是什么样的"旗号"，也不管这些理论所经历的是进展还是曲折，都与它们对这个基本矛盾与核心焦点所持的态度和所做的回答密切相关。我们应该在总结时抓住这个"牛鼻子"，把对理论历史的分析拉上科学的正道。因为不同的归纳总结，意味着提供和利用不同的话语资源，意味着将文艺理论引向迥异的学术前景。在这里，有没有马克思主义的指引是至为关键的。譬如，有的文论学说，本来就对马克思主义理论不信任，本来就跟马克思主义文艺理论不相干，有的人却偏要把它打扮成"马克思主义文艺理论中国化的最新成果、最新发展"。这就不免有以劣充好、"挂羊头卖狗肉"、自欺欺人之嫌了。

---

① 习近平：《在文艺工作座谈会上的讲话》，《人民日报》，2015 年 10 月 15 日。

所以，在总结这些"转型"理论时，我们不能陷入认识的"误区"。应该清醒地看到，其中有些理论"声名鹊起"，本质上是因为它们迎合了当时社会上某种"西化"的思潮，是因为它以"自我"为轴心选择了不可遏制的市场经济取向，抑或是因为在消费主义和娱乐狂潮挤压下放弃了本应有的理想和信仰。习近平同志在一次全国组织工作会议上针对政治上"缺钙"现象，曾经指出："理想信念动摇是最危险的动摇，理想信念滑坡是最危险的滑坡"①。文艺理论上出现的上述问题，其实也就是理想信念"滑坡"和"动摇"的表现。不然，怎么会采取历史虚无主义的做法，采取疏远马克思主义的态度呢？这些"转型"理论，用马克思当年的话说："它们全都是由过时哲学的十足的残渣拼凑而成的，并且全都同样地是形而上学的"②。

此外，总结和反思这些"转型"理论的进程，我们还可以进一步体认到，理论上拾人牙慧，缺乏自觉和自信，的确是没有前途的。以实际问题的研究来带动理论的研究，这是马克思主义文艺理论中国化的基本途径；以现实问题为中心带动理论创新，这是马克思主义文艺理论中国化的基本模式；与中外优秀传统文化的批判结合，这是马克思主义文艺理论中国化的重要条件。"求木之长者，必固其根本；欲流之远者，必浚其泉源。"赋予中国文论家主体身份的基本前提，就是他所言说的应是中国的文艺现实，他所依傍的应是有中国特色的马克思主义文艺观。一位文论家只有坚持唯物史观和唯物辩证法，成功地阐释和说明中国的文艺问题，他才能拥有作为文论话语创造者的资质，进而才能为自己赢得对话者和倾听者。

文论的历史之于我们之所以可以成为一种经历，正在于它不仅仅是一段逝去的时间，更是一段倾注了思考和感情的生命体验。无论是历史的亲历者，还是通过阅读去触摸与接近那段历史的后辈，都会在这些经历与读解中产生自己的价值判断。正因如此，历史虽然处在过去时间的结点上，但却始终指征着未来。对于文学理论"转型"历史的探讨，需要本着反思的态度，真正深入历史语境，梳理、体悟和评判历史，为今日文艺理论格局的变化和当下文论生态做出尽可能合乎事实的描述，使之在新的基础上

---

① 习近平：《在全国组织工作会议上的讲话》（2013 年 6 月 28 日），载于《十八大以来重要文献选编（上）》，中央文献出版社 2014 年版，第 340 页。

② 《马克思恩格斯选集》第 4 卷，人民出版社 1995 年版，第 286 页。

继续向前迈进。

　　理论是行动的先导。文艺创作实践，严格说来都是由一定的文艺理念和文艺观念来引领与推动的。科学的文艺理念能够指引文艺健康发展，错误的文艺理念势必会导致文艺实践走入困境和歧途。这是我们在文艺理论建设上得出的一条重要经验。

　　记得有学者说过，现代文艺理论的历史是我们这个时代政治和思想意识历史的一部分。文艺理论并不是一种依靠自身的理性探究的对象，而是用来观察我们时代历史的一种特殊的观点。[①] 这种说法多少有些绝对，但在本质意义上却是正确的。文艺理论界内部对新时期文艺理论发展史的描述和认知的确不尽相同，但理论变化同时代、历史、政治和思想活动脱不开干系却是谁都得承认的。因之，我们反思新时期文艺理论变迁的路径和取向，某种意义上可以看作是对时代变迁路径和取向的一种折射和反映。

　　① 参见［英］特里·伊格尔顿：《当代西方文学理论》，王逢振译，中国社会科学出版社1988年版，第281页。

反思文艺理论『转型』研究中的误区

核心价值观与文艺创新

一

价值观问题与文艺创新之间有关系吗？我认为不但有，而且关系还相当密切。为什么这么说呢？别的不讲，单看我国目前文艺创作的状况，就可得出这个结论。毫无疑问，新时期文艺创作取得了丰硕成果，为文化的发展繁荣做出了贡献，这是有目共睹的。但同样毫无疑问的是，相当一段时间以来，文艺创作中存在较大面积的混浊、苍白和龌龊的乱象，这也是不争的事实。近日读到中国作家协会党组书记李冰同志的文章，他说："令人忧虑的是，虽然这些年社会各方面一直呼吁创作贴近生活、反映时代，但一些作家尚未表现出拥抱时代的充分热情，甚至存在着某种'逃避时代'的倾向，体现在作品中便是缺少时代气息与现实温度。"①这个判断是实事求是的。造成这种令人忧虑现象的原因固然是多方面的，但其中创作主体的价值观发生了倾斜，陷入了误区，不能不说是一条重要的原因。我们有理由相信，文艺创作中呈现的脱离生活、境界低下、理想匮乏、信念缺失、情感粗鄙等现象，归根结底是由于作家艺术家在价值观领域出了某些问题才造成的。面对这种局面，我们一则需要提高警惕和勇于自省，一则是需要进行反思性的探讨。

文艺要发展繁荣，必须走推陈出新之路。这有无数历史上的经验和教训可以证明。但文艺要走创新之路，不只是个技巧、手法、语言、形式的问题，更为重要的则是观念、思想、品格、意境的提升。文艺创作脱离了价值观的进步和创新，必然会"小家子气"，必然会变得"缺钙"，得"软骨症"。有人以为保持"价值中立"、放弃"价值诉求"、专写"超然于世"

---

① 李冰：《"文学与时代"随笔》，《光明日报》，2014年1月13日。

的作品，就可得到"纯粹"和"永恒"，这是自欺欺人的糊涂观念。鲁迅先生说得好："我想，普遍，永久，完全，这三件宝贝，自然是了不得的，不过也是作家的棺材钉，会将他钉死。"① 可见，作家逃离价值观选择和培养的做法，实乃自我束缚、自掘坟墓。

　　说到这里，可能有人会用列夫·托尔斯泰的例子加以辩驳，认为他笃信宗教，鼓吹"勿以暴力抗恶"，不还是写出了伟大的作品？这种看法其实是一种"只知其一、不知其二"的误解。的确，谁都称赞老托尔斯泰的作品写得好，具有巨大的艺术力量，但不要忘记，当年列宁是这样评价的，说他的"作品在世界文学中占有第一流的地位"，"成了全人类艺术发展中向前迈进的一步"②，除了天才的描述和"创作了无与伦比的俄国生活的图画"③ 外，同他是一位"强烈的抗议者、激愤的揭发者和伟大的批评家"，"在自己的作品里能提出这么多的重大问题"④，能"反映出革命的某些本质的方面"，成为"俄国千百万农民在俄国资产阶级革命快要到来的时候的思想和情绪的表现者"，并且在作品里"反映了强烈的仇恨、已经成熟的对美好生活的向往和摆脱过去的愿望"⑤，以及其遗产中"有着没有成为过去而是属于未来的东西"⑥，是绝对分不开的。列宁曾明确谈道：就出身和所受的教育来说，托尔斯泰属于俄国上层地主贵族，但他抛弃了这个阶层的一切传统观点。托尔斯泰小说中的批判特点和意义，正在于他是用天才艺术家所特有的力量把当时乡村、农民的俄国最广大人民群众观点的急剧转变表现了出来。他的批判"所以这样感情强烈，这样热情奔放，这样有说服力，这样清新、真诚、具有力求'追根究底'找出群众苦难的真正原因的大无畏精神，是因为他的批判真正反映了千百万农民的观点的转变"⑦。我们在这些精准、透辟、辩证的论述中，不是已经看到了价值观的选择对于一位作家的作品具有世界一流水准具有何等重要的作用了吗？

　　诚然，托尔斯泰的学说和不少观念同无产阶级的生活、工作和斗争是

　　① 《鲁迅全集》第 6 卷，人民文学出版社 2005 年版，第 151 页。
　　② 《列宁全集》第 20 卷，人民出版社 1989 年版，第 19 页。
　　③ 《列宁全集》第 17 卷，人民出版社 1988 年版，第 182 页。
　　④ 《列宁全集》第 20 卷，人民出版社 1989 年版，第 23、19 页。
　　⑤ 《列宁全集》第 17 卷，人民出版社 1988 年版，第 181、185、187 页。
　　⑥ 《列宁全集》第 20 卷，人民出版社 1989 年版，第 25 页。
　　⑦ 《列宁全集》第 20 卷，人民出版社 1989 年版，第 41 页。

矛盾的。可他的学说的确"反映了直到最底层都在掀起汹涌波涛的伟大的人民海洋，既反映了它的一切弱点，也反映了它的一切长处"。俄国工人阶级研究托尔斯泰的作品，"会更清楚地认识自己的敌人"；而全体俄国人民分析托尔斯泰的学说，"一定会明白他们本身的弱点在什么地方"①。鉴于此，列宁尖锐、坦率地批评了那些"把托尔斯泰称为'公众的良心'、'生活的导师'"的观点，认为那是"胡说"，是"空话"，是"自由派故意散布的谎言"②，认为"这样的话，比普通的庸人论调还要坏。这是用虚幻的花朵来装饰'烂泥'，这只能用来骗人。"③从列宁这种批评方法论中，我们不难得出结论：文艺不可能没有价值系统，文艺也不可能表现抽象的价值观。价值问题同作品的优劣是息息相关的。优秀的文艺作品，在价值观上必定是先进的。这是文艺创作的一条铁律。

二

上述这个见解如果能够成立的话，那么，揭示社会主义时期核心价值观与文艺创作和创新的关系，就是势所必至、理所当然了。

最近，党中央印发了《关于培育和践行社会主义核心价值观的意见》④，并发出通知要求各部门各地区都要结合实际认真贯彻执行。为什么这个时候印发呢？就是因为形势所迫，这种培育和践行社会主义核心价值观的工作应当提到日程上来了。我认为，这对我们文艺创作来说，确实是"三月风""及时雨"，对推动文艺的发展繁荣会起的既醍醐灌顶又润物无声的效果。

从宏观的方面说，培育和践行社会主义核心价值观，是推进中国特色社会主义伟大事业、实现民族复兴伟业的战略性任务；从文艺的方面讲，培育和践行社会主义核心价值观，是推动文艺成为导引人们前行灯火，成为人们健康精神食粮的有力举措。我们面临着世界范围思想文化交流、交

---

① 《列宁全集》第 20 卷，人民出版社 1989 年版，第 71—72 页。
② 《列宁全集》第 20 卷，人民出版社 1989 年版，第 72 页。
③ 《列宁全集》第 20 卷，人民出版社 1989 年版，第 91 页。
④ 《关于培育和践行社会主义核心价值观的意见》，《人民日报》，2013 年 12 月 23 日。

融、交锋形势下价值观较量的新态势，面临着改革开放和发展社会主义市场经济条件下思想意识多元、多样、多变的新特点。这一新情况，要求全党全国人民要树立一种能凝心聚力、与时代相契合、与古今中外优秀文明成果相承接的核心价值观，以巩固马克思主义在意识形态领域的指导地位，巩固全党全国人民团结奋斗的共同思想基础。培育和践行社会主义核心价值观，这是为实现中华民族伟大复兴提供强大正能量的精神保障，是我们自立于世界民族之林并具有软实力的标志和象征。对于文艺创作来说，营构一种积极向上的价值系统，正是使之具有魂魄和饱含魅力的秘密所在。毋庸讳言，文艺创作倘若怯懦地采取"价值缺席"或"价值负面"的态度与立场，那么，其作品就不可避免地走上空泛、虚假、消极、低俗一途；反之，作者如果勇敢地采取"求真求美""崇德向善"的态度和立场，再施以高超的艺术手段，那么，这种作品形成强大的感染人、鼓舞人、教育人的力量就是可以预期的。

问题的关键是，创作主体要对社会主义核心价值观有认知和认同，能做到知行合一。如果一方面想创新，一方面又死守旧观念，不愿高扬理想信念的风帆，不肯增强价值判断的能力和攀登道德高地的责任感，不愿扩大社会主义核心价值观的成分，那么，在全球竞争中就有败下阵来的危险。试想，当高尚的生活方式、理想主义和爱国情怀逐步向人类精神天空回归的时候，如果我们的文艺仍然让假恶丑"唱主角"，让私欲泛滥的恶臭淹没干净的人性，那么，这种迎合低劣社会情绪与嗜好、对社会发展走向片面理解的"戾气"，必将会扼杀文艺创作的生机和活力，带来文艺不可遏止的腐朽和堕落。

譬如，有些作者喜欢在作品中展示抽象的人性和人性之恶，热衷于把人性还原为动物性与生理本能，津津乐道地表现人物的阴暗和丑陋一面，完全同精神文明建设不搭界，还自以为这是艺术"创新"。说穿了，这恰恰是创作主体丧失了艺术良知、丧失了"真善美"价值取向的表现。客观地讲，人的生物性一面、龌龊丑恶的一面，作品中不是不能写。问题是看怎么写，秉持何种态度。如果无视作品的具体的历史语境和文化环境，把这作为"人性的深度"加以开掘，炫耀欣赏、嗜痂如癖、以丑为美，那就不是在艺术创新，而是在制造腐蚀、瓦解、污染人的"毒药"了。对人性的描写，我们要有唯物史观，要用社会主义核心价值观去给以鉴别与判断，否则，就有走到剥削阶级旧文艺观老路上去的危险。眼下，带抽象人性论色彩的产品，为何还有一定市场呢？就是因为它在当前价值观的较量中，充当着某种机制和需求"防空洞"和"润滑剂"的角色，形成了一股思潮，所以杜绝起来不容易。我们要抨击和揭露这种思潮，铲除滋生这种思潮的土壤，切实让社会主义核心价值观得到实施和弘扬。

再如，文艺创作中的历史虚无主义，也是错误和消极的价值观作祟使然。本来，表现革命的历史题材是文艺创作的重要一块。为了表现得好，注意防止公式化和概念化、采用新视角新手法是必要的。但这种创新绝不等于要搞历史虚无主义，绝不等于要搞"解构""无视""戏说""穿越"那一套。文艺创作中，倘若否认历史的客观规律性，只承认支流而否定主流，只热衷于个别现象而否认事物的本质，一心想把黑暗的历史漂白，把洁净的历史污化，刻意编造历史，夸大"人祸"，大作"翻案"文章，这种"恶搞"式的"创新"，只能说是创作者的价值观系统出了偏差和毛病。这种历史虚无主义流毒，就是在一些热门、畅销或获奖的作品中，同样也是存在的。这类作品，虚无是其"表"，消极理念是其"里"。这种虚无主义的东西，同我们提倡的社会主义核心价值观，是背道而驰、格格不入的。

三

应当承认，社会主义的核心价值观还处在培育和形成阶段。但它的精神实质早已家喻户晓、深入人心。文艺作品应该育人化人，传递积极的人生追求，表现高尚思想境界和健康生活情趣，提高作品的精神品格和文化品位，这已成为广大文艺工作者的守则。

对于社会主义核心价值观的界定，如果说前一段时间还在摸索，未达共识的话，那么自从十八大报告中提出三个"倡导"，把社会主义核心价值观凝聚成 24 个字[①]，可以说价值目标、价值取向和价值准则在国家、社会、公民三个层面都比较明确了。诚然，十八大报告和《关于培育和践行

[①] "倡导富强、民主、文明、和谐，倡导自由、平等、公正、法治，倡导爱国、敬业、诚信、友善，积极培育和践行社会主义核心价值观。"参见十八大报告单行本，《坚定不移沿着中国特色社会主义道路前进，为全面建成小康社会而奋斗》，人民出版社 2012 年版，第 31—32 页。

社会主义核心价值观的意见》中，对社会主义核心价值观的概括依然是开放的、有弹性的。因为核心价值观与共同价值、基本价值的界定毕竟不同，如何将社会主义核心价值观同社会主义核心价值体系的表述更紧密地联系起来，如何在界定中进一步增加当代中国价值观念成分和中国传统文化元素，仍有探讨的余地。但是，毕竟认识越来越清晰了，即无论是讲"核心价值体系"，还是讲"核心价值观"，以马克思主义为指导，弘扬爱国主义、集体主义和社会主义，应当是它的灵魂。这对于我们的文艺创作和创新活动，的确具有"发动机"和"指南针"的意义。

因为有了核心价值观，文艺创作就有了主心骨，文艺创新也有了遵循的轨迹。同时，核心价值观也给人们鉴别作品真伪、质量优劣提供了科学的准绳和依据。文艺作品怎样才算好，怎么才算出新，不再是"公说公有理，婆说婆有理"，也不再是光靠自我吹嘘、我行我素就行了。一部作品是想让人看了愉悦还是想让人看了恶心，是想让人奋发向上感奋提升还是让人受到精神的折磨和戕害，社会主义核心价值观无疑给了我们理论上的尺寸和界线。社会主义核心价值观的确立，可以说是社会主义文艺学说的一大进步。

习近平同志说得好："提高国家文化软实力，要努力夯实国家文化软实力的根基。"① 社会主义核心价值观，就是国家文化软实力的根基。它在文化强国的建设中具有举足轻重的地位。说到这里，我又想起了恩格斯的一段话。他说："德国人能欢迎和爱护音乐，在音乐中他成了一切民族之王"，那是"因为只有德国人才能从当前时代的深处把人类情感中最崇高和最神圣的东西，即最隐深的秘密揭露出来，并且表现在音响中"②。不难发现，伟大的德国古典音乐之所以如此迷人，之所以具有很强的精神征服力，这同它能在其中表现时代先进的价值情感是绝对密切相关的。在德国古典音乐的音响中，若是没能从"时代的深处"把人类情感中"最崇高和最神圣的东西"展示出来，那它的震撼人心的力量是注定要打折扣的。

与恩格斯在同一年，马克思还说过这样一段话："谁要是经常亲自听到周围居民因贫困压在头上而发出的粗鲁的呼声，他就容易失去美学家那种

---

① 习近平：《在中共中央政治局第十二次集体学习时的讲话》，《人民日报》，2013 年 12 月 31 日。

② 《马克思恩格斯论艺术》第 4 册，人民文学出版社 1962 年版，第 417 页。

善于用最优美最谦恭的方式来表述思想的技巧。他也许还会认为自己在政治上有义务暂时用迫于贫困的人民的语言来公开地说几句话，因为故乡的生活条件是不允许他忘记这种语言的。"①这段动人的话，我们当然可以理解为一个作家只要深入生活，触摸实际，"接地气"，关心群众的痛痒，倾听底层的声音，就会受到感染，受到刺激，得到熏陶，就可能养成自己的社会使命感和艺术责任感。无疑这是对的。但我们换个角度看，一个作家若是在生活中培养了艺术良心，占领了道德高地，注意高尚价值观的选择，他就可能摆脱形式主义或唯美主义的束缚和拘囿，就可能自觉地表达人民的企盼和呼声，这对民族的固本强基是极有好处的。如此看来，这不正是文艺创作和创新的坦途吗？

---

① 《马克思恩格斯全集》第 1 卷，人民出版社 1956 年版，第 210 页。

文艺价值混乱倾斜的理论根源

　　文艺领域价值观的倾斜，从根本上讲是社会生活领域价值观倾斜的精神折射和形象反映。前者对后者的倾斜当然也有一定反作用，但归根结底社会存在决定社会意识还是首位的。这里不准备从这个角度来探讨当前文艺中价值观的倾向问题，只想从文艺理论、文学观念对文艺创作、文艺接受影响的角度，说点粗浅的意见。

　　我认为，这些年来有些文艺理论的观念和观点，对文艺创作价值观中出现的问题是负有明显的责任的。也就是说，有些文艺观念对造成文艺价值观的混乱和倾斜，是实际上起着推波助澜的作用的。

　　这类文艺观念的表现形式，主要有如下几种：一是以历史虚无主义作为底色的"告别革命"论的文艺观；一种是排斥政治、淡化时代、讥讽壮烈、拒绝先进意识形态成分的"审美至上"论文艺观；一种是"去社会性、阶级性和道德性"，追求"本能化""生理化""肉身化""抽象化"的伪"人性论"文艺观；一种是鼓吹"多元""相对""消费""非理性"的"后现代"文艺观。这些观念，已经变相地或堂而皇之地写进了一些文艺理论和现当代文学史的教科书。可以这样讲，本来是一些造成进步价值观念滑坡和颓势的东西，现如今在有些教材和著述中却已变成"常识""新锐"或"正面"的法则了。它的直接表征就是，以感官取向代替高尚的精神取向，以本能性的诉求代替理性的情感诉求，以"扭曲""碎片""偶然"代替合理的"总体性"的判断，以所谓"全人类的立场"遮蔽甚至否定阶级的立场。这些情况的出现，对作家、艺术家和年轻学生文艺观念、审美观的消极影响，是不可低估的。这些文艺观念的泛滥，不能不说是导致眼下文艺创作中价值观偏颇的一个内在原因。

　　前一段我在《文艺报》上看到一位文艺理论教授写的探讨"文学理想"的文章。该文中谈的是什么呢？谈的是主张我们文学的理想应是"历史理性与人文关怀的张力的艺术展现"或"审美升华";认为在这种历史理性和人文关怀之间要"保持张力,甚至悖立";认为所谓的"时代精神","就在上述这个悖论"中。而这种"张力"的"升华"又只是"一个情感的'移出'和'移入'的问题"。

为了说明问题,该文举例说:肖洛霍夫的《一个人的遭遇》、冯小刚的电影《集结号》,比"单一歌颂的过分昂扬"的法捷耶夫的《青年近卫军》、西蒙诺夫的《日日夜夜》、波列沃依的《真正的人》、杜鹏程的《保卫延安》、吴强的《红日》等作品要"伟大"得多。这种"文学理想"的观念和观点的潜在价值倾向,就同那种把政治和艺术、战争和人道对立起来,宣扬"躲避崇高"、迷信"纯粹人性"的观念,是如出一辙、互为表里、没有什么区别的。

试想,用这种文艺价值观来指导文艺创作,会不会让假"人文关怀"冲击唯物史观的"历史理性"? 会不会走到同"苏东剧变"前后的那些国家相似或相同的文艺创作路径上去? 这的确是不能不令人担忧的。

如果我们说的再放大一点,那么,这种显在或潜在的"告别革命"式历史虚无主义倾向,是跟"后现代"的"解构"思潮、"泛文化"思潮紧密联系在一起的。

它的表现特征,其一是对革命传统、革命观念和革命情感带有强烈的"消解"情绪。先前文艺中的"进步""纯洁""高雅""真挚""革命"等概念,都被有意无意地瓦解掉了。它把不同的人生观还原为对各种不同信念理所当然的认同和约定,没有了是非,没有了真伪,没有了美丑,文艺被降格为庸常的言语表演;其二是它喜欢以"多元"的价值取向来对抗革命的和社会主义所蕴含的核心的与一体化的价值趋向。从一个视角看,它为当下各种哲学、美学观念的自由发展提供了空间;从另一视角看,它又使哲学、美学的批评机制处于软弱和"异化"的状态。既然价值削平了,中心消弭了,一切信念和接受系统都有自己的合法性和存在理由,既然"多元"中"主导之元"被疏远、被丢弃、被背离,那么先进意识形态的吸引力和凝聚力也就势必被减弱,严肃的科学的文艺批评本身也就似乎显得多余了。

所以,我认为当前文艺价值观中的某些消极倾向,不能仅仅归责于时代,归责于作家艺术家,文艺理论观念的偏差对造成文艺创作价值观失误、审美境界下降是脱不开干系的。文艺理论体系和体制建构中无视其"寻真"和"导善"能力，把文艺理论变成奢谈形式因素的新"审美"教条，或使文艺理论中的价值逻辑受资本逻辑或市场逻辑的支配与操纵，由此造成的严重后果，是不能不加以特别注意的。

如何看待当前的某些文艺思潮?

文艺思潮是文艺发展状况的折射和反映,它影响着文艺的走势和趋向。目前我国存在的几种主要文艺思潮,十分令人关注。为了求得对这些思潮的科学认识,本文对此做些初步的分析。

一、关于文艺创作中的历史虚无主义思潮

历史虚无主义思潮的存在是学界和理论界所公认的。历史虚无主义思潮,概括地说就是否认历史规律性,承认支流而否定主流,热衷个别现象而否认事物本质,孤立地表现历史中局部错误而否定整体过程的一种思潮。譬如,认为鸦片战争后中国社会不是半殖民地半封建社会,因而近代以来中国革命的发生不是历史的必然,而是少数革命家"心血来潮"鼓动的结果;认为"中国革命是对现代化的破坏","西方帝国主义入侵中国有功",中国人接受马克思主义、走社会主义道路是"误入歧途";鼓吹"全盘西化"论,全面抹杀先辈的革命和建设功绩,抹杀民族独立斗争的辉煌历史等。这些都是历史虚无主义思潮的明显表现。我们认为,历史的发展是有内在逻辑的。近代以来中华民族求独立、求解放、求幸福,艰辛探索、浴血奋斗,这是有历史缘由和充分现实依据的。历史虚无主义把近现代以来中国的历史"还原"成一个盲目排外、充满血腥和杀戮、革命者肆意妄为、社会道路选择错误连连的过程,这就从根本上解构了中国革命的性质和意义,解构了道路选择的正确性和中国共产党存在与领导的合法性。这实质上是一种典型的以主观意识为主轴的历史唯心主义。

历史虚无主义思潮在一些文艺作品中的表现,还是比较突出的。这类作品,不是给你脸上"抹红",而是一有机会就给你"抹黑",或者从国外

搬来一个什么"新"观点，直接否定中国革命和国家与民族的进步。这类作品，通常是把历史当作某些处于权力结构顶端的人出于统治目的的需要而对一些事件和认识的选择性组合，否认人们已经普遍接受的一些事实，其结果是把存在的历史虚无化，把黑暗的历史漂白化，把洁净的历史污染化，将历史写成一种可以随意涂鸦的"空"或"无"。这一文艺思潮的集中表现，就是歪曲、否定和贬损中国共产党在新民主主义革命时期、社会主义革命和建设时期的历史作用，攻击和诋毁毛泽东及毛泽东思想的伟大功绩和历史价值。相当一段时间里，这股思潮颇有愈演愈烈之势。它往往以"反思"的面貌出现，特别是通过历史题材的文学和影视作品等形式，隐蔽地渗透和传播这种观点，因之格外需要引起注意。

文艺上的历史虚无主义思潮，我们似可把它具体归纳为这样几种：一是刻意编制和假设历史，为否定中国的历史成就而编造或夸大所谓"人祸"，实际上是刻意地在导演历史。如有人提出"重写历史"，用所谓"现代化史观"取代"革命史观"，人为地把革命进程和现代化对立起来，经过这样的"解构"，近现代史上的改革和革命便成了制造社会动荡、破坏经济发展、阻碍社会进步的消极力量。这显然是违背历史事实的一种主观臆想，反映的是某些人对待历史的轻率和扭曲的心态。二是打着"还原历史"的幌子，大作翻案文章，为已被历史淘汰的旧势力评功摆好，像慈禧、李鸿章、袁世凯、汪精卫等都成了"能人""好人"。有人以纠正先前某些历史结论的偏颇为由，为已经被中国历史发展所证明了的一些历史结论"翻案"，蓄意曲解和颠倒历史是非；有人竟宣称动荡不已、民不聊生的民国时期是中国历史上的"黄金发展期"。这显然又是对历史真实的严重遮盖和颠倒。在抗战题材上，在一些影视和文艺作品中，我们似乎可以看到"从八路军抗战到国民党军队抗战，从国民党军队抗战再到土匪抗战，最后再到妓女、汉奸抗战"这样一个演化轨迹。这个演化的背后，无疑就是历史虚无主义思潮在作祟。三是打碎所谓时间记忆，"戏说""恶搞"历史，胡乱演绎，以此为噱头，以毁坏经典、颠覆正史为能事，对历史或取其一点、或无中生有、或捕风捉影地通过各种方式对历史人物和历史事件进行肆意"游戏"，让历史事实和历史真相模糊起来，轻佻起来，无须信任。此外，就是对反面人物进行"非常规"的处理，使之鲜活、丰满、吸引眼球，正面人物却显得无所作为、苍白无力。一些"谍战片"的电视剧，有人给它总结出"七大俗"："特务多为美娇娘，动作枪战齐上场，故事单薄史料挡，虚假夫妻真拜堂，敌我双方忙恋爱，钩心斗角胜官场，对白肤浅旁白扛"。这类"戏说""解构""恶搞"历史文艺作品，既是一种实用主义的表演，也是一种"后现代"的症候。实践证明，搞文艺创作，在对待历史上搞简单、片面的"考证"不行！搞"假设""拆解"不行！搞"戏说""穿越"也不行！因为这些同马克思主义的唯物史观都是格格不入的。

历史虚无主义思潮在文艺理论上也有表现：一个是"历史消费说"，主张文艺创作为了赢得市场、获得利益，就须得对某些反面历史人物随意翻案、竭力美化，对正面历史人物应着意渲染秽行和阴暗面；可以倾心地去描绘权力倾轧和声色犬马，可以在所谓的"戏说"中把重大历史事件发生的根据和意义加以颠覆；一个是"宏大解构论"，主张在艺术实践中就是要借助虚拟的历史空间来表现主观筛选过的历史内涵，在拆解革命题材作品的"宏大叙事"时，对历史事实采取戏弄和逃避的姿态，最终从历史曲解中走向历史迷惘。再一个就是"审美至上论"，主张文艺作品要力图取消它的认识和教化功能，把形式的因素推向极致，将作品所依赖的历史背景彻底地虚幻化和终结化。这些作品，同政治上和史学上的"否定革命论""社会主义歧途论"，以及"侵略有功论""以英美为师"的"近代文明主流论"等，其实是互为表里、彼此默契、紧密配合的。

怎么看待历史虚无主义思潮的危害呢？我认为，这是一种极其危险的思潮。常识告诉我们，历史不是别的，而是人的活动的一种客观性存在。"并不是'历史'把人当做手段来达到自己——仿佛历史是一个独具魅力的人——的目的。历史不过是追求着自己目的的人的活动而已。"①这是马克思在《神圣家族》中的说法。如果这个说法能够成立，那么，我们的文艺创作在历史面前就要以事实为出发点，就要把握历史事实的总和并阐明其内在联系，透过历史现象来揭示历史的本质。不难看到，马克思主义经典作家在对待希腊神话以及但丁、歌德、巴尔扎克、托尔斯泰、曹雪芹等人作品的时候，就是从这个视角分析入手的。作家、艺术家总是从属于某个阶层或利益群体，不同的作家、艺术家会有不同的立场和观点，文艺承

---

① 《马克思恩格斯文集》第 1 卷，人民出版社 2009 年版，第 295 页。

认自身具有巨大的包容性。但是，文艺在历史的是非曲直、善恶美丑面前，其判断却不是全由个人好恶决定的。沉湎于个人恩怨和预设的立场，纠缠于一些细枝末节，是无法正确认识和反映历史发展的客观规律的。列宁曾经指出："在社会现象领域，没有哪种方法比胡乱抽出一些个别事实和玩弄实例更普遍、更站不住脚的了。挑选任何例子是毫不费劲的，但这没有任何意义，或者有纯粹消极的意义，因为问题完全在于，每一个别情况都有其具体的历史环境。如果从事实的整体上、从它们的联系中去掌握事实，那么，事实不仅是'顽强的东西'，而且是绝对确凿的证据。如果不是从整体上、不是从联系中去掌握事实，如果事实是零碎的和随意挑出来的，那么它们就只能是一种儿戏，或者连儿戏也不如。"① 这个论述，至今读来仍很有现实的针对性。

历史是个复杂的多面体。文艺创作要努力把握历史活动的总和与全貌，要确定它的基本方面，分清主流和支流。如果胡编乱造，那么任何历史都可能被歪曲或改写。同时，众所周知，"灭人之国，必先去其史"。正确认识和对待历史，是一个关乎国家兴亡的大是大非的问题。习近平同志最近提出："不能用改革开放后的历史时期否定改革开放前的历史时期，也不能用改革开放前的历史时期否定改革开放后的历史时期。"② 这就从正面对历史虚无主义思潮进行了抵制。历史虚无主义可以归入西方"后现代"思潮之列，但当代美国实用主义哲学家罗蒂说得好："后现代主义不是一条出路，后现代主义多半是破坏性的，没有什么正面的建树。"③

在文艺上，是维护历史真实面目还是歪曲历史真相，是从主流中吸取经验教训还是在支流中制造负面效应，是坚持历史唯物论还是退回到唯心史观，这对坚持文艺的正确方向是至关重要的。苏联解体前后文艺方面历史虚无主义思潮泛滥的状况，就是触目惊心的前车之鉴。由于历史虚无主义思潮是以"边缘反抗主流"的弱者形象出现的，它力图对人们已经接受和沉淀下来的文化因素进行消解和重构，因此很容易扰乱人们的思想。严重的历史虚无主义会把我们的历史信仰和文化积淀吞噬掉，从而将我们推

① 《列宁全集》第 28 卷，人民出版社 1990 年版，第 364 页。
② 习近平：《在新进中央委员会的委员、候补委员学习贯彻党的十八大精神研讨班开班式上的讲话》，《人民日报》，2013 年 1 月 6 日。
③ 转引自张庆熊：《后现代主义与思想解放》，《新华文摘》2010 年第 5 期。

到一个没有历史和信仰崩塌的境地。这股思潮的传播和蔓延，它对中国革命历史的随意剪裁和解释，将会造成人们在历史知识方面的混乱和对待中国近现代史的不严肃态度，将会向社会提供一套谬误的关于近现代历史的话语体系，从而破坏主流意识形态和社会主义核心价值观的树立。因之，我们要旗帜鲜明地反对历史虚无主义思潮，在文艺创作中提倡和坚持用唯物史观来看待和表现世界。同时，要激发文艺创作和评论的责任感和使命感，注意扶植历史观正确的作品，对表现历史虚无主义的作品要开展批评。

二、关于文艺创作中的抽象人性论和人本主义思潮

人性论和人本主义思潮同前面的历史虚无主义思潮是相互关联着的。它的特点是抛开人性中一切社会的、时代的、阶级的因素，脱离人的社会实践和社会关系而孤立地去描写所谓超阶级、超社会、超历史的人性，或者把人性还原为动物性与生理本能，提倡一种抽象的情、抽象的爱，促使文艺走进一条反理性、反艺术甚或反社会的死胡同。关于人性和人本主义问题，从20世纪80年代以来一直在讨论，可始终没有得到真正解决。近些年来，部分文艺作品中的抽象人性论倾向，大有回潮泛滥、愈演愈烈之势，个别作品甚至越过了单纯人性观的界线。这是学界很值得关注的。

为什么会出现这股思潮？为什么频繁出现而在一些人那里却熟视无睹？为什么有人还特意去张扬它？我认为这其中最根本的原因，还是在文艺创作理念上严重脱离生活，背离和遗忘了科学的唯物史观，有意无意地向剥削阶级的人性观招魂并让其表演的结果。在当下的某些影视、绘画、戏剧、音乐和小说作品中，这一点是看得很清楚的。理论上，我们可以经常听到鼓吹创作"私语化""欲望化""肉身化""反理性""身体写作"的声音，看到"人既是生物的也是社会的"一类流行提法，看到把人导入低级感性生活和纯直觉的无意识活动，将艺术引向对自然人性过度张扬和对感官刺激肆意渲染的主张。创作上，似乎也形成了一个新概念化、公式化的模式，即文艺作品要沿着由"外宇宙"向"内宇宙"、由现实向非现实、由理性向非理性、由社会属性向自然属性、由精神追求向肉欲畅流的路

径发展。一些作品描写人物，既写他"人性"的一面，又写他"兽性"的一面；既写他"好"的一面，又写他"坏"的一面；既写他"表层"的一面，又写他"本真"的一面，既写他"暂时"的一面，又写他"永久"的一面……于是，想方设法地让人物超脱社会阶级、政治属性的"拘囿"，同所谓人的"本能""自我""无意识""性感"以及甜得发腻、无缘无故的所谓"情爱"挂起钩来。这样，各种离奇、反常、低俗、恶心以至于思想逆动的东西就冒了出来，个别人群的心理嗜好和需要也得到了某种满足。

众所周知，文艺当然是可以而且应当表现人性的。但问题的关键在于，人性是具体的，其真正的本质是在综合的社会属性中展露出来的。抽象的纯肉体的存在，不是人的本质。马克思在批评黑格尔和费尔巴哈的时候就说过："'特殊的人格'的本质不是人的胡子、血液、抽象的肉体的本性，而是人的社会特质"①。鲁迅也指出："文学不借人，也无以表示'性'，一用人，而且还在阶级社会里，即断不能免掉所属的阶级性，无需加以'束缚'，实乃出于必然。"②著名心理学家马斯洛还说过："我们的生物因素也只是人性的必要原因，而不是充足原因"③。显然，不能抽象地讲人的价值和人道主义。离开具体的历史情况和具体的社会环境谈人，就可能谈的不是现实的人而是抽象的人，这种观念和态度是不符合马克思主义的。

毋庸讳言，带有抽象人性论成分的文艺产品，现在还很有市场。因为有市场，且能作为某种机制和利益需求的润滑剂，所以它能形成一股思潮，杜绝起来也不容易。文艺中这种人性蔓延和膨胀，是与体制、机制、生产关系、政治倾向与文化氛围是密切联系在一块的。因之，文艺领域一方面要警惕和抨击这股思潮，另一方面要学会铲除滋生这种现象的土壤。非如此，科学的人性观是难以得到体现和贯彻的。

目前比较令人担心的是，在以往的争论中，有关"人性论"和"人本主义"等问题应该说已经基本取得共识，许多艺术家、学者是承认有"共同人性"或"共同美"的，也没有把"人性"简单地等同于阶级性。胡乔木当年发表的《关于人道主义和异化问题》重要文章，已经在许多理论层

---

① 《马克思恩格斯全集》第 1 卷，人民出版社 1956 年版，第 270 页。
② 《鲁迅全集》第 4 卷，人民文学出版社 2005 年版，第 208 页。
③ ［美］马斯洛：《人性能达的境界》，云南人民出版社 1987 年版，第 158 页。

面上大体梳理清楚。可是，这些年让人感到这些东西似乎都已忘记，没人再提了。抽象的人性论观点和作品又铺天盖地、俯拾皆是起来。我们现在可以毫不费力地找到各种标榜挖掘"人性深度"、展示所谓"内在人性"的作品。可这种"深度"、这种"内在"是什么呢？说穿了，不过就是"肉欲"，就是"隐私"，就是"性"，就是人的"自然属性"，而且津津乐道，乐此不疲。我们还会看到，有的作品以"人性化"为由，随意编排情节，随意为历史上已有定论的反面统治人物甚或叛徒、汉奸评功摆好。有些作品，非要处理得"好人不好，坏人不坏"，好人也有恶行，坏人也有善举，什么阶级、什么立场、什么美丑善恶的价值判断，都不要了，自以为把人还原成只有七情六欲的个体，就算有了"观赏性"，有了"看点"，有了"深度"，有了"收视率"。这对于广大人民群众特别是青少年是颇有腐蚀作用的。

例如，有的文艺作品就是把人物是忠贞还是奸佞、崇高还是卑劣通过艺术描绘的手段变成了一个"头脑战胜了身体"还是"身体战胜了头脑"的问题，故意把人的"身体"和"性"的启蒙与觉醒当作压倒一切的东西。有的作品，将爱国女青年由于深陷性欲而表现成甘愿当汉奸特务头子的"情妇"，而汉奸特务头子却"人性"十足，掩盖隐藏了其"人性"中卖国、凶残、血腥的一面。这类作品想要表达的是"身体不参加欺骗"，当身体的体认是真实的时候，一切的理性、立场、国家、民族、忠诚等等，就没有了力量，就都得向"人性"低头。这种拙劣的创作，抽空了人的行为的社会历史因素，是虚伪的、自欺欺人的，也是站不住脚的。道理很简单，因为倘若把人的"性"机能加以抽象，使这一机能脱离人的其他活动领域并成为最后的和唯一的终极目的，那么，它就变成纯粹动物的机能了。这种东西作为开掘的"人性深度"，作为"最后的和惟一的终极目的"，那不过是对人的尊严和人类文明的玷污和扭曲。

人性是历史的。文艺对人性的开掘和塑造，是需要与历史环境联系在一起的。从文艺史上看，艺术家对人性魅力深层的揭示，大都不是要去消解人性的积极价值成分，不是要去展示人性中丑陋污秽的东西，而是要确立健康积极的精神价值，凝聚民族性格的核心因素和情感纽带。以近年我国电视剧创作为例，无论是《恰同学少年》《长征》，还是《戈壁母亲》《亮剑》《静静的艾敏河》《沂蒙》等，尽管它们题材和风格各异，但有一点是共同的，那就是在展示人性丰富性的同时，都洋溢着一股阳刚的浩然之气，都在寻找和提炼一种倔强、顽强、坚毅的民族精神。这是一种真正升华了的人性表现，是融入了传统美德和民族大义的人性辉光。这是远远高于那种狭隘、抽象、私利、肉欲、阴险、丑陋的人性表演作品的。

当今抽象"人性论"思潮的背后，有西方所谓"身体学"和"身体美学"作为理论支撑的。这种"身体学"否定认识论和反映论，走向的是一种"宣泄论"。它认为肉身最能优先表现人的灵魂，最能达到人对世界的原初认识，所以主张用身体的方式描绘灵魂是最佳文体，否定作家艺术家思想意识和人格力量在作品中的作用，否定文艺对社会人生介入的可能性。在有些影视作品、先锋小说和诗歌创作方面，是可以看到西方"身体学"的影子的。这其实是把人的社会性和自然性、人的观念性和动物性的关系给颠倒过来了。同时，也把"人的本质不是单个人所固有的抽象物，在其现实性上，它是一切社会关系的总和"[1] 这一科学的结论给推翻了。这种其实也是对"文学是人学"、艺术应"以人为本"命题的严重曲解。经典作家在指责德国引起"美学上的反感"的"粗俗文学"时，曾经说：那是"给市侩的内容套上平民的外衣；反对文学的语言，给语言赋予纯粹肉体的性质"[2]。列宁在十月革命后与蔡特金的一次谈话中说到流行的"杯水主义"时，曾批评那是"纯粹资产阶级的，是资产阶级的妓院的扩充"。他反对"在对性问题的态度上感染着'摩登病'以及对这类问题表现出一种不正常的过分关心"。认为"这种错误的想法在青年运动中是特别有害、特别危险的。""当性在身体上表现得最明显的年龄，如果性成为主要关心的事，那就很为不妙。那真有致命的影响呵！"[3]

文艺和历史一样，其实是不存在超时代、超历史、超阶级的永恒"人性"的。如果跨越社会历史条件的具体把握，在一般抽离的意义上去表现"人性"，并把它规约为爱恨、亲疏、好恶等干枯的二元对立结构，不消说丧失了伦理学和人类学的理论意义，而且离美学和文艺学的"诗意裁判"也相距遥远。崇拜人的"性本能"，崇尚所谓的"新感性"，并不是什么新鲜事，而是历代腐朽没落文艺状况的常规症候。这种艺术"人性"观所包

① 《马克思恩格斯文集》第 1 卷，人民出版社 2009 年版，第 501 页。
② 《马克思恩格斯选集》第 1 卷，人民出版社 1972 年版，第 162 页。
③ 《列宁论文学与艺术》，人民文学出版社 1983 年版，第 440、439、439、440 页。

含的"情欲本能解放论"和"性自由论",是殖民文化和现代西方个人本位主义的一个拙劣翻版。罗素就指出过:"自我中心的热情一旦放任,就不易再叫它服从社会的需要……人不是孤独不群的动物,只要社会生活一天还存在,自我实现就不能算伦理的最高原则。"①可见,抽象"人性论"是不应该成为艺术的"最高原则"的,表现抽象"人性"对艺术作品创作是没有好处的。哲学家杜威也机智地回击过抽象"人性论",认为这是"最令人沮丧的和最悲观的一种学说",并指出"如果人性是不变的,那末,就根本不要教育了,一切教育的努力都注定要失败了。因为教育的意义的本身就在改变人性以形成那些异于朴质的人性的思维、情感、欲望和信仰的新方式"②。

显然,倘若在文艺作品中阻隔历史条件,让人的本能情欲肆无忌惮地裸露,让作品成为放任性情的"高级会所",那这种绝无"所指"的"能指"盛宴就注定会成为艺术精神和审美精神的窒息之地。因此,我们理所当然地要谴责和抵制这种"抽象人性论"思潮,使文艺创作自觉地回到"美学的和历史的"健康航道。

三、关于缺少区分和辨析的"文化产业化"思潮

我们党实行"文化事业"和"文化产业"并举的方针是正确的。这是发展和繁荣文艺的两个轮子,符合艺术生产的规律。但是,利用"文化产业"政策搞所谓利润挂帅的"文化产业化",则是错误的。

无数事实已经告诉我们,如果把文化(包括各门类艺术)径直推向"产业化",一切以营利为目的,其带来的后果将是十分严重的。文化产业和文化事业一样,都肩负着文化强国的重任。它的积极推进和开拓创新,对国家文化"软实力"的提升作用很大。目前我国文化产业呈现出较强劲的发展势头,党和政府对其扶植的力度也很大。可是,客观地讲,其中存在的问题也不少。这种问题主要表现在艺术产能低下,产业结构不合理,

---

① [英]罗素:《西方哲学史》(下卷),何兆武、李约瑟译,商务印书馆1976年版,第225页。
② [美]约翰·杜威:《人的问题》,傅统先、邱椿译,上海人民出版社1965年版,第115页。

市场空间狭窄单一。有些文化产业园区建设，瞄准的是政绩形象和其他产业利益，文化产品名不副实的情况仍较为普遍。文化产业发展的重点，还比较集中在艺术品交易、影视、动画制作等方面，布局和水准还处在初期的浅层次阶段。因此，需要努力调整产业结构，拓展新的发展空间。同时，也不能盲目地扩大文化产业规模，而应本着集约态度在实际经营中逐步开发新项目和新产品，培育新的效益增长点，培育良性的产业发展机制。

这里想探讨的是，在这个文化产业发展过程中，是不是出现了一种"一切市场化"的"产业化"思潮？这种思潮将带来什么样的影响？毋庸讳言，在市场经济如此发达的今天，也许什么都可以依赖市场杠杆的调节。但是，唯独先进的、进步的文化和文艺是不可以过多地信赖自由市场杠杆的力量的。当前某些消费性文艺，正不断消解民族和国家的核心价值体系，这其中，可以说市场杠杆即片面的"文化产业化"引导起了重要的作用。

文艺是改变不了市场的本性的，可市场却可以改变文艺的本性，让文艺越来越屈服于市场的压力。譬如"小剧场剧"，据知情者讲，由于"商业文化的入侵却让小剧场话剧在不同程度上被消费主义所解构，陷入一种泛娱乐化的尴尬境地"①。这不能不说是把"产业化"理解为"商业化"思路造成的恶果。有些电影文本，几乎流于为商业而商业的"敷衍成篇"；有些商业大片创作的"吸金思维"大于人文内涵的开掘，不少影片追求的是以离奇的叙述、视听饕餮和奇幻场景来满足受众的猎奇心理和感官愉悦；一些综艺节目也迷信于娱乐至上。这也不能不说与经济利益挂帅的"产业化"思潮有关。在一些文艺院团体制改革过程中，出现了无视艺术种类的多样性，不分体制机制一律强行"转企改制"现象，导致一些院团生存境遇十分困难。有些院团迫于上级强制性规定和指标，以"一套班子，两块牌子"方式来应付"转企改制"，这种状况应该说也是由什么都得"产业化"的思路带来的。美术界亦是一样，商业化的侵蚀在该领域已成了一个不可回避的问题。美术活动越来越被市场力量所左右，有的美术家在创作上只是逢迎不加坚守，只问金钱不讲格调，只求经济效益不计社

① 《2012 中国艺术发展报告》，中国文联出版社 2013 年版，第 57 页。

会影响。艺术品市场存在着发展不均衡、交易诚信缺失、制假贩假普遍、无序竞争严重、定价机制缺乏、行业协调薄弱、管理政策法规相对滞后的问题。一些美术文化产业园区匆匆上马、建设失度，以致造成泛滥。此外，现在的舞台艺术创演中，把"大投入、大制作、大场面"奉为不二法门，投资规模动辄数百万、上千万乃至数千万，竞豪奢、拼财力，服饰华美，场面恢宏，灯光绚丽，却很少在艺术本身上花功夫、下力气，导致大量作品形式浮华、内容浮泛、思想浮浅，人力、财力、物力造成极大浪费。这种现象，除了有艺术的不良作风外，与"文化产业化"的思潮也脱不开干系。众所周知，当"艺术生产"被完全纳入资本生产体系中的时候，那它的自由的精神生产属性就消失了。可见，"文化产业"处理得不好，与"文化事业"之间不是构成相辅相成的关系，而是变成了"商业化""市场化"行为。那不但会桎梏和扼杀艺术生产力，而且也会使艺术创作走上歧途的。

对文化产品属性的科学把握，是处理文化与市场关系的理论根基。那种认为西方发达国家都是把一切文化一股脑地推向市场的看法，实是一种"误解"。西方发达国家政府支持的"文化事业"有三类：公益性文化事业、高层次艺术和民族艺术、有价值的出版物。[1] 我们眼下的文化，其实可分为公益性文化、自娱性文化、高雅文化和通俗娱乐文化几种，根据它们各自与市场的关系、不同的性质和作用，我们应"区别对待、分类指导、分散决策"，这样才能既保护艺术的生产力又合理推动艺术产业发展，完全的"产业化"是很难行得通的。

---

[1] 康式昭：《谈谈文化属性和文化管理》，《求是》1992 年第 19 期。

第四部分

追忆、回顾与访谈

我心目中的杨晦先生

——试谈他的理论性格和学术风骨

一

他是一个默默无闻的人，却是一个用自己青春的激情创造历史的人；他是我国新文论的拓荒者和探索者，却在史书上没有留下太大的丰碑；他是著述和译作不算多，但可谓惜墨如金、字字珠玑；他有一种蔑视艰难困苦而勇于与之斗争的坚强性格，可待人接物又十分诚恳，作文办事极其认真；他虽苦行一世、沉默半生，但却一直耿介不阿、特立独行；他身处知识界之上流，却心系底层民众；他有自己的信仰和原则，多隐藏在语言和文字的背后；他平日里关心弟子的学业，但更关注的是他们怎样成长、如何做人；他常常流露出忧郁的心情，但对时代和未来却满怀信心。在他身上，战士、学者、思想家、教师、长辈、同事、朋友这几重身份，自然而然地结合在一起。与他相处，你会觉得他好像一位饱经风霜的父亲般的长者，在引领你于波涛起伏的历史航道上，在悬崖陡峭的学术攀登途中奋然前行，那样踏实，那样可靠，那样心明眼亮，又那样充满睿智和温暖。

他，就是五四运动老战士、著名马克思主义文论家、北京大学中文系老主任、一级教授、我的导师杨晦先生。

先生生于东北一个贫苦农民的家庭。1917 年夏，考入北京大学哲学系本科，同班同学中有朱自清、邓中夏、陈公博、谭平山、潘菽等人。受新思想、新文学的强烈影响，他曾参加北大的新闻研究会等社团。1919 年春，轰轰烈烈的"五四"爱国运动爆发了，在激愤的游行队伍里，在壮烈的"火烧赵家楼"的火光中，都活跃着先生矫健的身影。

1920 年秋，先生从北大毕业，随即任教于沈阳第一师范，但几个月后就被当局以"鼓动学潮"为由，驱逐离校。1921年春，他去太原国民师范教书，也是仅仅几个月就被迫离开。在从太原返回北京的路上，他痛感社会黑暗、腐败、不公，民众苦难多乖，悲愤难耐，一气之下，将自己的名字由杨兴栋（号慧修）改为杨晦，取其阴暗、晦气、倒霉之意。

新中国成立后，先生的处境大为改观。1949年秋，出任北京大学中文系教授，同时被聘为清华大学、辅仁大学兼任教授。1950年担任北京大学中文系主任。可是，仔细观察不难发现，由于客观的形势和气氛，亦由于他的性格和气质，他的变相"晦气"的命运，并没有完全扭转，而是曲折反复地又延续了相当一段时间。他平时话语不多，沉默寡言，若是遇上他所憎恶的人和事，往往神情枯冷峻厉，厌形于色；但在朋友和学生中间，他却是像真挚而具亲和力的一团火，对你大到思想意识、小到衣食住行，关心体贴，无微不至。

有一次，我和同窗一道去北大燕东园37号拜访先生，本以为他定会给我们几位已经三十五开外的研究生弟子传授一些治学的方法和经验，可没想到，这位坐在书山书海式卧室的靠背椅上轻轻晃动着羸弱身躯的八十岁的老人，谆谆叮嘱我们的竟是"多干一些家务活"，"把小孩子带好"，"注意身体健康"。还说"搞文艺理论，不能单在文艺本身上爬，各个方面都要好好地锻炼。""不要急着写文章，更不要发了几篇文章，就感到了不起，把自己用无形的'雾罩'罩起来"……这些话看似题外，可对我们来讲，确有比"功夫在诗外"思想还要多得多的启示。

先生发表的第一个作品，是1923年的剧本《来客》。这年，先生在北京大学教授张定璜家中，结识了当时正在北大读书的冯至、陈炜谟，其后又结识了从上海来北京的陈翔鹤。1925年夏，先生从济南回北京，与这几位商定组织"沉钟社"，出版《沉钟》周刊（后改为半月刊）。"沉钟社"是一个青年人的文艺团体，这几位主要成员则是诗人、小说家、剧作家和评论家。从此，先生的创作进入了一个高潮期。鲁迅很关心这伙智识青年，知道他们的心情"是大抵热烈，然而悲凉的。即使寻到一点光明，'径一周三'，却更分明的看见了周围的无涯际的黑暗"。[1] "不过这群中的

---

① 鲁迅：《〈中国新文学大系〉小说二集序》，载于《鲁迅全集》第6卷，人民文学出版社2005年版，第251页。

作者们也未尝自馁"，鲁迅在《〈中国新文学大系〉小说二集序》中，言之凿凿地称赞道："但在事实上，沉钟社却确是中国的最坚韧，最诚实，挣扎得最久的团体。它好像真要如吉辛的话，工作到死掉之一日；如'沉钟'的铸造者，死也得在水底里用自己的脚敲出洪大的钟声。"① 这一评价，在中国现代文学史上是很显眼、很难得的。不过，鲁迅接着也说："然而他们并不能做到，他们是活着的，时移世易，百事俱非；他们是要歌唱的，而听者却有的睡眠，有的槁死，有的流散，眼前只剩下一片茫茫白地，于是也只好在风尘颎洞中，悲哀孤寂地放下了他们的箜篌了。"②

20年代中期，先生翻译了罗曼·罗兰的《悲多汶传》、埃斯基拉斯的《被幽囚的普罗密修士》。1929年7月，遵从鲁迅的建议，先生自英文翻译了俄国作家莱蒙托夫的小说《当代英雄》，并在《华北日报》文艺副刊上连载。8月，又出版了独幕剧集《除夕及其他》，列为"沉钟丛刊之五"。这些剧作，以底层社会为背景，用极为精炼的笔墨描绘人间的不幸和在不幸中各种各样的人们内心的活动。他善于不用过多的对话而是用气氛烘托出人间的悲剧，但也不放过旧社会制度下产生的恶习和险诈。……其中以《老树的荫凉下面》和《除夕》两独幕剧写得最成功，也最为感人。③ 诗人朱湘在他1927年办的个人刊物《新文月刊》第二期上，评论杨晦的戏剧作品，"有一种特殊的色彩，在近年的文坛上无疑的值得占有一定的位置"。唐弢在20世纪40年代写的《书话》里，则说"沉钟丛刊"中，他最喜欢的就是杨晦的《除夕及其他》，认为"充满散文诗气息，深沉黯淡，令人心碎"。④

1936年暑假后，先生到上海同济大学附设高中教书。那时的上海，每个学校甚或每个班级，都有进步势力和反动势力的激烈斗争。同济附中除个别国民党党棍外，一般的教员"明哲保身"，只讲本门课程，不敢触及

---

① 鲁迅:《〈中国新文学大系〉小说二集序》，载于《鲁迅全集》第6卷，人民文学出版社2005版，第251—252页。

② 鲁迅:《〈中国新文学大系〉小说二集序》，载于《鲁迅全集》第6卷，人民文学出版社2005版，第252页。

③ 冯至:《从癸亥年到癸亥年——怀念杨晦同志》，载于《中国新文论的拓荒与探索——杨晦先生纪念集》，北京大学中文系文艺理论教研室编，北京大学出版社2001年版，第7页。

④ 冯至:《从癸亥年到癸亥年——怀念杨晦同志》，载于《中国新文论的拓荒与探索——杨晦先生纪念集》，北京大学中文系文艺理论教研室编，北京大学出版社2001年版，第8页。

时事，虚与委蛇，周旋于两种势力之间。杨晦先生担任历史教员，他在课堂上经常宣传抗日，分析时局，反对国内和国际的法西斯统治，旗帜鲜明，毫不含糊，在学生中间影响不小，同时也招来反动分子的嫉恨。抗战爆发后，同济大学连同附中迁移至江西，校内校外恶势力相互勾结，对先生迫害有加，到1938年夏季就把先生赶走了。其后的几年，先生在广东广西流离不定，曾参加桂林抗敌文协分会，还在陕西城固西北联合大学任过教。据不完全统计，仅新中国成立前不到三十年的时间里，先生至少在各地15所学校教过书，中间还有颠沛与失业。

先生最早是什么时候开始阅读马克思主义著作的，我已经无从精确查考了。但有一段与他有六十年交往的老友的文字，可让人略知一二。1935年9月，诗人冯至从德国留学回来，在上海首先见了杨晦。冯至回忆说："当天晚上，没有交谈多久，他就给我以当头棒喝：'不要做梦了，要睁开眼睛看现实，有多少人在战斗，在流血，在死亡。'这时他已起始研读马列主义著作，在上海参与党所领导的文化活动。"[1] 后来冯至回到北京，在天津《大公报》上发表了一首诗，杨晦先生读到后，立即给他写信，大意说"你的诗在技巧上比过去成熟些了，但是你的诗里对待事物那种冷冰冰的态度，我读后很不舒服，我不希望你写这样的诗。"[2] 这段珍贵的回忆告诉我们，先生寻找救国救民的真理是有一个过程的。他当时对诗友的告诫，可以看作是他的马克思主义文艺观初步、隐晦而又真挚的表达。新中国成立后，先生曾做过的一次自我总结，也印证了上述这段回忆的可靠性，他说"到抗战前后，严峻的社会现实促使我意识到了西方资产阶级文艺思潮的谬误，于是我开始逐渐地接受了马克思主义的理论。"[3]

1943年末先生从陕南到达重庆，直接在党的影响和领导下从事文艺和教育活动。他的论文集《文艺与社会》（1949），主要就是这一时期学习马列主义、研究文艺理论得到的成果。我还清晰地记得，先生在1978年曾经兴致勃勃地给我讲述他40年代初在重庆第一次读到毛泽东《在延安

---

① 冯至：《从癸亥年到癸亥年——怀念杨晦同志》，载于《中国新文论的拓荒与探索——杨晦先生纪念集》，北京大学中文系文艺理论教研室编，北京大学出版社2001年版，第5页。

② 冯至：《从癸亥年到癸亥年——怀念杨晦同志》，载于《中国新文论的拓荒与探索——杨晦先生纪念集》，北京大学中文系文艺理论教研室编，北京大学出版社2001年版，第5页。

③ 毛庆著：《论杨晦的文艺理论建树》，载于《中国新文论的拓荒与探索——杨晦先生纪念集》，北京大学中文系文艺理论教研室编，北京大学出版社2001年版，第50页。

文艺座谈会上的讲话》时那种"久旱逢甘露""拨云见晴天"的激动心情，喜形于色，溢于言表。

抗战胜利后，先生随中央大学复员到南京，不久即遭当局解聘。于是转赴上海，继续从事文艺活动。1948年冬，经党组织安排，由上海去香港。1949年春，党组织又接这批进步文人、"左翼"教授自香港乘船北上。先生与臧克家等多人先到达天津，5月自天津到北京，出席中华全国文学艺术工作者代表大会，先生被选为大会主席团成员。文代会后，应聘到北京大学中文系任教授兼系主任。1950年加入了中国共产党。

新中国成立后，我觉得先生最值得称道的，是他依然保持了独立思考，不苟且、不盲从、不跟风，敢于提出自己意见和建议的硬骨头精神。新中国成立之初，苏联文艺学专家毕达可夫来北京大学讲学，开办研究班，先生是班主任，待到该专家讲稿作为教材出版时，先生在"后记"中郑重地写道：该书"所讲的只能是从苏联方面出发，所能运用的也多是苏联的文艺理论成就"，因此，中国读者"必须避免教条主义的搬用"。①他在中文系学生的培养上主张文学和语言不分家，要有机地联系起来，这种观点不被认可还遭到讽刺，但他毫不示弱，依然坚持不改。1964年学校贯彻当时对知识分子和教育文化估计上错误的"左"的路线，干部集中学习，他不仅不随声附和，反而提出异议，令与会者大为惊讶，他的发言被摘录上"简报"，很快就成为批判对象的材料。

记得那是"文革"动乱的岁月，先生的学术思想和办学方针遭到批判。我看见，他每日里抿紧那有些凹陷的双唇，本来就硬愣愣的一根根怒发冲冠式的花白头发，挺得更加笔直。批斗会上，有人让他低头，他坚决不肯。会后，他却把一套《鲁迅全集》从家里搬到校内32楼的学生宿舍，让大家阅读。我感到一种难言的痛楚。

先生是把继承和发扬鲁迅的精神当作自己毕生的事业的。无论是在那风雨如磐的岁月，还是在和平建设的年代，他的一言一行，都力图将鲁迅的品格加以张扬。在一篇纪念鲁迅的文章中，先生曾写道："一生到老志不屈"，这是几十年前为鲁迅送葬时成千上万人从心底里涌出的哀歌中的一

① ［苏］毕达可夫：《文艺学引论》，北京大学中文系文艺理论教研室译，高等教育出版社1958年版，第528页。

句。"当时我和一个朋友抬着花圈走在那被悲痛完全笼罩的行列之中，曾反复地吟唱过它。时隔多年，那哀歌的曲调我早已忘却了，唯有这一句歌词却深刻在我的记忆里。因为在我看来，'一生到老志不屈'这七个字，准确地概括了鲁迅毕生不屈不挠地探求真理的伟大精神。"[1] 现在，我们回过头来，用先生对鲁迅的这一认识来评价他本人，不是同样也很贴切吗？

二

先生贯其一生的遗产是多方面的。可我觉得，著名语言学家王力先生给杨晦的挽联——"文论长怀陆子赋，英名永忆赵家楼"，对此的表述最为平实、简洁，恰如其分。

杨晦先生差不多亲历了中国现代文学的全程，在创作、翻译、批评、理论、教育等诸领域均有建树。不过，在我看来，真正跟他的学术生命轮廓难分难解的，是这样两个始终交织着的要件：堪称简劲精炼但却独具一格的理论批评；始终直面国家与民众苦难、关怀社会人生价值的实践品格。这两者互为表里，高度统一。

先生是从1939年后由创作转而做文艺理论与文学批评的。据初步统计，到目前为止，可以收集到的他的论文和带有论说性质的文章，大约有一百余篇。在写于1947年的那篇著名的《论文艺运动与社会运动》里，先生提出了他全部文艺思想中最为核心的论点：

> 要是打个比喻来说，文艺好比是地球，社会好比是太阳。我们现在都知道地球有随太阳的公转，也有地球的自转。其实，就是文艺也有文艺的公转律和自转律。文艺发展受社会发展限定，文艺不能不受社会的支配，这中间是有一种文艺跟社会间的公转律存在；同时，文艺本身也有文艺自己的一种发展法则，这就是文艺自转律。[2]

---

[1] 杨晦：《鲁迅百周年纪念随想》，载于《杨晦文学论集》，北京大学出版社1985年版，第489页。
[2] 杨晦：《论文艺运动与社会运动》，载于《杨晦文学论集》，北京大学出版社1985年版，第248—249页。

这就是著名的文艺"公转""自转"说。它是先生最具特色的理论观点，也是理解先生的文艺思想的一把钥匙。

严格地说，"自律"（autonomy）、"他律"（heteronomy）本属于源自康德的一对伦理学范畴，也用于解释文艺理论问题。学术史上，关于"自律论"与"他律论"的持续论争，主要发生在音乐学领域，尤其是当奥地利音乐美学家汉斯立克（Eduard Hanslick）在他的《论音乐的美》中鲜明地提出音乐"自律论"以后。当然也有不少学者意识到，"自律"与"他律"对于文艺来说也具有普遍意义，认为它很像韦勒克、沃伦在《文学理论》教材中关于文学"外部研究""内部研究"的区分。然而，比较一下就知道，韦勒克比杨晦小六岁，沃伦与杨晦同年，他们在1948年出版的《文学理论》中提出的"外部研究"和"内部研究"说法，远远没有杨晦先生于1947年提出的"公转自转说"新鲜、辩证、科学。杨晦先生已超越了艺术理论史上各执一端的争议，以其睿智的洞察力，清楚地意识到在文艺"自律""他律"对立表象背后的有机统一。众所周知，依据韦勒克、沃伦《文学理论》第三版翻译的中译本 ①，1984年首版便以34000册的高印数，风靡全国。可是，中国学界又有多少人知道杨晦先生识高一筹的"公转自转说"呢？这个发人深省的反差提醒我们：中国的学者是有着自己并不后人的创造性的理论成果的。我们不要小瞧了自己，与此同时也不要忘记了去注意认真地发掘与继承。

杨先生对文艺现象的思考，紧紧围绕着一个轴心，那就是文艺与社会之间的辩证关系。在有关文艺"公转""自转"律的表述中，他显然是把社会置于"文艺—社会"系统的中心，认为社会上升时期"文艺活动也就最为活跃"，且必定以"他律"原则为主导法则，"虽以文艺活动的姿态出现在社会活动里边，实际上，也就等于是一种社会活动"的；而只有在社会相对平静停滞阶段，才变得由"自律"占了支配权，因为"文艺自然跟社会有了距离，成为一种游离的状态"，"自然就陷在一种所谓形式主义的框里边去"。② 正是在这种以社会为中心的文艺"公转""自转"律的理论基础上，先生构筑起了他的"苦行"式的现实主义文论体系。记得瞿秋白

---

① ［美］韦勒克、沃伦：《文学理论》，刘象愚等译，生活·读书·新知三联书店1984年版。
② 杨晦：《论文艺运动与社会运动》，载于《杨晦文学论集》，北京大学出版社1985年版，第249页。

曾经说，鲁迅非常宝贵的革命传统之一，是他那最清醒的现实主义。而杨晦先生的文艺理论，可以说直接赓续了这种现实主义的传统。这一理论传统，无疑让我们感到深厚的底蕴和社会历史批评的活的灵魂。

在那篇被称为"我国现代散文中""不可多得的佳作"的抒情名文《普罗密修士》（1926）里，杨晦先生把普罗密修士对苦难的承当称作是"沉默的反抗"，并号召青年们"去朝拜那为人类受罪的普罗密修士（Prometheus）"，"去顶礼那为人类而战的战士"。① 由于该文既是一篇气势浩荡的抒情散文，也是为他自己译的希腊悲剧《被幽囚的普罗密修士》而撰写的评论，所以，很难区分出其中先生的艺术观与人生观的界限。先生在文中这样表达自己的看法："人生是一种试炼，是一种凄惨的试炼。你要强韧地忍受痛苦，要坚实地承受磨折，你要愤激，你要愤激地反抗一切。要于百炼之后如同精金一般；要于疮痛之余不肯低头；这才显出真正强者的本色。"② 这里先生用一种坚定而决绝的语气，寄托了对人生须当承载苦痛磨难的期许和承诺，而艺术和人生在这儿，实际上也合流了。

先生个人身世的漂泊与挫折，以及他作为东北作家在那特定历史阶段刻骨铭心的家国之恨，使得他的文学理论写作里镂刻着深沉的苦难意识。据先生自己讲，早年对他影响最大的中国作家是屈原和杜甫，那种自觉的忧患无疑给了他很大的传染。的确，先生属于那种少数的"好像是一心一意在寻找苦难"的人。他认为，直面苦难、承担苦难本是人生中一种无可逃避的必然。这种看法，和他坚强的性格、忧郁的心情以及人、文一致的观念一起，构成了他的文艺承载苦难的苦行现实主义思想的坚实基础。

在现今尚存的几封先生致"沉钟社"同仁的信函中，处处体现着他意识里根深蒂固的承担苦难的自觉。在1927年间，他在致陈翔鹤的信里这样说道：

> 人为理想受苦，这是高洁的。我们要不为理想，何至于受苦？所以你既然要殉理想，就要能以忍受一切的痛苦才行。我每天都要受许多无可奈何的过去的，当前的，和预想将来的痛苦的袭击。然而我只

---

① 杨晦：《普罗密修士》，载于《杨晦文学论集》，北京大学出版社1985年版，第12页。
② 杨晦：《普罗密修士》，载于《杨晦文学论集》，北京大学出版社1985年版，第12页。

是咬牙的忍受。①

可以看得出来，对于文学及文艺家，先生极其看重的是那种奔赴理想的力量，是那种在烦闷苦恼背后所蕴藏的内在生活的深度，是"为理想受苦"、对一切的痛苦"只是咬牙的忍受"的精神"高洁"，是那种担当这个苦、压住这个苦的坚强的人格素质。换个角度说，这也正是先生禀赋的一种特有的理论倾向和学术性格。

先生是器重和欣赏剧作家曹禺的，可在《曹禺论》长文里，却对曹禺作品有严肃的批评。这为什么呢？很重要的原因，就是因为"《雷雨》，《日出》和《原野》的写作年代，是占满了'九一八'、'一二八'，及'塘沽协定'以后，到'七七'事变前的整个时间的"，然而作品与充满"国家民族的危机，以及整个民族的耻辱"的社会背景极不协调，因为在这些"作品里，找不到一点国难的痕迹"。②可以看得出来，先生对艺术应当承担社会现实苦难的主张，并非源于普通意义上的所谓艺术的责任，而是跟他以"他律"为中心、兼有"自律""他律"的"文艺—社会关系论"是互为表里的。尤其是在那篇堪称"文艺—社会关系论"先声的《艺术之宫的陷落》一文里，先生实际地展开了"自律"依倚"他律"而存的学理逻辑。先生对比利时剧作家梅特林克的批评，很大程度上也是对他"丢开了那么严重的社会问题，掉转了他们的头，或者说是闭上了他们的眼睛不管了"的象征剧的不满。

我深深地感到，先生的文艺"荷担苦难"说，并非以"苦难"本身为艺术价值的依归，而是为了担负起改造社会的责任，从而获得真正光明的前景。他在不少文章中都表达了这样的思想。这种观念跟他判断一部作品好坏所采用的标准，即在你读过以后，如果它能使你精神振作，使你向上，使你努力，使你有一种急起直追的感觉，那就一定是一部好作品，是直接相关的。

杨晦先生很看重作家主观的"态度"和"思想"。他认为作家能否在艺术上取得进步，很大程度上是取决于他能否向自己旧的创作"态度"和

---

① 杨铸（整理）:《沉钟社通信选》,《新文学史料》1987年第3期。
② 杨晦:《曹禺论》,载于《杨晦文学论集》,北京大学出版社1985年版,第108页。

"思想"主动地告别。而他这种对作家要进行"自我告别"的要求，根本上又是源于希望作家要对社会和艺术有所认识与了解，实际上，这仍是他的"自转律"和"公转律"理论的延伸。

最直接阐述"自我告别"说的，当属先生 1947 年写的《罗曼·罗兰的道路》一文。对罗曼·罗兰这位在七十岁生日时自称"这七十年是'从巴黎走到莫斯科'的长途旅程"的法国文坛巨擘，先生满怀激情地赞颂了他对过去自己的勇敢的"告别"。先生认为，当中国正在狂热地崇拜罗曼·罗兰那几部个人英雄主义著作的时候，罗曼·罗兰自己"这时候，却正陷在'探索与彷徨'的苦恼里边，正在快要跟他的过去告别了。等到他一跟过去告别，就连留在后面的桥都拆掉，誓不回顾地决然走上新的道路；但是，世人，特别是当时的中国方面，所崇拜的正是他自己告别了的那些过去的思想，过去的生活态度，过去的英雄主义，过去的那些著作"。而"他的《贝多芬传》，接着是《密莱传》、《密盖朗吉罗传》、《托尔斯泰传》、《甘地传》；他的《约翰·克利斯朵夫》；他的一些剧本；茨外格所作的《罗曼·罗兰评传》等等"，"这些都是他要告别的那个过去时期的东西"。[1] 这种理论立场和见解，可以说被先生广泛地应用于他的"作家论"式的批评文本中。从某种意义上讲，这是他文艺思想中居于支配地位的作家批评观，它客观地指出了作家通过观念的自我批判、自我否定从而实现艺术进步的可能途径。

先生的这一见解和立场，很容易让人感到它与马克思主义文艺观的暗合之处。马克思、恩格斯曾经说过："如果其他阶级出身的这种人参加无产阶级运动，那么首先就要要求他们不要把资产阶级、小资产阶级等等的偏见的任何残余带进来，而要无条件地掌握无产阶级世界观。"[2] 经典作家是不赞成"诗人要站在比党的壁垒更高的瞭望台上观察世界"[3] 的。列宁还曾明确地提出"党的文学的原则"[4]，认为新的进步的艺术，"必须深深地扎根于广大劳动群众中间。它必须为群众所了解和热爱。它必须从群众的感

① 杨晦：《罗曼·罗兰的道路》，载于《杨晦文学论集》，北京大学出版社 1985 年版，第238—239 页。着重点为引者所加。
② 《马克思恩格斯选集》第 3 卷，人民出版社 1995 年版，第 685 页。
③ 《卢卡契文学论文集》(一)，中国社会科学出版社 1980 年版，第 250 页。
④ 《列宁选集》第 1 卷，人民出版社 1972 年版，第 647 页。

情、思想和愿望方面把他们团结起来并使他们得到提高"①。毛泽东更是结合中国实际、结合切身体会论述了作家艺术家的立场问题、态度问题、工作对象问题和学习问题，希望文艺家能"经过长期的甚至是痛苦的磨练"，"把自己的思想感情来一个变化，来一番改造"，"和工农兵大众的思想感情打成一片"②。诚然，这些思想今天看来几乎是尽人皆知的，但20世纪40年代杨晦先生就通过"自我告别"说来加以理解和阐发，并自己身体力行，应当说是难能可贵的。

1948年，诗人臧克家在杨晦先生五十寿辰时所作的祝词，可说是一个很好的注脚：

今天，大时代气流里的
知识分子，
在酝酿着蜕变，
但是往往抱着"过去"
困死在那个壳子里；
你，征服了时间，
征服了自己，
脱掉了一个小圈子，
得到了一个大天地。③

先生把"自我告别"看成作家前进的基本动力和作家不断进步的标志。这一思想，实质上是对作家精神上脱胎换骨、自我超越和自我征服的一种呼唤。他的友人说杨晦"在他评论中外作家和作品的文章里也含有自我批评的成分"④，这话很有见地。

① 《列宁论文学与艺术》，人民文学出版社1983年版，第435页。
② 《毛泽东选集》第3卷，人民出版社1991年版，第851页。
③ 《臧克家全集》第2卷，时代文艺出版社2002年版，第194页。
④ 冯至：《从癸亥年到癸亥年——怀念杨晦同志》，载于《中国新文论的拓荒与探索——杨晦先生纪念集》，北京大学中文系文艺理论教研室编，北京大学出版社2001年版，第5页。

三

　　杨晦先生对新民主主义时期文艺的性质，也有自己独特的界定。他认为这一时期的文艺，是"农民文艺"，而所谓"农民文艺"，"其实就是民间文艺，也就是中国的人民文艺"。当他提出并从理论上阐释"农民文艺"观的时候，他的"文艺—社会关系"论已经成型。在发表于1945年的《沙汀创作的起点和方向》一文里，他首次指出了在中国存在着"农民派作家"，并列举了"农民派作家的悲哀"——"有的积习过深，不能适应新的环境；有的头脑顽固，不肯适应新的环境"，"有的，经过几度的挣扎，却终于销沉下去……；有的，虽然始终都在挣扎，却突不破他的重围……"。认为"农民派作家，所走的路，所遭的命运，不能不跟我们的农村社会的发展，我们的农民革命运动同样地迂曲，同样地艰难，也同样地终于要有他们的前途"。① 先生这个时候还只是一种较为直观的感性认识和初步的归纳，待到1947年发表《论文艺运动与社会运动》，他的"农民文艺"说才算真正有了较为系统的理论论证。他认为"在半封建半殖民地的社会里，主要的是农民革命运动"，"农民的知识分子，在以农民运动为主的中国社会运动里，是最忠实的，而且最占多数"②，这便是"农民文艺"的社会基础。

　　先生提出"农民文艺"说，主要是基于两个方面的背景。一方面是为了区别于所谓"京派"与"海派"的划分；另一方面则是为了区别于左翼文学内部的"普罗文学"或"大众文学"的提法。先生指出，"农民派"最早就是作为与"京派""海派"不同的作家身份与写作姿态命名的。他认为，"海派"自然携带一些洋场的泥沙，走的却是上升的路线；"京派"虽然仿佛很高雅，但士大夫气派很重，这是历史给定的，没法逃避。这中间正好有一个"农民派"的问题，却不为人所注意。于是，他在《京派与海派》（1947）一文里，便直接地指出："京派是落伍的，所走的是末路。海派是进步的，然而，也有限度。我们把希望寄放在农民派的作家身上，

---

　　① 杨晦：《沙汀创作的起点和方向》，载于《杨晦文学论集》，北京大学出版社1985年版，第156—157页。

　　② 杨晦：《论文艺运动与社会运动》，载于《杨晦文学论集》，北京大学出版社1985年版，第244—246页。

随着中国农民运动的成功，我们农民派的作家，将在文艺上放出胜利的光芒。"①也就是说，在先生眼里，无论京派、海派，都将被历史遗弃，都将由农民派文艺来取代。先生的这一认识，显然是考虑了中国文学发展的新的方向，显然是有辩证的唯物主义的历史观作为其理论支撑的。

在我的印象里，直到1939年李何林撰写他的《近二十年中国文艺思潮论》为止，左翼文艺理论界仍只是从一般意义上把五四运动称作资产阶级性质的，这或许跟20年代末"普罗"作家和"革命文学"倡导者对诸多"五四"人物的批评有关。但毛泽东发表《新民主主义论》，一反过去对"五四"的评价，坚决地肯定五四运动是由无产阶级领导的包括资产阶级共同参与的新民主主义运动的开端。至此，这一论断基本上成了左翼文艺界在阐释五四运动时的公认前提。杨晦先生虽然反对把五四运动狭隘地称作"新文化运动"或"新文艺运动"，而认为"'五四'是一种社会运动"，但他却坚称："五四"时代的所谓新文化新文艺，就是欧美资本主义社会的文艺形式。所以，中国的新文化文艺运动，于是被局限在都市的知识分子以及青年学生的小圈子内。然后，他接着说，在"北伐"以后，成为中国新文艺运动主流的，是无产阶级革命文学。中国社会内在地展开了土地革命运动。到了"一二·九"运动时期，土地革命运动已经在北方生了根，并且伸展到了五四运动的根据地——北平。所谓农民知识分子也已经起了主观的变化：要跟农民站在一起，共同肩起解放的任务来。"然而，我们的文艺运动却停留在普罗文学或者大众文学上。……左联的文艺活动，主要的是研究和介绍国际的无产阶级革命文学的理论"。"中国的新文艺，因此，一时就摆不掉半封建和半殖民地的两重倾向"。"抗战期间的文艺运动，在北方是农民运动的反映，至于在大后方，却一直沿袭着'五四'的，或者说是再加上大众文学的传统，所走的是两条不同的道路"。②这种描述所体现出的文艺运动演进逻辑，显然是说农民文艺不仅将取代"五四"资产阶级文艺，而且相比于"普罗文学"或"大众文学"来说，也是更具有现实优越性的。

在先生看来，通过"京派""海派""农民派"的共时态对比，可以得

① 杨晦：《京派与海派》，载于《杨晦文学论集》，北京大学出版社1985年版，第229页。
② 杨晦：《论文艺运动与社会运动》，载于《杨晦文学论集》，北京大学出版社1985年版，第262—267页。

出"农民派"比"京派""海派"更具进步性的结论；通过"五四"文艺、普罗文艺、农民文艺的历时态考察，可以得出农民文艺相对于当时中国社会而言更具有优越性的结论。于是，在写于1948年的《中国新文艺发展的道路》中，他着重批判了在当时依然具有旗帜意义的"所谓'五四'文艺传统"，提出了"新文艺的危机"，然后写道："假使说，文艺发展要跟社会的发展一致，中国文艺的发展当然就应该跟我们的农民运动一致。换句话说，就是要在农民运动的发展里，配合着农民运动，展开我们的文艺工作，建设起我们的农民文艺来。"① 显而易见，"农民文艺"说的实质，是试图对中国当时社会条件下文艺发展的方向和道路，进行一番思考。在新民主主义革命的后期，先生的这种理论探索，无疑具有特殊的价值。

杨晦先生文艺思想的覆盖面很广。50年代，他的关汉卿及关汉卿与《西厢记》问题的研究，现实主义与反现实主义问题的研究，现实主义与浪漫主义问题的研究，以及他对中国文艺思想史的开拓性研究，都焕发着独特而耀眼的光彩。譬如，先生论证《西厢记》不当出自"花间美人"王实甫之手，其作者非关汉卿莫属。《西厢记》本是一部公认的言情名著，但在《再论关汉卿》一文里，先生"却另辟蹊径，从政治观与人生观的角度发掘其深层意蕴，高度评价惠明这一行侠仗义的僧人形象，对男主角张生则颇有微词。这篇论文称得上惊世骇俗"② 。又如，小说中的《三国演义》《水浒传》，一般认为是现实主义的，或现实主义和浪漫主义相结合的，先生却认为"它们是浪漫主义的代表作"③ 。再如，先生一直坚定地认为，要建设有中国特色的马克思主义文学理论，必须继承和发扬中国古代文学理论的优秀传统。因之，他对中国古代文学理论批评学科的建设十分重视，亲自讲授这门课程，培养"中国文艺思想史"方向研究生，并抄录和收集了大量的相关研究资料，制定一个宏大的研究计划。由于先生对西方哲学、美学和马克思主义哲学、美学都很熟悉，又喜爱文学，再加上国学方

---

① 杨晦：《中国新文艺发展的道路》，载于《杨晦文学论集》，北京大学出版社1985年版，第285页。

② 周兆新：《红梅初绽——漫谈杨晦先生的古典文学研究》，载于《中国新文论的拓荒与探索——杨晦先生纪念集》，北京大学中文系文艺理论教研室编，北京大学出版社2001年版，第148页。

③ 吕德申：《杨晦的文艺理论遗产》，载于《中国新文论的拓荒与探索——杨晦先生纪念集》，北京大学中文系文艺理论教研室编，北京大学出版社2001年版，第26页。

面的功底深厚，所以，他对中国古代文艺思想和古代文学理论批评，有自己系统而独到的看法，跟一般流行的观点很不相同，颇为新颖和富有启发性。先生晚年的《关于中国早期文艺思想的几个问题》一文，是他所讲授"中国文艺思想史"课"导论"的一部分，研究的是中国文艺思想的源头，通篇闪烁着唯物史观的光辉。

先生虽说重点研究的是中国古代文论，但他考虑和观察文艺问题的出发点和着眼点却是符合马克思主义的，是非常注意理论和实践的结合的。先生特别欣赏和喜爱马克思的那句名言：哲学家们只是用不同的方式解释世界，而问题在于改变世界。[①] 他认为，这也应当适用于文学和艺术。

从 30 年代后期到 80 年代初，四十多年间，先生悉心于马克思主义的文艺理论探讨和教学，执着坚定而卓然有成，这在同辈学人中，可谓屈指可数。直到去世的前几年，先生体力已很衰弱，仍买来一些德语词典，巩固并自修德语，以便更准确地学习和理解马恩经典作家的著作。先生被学界誉为马克思主义文艺理论家[②]，应该说是实至名归、当之无愧的。

自 20 世纪 80 年代初以来，胡乔木同志几次以"半生寂寞"这个判断，来评价杨晦先生从 1949 年到去世的这段生活。[③] 客观地说，这个概括是准确的。先生后期的成就，更多的像有人在谈论蔡元培时所说的那样：不在学问，不在事功，而只在开出一种风气。我把这句话拿来，用在评价新中国成立后杨晦先生担纲我国文艺学学科探索和建设中的贡献上，我想也还算是恰当的。

① 《马克思恩格斯选集》第 1 卷，人民出版社 2012 年版，第 136 页。

② 陆梅林（等主编）：《马克思主义文艺学大辞典》，河南人民出版社 1994 年版，第 282 页。

③ 杨镰：《回忆我的父亲杨晦》，载于《中国新文论的拓荒与探索——杨晦先生纪念集》，北京大学中文系文艺理论教研室编，北京大学出版社 2001 年版，第 294 页。

文艺学学科也要走科学建设之路

——学习和追忆黄枬森的学术思想

　　黄枬森先生是中国当代著名哲学家、哲学史家、哲学教育家、北京大学资深教授。他的逝世，是我国理论界和学术界无可挽回的巨大损失。在先生灵堂的吊唁簿上我写道："您的学术，是我们的财富；您的信仰，是我们的力量。"这是我发自内心的两句话。

　　黄枬森是我国当今马克思主义哲学研究的领军人物，在长达 70 年的教学和科学研究中，他对马克思主义哲学史、马克思主义哲学体系、马克思主义人学以及马克思主义文化理论诸方面，都做出了杰出的贡献。黄枬森的哲学研究实践和一系列著述中提出的观点与问题，使从事马克思主义美学和文艺理论研究的人受益匪浅。尤其是黄枬森提出的"一个以《哲学笔记》为根据的唯物辩证法体系的草图"①，表达"我写了不少文章，千言万语，可以归结为这句话：把哲学作为一门科学建设"②的意见，对马克思主义文艺学和美学研究同样具有指导性的意义。每当我回顾和思索黄先生理论品格和个性的时候，脑际里总浮现出马克思的这句话："我的见解，不管人们对它怎样评论，不管它多么不合乎统治阶级的自私的偏见，却是多年诚实研究的结果。"③本文想从学习和体会的角度，谈谈黄先生思想对我们研究美学与文艺学的启发。

---

① 黄枬森：《〈哲学笔记〉与辩证法》，北京出版社 1984 年版，第 87—97 页。
② 黄枬森：《哲学的科学之路》，北京师范大学出版社 2005 年版，第 420 页。
③ 《马克思恩格斯文集》第 2 卷，人民出版社 2009 年版，第 594 页。

一、坚定的信仰来自对马克思主义是科学的认识

黄枬森为什么对马克思主义的信念无比坚定，那是因为他坚信马克思主义是科学；黄枬森为什么对马克思主义的研究如此执着，那是因为他把马克思主义当成科学来探讨；黄枬森为什么会把马克思主义当成科学来对待，那是因为他从经典文本的细心研读和中外实践的理性考察中得出了这个结论。如此一来，他就同那些仅把马克思主义当成一个一般研究对象的学者拉开了距离。

黄枬森的这个观念一直是很牢固的："哲学是一门科学，哲学是离不开科学的。"① 他与许多学者不同，力排众议，始终坚持"哲学就是科学"的观点。之所以如此，则是他发现并认识到哲学要研究宇宙奥秘和人生真谛的两个方面，自然科学的进展对这位哲学家影响很大。他说过："我一直对自然科学很关注，对科学的学习使我认识到哲学并非很随意、很自由、很浪漫的东西。"② 我记得丹麦著名物理学家玻尔曾经讲过："物理学对于一般哲学思维的发展所起的作用，不仅仅表现在我们对于自然界不断深化的认识方面所做出的贡献。物理学的重要作用就在于，它不断向我们提供了修改和完善我们作为认识方法的概念系统的机会。"③ 恩格斯亦曾说过："在马克思看来，科学是一种在历史上起推动作用的、革命的力量。任何一门理论科学中的每一个新发现——它的实际应用也许还根本无法预见——都使马克思感到衷心喜悦"。④ 恩格斯甚至这样表白："马克思和我，可以说是唯一把自觉的辩证法从德国唯心主义哲学中拯救出来并运用于唯物主义的自然观和历史观的人。"⑤ 这也就是说，马克思、恩格斯是希望自己的自然观和历史观既是辩证的又是唯物的，即科学的。为了实现这个目标，他们都曾在数学和自然科学方面花费多年的功夫，认为创建辩证唯物主义和历史唯物主义当中必须经历一次彻底的"脱毛"过程。

显然，黄枬森所主张的"哲学是一门科学"，并不是像有些人理解的

---

① 《关于哲学的十个问题——黄枬森韦建桦对话录》，《马克思主义与现实》2012年第6期。
② 《关于哲学的十个问题——黄枬森韦建桦对话录》，《马克思主义与现实》2012年第6期。
③ 梁适：《中外名言分类大辞典》，复旦大学出版社1997年版，第748页。
④ 《马克思恩格斯文集》第3卷，人民出版社2009年版，第602页。
⑤ 《马克思恩格斯文集》第9卷，人民出版社2009年版，第13页。

那样，是要使哲学纯粹自然科学化，而是力图使马克思主义哲学具有科学性的努力。用恩格斯自己的话说，就是自从马克思主义"成为科学以来，就要求人们把它当作科学看待，就是说，要求人们去研究它"①。从现实状况看，黄枬森强调"哲学是一门科学"，则是由于他认为"目前存在一种普遍的倾向，就是否定马克思主义哲学的学术性和科学性，不承认马克思主义是一门科学；与之相对应的另外一种倾向，就是只承认它的学术性、科学性，而否定它的政治性。……就马克思主义哲学的境遇来看，主要的极端是否定马克思主义哲学的科学性。""我认为现在的问题是，群众中总有一种看法，认为马克思主义哲学就是政治，而不是学术、不是科学；认为马克思主义哲学只是为政治服务的。"②这种倾向，在文艺理论界其实也是具有普遍性的。

近些年，有些学者一再申论"文艺学既不是社会科学，也不是人文科学，只是一门人文学科"，主张应当像从事文艺创作一样从事文艺理论研究；还有学者反复表示"搞文艺理论研究，既要坚持马克思主义的原则，又要坚持学理的原则"。前者给人的感觉，好像文艺理论怎么说都行，无须把它当科学去对待；后者给人的感觉，好像马克思主义的原则和学理原则是两回事，马克思主义只是一种关涉思想和政治立场的角色。这样一来，文艺理论研究的科学性诉求就被消解了。马克思主义本身既然不涉及学理问题，也解决不了学理问题，那就同宣称马克思主义文艺学不具有科学性、学术性，也就没有什么本质区别了。为了解决这个问题，黄枬森在自己的论述中，多次阐释对"马克思主义的意识形态性和学术性的关系问题"③的思考，努力说明哲学为什么是一门科学。他指出："科学史告诉我们，任何一门学科都有一个从非科学到科学的过程，我们不能根据它过去没有成为科学就断定它今后不能成为科学。"④他还说："自古以来，艺术、道德、宗教、哲学四者何者应占主导地位，一直争论不断。事实上，在哲学的科学形态出现之前，这个问题是无解的，因为这四个领域都在追求最

① 《马克思恩格斯选集》第2卷，人民出版社1995年版，第636页。
② 《关于哲学的十个问题——黄枬森韦建桦对话录》，《马克思主义与现实》2012年第6期。
③ 《黄枬森文集》第1卷"自序"，中央编译出版社2011年版，第1页。
④ 黄枬森：《关于本体论和文艺本体论的若干问题》，载于《哲学和美学的根基》，严昭柱、董学文主编，北京大学出版社2010年版，第2页。

后的东西，即终极的东西，难分高下。只有在哲学成为科学之后，即辩证唯物主义这一科学的世界观出现之后，世界观的最后最高指导作用才显露出来。"①这就告诉我们，要想取得文艺学研究的进展与突破，特别是取得马克思主义文艺理论研究的进展与突破，是不能没有科学的世界观的指导的。

黄枬森的这一思想，对文艺学和美学建设极有启发。文艺学和美学的科学性质和科学作用的定位问题，是个重大的问题。它关系到文艺学和美学学科建设的方向，直接影响着文艺学和美学研究的方法与学风。多年来文艺学和美学研究自说自话、各说各话、日益散漫、作用式微，一个很重要的原因就是由于不重视、不遵循学科的科学属性造成的。

众所周知，把文艺学和美学作为科学来建设和发展，需要研究者坚持正确的方向、科学的方法和诚实的态度。黄枬森指出："诚实的态度应该是研究任何问题不可缺少的。缺乏诚实的态度就根本谈不上什么研究。诚实的态度是唯物主义认识论的根本要求，也是实事求是精神的体现。"他说："令人担忧的是，目前违背'诚实研究'态度的情况还非常突出"。"例如，有的研究者为了某种个人目的，故弄玄虚，故作高深，甚至强词夺理，弯来绕去，让人感到其中有深奥道理。又如，有的研究者虽没有抱着某种个人目的，却认为语言越深奥越有学问，因而把简单明了的问题说得晦涩难懂；或者认为越时髦越好，因而盲目地追风赶浪，什么观点时髦就主张什么，不管它有没有根据，根据充分不充分。这种研究不是科学研究，不是'诚实研究'，我们都应拒绝。"②黄枬森把诚实视为学术的生命，这是秉承了马克思将自己的著作认定是"多年诚实研究的结果"③的教导。

二、文艺学研究应该具有科学的哲学基础

黄枬森对本体论问题有自己深思熟虑的见解。他把辩证唯物主义作为马克思主义本体论，这是他潜心研究经典著作得出的结论。在黄枬森看

---

① 《关于哲学的十个问题——黄枬森韦建桦对话录》，《马克思主义与现实》2012年第6期。
② 《关于哲学的十个问题——黄枬森韦建桦对话录》，《马克思主义与现实》2012年第6期。
③ 《马克思恩格斯文集》第2卷，人民出版社2009年版，第594页。

来，关于"本体论"，"马克思主义经典作家没有使用这种称呼，而使用世界观这一概念"。"后来的马克思主义哲学家还是使用本体论这个概念，即在世界观和宇宙观的意义上使用它"。"经典作家认为离开现实世界的任何东西都是不存在的"。①一百多年来，马克思主义汲取传统本体论的合理因素，以全部人类实践和科学成就为基础，创造性地建立了马克思主义的科学的本体论，即辩证唯物主义世界观，结束了本体论的非科学的历史进程。如果我们在学术研究中坚持马克思主义的话，那就没有必要再去别出心裁地建构什么新的本体论学说。诚然，辩证唯物主义的科学性并没有得到西方思想界和学术界的普遍认可，但这多半是由于不同的意识形态和社会制度分歧造成的。因之，在这种情况下，我们没有必要俯仰西方思潮的鼻息，把文艺理论和美学研究的功夫花在颠覆和解构辩证唯物主义的上面。现在有种意见，认为把物质作为本体论研究的对象，同把上帝作为本体论研究对象一样，是没有意义、属于旧哲学范畴的。黄枬森坚决表示不同意此种看法。在他看来，"本体论和其他一切学科的逻辑是完全一样的，如果本体论不能成为科学，那么其他一切学科也都不可能是科学了。"②

黄枬森赞同钱学森院士生前根据世界观是核心、其余学科是不同领域不同层次部门哲学的思想提出的"宝塔式的学科体系"。他通过对这种分析的肯定，力求指出高踞于"宝塔顶尖"的只能是辩证唯物主义，从而进一步阐明了辩证唯物主义就是马克思主义的本体论，其地位和性质在学科体系中是确定了的。文艺学和美学研究的对象，同其他学科研究的对象一样，都属于现实世界的一个领域，而正是这些领域构成了一个互相联系的统一的世界。这就表明文艺的本体和其他事物的本体应是一个东西。"西方马克思主义"中的"实践派"，以"实践论"来否定"本体论"，这实际上是将所谓的"实践唯物主义"当成了向辩证唯物主义挑战与发难的武器。黄枬森指出，"西方哲学今天的主要趋势仍然是否定本体论研究"③。这是很有见地、很让人拨云见日的。在文艺理论和美学领域还有一种意见，

---

① 黄枬森：《关于本体论和文艺本体论的若干问题》，载于《哲学和美学的根基》，严昭柱、董学文主编，北京大学出版社 2010 年版，第 2 页。

② 黄枬森：《关于本体论和文艺本体论的若干问题》，载于《哲学和美学的根基》，严昭柱、董学文主编，北京大学出版社 2010 年版，第 2 页。

③ 《关于哲学的十个问题——黄枬森韦建桦对话录》，《马克思主义与现实》2012 年第 6 期。

表面上反对任何本体论或形而上学的本体规定，似乎主张不应有任何本体论思想了，其实不然。这种意见否定或怀疑自然之物的存在，否定文艺发展的客观规律性，无限夸大精神的作用，本身就是一种本体论思想。

黄枬森认为，探讨什么是文艺学本体论，首先要弄清楚什么是本体论。本体论是一个哲学概念，要回答的是现实世界存在的最后基础是什么。对此，他说："在我看来，辩证唯物主义的回答最正确，即不断运动又相互联系的物质。""文艺学本体论的确切称谓，应该是'文艺本体论'，因为我们讨论的是文学艺术的本体，不是文艺学的本体。如果这种理解是正确的，那么，文学艺术的本体同现实世界的本体就是同一的，因为现实世界存在的最后基础无所不包，包括整个自然界，当然也包括整个人类社会，也包括人的精神领域，不可能在现实世界存在的最后基础之外还有一个文艺本体。"有些学者所理解的文艺"本体"，不过是"文学艺术产生的直接根源或直接依附的东西"① 而已。

黄枬森还有个观点，也很有现实针对性。他说："马克思主义中国化一方面是中国化、是创新，但是一方面必须是马克思主义。"② 这就一语道破了目前某些所谓"马克思主义中国化"研究中存在的问题，即这种研究既不是"中国化"的，也不是"马克思主义"的。譬如，美学界有种意见，认为从 20 世纪 80 年代的"人类学实践本体论美学"到 90 年代以后的所谓"后实践美学"，再到 21 世纪包括"实践存在论美学"在内的所谓"新实践美学"，是新时期"马克思主义美学中国化"的"三个主要阶段"，是"中国化马克思主义美学研究"的"三种新形态"和"新成果"。这就把不是"中国化"的东西当成"中国化"的东西，把不是"马克思主义"的理论当成"马克思主义理论"。不管这种号称"中国化"、号称"推进""创新"的美学起了什么名字，但若称之为"马克思主义中国化美学"或"中国化马克思主义美学"，那是不能不让人心生疑窦、难以信服的。这类美学的关键缺陷，就是从根本上背离了马克思的唯物辩证法，更改了马克思主义美学的哲学基础。可以说，这类美学论者自以为"马克思的哲学只研究'人类世界'，而实践就是人类世界的本体，'人类世界'之外是否存在

---

① 黄枬森：《关于本体论和文艺本体论的若干问题》，载于《哲学和美学的根基》，严昭柱、董学文主编，北京大学出版社 2010 年版，第 18 页。

② 《关于哲学的十个问题——黄枬森韦建桦对话录》，《马克思主义与现实》2012 年第 6 期。

物质世界的问题是没有意义的'伪问题'。这样，他们就把实践夸大成了世界的本体，而同辩证唯物主义的物质本体论相对立。还有论者进一步提出，实践就是人的存在，它包括人的一切活动，而且主要是道德行为和政治行为，这样实践本体论又变成了'人的存在本体论'或'实践存在论'，世界的本体被归结为人的存在，特别是人的精神性存在。"①这种反对物质本体论的理论，之所以一致反对辩证唯物主义的认识论，其真正的原因就在这里。

对于将"实践"作为"本体"的这种观点，黄枬森表述了明确的看法。他指出："我国的实践唯物主义的倡导者把'实践的'变成'实践'，把'实践'看成'唯物主义'中的'物'，于是实践就成了世界的本体、世界统一的基础，成了流行于西方马克思主义中的实践本体论或实践一元论。这种观点虽然没有直接把心灵、精神看成世界的本体或世界统一的基础，但由于实践总是人的有意识的活动，这同样是承认了心灵、精神是世界的本体和世界统一的基础，与唯心主义基本上是一致的。"②这也就说明，由于实践作为人类特有的能动活动，内在地包含着精神、心理等意识的因素，因此，夸大这些意识因素的唯心主义，是有可能通过夸大实践而表现出来的。所以，我们应当警惕和反对以"实践"为特征的唯心主义，不能将强调唯物主义具有实践的特性变成哲学就是"实践"论，不能将强调实践对改造客观世界的作用变成"实践"与"客观世界"是等同物，更不能忘记经典作家在强调人类实践巨大作用的同时，没有忘记补充的告诫："当然，在这种情况下，外部自然界的优先地位仍然会保持着"③。

可见，在黄枬森看来，上述那种从域外贩来的"实践本体论"或"实践一元论"观点，实际上是对马克思主义学说的误读，是对实践观在马克思主义体系中的位置的曲解。基于此，他才认为"否定本体论的要害在于否定唯物主义，否定现实世界的客观存在"④。基于此，他才对从事文艺理

---

① 田心铭：《辩证唯物主义和实践的唯心主义》，载于《21世纪哲学创新宣言》，王东、徐春主编，现代教育出版社2013年版，第117—118页。

② 黄枬森：《关于本体论和文艺本体论的若干问题》，载于《哲学和美学的根基》，严昭柱、董学文主编，北京大学出版社2010年版，第10页。

③ 《马克思恩格斯文集》第1卷，人民出版社2009年版，第529页。

④ 黄枬森：《关于本体论和文艺本体论的若干问题》，载于《哲学和美学的根基》，严昭柱、董学文主编，北京大学出版社2010年版，第16页。

论研究的学者说：“既然人们对实践唯物主义的理解各式各样，以它作为文艺学的世界观基础是不合适的；如果把它理解为实践本体论，并以它为指导来研究文艺学，我认为这很难获得科学的成果。”① 这是因为，“只有文艺学的哲学基础是科学的，文艺学才可能是科学的；如果文艺学的哲学基础是非科学的，文艺学必然也是非科学的。”② 应该说，这是黄先生切中肯綮的提醒。

三、重视基础理论研究是文艺学自强的突破口

黄枬森常说：“要敬畏学术。要证明自己的观点，必须拿出证据来。”③ 黄先生治学的谦逊、谨严、求实、创新，在学界是有口皆碑的。他兴趣广泛，既不封闭，也不自以为是；他善于独立思考，不喜追风赶浪；他恒久地保持着高昂的“理论兴趣”。他指导学生像苏格拉底，在概念、概念指称和意义的逐步廓清中，让学生把握马克思主义的分析框架、内在义理和精妙韵味，从而体悟出马克思主义理论的价值情感之美、逻辑力量之美和语言风格之美。他说：“我不在乎人们说我‘左’还是‘右’，我只坚持我所追求的真理。”④ 在有的人看来，黄枬森的追求“不合时宜”“不太灵活”。有些“聪明人”早已抛弃基本理论研究，转入“有实惠”的领域。相比之下，黄枬森的执着和坚守更让人感到可贵。

写到这儿，我想起了恩格斯的一段话。他说：“思辨（德文‘Spekulation’，既有‘思辨’的意思，也有‘投机’的意思。——原编者注）在多大程度上离开哲学家的书房而在证券交易所筑起自己的殿堂，有教养的德国也就在多大程度上失去了在德国最深沉的政治屈辱时代曾经是德国的光荣的伟大理论兴趣——那种不管所得成果在实践上是否能实现，不管它是否违反

---

① 黄枬森：《关于本体论和文艺本体论的若干问题》，载于《哲学和美学的根基》，严昭柱、董学文主编，北京大学出版社2010年版，第12页。

② 黄枬森：《关于本体论和文艺本体论的若干问题》，载于《哲学和美学的根基》，严昭柱、董学文主编，北京大学出版社2010年版，第19页。

③ 王斯敏：《“耕马哲，育人杰”——追记著名哲学家黄枬森》，《光明日报》，2013年1月26日。

④ 彭国华：《黄枬森：“我只坚持我所追求的真理”》，《人民日报》，2013年1月29日。

警方规定都照样致力于纯粹科学研究的兴趣。"① 我们把这句话用来套在当下中国的身上，同样感到振聋发聩。眼下我们的学术界是不是有点太重视实用、太忽视基本理论研究了？依照恩格斯的看法，要使理论研究跟上时代脚步，就必须保持对真理不懈追求的"理论兴趣"。而做到这一点，就须得尊重理论的科学品格，就须得"在这里，对职位、牟利，对上司的恩典，没有任何考虑"，就须得"毫无顾忌和大公无私"，就须得摈弃那种"没有头脑的折中主义"，摈弃"对职位和收入的担忧"以及"极其卑劣的向上爬的思想"②。这是马克思主义学风本然的内核与特质，是理论研究和学术事业的活的灵魂，是我们今天从事理论研究所亟须培植的品格。黄枬森就是一位具有优良学风、具有浓厚"理论兴趣"的人。他十分清楚，上述各式庸俗的作风和市侩的习气是科学的大敌，是使纯洁崇高的"理论兴趣"逐渐衰退甚至消泯的腐蚀剂。

在物欲横流和功利盛行的环境中，黄枬森始终保有一颗理论研究的安静之心，这是保证他取得辉煌学术成就的一个重要原因。我特别欣赏马克思的如下见解，他说："只有从安静中才能产生出伟大壮丽的事业，安静是唯一能生长出成熟果实的土壤。"③ 这里的"安静"，就是踏实，就是沉潜，就是纯粹，就是钻研，就是"坐冷板凳"精神。这是科学研究和学术事业取得成功的秘诀与真谛。黄枬森深切地懂得，搞理论的人倘若沦为自身需求或个人欲望的奴隶，倘若怀着一副急功近利、贪求躁竞的心态，那么是会从内里生出妨害理论研究、破坏"生长出成熟果实"的情绪的。

黄枬森一贯主张高校教师应以学科建设作为自强的突破口，要研究学科基本理论，注意解决现实问题。并且提出我们应当对马克思主义哲学、对辩证唯物主义和历史唯物主义有信心，继续研究它，提高其科学性，丰富发展其理论体系。他认为这种信心不是盲目的，是有经典根据、实践根据和科学根据的。他指出没有信心，就不可能有自强，永远跟着别人跑，不可能跑出一个哲学强国。④ 黄枬森的这一忠告，对高校的文艺理论教师

---

① 《马克思恩格斯文集》第 4 卷，人民出版社 2009 年版，第 312 页。
② 参见《马克思恩格斯文集》第 4 卷，人民出版社 2009 年版，第 313 页。
③ 《马克思恩格斯全集》第 1 卷，人民出版社 2005 年版，第 457 页。
④ 徐春：《黄枬森先生的学术理想与最后心愿——追忆恩师》，《北京大学校报》，2013 年 3 月 6 日。

也是一剂苦口良药。黄枬森主张的"哲学研究是以民族性的形式、时代性的内容去求索具有人类普遍性的问题"①观点，对美学和文艺学研究来说也是适用的。

黄枬森说："千方百计地读懂和理解所读的经典性著作，是做学问的基础性功夫"。他在碰到疑难问题无法理解时，"喜欢查阅原著，并与译文对照研究"。他认为"原著及其表达的思想都是一种客观存在，理解、解读原著，就是一种认识，必须坚持唯物主义认识论的原则，实事求是地解读它。""一定要弄懂原著的思想再对它作评价或引申，切忌望文生义，尤忌掐头去尾。""反对'六经注我'、为我所用的唯心主义认识论原则，决不按照自己的需要来理解所引证的经典作家的话。"②这些对从事马克思主义文艺理论研究的人来说，尤其具有指导的意义。

我特别感佩黄先生如下的宣示，他说："我认为我自己并没有自己的什么哲学思想体系。这不是自谦，更不是自卑。我认为马克思主义哲学同西方哲学和传统的中国哲学，都是很不相同的，那些哲学可以说都是个人的哲学，几乎一个人一个哲学体系，而马克思主义哲学是一门科学，它和任何其他科学一样，是集体的事业，是全人类的事业。因此我根本不想提出我自己的什么哲学思想，我是把哲学作为一门科学来研究，来讨论，来建设，而在这个事业里面做出我个人的贡献。我的一些哲学思想，也就是我对马克思主义哲学的一些理解，或者说我所理解的马克思主义哲学。马克思主义哲学，作为一门科学还没有得到全世界的认同，像其他科学那样，但是我认为终究会有那一天的。"③这是他在《自选集》"代序"中讲的一段话，这段话何等真挚而深邃地袒露了一位马克思主义理论家的宽阔胸襟和无私情怀啊！

在文艺学领域，古今中外的非马克思主义学说，以个人名字或自己命名的各种思想、观点，林林总总，不断涌现，唯独在马克思主义文艺学著述和研究队伍中难觅另立旗号的踪影。这绝不是马克思主义文论家缺少创造的才能，缺少个人的天赋和智慧，而是他们真的将马克思主义文艺学

① 黄枬森：《马克思主义哲学体系的当代建构》（上册），人民出版社2012年版，第128页。
② 《关于哲学的十个问题——黄枬森韦建桦对话录》，《马克思主义与现实》2012年第6期。
③ 黄枬森：《我的哲学思想》，载于《黄枬森自选集·代序》，重庆出版社1999年版，第17页。

当成了"一门科学"，当成了"集体的事业"。既然是"科学"，是"集体事业"，那就需要去探讨它、丰富它、发展它。这样讲，当然不是否定马克思主义文论家能够而且应当对该学科做出自己独到的理论建树。回顾一百七十年马克思主义文论史，可以说为该学科的演进与发展做出重大贡献的理论家，在西方和东方都大有人在。问题是，这些理论家坚守着马克思主义的主航道，做着"推进深化"和"添砖加瓦"的工作，做着与具体国情、文情相结合的工作，因之保持了马克思主义文论的血脉和精魂，其成就也绝不逊色于那些非马克思主义文论家。反之，一个文论家，如果离开了马克思主义的基本理论立场和科学体系，别出心裁地去另立自己的所谓"一家之言"，那么无论挂什么旗号，怎样自我吹嘘，都算不得是马克思主义文论家了。这也是我从黄枬森先生树立的榜样中悟出的道理。

蔡仪是中国马克思主义美学真诚的探索者

——纪念蔡仪诞辰 110 周年

蔡仪是我国著名的文艺理论家和美学家，今年是他诞辰 110 周年。我们纪念他，就要学习他坚持马克思主义的学术品格和精神，进一步确认他作为中国马克思主义文艺学和美学真诚的探索者的地位和作用。

不可否认，近些年，学界对蔡仪的评价发生了很大变化，从重要的马克思主义美学的旗帜性人物，变成了所谓机械唯物论和庸俗社会学美学的代表性人物。这种评价是不公正的。

蔡仪（1906—1992）的个人经历同 20 世纪中国的历史进程是重合的，这构成了他学术生涯的底色。蔡仪是新民主主义和社会主义文化生力军中涌现出的一位杰出美学家，是 20 世纪中国马克思主义美学的重要奠基人。他在日本左翼力量遭受压制的条件下，毅然选择了马克思主义作为研究对象；他在 40 年代国统区写作《新艺术论》《新美学》这些在中国马克思主义美学史上具有奠基作用的著作，其中就引用了马克思恩格斯的论述，为了避免当局审查，他用"前人说"的字样加以隐蔽；他终生坚持对毛泽东文艺和美学思想的信赖和忠诚；他是在美学上和学术品格上体现历史唯物主义要求最为热忱和自觉的战士。蔡仪在他 80 岁感怀的《丙寅杂诗》中说："拓落京华四十年，权门过眼如云烟，不谋粱肉不求宅，唯愿精研马列篇。"充分体现了一位马克思主义学者的精神。

蔡仪美学思想的特点是：一方面着重从马克思主义著作中发现自己的美学观点的源泉，获得理论支撑；另方面，又不把视野局限于审美和文艺现象的狭隘领域，单纯寻找所谓的"内部规律"，而是全面地结合马克思主义思想的系统理论展开论述。他对美和艺术典型问题的论述，对"美的规律"的阐释，以及对有关社会结构、社会发展、经济基础和上层建筑关系的阐发等，都体现了这个特点。他对辩证法和唯物主义哲学的重视，其目的是为建设一门"科学的美学"打下基础。这种"科学的美学"，不是那种"科技美学"或"科学主义美学"，而是坚持客观物质决定主观意识、主观意识反映客观存在，主张"从客观事物本身的规律性来研究美"，"以客观存在的美来说明美感"，探寻美学上的客观真理的学说。他坚信只有从辩证唯物主义的认识论出发，才能从根本上保证美学的科学性。他的这一思想，同各种单纯立足于主观经验的美学流派严格地划清了界限。

蔡仪明确不赞成以"本体论"否认、替代或超越"认识论"。他认为马克思主义哲学是包括本体论的广义的认识论，也就是科学的世界观。因之，他在考察美学问题时说："我认为美在于客观的现实事物，现实事物的美是美感的根源，也是艺术美的根源，因此正确的美学途径是由现实事物去考察美，去把握美的本质。"① 在他看来，讨论艺术"本体"，仅仅局限在作品本身是不够的，还必须承认生活这个艺术作品之源才是最终的本体。正因如此，他明确反对"人类学本体论美学"和"主体性实践美学"，反对"主体"即"本体"并将两者合而为一的观点，反对那种"撇开主体，一切客观事物便完全消失"，"没有主体，就不能是什么"② 的观点。可以这样说，把物质存在与主观意识的关系这一最基本的哲学问题引入美学研究，加以重点强调并进行具体的发挥，这构成了蔡仪与马克思主义学说之间的关系性特征，也构成了他的美学理论的一个标志性特色。这一点，从他40年代的理论建构到50年代参加"美学大讨论"，再到晚年出版的三卷改写本《新美学》等论著，都能清晰地看得出来。这在整个马克思主义美学史上是一个明显的贡献和进步，极大地影响了中国美学界长期以来对哲学基本问题关注的热情。

蔡仪的美学理论由"美论""美感论""艺术论"和"美育论"四大板块组成，核心是客观的美论和典型论。他在《新艺术论》中概括道："艺术既是现实的反映，那么艺术的典型的根源应当就是现实，现实若没有典型性，绝不能产生艺术的典型。""所谓美的就是典型的，典型的就是美的。这就客观现实来说是如此，就艺术来说也是如此。"③ 他认为美的东西就是

---

① 《蔡仪文集》第1卷，中国文联出版社2002年版，第197页。
② ［德］叔本华：《作为意志和表象的世界》，石冲白译，商务印书馆1982年版，第59、63页。
③ 《蔡仪文集》第1卷，中国文联出版社2002年版，第92页。

典型的典型，就是个别之中显现着一般的东西；美的本质就是事物的典型性，就是个别之中显现着种类的一般。这是他运用唯物主义本体论和认识论的原则得出的美学基本结论。在随后出版的《新美学》中，他对"典型就是美""美是典型"的转化和变化，进行了进一步的分析，指出在某一特殊的规定下，事物所属的种类范畴意涵是互相转化、互相推移的。所以在日常现实中我们认为不美的事物，可以在艺术中转化为美的事物。"这种现实的不美转化为艺术美，一则固然是由于典型性的加强，二则还在于这典型性的转化。""事物既是在不断地变化，种类关系也得随之而变化，因此事物的美，事物的典型也得随之而变化，所以没有绝对的美，没有永远的美。"①这体现了他在"典型理论"上的唯物辩证法精神的运用。

相隔半个多世纪后，蔡仪在《新美学》（改写本）中，针对自己先前的某些论断和不完善的说法加以补充和完善，多次讲道："过去我曾说过，美就是物的属性，是指事物的典型性。但是这一说法，在理论上既没有讲清楚，而对一般人又容易引起误解。因而我曾说明，所谓美是物的属性这一说法是不妥当的。在一般人看来，所谓物的属性，大约不外是自然属性或社会属性，除此之外，还能有什么特殊的美的属性吗？又因为我主张自然事物也有美，自然事物的美也在于自然事物本身，于是就有人认为我主张美就是自然属性，是所谓物理的、化学的或生物的属性云云。其实这是不符合我的说法，也不符合我的意思的，如果这不是一种曲解，也是一种误解。"②蔡仪从马克思的"美的规律"的论述中提出：美在于客观事物的属性，是指美就是一种规律，是决定着客观事物之所以美的规律。而这"美的规律"即"典型的规律"，也就是事物非常突出的现象充分表现了事物本质的规律。这一见解，正面回答了学界对他的美学思想的某些诘难，并澄清了承认客观事物有美的属性同主张美是事物的属性这两者是有根本区别、不能等同的。

在蔡仪的美学体系中，"实践"也是一个重要的范畴。他主张要厘清唯物辩证法的"认识论的实践"和唯心主义及旧唯物主义"本体论的实践"之间的分歧，将实践观放在认识论之中，将实践标准作为唯物主义认

① 《蔡仪文集》第 1 卷，中国文联出版社 2002 年版，第 253 页。
② 《蔡仪文集》第 6 卷，中国文联出版社 2002 年版，第 92 页。

蔡仪是中国马克思主义美学真诚的探索者

识论的基础。他强调：所谓实践是主观作用于客观，以至改造客观的主体活动，也就是说，在实践中主观和客观是结合的，而在开始的时候主观还是主导的。如果无条件地强调实践观点，就必然会抹杀唯物主义和唯心主义的界限，混淆唯物主义和唯心主义的区别。因此，要理解马克思主义的实践观点，这种实践观点"是'变革现实的'或'改造世界的实践'，主要是'生产的实践'、'阶级斗争的实践'以及'科学实验的实践'，也即马克思在《提纲》中所说，是'革命的'、'实践批判的'的活动；或'改变世界的'、'革命的实践'。这样的实践，当然既不同于日常生活的实践，更不同于一般的感性活动。"① 近些年出现的反对认识论美学思潮和"实践存在论美学"思潮，就是在实践观上放弃辩证唯物论和历史唯物论造成的。

在中国的马克思主义美学队伍中，坚持真理的客观性与坚持美的客观性的一致，既是蔡仪美学理论的鲜明个性，也是支持他的整个美学理论的牢固基石。他不赞成美学上的"价值真理"提法，认为这一提法有以主观的价值态度来取消真理客观性之嫌，认为"价值真理"论提出可能是出于通过对真理客观性的贬损或消解来引导出舍弃真理而选择自私或利己价值观的目的。他还认为，从贯穿于人类历史始终的整体性价值系统来看，真善美三者是既有区别又有联系的整体，其排列的顺序也不是任意的，它们是人类在长期历史和实践中进行价值选择的结果。"真"居于首位，是因为真理并不简单是知识的问题，而是对于作为社会正义之"善"、对于作为人心灵自由愉悦之"美"起决定作用的东西。个人倘若不选择真理作为最高价值，就失去了与各种假恶丑现象作斗争的思想武器和人格力量。一个民族或国家倘若不是以真理作为其发展的杠杆和动力，那就会丧失引领民众战胜各个领域邪恶和腐败的能力。蔡仪把对真理的尊崇和敬畏带到美学中来，这恰是他的美学思想具有恒久价值的关键所在。

蔡仪说："我以为在研究美学过程中，最好要有三个思想原则：一是要从实际情况出发，二是要有事实根据，三是要有理论根据。"② 他的美学著作，的确形成了见解独特、体系谨严的风格。他从不搬用现成的结论，从

---

① 《蔡仪文集》第 4 卷，中国文联出版社 2002 年版，第 379 页。
② 《蔡仪文集》第 5 卷，中国文联出版社 2002 年版，第 57 页。

不制造一般化的观点，而总是在科学认识论的基础上对问题、范畴和概念进行有逻辑层次的、周密的、卓尔不群的论证。他有很强的学派意识，对于不符合自己理论逻辑的概念十分敏感。比如，"他拒绝在美学界习见的一个概念'审美'。他认为正确的概念应当是'美感'，因为后者才能清楚地表明欣赏者的主观感受的第二性、派生性，而避免了使第一性的'美'在被'审'中主观化，避免了'美'是'审'的结果的误解。"① 这一认识，固然引起了争议，但它突出表明了蔡仪在坚持美学唯物主义立场上的彻底性。由于他坚持认为美在于客观事物，人的美感是一种主观反映，因此就简单地将其美学思想归之为与"社会派"相对的"自然派"，是并不准确的。他的关于"美"的定义，关于美感、美感形式、美感两重性和"美的观念"的论述，关于《巴黎手稿》的论述，在中外"自然派"美学家中找不到雷同者，说明他的见解是别具一格的。他本着"恶紫夺朱"的精神，与一些非马克思主义美学观点进行了长期的、反复的论争。他常说，他的美学理论也只是美学探讨中的一种假说。这说明他的学术态度是战斗的，也是谦虚的。蔡仪的美学思想进一步让我们懂得，美学只是对人类一部分特殊的实践的理论提升和总结，不应当把它无限地放大，也不应当把它当作某种哲学体系的自由延伸，即便是马克思主义美学也应如此。这是蔡仪美学理论科学性的又一表征。

我们应当珍视蔡仪的美学遗产，作为发展 21 世纪中国马克思主义美学的资源和组成部分。

① 杨汉池:《百年遗产后世珍》，载于《美学传承与鼎新——纪念蔡仪诞辰百年》，王善忠、张冰编，中国社会科学出版社 2009 年版，第 7 页。

那是一段没有硝烟的战斗岁月

——记与陆梅林同志交往二三事

在我印象中，梅林同志的头发总是蓬乱、花白的，一根根直直地挺立着。他那厚厚近视镜片里透出来的目光，总是带着认真、倔强、严肃的神情。我第一次见到他，大约是1982年初夏。我的导师杨晦和副导师吕德申两位先生，让我把研究生毕业论文送去，准备请他做我的答辩委员会主席。此时的梅林同志，刚从中央编译局调到中国艺术研究院不久，任外国文艺研究所所长，办公就在前海西街十七号恭王府的后院靠西头旧楼一层的一间很小房间里，门口有一条不宽但秀丽的回廊。房间很简陋，除一张书桌，一把椅子，一张单人床外，就是一些夹着纸条的期刊书籍。见到梅林时，他正在伏案审稿，手里拿着点着的纸烟，桌面的烟缸里，堆满了烟头。

梅林的名字我不陌生，早在60年代上大学时，我就读过三联书店出版的他主持翻译的《马克思列宁主义美学原理》，分上下两卷，知道梅林是有名的马克思主义美学和文论家。能请到他来做我的答辩主席，这是我的荣幸。我记得，答辩地点是在北大燕东园37号杨晦先生家小楼的二层书房里，这种安排主要是为了方便已届83岁高龄的晦师。在幽静的、坐拥书城的导师家里答辩，又有导师的小儿子给沏茶倒水，很是惬意和温馨。梅林对杨晦——这位五四运动老战士、鲁迅的学生与友人、北大中文系老主任、一级教授、著名文艺理论家——是很尊重的。他们在交谈中，洋溢着志同道合、同气相求的情谊。后来我还发现，在1994年河南人民出版社出版的由陆梅林、吕德申等主编的135万字《马克思主义文艺学大辞典》中，他们是把"杨晦"放在16名"中国马克思主义文艺理论家、作家和知名学者"之列的，排在鲁迅、李大钊、陈望道、郭沫若、茅盾、萧三、瞿秋白之后，蒋光慈、胡风、冯雪峰、蔡仪等人之前，这进一步印证了我的感觉和印象。

我提交的学位论文的题目是《马克思的艺术生产理论》。这是在先前《马克思的"艺术生产"概念及其理论》一文基础上修改而成的。答辩时，各位老师提了许多中肯的意见，使我受益良多。可时间一长，大多都忘却了，唯独梅林同志说该文"有相当的学术水平"一句，至今记忆犹新。我始终不知道"相当"一词到底表达的是一种什么样的程度，可我清楚，这是学术征程上前辈对后来者的一种激励和推动。

1983年，梅林同志辑注的两卷本《马克思恩格斯论文学与艺术》，由人民文学出版社出版。没过多久，我便收到有"梅林"落款，并写着"学文同志 惠存并指正"字样的赠书。我从头到尾认真细读，发现这套书系统、精要，不仅是中国学者搞出的最完整、准确、体系化的一部文献资料汇编，而且是比苏联学者里夫希茨编的四卷本《马克思恩格斯论艺术》更接近马克思主义创始人文艺思想的内在精神实质和整体面貌。

1984年8月，由梅林校并作译序，郭值京、雪原、程代熙、徐小英、汤侠生、彭克巽共同翻译的苏联学者乔·米·弗里德连杰尔的《马克思恩格斯和文学问题》一书，在上海译文出版社出版。很快，梅林同志就把扉页上写有"学文同志正之"的赠书寄给我。这本书四篇十三章，条分缕析，脉络清晰，有论有史，旁征博引，资料丰赡，的确比较完整地勾勒出马克思恩格斯美学思想和文艺观点的全貌，使人清晰地看到马克思主义文艺理论的思想来源、发展历史、理论基础和方法论、主要内容和基本特征，并对马克思主义文艺学学科体系提供了许多明确的概念。这本书，很长一段时间成了我研究经典作家文艺思想"案头必备的参考书"。我很佩服这一班翻译家们的劳作与眼光，很感激梅林同志让我先睹为快。我常想，仅凭辑注《马克思恩格斯论文学与艺术》、翻译和校译《马克思恩格斯和文学问题》这两份成果，说梅林同志处于马列文论研究界领军者的位置，也是名副其实的。

无可否认，进入80年代中期以后，国际和国内形势发生了很大变化。一方面，马克思主义文论的正面建设在艰难地行进；另一方面，那些逃避、嘲讽、攻讦、消解马克思主义文艺观的活动又十分猖獗。"新潮"文论，如洪水涌入，冲刷着思想的堤岸；"自由化"思想，似蔽日雾霾，污染着精神的蓝天。

正是在当时这种严峻的气氛和理论情势下，为了捍卫马克思主义文艺观和毛泽东文艺思想，为了更好地投入反对精神污染和资产阶级自由化思潮的斗争，在一些老同志的支持下，梅林等同志把外国文艺研究所文艺理论研究室的队伍拉出来，再增添一些新的力量，创立了中国首个、也是唯一一个以研究马克思主义文艺理论为宗旨和任务的研究机构——中国艺术研究院马克思主义文艺理论研究所。令人感慨的是，它至今仍是全国唯一的一个马克思主义文艺理论研究所。它的产生，它的命运，它的遭遇，本身就说明了它存在的意义与价值。梅林同志出任首任所长，是势所必至、理所当然的。与此同时，由该所负责、陈涌同志任主编的《文艺理论与批评》杂志，也傲然诞生了。可以说，就像在斗争的风雨中扯起一面鲜艳的马克思主义文艺理论的红旗，就像在战场的壕沟旁筑起了一座坚固的打阻击的碉堡，就像在操练队伍的演兵场上搭建起了一座荷枪实弹训练的平台，给广大文艺理论工作者以莫大的鼓舞和助力。

无疑，在"马文所"和《文艺理论与批评》周围，聚集和团结了一大批坚持和拥护马克思主义文艺观的战友和同志。从80年代中后期和90年代初期，"一所一刊"组织了多次理论研讨活动，来自全国各地的朋友，像被打散了的战士重又找到自己队伍和组织一样，群情激昂，向着文艺和思想战线上的妖雾邪气、奇谈怪论英勇开战。当时那种气氛，颇有点儿像30年代"左联"成立时的味道。

"马文所"成立后，除不定期的出版了十多卷以书代刊的《马克思主义文艺理论研究》外，"外国文艺理论研究资料丛书"也陆续地推出。这两套书，梅林同志都是主编，在学界影响很大。记得那是一天上午，我应邀到梅林家里做客。闲谈间，他从桌子上拿过来一本书，轻声地说："我翻看过它的一些部分，觉得不错，你把它译出来吧。"望着梅林深度近视镜里那期待的眼神，我只好答应了。梅林知道我学过俄语，但把这么重的任务交给我，还是感到有些惶恐和压力。我心里明白，这种压担子是一种有意的栽培。为了翻译好，我设法同该书作者——著名美学家欧根·希姆涅克——取得了联系，并请教北京外国语学院（现北京外国语大学）东欧室的有关老师。我译完之后，梅林和盛同同志还审阅了部分译稿，对译文作了细致修改和推敲。这样，我国第一部译介的斯洛伐克的著作《美学与艺术总论》，就由俄译本转译过来，正式列入"外国文艺理论研究资料丛书"，于1988年在文化艺术出版社出版了。

还有一件趣事。1988年初的一天，好像是傍晚，梅林同志来电话跟我聊天。他问我近来在忙些啥？我说，我正在跟研究生编一本《西方马克思主义美学文选》。梅林马上反应说："哎哟，我也在编一本《西方马克思主义美学文选》，看来咱俩的书名撞车了。"我听出梅林同志的担忧，便赶紧接着说："陆老师，您放心，您就继续用这个书名吧，我改换一个书名就是了。"梅林同志爽朗的乐了。没过多久，梅林同志选编的《西方马克思主义美学文选》，由漓江出版社出版；我和荣伟编的《现代美学新维度——西方马克思主义美学论文精选》，在北京大学出版社问世。这两部文选，成了我国较早比较系统汇集"西方马克思主义"美学文献资料的集子。

梅林同志对年轻人的支持是多方面的。有件事，我一直不能忘怀。1991年10月，梅林把他刚由光明日报出版社和广西师大出版社出版的新著《唯物史观与美学》送给我。1992年6月，我的《两种文学主体观》一书也出版了。这本书的书名，原本想学恩格斯的《反杜林论》叫《反刘再复论》的，可是出版社的领导不同意，认为"太刺激"，希望改一下，结果，就改成仍不算怎么隐晦的《两种文学主体观》。1993年3月，我想以此书申报"北京大学文科优秀科研成果奖"，需要有校外推荐人，我就径直想到了梅林同志。二十多年过去了，至今我还保留着梅林作为推荐人填写的《推荐表》。在"推荐理由"一栏中，他是这样写的：

> 董学文同志的《两种文学主体观》，是目前国内一部全面、系统研究和阐述文学主体性的理论专著，有较高的学术价值，得到学界的好评。该书第一次系统地梳理了有史以来的文学主体性思想，完整地阐述了马克思主义文学主体观，对当前流行的错误思潮作了有力的辨析和反驳。该书视野开阔，有多层次的视角，条分缕析，细致入微，观点深刻、辩证、唯物，立论扎实，驳论有据，实事求是，资料翔实，广取博采，文字生动。应当特别指出，该书力求运用逻辑和历史相一致的方法，史论结合，自成系统，内容有很强的现实性。这对于当前文艺理论建设，无论在理论上或学术上都有极高的参考价值。这是一部好书，我愿推荐该书作为优秀学术著作参加评奖。

梅林还在"应授予何等奖励"栏内，写下"一等优秀奖"。整个推荐表，是用毛笔小楷写就的，虽说笔锋显得有些秃劈，着墨颇觉干涩，但那一字一画苍劲的笔触，还是颇见心志和功力的。我之所以把梅林的评语抄在这里，不是想显摆，而是想说，在当时的理论氛围下，能对这种集中批判刘再复的文学主体观的论著给予如此充分的肯定和支持，那是不容易的，是需要勇气的。殊不知，时至今日，不是还有人在念念不忘鼓吹刘再复的人本唯心主义文学论，为其评功摆好，甚至把他打扮成新时期文艺理论改革的"旗手"和"开创者"吗？

1993 年的 3 月 10 日，陈涌同志为这本书也给我填了一份《推荐表》。他是用蓝色墨水的钢笔填写的。他谨严而真挚地写道：

> 董学文同志此书出版后我便分次看过。我以为观点基本上是马克思主义的，对刘再复当年有不小影响的唯心主义观点进行了系统的分析批评，在理论学术界还是第一次。在现在中国，资产阶级自由化仍甚嚣张，此书的基本观点还有它的现实意义。作者的思想我个人认为也有一个发展的过程，但 1989 年政治风云出现以后，是更坚定地站在马克思主义立场上的。我认为应该支持这样的中年学者，应该给以应有的表彰和奖励。

现如今，梅林和陈涌同志都已去马克思那里"报到"了。可他们的音容笑貌和谆谆教诲，却时常浮现于脑际。尤其是每当我翻书时见到夹在其中的这两份"优秀科研成果奖推荐表"，看着那历历在目的文字，回想那风雨岁月的留痕，心中就不由地涌出一股激动的暖流，好像战士在抚摸手上的军功章一样。

无须讳言，相当长一段时间，从上到下，在与错误思潮的斗争中，总有一种且战且退的趋势，队伍的分化也愈演愈烈。"有人退伍，有人落荒，有人颓唐，有人叛变"，有人"骑墙"，有人"折中"，有人"两面"，当然，也有不少人执着地坚持着、守望着。我确确实实地经验了一回同一战阵中的伙伴发生巨大变化的洗礼，看过了比四川"变脸"艺术变得还要快的各式各样的变幻的嘴脸。我和一些人心里不时冒出"两间余一卒，荷戟独彷徨"的感慨，甚或记起鲁迅关于"敌人是不足惧的，最可怕的是自己营垒里的蛀虫，许多事都败在他们手里"的告诫。回顾以往，我们似不必抹去这令人惊怵而惨痛的教训。

到了新世纪，2001年春的一个上午，我突然接到吕德申先生的电话，让我到北大蓝旗营小区5号楼他的寓所去一下。因为我也住这一小区，所以很快到了吕先生家。一进门，就见到梅林老师坐在客厅茶几旁的沙发上，满脸笑容。一聊天儿，我才知道，原来是梅林同志征求我的意见，问我愿意不愿到中国艺术研究院去接替马克思主义文艺理论研究所所长的工作。我知道这是梅林同志的好意，也感谢他的信任和倚重。可我在学校里待长了，对教书和科研很有感情，不想离开北大这个地方。再者，我又自觉缺乏当领导的才能。于是，我就很不好意思地婉谢了。梅林嘴上不住地说"理解，理解"，可掩盖不了他的无奈和失望。

老人家大老远地跑来，为的就是这件事，可结果却不理想。后来，听陈飞龙讲：王文章院长有一次跟他说起陆梅林曾推荐我来当所长，说明梅林同志确实是正式向组织上举荐过我的。我自知这是对不住梅林同志的地方。没办法，我只有用更多地写些文章给杂志，才觉得能点滴地报答梅林同志和所里各位师友的厚爱与情谊。

我做了个不完全的统计，除《马克思主义文艺理论研究》丛刊外，从1987年起至今，在《文艺理论与批评》刊物上我发表的文章约有33篇。这个数字，从一个侧面表明"马文所"和《文艺理论与批评》对我的支持是非常大的，对我的帮助也是非常多的。

如今，"马文所"和《文艺理论与批评》已经走过三十年了。我常想，下一个三十年会是什么样呢？不过，我相信，"一所一刊"理论联系实际地注重对马克思主义文艺基本理论研究的传统，是会得到日益加强的；真心实意地关注团结和培植老中青马克思主义文艺理论研究批评队伍与人才的作风，是会得到很好延续的；迎风破浪地站在前沿重视现实文艺问题且秉持唯物辩证态度和方法的批判精神，也是会得到进一步发扬的。梅林同志在这些方面都曾为我们树立了榜样。

不倦的学术探索，坚定的理想信念

——董学文教授访谈

陈飞龙（《文艺理论与批评》杂志主编、中国艺术研究院马克思主义文艺理论研究所所长）：董老师，您是我国当前最活跃的马克思主义美学家、文艺学家之一。您是我师辈的人，但我们相识得很早，早在 80 年代初，我们就认识了。那时您在北京大学中文系教书，我在《马克思主义文艺理论研究》丛刊编辑部工作，您那时才 30 多岁。光阴荏苒，转眼之间 30 多年过去了。在我的记忆里，那会儿您正在整理和研究马克思的美学思想，出版了《马克思与美学问题》一书。我记得程代熙老师还专门为您这本书写过书评。我知道您的马克思主义美学、文艺学研究就是从马克思的文本研究开始的，现在国内外都有人提出马克思主义研究"回到文本"的问题。请您谈谈马克思主义美学、文艺学研究为什么一定要从文本开始，现在所提的"文本研究"和您那时候所做的文本研究有何区别？

董学文：好的。我一直觉得，文献的功夫、资料的功夫，是从事科学研究的基本功。特别是研究马克思恩格斯的文艺和美学思想，倘若不从卷帙浩繁的第一手文献资料爬梳起，那是很难进入理论语境的。"有三两染料就想开个染坊"的做法，无疑是不足取的，也是行不通的。只有从全部的文本出发，从第一手材料出发，才能把握经典作家美学和文艺思想的全貌，才能了解和领悟其特有的问题意识和文化环境，才能发现他们与别的思想家迥然不同的、带有体系性特征的东西。为了研究马克思主义经典作家的美学和文艺思想，我们应当采取"海水煮盐"的方法，而不能采用"编花篮""凑拼盘"的方法，更不能采取与其他学说随意"组合""嫁接""贯通"的方法。这是保证马克思主义美学和文艺思想的科学性与纯洁性的前提。强调"回到文本"，其本意就是"回到马克思"。因为真实的马克思对我们来讲，主要是在"文本"中存在的。我们只有面对"文本"，才能获得理直气壮的发言权。

我认为，我们现在的有些研究，恰恰是在这个地方出了问题：有的马克思主义美学和文艺理论研究的文字，见不到几处经典作家自己的、过硬的"文本""文献"材料；有的研究文章，打着研究马克思主义美学、文艺学的名号，可实际上却在东拉西扯，"王顾左右而言他"；有的文章，甚至其观点和理论与马克思主义相左相悖，也在宣称这是马克思主义美学、文艺学的研究成果。所以会出现这种情况，除了某些其他的原因外，我看一个根本的缘由就是这些研究忽视了熟悉"文本"的功夫，轻视了"文献"的支撑，结果必然是会显得空疏而偏斜。"问渠哪得清如许，为有源头活水来。""文本"就是"源头"，离开了"文本"，就很容易犯"客里空"或实用主义的错误。我们对马克思主义经典作家"文本"的掌握，其实还远远不够，这大大限制了我们的研究向着更深度、更广度的阐释和开掘。这正是许多人急切呼吁马克思主义美学和文艺学研究要注意"回到文本"的用意之所在。

我的"回到文本"，同眼下学界所提的"文本研究"，是有区别也有联系的。"文本研究"是结构主义、后结构主义的用语，它强调要对语言符号系统、现象系统及其语义内容加以分析探讨。结构主义多是把文本的符号系统与其所表达的意义看成是平行的、固定的。后结构主义则认为人对符号系统的了解是变化的，形成了一种"生成"过程。这些，同强调"回到文本"并不完全矛盾。但比较而言，我主张"回到文本"更注重的是研究要"回到"真实的历史与语义环境，"回到"原著本意，要注重用准确的思想和文字材料说话，要注重在"理论联系实际"当中把理论本身的实际也囊括在内。

陈飞龙：经过一个艰辛的、漫长的学术发展历程，马克思主义已经成为世界性的最具价值和影响力的思潮之一。面对这样一个巨大的理论存在，当代国内外的一些重要理论流派和理论大家都无法绕开它，或与之激烈交锋和热情对话，或从中汲取丰富而鲜活的营养。同样，马克思主义美学和文艺学经过一代又一代马克思主义美学家、文艺理论家的艰苦努力和不倦探索，现在已经取得了相当的规模，它在人文社会科学领域建设中也是一个引人注目的学科。在这个学科建设中，您把您人生中最好的年华都贡献给了这个事业，并为之付出了艰辛的努力和巨大的心血。据我所知，您为此还谢绝和推辞掉多个思想理论宣传和科研管理部门的领导岗位。几十年如一日，您潜心于美学和文艺理论特别是马克思主义美学和文艺理论的教学与研究工作，取得了那么大的成绩，真的令人敬佩和羡慕。我想请您谈谈其中的甘苦与快乐。

董学文：你过奖了。我所取得的成绩是很有限的，还有许多重要的工作没有去做。自己唯一可以值得安慰的是，到目前为止我的整个学术生涯都是围绕着研究马克思主义美学和文艺学这个中心旋转的。记得20世纪70年代末读研究生的时候，导师杨晦先生和吕德申先生曾建议我："你来研究一下马克思的文艺思想吧。"这是长者的期待，也是老师的命令。从此，我就开始了马克思主义美学和文艺学的研究之旅，并与之结下了不解之缘。

我意识到，我面对的的确是一个浩瀚的思想大海，一个耸入云霄的理论高峰，自己要想不徘徊于前、浅尝辄止，就得有坚韧的毅力、去花大的气力深入进去。恩格斯有句话我特别喜欢："谁害怕那围绕着思想宫殿的密林，谁不用利剑去开辟道路和不去吻醒那睡着的公主，谁就不配得到公主和她的王国。"① 对于马克思的文艺和美学思想的研究，又何尝不是如此？导师杨晦先生当时就不时地告诫我们：做学问犹如爬山，要不停地向顶峰攀登，绝不能流连在半道上采摘闲花野草。我深感这一教诲是至理名言。于是，我便立下誓言："将一生献给马克思！"把研究马克思主义美学、文艺学作为自己终身的追求和事业。接着，我很快进入系统、全面阅读马克思主义创始人相关文献的学习阶段，凡是能看到的马恩《全集》《选集》、各种手稿、笔记单行本、国内外编撰的各种马恩"论文学""论艺术"选本以及大量相关的研究论著，都找来认真阅读了。我当时感到自己真的徜徉和遨游在一个十分昂扬、神奇、高尚、有趣的理论世界里，几乎到了忘记寒暑、废寝忘食的程度。有时从北大图书馆里出来，我都忘了是该去吃中饭还是去吃晚饭；有时走出图书馆大门，竟会惊奇地发现怎么周围楼边的桃花、杏花开了？怎么又飘起了雪花来？时间和空间一时像凝固了似

---

① 《马克思恩格斯论艺术》第四册，人民文学出版社1963年版，第341页。

的。可是，在精神上却有着一股说不出的欢快、愉悦和充实。我愈来愈发现，马克思主义美学和文艺理论，的确是"显微镜"和"望远镜"，许多不易看清的、繁难的"问题"，它能洞若观火、明察秋毫；一些云山雾罩的、遮遮掩掩的"前景"，它能高瞻远瞩、一目了然。

那个时候还没有电脑，我的一切资料收集，都是靠着"记卡片""写笔记"。这个习惯，至今我还保留着。我觉得电脑有电脑的长处，记卡片有记卡片的优点。"卡片"像扑克牌一样，可以进行自主的排列组合，只要符合历史逻辑和辩证逻辑，在有机的排列和组合中会发现一些重要的问题沿革和理论脉络。当年我写《马克思与美学问题》一书，编撰《马克思美学活动年表》，以及编注《马克思恩格斯论美学》《经典作家论审美教育》《毛泽东的文艺美学活动》等书，就是得益于大量的卡片积累而完成的，它们成了日后建构学术理论架构和理论系统的一砖、一石、一檩、一瓦。可以这么说，要准确、科学地揭示出马克思主义美学、文艺思想的全貌，完整、系统地勾勒出马克思主义美学、文艺思想的发展历史，并在新的时代条件下把它们推向前进，这就是我萦绕于心的科研理想，或者说我的学术之梦。

我深切地认识到，马克思是影响和改变人类历史进程的最伟大的思想家，能和这样一位大学者在理论上打交道，在心灵上作沟通，这是学术生涯中的一种幸福和幸运。毋庸讳言，由于种种原因，如今研究马克思主义美学、文艺学不那么时兴了，也不那么受重视了。有人把它当作"过时"的学说，弃之如敝屣；有人"口惠而实不至"，采取躲避、疏远和漠视的态度。这是缺乏信念和远见的行为。从世界范围来看，马克思主义思潮正处在新的涌动期，马克思主义美学和文艺学也处在重新寻找历史方位的回归期。中国美学和文论界的同仁，在反复的比较和碰撞中也日益看到了马克思主义美学、文艺学的不可替代的作用。所以，我们对马克思主义美学、文艺学的复兴应该充满信心。

陈飞龙：20世纪80年代，正当国内热议如何坚持和发展马克思主义美学、文艺学问题时，您在1988年撰写的《马克思主义文艺学当代形态论纲》一文中，提出了马克思主义文艺学要从"经典形态"向"当代形态"转换的问题，而且明确提出以马克思主义"生产论"为逻辑起点建构当代形态马克思主义文艺理论。这在当时的马列文论界引起了不小的震动。我记得当时有人把您的文章说成是"马列文论后院起火了"。现在看来，您确实是建立马克思主义文艺学"当代形态"理论的较早提出者。1989 年，您出版了《走向当代形态的文艺学》一书，其中明确提出以"艺术生产"概念作为文艺学从"经典形态"过渡到"当代形态"的理论起点。九年之后，您又出版了《文艺学当代形态论——"有中国特色马克思主义文艺学"研究》一书，这本书提出了如何建设有中国特色马克思主义文艺学、如何把有中国特色马克思主义文艺学发展到新的形态等一系列详尽而系统的见解。为了建构马克思主义文艺学当代形态，您前后花了十多年的时间和精力，现在回过头来看，您的研究成果是否已达到了您预期的目的？

董学文：马克思主义的美学、文艺学不是教条，不是静止的知识体系，而是供我们进一步研究的出发点和进一步研究使用的方法与指南。坚持马克思主义美学和文艺学，最根本的是要坚持它在美学、文艺学上的辩证唯物主义和历史唯物主义的方法论；发展马克思主义美学和文艺学，最根本的则是要用这一方法去同新的时代、新的文艺实践相结合。坚持和发展，都要把立场、观点和方法作为统一的东西来处理，这样才能保持它的威力和活的灵魂。恩格斯曾说："随着自然科学领域中每一个划时代的发现，唯物主义也必然要改变自己的形式；而自从历史也得到唯物主义的解释以后，一条新的发展道路也在这里开辟出来了。"① 人类历史和科学技术已经发生了巨大的变迁，文学艺术和审美领域也出现许多新的事物，面对这种局面，我们美学、文艺学的考察视阈和阐释形态，是不能不改变自己的形式，发生相应的变化的。换句话说，如果马克思活到今天，面对当今的文艺和美学状况，他也不会原封不动地按照 19 世纪中后期的观念和术语发表意见。显然，马克思主义美学、文艺学要从"经典形态"向"当代形态"转换，即用马克思主义的立场、观点和方法来批判性地回答当下现实的问题，这是必然的。否则，它又怎么发挥其辩证方法论的职能呢？我们看，《在延安文艺座谈会上的讲话》及其相关的研究，不就是毛泽东等那一代理论家在 20 世纪 40 年代创造的马克思主义美学和文艺理论的"当代形

---

① 《马克思恩格斯选集》第 4 卷，人民出版社 2012 年版，第 234 页。

态"吗？今天，我们有理由也有责任沿着这条开创的道路做出新的成绩。

这里需要说明的是，"形态"的改变不是原理的改变，不是基本精神的改变，而是理论论域、视角、形式和术语的某些改变。其实，这种"改变"从 20 世纪初就一直在进行着，只不过这其中有符合马克思主义基本原理的"改变"，有不符合马克思主义基本原理的"改变"，我们要有所辨析和区分。我甚至认为，"形态"的变化，是马克思主义美学、文艺学原理同现实艺术实践结合、批判吸收新的营养、探索和开辟"中国化"之路、实现理论自身发展的一个必不可少的途径。它只有进行时，而没有完成时；它是集体的事业，而非个人的行为。在这个意义上说，我们先前所做的努力，尽管花费了多年的时间和心血，在一些环节上也提出了一些可取的看法，但那只不过是沧海一粟、初步的探讨。好在，"当代形态"的概念已被绝大多数研究者所认可和接受；好在，随着形势的发展，"当代形态"的状貌和价值已愈加清晰地呈现出来。所以，对中国学者来说建设马克思主义美学、文艺学的"当代形态"，我是满怀期待的。

陈飞龙：有人认为，理论既没有什么实用价值，也不能达到追求认知的满足。西方的"理论危机""理论无用""理论终结""理论已死"之声更是不绝于耳。而做理论研究的人都知道，在文艺学学科建设中，文学基本理论的研究是最难的。这是因为就像您说过的，基本理论研究的水准决定着整个文艺学的水准，基本理论研究的成熟是文艺学学科成熟的标志。21 世纪以来，我感觉到您把文学基本理论研究放在了很突出的位置。在 2001 年您与人合著的《文学原理》这部教材中，看得出来你们是想以科学而严密的崭新体系把文学原理呈现出来的；2002 年，您主编的《马克思主义文论教程》在广西师大出版社出版；2004 年，您又和同仁对中国百年文艺理论教材建设进行了专门的史的研究，出版了《中国文艺理论百年教程》一书；同年，您想从创建"文学理论的理论——文学理论学"这门学科的角度，出版了《文学理论学导论》一书；接着，您和您的研究生们又对新时期 30 年文学理论的进程与问题进行反思性总结，出版了《中国当代文学理论（1978—2008）》。我注意到您在进行文学基本理论研究时，明确提出了要建立文学理论的"科学学派"。您还多次呼吁文学理论上要有"学派意识"，要打造文学理论的"中国学派"。加拿大美学家和文学理论家弗莱也曾雄心勃勃地想建立一个像达尔文之于生物学、爱因斯坦之于物理学、弗洛伊德之于心理学那样包罗万象的以文学为研究对象的科学体系。但是，文学理论毕竟不是自然科学，弗莱的理论热闹一时之后很快就风光不再了。您对文学理论建立"科学学派"的想法肯定想了许久，您能深入地谈谈文艺学的"科学性"何以可能、文学理论"科学学派"到底怎么样去建立吗？"中国学派"又该如何建成呢？

董学文：你提的这个问题很有意思。我还是从自己的学术路径谈起吧。在集中地研究马克思主义经典作家的文艺和美学思想之后，我就考虑不能仅仅限于对经典作家文艺和美学思想的还原和静态揭示，不能限于仅仅对历史和文献材料的爬梳和整理，必须把它运用到美学和文艺学的学科基础建设上来，必须让它在美学和文艺学的学科建设中发挥突出的作用。我们学界目前习惯把文艺理论学科分成马列文论、西方文论、中国古代文论三块，而它们的交叉点与汇合点，就是文学基本理论，尤其是文学原理的教材。众所周知，有人实际上主要是以西方文论建设文学基本原理的，有人侧重以中国古代文论资源建设文学基本原理，有人则主张"打通中西马"来建构文学基本原理。这些对文学理论学科建设来说，都是有一定可行性和合理性的路径。但是，面对这种格局，如何实现文学原理建设的科学性，如何使马克思主义的观念和方法在文学基本理论建设中起到关键作用，这就成了不能不需要加以思考的问题。我认为，单纯以西方文论或古代文论建设文学基本原理，是难以做到既唯物又辩证、符合新历史观的。能够真的"打通中西马"固然好，但那是不同的理论系统，"打通"谈何容易。弄得不好，很可能变成了贻笑大方的"吹破古今牛"的结局。所以，我以为比较可靠的办法，还是以马克思主义为指导，批判吸收一切有益的东西，在唯物辩证法和唯物史观的轨道上把文学基本理论的架构勾勒出来。从这个意义上讲，这种努力也是建构马克思主义文艺理论当代形态的一种形式。

一段时间以来，文学理论之所以出现"危机""无用""终结""死亡"的声音，最根本的原因是在反本质主义的思潮中，有些理论既丧失了辩证说明现实问题的能力，也缺乏对马克思主义应有的理论自信。有的文学理论教材，把各种相互对立和矛盾的学说及观点硬"摆"在那里，让学生自己去鉴别、判断；有的文学理论教材，将各种抵触的、不搭界的、表面时髦的观点人为地编织在一起，琳琅满目，五颜六色，活像一个"展览馆"，实是一锅"大杂烩"；有的文学理论教材，不讲观念，不讲方法，放弃价值诉求，没有问题意识，几近变成文学的"知识手册"，既找不到观察问题的"视角"，又得不到分析问题的"工具"，更抓不住探讨问题的"要领"，学生能做的只是死记硬背一些条文和术语；有的文学理论教材，干脆变成了某种西方美学观或文论观的铺张和演绎。在这种情况下，给文学理论一个基本的科学勾画，给文学理论赋予方法论的功能，给文学理论学科以内在的自强和自信，就是一个迫在眉睫的任务。我的文学基本理论研究，大体上就是秉持这个信念来进行的。

至于你问的文学理论的"科学性"何以可能？"科学学派"怎样建立？"中国学派"该如何建成？我想这样来回答，不知道能不能说得清楚。我所说的"科学性"，是指文学理论的阐述要符合文学理论的实际，要能得到文学实践和历史的证明，尤其是要符合历史唯物主义的原理。科学性，亦即真理性。我知道有人怀疑，认为文学理论是人文科学，无科学性可言。这是一种误解。我认为，没有单纯的所谓"人文科学"，任何"人文科学"都不过是哲学社会科学的一个部分。诚然，有些哲学社会科学有"人文性"特征，文学理论就是这样。但"人文性"也是可以得到科学解释、科学说明的。否认"人文性"能得到科学的解释，那所谓"人文科学"这个概念，也就不成立了。有论者故意把文学理论说成"不是人文科学，而是人文学科"，用"学科"来模糊和抹杀它的科学属性，这不过是给非科学的说教制造一个"遮羞布"和"障眼法"罢了。就说"学科"，如果没有本质性和对象性的规定，没有逻辑的系统的阐发，没有适当的标准和规则，那能成为一门真正的"学科"吗？再则，我有个坚定的看法，即从人类思想史上看，只有马克思主义才使哲学社会科学（当然也包括人文科学）第一次在严格的意义上成为科学，其他学说是无能为力、只能望其项背的。既然文学理论在马克思主义指导下可以成为科学，那就要求我们去研究它、发展它。而这种研究和发展要达到科学的水准，以马克思主义为支撑就是必不可少的了。我常想，倘若换个说法，文学理论的"科学性"，就是文学理论的马克思主义性质，这是一枚硬币的两面。也许有人会对此质疑：那其他文艺学说就没有科学性了吗？当然不是。其他学说也有其他学说的局部真理性，但在体系上，其他学说倘若不得到马克思主义的批判改造，其合理的因子也是难以构成科学的学说的，也是难以摆脱"小处聪明，大处糊涂"的命运的。这就是马克思主义独有的魅力。

由此你可能会明白，我倡导文学理论的"科学学派"，简单说来就是力争使文学理论成为一门科学的学派，就是力争打破所谓"内部研究"和"外部研究"分治的隔阂，实现文学理论"自律"和"他律"、"公转"和"自转"、历史逻辑和叙述逻辑、价值论和认识论内在统一的学派。显而易见，这与加拿大理论家弗莱主张的建构包罗万象的科学体系是不同的。

我们知道，马克思从来就是"反体系化"的，是十分厌恶制造声称能包治百病的"莫里逊氏丸"的。他希望给予人们的是辩证的和唯物的方法，是观念与方法的一致。所以，我提倡的"科学学派"，也不是一种"唯科学主义"，而是力图透过科学性的诉求，走向一种更高层次的坚守和还原，走向一种更加自觉的突破和创新。说得直白一点，"科学学派"就是力求排除形式主义或唯心主义的干扰，坚持把文学理论当作一门科学来看待，承认"科学本性乃是文学理论学科安身立命之所在"。文学理论研究倘若到了"想怎么说就怎么说"的地步，那它探索和揭示文学本质及其运动规律的宗旨也就会荡然无存了。正因为"科学学派"强调其理论的科学性，所以它必定要注重对文学理论本身的解剖和反思，认为这是关涉到学科定位和正常发展的不能绕过的门槛；必定要注重对文学理论学科进行专心致志的建设，认为这是克服精力分散教训、提供新鲜成果的有效保障；同时，也必定要注重"文学理论史"的研究，因为它相信"历史就是我们的一切"，相信"历史的启示"[①]作用。

文学理论"中国学派"是个大概念，它会有多种的表现形式和表现形态。从世界范围来看，20世纪至今的文学理论发展脉络，无论是"语言—形式主义"一脉，还是"心灵—人文主义"一脉，都未能实现"公转"和"自转"、"自律"和"他律"的统一。所以说，只要我们沿着辩证唯物论和历史唯物论的道路走下去，紧密地结合中国的实际，注意构建有中国作风和中国气派的话语系统，多样化的文学理论"中国学派"的产生是可以预期的。

---

① 参见《马克思恩格斯全集》第1卷，人民出版社1956年版，第650页。

陈飞龙：有文艺理论常识的人都知道，文艺学不是一个知识汇集体系，而是一个认知体系。文艺学的认知性促使它把需要证明的东西当作逻辑前提，并进行基本假设，它采取倒果为因式的反思和批判进行自我循环论证，同时它要通过对文学研究的对象进行价值评估来达到认识文学真理的目的。正是由于文艺学具有这样的抽象性、思辨性和价值观，所以研究文艺学的人设置的逻辑前提、基本假设和价值观念也是不一样的。我发现在您的著书立说中花了不少的时间和精力与他人论争、辩论和商榷。对您这样的理论研究个性和学术研究风格，不少人不大理解，甚至还有误解。为了能说得更具体一点、更清楚一些，我想就大家关心的几个主要问题和您谈谈。

新时期以来您与各种文艺观的论争，主要体现在以下六个方面，即20世纪80年代针对"断简残篇"说有关马恩文论体系的论争、80—90年代针对刘再复、李泽厚主体论的批评、21世纪以来对如何看待20世纪各个阶段中国文学理论历史发展观点的辨析、2005年起针对"审美意识形态"论的讨论、2008年起针对"实践存在论美学"的质疑、近两年针对文艺理论研究"西马化"倾向的反思。

首先，我们来一起回顾一下您直接参与过的、20世纪80年代初那场关于马恩文论有无体系的论争。80年代初我在参加陆梅林和程代熙老师的《马克思恩格斯文艺思想发展》课题时，陆梅林老师让我对国内外有关马克思主义美学、文艺学有没有一个完整的体系进行爬梳，整理出一份文献资料。经过整理发现，苏联和西方一些国家的不少学者确实认为马克思主义美学、文艺学没有完整的理论体系。苏联一些学者在20世纪20年代就曾有人认为马克思主义创始人并无系统、完整的文艺理论体系。卢那察尔斯基就说过："马克思和恩格斯只有一些为数不多的零散见解。"我国20世纪80年代也有人持马克思、恩格斯文艺论著在某种意义上只是些"断简残篇"的观点。针对这种说法，您从1983年到1987年先后发表过多篇文章，为马克思主义美学、文艺学的理论体系问题进行争辩和商榷。我想请您谈谈您当时为什么参加这场论争？现在这场争论虽然已经过去，但人们的疑虑却依然存在。由于马克思、恩格斯的美学、文艺学思想蕴含在他们卷帙浩繁的著作、书信、手稿和札记之中，虽然后人包括您在内的许多马克思主义美学家和文艺理论家经过千辛万苦把他们的美学和文艺学思想整

不倦的学术探索，坚定的理想信念

理出来了，但是马恩确实没有写过美学、文艺学专著，所以整理出来的马恩美学、文艺学思想也不像专著那样有一个人们所熟悉的那种明晰的理论体系。现在我们应该如何认识马恩美学、文艺学理论体系呢？

董学文：一种学说有没有体系，是不能用有没有专著来衡量的，关键是看它有没有一个对对象的独立的认知系统。马克思也没有写过哲学专著，但谁能说他没有哲学体系？中外都有学者指出，《资本论》尤其是第一卷，虽说是经济学著作，但亦可看作是马克思哲学思想体系的最好体现与展开。孔子和柏拉图关于文艺的见解多是断续的谈话、对话记录，十分零碎，怎么没有人说他们没有文艺思想体系，只是一些"断简残篇"呢？可见，对体系如何理解是有误差的，对马克思著作的了解也是很缺乏的。延续把专著、教科书式的构建称作"体系"，这本身就是没有摆脱形而上学认识窠臼的表现。

史料告诉我们，马克思生前曾几次想写美学方法的著作，终因其他方面任务的紧迫而使这一夙愿付诸东流，甚至连撰写"美学"词条一事，也因要求不当而未欣然命笔。但是，这绝不是判定马克思主义创始人美学思想和文艺观点没有科学体系的理由。其实，在经典作家那些卷帙浩繁的著述中，的确蕴含着美学和文艺理论结构需要的一切基本原则、观点和原理，并且用科学的方法论和统一性将之联系起来，组成了相对系统的不可分割的有机整体。我用语录的形式编注《马克思恩格斯论美学》的时候，就发现了这一点。勾画体系的工作，20世纪30年代随着马克思恩格斯生前不曾问世的许多重要文献被发现和辨识出来，并刊行于世。苏联的卢那察尔斯基、里夫希茨、别列茨基、弗里德连德尔等，以及当时在莫斯科工作的卢卡契，就已经开始进行这项工作了。他们都认识到了经典作家美学、文艺思想有自己的系统，并对其科学体系提供了明确的概念。20世纪90年代初，我国学者李中一，也有《马克思恩格斯文艺学体系》一书问世。只要深入到马恩大量的文本中去，掌握他们的整个思想体系，并把文艺思想体系看作是总体系下的一个分支，而且是科学方法论主导的分支，那么，了解马恩文艺思想体系的逻辑起点、诸种范畴、概念和规律的基本内容，发现它们之间的内在关联与层次结构，应该说就是不困难的了。你也看到，现在承认马克思恩格斯文艺思想有体系的意见，已经是很普遍的了。

陈飞龙：在我看来，理论论争、学术商榷本是一种对话，而且是一种更高层次的对话。不过新时期以来，我国理论界和学术界，很多学者都愿意做"老好人""和事佬"，对需要论争的问题更愿意采取搁置争议、分头摸索的方式解决，对一些尖锐的理论问题避之唯恐不及。与当代一些文艺理论家相比，您的一个明显特点就是具有强烈的反思意识和批判精神，您始终坚持对各种错误的文艺观进行坦率而尖锐的批评。其实，如果大家都失去了批评的勇气和直面批评的胸襟，那就等于回避了探讨真理的信念和魄力。实践固然是检验真理的标准，但对真理的探讨也是保证实践有正确方向的一个条件。30多年来，您同各种文艺观的论争，其实有一个一以贯之的主题，那就是如何把握马克思主义文艺观的科学性及其指导地位。坚持马克思主义对文艺理论的引领，坚持马克思主义文艺观的纯洁性，是您甄别文艺观是否科学、是否正确的一个不变的标准。在很多人默不作声的情况下，您在20世纪80—90年代之间勇敢地站出来针对刘再复、李泽厚的"主体论"进行了认真的剖析，并对他们背离马克思主义的观点进行了严厉的批驳。在当时的语境下，您难道不怕别人说您是"保守遗风""泥古不化"吗？我想知道您坚持真理的理论勇气是怎么样养成的？

董学文："主体性"理论，在西方早就步入"黄昏期"，已是"明日黄花"了。在我国一度地热络起来，有其历史和现实的原因。由于它打着"反左"的招牌，又以所谓"改革"文艺理论、"拓展"思维空间的面貌出现，因此曾经迷惑了不少人。当时的有些"文学主体性"理论，说穿了不过是一种放大了的文学人本主义，一种抽象的"人性论"和"泛爱说"喧嚣，一种个体本位主义唯心史观和审美乌托邦的膨胀。此种理论的主要张扬者后来的演变轨迹及其直接效果，都给这一切留下了鲜明的注脚。毕竟，一个人同时走不了方向不同的两条路。我现在仍然认为，"主体性"理论不是不能研究、不是不能阐发，问题在于要看它到底是宣扬历史唯心论的主体观，还是宣扬历史唯物论的主体观；是宣扬资产阶级的人道主义实践观，还是宣扬马克思主义唯物主义实践观；是彻底否定马克思主义的文艺反映论和认识论，还是坚持马克思主义的文艺能动反映论和认识论。在这个重大的理论大是大非面前，我们是没有理由漠然置之或保持沉默的。当年，就有不少学者对刘再复、李泽厚的"主体论""主体性"理论提出过严肃而郑重的批评。为了弄清理论是非，我当时写了一些文章，并下决心花工夫写出约26万字的专著，1992年由春风文艺出版社出版。那时我的目的，就是力图通过追寻理论的历史发展线索，甚至通过现代科学如量子力学等成果，揭露《论文学的主体性》作者把一切都淹没在高超的胡说的喧嚣声中的癖好，用"破中有立"的办法，在批判性的阐释中，将马克思主义文学主体观本应是个什么样子揭示出来。这本专著的书名，原想仿照《反杜林论》的书名，叫《反刘再复论》，出版社的编辑觉得太过刺激，于是就改成了《两种文学主体观》。也好，这样一来，就把针锋相对的两种观点鲜明地摆在了那里。

文学"主体性"理论，依凭的是伪善的"人本主义""异化论"、唯心的"情本体"和"无意识"、"新感性"说，这些东西已经远远地落在唯物史观和辩证实践观之后，早已被马克思主义美学和文艺观超越了。"主体性"理论的"内宇宙"和"向内转"论，已经变成了新的独断神话和新的美学宗教。看一看这些白纸黑字的论述，难道他们自己就不感到这才是真的"保守遗风""泥古不化"吗？我相信，在气壮如牛地宣传自己学说的时候，面对辩证唯物论和历史唯物论这个"照妖镜"，他们的心里其实是十分脆弱和恐慌的。多少有点马克思主义常识的人，是不会上当受骗的。这已不是一个有没有"勇气"的问题，而是一个真理要不要同谬误较量的问题。不管别人怎么说，套用一句伊格尔顿的名言：我相信马克思是对的。这些年文艺变化的状况，也证明了这一点。

陈飞龙： 在新的历史时期，我国文学理论从表面上来看呈现出一种众说纷纭、芜杂繁复的表象，但从深层次来看还是围绕着要不要马克思主义指导这个问题。您从2007年到2012年这几年里陆续发表了20多篇文章论述应该怎样认识新时期文学理论的历史。您认为，在剧烈的转型中，在学科意识觉醒、观念与理路复杂的情况下，我国文学理论艰难地但又是不以人的意志为转移地朝着马克思主义文学理论的当代形态迈进。您对30多年来我们文学理论的所谓"转型"问题提出了质疑，不同意在建设具有"我国自身特色"的文学理论方面以所谓的西方"现代性"思想为指导的说法。在一般人看来，现在是一个多元共生的时代，文学理论的众声喧哗、繁杂纠葛是很正常的现象，而您为何还是一以贯之地强调要以马克思主义为指导，要建设马克思主义文艺理论的当代形态呢？

董学文：不可否认，相当一段时间来，马克思主义文艺理论受到了冷遇、疏远、歧视，处于萧条、淡出、边缘化的境况。做马克思主义文论课题的人少了，研究马克思主义文论的文章日渐罕见。在文艺理论界，不论是口头上还是背地里，有些人是不情愿承认马克思主义文艺理论的科学地位和学理价值的，是不愿意相信它对现代、后现代文艺现象也同样是具有阐释和批判功能的。有些人往往是把它当作"挡箭牌"或"调味剂"，只是虚晃一枪地挂在嘴上或写在"序"里，而要真去实事求是地探讨和践行，那就成了另一回事；有的人干脆把它当作"陈旧""僵化"的"教条"，或丢于脑后，或弃如敝屣；还有一些人，醉心西方学说，自觉不自觉地用一些非马克思主义或假马克思主义的货色来以次充好，以假乱真，令当代某些有其自身逻辑和理论指向或理论价值并不高的西方文论肆无忌惮、无孔不入地进入学术领地，对文艺理论的中国化进程和学科基础建设造成了严重伤害。坦率地说，我是不赞成让我国的文艺理论学说经常地"转向"、无度地"融合"、轻易地"换代"的。尤其是不赞成把近30年的"转型"归结为从"二重性格组合论"到"文学主体论"到"向内转论"到"审美意识形态论"再到"实践存在论"这样一条线索，不赞成把这说成是新时期"最重要的成绩"的。这种表面突出学科自主、自律的"转型"模式，触及一些时尚的、抢眼的现象。但是，只要分析其具体的内涵就会发现，这恰是由一连串偏颇的文学观念所组成的链条，它的转变的各个环节都把文学的本性、价值和功能给狭窄化、形式化和人性化了。这样的"转型"沿革，本质上是离马克思主义文艺观和学理精神越来越远的。这其中的根本问题在哪呢？就是到底要用什么作为文艺理论革新的指导思想。倘用西方五花八门的"现代性"来指导，或像有人呼吁的恢复到所谓王国维开创的"现代学术路径"上去，摒弃马克思主义文艺观的指导作用，那能完成社会主义新时期的文学理论建设吗？

我不赞成这种"转型"论，不是拒绝理论的"创新"。这里不妨借用人类考古学的一个术语来说，我是主张文艺理论的演变应"连续进化、附带杂交"的。也就是说，它可以汲取外来营养，但根本的发展演化线条则应是绵延不绝、生生不息、不可中断的。环顾四周，能够科学地保持文艺理论连续性的哲学，只有马克思主义，其他学说难以胜任。我们承认"多元共生"的现实语境，但也要承认"一元主导"的必要性与合理性，否则，文艺理论的"众声喧哗"就势必使自身陷入更加软弱无力的境地。这或许就是我反复强调要以马克思主义为指导，要建设马克思主义文艺理论当代形态的一个现实原因吧。

陈飞龙：我注意到您从 20 世纪 60 年代开始走上文学之路起一直到 80 年代，都是赞同文学是一种社会意识形态，或一种特殊的社会意识形态的提法的。到 1988 年，您在《马克思主义文艺学当代形态论纲》一文中提出文学艺术的特殊性在于它是意识形态和非意识形态的集合体。到了 2001 年您在所著的《文学原理》一书中，把文学界定为"创作主体运用形象思维创造出来的体现着人类审美意识形态特点并实现了象、意体系建构的话语方式"。2002 年您在《马克思主义文论教程》一书中，首次提出文学是一种"社会意识形式"的观点。2005 年，您在《北京大学学报》上发文：《文学本质界说考论——以"审美"与"意识形态"关系为中心》，公开质疑"审美意识形态"论。我记得这一年年底，您刚从南昌开完中央马克思主义理论研究和建设工程"文学理论"组的会议回到北京，您在电话里和我说了关于"审美意识形态"问题。您说"我多次在课题组的会上恳切地提出：这是一个关系到文学本质界定和如何理解马克思主义文艺观的重大问题，建议课题组内进行一下讨论。可是，我的建议一次次被拒绝了。在一次讨论'详细提纲'的会上，我再次请求就'审美意识形态论'谈谈自己的看法。课题组主要负责人当众表示不允许，并说'你的观点是错误的！'接着我说：不发言可以，建议组里把我带来的几篇文章复印一下，发给在座的各位课题组成员作为参考，行不行？课题组负责人说：'那也不行，不能复印。你要散发，就把它们拿到外面的杂志上去发表。'我作为一个课题组的成员，竟被剥夺了会上发言的权利。我很纳闷：即使我的意见错谬，也该让我讲出来啊，怎么'审美意识形态论'就一点也碰不得呢？没有办法，我只好按照这位负责人的要求，把写好的几篇文稿投到一些杂志上去发表了。这大概就是课题组内某先生所谓的'山雨欲来风满楼'、'定点式的清除、密集型的考论'的由来吧。课题组内'对话'和'交流'的气氛与条件一点也没有了。"在电话里，您还希望《文艺理论与批评》能对"审美意识形态论"问题展开讨论。当时，我觉得"审美意识形态论"是在新时期文论建设中提出来的，有它的历史必然性与合理性，但是随着我国文艺理论的发展，文艺理论研究者们也开始对此提出了质疑。另外，即使持"审美意识形态"提法的学者，对其内涵也有各不相同的理解。我想作为一个学术问题当然可以讨论，也可以有争鸣。于是，编辑部开会同意讨论"审美意识形态"问题。刊发了两期专栏文章后，立即在文艺理论界引起大家的关注和热议。同年4月，为了深入探讨文艺意识形态问题，您还建议由北京大学文艺理论教研室、吉林大学马克思主义文艺理论研究中心、《文艺理论与批评》杂志社和全国马列文艺论著研究会联合，在北京大学专门讨论"审美意识形态"问题。那年，我们《文艺理论与批评》杂志开辟一年的专栏，发表了系列文章专门讨论"审美意识形态"问题，引起了学界的广泛关注和积极参与。我注意到您从2005年到2012年一共写了十多篇文章，条分缕析地辨析和驳斥"审美意识形态论"的观点，同时多次明确提出"文学是可以具有意识形态性的审美意识形式"的观点。现在看来，诚如您所说，这个问题确实是"一个关系到文学本质界定和如何理解马克思主义文艺观的重大问题"。您提出的"审美意识形式"论，也不是一时的冲动，而是一直伴随着您40多年的学术生涯萦绕在您脑际的一个重大问题。我想知道您为什么在这个问题上花了那么大心血，潜心关注、锲而不舍地去研究和追问？

董学文：这场讨论已经过去一段时间了，其中的是非曲直，也已愈来愈被人们所知晓。这场讨论的最大贡献，依我看不是纠正了某个术语和概念，而是引起了马克思主义文艺理论界研究问题时须忠于马恩文本、忠于经典原意、忠于思想准确性和科学性的理念。正如你所指出的，我对某些概念与问题的理解，也有过失误，也有一个漫长的考察和反思的过程。我提出对这个问题进行讨论，同时也是对自己先前认识的一个清理。为了说明事实，我曾写了《文学本质界说：以自我理论反思为线索》一文，发表在《汕头大学学报》上，该文主要就是讲我的理论观念的演化过程。我还写了几篇文章，讨论文学本质界定中"意识形态"术语的"复义性"问题，与其他意识形式的关系问题，最后得出结论，写出《一个长期被误用的文学理论概念——论文学本质不应直接界定为"社会意识形态"》一文，有一万七千字，发表在《社会科学战线》杂志上。我确实是把它作为关系到如何正确理解马克思主义文艺观的重大问题来研究的。现在，有个别人又开始说我"否定马克思主义的文艺意识形态理论"，这完全是望文生义，是没有任何根据的。

"审美意识形态"概念与"社会意识形态"概念是完全不同的。"审美意识形态"概念作为文学本质界说的最大弊端，就是它把两个不能融会的词，组合成一个固定的词，既不承认是词组，也不承认是偏正结构，然后用抽象的"审美"将包括意识形态在内的一切因素、功能、价值实际上都"消解"了、"溶化"了。这样的理论，显然是难以成立的。作为一家之言，以"审美意识形态"探讨文学本质问题，未尝不可。但我们"马工程"课题组的负责人非要把它"作为一条红线"贯穿到"马工程"教材《文学理论》的编写大纲中，这就引起了课题组部分成员的疑问。主要负责人的意见是不愿改变的，于是，一场众所周知的论争就在课题组之外展开了。

我想指出的是，面对激烈的争论，课题组的几位首席专家商量，最后决定"马工程"《文学理论》还是不采用"审美意识形态"这个概念，改用其他的表述方式。你们看 2009 年高等教育出版社和人民出版社联合正式出版的"马克思主义理论研究和建设工程重点教材"《文学理论》，的确取消了"审美意识形态"的提法。这是这场论争的一个初步结果。不过，我发现"审美意识形态"倡导者至今仍坚持着自己的观点，那很正常，这属于个人的学术自由。有的"审美意识形态"倡导者，在为自己辩护的文章中，实际上也已经自觉不自觉地在论证文学是语言中的"审美的意识形式"，但仍偏说就是"审美意识形态"，这就让人无言以对了。

"马工程"《文学理论》教材已经面世，它在学理上取得了一些进展，但的确也有一些不尽如人意的地方。譬如，其中最突出的就是号称马克思主义统帅的《文学理论》，其结果却把马克思、恩格斯、列宁、毛泽东、中国特色社会主义文艺理论的相关论述，统统单摆浮搁地放在全书的前面，占了 60 多页篇幅，不能将之辐射、渗透、融会、贯彻到其后的整个理论体系中去，造成了马克思主义文艺观与文学基本原理之间像"油"飘在"水"上的关系，造成整体结构上是"牛蹄子——两瓣"。这是在指导思想上将"马克思主义原则"和"学理原则"人为分开来的必然结果。这样做不是对马克思主义文艺观的信赖和尊重，其产生的效果恰是表明马克思主义文艺观无法驾驭、统辖和转化为文学的基本理论。辛亏，该书后面各章的编写，作者还是努力去体现马克思主义文艺观的，多少挽回了一些不必要的损失。

　　陈飞龙：2008年5月，有一次开会，什么会现在我不记得了，碰到太湖文化论坛执行主席严昭柱，他和我说《文艺理论与批评》应该在美学、文艺学方面发表一些重要的理论文章。那时，您和严昭柱正在商量开一个讨论有关美学、文艺学本体论根基问题的会议。我当时想你们俩都是我们刊物的顾问，讨论这样一个重要的理论问题，我们应该给予积极的配合。还有一个原因，是因为我在1987年和同事一起整理过有关"实践唯物主义"的讨论，对美学、文艺学本体论也很感兴趣。2009年，《文艺理论与批评》再次开设为期一年的"美学、文艺学本体论"研究专栏，而且邀请各种观点的研究者表达他们的看法，"实践存在论美学"主要提出者和倡导者也写文章进行了回应。这几年里，您发表了20多篇系列文章对近年来国内兴起的"实践存在论美学"提出了质疑和商榷，从而在学界又掀起了一场关于"实践存在论美学"的大讨论。从根本上来说，这场争论的深层次问题仍然是如何科学地发展马克思主义，以及美学、文艺本体论应该建立在何种马克思哲学基础之上等基本理论问题。我也知道您对"实践存在论美学"的不满之处，但是在当今马克思主义的空气已经十分稀薄的情况下，不管出于什么原因，有些人还是愿意引用马克思的某些观点作为自己的理论支撑，这是不是要比非马克思主义或反马克思主义的观点要好一些？由于学界都是这种心态，所以当您出来批评和质疑"实践存在论美学"的时候，我估计有人还会给您扣"僵化""左"等帽子，也有人觉得您在多管闲事。请您谈谈我们应该如何看待和正视这种现象呢？

　　董学文：这本来是哲学界争论多年的问题，如今又延伸到美学、文艺学界中来了。"实践本体论""实践存在论"，这是从西方学界特别是"西方马克思主义"那里传来的东西。"实践"能不能作为世界的"本体"，在何种意义上作为"本体"，历来是存有争议的。所谓"实践唯物主义"，也是对《德意志意识形态》中一句话的掐头去尾删减后了的误解。至于用"实践唯物主义"取代历史唯物主义，宣称这是马克思思想的真正创造和精髓，那就更是等而下之了。如果我们认真地分析"实践本体论""实践存在论"的观点，可以说它基本上是把"实践"看成"唯物主义"中的"物"，基本上是把"实践"当成世界的本体、世界统一的基础了。这种观点，有的并没有直接把心灵、精神看成世界的本体或世界统一的基础，有的则已直接把心灵、精神看成世界的本体或世界统一的基础了。由于"实践"总是人的有意识的活动，把"实践"作为本体，就同承认心灵、精神是世界的本体和世界统一基础的唯心主义观点，已经没有太大的区别了。这也就说明，由于"实践"作为人类特有的能动活动，内在地包含着精神、心理等意识的因素，因之，夸大这些意识因素的唯心主义是有可能通过夸大"实践"而表现出来的。所以，我们应当警惕和反对以"实践"为特征的唯心主义，不能将强调唯物主义具有实践的特性变成哲学就是"实践本体论"，不能将强调实践对改造客观世界的作用变成"实践"与"客观世界"是等同物，更不能忘记经典作家在强调人类实践巨大作用的同时，并没有忘记补充说"在这种情况下，外部自然界的优先地位仍然会保持着"①的忠告。

"实践唯物主义""实践本体论"和"实践存在论"观点，集中想掀翻的是辩证唯物主义及其认识论。因之，竭力对实践观在马克思主义体系中的位置加以扭曲和曲解。事实上，否定了运动物质本体论，也就否定了唯物主义，否定了现实世界的客观存在。最近我看到一位哲学家对此批评道：这些理论否认辩证唯物论原理，总是试图论证马克思主义哲学不是辩证唯物主义，而是据说尘封在马克思书本中直到今天才被他们"解读"出来的"实践本体论""实践一元论""实践存在论"，乃至"实践的唯人主义""实践的唯心主义"。这些观点在最根本的理论问题上混淆了马克思主义同非马克思主义的界限，在学术研究和理论宣传中造成了混乱。我觉得这个意见说得很有道理。马克思主义是不能"多元化"的，马克思主义美学也不能"多元化"。如果像"实践存在论美学"论者那样，把"本体"换成"存在"，再从海德格尔的"启示"中开掘出所谓马克思美学思想的"存在论维度"，然后将早期马克思的"实践观"同海德格尔式的"存在论"结合起来，将美学的哲学根基转移到"存在论"上面去，进而声称是马克思主义美学中国化的"新发展""新成果"，这怎能令人信服、令人不产生怀疑呢？

客观地讲，从一般美学的意义上探索"实践存在论美学"是可以的，

---

① 《马克思恩格斯选集》第1卷，人民出版社2012年版，第157页。

是没谁去反对的。但是，"实践存在论美学"论者把这说成是"当代中国的马克思主义美学"，就值得怀疑和商榷了。"实践存在论美学"论者声言这个理论的贡献在于使马克思"存在论"思想在美学领域正式出场，并为"实践美学"的发展提供了一个新的理论基础，突破了"二元对立"的近代认识论思维框架，为马克思主义美学发展开启了一种崭新的可能性。别的不说，单说"存在""此在"本身，就不是马克思主义的提问方式。"实践存在论美学"论者抱怨批评者有个口头禅，即"就你是马克思主义，我们都不是马克思主义？这是在争夺话语权"。殊不知，这才是强词夺理的"此地无银"。谁是、谁不是马克思主义，不能"自封"，也不能"冒充"，那要让实践来检验的。至于说谁在"争夺话语权"，明眼人一看就了然，指桑骂槐、倒打一耙的手法是无济于事的。

我想提请注意这场争论的起源。这本是我指导的一位博士生在写毕业论文时，专门探讨了文艺本体论问题，他不赞成"形式本体""语言本体""情感本体""审美本体"及"实践本体"等说法。为了完成在校期间发表论文的要求，他把其中商榷"实践存在论"美学的部分整理出来，征得我的同意，并署上我的名字，交由《上海大学学报》发表了。这其中并没有任何所谓"上纲上线"的论述，只是指出"实践存在论美学"有挣脱唯物论、偏离唯物史观之嫌，学理上的成立性是不够的。可没想到，被批评者火冒三丈，怒气冲天、火星四溅地加以反驳，并组织一拨又一拨人尤其是自己的学生像"打群架"似的辩解、反攻。这种论争的态势也难说是正常的学术讨论了。

我一直以为，在当今马克思主义空气已十分稀薄的情况下，宣传假马克思主义，要比宣传非马克思主义，对马克思主义的健康发展更为不利。中外历史的经验，已经证明了这一点。我们必须维护马克思主义的科学性和纯洁性。在学术上，如果因为坚持科学的马克思主义观点而就被打上"僵化""极左"的徽章，就被视为"政治化"或"情绪化"，我非但不后悔、不介意，反而会引以为自豪和光荣的。哲人说得好：知识的问题是一个科学的问题，来不得半点的虚伪和骄傲，决定地需要的倒是其反面——诚实和谦逊的态度。[①] 我想，我们每一个搞马克思主义美学、文艺学研究

不倦的学术探索，坚定的理想信念

---

① 《毛泽东选集》第 1 卷，人民出版社 1991 年版，第 287 页。

的人，都需要抱持诚实、诚恳和敬畏的态度，自觉用对马克思主义著作是否"真学、真懂、真信、真用"这面镜子，来好好对照、省查一下自己。"回到马克思"，这才是端正学风的要招，才是克服浮躁心态的良药。我愿以此与美学、文艺学的同行和朋友们共勉。

陈飞龙：最近几年，您提出要大力改变只是"引进""复制"或"跟踪"西方文论的被动状况，反对我们的文艺学说只是拼凑和演绎国外的理论，提出要走出把我国的文论研究淹没在外来文论话语之中的尴尬局面。比如，您最近对文艺理论研究的"西马化"倾向就提出了批评，明确反对用"西马"来指导我国的文论建设。不过，"西方马克思主义"有继承马克思主义的方面，如它保持着对资本主义的批判精神。与其他西方文论观相比，它能尖锐地批判以资本逻辑运作艺术生产的方式，在这方面，"西方马克思主义"文论似乎还能为我们在市场经济条件下的文艺理论建设提供一些借鉴。也正因为此，您对"西马化"倾向的批评就容易遭到误解。譬如，您的批评会被简单地理解为"西马'非马'"，认为您否认了"西方马克思主义"是对马克思主义的继承和发展。那么，您对"西马化"倾向的批评是出于什么样的考虑呢？

董学文：我在20世纪70年代末就开始收集"西方马克思主义"美学、文艺学的资料，并在美学、文艺学的研究中借鉴"西方马克思主义"的思想和文论资源。80年代后期，我和陆梅林老师都在编辑整理"西马"美学方面的论述。有一次，梅林老师给我打电话，彼此交流工作的进展情况。他说，他的书名准备叫《西方马克思主义美学文选》。我说：哎呀，我现在的书名也叫《西方马克思主义美学文选》，咱俩重复了。他说：那怎么办？我说：没关系，您是老师，你就继续用这个书名吧，我再另起一个。结果，我就把书名改成了《现代美学新维度——西方马克思主义美学论文精选》。这两本书，先后在漓江出版社和北京大学出版社出版了。

我很重视"西方马克思主义"美学、文艺学的介绍和研究。但是，我至今不赞成把"西方马克思主义"同经典"马克思主义"画等号。这从"西马"的由来、"西马"的针对性以及"西马"的具体内容可以得到证明。"西马'非马'"的说法，当然有些简单化；但"西马'即马'"的说法，同样不妥当。"西马"是一个极其庞杂的系统，对其中哪些是"马"，哪些是"非马",哪些积极,哪些消极,一定要具体问题具体分析。如果把"西马""打包",一股脑地都作为马克思主义对待,那是不严谨、不慎重的。举例而言,你能一言以蔽之地说马尔库塞、弗洛姆、布洛赫的理论就是马克思主义的吗?你能毫无保留地说哈贝马斯和杰姆逊的理论就是马克思主义的吗?显然是不能够的。我们只能去仔细辨析,看他们的理论中有何种成分属于马克思主义,何种成分是非马克思主义。在中国的现实环境和理论环境中,再像西方学者那样,搞出多个"某某主义的马克思主义"美学、文艺学,这条路恐怕是走不通了。这种研究模式,表面上看是打开了思路,拓宽了论域,可在内里起的作用,确是对马克思主义灵魂原则和核心价值的消解与腐蚀。

从总体上看,"西方马克思主义"美学、文艺学有不少值得借鉴的地方,它是特定历史条件与文化境况下对美学和文艺学的阐释,其中对资本制度的艺术生产、人的问题和审美问题的批判分析,确有现实的参照意义。但不容忽视的是,像其他学科一样,"西马"美学、文艺学是打着"改造""纠正"或"批判"所谓正统马克思主义美学、文艺观面貌出现的。其内部派别林立,观念良莠不齐,且与诸种非唯物、非辩证思想有着千丝万缕的联系。个别的所谓按照马克思精神来对马克思主义美学、文艺观的"修正"和"创新",跟"唯心论"或"唯我论"对马克思主义美学、文艺观的批驳和贬损,没有什么本质的区别。因之,如果不采取鉴别、批判的汲取态度,而是照搬照转、遵循无误,那就会使我国的美学、文艺理论研究向西方现代美学、文艺学趋同,而不会逐步向马克思主义美学、文艺学中国化的方向靠拢。这样讲并不是要降低"西马"美学、文艺学的价值,只不过是指出它在当代中国社会文化语境下不可避免的理论命运。

我国美学、文艺理论界对"西马"的研究是有成绩的,拓展了理论研究的视野和深度,促进了多学科的交流与融合。但也无可否认,这其中确也存在一些明显的缺点和不足。这种缺点和不足,简单说来就是表现在"三多三少"上:对"西马"美学、文艺学直接引进、静态介绍的多,深入透析、价值评估、去伪存真的少;对"西马"美学家、文论家个别人物和个别问题研究的多,对"西马"美学、文艺学作为一个普遍现象和理论系统从宏观视角加以分析批判的少;对"西马"美学、文艺学同现当代西方美学、文论衔接和并轨的多,与经典马克思主义美学、文艺学衔接和并轨的少。

比如，我国文论界，这些年主要是在"审美至上""多元本体""泛意识形态化"和"人道主义"上花工夫，在其他方面的研究就显得异常薄弱。再如，试图沟通马克思主义美学、文艺学与文化人类学及存在主义的关系，但却丢弃了唯物史观和辩证法的基石。至于用是否有"对资本主义的批判精神"、是否能"批判以资本逻辑运作艺术生产的方式"来区别真假马克思主义，我看这就把判断的标准降低到空想社会主义和民主社会主义的层次了。马克思当年就批判了各种各样的所谓"社会主义"。有鉴于此，我国的美学家和文论家，应当注意在吸收"西马"美学、文艺学营养的同时，不能为了"吐故纳新"而走上丢却"老祖宗"的理论优势的路上去。这就是我反思美学、文艺学"西马化"模式的缘起和动因。以上意见不一定都正确，我至今也是一个"在路上"的思考者，把我的真实想法和感受说出来，期望得到你们的批评指正。

陈飞龙：在几十年的学术生涯中，您始终主张和维护马克思主义的科学性和指导地位，一直认为只有马克思主义才能使文艺理论成为严格意义上的一门科学。您也确实身体力行地把马克思主义的方法和观念贯彻到您的文艺理论研究的方方面面。您多次呼吁在经济全球化和多媒体时代要打造文学理论的"中国学派"，主张我国文艺理论要想发出自己的声音，拿出独特的创见，营造出有中国作风和中国气派的话语系统。您多次强调要切实加强文艺理论研究同生活实际和文艺实际的联系，切实加强文艺理论解决现实问题的能力，真正总结出有深度有特色的文艺理论的"中国经验"。为此，您在繁重的教学之余，勤奋写作，已有几十部专著、编著、译著出版，论文几百篇问世。可以说您现在已功成名就了，但您依然关注着我国的文坛和文论建设，笔耕不辍，听我的同事崔柯讲，您最近又在组织力量撰写多卷本的《马克思主义美学史》。说真心话，我从内心里佩服您对学术研究的热情和不倦探索，对理想信念的坚定执着。我们的访谈题目就起名为"不倦的学术探索，坚定的理想信念"吧。谢谢您接受我的访谈并讲了那么多有价值的意见和情况。再次感谢您。

建构文学理论科学学派

——文艺理论家董学文访谈

告别文艺理论危机　推进文学理论发展

金永兵（北京大学中文系教授）：前些日子，《文艺报》刊发了您和王元骧教授之间的两封通信，其中谈到当前我国文学理论研究已被逼入"绝境"，建议就此开展学术讨论，以振兴文艺理论事业。请您先谈谈当时是出于什么样的考虑？

董学文：客观地说，我国当前文艺理论研究比较薄弱，创新不足，后劲乏力，在学界不受重视，其自身水准距离时代和人民要求也相差甚远。为此，我撰写了《要高度重视文艺理论研究》一文，刊发在 2012 年 2 月 22 日的《文艺报》上。王元骧老师看到后予以鼓励，并在他给我的信中谈道："当今文艺理论研究受经验主义、实证主义、实用主义影响太深，文艺理论研究几乎被文艺评论所取代，对文艺理论本身也缺少正确看法，这是不利于文艺理论健康发展的。"对此我深有同感。可以说，长期以来我们对文艺理论的本性、功能及价值的理解是有不少偏误的，这在很大程度上限制了文艺理论作用的发挥。我认为现在到了改变这种状况的时候了。我们希望通过学术讨论，联系实际，深入分析，集思广益，总结经验，以提高文艺理论素质，切实解决一些基础性的文艺理论问题。正是带着这种期待和潜藏的忧虑意识，促使我们以发表通信的形式，来坦诚直率地引起学界对当前文艺理论状况的关注与思考。两封信 6 月 4 日刊发后，产生不小的反响，《文艺报》也陆续登载了一些参与讨论的文章。这说明我们提出的问题是切合现实状况的。文艺理论的"危机",本是这些年文艺理论研究中不断重复的话题。许多人认识到,形成这种"危机"局面的原因不单在理论本身,而是多方面原因造成的。别的不说,单说在西方各种理论思潮包围下出现的大面积理论播撒过剩、理论话语拥堵,而本土经验缺乏,这就偏离了文艺理论研究的目的与初衷,使它难以在具体的理论阐释和批评实践中奏效。如此一来,文艺理论陷入某种困境是必然的。

文艺理论陷入"危机",可以说是一种世界性现象。我国文艺理论的"危机",某种意义上是西方后现代"理论抵抗"思潮的辐射。从20世纪60年代开始,西方就有学者探讨文艺理论的"危机意识",并提出"理论无用"主张。我们当下的文艺理论研究明显受其影响。尤其是在倡导文化价值差异性、非同质及多元化的"后现代"理论背景下,有些理论有意迎合西方话语中"后理论""反理论""理论终结""理论死亡"等论调,这就不可避免地流露出一种理论末路的情绪。这中间其实是有不少误读、误解、思维惯性作用或逻辑错位的成分的。整个西方学界对理论的反抗和抵制,并非简单地否定文艺理论的存在及其功能,而是基于现实的变化在深刻反思文艺理论的价值与意义,在根据接受现状来调整研究的方法和理念,这与我们有些人采取虚无主义态度是不一样的。我们是在"取代",人家是在"阐发";我们是在"萎缩",人家是在"拓展"。这是不同的文艺理论生存生态。

面对这种"危机"意识和"反思"研究,我们本应从中获得理论的信心和动力,而不应是相反。再有,就是有人认为,西方不存在文艺理论学科,中国文艺理论学科的设置是从苏联那里学来的。言下之意,它无法与世界接轨,不具备存在的合法性。这是一种只知其一不知其二、缺乏历史常识的意见,对文艺理论的发展妨害颇多。这些乃是我们提出要抓紧进行文艺理论本性、功能、价值讨论的背景性因素。

金永兵: 具体地说,推进我国文艺理论研究的健康发展,您认为当前重点应当做哪些事情呢?

董学文: 这是一个长期的多方面的工作。当前,我认为至少要努力做好这样两件事:一是切实加强文艺理论研究同实际——生活实际和文艺实际——的联系,切实加强文艺理论解决现实问题的能力,端正学风,排除各种诱惑和干扰，真正总结出有深度有特色的文艺理论的"中国经验"。

无数事实表明，我们的文艺理论研究只有立足于实际，才能提出前人和外国人提不出来的东西；只有立足于实际，才能摆脱各种洋教条或土教条的缠绕和束缚；只有立足于实际，才能摒弃自说自话、故弄玄虚或"客里空"作风。许多人都说当下文艺理论存在着"被边缘化"的倾向，为什么会这样？我看，相当大的程度上是由于一些文艺理论缺乏真切的"中国概括"、缺乏解决本土问题的能力、缺乏价值观和历史观的内在一致性所造成的。我们的文艺理论要赢得信赖，获得威望，就必须在"中国化"上下功夫，这是文艺理论自觉和自信的首要条件。如果我们的文艺学说只是拼凑和演绎国外的理论，只是主观地脱离实际地编织各种好看的"理论花篮"，既无根须，也不"接地气"，那么这种理论注定是没有生命力的。因此，实现文艺理论的"中国化"，应当是理论家们首当其冲的选择。

我们须得对新中国成立后尤其是新时期以来的文艺理论演变状况，有一个深入、清醒、客观、透辟的了解，看哪些是实现了"中国化"的，哪些是没实现"中国化"的，从中找出我国文艺理论科学发展的路径和规律。这种研究是文艺理论研究不容忽视的一个重要方面。"真理是一个过程"。我们只有在反思的过程中，才能看清文艺理论运动的界碑和前景，才能总结出真正有价值的东西，才能在思想史和学术史的探讨中减少文艺理论现象化和平面化的毛病。

其次是要深入开展马克思主义文艺理论的研究，使它的指导和引领作用发挥到更加有效的程度，并把这作为推进文艺理论健康发展的动力之源。为何我要重申这个"老生常谈"呢？就是因为现实告诉我们，文艺理论上不时出现的一些偏颇和失误，出现的茫然与无措，大多是由于疏离或违背马克思主义基本原理造成的。马克思主义文艺理论研究之所以具有最大的科学性，就是因为它实现了"内部研究"与"外部研究"、"宏观研究"与"微观研究"的统一，它不仅仅是对某个问题的简单的阐释，而且能够从宏观上进行总体性的把握，对各种不同的理论形态和理论学说进行了历史的、批判的和科学的研究。因此，要使文艺理论走上科学的轨道，就需要有科学思想的指导，而这个科学思想只能是马克思主义，包括它的中国化的最新成果。

相当一段时间以来，马克思主义文艺理论是受到冷遇、疏远，处于萧条、淡化的境况的。在文艺理论界，不论是口头上还是背地里，有些人是不情愿承认马克思主义文艺理论的科学地位和学理价值的，是不愿意相信它对现代、后现代文艺现象同样具有阐释和批判功能的。有些人往往把它当作"遮羞布""调味品"或"挡箭牌"，只是虚伪地挂在嘴上或写在"序"里，而要真去实行那就是另一回事了；有的人干脆把它当作"陈旧"、"过时"的学说，混同于其他所谓文论"教条"，或丢到脑后或弃如敝屣；还有个别人，是说一套做一套，打着马克思主义旗号，却自觉不自觉地用一些非马克思主义或假马克思主义的货色来以次充好，以假乱真，美其名曰"融合""接轨""创新"，结果是使当代某些有其自身理论逻辑和理论指向或者理论价值并不高的西方文论肆无忌惮、无孔不入，对文艺理论的中国化和学科建设造成很大伤害。

坦率地说，我是不赞成让文艺理论经常地"转向""融合""换代"的。这不是拒绝理论的"创新"。不妨借用人类考古学的一个术语来说，我是主张文艺理论的演变应"连续进化、附带杂交"的。也就是说，它可以汲取外来营养，但本根的发展演化线条则应是绵延不绝、生生不息、不能中断的。环顾四周，能够科学地保持文艺理论连续性的哲学，只能是唯物辩证法和历史唯物论，其他学说是难以胜任的。我们承认"多元共生"的现实语境，但也要承认"一元主导"的必要性。否则，文艺理论的"众声喧哗"就势必使自身陷入更加软弱无力的境况。这或许是我反复强调要高度重视马克思主义文艺理论研究的一个原因。

金永兵：我知道您是很注重文学基本理论研究的，坚持不懈地进行探索，已经取得了很多成就。您能否根据您的体会，谈谈我们应当如何重视文艺理论自身质素的提升和理论思维品格的训练呢？

董学文：体会有一些，这里我只说一点，那就是要特别重视文学基本理论的研究，因为它是提高理论自身素质和锻炼思维品格的基石，而目前它又是文艺理论发展的一个"瓶颈"。任何文艺学的知识体系、思考方式、评价规范等等，都是在基本理论研究的基础上确立的。从一定意义上说，基本理论研究的水准决定着整个文艺学的水准，基本理论研究的成熟是文艺学学科成熟的标志。文学基本理论研究是难的，唯其难，才需要攻关。倘若文学基本理论搞不上去，要想文艺理论有个新面貌是不可能的。

无可否认，我们面对着文艺理论学院化、体制化的困境，面对着"文化工业""信息技术"的迅猛发展，面对着"消费意识"膨胀与传统跟现代的断裂，这给基本理论研究带来挑战和使命。可是，信奉解构主义和相对主义的学者，使文学理论成为"语言的游戏"和"能指的滑动"，不再关注价值和意义的生成，不再关注具体的文学创作活动，尤其是不再关注文艺学学科基础理论问题的探讨和研究。这就大大降低了理论介入现实的可能性，大大压缩了理论自身垦拓的空间，致使许多理论层面未能展开，不少问题未能得到很好解决。

只要我们不放弃文艺理论研究的人文追求和人文关怀，不在一些过度实用或枝节的问题上花工夫，具备现代思想史和文化史的视野，主动从事学科的基础性理论研究，注意厘清以往研究中的枝蔓芜杂成分和"忽悠"出的伪命题，通过对基本理论问题的反思和批判，不断推进和更新我们对文学本体、主体、客体和价值的理解和判断，更新我们的思维模式，那么，文艺理论研究就会越过表面热闹而实质浮躁贫乏的阶段，走上可持续发展之路，就会做出更多的贡献。

众所周知，文艺学是认知体系，不是知识体系，它是需要思辨、需要理论抽象的。它的性质不在于描述而在于建构与反思，在于提出问题、分析问题和解决问题，在于不停留在对"是什么"的说明上，而去追问"为什么"和"应如何"。所以，加强基本理论研究，对提高理论自身素质和增强思维能力都是关键的步骤。"理论只要彻底，就能说服人。所谓彻底，就是抓住事物的根本。"①老祖宗的这句话，用到我们文学基本理论研究上也是合适的。

重视理论推进　着力思想创新

金永兵：我从近 30 多年文艺理论运动的沿革上了解到，您始终非常注重理论的推进性探讨和创新性研究，始终坚持"接着说"，而不是"照着说"。您在多项理论问题上都有所建树，比如较早系统地研究"艺术生

---

① 《马克思恩格斯文集》第 1 卷，人民出版社 2009 年版，第 11 页。

产"概念及其理论;较早地全面梳理和开掘了马克思的美学思想系统;较早地提出创建文艺理论"当代形态"设想并努力加以论证,并结集出版了《走向当代形态的文艺学》(1989)和《文艺学当代形态论》(1998);用"五个W"的系统结构来构制新的《文学原理》(2001)教材;与同仁撰写了我国第一本文艺理论教材史著作《中国文艺理论百年教程》(2004);创建了"文学理论学"这门新学科并写出《文学理论学导论》(2004)这部专著;率先对新时期三十年文学理论的进程与问题进行反思性总结并出版《中国当代文艺理论(1978—2008)》一书;较早编选了"西方马克思主义"美学文选,等等。您已有专著、编著、译著几十部、论文几百篇问世。总之,您的学术路径和学术风格是很有个性、很引人注目的。您能谈一谈从事文艺理论研究方面的甘苦和体味吗?

董学文:我的这些研究,得益于新时期的改革开放和思想解放,得益于时代的进步和形势的需要。我在教师岗位,深知教学和科研必须跟上时代步伐、响应现实呼唤才有理论前进的动力。不过,我的所有研究有个特点,亦可说有条主线,那就是不论什么时候、不管面对什么境况,我都力求用科学的思想方法和科学的观念理念来探讨、解决文艺理论实际问题,努力在研究、阐释和建构中实现对文艺理论的科学性诉求。我有个原则:绝不"跟风",绝不"趋时",绝不"左顾右盼",也绝不"轻信迷信"。"咬定青山不放松","任尔东西南北风","我从科学路径行"。即使一时不"风光"、不"时髦",也不摇摆松动。

比如,20世纪70年代,一些人将经典作家的几封信和几篇短文当成马列文论的基本素材,过度阐发,形成教条倾向,我就潜心阅读大量经典作家原著,然后用"海水煮盐"的办法将其文艺与美学思想蒸发出来,撰写了《马克思与美学问题》(1983)一书,颇受好评,第一版就印了5万册。再如上世纪80年代,有人提出所谓"文学主体性"理论,甚为流行,热捧如潮,我通过仔细分析研究则认为,这是典型的主观唯心论主张,于是就学习《反杜林论》的手法,写了一部26万字的著作《两种文学主体观》(1992),对其加以批驳、透视和辨析。

再如21世纪以来,有种"反本质主义"思潮,认为文学理论已在"衰败""死亡",正被"文化研究"和"文学批评"所取代。我觉得这种"后现代""解构"见解虽属新颖,但毕竟不符合事实,既曲解了文学理论的本性，也搅乱了文学理论的应有秩序，于是，我就决定把文学理论作为一门学科的研究对象，为此给博士生开设"文学理论的理论"课，并将其讲稿整理成《文学理论学导论》（2004）出版，力求通过对文学理论性质、要素、范式、特征、话语方式、活动法则等的揭示，找出文学理论存在的理由及其运动法则，以回应各种对文学理论研究的奚落和嘲弄。新时期三十年是一个重要节点，如何看待这 30 年来文艺理论的演变、转型和脉动，众说纷纭，尤其是有人喜欢把一条并非正确的链条描绘成改革开放以来文艺理论的主要成就，这就颠倒了是非曲直。基于此，我组织研究力量爬梳材料，对比分析，拨乱反正，正本清源，贯彻科学理念，最终写出了《中国当代文艺理论（1978—2008）》一书。

说到这里，你心里肯定会有个疑问，即我所说的"科学的思想方法和科学的观念理念"到底指的是什么？其实，这个答案很简单，指的就是马克思主义，就是辩证唯物主义和历史唯物主义。理由也很明了，那就是只有马克思主义才能使文艺理论成为严格意义上的一门科学。基于这个认识，我力图把这一方法和观念贯彻到文艺理论的方方面面，使之真正成为文艺理论研究的"显微镜"和"望远镜"。我有个不成熟的看法，那就是我们常说的学理原则与马克思主义原则之间不是"二选一"的关系。如果我们不能把这两个原则统一起来、结合起来，那么我们的文艺理论在哪个方面都难以取得大的进展。

在文艺理论研究中，有人提出既要坚持马克思主义原则，又要坚持学理原则。这种提法表面上面面俱到、照顾齐全，可它给人的感觉是马克思主义只是一种意识形态性的立场观点，并不包括学理的原则在内，好像从事文艺理论研究还需另备一套原则。这种提法显然是似是而非的，因为它违背了经典作家的一贯忠告："马克思的整个世界观不是教义，而是方法。它提供的不是现成的教条，而是进一步研究的出发点和供这种研究使用的方法。"① 换句话说，马克思主义就是科学，而科学是内含有学理原则的。如果把马克思主义原则和学理原则人为区分开来，那么写成的文学理论与马克思主义之间一定是"油水"关系，其结构也注定是"牛蹄子——两瓣"。我知道自己在体现马克思主义精神方面做得也并不都好，我只是

① 《马克思恩格斯文集》第 10 卷，人民出版社 2009 年版，第 691 页。

从"甘苦和体味"角度来谈点看法。你刚才说我的理论研究有"风格"、有"个性"、"引人注目",大概也主要是指这些吧。

建构文学理论的中国学派

金永兵: 你的看法很有启发性。与刚才谈到的学术个性和风格有一定关联,您多次呼吁文学理论上要有"学派意识",要打造文学理论的"中国学派",要对文学理论学派进行考察和研究,要开展学派之间的竞争和竞赛。这说明您有更深层次的考虑,说明您对文学理论的研究途径是看得很重的。您能不能谈谈有关这方面的一些想法?

董学文: 我认为学科中的"学派",既是理论发展的平台,也是理论推进的引擎。有了学派,才能"百花齐放";有了学派,才好"百家争鸣";有了学派,才会克服陈陈相因的看法;有了学派,才能克服"宗派"或"门派"的影响和纠缠。尤其是我们面临着全球化和多媒体的时代,我国文艺理论要想发出自己的声音,拿出独特的创见,就必须展示出各式的"中国学派",营构出有中国作风和中国气派的话语系统。我国文学理论要获得与世界对话的主体身份,就得大力改变只是"引进""复制"或"跟踪"的被动状况,就得超越总是淹没在外来文论话语之中的尴尬局面。

我国的文学理论正处在一个急剧分化和重新整合期,汲取外来文论的合理成分,在某些层面与世界文论接榫,这是需要的。但这中间不能缺少我们独立的思考和自主的鉴别,不能缺少自己的分析、判断、选择和扬弃。我们要学会发现文学理论的"中国问题",形成文学理论的"中国范畴",展示文学理论的"中国表述",这就需要拿出建设自己文学理论学派的自觉和自信。只有这样,我们中国的文学理论才能在世界上占有一席之地。据我观察,如果我们在交错共响的混乱争辩中进行大致的分类梳理,那么这几十年可以说我国文学理论界还是形成了学派萌芽或雏形的,比如"唯物派""实践派""审美派""科学派""形式派""否定派""宏观派""生态派",等等,可以大致找到这些学派的代表性人物和代表性作品。不过,仔细分析起来,尽管各派观点鲜明、立场各异、态度笃定,但组建理论学派的意识还相对比较薄弱,学派内部的理论要素还不够完整,因之我将其称之为"雏型"或"萌芽"。但我相信，随着各派理论的深化、体系的完备、学说的连贯和稳定、核心范畴的突出和明确，我国各文学理论学派之花竞放的局面是会形成的。

金永兵：我知道，您一直为建设中国文学理论的"科学学派"而努力，为此您花费了大量的心血和精力。您仿佛是在自觉地通过展现"科学学派"的面貌，来使自己的理论同其他学派区别开来。我想询问并十分关心的是，您为什么将自己这派定为"科学学派"？这一学派的独特性主要表现在哪些方面？

董学文：文学理论同哲学有近似性，那就是它也是自己时代精神的精华。我一直以为，文学理论倘不能成为当代文学和社会的呼吸，不能传达对文学命运和隐痛的思考，不能对有碍审美或积极功利的理念与手法发出警告，那么这样的理论是不配称为文学理论的。我倡导的所谓"科学学派"，简单地说就是力争使文学理论成为一门科学的学派，就是力争实现文学"自律性"和"他律性"内在统一的学派，就是力争使文学理论更加符合变动中的文学实际的学派。如果换个角度，也可以说就是一个为追求文学真理而注重理论反思的学派。它不是"唯科学主义"，而是力图透过科学性的诉求，走向一种更高层次的坚持和还原，走向一种更加自觉的突破和创新。文学理论界多年来有种意见，认为文学理论既不是社会科学，也不是人文科学，而只是一个人文学科，应当像进行小说、诗歌创作一样来从事文学理论写作。还有种意见认为，文学理论的目的不仅在"求真"，而且还要"求美"。这些意见，乍一看是思想"解放"了、精神"自由"了，无拘无束了，可它却混淆了"文学"和"文学理论"的界限，让理论的科学性诉求荡然无存。我是不赞成这种意见的，至少认为它对文学理论建设是没有多少好处的。

文学理论的"科学学派"，主张要把文学理论当作一门科学来看待，要去认真严谨地研究它，要承认"科学本性乃是文学理论学科安身立命之所在"。文学理论研究倘若到了"想怎么说就怎么说"的地步，那它应有的本真价值就注定会丧失。文学理论可以写得很漂亮、带诗意，但它探索和揭示文学本质及其运动规则的宗旨却不能改变。文学理论当然也涉及"审美"问题，但那同自身"求美"绝非一回事。如若不把文学理论看成一门"科学",那它只会继续保持其越来越不受重视的命运。

文学理论"科学学派"是重视基础理论研究的,把基础理论研究看作是学派建构的基石。而在基础理论研究中,又一向把概念、范畴、术语的研究即所谓"关键词研究"放在突出的位置。这是因为它认为文学理论新范式的出现不是自由选择的结果,而是基础理论研究取得重大进展的产物。因之,"科学学派"主张一方面要面向文学实际,一方面也要面向理论实际,注意回到基本范畴,抓住基本问题,靠理论、实践自身内涵和逻辑产生的张力,来孕育出文学理论学理推进的动能。

我常讲,文学理论不是庞杂炫目的"知识箩筐",不是口味丰富的"水果拼盘",它应是一种带哲学根底的研究文学问题的方法论"工具"。正因为"科学学派"强调其理论的科学性,所以它必定要注重对文学理论本身的解剖和反思,认为这是关涉到学科定位和正常发展的不能绕过的课题;同时,它也必定要注重对文学理论学科进行专心致志的建设,认为这是克服精力分散的教训、提供新鲜成果的保障。譬如说,对文学理论的"历史性"和"本体性"问题,对文学理论的"现代性"和"后现代性"问题,对文学理论的"实用性"和"非实用性"关系问题,对文学理论中"反映""反应"与"审美"的关系问题,对文学理论中"经验"因素和"逻辑抽象"的关系问题,以及对文学与文学理论价值成分移动的问题等等,就格外需要关注和研究。

我认为,文学理论"科学学派"应该比任何其他学派都更重视"文学理论史"的研究。这是因为它相信"历史就是我们的一切",相信"历史的启示"作用。我常常提倡文学理论研究要向中外文学史研究的方法和技巧学习,对待文论家、文论成果及其理论发展,要像文学史家对待作家、作品与文学的发展那样去细致探讨和深入开掘。只有有了好的"文学理论史",文学理论的建设才会有希望。眼下,要特别注重总结新中国成立以来尤其是新时期文学理论的进展、经验和教训,准确客观地评价各阶段的基本状况,努力找寻和发现我国文学理论演变和拓展的客观规律。这是时代赋予我们的不容推卸的责任。只有在反思和推进中,我们才能预见到理论的未来;只有在反思和推进中,才能防止出现"打着新旗帜、播撒旧思想"的毛病。

文学理论"科学学派"也是不赞成相对主义立场的,主张对各种研究要有自己鲜明的理论判断。别的不讲，就拿人性论、人道主义问题来说，目前存在"普遍人性的本质主义观念"，亦称"广义的人道主义人性观念"，也存在"历史主义的人性本质观念"，到底哪种观念科学、合理呢？"科学学派"显然主张后者。因为探讨人性本质，如能始终从人的社会实践及其历史进程来加以理解，而不是抽象地去想象和假设某种确定不变的东西，如能对人性的变迁和异化现象始终坚守一种历史的批判态度，那么，这种"人性观"、这种"历史人道主义"才符合实际，才符合科学原理。

再如，研究中外文学理论史，"科学学派"主张把它写成既是文学理论的，又是有清晰脉络和有历史感的，而不能只是作者和作品串联起来的"糖葫芦"，更不是五花八门的"大杂烩"。我们出版的《西方文学理论史》（2005年，北京大学出版社），就是力图这样做的。总之，既然是文学理论的"科学学派"，那就应该以追求"科学"为本分，不能大而化之、人云亦云，就不能对一些问题浅尝辄止、模棱两可。

这大概就是文学理论"科学学派"独特性的一些表现吧。

关于建构发展 21 世纪中国马克思主义文艺学的几个问题

——北大中文系董学文教授访谈

万娜（华中师范大学文学院副教授）：董老师，您好！我发现您最近提出要"构建21世纪中国的马克思主义文艺学"，是什么原因促使您提出这一设想的？

董学文：随着时代的进步，我认为马克思主义文艺学发展到今天应该有一个新的面貌了。毫无疑问，马克思主义文艺学还活着，还有旺盛的生命力，但同时它也存在一个将来如何发展、向何处去的问题。当我思考这个问题的时候，见到习近平同志在中央政治局第二十次集体学习时强调："要根据时代变化和实践发展，不断深化认识，不断总结经验，不断实现理论创新和实践创新良性互动，在这种统一和互动中发展21世纪中国的马克思主义。"这个提法，对我很有触动。联系到习近平在文艺工作座谈会上的讲话，我想，既然理论创新和实践创新的良性互动中可以发展"21世纪中国的马克思主义"，那么为何不可以在这种良性互动中发展"21世纪中国的马克思主义文艺学"呢？马克思主义文艺学说也是马克思主义完整学说不可或缺的一部分啊。于是，我写了《构建21世纪中国的马克思主义文艺学》一文，发表在今年《中国高校社会科学》第4期上。我认为，"21世纪中国的马克思主义文艺学"正是中国文艺学的未来。这就是我提出这一设想的缘起。

万娜：您在论述中提到，"21世纪""中国的""马克思主义"是三个不同界定角度，您能具体谈一谈这三个关键词的实际含义吗？

董学文：这三个关键词，本身并没有特殊性，但将它们连在一起，并用来界定文艺学，那就有了形态学意义上的价值。"21世纪"是个时间概念。这个世纪与以往世纪的确大不相同，全球地缘政治版图大幅调整，科技信息产业突飞猛进，文化欲求普遍高涨。21世纪以来中国的社会也呈现出许多新特点，它既有同世界其他国家同步发展的共性，也有独具的卓尔不群的个性，中国文艺形势和面貌也发生了很大变化，这些时代特征是不能忽视的；"中国的"是空间与地域概念，也是主体属性的概念，它表明这种理论不是西方化的，而是同本民族优秀文化传统和原创精神有着血肉联系的。我们建设新文艺学，不能闭门造车，也不能照抄别人，而应在充分调查研究的基础上进行创造。文艺学的正确道路，从来是深埋于国情土壤之中的，要把它找出来，就须从深入了解和研究国情开始；"马克思主义"则是本质属性概念，用以区别于其他流派的学说，同时也表示它不是"西方马克思主义"，也不是"后马克思主义"。这三个词，可以说全方位地规定了中国马克思主义文艺学的未来。这三个关键词同文艺学结合在一起，势必决定它将是一个新的文艺理论的形态。

万娜：那么，"21世纪中国的马克思主义文艺学"与先前的"中国化马克思主义文艺理论"有什么不同呢？

董学文：严格说来，"21世纪中国的马克思主义文艺学"是"中国化马克思主义文艺理论"的一个发展，它们在实质上是一派相承、与时俱进的。但是，必须看到，"中国化马克思主义文艺理论"是会不断改变自己的形态的，它一定要随着实践的发展而发展，不可能停滞不前。习近平讲要"发展21世纪中国的马克思主义"，其中就包括从内涵和形态上推进马克思主义的意思。我们的马克思主义文艺学建设，当然也应该如此。从这个意义上讲，"21世纪中国的马克思主义文艺学"，同以往的中国化马克思主义文艺理论，主要是一种理论侧重与形态转型上的区别，是发展不同阶段和特征的区别。

万娜：我注意到，您文中采用的是"中国的马克思主义"而不是"中国化马克思主义"来规范文艺学。这两种提法有何差异？

董学文：在我看来，"中国化"是指被中国所承继和化用，"中国的"

是指由中国所发明和创造；"中国化"更强调原有理论同本土实践的结合，"中国的"则强调对原理的生发和原创。我们都承认，马克思主义文艺观在中国，经历了一个"融入"和"提升"的过程。先是使它在中国具体化，按照中国特点去应用，带上中国特性，继而使自身的丰富实践经验马克思主义化，并创造出一些新的东西。我们提"21世纪中国的马克思主义文艺学"，就是想指出，到了21世纪的今天，马克思主义文艺理论应当从逐步"中国化"的阶段迈向"中国的"的阶段，从而实现一次理论境界的升级和飞跃。或者说，我们不仅要实现马克思主义文艺理论与中国革命文艺实践的结合，实现文论的民族化形式，而且还要有自己的理论贡献、理论创造，有更多的属于中国人自己的马克思主义的东西。质言之，用中国理论回答中国问题，用中国话语解读中国道路，让马克思主义说汉语，让它更好地适应新实践对理论提出的新要求。"中国化"和"中国的"，虽一字之差，但它们的创造性含金量是不同的。"中国化"与"中国的"，两者固然有内在关联，但彼此确有理论生长状况与形貌上的差别，后者应是在结合基础上更高层次的理论升华。倘若举例来说，我认为毛泽东文艺思想即可说是"20世纪中国的马克思主义文艺学"，因为它确实把马克思主义文艺理论在中国发展到了新的阶段。

万娜：您认为现在有"21世纪中国的马克思主义文艺学"吗？

董学文：你这个问题提得好，我也在思考这个问题。对这个问题的回答当然要实事求是，不能简单化，也不能以意为之。我初步认为，以2014年10月15日在文艺工作座谈会上讲话为中心的习近平关于文艺工作的重要论述，即可说具有"21世纪中国的马克思主义文艺学"的色彩和成分。为什么这么说呢？因为它以马克思主义的立场和方法，集中提出并开创性地解决了许多只有到今天才能提出和解决的文艺理论问题。可能你也注意到，我提的口号是"构建和发展21世纪中国的马克思主义文艺学"。那么也就是说，它还不是一个现成的、固定的学说，还需要集体的力量，还需要加以"构建"和拓展。而这恰是当今马克思主义文艺理论工作者的使命和责任。在这方面，有些领域的见解值得关注。比如，有学者认为："'四个全面'战略布局是21世纪中国马克思主义发展的新成果，也是马克思主义'化中国'和'中国化'历史地、辩证地发展的生动体现。"①这为我们认识"21世纪中国的马克思主义文艺学"也提供了思路。

万娜：你认为"构建和发展"21世纪中国的马克思主义文艺理论应该主要做哪些事情呢？

董学文：我觉得基本上主要是做这两方面的事情：其一，是进一步对马克思主义原典进行结合时代需求的深度开掘。这方面，我们一直做得是不够的。那种疏离马克思主义原典的马克思主义文论研究，往往事倍功半；那种随意将马克思主义文论同各种西方学说"融合""嫁接""拼凑"的做法，极易适得其反；那种图解概念、不是基于扎实文本和理性研究所做的阐释，多成过眼云烟。马克思的理论言说，依然是诠释当代文艺现实的最重要的维度，依然具有指导和参与当代文艺现实"塑造"的功能。这是不争的事实。其二，是根据现实需要总结半个多世纪以来正反两方面的经验教训，既构造一个合理的理论框架，又努力回应与之相悖的一系列观点，这样才能具有较强的说服力。中国艺术研究院的崔柯博士曾经对我说："'21世纪中国的马克思主义文艺学'目前还不是一个成品，应当先对这一理论形态的体系、架构、关键概念、范畴和所针对的现实问题等，做明确的界定，有个大致的轮廓，这样才好处理同历史上马克思主义文论其他形态（如经典的、中国化的、国外的）的关系及其效力。"他还说："'21世纪中国的马克思主义文艺学'所针对的不仅是马克思主义文论内部的问题（这当然是个起点），而且是在扬弃自身诸种历史形态之后生发出的一个能够超越当前其他文艺学范式的'当代形态'，因此，其建构似应放到当前整个文艺理论格局当中，消化、处理整个文艺学面对的理论和实践问题，在大格局的竞争中树立起自身的公信力。"我认为他的意见是有道理的。

万娜：我觉得你们的设想有一股"总结历史，开辟未来"的味道。在这方面能否再具体地谈一下？

董学文：在文艺理论建设上，我们反对历史虚无主义，不赞成把以往马克思主义文艺理论的成果一页一页地任意掀掉。我们同时又承认马克思

---

① 顾海良：《让世纪分享马克思主义理论成果》，《光明日报》，2015年10月8日。

主义文艺理论是一个还在发展的学说，它需要在批判和实践中不断为自己开辟前行的道路。因之，倘若建构马克思主义文艺理论的新形态，就需重点清理、继承和光大20世纪优秀的文论遗产。只有对20世纪的进步、革命和社会主义文论的历史合理性进行确证，又严肃回应对20世纪文论史上一系列的误读甚或恶意篡改的思潮，拨乱反正，正本清源，扫除阻碍文艺理论发展的思想障碍，才能筑牢"21世纪中国的马克思主义文艺学"的根基。也就是说，在大的宏观的目标下，要把构建"21世纪中国的马克思主义文艺学"的一系列命题细化，这样才能避免空洞、空泛的毛病。对待文化传统也是如此。记得黑格尔说过：传统不是一尊不动的石像，而是生命洋溢的，有如一道洪流，离开它的源头愈远，它就膨胀得愈大。今年是新文化运动100周年，学界对新文化运动存在一种"去政治化""去革命化"的态势，这就将其历史意义给遮蔽了。对此应当进行清理，这也会成为建构"21世纪中国的马克思主义文艺学"的一个部分。再如，当今文艺界流行以一些西方概念将文艺理论"中性化"的现象，习惯用"审美性"或"艺术性"消解意识形态性，以所谓"公民性""个人性"消解"人民性"等，这些都是需要反思的。"21世纪中国的马克思主义文艺学"，只有对理论和批评上的一系列流行概念、范畴和思潮加以厘清，并找出其背后的历史和文化根源，才能在此基础上建立起一种新的理论范式来。

万娜： 刚才您提到"人民性"，我认为这里的"人民"，是个内部结构比较复杂的概念，不同社会处境中的"人民"对社会现实的理解、对文学中的真实与虚构的理解是不尽相同的。但是，"人民性"又是中国的马克思主义文艺学十分重要的特质，诚如您所说，它是一个满足中华优秀传统文化与马克思主义文艺学DNA的范畴。在"人民是文艺创作的源头活水"的文学观中，在"历史的、人民的、艺术的、美学的"批评标准中，这里的"人民"都该如何去理解呢？另外，"西方马克思主义"往往给人以审美批判和救赎的印象，这使得处于不同社会阶层的人们可以在文学批评中想象以一己之力睥睨整个社会意识形态，可能这也是"西马"在国内颇受青睐的原因之一。那么，"21世纪中国的马克思主义文艺学"有没有能够照顾到人民的这种批判需求的层面，如何在中国的马克思主义文艺学中笼统地说"人民"或"人民性"的同时，兼顾"人民"内部结构的多样性诉求呢？

董学文：这个问题提的很有深度。无疑，在唯物史观那里，人民，只有人民才是创造历史的动力。马克思主义文艺观中的"人民"，当然是指最广大的人民群众。"为人民"之所以成为马克思主义文艺学的DNA，就是因为它的思想内核与根本使命，是要随着时代进步不断给广大人民群众争得更多更大的审美享受和艺术权利。人民群众应成为文艺的服务对象、力量之源和行为主体，这一点对马克思主义文艺学来说是不会变的。"人民"的结构和成分会日益多样，其范围也会不断扩大，但它的作用和功能是历史规定了的。马克思主义主张"在人民的历史创造中进行艺术的创造，在人民的进步中造就艺术的进步"，这正是社会主义文艺同封建文艺、资本主义文艺的本质区别，也是马克思主义文艺观同"想象以一己之力睥睨整个社会"的个人主义文艺观的实质差异。这同照顾人民的批判需求是不矛盾的，不但不矛盾，反而正是这一点开辟了人民批判需求的新视点和新天地，因为它把精神和审美的批判同社会和历史的批判统一了起来。马克思主义文艺理论正是考虑并兼顾了新时代的"'人民'内部结构的多样性"，才使得"人民"的内涵得以落实，"人民"内涵的演化得以体现。此外，文艺为人民服务的思想，所以对"21世纪中国的马克思主义文艺学"依然具有核心和现实的意义，那还同近二三十年文艺创作渐渐偏离这一导向不无关系。由于受到抽象人性论和资产阶级人道主义思想的影响，文学创作不再关注人民的生活和感情，而是和消费主义结合在一起，一味宣扬欲望的现象很普遍。对于这种文艺观，我们是应该进行辨析的；对于现代以来的人民文艺的脉络，我们也是应当进行梳理的。这样，对"人民性"内涵和外延才能得出科学的结论。

万娜：那么，您在建立"21世纪中国的马克思主义文艺学"构想中，准备如何处理与中华优秀传统文化和中华美学精神的关系呢？单从字面上看，中国马克思主义文艺学中的原创命题、范畴和观念中，有一部分是同中华优秀传统文化联系在一起的。目前我国马克思主义文论领域有哪些可称得上是烙有传统文化印记同时又符合马克思主义美学精神的原创命题、范畴和观念呢？

董学文：这更多地关涉到新文艺学构想中的"中国的"部分。我还是相信那句老话："离开中国特点来谈马克思主义，只是抽象的空洞的马克思主义"。因之我认为，若要使马克思主义文艺学在中国具体化，就必须使其在每一环节、每一表现中都带着中国的特性，这是中国马克思主义文艺学的天然要求。推进文论体系和话语创新，就必须着力解决用中国理论来解读中国实践、回答中国问题。习近平说，"中华优秀传统文化是中华民族的精神命脉"，强调要"传承和弘扬中华美学精神"，都是同主张按照中国特点去应用和发展马克思主义分不开的。习近平提出对文化遗产要实现"创造性转化、创新性发展，使之与现实文化相融相通"，我理解主要是要赋予传统文化以新的时代内涵和新的表达形式，让传统文化发挥能动的、"返本开新"的激活功能，希望通过转化和创新重塑符合21世纪中国马克思主义观的新理念。总而言之，是要推动传统文化自觉参与现代社会的发展实践，使之上升为艺术生产中的一个正能量的因素，成为像真理一样的一个流动过程，而不是对过时的、丧失生命力又缺乏实践根基的旧文化形式简单地"续命"和"招魂"。而且这种传统，是包括"五四"以来的革命文化传统在内的。新时代马克思主义文艺学指导力和阐释力的升华，根本上是源于新的实践的发展。推进"21世纪中国的马克思主义文艺学"的学术原则，可以学习借鉴其他学科的经验，例如"马学为体、西学为用、国学为根，世情为鉴、国情为据，综合创新"。这种"综合创新"，为的是形成富有时代精神、中国风格、中国气派和中国特色的马克思主义。这对建构"21世纪中国的马克思主义文艺学"，也有一定的借鉴意义。也就是说，要打破"西优中劣""以西释中"等思维定式和论述习惯，又不是简单地回归经典，回到老命题和老范畴，而是紧贴时代，视野宏阔，体现出马克思主义的勃勃生机。至于"文论领域内有哪些可称得上是烙有传统文化印记同时又符合马克思主义美学精神的原创命题、范畴和观念"，我看，毛泽东和习近平的许多文艺论述就提供了不少范例。

万娜： 您刚才说，以文艺工作座谈会上讲话为中心的习近平关于文艺工作的重要论述，具有"21世纪中国的马克思主义文艺学"的成分和色彩。这个判断是基于怎样的分析和理由？

董学文： 我的意思是，习近平近年发表的一些文艺论述，既反映了时代需要，回应了时代主题，把握了时代精神，又突出了中国元素和中国特色，因之我们可以说，从中窥见到了"21世纪中国的马克思主义文艺学"的胚胎、雏形和萌芽。或者说，它预告和展示了未来中国马克思主义文艺理论的发展路径与方向。具体理由是，其一，讲话提出了许多只有到今天才能提出和解决的文艺理论与批评的问题，充满着浓郁的时代氛围；其二，讲话揭示了中国优秀传统文化在文论碰撞和文论建设中站住脚的根基作用，始终跳动着民族精神的脉搏；其三，讲话贯穿着唯物史观和辩证法，在马克思主义文艺学的谱系中具有赓续和推进的双重效果。毋庸置疑，讲话认准了马克思主义文艺观的宗旨，认准了人民群众对文艺的热忱期许，以现实依据为起点，以历史根由为逻辑，以人民主体价值为取向，从马克思主义文艺理论发展和中国文艺现实发展的两个维度交集中聚焦思考，从宏观的战略高度谋划布局，的确把中国化马克思主义文艺理论提升到了新的阶段。正因如此，我想，我们有理由说这个讲话具有指引建构"21世纪中国的马克思主义文艺学"的示范意义。

万娜：我很想知道，习近平文艺工作座谈会讲话的哪些命题可能会构成"21世纪中国的马克思主义文艺学"的一些层面？

董学文：简要地说，譬如，文艺同"实现'两个一百年'奋斗目标、实现中华民族伟大复兴的中国梦"的关系；文艺如何变得更有筋骨、更有道德和更有温度；文艺怎样反映好人民的心声并把人民作为主体来加以表现；文艺如何引导人们树立正确的历史观、民族观、国家观、文化观，增强做中国人的骨气和底气；文艺理论怎样汲取传统文化和美学的营养，在未来理论建构中发挥更大的作用；制约文艺创作"高峰"的因素是哪些，创作"高峰"的出现如何成为可能；市场经济条件下文艺如何不沾染铜臭气、不当市场奴隶，处理好艺术生产和市场机制的关系；互联网环境和互联网思维境况下文论和创作如何拓展与更新；如何克服"以洋为尊""以洋为美""唯洋是从"的弊端，坚定理论的自觉和自信；文艺作品怎样挣脱"去思想化""去价值化""去历史化""去中国化""去主流化"的思想桎梏。习近平对"五去"现象的论述，让人想起了毛泽东在延安文艺讲话中对当时"一些不正确的观点"的辨析。"五去"问题的提出，反过来也让我们看清今后文艺理论建设在思想性诉求、价值观维护、历史意识张扬、民族风格建立以及保持主流态势等方面所面临的挑战和任务。这些任务，对马克思主义文艺学来说都属于具有紧迫性和现实感的新课题。

万娜： 我理解提出构建"21 世纪中国的马克思主义文艺学"是有现实针对性的。您能概括地谈一谈提出这种理论构想的实际意义吗？

董学文： 首先，可以说这是对习近平提出"发展 21 世纪中国的马克思主义"号召的回响。文艺理论建设应该纳入这个轨道，并为此做出自己的贡献；其次，这种构想的实现可从根本上扭转多年来文艺理论建设总是跟在西方文论后面跑，把别人的学说视为圭臬、当成自家理论延伸的被动局面；复次，它可改变长期以来马克思主义文论被冷落、被扭曲、被边缘化和污名化的状态，重新焕发出生机与活力；再次，它可通过合理转化本民族的文化遗产来创造一种新的文论话语方式，提升中国马克思主义文论的尊严和阐释能力。总之，提出这一构想，主要是重建我们的文论理想，加强马克思主义文论学术话语体系的建设，解决"文艺理论学科到底应该怎么办"的问题。我一直以为，学科的本质是学术与学理，没有学术和学理的学科，终究是不完整和不完善的。我们要防止告别文艺理论的倾向，防止孤心执意地让文艺理论向具体文艺批评或文本结构学发展的倾向，真诚呼唤马克思主义文艺学繁荣和复兴。建设和发展"21 世纪中国的马克思主义文艺学"，是我国文艺理论工作者的重要任务和神圣职责。我们要相信："我们也是站在'当代文化的顶点'上"。我们一定会用充满创造力和清晰度的马克思主义文艺学的新形态，去填补文艺理论多元坐标系上的中心地盘。

万娜： 我看到一幅光明的文艺理论蓝图。谢谢您接受我的采访。

树立文化自觉与自信的理念

——访北京大学教授董学文

殷燕召（《光明日报》记者）：当前关于文化自觉和文化自信的讨论很多。学界和理论界提出许多有益的看法，这对问题的深入是有好处的。您认为文化自觉和文化自信主旨是什么？它都应当包含哪些具体的内容？

董学文：文化是一个大系统，人类活动就是在文化的大系统中进行的。我们如今谈论文化自觉和文化自信，其目的就是要寻求在文化体系的活动中有清醒的认识和理性的态度，把牢社会主义先进文化前进的方向。所谓文化自觉，指的是对文化在历史进步中的地位和功能有深刻的认知，包括对文化发展规律和趋势有科学把握，对发展文化的社会与历史责任有主动担当；而所谓文化自信，则是我们对自己的理想、信念、学说以及优秀文化传统有一种发自内心的尊敬、信任和珍惜，对当代核心价值体系的威望与魅力有一种充满依赖感的信奉、坚守和虔诚。在新的历史条件下从事文化建设，只有具备了自觉和自信，我们才能有探索的勇气，创新的精神，才能始终如一地坚持正确的导向。

殷燕召：文化的发展与社会的发展有着密切的关系。您认为当前我们特别强调增强文化自觉和文化自信的意义何在呢？

董学文：中华民族的伟大复兴，注定伴随着中华文化的繁荣昌盛。这是社会的期待，也是历史的必然。回顾近百年中国新文化的发展历程，不难发现，以思想文化上的觉醒和自信来把握方向，凝聚力量，推动进步，这是一条十分清晰的主线。无论是革命战争年代还是建设与改革时期，我们高举先进文化的旗帜，紧密结合时代条件，阐明自己的目标和纲领，制定切实的政策和策略，为伟大祖国屹立于世界民族之林做出了可歌可泣的贡献。纵观现当代思想文化史，可以说，在文化问题上的自觉与自信，正是我们的优势和法宝，是我们文化运动的极其显著的特征。

实际上，社会的发展最终是要以文化的进步来体现的，文化的繁荣也是社会发展的标尺。从某种意义上讲，文化处在社会发展战略的轴心位置，经济、政治、社会、教育、科技发展战略，都应围绕于文化这个轴心而展开。由于文化具有极强的渗透性，它像空气一样无处不在，润物无声，所以，它对历史、现实和实践的影响也持久而顽强。提高文化的自觉与自信，会为一个民族的凝聚力和创造力提供动力支撑和精神源泉。

历史和现实一再表明，一个民族的觉醒，首先是文化上的觉醒；一个民族的力量，首先表现为文化上的力量。在当今世界的竞争中，文化的竞争已上升到突出的位置。只有占据文化高地的民族，才能在激烈的竞争中实现自身的价值和目标。中华文化正在迎着风浪走向世界，而我们高度的文化自觉和文化自信，必将在其增强国家文化"软实力"的过程中，发挥出巨大的作用。文化的自觉和自信，是一种精神力量。它以向往高尚和追求文明为旨归，以主体自身的强壮和清晰为特点，因之，它自然会成为推动文化发展和繁荣的思想基础与先决条件。由此观之，增强文化自觉和文化自信，不仅关乎文化的振兴与发达，也关乎民族的前途与命运。

殷燕召：是的，文化越来越成为综合国力竞争的重要因素，越来越成为经济社会发展的重要支柱。在这种情势下，您认为我们怎样做才能让广大群众建立起文化的自觉意识和文化的自信心呢？

董学文：这个问题提得好。我认为大体可涉及如下几个方面：其一，我们要继承中华民族在文化自觉和文化自信上的优良传统。中华民族在人类文明发展史上的辉煌业绩，说明我们民族在文化上是自觉和自信的。尤其是"五四"以来，中华儿女全力建树民族文化的生命力，其信念是十分强旺的。七十七年前，鲁迅先生就撰写文章，驳斥过"中国人失掉自信力了"的说法。他认为当时虽有"自欺力"的笼罩，但我们民族还是有"并不失掉自信力的中国人在"的，这些人是"中国的脊梁"。而鲁迅本人，就是以实现民族自立自强为己任，坚持正确的文化追求，激励人民在精神上站立起来，是建设新文化的榜样。新民主主义革命时期，我们党注重吸收人类科学文化的优秀营养，使文化自觉迈上了新的境界。毛泽东曾总结说：中国自有共产主义学说以来，人们的眼界提高了，革命也改变了面目。新中国成立前夕，他更自豪地说："自从中国人学会了马克思列宁主义以后，中国人在精神上就由被动转入主动。从这时起，近代世界历史上那种看不起中国人，看不起中国文化的时代应当完结了。"伟大的胜利了的人民革命，"已经复兴了并正在复兴着伟大的中国人民的文化。这种中国人民的文化，就其精神方面来说，已经超过了整个资本主义的世界。"①改革开放以来，我们党高度重视社会主义先进文化的建设，意识到走文化强国之路的极端重要性。邓小平同志说："过去我们党无论怎样弱小，无论遇到什么困难，一直有强大的战斗力，因为我们有马克思主义和共产主义的信仰。有了共同的理想，也就有了铁的纪律。无论过去、现在和将来，这都是我们的真正优势。"②我们党反复强调，在面对当今文化越来越成为综合国力竞争重要因素的新形势下，我们必须以高度的文化自觉和文化自信，着眼于提高民族素质和塑造高尚人格，以更大的力度推进文化改革的发展，在伟大的社会主义实践中进行文化创造，同时让人民共享文化发展的成果。这一切都说明，我们已经摸索出了培养民众文化自觉和文化自信的成功的经验。

其二，我想特别强调，马克思主义是我们培养高度文化自觉和文化自信的主心骨与指南针。我们只有坚持辩证唯物论和历史唯物论的观念与方法，我们才能在文化上一步一步走向强大、走向主动、走向先进和丰富。我们只有在各个领域多一些马克思主义的声音，才能为我们的文化自觉和文化自信奠定坚实的基础，才能始终把握正确的前进方向，才能理直气壮地宣称"我们也是站在'当代文化的顶点'上"③，我们在文化上的自觉和自信也才会迈上新的台阶。

其三，就是我们要注意吸收人类文化的一切优秀成果，注意吸收西方当代文化中的有价值的东西。记得毛泽东1956年在《同音乐工作者的谈话》中说："近代文化，外国比我们高，要承认这一点。"还说"我们接受外国的长处，会使我们自己的东西有一个跃进。"④在文化的建设上，我

---

① 《毛泽东选集》第4卷，人民出版社1991年版，第1516页。
② 《邓小平文选》第3卷，人民出版社1993年版，第144页。
③ 《列宁论文学与艺术》，人民文学出版社1983年版，第434页。
④ 《毛泽东文艺论集》，中央文献出版社2002年版，第152—153页。

们不能平地起楼台，不能什么都白手起家，更不能主观臆造；我们可能往往要用人家打我们的"砖头"来修筑我们社会主义文化的大厦。用列宁的话说，就是我们必须取得资本主义遗留下来的全部文化，必须取得全部的科学、技术、知识和艺术。没有这些，我们就不能建设社会主义社会的生活。[1]这也是我们文化自觉和自信的题中应有之义。

殷燕召：这就涉及文化自觉和文化自信同外民族和本民族文化的关系问题。当前"国学"比较热，影响也在弥散，这是否说明国人的文化自觉意识和文化自信心有所增强？您对此有什么看法？

董学文：文化自觉和自信，不仅仅是一种热情，而更应是一种理性的选择。因为，文化上的每一个进步，都应是迈向自由的一步。文化从根本上是人的一种内在精神需求，是人类通向全面发展和自由解放的尺度。一个社会，如果没有文化上的充实和丰盈，那就谈不上有真正美好的生活；改善民生，如果不改善文化的条件与环境，那这种改善必定是粗鄙、浅层和片面的；讲幸福指数，如果不把文化元素包含在内，那这种幸福指数也一定大打折扣；经济的发展，如果文化不表现出比物质和货币更强的力量，那这种发展也难以具有可持续性的后劲。当前中国正经历着空前广泛的经济和社会变革，矛盾和问题多发，思想困惑和精神焦虑加剧，人文关怀和心理疏导任务繁重。在这个时候，"以文化人"，"以文育人"，丰富人们精神世界，保障人民群众的基本文化权益，就显得尤为迫切。

任何时代的文化都是"多元"杂处、多样共生的。眼下的"国学"热，某种程度、某种范围内满足了弘扬民族文化的一定需求。但毋庸讳言，每个民族的文化，都有积极的成分，也有消极的成分，也就是说，"每一种民族文化中，都有两种民族文化。"[2]应当承认，源远流长的儒家文化中有带人民性的东西，也有非人民性的东西；有些内容对人民有利，有些内容对人民有害，我们要取其精华，去其糟粕，在接受和传播的时候要有所分析与鉴别。超时空、超历史、超阶级的文化是不存在的；统一、抽象、普世的所谓"民族文化"，也是子虚乌有的。其实我认为，"五四"以

---

① 参见《列宁全集》第 36 卷，人民出版社 1985 年版，第 48—49 页。
② 《列宁全集》第 24 卷，人民出版社 1990 年版，第 134 页。

来的新文化，我们党领导的民族的科学的大众的文化，鲜活生动的当代社会主义文化，这才是我们应更加珍视的文化遗产，是我们文化前进的主航道，是民族共有精神家园的主要成分。

殷燕召：您认为在增强国家文化软实力，培养文化自觉和文化自信的过程中，应该注意哪些问题？

董学文：这个问题涉及很广。我这里只谈一点，那就是鉴于历史上的经验，我们在从事文化建设的时候，一定要有坚忍不拔、不屈不挠、持之以恒的精神。为什么这么说呢，因为文化的发展和进步有其自身的规律。我们既要推动它的繁荣和发达，又要看到完成文化的任务，不能像完成其他任务那样迅速，它需要较长的时间。列宁曾经谆谆告诫："在文化问题上，急躁冒进是最有害的。"①我们在这方面，也有过深刻教训。我们只有把文化的进步同社会的进步协调起来、统一起来，我们才能不仅承袭文化中一切有价值的东西，而且还会把它变成全社会的财富并促进它可持续的发展。

---

① 《列宁全集》第43卷，人民出版社1987年版，第378页。

马克思主义文艺理论论著书系第 1 辑

马克思主义文艺理论论著书系第 2 辑